童 年

[苏联] 高尔基◎著　刘清◎译

Tong Nian

哈尔滨出版社
HARBIN PUBLISHING HOUSE

图书在版编目（CIP）数据

童年 /（苏）高尔基著；刘清译. —哈尔滨：哈尔滨出版社，2015.11

（高尔基自传体三部曲）

ISBN 978-7-5484-2362-1

Ⅰ. ①童… Ⅱ. ①高… ②刘… Ⅲ. ①长篇小说 - 苏联 Ⅳ. ①I512.45

中国版本图书馆CIP数据核字（2015）第240343号

书　　名：童年

作　　者：[苏联] 高尔基　著

译　　者：刘　清　译

责任编辑：杨浥新　张　薇

责任审校：李　战

装帧设计：风云文化

出版发行：哈尔滨出版社（Harbin Publishing House）

社　　址：哈尔滨市松北区世坤路738号9号楼　**邮编：** 150028

经　　销：全国新华书店

印　　刷：北京中印联印务有限公司

网　　址：www.hrbcbs.com　　www.mifengniao.com

E-mail：hrbcbs@yeah.net

编辑版权热线：（0451）87900271　87900272

邮购热线：4006900345（0451）87900345　或登录**蜜蜂鸟**网站购买

销售热线：（0451）87900201　87900202　87900203

开　　本：880mm × 1230mm　1/32　**印张：**19.25　**字数：**420千字

版　　次：2015 年11月第 1 版

印　　次：2016 年3月第2次印刷

书　　号：ISBN 978-7-5484-2362-1

定　　价：68.00元（全三册）

凡购本社图书发现印装错误，请与本社印制部联系调换。**服务热线：**（0451）87900278

本社法律顾问：黑龙江佳鹏律师事务所

总序

马克西姆·高尔基（1868—1936），苏联著名作家、诗人、政论家，出生于下诺夫哥罗德的一个木工家庭。高尔基是阿列克赛·马克西莫维奇·彼什科夫在1892年发表处女作短篇小说《马卡尔·楚德拉》时用到的笔名，有“最大的痛苦”的意思。

高尔基父亲早逝，他随母亲寄居外祖父家，十一岁时在“人间”开始独立谋生，1892年投身于文学创作事业。成长中的经历为他的写作奠定了基础，使他的作品饱含激情，如《伊则吉尔老婆子》和《鹰之歌》，他借助书中的形象表达了自己对战斗的渴望以及对自由与光明的追求；在《福玛·高尔杰耶夫》和《三人》两部长篇小说中，展示出主人公对人生的探索，这也是作者的人生探索之路。随着作者对社会的认识越来越深刻，《小市民》《底层》等剧本相继问世。1906年长篇小说《母亲》的发表，标志着高尔基思想和艺术上的成熟，他完成了浪漫主义作家到现实主义作家的转变。高尔基被列宁称为“无产阶级艺术最杰出的代表”。在列宁的鼓舞下，高尔基开始了自传体小说《童年》（1913年）和《在人间》（1916年）的创作，又在1923年完成了《我的大学》。

《童年》《在人间》和《我的大学》是高尔基的三部自传体小说，在描述阿廖沙（高尔基乳名）童年、少年和青年生活的同时，反映了当时沙皇统治下社会的黑暗以及社会各阶层的生活状态。

这三部书经过译者精心细致的翻译，做到了既不失本意，又优美流畅，真实再现了一个成长中的孩子眼中的世界。我们会感动于阿廖沙渴求知识的精神，会怜悯他痛苦的遭遇，我们可以看见他是怎么在污泥中长成一朵洁白的莲花，在黑暗中铸就坚强善良的品质的。他会成为美好的化身，让我们有接近他、向他看齐的欲望，激励我们对自我进行完善。

总之，这是三部弥漫着凄凉压抑的气氛，却仍旧为你带来力量和生机的书。

一

昏暗狭窄的房子里，我的父亲在窗下的地板上躺着。他穿着一身白衣，身子伸得老长，光着脚的脚趾张开着，有些奇怪，手指无力地打着弯儿，安静地放在胸脯上。他紧紧地闭住了那双快乐的眼睛，像极了两枚黑色的铜钱，他的脸色发黑，而且他还龇牙咧嘴的，好像在吓唬我。

母亲跪在他旁边，用一把黑色小梳子为父亲梳理着头发，那把梳子是我常常拿来锯西瓜皮的。母亲上身没穿衣服，下身围着红色的裙子，把父亲那长长的、软软的头发从前额梳到后脑勺；母亲自言自语着，声音既沙哑又沉重，大滴大滴的泪珠不停地从她那双肿大了的眼睛里流出来。

外祖母紧紧地拉着我的手。她有着圆润的身材，大大的脑袋，大大的眼睛，还有她那挺可笑的松软的鼻子。她身着一身黑装，仿佛整个人都变柔软了，在我看来，这好玩极了。她也在哭，浑身颤抖，弄得我的手也抖起来，而且，她仿佛是非常熟练地伴随着母亲在哭。她要把我推到父亲身边去，我心里害怕，而且觉得别扭，所以，我躲在她的背后，怎么也不愿意去。

我还从来都没见过这种阵势呢，我夹杂着莫名其妙的不安与紧张的心情，更加不明白外祖母反复跟我说的话是什么意思：“快，跟爸爸告别吧，孩子，你再也不会看到他了，亲爱的，他还不到年纪，可是他死了……”

我向来都相信外祖母说的话。尽管现在的她，穿了一身黑衣服，显得脑袋和眼睛都出奇地大，既奇怪又好玩，那我也是相信她的。

在我小的时候，我得过一场大病，是父亲一直看护我，而且他是很开心地在看护我。可是后来却奇怪地换成了我的外祖母来照顾我①。

“你是从哪里来的呀？”我问她。

---

① 阿廖沙·彼什科夫（即高尔基）在三岁的时候（也就是1871年）于阿斯特拉罕患霍乱，他的父亲马克西姆在看护他的过程中不幸染病身亡。

她是这样回答的："我是从尼日尼[①]来的，得坐船来，不能走着来，水面上是不可以走的，小鬼！"

在水上不能走？还要坐船？这真是太有趣了！我觉得这个可笑，是因为在我家楼上住着几个大胡子波斯人，他们还染了头发，在地下室还住着一个贩羊皮的老头儿，他是卡尔梅克人[②]，脸色黄黄的，他们沿着楼梯能骑着栏杆滑下去，如果摔倒了，就会翻着跟头向下滚。这一切我都十分清楚，但是这些和水又没有什么关系，我也从来没听说过从水上来的人，这一切不是很乱套吗？真是糊涂得让人好笑。

"可是为什么说我是小鬼呢？"

"因为你多嘴多舌！"她也笑着对我说。

从我见到她的那一天起，我就爱上这个讲话又和气又亲切又快乐的老人了。现在，我希望她领着我快点儿离开这间屋子，因为我在这里真的是太难受了。

母亲那止不住的泪水和悲痛的哭号令我心神不定，我感到十分压抑，特别不安。这是我第一次看到她这么柔弱的样子，她向来都是态度严厉的。我的母亲个子高大得像一匹马，筋骨坚硬，手劲儿特别大，她总是打扮得很利索，是个很少说话的人。可是现在呢，不知道是为什么，她全身都弄得乱七八糟，全身似乎都膨胀起来了，衣服破烂凌乱，这让人看起来特别不舒服。以前，她的头发会梳得很整齐地贴在头上，像一顶又光又亮的大帽子一样，可是现在，她的头发都在赤裸的肩上披散着，垂落到脸上了，还有她那编着辫子的半头头发，在睡着了的父亲的脸旁边来回摆动着。即使我已经在屋里站了很久，她也并没有看我一眼，而是一直在为父亲梳着头发，并且一直在号啕痛哭，眼泪哗啦啦不停地流着。

门外喊喊喳喳地站着些人，有穿黑衣服的乡下人，也有警察，他们透过门缝伸着头往屋里看，还有警察不耐烦地吼叫着说："快点儿收拾！"

---

① 全称是尼日尼·诺夫哥罗德，在俄语中，"尼日尼"的意思是"下面"，因此小孩子会误以为他的外祖母来自下面。

② 俄国境内的一个少数民族。

窗户用黑披肩遮着，一有风，披肩就被吹起来，像帆船似的。这让我想起了以前有一次父亲带我去划船的事。我们玩得正开心，突然天上一声雷响，我被这雷声吓了一跳。父亲却哈哈大笑起来，用膝盖紧紧地把我夹住，大声对我说："没事的，'大葱头'[①]，不要怕！"

想到这里，我看见母亲突然费力地从地板上站了起来，可是没站稳，仰面倒了下去，头发全都散在了地板上。她紧紧地闭着双眼，原本苍白的脸现在变得铁青。她也像父亲似的咧着嘴，声音特别可怕地说道："阿列克赛！滚出去！关上门。"

外祖母把我一把推开，跑到门口冲着门外喊："你们别怕，亲爱的人们，为了基督，请不要管她了，离开这里吧，这只是生孩子，不是霍乱，好人们，请原谅！"

我跑到了黑暗的角落里，又躲到了一只箱子的后面，在那里看着母亲在地上一边打滚一边呻吟，牙齿被她咬得咯吱咯吱地响，外祖母跟着她在地上爬，既高兴又亲切地说道："噢，圣母保佑！以圣父圣子的名义，瓦留莎，要挺住啊！"

我被这个场景吓坏了。她们在父亲的身边爬着，又来回碰他，又叹气又喊叫，可是父亲却一动也不动，仿佛还在笑呢。她们在地板上折腾了好久，有好几次母亲站起来又倒下了，而外祖母，她像一个奇怪的大皮球，又黑又软，在屋子里跟着母亲滚来滚去，后来，我突然在黑暗中听到了一个小孩子的哭声。

"噢，感谢我的上帝！"我的外祖母说道，"是个男孩！"

说罢，她便点燃了蜡烛。

可能是我在墙角慢慢睡着了的缘故吧，后来的事情就记不清了。

在我记忆中的第二个印象，是在坟场上荒凉的一角，那是个雨天，我站在小土丘上，小丘面被雨水冲得溜滑。我看着他们把我父亲的棺材放到一个墓坑里，坑底下全是水，还有几只青蛙，其中有两只青蛙已经爬到了黄色的棺材盖上。

---

① 父亲对阿列克赛（即阿廖沙）的亲昵称呼。

站在墓坑旁边的人，除了我，还有我的外祖母，浑身被雨水淋湿的警察和两个手里拿着铁锹、脸色阴沉的乡下人。雨点是温暖的，像细碎的玻璃珠子一样不停地打在大家的身上。

“埋吧，埋吧！”警察一边下着命令，一边往一旁走开。

外祖母用一角头巾捂着脸，她又哭了起来。那两个乡下人立刻弯起腰，赶紧不停地往坑里填土，土打在水里啪哧啪哧直响，而那两只青蛙，急忙从棺材盖上跳了下来，不停地往坑壁上爬，可是没有用的，因为土块很快就又把它们打落到坑底去了。

“走吧，廖尼亚①！”我的外祖母抓着我的肩膀对我说。但是我挣脱了她的手，因为我并不想离开。

“唉，真是的，上帝啊。”外祖母说道，不晓得她是在埋怨我，还是在埋怨上帝。只见她静静地站在那里，站了好久，默默地低着头，直到墓坑都填平了，她还是一动不动地站在那里。

那两个乡下人用铁锹平着地，嘭嘭地直响。外祖母牵着我的手，带我走过许许多多发黑的十字架，走向很远很远的教堂。

“你为什么没哭呢？应该大哭一场的！”当我们走出坟场的围墙时，她这样说道。

“我不想哭。”我说。

“不想哭那就别哭了。”她悄悄说道。

我自己也很奇怪，我很少哭，即使哭也不会是因为疼，而是因为受了气。以前父亲总是笑话我哭，母亲也总是严厉地训斥我：“不许哭！”

再后来，我们坐着一辆小马车，在肮脏的街道上走，宽宽的街道两边都是深红色的房子。我问外祖母：“那两只青蛙还能爬出来吗？”

“爬不出来了，但是没关系，上帝会保佑它们的！”她回答道。

无论是父亲，还是母亲，他们都没有这么频繁又这么亲切地念叨过上帝。

几天以后，我和我的母亲，还有我的外祖母，一起上了一艘轮船，我们坐在小小的船舱里，而刚生下来的小弟弟——马克西姆，他静静地躺在

---

① 对阿列克赛的昵称。

角落里的一张桌子上，包着白布，外面缠着红色的带子，他死了。

我坐在箱子堆和包袱上，从小小的窗户向外望去，那窗户又圆又鼓，像极了马的眼睛。我看到，在潮湿的窗外，混浊的水泛起泡沫，不断地流着，偶尔还会飞溅起来，不时地打在窗户玻璃上，我不禁跳了起来。

“别怕。”我的外祖母说道，并用她那双温暖而又软绵绵的手，轻轻地把我抱了起来，又把我放到了包袱上。

水面上的湿雾灰蒙蒙的，远方偶尔会现出黑色的土地，但是立即就会消失于浓雾和水中了。周围的一切都在颤动着，只有母亲一动也不动，双手放在脑后，靠着船壁僵直地站着。她脸色阴暗，面目铁青，仿佛瞎子一般双眼紧闭，总是一声不响，她完全变成了另外一个人，就连衣服也都变得让我感觉越来越陌生。

外祖母不止一次地叫她，低着声音对她说：“瓦里娅①，你吃点儿东西吧，哪怕少吃点儿，好吗？”

而母亲似乎没听见，依旧纹丝不动。

外祖母跟我说话的时候，总是轻声细语的，而她跟母亲说话的时候，声音虽然高了一点儿，但是也很小心，好像还有些胆怯，而且话不多。我觉得外祖母害怕我的母亲，我看出这一点后，我对外祖母更加亲近了。

“萨拉托夫，那名水手呢？”我的母亲突然愤怒地吼道。

萨拉托夫？水手？连她说的话我都觉得奇怪了，令人听不懂。

一个白头发的人走进了船舱，他肩膀很宽，穿着一身蓝色衣服，拿着个小匣子。外祖母接过小匣子，把小弟弟的尸体放到小匣子里面，装好之后，外祖母伸直了胳膊托着小匣子向门口走去了，但是由于她太胖了，要侧着身子才能挤过那狭窄的舱门，她停在门口，突然有点儿不知所措。

“瞧你，妈妈！”母亲叫了一声，从外祖母的手里夺过小匣子，然后她们两个就走了，而我还留在舱里，我仔细地打量着那个穿蓝色衣服的男人。

“啊，小弟弟死了，是吧？”他弯着腰对我说道。

---

① 对阿列克赛的母亲瓦尔瓦拉的昵称。

“你是谁？”

“我是一名水手。”

“萨拉托夫又是谁呢？”

“是座城市。你看，窗外就是！”

窗外的土地移动着，既黑暗又陡峭，而且雾气腾腾的，好像是刚从又大又圆的面包上切下来的一大片面包似的。

“我的外祖母去哪里了？”

“她去埋你的小弟弟了。”

“要把他埋在地下吗？”

“不埋在地下埋在哪儿呢？”

我给这名水手讲了埋葬父亲的时候埋了两只青蛙的事情。他把我抱起，搂着我亲了亲。

“唉，小朋友，你现在还不懂事呢！”他说道，“不用可怜青蛙，不用管它们，你还是可怜可怜你的母亲吧，你看她都难过成什么样子了！”

汽笛在我们的头顶上呜呜地响了。我早就知道这是轮船在鸣笛，所以并没有害怕。那名水手赶紧放下我，迅速地跑了出去，一边跑还一边说：“要快！”

我也不由得想跟着他跑。我走到门外，看到昏暗的夹道里根本没有一个人。在离门不远的楼梯上，镶着的铜闪着光。我抬头往上看，看见一些人正背着背包，提着包袱在走动，很明显，他们是要下船了，那么我也应该下船了。

可当我和一群男人一起走到船舷踏板前面的时候，他们都对我叫了起来：“这是谁的孩子啊？这是谁的孩子啊？”

“不知道。”我答。

有很长一段时间，人们摸我、拍我、挤我、扯我，这令我有点儿不知所措。最后，那名白头发的水手过来了，他把我抱起来，说道：“他是从舱里跑出来的，从阿斯特拉罕上来的……”

他跑着把我抱回到舱里，把我往行李上一扔，就走了，一边走还一边吓唬我说：“再乱跑我就打你！”

我听到头顶上的声音渐渐小了，轮船也已经不在水上噗噗地响了，船也不再颤动了。舱里的窗户外边挡着一堵潮湿的墙，舱里变得黑黑的、闷闷的，包袱好像都被胀得变大了，这挤得我透不过气来，一切都变得不好了。我就这样永远被扔在这空荡荡的船上了吗？

我走到门前去开门，却打不开，铜门的把手根本扭不动。我拿起装着牛奶的瓶子，拼命向门把手砸过去，瓶子碎了，牛奶溅到我的腿上，满腿都是，顺着腿又流进了靴子里。

我有些懊丧，躺在包袱上悄悄地哭了起来，哭着哭着就眼含着泪水睡着了。

当我醒来的时候，轮船又开始噗噗地颤动了，舱里的窗户明晃晃的，像个太阳似的。外祖母坐在我身边，皱着眉头梳头，一直自言自语地念叨着。她的头发出奇地多，乌黑乌黑的，还泛着蓝光，密实地盖住了双肩、胸脯、膝盖，一直垂落到地上。

她把头发从地上揽起来用一只手提着，费力地把稀疏的木梳齿儿扎进厚厚的头发里。她的嘴唇不自觉地歪着，黑眼睛里显示出愤怒，她的脸在大堆的头发里显得很小，而且很可笑。

她今天的样子有点儿凶，不过当我问她，她的头发为什么这么长时，她回答我的语调还是像昨天一样温暖，一样柔和："这好像是上帝给我的惩罚，是上帝在让我梳这些该死的头发！年轻的时候，这头发是受到我夸赞的，可是现在老了，我想诅咒它了！睡吧，我的宝贝，天还早呢，太阳刚出来！"

"我不想睡了！"

"嗯，不睡就不睡。"她马上就同意了我的想法，她一边编着辫子，一边看了看沙发的那一边，母亲脸向上躺在沙发上，一动不动，像根木头，"你悄悄告诉我，昨天你怎么把牛奶瓶给打碎了？"

外祖母说的话，像是在很用心地唱歌，每个字都像花儿一样温柔鲜艳，一下子刻在了我深深的记忆里。她微笑的时候，那双像黑樱桃似的黑眼睛睁得又圆又大，闪烁出一种难以言表的快乐光芒，在这笑容中，她快活地露出那雪白的牙齿，虽然她的两颊黑黑的，而且还有很多皱纹，但是她的整个面孔却显得十分年轻。但是，她脸上最不协调的大概就是那个松软的大鼻子、红鼻头了。她总是从一个镶银的黑色鼻烟壶里嗅烟草，她的衣服也都是黑色的，但是，从她那黑色的眼睛里可以看出她内心散发出来的一种永不熄灭的、温暖又快乐的光芒。她弯腰弯得有点儿驼背，她还胖胖的，可是她却像一只大猫一样，动作既轻快又敏捷，而且她的身体也很柔软，也像极了这个可爱的动物。

在她没有到来的时候，我就像是躲在黑暗中睡觉，但是，当她一出现，她就把我叫醒并且把我带到了光明的地方，用一根断不了的线把我周围的一切都连接起来并织成美丽的花边，她是我永远的朋友，是我最知心的人，是我最了解的人，更是我最珍贵的人。是她那无私的爱使我充满了坚强的力量，让我在任何艰难的环境中都能勇敢地面对困苦的生活。

四十年前，轮船就这样慢慢地行驶着，我们坐了好多天的船才到达尼日尼，我至今还能清楚地记得最初的那几天是多么美好。

天气变好了，我和我的外祖母一天到晚都在甲板上待着，头顶上天空澄净，伏尔加河两岸秋色镀金，满铺绸缎。橘红色的轮船逆流而上，轮桨缓缓地拍打着蓝色的水面，隆隆声徘徊在耳边。在船尾还有一艘灰色的驳船，用一条长长的牵引索拖着，像极了一只乌龟。伏尔加河的上空，太阳在悄悄地浮动，周围的景致也无时无刻不在变换，不断展现着新的面貌。碧绿的青山像极了大地母亲华丽外衣的褶儿，还有那沿岸的城市和乡村，远远望去像一块块的小甜点，金黄色的秋叶落在水面上徐徐漂着。

“你看，多美好啊！”外祖母不停地感叹道，并在甲板上来回跑，她激动得睁大眼睛，容光焕发。

她有时会面对着河岸，望得出神，都会把我也忘了，她站在船边的时候，两手交叉在胸前，面带微笑，一声不响，眼里却是含着泪水。我拽一拽她挑花的黑裙子。

“啊？我好像在打瞌睡，好像做了一个梦。”她哆嗦了一下。

“你为什么哭呢？”

“亲爱的孩子，我哭是因为我快乐，因为我年纪大了，”她面带微笑地对我说，“我已经活了六十个年头了。”

她闻了闻鼻烟，开始给我讲一些稀奇古怪的故事，有善良的强盗，有各种各样的圣人，还有各种各样的怪兽和妖魔。

她讲童话故事的时候，声音很低，显得很神秘，她俯下身子，靠近我的脸，睁大了眼睛专注地看着我的眼睛，仿佛往我心里灌输一种令我振奋、鼓舞我的力量。她讲得流畅自然，像唱歌一样好听，听她说话让人有一种说不出来的愉悦。每次她讲完了，我总要求她："再讲一个！"

"好，再讲一个。有一个灶神，他坐在灶炉底下，面条儿扎进了他的脚掌心，他摇摇晃晃，哎哟哎哟地直叫：'哎哟，疼啊，哎哟，我受不了了，小老鼠，我受不了啊！'"

外祖母抬起一只脚，用双手握住，悬空地摆来摆去，装出一副十分痛苦的表情，十分好笑，那样子好像她自己可以感觉到疼痛似的，仿佛她就是那个被面条儿扎了脚掌心的灶神。

和我一起听故事的还有船上的水手们，他们都是些留着胡子、高大又和蔼的男人。他们站成一圈儿，一边听一边笑，夸赞外祖母讲得好，也跟我一样央求着："再讲一个吧，老太太！"

他们还都说："走，跟我们一起去吃晚饭吧！"

到了吃晚饭的时候，他们请外祖母喝伏特加，让她吃西瓜，还有香瓜。但是，这一切都是偷偷进行的，因为船上有一个人，他禁止其他人吃瓜果，只要他看见，他就会连想都不想地夺过瓜果，扔到河里去。他的穿着像个警察，衣服上钉着铜扣子，每天都喝得醉醺醺的，人们都躲着他。

母亲极少到甲板上来，她总是躲着我们，仍旧很沉默。母亲的身材高大而挺拔，脸色发黑，浅色的辫子又粗又大，像王冠似的盘在头顶，她的全身结实而又充满力量。我现在回想起来，总觉得她好像被一层雾或者透亮的云包围着，她有双和外祖母一样大的灰色眼睛，从这云雾里远远地眺望着，满眼冷漠。

有一次她严厉地对外祖母说："妈妈，人家在笑您呢！"

"管他们呢！让他们笑去吧，笑个痛快！"外祖母会这样回答，满不在乎。

我记得，外祖母一看见尼日尼就十分高兴，像极了小孩子。她激动地拉着我的手，推着我走到船舷旁边，大声地说道：“你看，你看看，多美啊！那就是尼日尼，天啊，你看，多像神仙住的地方！你再看那教堂，真像是在空中飞翔一般！”

她兴奋得几乎落泪，央求着我母亲：“瓦留莎，你倒是快看啊，你可能都把这些地方忘了吧？你快看看，你会感到很高兴的！”

母亲勉强地笑了一下，笑容阴沉。

轮船在美丽的城对面的河心停了下来，河上已经被船只挤满，几百根尖尖的桅杆耸立着。一艘大船向轮船靠拢过来，满满地载着人，人们从船上搭好梯子，一个个地从那艘大船走上甲板。其中，有一个骨瘦如柴的小老头儿，飞快地在最前面走着，他穿着一身黑色的长衣服，有赤黄色的胡子，还有一个鸟嘴鼻子和一对绿色的笑眼。

“爸爸！”母亲深沉却又很响亮地大喊了一声，然后就扑到了他怀里。他抱住母亲的头，赶紧用那通红的小手抚摩着她的两颊，声音很尖地喊着：“噢，傻孩子，怎么啦？噢！原来是这样……唉，你们这些人啊……唉……”

就在这时，外祖母像个陀螺一样乱转起来，一眨眼的工夫，她就把所有的人都拥抱了一遍，亲吻了一遍。外祖母把我推到大家面前，赶紧说道：“噢，快，快，这是米哈伊尔舅舅，这是雅科夫舅舅，这是纳塔利娅舅妈，这是两个表哥，都叫萨沙，这是表姐，叫卡捷琳娜！我们都是一家人，你看，很多吧！”

“身体怎么样，老妈妈？”外祖父问她。

他们对吻了三下。

外祖父把我从拥挤的人堆中拉了出来，一边按着我的头，一边问道：“你是谁啊？”

“我是从阿斯特拉罕上来的，从船舱里跑出来的……”

“噢，天啊，他这是说的什么呀！”外祖父问我母亲，还没等到回答，他就推开我说，“啊，看看，颧骨跟他父亲的一模一样！好了，赶紧下船吧！”

下了船，我们一群人沿着斜坡往上走，斜坡上面铺着大个儿的鹅卵石，路的两侧长满了枯黄的已经被践踏的野草。

外祖父和我的母亲走在最前面。外祖父的个头很小，只能到母亲的肩膀，但是他走路走得很快，而母亲就像在空中飘浮着似的，俯视着我的外祖父。那两个舅舅则默默地跟在他们后面：米哈伊尔舅舅的黑头发梳理得非常整齐，十分光亮，他像外祖父一样干瘦干瘦的，而雅科夫舅舅的头发颜色比较浅，而且还卷曲着，另外那几个衣着鲜亮的胖女人和六个孩子，这些孩子都比我大，都是安安静静的，我和我的外祖母、小个子的舅妈纳塔利娅一起走着，这个舅妈脸色有些苍白，她有一双蓝色的眼睛，挺着大大的肚子，她经常走走停停，而且还会气喘吁吁地低声说："哎哟，我走不动了！"

"哼，他们怎么会让你也来啊？真是蠢啊，这一大家子！"外祖母说道，有些气愤。

我在他们中间走着，我觉得自己只是个陌生人，他们之中，无论是大人还是小孩子，我都不喜欢，我觉得分外孤独，就连外祖母，好像也跟我疏远了似的。

我最不喜欢的就是我的外祖父，我可以在他的身上感受到他对我充满了敌意，他令我觉得害怕，也觉得好奇。

我们上了坡，在坡顶上面靠右面的斜坡上，便开始有了大街。一座低矮的平房就坐落在这里，这座平房涂的粉红色的油漆已经变得很肮脏了，房盖很低很低，窗户是向外凸出来的。我从外面看，会觉得这房子很大，可是里面却分成了一间一间半明半暗的小房间，是很拥挤的，像极了靠在码头的轮船，怒气冲冲忙来忙去的人随处可见，而那些小孩子则乱蹿乱跳，像一群偷食的麻雀一样，空气中弥漫着一股刺鼻的、我从未闻过的气味。

我到院子里去看，院子也令人高兴不起来：湿漉漉的布挂满了整个院子，院子里的桶摆放得随处可见，桶里盛着黏稠的五颜六色的水里，也泡着布。在墙角有一间低矮的快要倒塌的房子，炉子里木柴烧得正旺，好像什么东西煮沸了，有嘟嘟作响的声音，我还听见有一个看不见的人大声说着奇怪的话："紫檀——品红——硫酸盐。"

二

一种绚烂的、奇异的、浓厚的，无法形容的生活，以足够让人惊讶的速度开始了它的行程。我回忆起那段生活，觉得它像是由一个美好而纯朴的天才用动人的话语讲述一个让人潸然泪下的童话。我梳理了一下记忆，有时候连我都无法相信那些事是真的，我很想去否认、反抗，因为在那愚蠢的一家人的压榨下，残酷的事情简直不胜枚举。

不过，真理永远站在怜悯之上，我明白我不是在讲述自己的事情，而是在讲述那个可怕的、令人窒息的狭小地方。这是普通俄国人曾生活的地方，至今还有人在那里生活。

外祖父的家中充满了仇恨的气息，人们都因仇恨而疯狂，甚至连小孩子都不能幸免。后来，我才从外祖母那里知道，母亲到的时候，我的两个舅舅正在让外祖父分家。母亲的出现让他们分家的想法更坚定了。他们担心母亲会要回原本为她准备的那份嫁妆，虽然那份嫁妆因为母亲违逆外祖父指定的婚事而被外祖父扣留。我的两个舅舅觉得嫁妆应该归他们所有。此外，他们还因为谁到奥卡河对面的库纳维诺区去，谁将在城里开染坊吵闹不休。

我和母亲来后不久，一家人在厨房吃饭的时候就发生了一次争吵：突然，两个舅舅都站起来，探着身子朝桌子那边的外祖父大吼，那样子就像是两只哆嗦的、受了委屈且龇着牙的狗。外祖父红着脸，用汤匙敲打着桌子，像打鸣的公鸡那样声音响亮地叫道：“你们都给我要饭去！”

外祖母一脸痛苦的神色，对外祖父说：“分家吧，这样你也能耳根清净些，都分给他们吧！”

外祖父的眼睛闪着光，嘴里大声喊着：“闭嘴，都是你惯的！”外祖父是个小个子，可声音却很大，真奇怪。

母亲站起来，转身向窗口慢慢走去，不再看这发生的一切。

突然，米哈伊尔舅舅扬起手打了他弟弟的脸一下；另外一个舅舅立即就吼起来，抓住米哈伊尔舅舅扭打起来。两个人在地板上滚来滚去，不时

地发出辱骂、喘息的声音。

纳塔利娅舅妈不顾自己怀孕的身子大声喊叫，于是我母亲把她拉走了。其他的小孩子也呜呜地哭，而后一脸麻子的叶夫根尼娅保姆把他们赶出了厨房。厨房里乱糟糟的，椅子都倒在地上；米哈伊尔舅舅被年轻的学徒“小茨冈”[①]压着，他的手被手巾捆着，捆他的人是格里戈里·伊凡诺维奇师傅，他是个秃顶、戴着黑眼镜、一脸胡子的人。

舅舅喘着气，伸长了脖子，他那并不浓密的胡子来回刮擦着地板；而外祖父跑着，围着桌子转圈，悲哀地喊：“你们是亲兄弟啊！你们啊……”

一开始，我因为害怕就躲在了炕炉[②]上，惊恐地看着外祖母端来盛着水的铜盆给一脸鲜血的雅科夫舅舅洗脸。雅科夫舅舅流着眼泪，跺着脚。外祖母用沉痛的声音说：“都清醒一下吧！这帮野种！”

外祖父将被扯破的衬衫拉到肩膀上对着外祖母喊：“你看看！老妖婆，你生的是一群野兽！”

外祖母在雅科夫舅舅离开后就躲在角落里颤抖地哀号：“请让我的孩子有点儿人性吧，圣母啊！”

她面前站着侧着身子望着桌子的外祖父。桌子上的东西都翻倒了，上面都是水。外祖父压低声音说：“老婆子，你要看住了，别让他们欺负瓦尔瓦拉，说不定……”

“上帝仁慈！行了，你的衬衫被撕坏了，让我缝一缝……”外祖母抱着外祖父的头，手放在他的脸上，然后亲了亲他的额头；比外祖母矮的外祖父将自己的脸贴在她肩膀上。

“老婆子，这家看来是得分了……”

“分吧，分吧，老爷子。”

外祖父和外祖母聊了很久。开始的时候，谈话还很融洽，后来外祖父就变得像一只准备战斗的公鸡一样，他指着外祖母，脚在地板上来回搓动，

---

① 对学徒伊凡的称呼，茨冈是对生活在俄国的吉卜赛人的称呼。

② 俄国旧式厨房的炉灶，上面建有一米多高、一平方米多的平台，可以在平台上睡觉。

吓唬她说："我明白，跟我相比你更疼他们！但是，米什卡[①]他是个阴险的人，雅什卡[②]加入了共济会[③]！我们的家产会被他们败光的……"

我在炕炉上一翻身，因为动作笨拙，碰到了熨斗，它掉了下去，顺着炉梯咕噜咕噜地滚到了脏水盆里。

外祖父跳了上来，然后把我拖下去，仔细打量着我的脸，似乎我是一个陌生人。他问："谁把你放到这儿的？是妈妈吗？"

"是我自己。"

"撒谎。"

"真的，我害怕就跑上去了。"

外祖父轻拍了一下我的额头，然后推了我一下。

"太像他爸爸了！滚……"

我开心地离开了这里。

我很害怕外祖父，因为他总是用他那双带着锐利目光的绿色眼睛注视我，我看得清清楚楚。回忆里，我总是想方设法躲避这双眼睛。我认为外祖父的脾气很糟糕，无论和谁讲话都会摆出一副挑战的姿态，嘲笑对方，欺负对方，极力挑动对方的怒火。

他时常感叹："你们这些人啊！"最后这个"啊"字的音会拉很长，我每次听到都会有一种发冷、无聊的感觉。

外祖父和舅舅们会在我们休息或者吃晚茶的时候回来，他们非常疲倦，头发用带子绑着，手不仅被硫酸盐灼伤，还因为紫檀而被染得通红，大家看起来就像厨房黑暗角落里的圣像。在这种危险的时候，外祖父的孙子们会很羡慕我，因为他们的爷爷不仅会坐到我对面，还会跟我聊很多话。外祖父长得很瘦但身材很匀称，棱角分明。他虽然穿着破旧的丝线圆领背

---

① 对米哈伊尔的昵称。

② 对雅科夫的卑称。

③ 18 世纪在欧洲出现的一个宗派团体，带有神秘色彩，18 世纪 30 年代传入俄国。大多数人认为共济会的会员思想自由、不受社会习俗和礼节的约束，因此在老百姓的嘴里说共济会的会员是骂人的话。

心，褶皱的印花布衬衫以及膝盖上有两个补丁的裤子，但和他那两个穿着上衣、护胸并将三角绸布围在脖子上的儿子相比，人们会觉得他穿得更清爽得体。

外祖父在我们来了几天后就逼着我去学祈祷。我在所有孩子中是年龄最小的，其他孩子已经在圣母升天大堂的一个助祭[①]的指导下学习认字了。教堂离家不远，从家的窗户里就能看见它的金顶。

怯弱且文静的纳塔利娅舅妈教我念祷词，她有一张像儿童一样的小脸，眼睛很明亮。我觉得我可以透过她的眼睛知道她的想法。

我喜欢目不转睛地盯着她的眼睛看。她眯着眼睛，不停地转动脑袋，细声细语如恳请一样说道："请你说，'我们天上的父亲……'"

假如我向她问道："'雅科、热'[②]是什么啊？"

她小心地看一下四周，忠告我："别问了！越问越糟糕，你就跟着我说'我们天上的父亲'……说啊？"

她的话让我很惶恐：为什么会越问越糟糕？"雅科、热"这三个字的意思很隐晦，我故意把它们念走了样："'雅科夫、热'，'雅、夫、科热'[③]……"

浑身发软、脸色苍白的舅妈用她不连贯的声音耐心纠正我："不对，你简单地说，'雅科、热'……"

但是，她本人以及她说的话都不简单，不利于我记住这些词，于是我很气愤。

某一天，外祖父问道："阿廖什卡[④]，你告诉我，今天做了什么？去玩了？你额头上的那个青包可告诉我你干什么了。有这么一个青包算什么本事？你念熟'主祷经'了吗？"

舅妈轻声回道："他记性很差。"

---

① 神职人员，比神父的职位低。

② "雅科、热"（Яко же），是"因为"的意思，是斯拉夫古文。

③ "雅、夫、科热"（Я в коже），是"我在皮子里"的意思。

④ 对阿廖沙的昵称。

冷笑了一下的外祖父开心地扬起眉毛说："如果是这样就该打。"

接着他问我："你父亲打你吗？"

我不明白他话里的意思就没有回答，但母亲回答："没有，马克西姆没有打过他，也不让我打他。"

"为什么？"

"他说教育不是打出来的。"

外祖父气愤地说："哦！上帝要原谅我这样说一个死人！马克西姆真是个傻瓜！"外祖父的每个字都说得很清楚。

我觉得我受侮辱了。外祖父看出来了，于是问："你为什么噘嘴呢？你这个样子……"

他抬手摸了一下自己的红头发，又接着说："星期六，我要为顶针的事情抽萨什卡[①]一顿。"

"'抽'是什么意思？"我问。

大家听到我的问题后都笑了。外祖父说："到时候你就明白了……"

我心里猜想："拆开"要染色的衣服应该就是"抽"，而"打"和"揍"显然是一个意思。我见过打猫，打马，打狗，甚至是阿斯特拉罕警察打波斯人。但是，我从来没有看见过小孩儿会被这样打。平日里，舅舅们虽然也会弹一下自己孩子的额头或者后脑勺，但孩子们都只是不在意地挠一挠肿了的地方。我问过他们很多次："疼吗？"

他们非常勇敢，回答："不疼。"

顶针的事，被闹得人尽皆知，我也知道。某天晚饭前，我们已经喝过了茶，舅舅们和格里戈里师傅正忙着把成幅已经染好了的料子缝成一匹一匹的，然后把厚纸签缀在上面。米哈伊尔舅舅想欺负一下快要看不见的格里戈里，于是把顶针交给九岁的侄子，让他用蜡烛把它烧热。顶针被萨沙用烛花镊子夹着，等烧得滚烫后放到了格里戈里的手底下，接着萨沙就到炉子后面躲起来了。恰巧，外祖父过来想干活，于是就戴上了那个滚烫的顶针。

---

① 对萨沙的卑称。

我记得我听到吵闹声就跑进了厨房里，看到外祖父蹦跶着，样子很滑稽，他那烧伤了的指头抓着耳朵叫道：“是谁？异教徒，你们这群人！”

米哈伊尔舅舅俯下身子，一边对着顶针吹气一边用手指拨弄它；格里戈里师傅当作什么都没有发生一样在那里缝东西，他那巨大的秃头上是晃动的影子；跑进来的雅科夫舅舅在炕炉拐角的地方躲着笑；外祖母把生马铃薯擦成糊。

米哈伊尔舅舅忽然说：“是雅科夫的儿子萨什卡做的。”

“撒谎！”雅科夫大叫一声跳了出来。

萨什卡也哭了，在炕炉后面说：“爸爸，你要相信我，是他叫我干的！”

舅舅们吵了起来。外祖父忽然平静了，将手指涂满马铃薯糊之后一言不发地带着我走了。

大家都说这事要怪米哈伊尔舅舅。于是，我在喝茶的时候问外祖父：“要揍米哈伊尔舅舅和萨什卡吗？”

“肯定的。”外祖父生气地回答，还瞟了我一眼。

米哈伊尔舅舅一拍桌子，对着母亲吼道：“瓦尔瓦拉，管管你的兔崽子，不然我就叫他脑袋分家！”

母亲回答：“你试试看！你敢……”

大家都沉默了。

母亲很擅长说这种简短的话，似乎每次说完了人们就会被推开，被甩到远处，变得渺小。

我明白，大家都不敢惹母亲；哪怕是外祖父对母亲说话也要轻声细语的。这让我觉得很畅快，我很开心地向外祖父的孙子们夸耀：“谁都没有我母亲力气大！”

他们没有反驳。

不过，我对母亲的认知因为星期六发生的事情而动摇了。

我犯错了，在星期六之前。

我觉得大人们给布料染色是一件很好玩的事情：黄布从黑水里捞出来就会变成宝蓝色；灰布浸入红褐色的水里就会变成樱桃红色。看着很简单，可我不理解为什么。

我想自己动手试一次，于是把这个想法告诉了雅科夫的儿子——萨沙，他是一个好孩子，总是和大人们待在一起，对谁都很热情，时刻都想方设法为所有人做点儿什么。大人们都说萨沙乖巧、听话，然而外祖父却斜着眼睛说："就会卖乖！"

雅科夫的萨沙长得黑黑瘦瘦的，眼睛鼓出来，看起来像龙虾，栗色的瞳仁会在他兴奋的时候从一动不动变成跟着白眼珠一起转动。萨沙说话的声音很低而且吐字很着急，总是会被自己哽住。他时常偷偷摸摸地四处张望，似乎随时准备躲到什么地方去。

我很讨厌雅科夫的萨沙。我比较喜欢米哈伊尔那个总被忽略、笨笨懒懒的萨沙。他很安静，眼神很忧郁，笑起来的时候看着很和善，同他温柔的母亲很像。他的牙齿都从嘴里露了出来，长得很难看，上颌还有两排牙。米哈伊尔的萨沙觉得这很有意思，时常将手指放到嘴里去摇晃后排的牙齿，想要拔下来；如果谁想摸他的牙他也会同意。这就是我在他身上发现的全部有趣的地方。家里虽然有很多人，但是他很孤单，经常坐在不明亮也不黑暗的角落里，太阳下山的时候会坐到窗户前。和他一起沉默不语还是很开心的——紧挨着他坐在窗户前，一言不发地待一小时，看着窗外天空的火烧云，看着那围绕着圣母升天大堂金色圆顶飞翔的黑色寒鸦，这群寒鸦飞往高空又落下来，突然天空被一张黑色的网渐渐笼罩，而后慢慢消失在无处可寻的地方，只剩一片空白。当不想说话的你看着这些的时候，内心是愉悦的也是忧愁的。

雅科夫舅舅的萨沙无论讲什么都头头是道，那严肃的神情就跟大人一样。他知道我想自己染布以后，就劝说我把柜子里用来过节的白桌布染成蓝色。

他很认真地说："白色好上色，我记得非常清楚。"

桌布很沉，我把它拽出来抱到了放着蓝靛桶的院子里。然而，我刚刚把桌布的边缘放到桶里时，"小茨冈"不知道从哪里跑过来，一把将桌布夺过去，用他的大手把桌布拧干净，然后对着门洞里看我工作的雅科夫的萨沙喊："去叫你奶奶来！"

头发黑而蓬乱的"小茨冈"摇了摇头，像预感到了不好的事情似的

对我说：“你会因为这个被揍一顿的！”

跑过来的外祖母惊讶地叫了一声，甚至还一边哭着一边咒骂：“你这个咸耳朵鬼！别尔米人！我真想把你摔一边去！”

而后，外祖母对“小茨冈”说：“这事别告诉老爷，瞒住这事儿，没准可以糊弄过去……”

“小茨冈”把手在他那五颜六色的围裙上擦了擦，担心地说：“我不会说的，不用担心，就怕萨沙多嘴！”

外祖母说：“两戈比让他闭嘴好了。”然后就带我回去了。

有人在星期六晚祷前把我带到了厨房里；厨房很昏暗，很静。记忆中，窗外是秋天灰色的天空，还下着小雨，房子里的房门和过道都紧紧地关着。一张大椅子摆放在黑漆漆的炉口前，“小茨冈”脸色阴沉地坐在上面，跟往日的样子完全不同；外祖父站在角落里，他旁边有个污水盆和水桶，水桶里面的树条子被外祖父捞起来，测量后再一根一根地摆好，树条子在空气中张牙舞爪的。外祖母闻着鼻烟，在黑暗的地方嘀咕：“害人精……还笑呢……”

厨房中间的凳子上坐着雅科夫的萨沙，他握着拳头，一边擦着眼睛一边拉着长腔说：“饶了我吧……”声音变得跟老乞丐一样。

米哈伊尔舅舅的一儿一女像木头人一样并排站在凳子后面。

外祖父将一根树条子从拳头中间捋过来，平静地说道：“揍一顿再说，脱裤子……”

屋子里有些吵闹，有外祖父说话的声音，有萨沙在凳子上来回动弹的声音，有外祖母的脚摩擦地板的声音，但是这些声音都无法破坏昏暗厨房里那让人刻骨铭心的寂静。

萨沙直起身子，把裤子脱到了膝盖处，然后提着它，弯着腰，踉踉跄跄地走向长凳子。我看着他走路的样子，心里很难过，腿也开始颤抖。

接着，我看见他听话地趴在长凳子上，被“小茨冈”从腋下捆住，然后脖子也被一条宽手巾绑着。最后，“小茨冈”弯着身子用手抓住他的脚踝。我更难过了。

外祖父叫我："来，列克赛[①]，过来一点儿……抽人就是这么抽的……一下……"

他适当地扬起手，对着赤裸的萨沙打了一下，然后就听到了一声哀号。

外祖父说："装！刚刚那下根本不疼，这下才疼！"

树条子再次落下来，哀号的表哥身上立刻就起了一条红道。

外祖父接着问："不乐意吧？不舒服吧？为了顶针！"

他抽打的手很稳，起落很均匀，而我的心也随着他的手一起一落的。

萨沙尖厉地叫喊着，声音非常讨厌："我错了……我说了桌布的事啊……"

外祖父的声音很平静，就像在念《圣经》："告密也要罚！而且告密的人要先罚，这一下是为了桌布！"

外祖母向我扑过来，抱着我喊："你这个魔鬼，我不会把列克赛给你！"

她一边踢门一边喊我的母亲："瓦尔瓦拉……"

外祖父凶猛地扑向外祖母，把她推倒了，然后把我抢过来抱到长凳子上。被抱着的我不停地挣扎，咬他的手，拽他的红胡子。他生气地吼着，紧紧夹着我，后来把我扔到了长凳子上。被扔的我磕破了脸。他粗野地喊："打死他！给我绑上……"

记忆里，母亲的眼睛瞪得很圆，脸色也很苍白。她围着长凳子转圈，哑着嗓子喊："不要……爸爸……把他给我……"

我被外祖父打得失去了意识，然后就大病了一场，一个人趴在暖和的床上，在一间小屋子里躺了好几天；小屋子比较昏暗，只有一扇窗户，墙角处还放着很多玻璃匣子，匣子里面都是圣像，匣子前面的长明灯烧得通红通红的。

对我而言，生病的这段时间是我人生中很重要的日子。或许，我在这段日子里成长了很多，并且有了一种特别的感觉。从这以后，我总是不安地看着人们，好像是心的外皮被撕掉了一样，变得敏感起来，无论是谁给的伤害和屈辱我都不能忍受。

---

① 对阿列克赛的简称。

最先让我吃惊的是母亲与外祖母的争吵：一身黑，身躯也很大的外祖母在拥挤的屋子里扑向了母亲，将母亲逼到了墙角圣像前，凶悍地问："你怎么没有把他夺过来？"

"我当时害怕！"

"瓦尔瓦拉，你长得这么高大是白长的吗？我这个老太婆都不怕，你真是……"

"妈妈，不要说，我现在想起来就觉得恶心！"

"你不爱你的孩子，不可怜你的孤儿！"

"我自己就是孤儿，一辈子的孤儿！"母亲高声说道，声音很沉重。

后来，母亲和外祖母都坐在墙角的箱子上掉眼泪。母亲说："如果是我一个人，我就可以远走高飞了，可是，我必须为了阿列克赛在这个地狱里活着。妈妈，我活不下去了……"

"好孩子，我的心肝啊，我的骨肉。"外祖母低声哄着。

我知道了：母亲也很弱小，也和别人一样害怕外祖父。如果不是我，她就能离开这叫人无法生活下去的家庭。这件事让我很难过。果然，母亲没过多久就离开家去别的地方做客了。

不知道为什么，外祖父像从天花板上掉下来一样突然出现在我的小房间里。他坐在旁边，抚摩着我，他的手很冰冷。他说："小爷子，别生气了……你说说话……你怎么了？"

如果不是身上太疼，我一定会踢他一脚。和以往相比，外祖父的须发要红一些，他来回晃动着自己的头，有些不安的样子；一双明亮的眼睛看着墙壁，好像在搜索什么。他从自己的口袋里掏出了很多东西：一个苹果，两个糖角，一个山羊形的甜饼和一包青葡萄干。这些东西被放在枕头上，我的鼻子前面。

"看，我带了礼物来。"

他弯腰亲了亲我的额头，而后他用僵硬的手轻轻抚摩我的头。他的手染了黄色，弯得像鸟嘴一样的指甲上的颜色更黄。外祖父一边抚摩一边跟我聊天："兄弟，我知道我当时做得太过分了。我气坏了，谁叫你咬我还抓我了呢，我完全被惹火了。不过，你现在挨揍还算好的，我都记着呢。

你必须清楚，被自己的亲人打是受教训，不是屈辱！做人不能叫外人打，只要不是外人就行。我也挨过打的，阿廖沙[①]，我当时被打得很惨，比你做的噩梦都恐怖！我被欺负得不像样子，假如上帝看见了，他也会为我掉眼泪的！结果呢？我这个乞丐的孩子，一个无依无靠的人熬出来了，成了行会的头儿，管着很多人呢。”

他又瘦又干的身子微微靠着我，用流利又沉重的话一句接着一句地向我讲述他的童年。外祖父的眼睛闪着光芒，头发竖着，用粗重又高亢的嗓音像喇叭一样对我说：“你过来的时候坐的是轮船，蒸汽轮船。而我年轻的时候要用力气去拉货船，赤着脚逆着伏尔加河向上游走，脚下全是石块，从山上崩落的石块，又尖又利的。我从黎明走到黑夜，白天的时候后脑勺会被晒得融化了似的沸腾着，却不能停下；腰像豆芽一样弯着，骨头一直响；眼睛因为流下来的汗而看不清楚路，心里很难过，眼泪也一直流。阿廖沙啊，我都没有地方说苦去！我不停地走，常常滑脱了纤索脸朝下倒下去。倒下来也是好事情呢，完全没有力气了，只要休息一下哪怕是喘一口气也好啊！你看，被上帝和救世主耶稣注视着的人们都过的是什么生活啊……我就这样在伏尔加河上，从辛比尔斯克走到了雷宾斯克，又从萨拉托夫走到了这里，然后还从阿斯特拉罕走了上万俄里到达了马卡里耶夫！我第四年就成了纤夫头，让主人看到了我能干的一面……”

我听着外祖父的话，觉得他在我面前像云朵一样快速变大了，从一个干瘦的小老头儿变成了一个强壮有力的人，他一个人拖着大大的货船在逆流里走着……

外祖父说这些事情的时候还会跳下床，甩着胳膊向我演示怎么拉纤，怎么把水从船里排出去；他低低地唱着歌，然后一纵身，利落地跳回床上，整个人都让人忍不住惊讶。他继续讲他的事情，声音也变得更粗重了：“当我们休息的时候，阿廖沙，一切又变得不一样了。在日古里附近的绿山下，我们会在夏季的傍晚生火煮粥，啊，一个悲苦的船夫唱喜爱的歌，其他的人也会跟着他唱，唱得人们都起鸡皮疙瘩，好像伏尔加河的水流也变得急

---

① 对阿列克赛的爱称。

了，像马儿一样狂奔着，而后立起来冲进天上的云层里。所有的悲伤就都被风吹走了，人们开心地唱着，非常起劲儿，有时候粥会被煮出来，那么负责煮粥的人就会被人用勺把儿打。怎么玩都不能把正事忘了的。”

人们好几次都探进头来叫外祖父，每次我都恳求说：“不要走！”

他就笑着冲那些人摆摆手，说：“等一等……”

他讲到了天黑，并在走之前跟我亲切地告别，而我才知道外祖父并不像想象中那样可怕、凶恶。可我只要想到他曾那么残忍地打我，就特别伤心而且怎么也无法忘怀。

别人因为外祖父的到访也都过来看我，想办法让我开心。我的床边一整天都有人坐着，但不是每次都能让我开心起来。外祖母是所有人中最为勤快的一个，她甚至和我睡在一起。不过那些日子里让我印象深刻的人却是“小茨冈”。“小茨冈”的胸脯很宽大，四方身材，头很大，头发很卷曲。某天傍晚，他像是精心打扮了一下才过来的：金黄色的绸衬衫、绒布裤子，还有会发出咯噔声的皮靴。他的头发又黑又亮，一对浓黑的眉毛下长着一双斗鸡眼，小黑胡子很年轻，牙齿雪白，整个人看起来都很闪亮。长明灯柔和的红光照在他的绸衬衫上给人一种正在燃烧的感觉。

他一边说一边把袖子卷起来，让我看到肘弯都是红色伤痕的胳膊：“你看看，之前比这个肿得还厉害！你晓得吧，你外祖父气坏了，要狠狠地抽你，我一看情况不对就用这只胳膊挡着你，指望着挨到你外祖父把树条子打断，然后在他去拿另外一根树条子的时间里让你外祖母或者母亲把你带走。谁知道树条子那么结实，被水泡得太软了……不过这么说你还是少挨了几下，你看看，我的小弟弟，我是不是很机敏……”

他咧开嘴笑，声音非常温暖，像绸子一样，接着看了看自己的胳膊才说道：“我可怜你啊，当时都哽住了喉咙。我就知道事情变得糟糕了，你外祖父这么打你……”

“小茨冈”摇着脑袋，吹响鼻子的时候就像一匹马儿，他对我讲外祖父的某些事情，让我马上觉得他是一个单纯的人，很可亲。

我告诉他，我很爱他。结果，他说的话叫人记忆深刻：“我也是啊，我就是因为爱你才这样做的，我什么时候为别人做过这些事呢？这一切都是因为爱你……”

而后，他一边紧张地看向门口一边向我低语：“记住，下次你外祖父再打你，你不要缩成一团了。你缩成一团会更疼，你必须要放软身子，舒展自己，让自己变得像凉粉似的。而且你一定要深呼吸，使劲儿地叫喊——记住我的话啊！”

我问：“我还会挨打吗？”

“小茨冈”平静地回答：“不会吗？肯定会的，你外祖父应该会经常收拾你的……”

“为什么啊？”

“总之你外祖父会的……”而后他又关心地说，“假如你外祖父的树条子一直落，就那么一上一下地打你，你就放软身子，全身舒展地躺在那儿；假如他用树条子抽你的皮，打下去之后再拉回树条子，你就随着树条子扭身子，知道了吗？这样能少受点儿罪。”

他挤着眼睛对我说：“小弟弟，在这方面，巡长都比不上我的！我的皮啊，已经被抽打得粗硬粗硬的了，用来缝手套都没有问题！”

我看着他那洋溢着快乐的脸，忽然就想起了外祖父讲给我听的童话：伊凡王子和伊凡傻子。

三

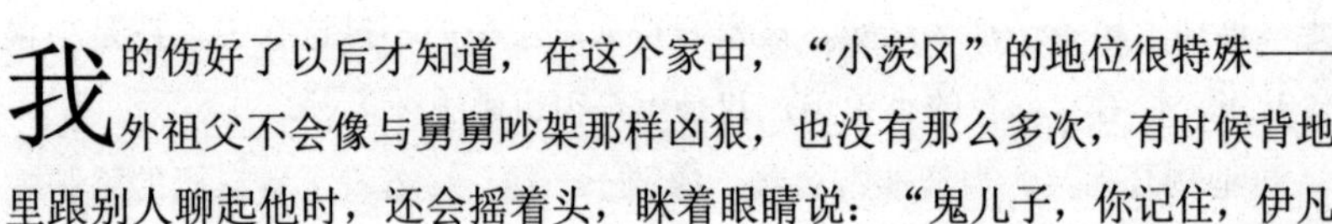

我的伤好了以后才知道，在这个家中，“小茨冈”的地位很特殊——外祖父不会像与舅舅吵架那样凶狠，也没有那么多次，有时候背地里跟别人聊起他时，还会摇着头，眯着眼睛说：“鬼儿子，你记住，伊凡有一双金不换的手，这小子是有出息的！”

舅舅们对他的态度也很友好，从来不会像戏弄格里戈里师傅那样戏弄他，他们差不多天天都在想各种阴狠且侮辱的法子去针对格里戈里师傅：把钉子尖朝上插在他的椅子上，或是把他的剪刀把儿烧热了，或者把各种颜色的料子放到这个快盲了的老人旁边，当老人把料子缝成一匹布后就会被外祖父训斥。

某一天，人们趁他在厨房吊床上睡觉的时候，在他的脸上涂满了红色的颜料，于是，他好长一段时间都是一张红得好笑又可怕的面孔：灰白色的胡子下有两片像眼镜一样的红色斑点，鼻子看起来就像一条垂着的长舌头，没精打采的。

人们总是能想出各种各样折腾格里戈里师傅的方法，而这个老人就只是轻轻地咂嘴，沉默地忍受着。他习惯用手指蘸了很多唾沫后再去拿顶针、剪子、熨斗或者钳子什么的，甚至拿刀叉吃饭前也会把手指头蘸湿，这种行为总是能把孩子们逗笑。当他忍受不住疼痛时，皱纹就会出现在他的大脸盘上，像波浪一样抬高他的眉毛，滑过额头，最后消失在光秃秃的脑袋上。

我忘了外祖父对舅舅们这种戏弄的行为抱有怎样的态度，但记得外祖母会捏紧拳头对他们吓唬道："恶鬼，一群没有脸面的东西！"

不过，舅舅们在背地里聊"小茨冈"的时候会带着嘲讽或气愤的口吻，他们否定他的工作能力，指责他又懒手脚又不干净。

我向外祖母问其中的缘由。

她和平时一样，兴高采烈地对我说："你不知道，他们都想拉拢凡纽什卡[①]，想将来开染坊的时候让他跟着自己，所以他们才互相说人家的坏话，其实这都是阴谋、谎言。他们都担心凡纽什卡会跟着你外祖父干。你外祖父是个怪脾气的人，如果带着凡纽什卡开第三个染坊，这对他们来说非常不利，懂了吗？"

外祖母平静地笑着："多好笑啊，人们总是在耍小聪明。你外祖父早就看出来了，所以经常逗米沙和雅沙[②]：'我需要凡纽什卡，我要给他买个免役证，这样他就不用去当兵啦。'然后你的舅舅们就会生闷气，他们不想看到这种事发生，可又舍不得花很多钱去买那个证。"

目前，我又跟外祖母住在一起，她像坐轮船的时候那样，每晚给我讲童话故事或者是一些她那童话般的生活。讲到外祖父买房子、舅舅们闹着分家的时候，外祖母的口气就像是一个不太熟悉的邻居，话里带着嘲讽，

---

① 对"小茨冈"的昵称。

② 米沙是米哈伊尔的小名；雅沙是雅科夫的小名。

完全没有这个家第二主人的样子。

从外祖母那里我知道了“小茨冈”是个被抛弃的孩子：某年春天的雨夜里，还是婴儿的他躺在门口的长凳子上。

陷入回忆的外祖母用神秘的口吻说：“他被围裙包裹着，被冻得都哭不出声音来了。”

“为什么会有人把小孩子扔给别人？”

“母亲没有奶水，也没有东西养活这个孩子。她打听哪家刚刚出生的孩子死了，就会把孩子放到他们家门口。”

而后，外祖母沉默了一会儿，用手挠挠头，望着天花板叹息地说：“阿廖沙，这都是因为贫穷啊，穷得都没法子说！而且，未出嫁的姑娘是不能生孩子的，这是规矩，否则就是丢脸的事！当初，你外祖父想把他送到警察局，我就说：‘我们养着吧，这是上帝可怜我们的孩子死了，所以才把他送过来的。’我有十八个孩子，如果这些孩子都活着，并成家立业，那就能站满一条街了。你不知道啊，我十四岁就嫁给了你外祖父，十五岁就有了第一个孩子，但是上帝喜爱我的孩子，把他们召唤回去当天使了。我难过啊，我也高兴。”

穿着长衬衫的她就坐在床边上，黑色长发铺散在背后，庞大的身躯和蓬松的毛发让她看起来像赛尔加奇守林人（这个人长着一脸的大胡子）牵到院中的大熊。外祖母在自己白净的胸脯上画着十字，晃着身体，低声笑着：“上帝带走了我的好孩子们，给我留下的是一群浑蛋。我很喜爱伊凡，我喜欢你们这群小家伙！我收养了他，而他果然在洗礼后活了下来。一开始，我给他起名叫‘茹克’①，因为他总是嗯嗯地叫着，在屋子里到处爬，就像一只甲壳虫。阿廖沙，他是一个朴实的人，你要爱他。”

我很爱“小茨冈”，他是一个神奇的人，经常给我惊喜。

每个星期六，等外祖父揍完一群犯了错的孩子去做晚祷时，厨房就成了我们难以描述的乐园：伊凡的手很巧，能够做很多奇妙的东西。比如用线麻利地做了一套马具，然后套在从炕炉里抓来的几只黑蟑螂身上，他还

---

① “茹克”（жук），是“甲壳虫”的意思。

会用剪刀剪出一个纸雪橇，于是，在刨平的黄桌子上就有了四匹拉着雪橇狂奔的黑马，这些黑马被伊凡手里的那根细松明驱赶着，他还会高兴地喊："驾着车去请大主教喽！"

伊凡在一只蟑螂身上贴了一张纸片，然后边朝雪橇的方向赶边解释说："口袋忘记带了。现在让这个和尚送过去！"

一只蟑螂的腿被他用线绑起来了，等它爬的时候头就会不停地磕向桌面，伊凡鼓掌："从酒馆里出来的助祭在做晚祷呢！"

伊凡还把小老鼠拿给我们看，并指挥着它用后腿站起来，拖着长尾巴走路。小老鼠那对黑漆漆的小眼睛滴溜溜地转着，还眨巴两下，显得又机灵又可爱。他对小老鼠非常好，会亲吻它，用嘴喂它糖吃，还把它放到怀里。伊凡坚定地说："老鼠又聪明又可爱，很惹家神喜欢！而且，家神爷爷会对那个养小老鼠的人好的……"

铜钱和纸牌的戏法他也会，而且玩的时候看起来就像一个孩子，他在所有孩子中叫声最大。在某一次的纸牌游戏中，他一连输了几回，做了好几次的"傻瓜"，这让他受到了很大的打击，他生气地嘟着嘴不肯再跟孩子们玩了。后来，他鼻子哼着气，用埋怨的口气对我说："我明白他们是一伙的，总是搞小动作，使个眼色、在桌子底下换个牌什么的。可是，这么玩就没有意思了，骗人的东西我又不是不会……"

他不过十九岁，然而我们四个孩子的岁数加起来也没有他大。

最让我记忆深刻的，是那个他表演节目的晚上；外祖父和米哈伊尔舅舅像往常那样按时去别人家做客了，一头蓬松鬈发的雅科夫舅舅来到了厨房，带着一把吉他，外祖母准备了满满一桌子茶点和一瓶用绿色瓶子盛着的伏特加，酒瓶底部还铸有一朵漂亮的小花；穿着过节衣服的"小茨冈"像陀螺一样忙活着；眼睛闪着光的老师傅侧着身子进来；还有红着脸的麻脸保姆叶夫根尼娅，她的眼睛古灵精怪的，胖胖的身子就像个坛子，说话像是在吹喇叭；有时候，教堂里长头发的助祭和一些陌生的人也会来，这些陌生人精明得像鲇鱼和梭鱼似的。

喘着粗气的人们都饱餐了一顿，孩子们都有了糖果，大家开始享用甜酒了，接着，像火焰般温暖而热闹的音乐就慢慢响起来了。

雅科夫舅舅调好吉他的弦调，照例问一句："好了没有？准备开始啦！"

他摇晃了一下头，对着吉他弯下腰，伸长了脖子；他那毫无忧愁的圆脸浮现出微微的困意；无法猜测的灵敏目光在油雾中黯淡了。琴弦被轻轻拨弄着，一首振奋的、叫人热血沸腾的曲子响了起来。

音乐让空气变得时而低沉，时而紧张；像一条从远方奔流而来的小溪，那湍急的溪水渗透了地板和墙壁，让人有一种莫名的、激荡的感觉，不安中带着忧伤。音乐让人们的心都变得柔软起来，对包括自己在内的所有人产生了怜悯之心，大人们觉得自己回到了童年，所有人都坐在自己的位子上陷入了思考。

米哈伊尔的萨沙有些焦虑。他总是将身子探向舅舅，嘴角流着口水，嘴巴张着，呆呆地看着吉他。有时候，坐在椅子上的他会因为太入迷而掉下来，遇到这种情况，手撑着地的他就那么坐了下来，一动不动地瞪着眼睛。

听得如痴如醉的人们都屏住呼吸；房间里响着茶炊的声音，但这影响不了吉他哀怨的曲调。两扇小的四方窗户将秋天的黑夜挡在外面，时常还会响起人们轻轻叩击的声音，两根像尖矛一样的蜡烛立在桌子上，闪着黄色的火苗。

雅科夫舅舅一动不动的时间变得越来越长，好像他在紧闭着嘴巴熟睡，而两只手却是另外一种情况：弯起的右手指像一只不断挣扎拍翅膀的小鸟，用飞快的速度在黑色琴腔上拨动着；左手指则用诡异的速度来回抚摩着弦。

喝醉了的他差不多每次都会用某种从牙缝里挤出的吱音唱同一首歌：

> 如果雅科夫是一条狗 / 他就要每天都叫唤 / 哦啊，我烦闷啊 / 哦啊，我烦闷啊 / 街上走着一个尼姑 / 墙上站着一只乌鸦 / 哦啊，我烦闷啊 / 蟋蟀在炉子后面叫 / 蟑螂被闹得很不安 / 哦啊，我烦闷啊 / 一个乞丐晒脚布 / 却被另外一个乞丐偷走 / 哦啊，我烦闷啊 / 是啊，我心里忧伤啊

这首歌总是叫我无法忍受，只要舅舅唱到乞丐的内容，我就会因为心中升起的悲伤而大声哭泣。

"小茨冈"同大家一样认真地听音乐，用手指轻轻抓着头发，看着屋

子的角落，小声地打着呼噜。

突然，他带着可惜的口吻说："假如我有这么优美的嗓音，我要尽情地唱。"

外祖母叹口气："好了，好了，雅沙，别叫大家伤心了！凡纽什卡，你跳支舞吧……"

她的要求并非每次都能立刻得到满足，不过，有时候弹奏音乐的人会忽然停住手，握紧拳头，然后用力地甩向地面，似乎把自己身上的某种东西都甩了出去，他用雄浑的声音喊："滚吧，所有的烦恼和悲伤都见鬼去吧！上场，凡纽什卡！"

"小茨冈"整理了一下衣服和面容，而后小心地、像踩着钉子般迈着小步子来到厨房的中间。他黑黝黝的脸皮有些发红，他害羞地微笑着，开口说道："雅科夫·瓦西里耶维奇，让音乐再快一点儿！"

狂风暴雨的声音从吉他上传来，桌子和橱子里的碗碟伴着靴子跺地的细碎声颤动着，"小茨冈"如燃烧的火焰般站在屋子的中间，双手张开，如同一只翱翔天际的鹞鹰，脚步快得只剩下残影；他尖叫一声，蹲下身子，宛如一只黄色雨燕来回穿梭，他的绸衬衫翻滚着，似乎在燃烧，散发出足以照亮四周的耀眼光芒。

"小茨冈"尽情地跳着，不知疲倦，好像若不是门挡着，他会一路跳着走遍整座城的街巷，跳到某个不为人知的地方里去……

雅科夫舅舅提起脚打着拍子说："横着来一次。"

他声音颤抖着，尖厉地念了一句逗笑的顺口溜：

哎呀，如果我不是心疼这双草鞋 / 我一定抛弃妻子走向远方

桌子后面的人也跺着脚，好像地面上着了火，烧到了他们。这些人也经常跟着大喊、尖叫；那个秃头大胡子的师傅一边嘴里嘀咕着一边拍着自己的头。某一次，他蓬松的大胡子在他向我弯下腰的时候蹭到了我的肩膀，而他则像对待大人那般在我耳边低语："如果你的父亲还在人世，阿列克赛·马克西莫维奇[①]，他也会这样欢快地跳舞！他是个快乐且讨人喜

---

① 对阿廖沙的尊称。

爱的人，你对他还有印象吗？”

“没有了。”

“没有了？以往，你父亲和你外祖母跳起舞来，哦，等下！”

老师傅直起高大的身子，样子很虚弱，仿佛圣像里的人。他对着外祖母鞠躬，粗重的声音跟平常有些不同：“阿库林娜·伊凡诺芙娜[①]，请您也来跳一支舞吧！就像过去和马克西姆·萨瓦杰维奇那样跳舞，赏个脸吧！”

外祖母把自己缩起来，轻声笑着：“哦，亲爱的，这是怎么了，先生，格里戈里·伊凡诺维奇？我就不跳舞了，不要惹大家发笑了……”

可是，所有人都来恳求她。忽然，外祖母站了起来，身上散发出年轻人的光彩，她挺着身子，昂着自己巨大的头颅，一边跳一边喊：“笑吧，想笑就笑吧！雅沙，换一首曲子！”

舅舅挺直了身子，把眼睛微微闭起来，手上的动作也慢了下来；“小茨冈”休息了一会儿，而后跳到外祖母面前蹲下身子，绕着她转圈；外祖母将两只手撑开，扬着眉毛，眼睛看着远处，仿佛飘浮在空中一样，脚底无声地滑动。我觉得这个场景很好笑，于是忍不住笑了一声，老师傅用手指点了一下我，表情严厉，其他人看向我的目光也带着责备的意味。

老师傅笑着喊：“停下吧，伊凡！”

“小茨冈”听话地停止了舞步，在门槛处坐下来；保姆叶夫根尼娅开始小声地唱愉悦的调子：

一个星期的六天/姑娘都在织花边/工作累死了人/哎呀，简直只有一口气了

与其说外祖母在跳舞，不如说她在讲故事。看吧，她好像在想什么似的悄声走着，晃着身体，手搭在额头四处张望，她壮硕的身体犹豫不决地颤抖着，脚步小心翼翼地向前移动。忽然，她停下了，似乎被什么吓到了，神色一变，皱起了眉毛，但又马上容光焕发，满脸都是温柔的笑容。她闪开了身子，将一只手摊开，将路让出来。她低着头屏住呼吸站着，听着，

---

① 是阿廖沙外祖母的名字，这样称呼显示尊敬。

而且嘴角的笑意越来越大。她突然移动了身子，如风般不停地旋转，舞姿让她的身躯显得更匀称、壮硕了。人们已经被外祖母牢牢地吸引住了视线，而她也似乎变回了年轻时的样子，像一朵盛开的鲜花，如此可爱！

保姆叶夫根尼娅唱起歌，喇叭似的：

做完星期的午祷／就一直跳到深夜／她最后一个归来／可惜啊，时光这样快

跳完舞的外祖母坐回原来的位子——靠近茶炊的地方，接受人们的夸赞，她整理着头发，说道："好啦，够了，这舞蹈算什么啊？你们没有见过真正的！之前，巴拉赫纳的一位姑娘，哦，我不记得是谁家的了，也忘记了名字，她跳的舞蹈能让人快乐到哭！你看她一眼就能幸福得什么都不想要，像过节一样快乐！罪过啊，我羡慕她呢！"

叶夫根尼娅严肃地说："舞蹈家和歌手是这世界上最优秀的人！"接着，她开始唱大卫王[①]的事情，而雅科夫舅舅将"小茨冈"搂进怀里，说道："你的舞蹈令人发狂，你应该去酒馆里跳舞……"

"小茨冈"抱怨说："我期望能唱出美妙的歌声。如果上帝能让我唱出美妙的歌声，我一定唱十年，哪怕当和尚也没有关系！"

人们都愉快地喝着伏特加，其中格里戈里喝的比任何人都多。外祖母看到大家一杯接着一杯地给他倒酒，警告他："格里沙[②]，你要当心你的眼睛，会瞎的！"

他认真地回答："有什么关系呢？我什么没看过呢？让它瞎吧，对我没有用了……"

老师傅喝了很多酒，没有醉意，但话有些多，几乎每次和我讲的都是关于我父亲的内容："他是个伟大的人，马克西姆·萨瓦杰维奇，我的朋友啊……"

外祖母叹着气，也说："是上帝喜欢的孩子啊！"

所有的事情都这么有趣，都对我有莫大的吸引力，它们好像都能向我

---

① 古代以色列－犹太王国国王，《圣经》中记载，他是宗教诗歌的作家和音乐家。

② 对格里戈里的昵称。

心中传递一种绵延不断的、安静的悲伤。悲伤和快乐在人们心中是分不开的，会以不可思议的、难以捉摸的速度来回交换。

某一次，没有醉得很严重的雅科夫舅舅忽然撕扯自己的衬衫，愤怒地抓挠自己的胡子和头发，嘴唇耷拉着。

他一脸泪水地狂喊："这都是什么生活啊？为什么要活成这样啊？"他捶打着胸口，拍着额头，不停地大哭："我是个下流种子，是个浑蛋！"

格里戈里大叫着说："没错，你就是！"

有些醉了的外祖母握住舅舅的手，说："好了，我的孩子，上帝知道该怎么教导的！"

酒让外祖母变得更美了：她的黑色眼睛里含着笑，看所有人的目光都能让灵魂感到温暖，她扇着围巾，试图给自己发热的脸降温，像唱歌似的说："上帝啊，这是多美好的事情啊！你看，一切都这么美好！"

这话发自她的内心，是她此生的口号。

没有烦恼的舅舅这样苦恼让我觉得很困扰。我问外祖母，为什么舅舅会这样子？为什么要打骂自己。

她跟平常不同，有些不乐意地回答："你不知道吗？等着吧，现在知道还是太早了……"

我越发好奇了，于是就跑到染坊里去纠缠伊凡。可是他也不想回答我这个问题，总是看着我笑，被我逼的没有办法了就把我推出去，然后说道："出去，不要来缠我！不然我会把你丢进染锅里，让你也染个颜色！"

老师傅站在又宽又矮的炉子前面，炉子上有三口锅，他手里攥着一根黑色的棒子，时不时地搅着锅里的东西，拿出来的时候染料水就会顺着棒子流下来。炉子底下的火烧得很旺，火光照着老师傅那像袈裟一样的花皮围裙。染水在锅里翻滚着，白色的蒸汽顺着蚀眼冒了出来，然后一股脑地奔向门口，门外院子里是冬日里的风雪。

老师傅透过眼镜，用他那混浊且充着血的眼睛看了一下我，然后声音粗粗地朝伊凡说："眼睛是摆设吗？还不劈柴去！"

"小茨冈"去院子里劈柴后，老师傅就在装着紫檀素的袋子上坐下，招了招手，说："过来吧。"

他抱起我放到他的膝盖上，然后用他蓬松而柔软的胡子蹭着我的脸，告诉了我一些让我难以忘怀的话："你舅舅打死了你的舅妈，他觉得愧疚，明白了吗？你应该知道的，必须小心，不然会出问题的！"

无论是和老师傅在一起还是和外祖母在一起，我觉得说什么都可以，可是心里会有点儿害怕，因为觉得他已经透过眼镜把一切都看明白了。

我问："怎么打的？"

他慢条斯理地回答："晚上睡觉的时候，他用被子盖着你舅妈的头，使劲儿压着打她。原因？或许连他自己都不知道呢。"

这时候，抱着一捆柴的伊凡进来了，在火炉前蹲着暖手。老师傅像没有看到他一样自顾自说道："你舅舅打她，或许是因为忌妒，忌妒她比自己好。小伙子，卡希林一家人都很冷漠，他们忌妒别人，总想害你舅妈。你可以去问你的外祖母，那样你就可以知道他们曾经是多么想害你父亲了。你外祖母不爱撒谎也不会撒谎，她什么话都说，虽然有点儿酗酒，但是她是神圣的。你要跟紧你这个有点儿傻气的外祖母……"

我被格里戈里推了一下，然后就跑到了院子中，心里既沉重又恐惧。凡纽什卡在门洞处追上我，他用手捧起我的脸，在我耳边低语："格里戈里是个好人，你不用怕，下次你看他的时候对着他的眼睛，他喜欢别人这样看自己。"

这里的任何事都让人感到好奇和惶恐不安。我没有体验过别处的生活，但是在模糊的记忆中，父亲和母亲的生活并非如此：交流、娱乐都不一样，无论什么时候，父亲和母亲总是肩并着肩，彼此依靠。他们晚上在一起会笑很长时间，在窗口处高声歌唱，引得四周的人聚集过来围观他们。我回忆起那些仰望的陌生面孔竟联想到了饭后的脏盘子，真是可笑。这里的人总是板着脸，即便笑了也让人不明白他们笑的原因。他们时常相互嚷叫、威胁或者一起在屋子的角落里窃窃私语。孩子们都小心翼翼的，没有人理睬，他们就如同被雨水打进泥土里的尘埃。在这个家中，我觉得自己无法融入进去，我被生活中那数不清的针刺痛了，被弄得总是怀疑什么，紧张地观察着所有的事情。

我和伊凡越来越亲近；外祖母每天都忙着处理家里的事情，而我就和伊凡在一起。每次外祖父打我的时候，伊凡都会用胳膊替我挡住那些鞭子，第二天再给我看他肿起来的手，带着埋怨的口吻说："根本没有用，你依旧疼得厉害，我呢，看看我被打的！哦，我再也不要管你了。"

然而，下一次他还是会用胳膊替我挡住鞭子。

"你不是不要管了吗？"

"是不想管，可是不知道为什么，胳膊还是伸了过去，真的是不自觉地……"

不久，我知道了另外一件关于"小茨冈"的事情，这让我更喜欢他了。

"小茨冈"会在星期五的时候牵出那匹枣红骗马，给它套上很大的雪橇。这匹马叫沙拉普，是外祖母的爱马，它的脾气很奇怪而且嘴很刁，只爱吃美味的食料。"小茨冈"穿着到膝盖的短皮衣，戴上大帽子，再往腰间紧紧系上一根绿色腰带，就去集市买食材去了。有时候，时间过了很久，伊凡还没有回家。大家都焦急地在窗户前面等着，哈着气，融化了上面的冰花，然后向街上看去。

"还没有回来呢？"

"没有！"

外祖母是所有人中最着急的一个。

她对着舅舅们和外祖父说："你们真是不知道羞耻，毁掉了人和马！你们还有脸面吗？家里的东西还不够用吗？蠢货，豺狼！上帝不会饶过你们的！"

外祖父阴沉着脸，嘀咕道："最后一次了，好了好了。"

"小茨冈"有时候到中午才回来；舅舅们和外祖父就会马上跑到院子里；外祖母狠狠地吸着鼻烟，在他们的后面蹒跚着，每次都显得笨手笨脚的，像一只狗熊。孩子们也都跑到院子里，开心地把东西从雪橇上搬下来：鸡、鸭、小猪，什么都有。

外祖父目光锐利地看着雪橇上的东西，问道："东西都买全了？"

伊凡开心地回答："买啦买啦！"然后在院子里蹦跶，还不停地拍打手套。

这时候，外祖父就会厉声喊："手套是用钱买来的，别拍坏了。零钱呢？"

“没有。”

围着雪橇慢慢地转了一圈，外祖父用不高不低的声音说：“买回来的东西多了。有些大概不是用钱买的吧？我不喜欢这样。”

他脸皱着，快步离开了。

舅舅们开心地冲到雪橇旁边，拿起鱼、小牛肉、家禽、大腿肉，一边掂着分量一边吹着口哨，不停地赞扬：“真会挑，好小子！”

米哈伊尔舅舅特别开心，像弹簧一样跳来跳去，不停地围着雪橇转悠，用啄木鸟般的鼻子到处闻着，咂吧着嘴，眯着愉悦的眼睛。他身材很像外祖父，很瘦但比外祖父高一些，黑色的头发就像烧焦了的木头疙瘩。米哈伊尔舅舅把手放进袖子里，问道：“父亲给了你多少钱？”

“五卢布。”

“你剩了多少？这些东西可值十五卢布呢！”

“九十戈比。”

“雅科夫，你看到没有，他自己留了九十戈比呢，真会攒钱呢！”

在这寒冷的冬日里，雅科夫舅舅只穿了一件单薄的衬衫，他对着天空眨了眨眼睛，悄声笑：“请我们喝半瓶伏特加吧，伊凡。”声音懒洋洋的。

外祖母一边跟马儿聊天一边将马套卸下来：“我的小宝贝，你怎么了？想捣乱？那就闹腾吧！”

沙拉普扬了扬头，让自己的鬃毛飞了起来，它那雪白的牙齿在她的肩膀上啃着，外祖母的丝巾被撕掉了，而后它就用眼睛看着她的脸，快乐地甩掉睫毛上的霜雪，低声嘶叫。

“要来点儿面包吗？”外祖母给沙拉普喂了些苦咸的面包，还用围裙在它的嘴巴下接着面包渣，入神地看着它。

“小茨冈”活泼地蹦到外祖母面前，就好像另外一匹年轻的马儿。“它好聪明，老奶奶，它真是一匹好马……”

外祖母跺了一下脚喝道：“滚，我今天不喜欢你，你明白的，不要在我面前摇尾巴！”

她对我说，“小茨冈”买的东西要比偷的少多了。

“老头子给了他五卢布，他带回来十三卢布的东西，其中真正花钱买的也不过三卢布，剩下的都是偷来的。调皮鬼，一次成功后就尝到了甜头，被家里人夸耀了一阵子，于是他就养成了偷东西的习惯。你外祖父小时候穷，受了很多罪，老了就变得贪心了，把钱看得比什么都重要，他就喜欢这么白拿白送！米哈伊尔和雅科夫……”

外祖母很不高兴，她挥了挥手，想了一会儿，然后吸着鼻烟壶又接着说：“廖尼亚，这人生的事就跟花边一样，而织花边的人又是个瞎眼老太婆，谁能看得清上面的花孔呢？伊凡要是偷东西被别人抓住，他是会被打死的……”

她又沉默了一段时间才低声说：“咱们家只有一堆规矩，没有真理……”

我第二天去央求伊凡不要再偷东西了：“你会被打死的……”

“没事，他们抓不住我，我眼快手也快，而且咱们的马也快，”他笑着说，接着，他变得忧伤起来，“我知道我不应该偷东西，这是不好的行为。我不过是想找点儿刺激罢了。我并不是想攒钱，反正你舅舅们会在一个星期之内把我手里的钱全部拐走。我不稀罕这些钱，没了就没了，反正我吃得饱。”

伊凡忽然握住了我的手，身体微微颤抖着。

“你虽然现在比较瘦小，但是你骨头硬，将来一定很魁梧。你去学弹吉他吧，让你雅科夫舅舅教你。你现在年龄小，很容易学会。你虽然人小可脾气大着呢，是不是不喜欢你的外祖父？”

“除了外祖母，我不喜欢卡希林这一家子，只有魔鬼才喜欢！”

“那我呢？”

“你姓彼什科夫，不姓卡希林，你们不是一个血统，不是一个族的……”

伊凡突然紧紧搂着我，都要呻吟起来了：“假如我能唱美妙的歌声该多好！我要让人们都快乐起来……好了，我要干活了，你走吧……”

我被放到地板上，看到他将一把小钉子塞到嘴里，然后把被浸湿的一块黑布紧紧地钉死在一块大的四方木板上。

没过多久，伊凡死了。

事情是这样的。一个主干粗大且多节的橡木十字架在大门边的院子里靠墙放着。它在那个地方待了很长时间。我刚刚来到这个家时就看到了这

个十字架，不过那时它还比较新，颜色是黄色的，过了一个秋天后，它被淋成了黑色，散发着一股橡木泡过水后的苦味，十字架在脏乱的院子里很碍事。

它原本是雅科夫舅舅为了舅妈而买来的，他曾许愿说要在舅妈去世一周年的时候亲自将它背到她的坟地上。

那是一个初冬的周六，天气很冷，风肆虐着将屋顶的雪吹落。人们都到院子里集合，带着三个孙子的外祖父和外祖母一清早就去坟地悼念故人了。因为犯错，我被留在了家里。

穿着黑色短皮大衣的舅舅们扶起十字架，负责扛横木的两翼。一个陌生人和格里戈里艰难地将巨大的十字架主干放在伊凡的肩膀上；伊凡摇晃了一下身子，两腿叉开稳住自己。

格里戈里问："还行吗？"

"不知道，很重……"

"瞎子，开大门！"米哈伊尔舅舅生气地喊着。

雅科夫舅舅说："不嫌害臊，伊凡，你的力气比我们两个人加起来的还要大！"

格里戈里打开大门，口吻严厉地嘱咐伊凡："愿上帝保佑你，小心些，别累倒了！"

米哈伊尔舅舅在街上喊："秃驴！"

院子里的人都笑了起来，大声谈论着，好像都为搬走这个十字架而开心。

格里戈里牵着我回到染坊里，他说："你外祖父今天的眼神很平和，或许不打你了……"

我被他抱到一堆即将染色的羊毛上面，而后又被他用羊毛小心地围住肩膀。他闻了闻染锅上面蒸汽的味道才入神地说："孩子，我二十七年前就认识你外祖父了。他做事的风格和能力我都非常清楚。最初，我们是朋友，两个人一起开染坊，想办法。你外祖父是个有能力的人，很聪明，当上了老板，而我就不会。反正没有人比上帝更聪明，最聪明的人也会因为他的笑而变成傻瓜。你或许不明白为什么人家会那么说，那么做，但是你必须都得知道。无父无母的孩子会忍受很多的痛苦。你的父亲，马克西姆·萨瓦杰维奇是一个神奇的人，知道很多事情，正因为如此，你的外祖父才讨厌他……”

听赞美的语言是很开心的，我听着他的话，看着炉子里黄色的火焰跳动，白色的蒸汽从染锅上升起来，然后在歪斜的木质房顶上变成灰蓝色的霜，一丝湛蓝的天空从房顶的裂缝里露出来。太阳在高空挂着，风小了，院子里都是玻璃似的尘埃，街道上响起雪橇滑过时的声音。蓝色的烟雾从屋子的烟囱里慢慢升起，雪地上映出它淡淡的影子，似乎有什么事情发生了。

格里戈里长着厚厚的胡子，个子很高，人瘦瘦的，没有戴帽子的他露出一对大耳朵，看起来就像个和蔼的巫师。他搅动着锅里翻滚的颜料，嘴里不停地吐露教导的话：“无论什么人都要用正直的眼光看他；就算是一条扑向你的狗，你也要这样看着它，这样它就会被你震慑住……”

他的鼻梁上压着沉重的眼镜，鼻子尖上和外祖父一样，有很多发青的血丝。

忽然，他说：“发生了什么事？”他侧耳听着，接着踢上了炉门，迈着大步飞快地跑了出去。我也跟着他出去了。

“小茨冈”仰面躺在厨房的中间；阳光从窗户射进来，被分割成了好几道光线，分别落在了他的头上、胸上以及腿上。“小茨冈”额头上有奇怪的光芒；眉毛高扬着；斗鸡眼一动不动地看着头顶的天花板；粉红色的泡沫从颤抖的、暗色的唇里冒出来；一股鲜血顺着他的嘴角流过两颊、脖子、地板；背上的鲜血流成了一条条小溪。他笨拙地伸着腿，裤子都湿透了，粘在地板上。被沙子擦得干干净净的地板闪着光，上面有鲜亮的血淌着，汇成好多条奔向门槛的小溪。

“小茨冈”直挺挺地躺在那里，胳膊紧紧地挨着身子，全身只有手指还在活动，抓着地板，闪着颜色的指甲在阳光下格外显眼。

保姆叶夫根尼娅蹲在他面前，往他的手里塞一支细细的蜡烛；伊凡没有力气，蜡烛直接倒在血泊里，灯芯被染红；保姆捡起来仔细擦干净了又往伊凡手里塞，想将蜡烛放进他的手指缝里。厨房里响着时高时低的低语声；声音像风一样不断推着我，但我牢牢地抓着门环。

雅科夫舅舅转着脑袋，脸色很不好，眼睛无神地眨着，很疲惫的样子，他用一种淡然的声音说：“他绊了一跤，摔倒了，十字架砸到了背上，我

们一看就立即松手了，不然我们也会被砸成残废的！”

格里戈里的声音闷闷的：“他是被你们砸死的！”

“是又怎么样……”

“你们！”

“小茨冈”一直在流血，这些血在门槛处汇成了一大摊并慢慢变成了黑色，似乎鼓了起来。他吐着粉色的泡沫，嘴里还发出梦语般的叫声，他的身体越来越瘦，躺得越来越平，紧紧地贴在地上，好像要陷进去。

雅科夫舅舅小声说：“父亲在教堂，米哈伊尔已经骑着马过去了。我找了一辆马车把他拉回来……幸亏是他背着主干，如果是我亲自背着……”

保姆锲而不舍地将蜡烛塞到“小茨冈”的手里，眼泪和蜡滴簌簌地落在他的手上。

格里戈里生气地吼：“蠢货！你把蜡烛放到他头顶旁的地板上！”

“对。”

“将他的帽子摘了。”

保姆摘了“小茨冈”的帽子，他的头“咚”的一声碰到了地板。现在，他歪着头躺着，只有一个嘴角在不停地流血，血越流越多。时间过了很久，最初，我还等着他休息好了就起来坐在地上，吐口唾沫说：“好热……”

他总是在星期天午觉过后这样做，可这次他不但没有起来，身体还一直在消瘦。太阳换了位置，阳光已经照不到他了。“小茨冈”的脸色很黑，嘴里也不吐泡沫了，手指也不动了。三支蜡烛被分别插在了他的天灵盖和两耳旁，黄色的火苗不断晃动着，照着他黑乱的头发，黑漆漆的两颊，尖尖的鼻子和粉红的唇。

跪着的保姆一面流着泪一面念叨：“我的小鸽子啊，我惹人喜爱的小鹰……”

我浑身发冷而且很害怕，就爬到了桌子底下藏起来。没过多久，外祖父迈着沉重的步子回来了。他穿着貂绒大衣，外祖母则穿着皮大衣，衣服上有个带尾巴的毛领子。他们两人后面还跟着米哈伊尔舅舅、孩子们以及很多陌生人。

外祖父把貂绒大衣丢到地上，大吼着：“混账，你们居然让我失去了一个这么好的小伙子！你们不知道，五六年之后他就是无价之宝……”

我的视线被地板上的衣服挡住了，为了能看到“小茨冈”，我爬了出来但是碰到了外祖父的脚。外祖父一脚踢开我，攥着小拳头对舅舅们威吓：“畜生！豺狼！”

他用手撑着长凳子坐下，盯着“小茨冈”呜咽，可是没有流一滴眼泪，然后他声音低沉地说：“我明白，他们看不惯你……唉，小傻瓜啊……凡纽什卡啊，你叫我怎么办啊？怎么办？烂掉的缰绳，别人家的马。老婆子啊，上帝不再爱我们了？”

整个人都趴在地上的外祖母用手抚摩着“小茨冈”的头、脸和胸部，对着他的眼睛呼吸，用手揉搓他的手，还碰倒了蜡烛。然后，她站起来，瞪着一双可怕的眼，黑着脸，身上的衣服也是黑色的，低吼着：“可恶的东西，滚！”

大家都离开了厨房，只有外祖父留了下来。最后，“小茨冈”被悄无声息地埋掉、遗忘了。

四

睡觉时，我裹了几层大被子，躺在一张宽敞的床上，细细听着外祖母做祷告。外祖母跪在地板上，一只手放在胸口，另一只手一直画着十字。

外面无比寒冷，寒气逼人的月光穿过玻璃窗上已经冻结的冰凌，洒在外祖母那长着大鼻子的脸庞上，她的两只眼睛像燃烧的磷火似的在闪烁。在月光之下，绸子头巾闪出好像是钢打铁铸似的光亮，从她头上滑落下来，铺到了地板上。

外祖母祷告完毕，把衣服脱掉，叠好，走到我床前，我慌张地赶忙装作睡着的样子。

“小鬼，又装样子呢，没睡着吧？不能这样了，乖孙儿！”

她每次一说这话，我就清楚接下来她会怎么对我了，便哈哈大笑起来，她也笑得合不拢嘴：“行啊，竟敢跟我老太婆装蒜！”

她边说边抓住被子的边儿，使劲儿一拉，我被抛到空中翻了个身，在鸭绒褥垫儿上落了下来。她哈哈大笑：“小滑头，看吧，没占着便宜吧？”

有时，她祈祷很长时间，我也就真的睡着了，不知道她是怎么躺下的。

有争吵打架之类的事发生的那天，祈祷的时间就会更久一点儿。她会把家务事儿丝毫不落地全都向上帝诉说，这很有趣。她跪在地上，就如一座小山，起初她说的话还有些含混不清，后来索性就成了口头禅：“上帝啊，您知道，人人都想过好生活！米哈伊尔是老大，他应该住在城里，但让他搬去住在河对岸，他觉得太有失公平，说那是个荒凉的不毛之地。但他父亲更加宠爱雅科夫，他确实更偏袒小儿子！上帝啊，请您开导开导这个犟老头儿吧！”

她双眼紧紧盯着那黑乎乎的圣像，劝告着上帝：“上帝啊，您托个梦给他，让他明白应当怎么给孩子们分这个家！”

她画着十字，磕头，大脑袋把地板磕得咚咚作响，然后她说：“也赐予瓦尔瓦拉一些喜悦吧！她哪个地方让您愤怒了？她犯过什么罪呢？一个正处在好年纪的女人，怎么让她走到了这样的处境——整天都沉浸在哀愁之中。上帝啊，您要记得格里戈里！要是瞎了，他就没别的办法只得当乞丐了！他着实帮我家老爷子出尽了力气呀！您也许觉得我们老爷子会给他点儿帮助！唉，上帝啊！”

她想了很久，低着头垂着手，好像进入了梦乡似的。

“还有什么要祷告呢？哦，对了，全部的正教徒都需要被救赎，怜悯赐福给他们吧！宽恕我，我不是有意犯下的错，那只是源于我的无知啊！”

她叹了一口气，好像心满意足地说：“无所不知，无所不能的上帝啊！”

我十分喜欢外祖母的这个上帝，他跟外祖母的关系总是那么好，我恳求外祖母：“给我说一说有关上帝的故事吧！”

她讲有关上帝的事情时看起来会特别严肃，她先坐好，又合上双眼，拖着长音儿，并且声音非常低沉：“在大山间，天堂的绿草地里，银白色的菩提树下，我们的上帝坐在蓝宝石的宝座上。菩提树总是枝叶繁茂的，并无秋冬之分，为了让上帝的信徒们高兴，天堂的花朵永远都是盛放的样子。上帝的身边有成群结队的天使在飞翔，像飞舞着的蜜蜂，又像片片飘落的雪花！天使在人间降临，又飞回到天堂，向上帝禀报人世间的一切事情！这些天使中，有你的天使，也有我的天使，连你外祖父的都有，所以人人都有一个专属天使，每个人在上帝眼中都是平等的。就像是，你的专属天使对上帝说：'阿列克赛朝着他的外祖父吐舌头扮鬼脸！'上帝就会说：'让老爷子给他一顿揍！'天使就是这样向上帝打报告又传达上帝的命令的，上帝根据不同的人下达不同的命令，有的是喜悦，有的则是苦难。天堂是上帝住的地方，那里一切都是可爱的，天使们愉快地嬉戏玩耍，时时刻刻地欢唱：'您拥有荣耀，上帝啊，您拥有荣耀！'但上帝只是轻轻地摇晃着脑袋，冲着他们微笑。"

外祖母也面带微笑，来回摆动着脑袋。

"您曾看到过这样的景象吗？"

她微微沉思一下，对我说："没有。可我知道会有的。"

一说起上帝、天堂、天使这些，她变得十分亲切和蔼，年纪仿佛也小了，满脸透着红光，精神头儿都大了。我把她的辫子绕到自己的脖子上，全神贯注地听她那听多少回都觉得特别有趣的故事。

"上帝是不会让凡人看到的，假如你非要看到，就会变成瞎子。但上帝是能被圣人所见到的。我是见过天使的；当你神清气爽的时候，天使就会出现。有一回我在教堂做晨祷，两个通体透亮的天使在祭坛上，翅膀尖儿好像花边似的挨着地板。他们围着宝座来回飞，帮助年迈的伊利亚老神父：他举起手祷告，他们就搀着他的手臂。他岁数太大了，眼睛看不见了，很快就去世了。那两个天使出现在我眼前，我太开心了，眼泪止不住地流出来，啊，真是太漂亮了！阿廖沙，我的宝贝心肝儿，无论是天堂还是凡间，只要是上帝拥有的，全部事物都是美好的……"

"这儿的一切也全都是美好的吗？"

外祖母又画了个十字，说道："感恩圣母，一切安好！"

这就使我不解了，这样也叫好？我们的日子的确是越过越糟了。

有一回，我路过米哈伊尔舅舅的门口，看见纳塔利娅舅妈双手捂住胸口，穿了一身白衣服，在屋里胡乱喊叫着："上帝啊，带我离开吧……"

我明白她干吗要喊了，也懂得了格里戈里怎么总把这句话挂在嘴边：

“让我瞎了眼去乞讨，也比在这儿待着强！”

我期盼他赶快瞎了，那样我就能给他指道儿了，我们一块儿离开这里，到各个地方去要饭。我把这个主意和他讲了，他笑了：“那太棒了，咱们做伴儿去讨吃的！”

“我就四处大声喊叫：‘这是染房行会头儿瓦西里·卡希林的外孙，大家发发慈悲吧！’那太有趣了！”

我注意到有几块瘀青在纳塔利娅舅妈的眼睛下边，她的嘴唇也又红又肿的，我就问外祖母：“是被舅舅揍了一顿吗？”

外祖母叹了口气：“唉，是他悄悄打的，挨千刀的！你外祖父不叫他打，可是他夜里打！这小子心狠着呢，他妻子却又那么懦弱好欺负……”

外祖母讲得起了兴致，说的这些都是她心里的话：“如今并不像原先打得那么狠了！如今扇扇脸，拽拽辫子，也就罢手。原先一打可就是好几个时辰呀！你外祖父打我打的时间最久的一回，是一个复活节的前一天，从午祷一直打到晚上，他打累了就歇歇，木板子、绳子，能用的一样不落地都用上。”

“他干吗打你？”

“忘记了。有一回，他几乎快把我打死了，一连五天什么都没让我吃，唉，我挣扎着捡回来一条命呀！”

这着实让我感到有点儿惊讶，外祖母的体形差不多是外祖父的两倍，难道她打不过他？

“他有什么厉害的招数吗？总能打赢你！”

“他能有什么招儿，只是他比我年纪大，又是我的丈夫！他是顺应了上帝的指令的，我的命就是这样……”

她把圣像上的尘土擦干净，双手捧起来，看着上面金碧辉煌的珍珠和宝石，动情地说：“啊，多迷人啊！”

她亲吻着圣像，用手画着十字。

“无所不能的圣母啊，你是我生命中不变的欢乐！阿廖沙，乖孙儿，你看看，这画有多精致，花纹儿细小却清晰。这是‘十二节’，中央是至善的费奥多罗夫斯卡娅圣母[①]。这幅是《勿哭我圣母》[②]。”

外祖母常常这样喃喃地摆弄着圣像，就好像生了别人气的表姐卡捷琳娜摆弄洋娃娃一样。外祖母还时常撞到鬼，幼年时期见过一个，有的时候则是一大群鬼。

“一个大斋期的深夜，我从鲁道夫家门前路过。那是有着明亮月光的夜里，一切都明晃晃的。突然我发现，一个黑鬼在房顶的烟囱旁边坐着！他头上顶着角，正冲着烟囱上闻气味儿呢，鼻子还发出噜噜的声响！那鬼身材魁梧，满身毛，尾巴在房顶上来来回回扫着。 发出哗哗声响！我急忙画了个十字：‘基督复活，小鬼难留。’[③]那鬼一声惨叫，从房顶上噌地摔了下去！那天鲁道夫在炖肉，那个鬼是闻见肉腥儿味了！”

我想象着鬼从房顶上摔下来的模样，扑哧一声笑了。外祖母也乐了，说道：“鬼就像小孩子，十分顽皮。有一回我在洗衣服，一直洗到大半夜，炉门突然开了，小鬼们从炉子里飞了出来！这些小东西，有红有绿，有黑有白，个子都非常小！我大步向门口逃去，可是它们把道路挡住了，浴室的每一个角落都被占满了，它们四处乱窜，撕扯着我，我都没办法伸出手来画十字了！这些小东西浑身是毛，柔软又温暖，像猫咪一样，角才长出尖儿，长着猪一样的尾巴……我昏倒了！我醒过来一看，蜡烛却烧完了，浴盆里的水也冷却下来了，洗好的衣服被扔得遍地都是！真是撞鬼了！”

我把眼睛一闭，就看到那些红红绿绿满身是毛的小家伙从炉门跑到了我面前，一地都是，挤得屋子里热乎乎的。它们吐出粉乎乎的舌头，把蜡烛一吹，样子特别招人喜欢，又吓人。外祖母静静想了一会儿，又兴致勃勃继续讲：“还有一回，我看见受了诅咒的人。那也发生在晚上，大风刮着，天上下起了雪，我在久科夫山谷里走着。你还有印象吗？我给你说过，米哈伊尔和雅科夫想把你的父亲淹死在那边的冰窟窿里。我就是走到那儿

---

① 俄国东正教圣徒之一，这里指她画像的仿制品。除圣徒像外，画上还有记载文字，东正教十二个纪念节日，统称“十二节”。

② 圣像画名称，描述圣母站在耶稣棺材旁的情景。

③ 引自《旧约 · 新篇》第 68 篇第 1 节。

时，突然听到了一阵尖叫！我猛地抬头一看，身拉雪撬的三匹黑马向我快跑过来！一个身材高大的鬼赶着车，它头戴红帽子，直挺挺地坐在车上活像根大树干。这辆三套马的雪橇，冲了过来，马上就在风雪之中没了踪影，车上的鬼们吹着口哨，挥舞着帽子！后面还有七辆这样的雪橇，一辆接一辆驶来，又都立刻不见了。马全是黑色的。你晓得怎么是这样吗？马都是让父母亲诅咒过的人，鬼驱赶着它们找乐子，到了夜里就坐着它们去出席宴会！我看到过一次，也许就是鬼在举行婚礼……”

外祖母讲得非常逼真，让你不得不信。

外祖母念诗非常好听。有一首诗，讲的是圣母到悲惨的人世间视察的事儿[①]，她训斥了女土匪安加雷柴娃公爵夫人，让她不要抢劫、暴打俄国人。有些诗讲的则是神人阿列克赛[②]，有的说的是斗士伊凡[③]，有些童话讲的是智慧的瓦西莉萨[④]，以及公羊神父和上帝的教子。还有女王公玛尔法[⑤]、绿林女头领乌斯达[⑥]、罪孽深重的埃及女人玛丽亚[⑦]、强盗母亲的悲哀，等等。她嘴里的诗歌、童话故事，多到不胜枚举。

没什么东西是外祖母所惧怕的，她从不对鬼抱有一丝恐惧，也不惧怕外祖父或者其他邪恶的人，可就是十分怕黑蟑螂。蟑螂离她特别远的时候，她就能听到它们爬的响声。她时常在半夜里喊醒我，说：“亲爱的阿廖沙，有一只蟑螂，看在上帝的面子上，快快去把它踩死吧！”

我睡眼惺忪地点上蜡烛，趴在地板上来回爬着去找寻蟑螂的踪迹。可不是次次都能找得到：“没有啊！”

---

① 这首诗主要讲圣母由天使长陪同巡视地狱，然后祈祷上帝减轻罪人的苦难。

② 传说人物，俄国宗教诗里讲他背井离乡，最终沦落成乞丐，后又回到父亲家，却无人能识，受尽屈辱。

③ 4世纪著名基督教徒。

④ 俄国民间故事女主人公，拥有大智慧。

⑤ 15世纪后半期，俄国诺夫哥罗德城总管的妻子，以聪明刚毅闻名。

⑥ 伏尔加河一带传说中的女英雄。

⑦ 传说中6世纪，荡妇玛丽亚改邪归正的故事。

外祖母的头用被子蒙上，躲在被窝里，不清不楚地说：“绝对有的，我拜托你再找找看吧！它又过来了，正在爬呢……”她的听觉十分灵敏，果然我在离床很远的地方发现了那只蟑螂。

“踩死它了。”

“哦，感谢上帝！我的宝贝儿，也谢谢你！”她撩开被子伸出头来，又笑了笑。

如果我没找到那只蟑螂，她就没办法入睡了。在静悄悄的深夜之中，她的耳朵极其灵敏，微微有一点儿响声，她就会哆哆嗦嗦地说：“它又在爬了，在箱子底下呢……”

“您怎么这么惧怕蟑螂？”

她会讲出一番她的理论来：“上帝给每一种小虫子指定一份不同的使命。土鳖出现，说明屋子里潮气太重；臭虫出来是因为墙不干净了；跳蚤咬了什么人，那个人就会生病……只有这些乌漆墨黑的小东西，到处乱爬，天知道是做什么用的。上帝指使它们来干什么？”

这一天，她正跪在那里诚心地向上帝祈祷，外祖父冲了进来，咆哮道：“上帝来了！老太婆，外头失火了！”

“什么？啊！”外祖母惊慌得一下子从地板上跳了起来，快速向外跑去。

“叶夫根尼娅，把圣像取下来！纳塔利娅，赶紧帮孩子们穿好衣服！”外祖母高声又严厉地指挥道。外祖父却只是在那里低声哭泣。

我躲进了厨房里。面向院子的厨房被火光照得金光闪闪，一片红光在地板上散发出光芒。雅科夫舅舅一边穿靴子，一边乱跳，好像地上的红光烧着了他的脚一样。他号叫道：“纵火者是米什卡！他跑掉啦！”

“蠢驴，你胡说八道！”外祖母厉声训斥着他，伸手推了他一把，他差点儿摔倒了。

染坊的房顶在燃烧着，火舌毫无规律可言，在门和窗上乱烧一通。静悄悄的黑夜中，无烟的火苗，如火红的花朵，跳跃着绽放了！黑压压的云升上了高空，但天上银白色的天空还是能清晰看到。白雪被火光照得红通通的，墙壁好像在晃动，红光一片，金色的带子在染房周围燃烧着。嘟嘟、

嘎巴、沙沙、哗啦，各种古怪的声音一同奏响，大火把染房照得像教堂的房顶，吸引着你难以抗拒地想过去瞧瞧，与它热烈相拥。

我抓了一件厚重的短皮大衣，将脚随便伸进一双鞋子里，趿趿拉拉地走上了台阶。门外的场景着实吓人：火势凶猛，噼里啪啦的爆裂声，还有外祖父、舅舅、格里戈里的喊叫声乱成一团。外祖母头上顶着一个空布袋，身上裹着棉被，飞速地冲进了火海，她吼着："浑蛋们，硫酸盐要爆炸了！"

"啊，格里戈里，赶紧拽住她，赶紧！"

"唉，这下子她可难逃一死啦……"外祖父号叫着。

外祖母从火海中钻了出来，弯着身子快走几步，两只手拿着水桶大小的一瓶硫酸盐，满身是烟。

"老头子，将马赶快都牵走！"外祖母哑着嗓子喊着，"还不赶快帮我脱下来，看不到吗？我马上就要着火了！"

格里戈里用铁锹铲起大块大块的雪冲染坊扔过去。舅舅们拿着斧头在他身旁胡乱蹦跳。外祖父忙着把雪往外祖母身上扔去。外祖母将那一大瓶硫酸盐埋进雪堆里之后，把大门打开了，向跑进来救火的人说："各位街坊邻居，快进来扑灭这大火吧！眼看仓库就要遭殃了，我们家就要烧完了，你们也幸免不了的！快快，将仓库的顶盖掀开，把干草都扔到外面去！格里戈里，加快速度！雅科夫，别乱跑，把斧头和铁锹都拿到这里来！街坊邻居们，帮帮忙吧，愿上帝赐福于你们！"

外祖母对这场大火的处理正像这场大火本身一样非常有趣。大火好像盯上了她这个一身黑衣的人，不管走到哪儿都把她照得浑身发亮。她一会儿跑这里一会儿又跑那边，对全部的人进行着指挥。

沙拉普跑进了院子里，噌的一下站了起来，将外祖父摔了个底儿朝天。这大马的一双大眼睛被火光照得红闪闪的，它一直在嘶吼，情绪不安地跺着脚。外祖父松开了缰绳喊道："老婆子，牵好马！"

外祖母跑过去，张开双手挡住了它。大马长长地吼叫了一声，最后顺从地向她身边靠近了。

"不用怕，不用怕！怎么会让你受伤害呢，乖乖，'小老鼠'……"她温柔地抚摩着它的脖子，对它说着。

这个比她大三倍的“小老鼠”温顺地跟着她往大门口走去，一边走一边一个劲儿地打着喷嚏。

叶夫根尼娅保姆把哇哇哭个不停的孩子们一个接一个地抱了出来，她高声喊道：“瓦西里·瓦西里耶维奇，找不到阿列克赛啊……”

我躲在台阶下面，怕她把我带走。外祖父一挥手说：“行啦，快走吧！”

染坊的房顶塌了下来，烟从几根梁柱上冒了出来，直直地向天空冲去。里头一直发出噼里啪啦的响声，红色、绿色和蓝色的旋风将团团烈火扔到了院子里和人们的身上。当大伙儿正用铁锹铲了雪往火里扔的时候，几口大染锅已经沸腾得很厉害了，院子中弥漫着一股呛人的气味儿，大家被熏得眼泪直流。我只能从台阶下面爬出来，刚好碰着外祖母的脚。外祖母大叫一声：“一边待着去，踩死你！”

突然，一个头上戴着铜盔的人骑着马冲进了院子。枣红色的马喷着白沫子，他高高地挥舞着鞭子：“都赶紧让开！”

马儿脖子下的小铃铛急促地响个不停。外祖母将我往台阶上推：“快走，赶紧的呀！”

我跑进厨房里，把头趴在窗玻璃上向外头看。但是一片黑漆漆的人群挡住了火场。稍微有趣的是各种帽子中间，铜盔反着光。

火势很快被控制住了，平息了。警察将人们驱散了，外祖母走进了厨房。

“谁在这儿啊？是你啊！不用怕了，一切都好了！”

她坐在我身边，身子晃晃悠悠的。一切又好像回到了原来安安静静的夜晚，只是火被扑灭了，就没什么意思了。

外祖父走进来，在门槛边停了下来：“是老太婆吗？”

“对啊。”

“有没有烧到呢？”

“没有！”

他划着了一根火柴，泛出的火光，照亮了他那满是烟灰的黄鼠狼般的脸。他把蜡烛点上了，慢悠悠地挨着外祖母坐了下来。

“你去把脸洗洗吧！”外祖母虽然这么说，事实上她自己的脸也是脏

兮兮的。

外祖父忽然叹息了一声："上帝大发慈悲，赐予你智慧和能量，要不是你……"

他轻揉了下她的肩膀，干巴巴地笑了一下："上帝保佑！"

外祖母也笑了笑。外祖父的脸瞬间一变："唉，都是格里戈里这个浑蛋，大大咧咧马马虎虎的，他算是干够了，也真是要死的人了！雅什卡正在门口坐着哭呢，这个混账玩意儿，你去瞧瞧他吧！"

外祖母一边吹了吹手指头，一边往外走。外祖父并没有看我，却轻声地问我："着火的样子看到了吧？你外祖母表现如何啊？她这么大岁数了，受了一辈子罪，又病恹恹的，但她可是真厉害啊！唉，你们这些人哪……"

他半天没作声，然后弯着腰把蜡烛熄灭了，问："吓着了吗？"

"没有。"

"是没什么可害怕的。"

他脱掉了衬衫，洗了把脸，气哄哄一跺脚，叫道："揪出那个纵火的元凶来。应该把他牵到广场暴打一顿！那人不是个混账就是个贼，这么做火灾就不会发生了。你快去睡觉吧，坐在这儿要干什么？"

然后我去睡觉了。但这夜并没有睡成。我刚躺到床上，一阵悲惨的号叫声又把我从床上拉了起来。我跑进厨房，外祖父手拿蜡烛站在那儿，他两脚在地上蹭来蹭去地问："老太婆，雅科夫怎么了？有什么不对吗？"

我爬上炕炉，呆呆看着屋子里一片慌乱的景象。号叫声像奏乐般不停歇，犹如海浪般拍打在天花板和墙壁上。外祖父和舅舅像无头苍蝇一样乱跑，外祖母冲着他们喊，让他们去别处。格里戈里抱着柴火往火炉里填，把水倒进铁罐里，他晃晃悠悠地踱来踱去，像阿斯特拉罕那里的大骆驼。

"先把火生上啊！"外祖母指挥道。他慌忙地去找松明，一下子拽住我的脚："啊，谁呀？吓我一跳，怎么是你这小东西，别碍事儿！"

"这是发生了什么事啊？"

他淡淡地回答我："你的纳塔利娅舅妈快生了！"

在我印象中，我母亲生孩子也并没有像她这么喊叫啊。

格里戈里将铁罐烧上，又走回到了我这儿。他从口袋里摸出一只土陶烟袋："为了我的眼睛，我要抽口烟啦！"

烛光照在他的脸上，他一侧的脸上满是烟渣儿，他的衬衫也被扯破了，他的肋骨依稀可见。他一边的眼镜片儿中间碎了一小块，从那个不规则的破洞里，可以看到他那伤口似的湿红湿红的眼睛。他放上烟丝，仔细听着产妇的号叫，左一言右一语地说："看看，你外祖母都烧成什么样儿了，她如何能再接生呢？你听，你舅妈号叫的，着火的时候忘了她了，火刚烧起来，她就吓得难受了。你看看吧，生个孩子有多辛苦，就算是这样，人们却还是不尊敬女人！你一定要尊敬女人，尊敬女人也就是尊敬自己的母亲！"

我困得不行了，就打起瞌睡来。但嘈杂的人声、关门声、喝醉了的米哈伊尔舅舅的叫声一直在吵我，我断断续续地听见了几句不太能懂的话："把上帝之门开启[①]……"

"来吧，半杯油，半杯甜酒，再加一勺烟灰渣搅在一起给她喝下去……"

米哈伊尔舅舅无力地叫道："让我看一下……"他瘫坐在地板上，两只手无力地拍打着地板。炕烧得真是太热了，我从上面跳了下来。但米哈伊尔舅舅忽然一把抓住了我的脚脖子，用力一拽，我头朝地倒了下去，后脑勺砸在了地板上。

我大骂道："浑蛋！"

他突然跳了起来，抓住我然后又扔到了地上："摔死你这个小杂碎……"

我醒来后，发现自己正睡在外祖父的腿上。他眼睛盯着天花板，轻轻摇着我，低声说："我们全是上帝的孽子啊，没人能得到宽恕，没有人啊……"

桌上蜡烛还点着，但玻璃窗外的黎明之光已经渐渐清晰了。外祖父俯下身问我："还好吗？都哪里疼呀？"

我虽然头沉沉的，满身也都疼得厉害，但我不愿意对他讲这些。周遭的全部都很诡异：满满一屋子的陌生人坐在椅子上，有神父，还有几个身着军装的老头子，以及一群看不出来是做什么的人。他们纹丝不动，好像

---

① 上帝之门指教堂中通往经台的门，迷信者相信只要开启这扇门，就能解救难产。

在细细聆听天外之音。雅科夫站在门边上。外祖父对他说：“雅科夫，领他去睡吧！”

他打了个手势，让我和他一起走。我们进了外祖母的房间，我爬上了床，他才轻声细语地说：“你纳塔利娅舅妈去世了！”

对于这个消息，我并没有感到异常惊讶，因为已经很久没看到她了。她不去厨房里吃饭，也不迈出门一步。我问他：“那外祖母呢？”

“在屋里呢！”他摆了摆手，出去了。

我在床上静静躺着，只好无聊地到处望一望。墙角上挂着外祖母的衣服，这我是知道的，但现在那里面就像躲着个活人一样；而窗户的玻璃上好像有很多的人脸，他们长着极长的头发，都是些眼睛看不到的盲人。我把头埋到了枕头下面，用一只眼静静观察着门口。又闷又热，重重的空气压得我喘不上气儿，“小茨冈”死时的样子一下子浮现在我面前，血在地板上缓缓地流淌。我的身体仿佛被一个载重的卡车碾压过去了，一切东西都被它碾成了碎渣……

屋门被缓缓推开了。外祖母几乎是爬着进屋的，她是用肩膀慢慢把门撞开的。她面向长明灯伸出了双手，孩子似的哭喊：“我的手好疼啊！”

五

到了春天，舅舅们终于分了家。雅科夫舅舅被分到了城里，米哈伊尔舅舅则被分到了河对面的岸上。外祖父在田野街[1]上买到了一座特别漂亮的大宅子：楼下是间石头造的酒馆，楼上有间阁楼，后花园外有一个山谷，遍地长满了柳树。

“看看，这可全是些好鞭子呀！”我和外祖父踩着融化的雪走在花园中，他一边走一边说，指着树条子，他愉悦地眨了眨眼睛，“我快要教你认字啦，到那个时候，鞭子可就派上用场了。”

---

① 后名高尔基大街。

租房客挤满了这座宅子，外祖父只在楼上为自己空出了一间自己住和招待客人用的房子，外祖母和我则住在顶楼上。顶楼的窗户面向大街，逢年过节或平时的夜晚，都可以看见一群群的酒鬼从酒馆里往外走，身子摇摇晃晃，胡乱喊叫着。有时他们是被人家像布袋似的从酒馆里扔了出来，他们在地上打了个滚儿，然后又起来踉跄着往酒馆里挤过去。突然一阵哗啦、嘎吱、嘎巴，和哎哟之类的嘈杂声响起，打群架开始了！站在楼上的窗户前看着这些热闹，真是太有趣啦！每天一大早，外祖父就到两个儿子的染坊去瞧瞧，帮助他们干活。到晚上他才回来，总是一副疲劳又气愤的模样。

外祖母在家煮煮饭、缝补些衣服、在花园里种种东西，每天都忙得晕头转向。她吸着鼻烟，美滋滋地打上几个喷嚏，把脸上的汗轻轻拭去，说："啊，圣母感谢您，一切都变得如此美好了！阿廖沙，我的心肝宝贝，咱们的日子多么安静啊！"

我完全没觉得哪里安静！从早到晚，房客们在院子里来回走着，发出嘈杂的声响。隔壁邻居的女人们经常往这儿跑，人们都匆匆忙忙不晓得去哪儿，根本也不知道去忙些什么，总有人喊："阿库林娜·伊凡诺芙娜！"

阿库林娜·伊凡诺芙娜无论对谁都是极其亲切和善，她非常细心地给予每个人关心照顾。她用大拇指把烟丝塞进鼻孔，用红方格手帕小心地擦了擦鼻子和手指，然后张口说："我的太太，要想身上不长虱子，就得洗澡洗勤些，洗洗薄荷蒸汽浴！身上生出癣疥也没什么害怕的，一勺纯净的鹅油、三两滴水银，放在碟子里，用一片破搪瓷搅拌七下，涂抹到患处就能康复啦！切记不可用木头或骨头去搅拌，那样做的话水银可就没了效果；也断不可用铜或银的器皿，那么做是伤皮肤的。"

有时候，她沉思片刻后说："老太太啊，您去佩乔雷修道院①找修士阿萨夫吧，您这疑惑我没办法解开。"

她帮别人接生孩子、化解家庭内部矛盾、给孩子们看病，能背出《圣母梦》②，女人背会了它，就能有好运气光顾！她还给人讲一些平常生活

---

① 佩乔雷是诺夫哥罗德城市郊区的一个村庄，这里有一座男修道院。

② 一首教会的诗，叙述圣母梦见儿子受难被钉死在十字架上的情景。

的告诫："黄瓜会自己告诉你到了该腌的时候，那时你闻不到黄瓜的土腥味儿，就说明可以腌了。格瓦斯[1]的味道要发酵以后才香醇，稍稍放一点儿葡萄干就够了，千万别做得甜味太重。要是放糖的话，一桶酒，半两糖就足够。有各式各样的方法来制作酸奶，你可以做出西班牙风味的、多瑙河风味的，以及高加索风味的酸奶……"

我整天跟着外祖母在院子里来来回回跑，跟她去拜访别人，她有时候在别人家里喝茶，什么都聊，一待就是好几个小时。她走到哪儿我跟到哪儿，好像成了她的小跟班。在我童年这一段日子的记忆中，除了这位成天忙忙叨叨的老太太，我的脑子里再没有其他的印象了。

有的时候，母亲不知道从哪里来了。她的神情严肃又高傲，一双像冬日里的太阳的灰眼睛冷冷地注视所有事物，但是很快就又没有踪迹了。

一次我问外祖母："您学过巫术吗？"

她笑了笑，沉思片刻回答："巫术可是一门十分深奥难懂的学问，我大字不识一个！学不会的。你看你外祖父，他特别有智慧，他能认字，可圣母没有给我这样的才智！"

然后她对我说起了自己的经历："我从小就成了孤儿，我母亲本来生活十分贫苦还是个残疾人！那是因为她还是个姑娘时被地主吓着了，她吓得夜里跳窗户，但把半边身子摔残了！从那时起，她的右手就萎缩了。但右手对于一个别人家雇的女红来说，是最重要不过的了！手废了，人也没用了，地主把她撵走了，让她自己过活去。她只能四处漂泊，靠着行乞过日子。那个年代，人们比现在生活得富足，都有颗慈悲的心，巴拉罕纳的木工和织花边的女红都是这样的好心人。一到秋天，母亲就带着我在城里要饭，等到严冬被天使长加百利拿宝剑驱赶走[2]，春天来到了，我们就继续前行，想往哪里走就走到哪里。我们到过穆罗姆和尤列维茨，沿着伏尔加河向上走过，也顺着静静的奥卡河走过。春夏之间，在大地上到处流浪，真是太美好啦！那时绿草茂盛，鲜花绽放，你能无拘无束地呼吸着香甜又

---

① 俄国人喜欢的一种饮料，味酸。

② 指加百利节，旧俄历三月二十六日。

温暖的空气！有时，母亲闭上了她蔚蓝色的双眼，哼起小曲儿来，周围的花花草草都竖起了耳朵倾听她的歌声，风也不刮了，连大地也在听她悦耳的歌声！乞讨四处漂泊的日子真的特别有意思，可随着我慢慢长大了，母亲觉得再领着我四处乞讨要饭，真是有些害臊了。所以，我和母亲就在巴拉罕纳城安顿了下来，她每天都到街上去，家家户户地去乞讨，逢年过节的时候，就到教堂门口去等着好心人布施。我呢，就坐在家里学习织花边的手艺。我学得很努力，希望快快学成，好能快一些帮助母亲。学不太好的时候我就会悄悄抹眼泪。我仅用了两年多，就全部学会了，也有了名气，人们都愿意来找我做手工了：'嘿，阿库利娅[①]，帮我织一件吧！'我高兴得就如同过年过节一样！我的好手艺当然都归功于我母亲，虽说她只有一只手可以用，不能亲自示范，可她很会给我指点，你要晓得，一个好老师比好些个干活的重要得多！我有些骄傲了，对我母亲说：'母亲，您不用再奔波讨饭吃了，如今我已经能养活照顾您啦！'她说：'快给我住嘴，你得明白，这是给你攒钱置办嫁妆的！'后来，你外祖父就出现了，他可是个很优秀的小伙子，仅有二十二岁的年纪，就能在一艘大船当工长了！他的母亲仔仔细细地好好看了我一番，她看出我手巧能干，又是个讨饭人家的姑娘，应该是本本分分的。她是卖面包的，特别厉害……唉，忘了这些吧，这些坏人有什么可回忆的呢？上帝会看得清清楚楚的。"

一说起这些，她会心地笑了笑。鼻子滑稽地抖动着，眼睛忽闪忽闪发着光，使我觉得很和蔼可亲。

我还记得在一个安静的夜晚，我同外祖母在外祖父的屋子里喝着茶。外祖父因为身体不大舒服，斜靠在床上，没穿衬衫，肩膀上搭着一条手巾，每分钟都要擦擦流出的汗水。他说起话来嗓子哑哑的，喘气很快，眼睛是暗沉发绿的样子，整张脸浮肿，发出红乎乎的颜色，但那小耳朵却又通红得吓人！他伸手去拿茶杯时，哆哆嗦嗦地拿不稳。这个时候他不和平常一样，人变得安分多了。

"为什么不给我放些糖啊？"他用一种近乎孩子的口吻，外祖母柔和

① 对阿库林娜的昵称。

却又坚决地对他说："喝点儿蜜对你有好处！"

他急促地喘着粗气，咕咚咕咚地往嘴里灌着热茶："认真服侍我啊，可不要让我死了！"

"行啦，我上着心嘞！"

"唉，如果这会儿就让我离开这人世间，就跟还没有活过似的！什么都没了。"

"得了，别再胡思乱想了，你赶紧歇着吧。"

他闭上了眼，静静想了半天，突然像被针扎了似的："雅什卡和米什卡得赶紧娶妻，有了小孩儿，他俩就能安分些，对吧？"

然后，他就说了说哪户人家的女儿最好。外祖母默不作声，一杯一杯地饮着茶水。我坐在靠窗的位置，看着天上的彩霞——我忘了那时候犯了什么错，外祖父不允许我到外头去玩。

花园里，甲壳虫在白桦树周围嗡嗡地飞。隔壁家的桶匠正忙着干活，制造出咚咚的声响。还有人在磨刀。孩子们在花园外边的山谷灌木丛中嬉戏玩耍，一阵阵吵闹声不绝于耳。一种傍晚的忧伤充斥心间，我多么想出去玩一会儿。

忽然，外祖父不知是从哪儿冒了出来，他手里拿着一本小小的新书，饶有兴味地要教我识字。

"快过来，捣蛋鬼，你这个高颧骨的，你瞅瞅这字怎么读？这是аз。你读аз！буки！веди！看看，这个是什么？"

"буки。"

"啊，正确！那这个怎么读？"

"веди！"

"答错了，笨蛋！是аз！看着，глаголь，добро，есть，这个怎么读？"

"добро。"

"对了，这个？"

"глаголь。"

"对了，这个？"

"аз。"

外祖母说道："老爷子，你好好躺一会儿吧。"

"少管闲事儿！我这样才觉得浑身舒坦，要不总是想些乱七八糟的！好了，列克赛，继续读！"

外祖父用热乎乎的胳膊揽着我，他越过我的肩头，用指头点着我眼前的那本书上的字母。他身上各种难闻的味儿呛得我都没法呼吸了。但他却毫不在意地一个又一个地吼着那些字母！

"земля！ люди！"[①]

字虽然是认识了，但是斯拉夫字母和名字并不相称："земля"如同一只小虫子，"глаголь"就像格里戈里佝偻着背的样子。"Я"则像外祖母和我，而外祖父身上就集合着所有字母的性质。他把字母表换了顺序让我念，顺着问完再打乱了问我。我越来越有兴趣，满头大汗，使劲儿喊着。他觉得差不多行了，拍着胸脯，咳了几声，揉皱了书，嗓子哑哑地说："老太婆，你听听这孩子的嗓门多大呀！唉，你这个阿斯特拉罕打摆子的东西，瞎喊叫什么呀？"

"我哪里喊了？明明是您自己在叫喊呀……"

我又看看外祖母，感觉心情大好。外祖母用肘支撑着桌子，用手托着下巴，满含笑意地说："行啦，都歇会儿吧！"

外祖父亲切地说："我喊是我身体不大舒服，你怎么也喊呢？"

我还没来得及告诉他，他就摇摇头对外祖母说："升天了的纳塔利娅说他脑瓜不灵光，完全错误呀！你看看，他的脑子和马一样好使！来，翘鼻子，往下念！"

我就又扯着嗓子往下念。最后他恶作剧似的把我从床上推了下来。

"不错，拿着这本书吧！赶明儿，全部字母给我念一遍，如果都正确的话我奖你五戈比！"

我伸手去拿书的时候，他却一把把我拥进怀中，有些难过地说："唉，小鬼啊，你母亲留你在这人世上是受苦！"

外祖母哆嗦了一下："老爷子，你为什么提这些？"

---

① 原文为教会斯拉夫字母名称。

“我就是心里头太不痛快了！那么好的闺女，却落得如此下场……”他一下推开了我，说，“去院子里，花园里玩吧，就是不可以上街……”

我一溜烟儿就跑进了花园里，爬到山上。野孩子们从山谷里冲着我投石子儿，我高兴地也拿石子儿扔他们。

“看，‘贝尔’①来啦，要他好看！”他们一阵起哄。

我不懂“贝尔”是什么意思，但想到能一个打一大群，特别是能赢了他们，这真是件快乐的事儿。我扔出去的石子儿没有一个打偏，他们被打得躲进了灌木丛，真乐坏我了。这种战争我们都当作游戏在玩，不会互相记仇。

我学识字学得特别快，外祖父也越发疼我了，不怎么向我动手了。要是按原来，他肯定总打我：因为我一天天在长大，更不守外祖父定下的规矩了，但他经常仅仅骂我几句就了事儿了。

我想他原来打我可能是毫无缘由的。我把这个想法对他说了。他将我的下巴抬起来，把我的头一仰，忽闪了几下眼睛，拉着长音儿问道：“什——么？”

然后他扑哧一声笑出来：“邪教徒！你是怎么算出我揍过你几回的？一边儿待着去！”

但他又拽住了我，盯着我说：“唉，你到底是精还是傻啊？”

“我，我不晓得……”

“不晓得？好，我给你讲。你得学精一点儿，记住了，傻可就是笨和蠢，要聪明些！绵羊蠢得不行，可猴子就十分聪明！行啦，记在心上！去玩吧……”

很快我就可以拼音读诗了，通常都是在吃完了晚茶，由我来念圣歌。我用指字棒在书上边指边念着，“Буки-люди-аз-ла-бла；живе-те-иже-же-блаже；наш-ербла-жен”，特别无趣。

“贤人②是指雅科夫舅舅吗？”

---

① 唤火鸡时的用语。

② 原文是блажен，是“圣贤”的意思。

外祖父装着生气的样子吹着胡子说："打你一下，让你知道谁是贤人！"我觉得他的生气都只是做做样子罢了。

喏，我说得对吧，没一会儿工夫，他就把刚刚的生气抛到脑后："娱乐玩耍时他活脱是大卫王，可一做事儿，却像个毒辣的押沙龙[①]！啊，会唱会跳，说好听的话，跳啊跳啊，能跳多久又能跳多远？"

我停下来不念了，望着他阴沉的脸，仔细地听着。他眯着眼，他的双眼现出难过的神情，向窗外看去。

"外祖父！"

"怎么了？"

"讲个故事吧！"

他用手揉揉眼睛，好像刚睡醒一觉似的："懒蛋，自己念吧！"但我认为笑话比诗篇会更招他喜欢。

不过，他记得所有的诗，他曾立誓每天晚上睡觉前要像教堂里的助祭念祷词一样，诵读它们。

我一遍遍地求他，他最后妥协了。"好吧好吧！诗篇常在心间，我都是个快要受审的人了……"

他往那把有些年头儿的安乐椅绣花靠背上一倚，看着天花板，讲起了很久之前的经历，讲到了自己的父亲。

"很多年前，来了一伙土匪。我祖父的父亲去报警，土匪追上了他，用马刀把他杀害了，抛尸在钟楼之下。

"我当时还十分年幼。我最早对事情有印象的时候，我刚十二岁，那一年是一八一二年。三十多个法国战俘来到了巴拉罕纳。他们都长得又矮又小，衣衫褴褛还不如个乞丐，全都冻得瑟瑟发抖，站都站不稳。老百姓蜂拥而上，要打死他们，但有护送士兵拦着，赶走了老百姓。但从那之后，我们和这些法国佬儿都熟了，他们是些乐观又聪明的人，经常唱歌。后来，一大群老爷从尼日尼坐着三套马车来了。他们当中，有些人对法国人又打又骂，态度恶劣，有些人则亲切地用法语和他们聊天，赠予他们衣服和钱。

---

① 大卫王的儿子，曾刺死哥哥暗嫩，后叛乱，兵败身亡。

有个年迈的法国人放声痛哭：‘拿破仑可是罪孽深重啊！’你看看，俄国人都是好心肠，连老爷们都怜悯其他民族……”

他静静想了一会儿，用手抚了抚头发，用心地回忆着往昔的时光。

“冬天里，暴风雪横扫过城市，无比寒冷，都能把人冻死！这个时候，法国俘虏们就会跑去我们家的窗户下面闹腾，向我母亲要热面包吃。我母亲以卖面包为生。她将面包从窗口递给他们，法国人立刻就揣进了怀里，那可是热腾腾刚烤好的面包啊！他们就直接贴到了皮肤上，他们怎么受得了啊！很多法国人就是死于严寒的，这样的严寒他们没法儿适应。我们菜园中有间浴室，两个法国人在那儿住着，其中一个是军官，另一个是叫米朗的勤务兵。军官骨瘦如柴，瘦得皮包骨，他穿着件刚到膝盖的女士外衣。他这人很和善，却是个酒鬼。我母亲偷着酿些啤酒卖，他总是去买，然后一顿狂喝，喝完酒了就唱歌。他学会了点儿俄语，老说：‘啊，俄国不是白的，是黑暗的、狠毒的！’他这么说别人都能理解。没错，咱们这个地方比不上伏尔加河下游，那里温暖如春，一过里海，一年到头不下一场雪。《福音书》、《使徒行传》都没有讲过大雪和冬天这回事儿，耶稣就住在那里……行啦，诗读好了，咱们就来念念《福音书》！”

他沉默了，像睡着了似的，整个人显得瘦瘦小小的，他看着窗外，不知在想些什么。

我小心翼翼地对他说道：“接着说啊！”

“啊，好！”他微微一颤，又说，“法国人！他们同样是人啊，比我们差不到哪儿去。他们叫我母亲‘马达姆’，马达姆的意思就是‘太太’，但我母亲这位太太能一次扛起五普特[①]的面粉袋子。她有永远用不完的力气，完全不像个女人，我二十岁的时候，她还可以一把拽住我的头发不费吹灰之力地来回晃几下。勤务兵米朗非常爱马这种动物，他常常挨家挨户的，比画着要给人家洗洗马！起初人们还怕他有什么坏心眼儿，可后来人们都主动找他：‘米朗，洗马！’这时，他就会笑笑，低着头被人领着走了。他长着一头红发、大鼻子，嘴唇肥嘟嘟的。他很擅长管马，也是个给马治

---

① 1 普特约 16.38 千克。

病的高手。后来，他在尼日尼做了个马医，很快他精神有了问题，最后被人暴打致死了。第二年的春天，那个军官也病倒了，在春天尼古拉节那天，他想着心事，坐在窗前，把头伸到了窗外，死掉了。我悄悄地哭了，因为他很喜欢我。他老揪着我的耳朵温和地说些我不明白的法语。人跟人的亲近关系，不是有钱就可以的。我想跟他学法语，但母亲不同意。她把我带到了神父那儿，我就被打了一顿，那个军官还被告了。唉，心肝儿，那种日子真苦啊，你不用过了，有人替你遭了罪……”

天完全黑了。外祖父在夜色中一下子变大了，他的眼睛猫似的发着光，他讲到有关自己的事儿时总是这样语气强烈而狂热，语速比平时也快了很多。和他往常那种小心谨慎、沉思的样子一点儿也不一样。我挺讨厌他这样下命令的：“记住！你要记住这个！”

他所说的很多事情，我并不想记住。他一直在追忆曾经，脑子中没有童话故事，只有已经发生的事情。他讨厌别人向他提问，可我偏偏要问他：“啊，那法国人和俄国人，到底哪些人好呀？”

“没法儿说啊！我又不曾见过法国人在自己家里是如何生活的！自己家里什么都是好的。”

“那俄国人怎么样？”

“有好人，当然还有坏人。可能奴隶制时代的人过得差些，那时候人们都被绑着。如今好了，大家恢复了自由身，却穷得叮当响，连买面包和盐的钱都没有了。老爷们当然心肠不好啦，但他们大部分很会算计，当然也有些蠢驴，脑袋里空得什么都没有，像个布袋，你随便往里边装点儿东西，他就带着走啦。”

“俄国人力气很大吗？”

“俄国有好些个大力士，但不能光有力气，还要有脑子，因为你的力气怎么也不可能比过马！”

“法国人为什么要和我们打仗？”

“打仗是皇帝们的工作，咱们怎么知道？”

“拿破仑是谁？”

“他是个野心十足的人，想征服全世界，然后要让人们都过上相同的

日子，没有老爷和下人，没有地位等级之分，人人都平等，不同的只是名字而已。当然也只有一个信仰。这可是个不切实际的闹剧罢了！就说这海里长的吧，只有龙虾长得没法儿分别出来，鱼可就种类繁多啦：鳟鱼和鲇鱼不能在一起，鲟鱼和青鱼也当不了朋友。咱们俄国也曾出过拿破仑派，什么拉辛·斯杰潘·季莫菲耶夫、布加奇·叶米里扬·伊凡诺夫[①]……”

他把眼睛瞪得圆溜溜地静静看着我，就像从来没见过我一样。这叫我有点儿别扭了。他一次都没对我提起过我的父母亲。

我们聊天的时候，外祖母常常凑过来。她坐在角落，很长时间不讲一句话，好像她是透明的。但是她会突然温柔地说上一句：“老爷子，你记不记得那次咱们去穆罗姆朝山？实在太好了。那是什么时候呢？”

外祖父沉思片刻，认真地说：“是，应该是在霍乱大盛行之前[②]了，就是在树林里逮捕奥洛涅茨人[③]那年吧？”

“是啊，我们那个时候还很怕他们呢……”

“对对，是这样的！”

我又追问：“奥洛涅茨人是什么人？他们干吗往树林里逃？”

外祖父有些不悦地回答说：“他们就是些普通老百姓，不愿在工厂干活，就逃了出来。”

“为什么要逮捕他们啊？”

“就和小孩儿躲猫猫一个道理，有人逃了，就得有人追，一旦抓住了，就用树条子和鞭子抽，撕破鼻子，额头上烙个印，当作接受惩罚的记号。”

“为什么这么做呢？”

“因为需要这么做。搞不明白这件事，究竟是谁的罪过，是那些要逃跑的人还是那些抓人的人，我们搞不清楚……”

外祖母又说：“老爷子，你还记不记得那次大火后……”

外祖父极其严肃认真地问：“什么时候的大火？”

---

① 俄国著名农民起义领袖，并非拿破仑派。

② 1848 年之前。

③ 因反对进工厂做工而藏进森林里。

他们俩开始追忆过去，完全不搭理我了。他们说话的声音低低的，柔柔的，就像是在唱歌，但唱的全是些苦难：疾病、横尸街头、失火、斗殴，讨饭的，还有贵族老爷……

“你可是都记住啦！”外祖父絮叨着。

“你记不记得瓦里娅出生后的那年夏天？”

“噢，那是一八四八年，远征匈牙利的那一年[①]，圣诞节过后，就把教父吉洪送到前线打仗去了……”

“从此就断了他的消息……”外祖母叹了口气。

“没错！不过，那一年之后，咱们家就不断收到上帝的赐福与恩泽了。唉，我的瓦尔瓦拉……”

“老爷子，行啦！”

外祖父的脸上乌云密布：“行什么行啦？我们的付出都打了水漂，这些子女全都没有能耐！”

他胡乱喊叫起来，不住地大骂自己的儿女，用他瘦小的拳头打了外祖母一下：“死老婆子，全都因为你！宠得他们不像样！”

他激动得连叫带跑地到了圣像面前，捶着自己的胸：“上帝啊，我的罪就这般不能饶恕吗？怎么会这样？”

他大哭起来，但眼神十分可怕。

外祖母画着十字，温柔地劝着他：“好了！上帝心里明白着呢！你说比咱们的儿女有出息的人家又有几户呢！老爷子，每家都有本难念的经，吵吵闹闹一团糟，不只是你自己承受着这份苦啊……”

外祖父好像受到了安慰，躺下了，好像进入了梦乡。像往常一样，我和外祖母一起去顶楼睡觉了。

可有一次外祖母想多哄哄他，就走到了床边。外祖父突然一翻身，抡起拳头咚的一声正冲着外祖母的头打过去。外祖母被打得没有站稳，差点儿摔倒，她拿手捂住了鲜血直流的嘴，低声说：“你这个大傻瓜！”

然后她往他跟前吐了一口血水。他抬起了手，喊道：“我打死你！”

---

① 指沙皇尼古拉一世镇压匈牙利革命的1848年。

“你这大傻瓜！”外祖母又说了一句，然后才慢悠悠地向门口走去。外祖父朝她扑过去，她随手把门一关，门扇几乎打在了他的脸上。

外祖父生气地说：“老东西！”他用手抓住门框，使劲儿抓挠。

我呆呆地坐在那儿，被眼前这一幕着实吓了一跳，这是他头一回在我在场的情况下打我外祖母，我气愤至极！他还在拍打着门框，过了好半天才满心痛苦地转过身，默默地走到屋里，往地上一跪，身子一倾，又直起了腰，捶着自己的胸：“上帝啊，我的上帝啊……”

我马上跑出去。外祖母正在顶楼上漱着口。

“疼吗？”

她走到墙角，将血水吐到了桶里，平静地说：“不碍事，就是嘴唇流了点儿血！”

“他凭什么打你？”

她向窗外望了望，说：“他老是感到什么事都和他作对，就爱发脾气……别琢磨啦，快睡吧……”

我和她又说了句话，她有些生气地说道：“怎么不懂事呀，赶紧睡觉！”

她往窗边一坐，吸着嘴唇，一个劲儿地往手绢里吐。我上了床，一面把衣服脱下来，一面看着她。她头上青色的窗外，星光闪闪。街上一片寂静，屋里也漆黑一片。

她走了过来，抚摩着我的头：“睡吧孩子。我得去再看他一眼……你不用这么心疼我，可能我也有错的……睡吧！”

外祖母亲了我几下，就离开了。我心里伤心得要命。我从床上蹦下来，走到窗前，望着外面冷冷清清的街道，无边的愁绪涌上了心头。

又是一个噩梦。一天夜里，晚茶喝过之后，外祖父和我准备读诗篇，外祖母正忙着洗餐具，突然雅科夫舅舅径直跑进了屋，他依旧是顶着那头乱糟糟的头发，就是脸色有些不对劲儿。他招呼都没打，也不正眼看别人，帽子被他随手丢开了，他浑身哆嗦，挥着双手开始絮叨：“父亲，米什卡精神失常啦！他留在我家吃饭，可能是多喝了两杯，就开始耍无赖了。他摔桌子砸碗碟，还把一件上好色的毛布料撕碎了，窗户也被他打坏了，不断地打骂我和格里戈里！这会儿他正往您家赶，他说要杀死您！您一定要防着点儿呀……”

外祖父手扶着桌子缓缓地站起身来，满脸皱得如同一把斧子，眼珠子都快蹦出来了：“老婆子，听没听到？行啊，要杀死我呀，真是亲儿呢！日子到了，日子到了！孩子们……”

他在屋子里走来走去，然后一下子把门带上，把重重的门钩一挂，转身对雅科夫说：“你是一定得把瓦尔瓦拉的嫁妆装进自己的口袋才满意，对吗？拿走吧！”

他把大拇指放在食指和中指间[1]，伸到雅科夫舅舅的鼻子下边；雅科夫一脸无辜状，对外祖父说：“父亲，这关我什么事呢？”

“我还不清楚你的为人？你有没有搅和你心里明白！”

外祖母一言不发，急忙把茶具往橱子里摆。

“我来是想护着您……”

“太好了，保护我！父亲谢谢你，乖儿啊！老太婆，赶紧给这狡猾的东西一个武器，米什卡一跑进屋，雅科夫·瓦西里耶维奇，你就瞄准他的脑壳狠狠打过去！杀了他。”

舅舅默默走开，站在墙角。

“好吧，要是您不信任我……”

“让我信任你这东西？”外祖父气得一阵跺脚，喊道，“跟你说吧，我宁可去相信鸡猫狗兔，也休想让我对你有一丁点儿信任！肯定是你灌他喝了那么多酒，再唆使他的！行啊，动手吧，我和他都任你打！”

外祖母小声对我说：“你赶快跑到楼上的小窗户那儿盯着点儿，一看到米哈伊尔舅舅，就马上下来通知我！”

外祖母交给我这么重要的事，虽然我也害怕，但内心是无比自豪的。我全神贯注地紧盯着布满灰尘的街道。地上的鹅卵石如同一个个鼓起来的

---

① 俄国人用这个动作表示轻蔑的意思。

囊肿，近处的看着大一点儿，往远处看就不明显了，这条街通到了山谷那一侧的慎行广场。那广场是用黏土铺就的，一座旧监狱矗立其中。它灰灰的，四个角上各设一个岗楼，看起来很壮观，但给人一种忧郁之感。干草广场在另一侧，外观呈黄色的拘留所和灰色的消防瞭望塔都设在那里。一名值班的救火员，一直在塔上走来走去，就像只拴着铁链的狗似的。整个广场被山沟分为好几个部分，其中一段沟里积着水，那里还有个名叫久科夫的池塘，外祖母对我说过那个池子，有一年冬天舅舅们把我父亲扔进去过。再看回来，一条小巷在窗户的正对面，巷子里立着些各色的小房子，巷子的一端是并不高大的三圣教堂。教堂的顶像极了被打翻的小船，漂浮在一片绿草当中。

虽然这一带低矮的房屋受过秋雨的洗刷，但很快就被一层厚重尘土蒙上了，它们一座座紧紧挨着，就像教堂门口扎堆儿的乞丐，全部的窗户都敞开着，可能就像我似的，也想看看接下来要发生的事情。路人三两个，蟑螂似的缓缓挪着步子往前走。一股浓烈的大葱胡萝卜包子的味儿向我袭来，这味道总让我无比难受。

我第一次觉得如此压抑，我的心又闷又慌，四周都向我压过来！而且我也觉得身体内有什么东西正往外涌，就要把我的肋骨和胸膛撑破！

我看到了米哈伊尔舅舅！他在巷子口四处张望，帽子压得低低的，把他大半个脸和耳朵都遮了起来。他身着棕黄色的上衣，穿着盖满尘土的齐膝长靴，一只手插到裤子口袋里，另一只手捋捋胡子。看他的样子，满脸愤怒和杀气，好像立刻就要冲进外祖父的家里。我要赶快下去通知他们，但我的身子像是不由我掌控，就是没办法迈出一步！我看见他小心翼翼朝酒馆走来，哗啦一下，他推开了酒馆的门！

我一个箭步冲下去，狂敲外祖父的门。

“谁？”

“外祖父，是我！”

“干吗，他进来了？行，你走吧！”

“可我不敢自己待在那儿……”

“好啦，快去吧！”

我无奈地又上去了，往窗户上一趴。夜幕慢慢降临，窗户里透出淡淡的黄光，有人在奏乐，一阵阵美妙又哀伤的琴音传来。酒馆里的人们也在欢唱，门一开，街上就能听到劳累又低哑的歌声。那是只有一只眼睛的叫花子尼吉图什卡的声音，这个大胡子老头儿有只火红的右眼，还有只坏掉的、闭上的左眼。门关上，瞬间就听不到他的歌声了，像是被斩断了似的。

外祖母对这个独眼儿叫花子很是羡慕，听着他的歌声，她感叹道："会唱歌，太幸福了！"

有时，她唤他来院子里歇着，他俩就坐在台阶上，唱唱歌，说说话。外祖母说："你告诉我，在梁赞那地方也有圣母存在吗？"

他坚定地回答说："各个省都有，圣母无处不在……"

我经常有种做梦似的疲劳感，多想能有个人陪着我，是外祖母就太好了，外祖父也行！还有，到底我父亲为人怎样？外祖父和舅舅们干吗都那么讨厌他？而外祖母、格里戈里和叶夫根尼娅却一直记着他的好呢？我的母亲怎么不见了呢？

我总是想到我的母亲，把她想象成外祖母讲的童话故事里的主人公。母亲实在无法容忍这个家，便离开了。这么想的时候我觉得她更神秘莫测了，我觉得她如今可能已经是个劫富济贫的大英雄了，然后住在一个小旅馆里。她也许像安加雷柴娃公爵夫人和圣母似的，游历名山古迹。圣母还会对我母亲说曾对公爵夫人说过的话：

> 贪得无厌的奴仆 / 快快放下地上的珍宝 / 你那永不知足的灵魂 / 你一丝不挂的身子是一切财宝都无法遮挡的……

母亲也像公爵夫人那般答复：

> 我的圣母，宽恕我的罪 / 救赎我这罪孽的灵魂 / 我抢劫财富，全是为我那爱子……

然后，圣母就像外祖母那样怀着慈悲之心，宽恕了她：

> 啊，你这个鞑靼人的后裔 / 不忠于基督的人 / 跪着也要走完自己选的路 / 去森林里追杀莫尔多瓦人 / 去草原里逮捕卡尔梅克人 / 但俄国人万万动不得……

想着这些，我仿佛做了一场可怕的梦！我被楼下的咆哮声跟嘈杂的脚

步声吓醒了。我慌慌张张地去瞧，米哈伊尔舅舅正被外祖父、雅科夫舅舅和酒保麦里扬往门口拽。但米哈伊尔舅舅死死拽住门框，任他们怎么拽就是不松手。于是，人们对他拳脚相加，他终于还是被扔出去了。人们一下子就把酒馆锁住了，隔墙扔出了他皱巴巴的帽子。瞬间静得好像这一切都没发生过似的。

米哈伊尔舅舅在地上躺了一会儿，缓慢地起身。他的衣服已经烂得不成样儿了，一头乱发。他拿起一块鹅卵石，冲着酒馆的大门狠狠砸去，咚的一声闷响后，一帮皮肤黝黑的人气势汹汹地走出了酒馆，人们从窗户里探出头来，街道再次充斥着笑声和阵阵喊叫声。这一切虽像童话似的有意思，但也让人不安和恐惧。

瞬间，街道又恢复了平静。

外祖母弓着腰纹丝不动地在门槛上坐着。我走到她身旁，揉揉她暖暖的又软乎乎的脸。她仿佛没发现我站在了她身旁，她呢喃着："上帝啊，请您把无边的智慧，赐予我的孩子一点儿吧！上帝啊，莫要怪罪我们啊……"

外祖父在这座宅子里差不多住了一年：从头年春天到第二年春天。可是，我们这座宅子却在这一带出了名，每周都会有一帮孩子跑过来，胡乱喊叫着："卡希林家又开战啦！"

天色一暗下来，米哈伊尔舅舅就会藏到宅子周边，盯着宅子里的一举一动，搞得人人都心惊胆战的。他有时会和几个男人一起过来，他们要么是酒鬼要么就是地痞无赖。他们把花园里的花花草草全部拔掉，一次他们冲进浴室，砸坏了蒸浴架、长椅、水锅，连门都踹坏了。

外祖父一脸沉重，在窗前呆呆站着，听着那些人在他的家里面又打又砸。外祖母则在院子里来回跑，一直说着："米沙，米沙，这是做什么，住手吧！"

而她听到的则是肮脏无耻的谩骂。这帮无赖可能都不懂到底骂的是什么意思。

外面一片混乱，非常危险，所以我没法儿跟着外祖母满院子跑了，可我又很担心她，只好来到楼下外祖父的房间，但他气愤地大喊道："滚一边去，小蠢驴！"

我又冲回顶楼，透过窗户向下瞧着外祖母。我特别怕那些人把她杀害了！我喊她快回来，她并不听我的。米哈伊尔舅舅听见我叫外祖母，于是对我母亲一顿下流无耻地谩骂。

还有一次，也是在这样一个夜里，外祖父有些难受，在床上躺着，头上包着块布，他在床上翻来覆去来回动，喊着："一辈子任劳任怨，攒下点儿钱，临了却这副德行！要是我这脸上能挂得住，早就报警啦！唉，怎么丢得起这个人啊，我的孩子却得让警察来管教，教子无方啊！"

他突然起身，踉跄着走到窗子前。外祖母一把拽住了他："干吗去？"

"点灯！"他喘着粗气命令道。

于是外祖母就点着了灯。他手拿烛台的样子好像举枪一样，向着窗外一顿吼叫："米什卡，你这贼人、癞皮狗！"

没等他说完，眼见一块砖头咣当一声从窗外打进屋里！

"打偏啦！"外祖父一阵狂笑，可能也在哭。

外祖母像抱我似的，将他抱到了床上，说："愿上帝赐福，别这样了！这么做，你就是让他到西伯利亚充军啊，他只是被愤怒冲昏了头脑啊。"

外祖父乱踢一通，喊着："杀了我啊！"

窗外传来一阵号叫声。我捡起那块砖头，就往窗户那儿跑。外祖母拦住了我说："混账！"

那次，米哈伊尔舅舅手拿大粗棍子对着门就是一顿敲打。但外祖父、两个房客和高大的酒馆老板的妻子，他们都拿着棍子，在门里头，等着他破门而入。外祖母苦苦求着："让我出去和他说说……"

外祖父弯曲着腿，就像《猎熊图》上的猎熊者似的，外祖母去苦苦劝他时，他不动声色地把她踹开。他们的脸被墙上的灯笼照得斑斑驳驳的，我从上面观察着这一切，想让外祖母赶紧上来。

舅舅对门不断地敲打，已经成功地让那扇门开始摇晃了。大战一触即发。外祖父突然说道："别朝头打，胳膊、腿都可以……"

外墙上的一扇小窗户玻璃已经被舅舅敲碎了，像一只失去了眼珠的眼睛。

外祖母想都没想地就冲了过去，冲着窗外摆手，喊道："米沙，看在上帝的面子上，赶紧离开吧！你会被打死的，逃吧！"

舅舅用棍子朝着外祖母的胳膊狠狠打了一下，外祖母倒在了地上，嘴里还说着："米沙，快逃……"

"老太婆，没事吧？"外祖父一声号叫。

门一下子开了，舅舅冲了进来，外祖父他们一块儿把他摔了出去。

酒馆老板的妻子搀着外祖母回到外祖父的屋里。外祖父紧随其后，说："骨头打坏了吗？"

"嗯，大概得折了！天啊，你们怎么处置他？"然后外祖母闭着眼说，"好啦！"

外祖父愤愤地说："行了，把他捆住了，恶魔啊！他到底是个什么东西！"

外祖母开始痛苦地呻吟起来了。

"忍忍吧，已经差人找接骨婆子了！老太婆，孩子们是要咱俩快快死去啊！"

"给他们财产吧……"

"瓦尔瓦拉可怎么办？"

他们谈了很久。外祖母说话软绵绵的，外祖父却气得乱嚷。

很快，一个身材矮小的老太婆进来了。她长着一张鱼似的大嘴，眼睛不知道长哪里了，她用拐杖探着路，小心翼翼地走。

我以为外祖母快死了，一个箭步跑到了老太婆面前，喊道："滚开！"

我被外祖父毫不客气地拽上了楼。

七

我很久以前就懂得外祖父信仰一个上帝，而外祖母信的则是另一个上帝。外祖母每天起床后，坐在床上很长时间，梳着她美丽的长发，每回都能梳掉几绺头发，她生怕打扰我睡觉，轻轻地骂着："死头发，让你得纠发病[1]……”

她把头发梳顺，编上辫子，把脸一洗，擤擤鼻子，依旧一脸怒色，她走到圣像前祈祷。只有祈祷完了，她才能再次焕发生机。

她挺起腰板，抬起头来，满脸慈祥地看着喀山圣母的画像，手画着十字，轻轻地说着：“至圣圣母，赐福未来吧！”

然后她以更饱满的热情说：“一切欢乐都源于您，您是花朵齐放的苹果树！”

她天天都能用新词赞美圣母，每次我都聚精会神地听着。

“最纯洁无瑕的心灵啊，庇护我的恩人，我至爱的圣母！您是一抹金色光芒，把肮脏不堪都带走吧，不要让人们遭受欺凌，也别让厄运无端地找上我。”

她满含笑意，双眼有神，似乎一会儿工夫小了几岁，她缓缓抬起手，在胸前慢慢地画了十字。

“耶稣基督，上帝之子，看在圣母的分儿上，赐福给我们吧……”

因为早晨要烧茶，要是没及时预备好，外祖父会大发雷霆的，所以她的晨祷时间会短一些。有时，外祖父比外祖母早起，他上楼来，恰巧外祖母在祷告，他就会不屑地撇撇嘴。等下喝茶时，他就会说：“你这糊涂蛋，跟你说过多少回啦，你就是不记在心里，真是个邪教徒，上帝眼里会容得下你吗？”

“上帝是懂我的，无论我怎么说，他都会清楚地明白我的意思。”

“哼，你就是个挨千刀的楚瓦什人[2]……”

外祖母和她的上帝不离不弃，她竟然还会给牲畜讲讲上帝。无论是人，还是狗、鸟、蜂、草木都会顺从于她的上帝；上帝平等对待人世间的一切，用同样的仁慈和善对待他们。

酒馆的老板娘养了一只又馋又懒还很谄媚的猫，那猫长着一双金黄色的眼睛和一身蓬松的毛，很招人待见。有一次，院子里的一只八哥让它咬

---

① 得纠发病的人头发缠在一起。

② 俄国境内少数民族。

着了，外祖母生生把那只可怜的鸟儿从猫嘴里抢了下来，冲着猫喊：“上帝会判你罪的，坏蛋！”

人们听了她的话，一阵狂笑，她训斥他们说：“畜生也知道上帝！一切生灵都知道上帝的，和你们一样，你们这些缺心少肝的家伙……”

她也和老马沙拉普说话：“上帝的壮劳力，快打起精神来！”

老马冲她摇摇头。

外祖母提到上帝的次数比外祖父讲到的少些。我认为外祖母的上帝羞答答的，并不吓人，但是在上帝面前你不可以撒谎。因为你会觉得这么做太难为情了，上帝会给我们一种羞耻之心，正是这样，我从没对外祖母说过一丁点儿谎话。

有一次，酒馆的老板娘和我外祖父吵架，她还谩骂起我外祖母来，往外祖母身上扔胡萝卜。

外祖母却淡淡地说：“你这糊涂人！”我可被气得咬牙切齿。我一定要给这个胖女人点儿厉害瞧瞧！

据我对这些邻里纷争的观察，邻居们彼此间的报复无非是切断猫尾巴、害死狗、杀死鸡，要不就是悄悄把煤油灌进腌菜的木桶中，再不然就是把人家的格瓦斯倒掉……我觉得都不太解气，所以我需要想一个更好的报复法子。

那天，酒馆老板娘下了地窖。趁着这个好时机，我把地窖的盖子一关，锁上了，高兴地蹦蹦跳跳了一番，把地窖钥匙往屋顶上一扔，飞快地跑回厨房。外祖母正做着饭。她还没懂我怎么如此喜悦，但她知道后，立刻踢了一下我的屁股，让我赶紧找出钥匙。我没办法就去给那女人开锁。我在一边藏着，悄悄盯着外祖母跟刚刚被放出来的胖女人亲切地聊天，她们大笑起来。

“好你个小坏蛋！”酒馆老板娘向我摆摆手，满脸笑意。外祖母把我领回厨房，问：“你为什么这么做？”

“她往你身上扔胡萝卜……”

“哦，是为了外祖母呀！我非要把你塞到炉子底下让老鼠吃了你不可！你外祖父要是知道了，他肯定得好好收拾你一顿！赶紧看书去……”

整整一天，她没和我说一句话，晚祷之后，她挨着我坐下，给我说了几句我永生难忘的话："宝贝儿，你要记住外祖母的话，大人间的问题不要去管！大人正受着上帝的试探，他们早都败坏了，而你还是好孩子，你就要像孩子那样生活。等着上帝来帮你，指引你上正途，懂吗？别人犯了什么罪，这是件很难搞懂的事，上帝有时候也不好判断。"

"上帝不是无所不知的吗？"我不思其解地问。

她叹了一声说："要是上帝什么都清楚明白，那就没人敢做坏事了！上帝是从天上往下看人们的，一遍遍仔仔细细地看，有的时候就流起眼泪来，边哭边说：'我亲爱的万民啊，我非常怜悯你们啊！'"

说到动情处，她也流起了眼泪，然后去祈祷了。

那次之后，我更加爱她的上帝了，也懂了一些道理。

外祖父也说过，上帝是万能的，各个地方都有上帝的存在，他是乐于帮助别人的。可是，他的祈祷却和外祖母的一点儿都不一样。

每天一早，他仔仔细细地把脸洗好，穿上干干净净的衣服，梳顺头发，刮好胡须，再冲着镜子打量一番，然后小心地走到圣像前面。他每次都在有个木头疤的地方牢牢站好，然后默不作声，低着头，像个士兵似的一动不动。然后，他开始祷告："以圣父及圣子及圣灵之名！"

整间屋子突然就变得神圣不可侵犯了，连苍蝇都飞得十分小心。

他把头微微抬起，眉毛上扬，金色的胡子平平的，他一字一句念着祷告词："审判者到来，每个人都要还他的罪[①]……"

他把手轻轻放到胸前，不容分辩地说："我仅在您面前行坏事，请您不要看我的罪过吧……"

他的右腿打拍子似的晃着。外祖父像长高似的，浑身也整洁干净。他念着《信经》[②]："来一个医生，医治我备受苦难的灵魂，我发自真心地呼唤着您，慈悲为怀的圣母啊！"

他双眼满含泪水，大声说："上帝啊，请念在我信仰的分儿上，别管

---

① 东正教教徒早祷的起始祷词。

② 东正教正式祈祷文。

我所行的事，也别为我找寻借口！”

他一直画着十字，狂点着头，发出声声尖叫。后来，我去犹太教会，才发现外祖父是按犹太人那样行的祷告。

茶炊早就好了，一个劲儿地响，屋子里满是奶渣煎黑面饼的香气。我极其想尝一口。外祖母耷拉着眼皮，阴沉着脸，唉声叹气。美妙的阳光洒进屋里，树枝上珍珠般的露水发出夺目的光彩，清晨的空气里混合着小茴香、酸栗子和熟苹果的香气。外祖父的祈祷仍在继续：“熄灭我心中悲痛的火吧，我既贫穷心地又坏！”

早祷跟晚祷的话我都熟记于心了，我每回都用心地跟外祖父念祷词，去纠他的错！

虽然念错的时候不多，可一旦发生了，我就难以抑制内心的喜悦。

外祖父祷告完毕，转过身来说：“你们好呀！”

我们鞠过躬，大家就坐好。我立刻对他说：“您今天忘了说‘补偿’！”

“乱说！”可他完全不自信，所以态度也比较温和，“真的忘说了？”

“应该是‘但是我的信仰补偿了一切！’可是您忘了说‘补偿’。”

“果真如此？”

他满脸窘态。我清楚他之后不会饶了我的，但是现在，我是十分开心的。

有一次，外祖母说道：“老爷子，上帝可能也对你那老套的祈祷厌烦了吧。”

“什么？你竟说这话！”他恶狠狠地喊着。

“你从不吐露真言！”

他满脸通红，哆哆嗦嗦，向外祖母头上扔去一个盘子，骂道：“你这混账玩意儿！”

他在给我讲上帝拥有无限力量时，总先说这种力量的残暴之处。他说，犯了罪的人就会被溺死，再犯罪就施以火刑，并且连他们的城都要毁掉。他说，上帝用饥饿和瘟疫对人类施以重罚，用宝剑和皮鞭掌管人间和万民。

他敲着桌子说：“与上帝作对必不能活！”

我不信有如此残暴的上帝。我觉得这都是外祖父假想出来的，为的是要唬住我，让我更怕他。我直接说道：“您说这话，就想让我听您的吧？”

他也直接地回答："不然呢！你敢不听我话？"

"可外祖母怎么不这么说？"

他严肃认真地说道："她是个蠢货，大字不识一个，没脑子！我禁止她跟你说这些重要的事情！我问你，天使分几级[①]？"

我回答了，又问他："他们分别是负责什么的？"

"别乱说！"他笑笑，然后咬着嘴唇，并不看我，说，"上帝不是当官儿的，因为当官儿是人世间的事儿。官员是吃法律的[②]，他们把法律都吃了。"

"法律？"

"没错，法律就是习惯！"说到这里他的劲头儿来了，双眼放光，"人们一起商量出最好的状态，把它作为习惯，有了习惯再定成法律！这和小孩子们玩游戏一个样，先得定好怎么玩，立个规矩。这个规矩就是刚才说的法律。"

"那当官儿有什么用？"

"官儿吗，就像调皮捣蛋的孩子，一切法律都让官儿破坏了！"

"啊？"

"你弄不明白的！"他紧蹙双眉，又说，"上帝掌管人间的一切！人间的事儿都不是固定不变的。上帝吹一下，这人世间就化成灰啦！"

我对官儿特别感兴趣，又问："但是雅科夫舅舅唱过这样一首歌：

上帝的官儿，正是光明的使者。

人间的官儿，是撒旦的奴仆！"

外祖父眼睛一闭，咬住胡子，晃动着下巴，他心里在乐呢。

他说："把你和雅什卡绑起来扔到河里去！不该他唱这歌，你更不该听，这是分裂派[③]讲的玩笑！"

---

① 按基督教，天使分为九级。

② 外祖父把俄语"法律家"(законовед)误认为只有一个字母之差的"吃法律的"(закaноед)。

③ 17 世纪中叶，俄国的一种反对官方教会的活动，参加者称为分裂派。

他做沉思状，说：“唉，人啊……”

虽然他的上帝是高高在上的神，可他也和外祖母一样，把自己的事儿讲给上帝。他除了请上帝，还邀请许多圣人。外祖母全然不知还有这些圣人，她仅仅知道尼古拉、尤里、弗罗尔跟拉夫尔，他们待人亲切，还走遍了各个地方，足迹遍布千家万户，对人们的生活给予帮助。外祖父的圣人都是些受过苦难的人，由于他们把神像踢翻了，和罗马教皇争吵激烈，因此被剥了皮施以火刑！

有时外祖父说：“上帝啊，你帮我给这房子找个买家吧，就算只能卖五百卢布也没关系，我将为圣人尼古拉做一次感谢祷告！”

外祖母略带讽刺地对我说：“尼古拉真的无事可做吗，要去帮他找房子买主！”

我曾把外祖父教我识字的一本小书保存了很久，他往书上写了很多话。我记得有一句：“恩人啊，救我脱离灾难！”

“灾难”是指外祖父为了帮那些没出息的儿子开始放高利贷，悄悄地干起了典当的活儿。但被人举报了，一天夜里，警察冲进家中。一番搜查过后，并未发现任何证据。外祖父一直祷告到黎明，早晨在我面前，把这句话记在了小书上。

还没吃晚饭的时候，我和外祖父一起念诗、念祷词、念叶夫列姆·西林[①]的圣书。晚饭后，他又要行晚祷，房间里满是悔过之声：“我要如何供奉你，回报你的恩啊，我万古长存的上帝……保佑我免于陷入诱惑吧，伟大的上帝……保佑我不受人欺负吧，智慧的上帝……替我哭泣吧，要我长眠后也被人牢记吧……”

但外祖母却常说：“我今天太累了，得休息了，没法儿行祈祷了。”

我经常被外祖父领着去教堂，每周六要行晚祷，节假日则去做晚弥撒。在教堂里，我也把众人对上帝的祈祷分别开：神父和助祭所念的是对外祖父的那个上帝的祈祷，而唱诗班是对外祖母的那个上帝的颂扬。

我说的仅仅是孩子心里两个上帝的不同之处，我曾经被这种不同折磨

① 4世纪的神父，教会著作家，著有祈祷文和圣歌。

得痛苦不堪。外祖父的上帝让我十分害怕，甚至产生敌意，因为他不爱任何人，总是一副严肃审视一切的样子，时时刻刻都在找寻人们的罪过。他对人类毫无信任可言，却只信任惩戒。

而外祖母的上帝就是博爱的，我在他的爱中徜徉。在那段时间里，上帝变成了我内心的支撑，我头脑中存留的其他记忆，都是些肮脏不堪、残暴至极的画面。我自始至终都没搞懂一个问题，外祖父的眼里怎么就没有那个和蔼慈善的上帝呢？

家里人不允许我上街去玩，因为大街容易刺激我，我在街上就像喝醉酒似的，几乎每次都是那个闯祸和捣乱的人。我没有什么朋友，邻居的孩子敌视我，我讨厌他们叫我卡希林，可他们却偏偏这样叫我：“嘿，瘦鬼卡希林的那个外孙子出来了！”

“扁他！”

于是一场恶战开始了。

从年龄上看，我算力气大的，打起架来也算是机灵的，就算是那些合伙打我的孩子也不否认这一点。但是我仍然还是会被整条街的小孩们痛打，每次回家，都是鼻子流着血，嘴唇破着，脸上青一块肿一块，衣服被撕得很烂，浑身都是泥土。

外祖母每次见了我，都又吃惊又心疼地说：“哎呀，怎么回事，小萝卜头？又跟人打架啦？你看看你现在是什么样子！非要我给你一顿左右开弓……”

她给我洗了把脸，把湿海绵贴在青肿的地方，把铜钱贴上又抹一些醋酸铅水，就劝我说：“你干吗总是跟别人打架，看你在家里挺老实的，怎么一出去就不一样了？我要是把这事跟你外祖父说了，他肯定会把你关家里的……”

外祖父看见我鼻青脸肿的，也不骂我，只是嘴里一直嘟囔着，低吼道：“你这个阿尼克武士[①]，怎么又戴上奖章了？以后不允许你上街瞎闯，听到没有？”

这静悄悄的大街对我来说没有什么吸引力，只是听到外面孩子们欢快

---

① 宗教诗里的人物，是一个和死神做斗争的英雄。

地闹腾，我就会不管外祖父的禁令，忍不住跑出去。有时候被他们打得鼻青脸肿，我也没有觉得多可气，我就是特别讨厌他们在街道上搞的那些恶作剧和做的那些残酷行为，有时候甚至很疯狂。挑唆狗咬鸡、虐待猫、追打犹太人的羊、欺凌醉酒的乞丐和人称“兜里装死鬼”的傻子伊戈沙，这些都让我气得受不了。

伊戈沙是个又瘦又高的人，浑身上下像是被烟熏过似的，穿着一件又破又厚重的羊皮大衣，在那张皮包骨的铁锈脸上，长满了硬毛。他躬着腰驼着背，走起路来摇来晃去，也不说话，两只眼睛一直死盯着脚下的地。他有一双细小而忧郁的眼睛，然而他的那副铁灰面孔，让我敬畏。他好像在做着一件很了不起的事情，他在寻找着什么东西，我不应该打扰他。

孩子们一边追着他一边朝他扔石子儿，他好像根本就没有注意到，也不觉得哪里疼；但是他会不经意地马上站住停下来，抬起头，用抽搐的手打理一下他头上的破帽子，像刚睡醒似的东张西望一会儿。

“伊戈沙，你要去哪里？当心着点儿，你兜里有个死鬼！”孩子们大喊着。

他手里拿着口袋，很快地弯下身把地上的石子儿、木橛子、土疙瘩捡起来。他一边笨笨地抬起胳膊，一边嘴里嘟嘟囔囔地骂着人。他嘴里一直骂那三句脏话，别的也说不出来什么。孩子们回击他的词汇，要比他的花样多很多。有的时候，他瘸着腿去追孩子们，羊皮大衣把他绊倒了，双膝都跪在地上，他那双黑手像干树枝似的支住地。孩子们就在这时候，向他的腰还有脊背上扔石子儿，有胆子大的跑到他跟前，抓一把土扔到他的头上，然后再快速地跑开。

街上有一个令人特别难过的印象，就是老师傅格里戈里•伊凡诺维奇。他眼睛看不到，到处去乞讨，个子挺高大的，样子也是堂堂正正的，就是不说话跟个哑巴似的。一个矮小的不好看的老太婆牵着他，他站在别人家的窗户下面，眼睛一直向一旁瞟着，拉着长腔喊道：“行行好吧，看在上帝的面子上，可怜一下我这又穷又瞎的人吧……”

格里戈里•伊凡诺维奇也不说话。他戴副黑色眼镜直视人家的墙、窗户、迎面走过来的人，用染透了颜料的手静静地捋着自己的大胡子，双唇紧紧地闭着。我经常看见他，但是从来没有听见格里戈里说过一句话，他的沉默让我感到很气愤。我从来没有跑到他跟前去，每次都是远远地看见他，然后跑到家里去把这事告诉外祖母："格里戈里又在街上乞讨呢！"

"啊！真的吗？"外祖母显得不安，略带些怜悯地惊叫一声，"把这东西拿上，赶紧给他送过去！"

我每次都粗鲁并且气愤地拒绝这份差事。这种情况下，外祖母就自己去大街上，站在人行道上，跟格里戈里聊天。他微笑着，捻着胡须像个散步的老者，只是话不多，三言两语的。

有的时候，他会被外祖母领到厨房里来，喝点儿茶吃点儿东西。有一次他问到了我，外祖母就叫我，但是我立马就跑了，躲到柴火堆里。我不能去他跟前，因为在他面前我会觉得很尴尬，我也知道，这样会让外祖母很难为情。我和外祖母基本上不谈论格里戈里，只有一次，外祖母把他送走以后，低着头暗暗哭泣，在院子里慢慢地走着。我过去走到她跟前拉着她的手，她看了一下我说："他是个好人，也挺喜欢你的，你为什么总是躲着他呢？"

"为什么外祖父不养活他？"我没有直接回答外祖母的问题，反而向她提了一个问题。

"哦，你外祖父吗？"

她的脚步停了下来，搂住我，就像窃窃私语似的，预言说："你要记住我说的话，上帝会为这个人狠狠地惩罚我们一回的！一定会惩罚的……"

不出所料，十年后，惩罚来了。那时外祖母已经安静地离开了[①]，外祖父变成了乞丐[②]，沿着城里的大街小巷疯疯癫癫地乞讨着，在别人家的窗下乞求着："行行好吧，我的好厨师啊，给个包子吧，行行好吧！唉，你们这些人啊……"

曾经的他，如今就只剩下这么一句辛酸又激动人心的话："唉，你们这些人啊……"

---

① 外祖母于1887年2月16日去世，终年70岁。

② 外祖父在外祖母去世后的两个半月也离开了人世，终年80岁。

让我感到气愤的除了伊戈沙和格里戈里外，还有一个放浪的女人沃罗尼哈，我一看到她就想躲开。每逢过节的时候，她就会出现在街头。她个子挺高，头发乱乱的，喝得烂醉，她走起路来很特别，好像脚不着地，整个人就像是在飘着，跟一朵移动的乌云似的，晃晃悠悠的，一边走还一边唱着猥亵的歌。街上碰到她的人都躲着她，藏在大门后面、墙角、铺子里。

她在大街上走过，街道好像都被她扫干净了似的。她的脸肿得青了，腮帮胀得像尿泡，那双灰色的大眼睛一直圆瞪着，让人感觉又可怕又可笑。她有时还号叫着哭泣："我的孩子们啊，你们在哪里啊？"

我问外祖母这是怎么一回事。外祖母总是沉着脸说："这些事情你不需要知道。"

不过外祖母还是简单地给我讲了一下她的事情：这个女人之前嫁给了一个当官儿的，叫沃罗诺夫。但是她丈夫想要晋升，就把她卖给了自己的上司，这个上司把她带到了别处。两年后，她回来了，她的儿子和女儿都死了，丈夫因为把公费输光了，被警察抓去坐了牢。她伤心极了，之后就开始酗酒、放荡、胡闹起来。每到过节的晚上，警察就会把她抓了去。

总之，我觉得家里还是比街里好，尤其是在吃过午饭以后的那段时间，外祖父就出门去雅科夫舅舅的染坊了，我就坐在窗户旁边听外祖母给我讲有趣的童话还有父亲的事情。

外祖母从猫嘴里救下了一只八哥，剪断了它折断的翅膀，把一根木片巧妙地绑在了八哥腿上被咬掉的地方，把它治好后，教它说话。有时，她整小时地靠着窗户在笼子前面站着，就像一只和善的大兽，对着这黑炭似的爱模仿的鸟，用低沉的声音重复着说："喂，你说：'给俺小八哥——饭！'"

八哥对她斜着圆眼，幽默又活泼，薄薄的笼底被它用腿上的小木片敲打着，它伸长了脖子学黄鹂、松鸦、布谷鸟甚至小猫的叫声，还模仿狗叫，就是学不好人说话。

"别淘气，说：'给俺小八哥——饭！'"外祖母一直认真地对它说。

这只长羽毛的黑色"猴子"，震耳地喊了一声外祖母说的话，她就高兴地笑了起来，用指头递给八哥饭，说道："我就知道你这个滑头，故意装蒜。其实你啥都能，啥都会！"

外祖母真的把八哥教会了。过了一会儿，它能很清楚地要饭吃，远远地看着外祖母，还能拉着嗓子喊出“你——好——啊——”。

起初八哥是在外祖父的屋子里，因为它总是学外祖父说话，没过多长时间，外祖父就把它赶到顶楼上来了。外祖父做祈祷的时候，八哥就从笼子缝里伸出黄蜡似的鼻尖来，莺啼燕啭地叫道：“球、球、球……一二，秃……一二，踢……球啊！”

外祖父认为这是在侮辱他，有一次气得跺脚，狂怒地喊道：“再不把这个小魔鬼弄走，我就宰了它！”

家里其实还有很多有趣且值得回忆的事，可就是有一种无法排遣的压抑感压得我喘不过气来，全身像被一种沉重的东西注满了，好像我一直以来都生活在一个不见天日的深坑里，我失去了一切感觉，像个瞎子一样看不见，像个聋子一样听不见，半死不活的……

八

房子突然被外祖父卖给了酒馆的老板，他又在缆索街上买了一座宅子。这条街上没有铺装、长满了草，但是很清洁也很安静，横穿了两排色彩斑斓的小屋，一直通到了田野。

新房子比旧房子要可爱漂亮；正面涂着深红的颜色让人感到温暖；还有三扇天蓝色的窗户和一扇带栅栏的顶楼百叶窗，看上去十分鲜亮耀眼；榆树和菩提树的浓荫被左侧的屋顶遮着。院子里和花园里还有很多僻静的角落，像是专门用来捉迷藏的。花园挺好，虽然不大，但里面的草木茂盛，凌乱得让人愉悦。花园有两个角落，一个是像玩具似的矮小藻塘，另一个是杂草丛生的大坑，里面还有原来藻塘烧毁后留下来的一根粗黑的木炭头。花园左边紧挨着奥夫相尼科夫上校马厩的围墙，右边是贝特连家的房舍；卖牛奶的彼得罗芙娜的宅子在花园的前面。彼得罗芙娜是个又胖又红的女人，说起话来吵吵嚷嚷的，像铃铛。她的小屋低矮而破旧，处在地平线之下，上面还长着青苔，还有两扇小窗户，能看到远方覆盖着青云般森林的田野。田野上天天有士兵走动、跑步；在秋天的斜晖中，刺刀还闪着白色的光芒。

宅子里住的都是一些陌生人，我都没有见过：前院住着一个鞑靼军人，他的妻子矮矮的胖胖的，从早到晚嘻嘻哈哈的，弹着装饰得富丽堂皇的吉他，常常放开嗓子唱歌，歌声嘹亮：

只有爱情不幸福 / 还要再多找一找 / 想方设法找到它 / 顺着这条正道走 / 终有奖励等着你 / 啊，甜美的奖励啊

那个军人也挺胖的，像个皮球，坐在窗户边上，吹鼓着发青的脸，瞪着棕黄色的眼睛，不停地抽着烟斗，时不时地咳嗽，声音有点儿古怪，就像狗在叫似的："呜汪，呜汪，汪！汪……"

有两个运货的车夫住在地窖和马厩上面温暖的小屋里，一个是小个子灰白头发的彼得伯伯，另一个是他的哑巴侄子斯捷帕。斯捷帕的面孔像红铜托盘一般，皮肤挺光滑，长得也挺结实。还有一个瘦高的鞑靼勤务兵叫瓦列伊。他们都是一些新人，身上有许多我不熟悉的东西。

但是，在这里我印象特别深刻的是一个叫"好事情"的包伙食的房客。他租的屋子是在后进院子厨房的隔壁，这间屋子很长，有两扇窗户，一扇对着花园，一扇对着院子。

这个人瘦瘦的，有点儿驼背，脸色惨白，有两绺黑胡子，戴着眼镜，眼睛让人感觉很和善。他话很少，没人注意他，每次喊他吃饭或者喝茶的时候，他总是说："好事情。"

无论是当着他的面还是背着他，外祖母总是这样喊他："阿廖什卡，去喊'好事情'来喝茶！'好事情'，您怎么就吃这么点儿东西啊？"

他的整个房间堆满了箱子和我不认识的世俗字体[①]的厚本子书籍；到处都是瓶子，里面盛着各种颜色的液体，还有好多块铜铁和成条的铅。从早到晚，他都穿着红棕色的皮上衣，带格的灰裤子，全身涂满了乱七八糟的颜料，散发出一股刺鼻的味道。他头发乱乱的，笨手笨脚的，一直在那里熔化铅，焊着什么铜的东西，还在小天平上称来称去，跟牛似的低吼着，不经意间烧疼了手指，就赶忙向它吹空气，有时他跌跌撞撞走到挂图跟前，

① 就是现在通用的字体，高尔基最初学的字母是教会斯拉夫字体，所以他不认识现在通用的字体。

擦一下眼镜，他那鼻子又细又直、白得出奇，差点儿碰到挂图，好像是在闻它。有的时候他会突然停下来，长久地站在屋子中间或者窗户旁边，闭着眼睛，抬着头，也不发出声音，跟个木头似的。

我爬到板棚顶上，从开着的窗户隔着院子观察他：我看见桌子上青色火焰的酒精灯，黑色的人影；看见他戴着像两片薄冰的眼镜，放射出寒冷的青光，静静地在破本子里写着字。我很好奇他这个人玩的魔术，一连几个小时我都待在棚顶上看着。

有的时候，他像是站在木框子里，背着手站在窗前，望着棚顶，但是我很生气的是他好像根本就没有看见我。忽然，他快速地跳到桌子前，弯着腰，像是在寻找什么东西。

我想，要是他是一个穿得很好的有钱人，或许我会望而生畏，恰恰是因为他没有那么多钱，破衣烂衫的，所以让我很安心。穷人一点儿都不可怕，也不会给你造成什么威胁，我从外祖母对穷人的可怜以及外祖父对他们的蔑视中认识到了这一点。

大家都不是很喜欢“好事情”，每次谈起他都是嘲讽的语气。那个天天嘻嘻哈哈的军人妻子，叫他“石灰鼻子”，彼得伯伯叫他“药剂师”、“巫师”，外祖父叫他“巫术师”、“危险人物”。

“他在做什么？”我问外祖母。她很严厉地说：“别多说话，和你没有关系，听见了吗？……”

有一天，我鼓起很大的勇气走到他的窗前，控制着自己心里的激动，问：“你在做什么？”

他惊了一下，从眼镜上方打量了我半天，向我伸出了他那只满是烫伤的手，说道：“爬进来吧！”

他不让我从门口进去，反而让我跳窗户，这让我觉得他更加了不起。他坐在箱子上，我被他抱到了跟前，一会儿把我推开，一会儿又拉近，最后，他小声问道：“你来自哪里？”

这太奇怪了：他一天在厨房吃饭喝茶四次，我都是坐在他的旁边的！我答道：“我是房东的外孙子……”

“哦，对啊。”他看着自己的手指说道，然后就不吭声了。

我觉得我需要向他解释一下：“我不是卡希林，是彼什科夫……”

“彼什科夫？”他不相信地又说了一遍，“好事情。”

他推开我，站起身来，向桌子走去，说道：“安静地坐着，不要动……”

我坐了很长时间，看他锉着那块用虎头钳子夹着的铜；铜末像金星似的落到马粪纸上。他把撮成一把的铜末，撒到了厚沿的杯子里，又从罐子里弄出来一些像食盐似的白粉放上，再把黑瓶子里的东西倒上了一点儿，杯子里就发出嗞嗞的声音，还冒着烟，散发出一股呛人的气味。我咳嗽起来，胡乱地摇着头，可是这位“巫师”却炫耀似的问道：“是不是挺难闻的？”

“可不呗！”

“那就对了！小弟弟，难闻的话就好极了！”

“有什么可炫耀的！”我心里这样想着，于是严厉地说道：“都这么难闻了，那就是不好……”

“是吗？”他眨着眼睛惊讶地问了一声，“那可不一定，小弟弟！唉，你平时玩羊趾骨吗？”

“你说的是玩羊拐吧？”

“对，羊拐，你玩不玩？”

“玩啊。”

“用不用我来给你做一个灌铅的羊拐？用它来打，特别准！”

“好啊。”

“那你去给我拿一个羊拐来吧。”

他一面向我走来，一面用一只眼睛望着手里冒烟的杯子，到我跟前的时候说道：“我给你做一个铅羊拐，以后你就别到我这儿来了，好不好？”

他这么一说，可把我气坏了。

“你就是这次不给我做这个，我也不来了……”

我满肚子都是气，走进了花园，看见外祖父正忙着把粪围到苹果树根上。那会儿是秋天，树木都开始落叶了。

“过来，把覆盆子剪齐了。”他递给我剪子这样说道。

我问他：“‘好事情’在弄什么呢？”

“他在破坏房子，”他很生气地答道，“把地板烧坏了，墙纸弄脏了，还撕破了，我正要告诉他，让他搬走！”

“就该让他搬走。”我一边剪着覆盆子里的枯藤，一边应和道。

然而我答得太急了。

下着秋雨的晚上，要是外祖父不在家，外祖母就在厨房里举行很有趣的晚会宴请房客们，车夫、勤务兵、泼辣的彼得罗芙娜都过来喝茶，有时连那个嘻嘻哈哈的女房客也过来。“好事情”过来了也就是在墙角的炉边待着，不动也不说话。哑巴斯捷帕和鞑靼人玩着纸牌，瓦列伊拿着牌朝鞑靼人的宽鼻子上拍了几下，喊着：“啊——撒旦[①]！”

彼得伯伯带过来一大块面包还有果酱，面包被切成了片，还加上了一些厚厚的果酱。彼得伯伯低低地鞠着躬，把这些好吃的面包分给大家。

“赏光吃一片吧！”他和善地请求道，当人们从他手里把面包拿走的时候，他也会注意看看自己的手掌，要是有果酱粘在手上，他就用舌头舔掉它。

彼得罗芙娜拿来一瓶樱桃甜酒，那个快乐的女人带来些果子还有糖果。这是外祖母最喜欢的娱乐——热闹的宴会开始了。

自从上次“好事情”贿赂我，让我以后不要再找他之后不久，外祖母举办了一次这样的晚会。外面下着秋雨，哗哗地，风吹得呜呜地，树枝子刮得墙壁也是哧哧地响。大家都紧紧地挨坐在又暖和又舒服的厨房里，每个人都显得那么和蔼可亲。外祖母也很少这样不停地讲故事，而且一个比一个讲得好。

她坐在炕炉边上，脚踩着炉阶，俯身对着这一群被铁灯亮光照耀的人；当外祖母来兴致的时候，就爬到炕炉上，声明说：“我要站在高的地方讲，在高的地方讲会比较好！”

我在她腿旁边宽宽的炉阶上找了一个地方坐下，差不多就是在“好事情”的头上。外祖母讲了一个美妙的故事，是关于伊凡勇士和米龙隐士的。她用那些富有表现力和极具分量的词句有节奏地表达着。

从前有一个凶神恶煞的督军高尔将，他的心非常狠，龌龊的灵魂就像黑漆；他毁灭了真理，折磨着老百姓，他就像住在树

① 魔鬼，鞑靼语。

洞里的鸮，肚子里都是些坏想法。他特别讨厌的是哪一个呢？最讨厌的就是那个隐居的老人米龙，米龙是那个在暗中维护真理的人，他为了给人们做好事什么也不怕。

督军喊来了忠实的奴仆——勇敢的勇士伊凡奴什柯：“伊凡，你去把那个老头子杀死，杀死那个骄傲老隐士米龙！你去砍了他的头，提着他的白胡须，把他的头颅给我，我拿它用来喂狗！”伊凡听从了督军的命令就开始动身，一路上在苦苦地思索着：“我也不想去行凶，我也是身不由己啊！是上帝赐予我如此命运。”

伊凡把一把锋利的宝刀藏在了衣襟下面，走到了老人跟前，弯着身忙着打躬行礼，说了声：“正直的老人啊，你近来身体可好？你被上帝保佑得可安全？”

笑容满面的老人知道他的来意，对他说：“得了吧，伊凡奴什柯，你干吗不告诉我真实情况！上帝什么事情都知道，在他的手里头掌握着善与恶！我知道你这次来的目的！”

伊凡一听脸涨得通红，他也不敢违抗命令，于是从皮鞘里抽出一把刀，在宽大的衣襟上磨了磨刃。“米龙，我本来想藏着刀，趁你不注意结束你的性命。既然这样，你现在向上帝祷告吧，这是你最后一次向他祷告了，为了你，为了我，也为了全人类，稍后我再砍下你的头……”

老人米龙双膝跪在了地上，跪在一棵小的橡树下，橡树向他弯身行了个礼。老人微微含着笑意说道：“嘿，伊凡，这样你要等很久！为人类祈祷可是一件大事情！你最好现在就把我杀了，免得你再多受折磨！”

伊凡一听有些发怒，眉毛都竖了起来，马上愚蠢地夸下海口：“我说到就能做到，你祷告吧，等上一百年我也不怕！”

老人一直祷告到傍晚，又从傍晚祷告到出早霞，从早霞又到深夜，从夏祷告到春。米龙一年又一年地祈祷着，小橡树已经长得冲出了云霄，橡树的籽儿已经传播长成大密林，老人还是没有祈祷完！直到现在他们仍然是那样：老人还是对着上帝在暗暗哭泣，求上帝能给人们帮助，求光荣的圣母能给人们快乐。

勇士伊凡就站在他的旁边，他的宝刀都化成了土，铁盔铁甲也被锈完了，那身好的衣衫也变成了灰，伊凡不论冬夏都光着身子站着，夏天烈日晒他也晒不干，蚊虫也吸不尽他的鲜血，狼和熊也不来欺负他，风暴和严寒跟他也没有关系，他动也动不得，手也不能举，话也不能说。你们看看，给他的惩罚是多么可怕：惩罚他不应该听从坏人的话，不应该认为自己是替别人受过！然而老人为我们罪人的祈祷，到现在仍向上帝那儿流，就像是清澈明亮的大河流入了大海洋！

外祖母在开始讲的时候，我就看见“好事情”不知道是因为什么事情心神不定：他的两只手跟抽筋似的，动作很奇怪；眼镜一会儿摘下来了，一会儿又戴上了，两只手也一直随着话语来回地摆动，他一会儿点点头，一会儿摸摸眼睛，然后用力地用手指按住它们，不停地用手掌擦着好像出了很多汗的额头和腮帮。要是有人咳嗽、动弹、跺脚，他就会厉声地喊出：“嗤——嗤！”

外祖母快讲完的时候，他突然就站了起来，挥舞着双手，也不知道为什么很不自然地打着转儿，嘟嘟囔囔地说：“你可知道，这故事太好了，应该把它写下来！真实极了，我们的……”

现在能很清楚地看到，他是哭了，满眼都是泪水；眼圈周围也涌出很多泪水，整个眼睛都浸在那里；这让人感到很奇怪，同时也觉得他很可怜。他可笑地在厨房里跑来跑去，笨手笨脚地，还一跳一跳地，手里拿着眼镜在鼻子前面摆动着，想要戴上去，可是耳朵总是挂不住眼镜腿。彼得伯伯看着他笑，大家也都沉默着，外祖母急忙说：“您没事就把它写下来吧，这也不会有什么过错，像这样的故事我这边还有很多……”

“不，就要这个！这个是咱们地地道道的俄国的。”这个房客兴奋地喊叫着，一会儿，他突然在厨房中间站住了，开始大声地讲起来，右手边说边在空中乱画，左手拿着眼镜一直在发抖。他很激昂地讲了很长时间，声音很尖利，他不停地跺脚，嘴里还一直重复着同样的话：“不能让别人牵着鼻子走，是的，是的！”

后来也不知道怎么了，他的声音忽然就断了，他也不再说了，看了一下大家，就悄悄地，像是很抱歉似的低着头走了。大家都笑了笑，狼狈地你看看我，我看看你，外祖母来到炕炉上面的黑影里，深深地叹了口气。

彼得罗芙娜用手擦了擦她那又红又厚的嘴唇，说道："他不会是生气了吧？"

"没有，"彼得伯伯答道，"他平时就是这样……"

外祖母从炕炉上爬下来，默默地把茶炊弄热，这时彼得伯伯不慌不忙地说道："这些先生啊，都是这样喜怒无常！"

瓦列伊深沉地嘟囔了一句："单身汉们都有个古怪的脾气！"

大家都笑了，彼得伯伯拉长了声音说道："甚至有些老泪横流。说起来，从前上钩的都是些大鱼，可如今连小鱼都很少来了……"

气氛有些沉闷，心被一种忧郁的情调紧缩着。"好事情"让我感到很惊奇，同时我又特别可怜他，我很清楚地记得他那双浸湿了泪水的眼睛。

那天晚上他没有回家，第二天是吃过午饭才回来的，他挺安静，全身的衣服都被揉皱了，样子看起来挺狼狈。

"昨天晚上的时候是不是吵到您了？"他就跟个孩子似的很抱歉地对外祖母说，"您不会生我的气吧？"

"生你什么气啊？"

"气我插嘴，气我说话啊？"

"您谁也没有得罪……"

我感觉外祖母有点儿怕他，她不敢看他的脸，说话声音特别低，一点儿都不像平时说话那样。

他走近了外祖母，很直爽地说："您看，我一个亲人也没有，孤独得有点儿可怕。有时候憋着、憋着，心里就会沸腾起来……有时哪怕是对着一块石头、一棵树，也好想谈谈心……"

外祖母避开了他。

"那您就结婚吧……"

"唉！"他哭丧着脸叹了一口气，甩了一下手走开了。

外祖母紧皱了一下眉头，看着他的背影，闻了闻那股鼻烟，然后很严厉地对我说："以后留点儿心，不要总是在他跟前转悠，谁也不知道他是什么样的人……"

但是这次他又吸引了我。我看到，在他说"孤独得有点儿可怕"的时候，他的脸都变色了，变得都没有一点儿人色，他说的那句话，我能理解而且也能触动我的心。我想要找他去。

我从院子里偷偷地往他的窗户里瞅，看到他那像储藏室的房间是空的，里面堆放着各式各样的多余而且古怪的东西。我走到花园，看见他在花园的坑里，弯着腰，手放在脑袋后面，肘支撑着膝盖，蜷缩着坐在烧焦了的梁木末端。梁木上满是土，末端的黑炭发着光泽，下面是一些枯萎的蓬蒿、荨麻、牛蒡。他挺不舒展地在那儿坐着，看着更让人同情。

他半天都没有看见我，一对猫头鹰似的瞎眼向远处眺望着，一会儿突然像是在抱怨似的问道："你是来找我的吗？"

"不是。"

"那你来干什么？"

"不干什么。"

他摘下了眼镜，拿着一块带有红黑斑点的手帕，一边擦，一边对我说道："唉，你爬过来吧！"

我坐到了他的旁边，我的肩膀被他紧紧地搂着。

"坐会儿吧。我们坐在一起不要说话，好不好？这样最好了……你的脾气拗吗？"

"拗。"

"那挺好啊！"

我们坐了半天没有说话。秋季的傍晚，寂静又温和，周围是一些万紫千红的草木，很明显都已经开始褪色，变得有些苍白，土地也已经没有了夏天的气息，散发出寒冷的潮气，空气很干净，匆忙的寒鸦从红晕的天空中快速地飞过，勾起了人们郁郁寡欢的情绪。一切都是静悄悄的，使得鸟雀的动弹声和簌簌的落叶声听起来都像是巨响，让人不禁打寒战，但寒战过后，你便会在这寂静中凝神不动了，因为这份寂静拥抱着整个大地，充满了整个心胸。

每当在这样的时刻，我的内心就会产生一些纯洁轻飘的思想。这些想法很微妙，很透明，却无法用言语来表达。这些想法就像转瞬即逝的流星，忽然爆发，一会儿又消失不见了。它就像是一种忧伤的感情燃烧着人的心灵，既安慰它又使它惊慌，但是心灵会立刻沸腾熔化，变成一种终身不变的形式，于是心灵的面貌就被创造出来了。

我在他的身边偎依着，和他一起眺望发红的天空，注视着飞翔的朱顶雀，看见几只金翅雀撕碎了牛蒡花的果儿，吃着里面酸涩的种子，看见从田野上涌起的灰蓝色的云彩。在云彩下，老鸦慢慢地向坟场的鸟巢飞去。一切看起来都是那么好，那么特别，一点儿都不像平时那样。

有时，他深深地叹口气，问道："小弟弟，美吗？你觉得有点儿潮吗？冷不冷？"

天慢慢地黑了，周围的所有东西都膨胀了起来，充满了昏暗。他说："坐得差不多了吧，咱们走吧……"

走到了花园的耳门，他突然站住了，静静地说："你的外祖母真好。多么奇妙的大地啊！"

他闭着眼睛，微笑着，声音虽然不高但是很清楚地念道：

给他的惩罚是多么可怕/惩罚他不应该听从坏人的话/不应该认为自己是替别人受过

"小弟弟，你一定要好好记住这些话！"

我被他推到了前面，他问："你会写字吗？"

"不会。"

"要学习写字，学会了，把你外祖母讲的故事记录下来，小弟弟，这是非常有用的……"

在这之后，我们俩成了朋友。我没事的时候就到"好事情"那里去，坐在一个装满破烂儿的箱子上，看着他熔铅，烧铜，把铁片烧红，然后再用小锤在砧子上锤打，还会用到木锉、锉刀、纱布、锯等。他总是喜欢把东西放到天平上称一下，然后把各种液体倒进厚厚的白杯子里，看它们冒烟，弄得满屋子都是呛人的味道，他就皱着眉看着书，咬着红嘴唇哼着或者用低哑的声音唱着："沙朗[①]的玫瑰哟……"

"你在弄什么呢？"

"在做一样东西，小弟弟……"

"那是什么东西？"

"噢，怎么和你说呢，我没有办法给你讲明白……"

"外祖父曾经说，担心你是在做假钱……"

"外祖父？嗯……他在瞎说呢！小弟弟，钱，算不了什么的……"

"那用什么买面包呢？"

"对啊，小弟弟，买面包确实得用钱……"

"是吧？买牛肉也得……"

"买牛肉也得……"

他笑了，像揪小狗似的揪着我的耳朵，说道："我说不过你小弟弟，你把我给考住了，咱们还是别说话了……"

有的时候，他放下手上的工作，挨着我坐下来。我们很长时间地向窗外眺望，看那细雨洒在房顶上和长满杂草的院子里，看那落叶的苹果树，渐渐露出枝丫。"好事情"不怎么说话，但是他会说一些有必要的话。要是让我注意什么东西的话，他就轻轻推推我或者向我眨眨眼睛。

我在院子里也看不到什么很特别的东西，但是要是让他用肘推一推或者说一两句话，我所看到的东西就会特别有意义，就会牢牢地记在心里。比如说，院子里跑过来一只猫，停在了一汪明亮的水洼前，它看着自己的影子，抬起软绵绵的爪子，想要去打自己的影子。"好事情"就会说道："这猫儿又骄傲又多疑……"

金红色的大公鸡飞到花园的篱笆上，停下来，拍拍翅膀，险些摔下来。公鸡有点儿恼火，伸长了脖子，气冲冲地咕噜起来。

"这位将军架子挺大，但是不怎么聪明……"

瓦列伊，笨手笨脚的，像一匹老马，从泥泞的院子里走过去，他颧骨突出，两颊鼓鼓的，眼睛望着天空，阳光射在他的胸上。上衣的铜扣子闪

---

① 巴勒斯坦的一座山谷，这里植物非常茂盛，也因此出名。

闪发光，他突然站住了，用弯曲的手指摸了摸铜扣子。

“他像是在欣赏得到的一枚奖章似的……”

很快我和“好事情”就产生了牢固的情感，不管是在受辱的苦痛日子里，还是在欢乐时刻，他都是我生活中不可缺少的人。他话很少，但是从来不阻止我讲我想到的所有事情，可是外祖父总是严厉地呵斥打断我的话：“别多说话，像小鬼推磨似的！”

外祖母自己就有好多的心事，也就不愿意听别人的话和过问别人的事了。

“好事情”总是很认真地听我瞎扯，还常常微笑着对我说：“小弟弟，这个不对吧，是你自己瞎编的吧……”

他的评语虽然简短但是恰如其分，而且也很有必要。我心里和脑子里想的事情，还有那些没有说出口的废话和不对的话，他好像都能看透彻，用三言两语就给打了回去：“别瞎说，小弟弟！”

我有的时候在有意试探他这种像魔术的本领，偶尔我瞎编一套，讲得跟真的一样，可是他还没听几句，就摇着头说：“你又在瞎说了，小弟弟……”

“你怎么知道的呢？”

“小弟弟，我能看得出……”

我经常跟着外祖母去干草广场挑水。有一次，我们看见一个乡下人被五个小市民打。乡下人被摁倒在地，五个小市民像群狗似的撕打着他。外祖母立马扔掉水桶，一边挥着扁担朝打架的人跑去，一边向我喊：“快跑开！”

可是我很害怕，就跟着她跑，捡起地上的圆石子儿和石头扔向小市民。外祖母勇敢地用扁担戳着小市民的肩膀和脑袋。一会儿又过来了一些人，小市民被吓跑了，外祖母给那个人洗了洗，他的脸被打得有些血肉模糊，到现在我想起来都觉得恶心。他那脏污的指头按着被撕破的鼻孔，他一边号叫，一边咳嗽，溅了外祖母一脸一胸的血，外祖母也在叫喊着，全身发抖。

我一回到家，就赶紧去找“好事情”，把这件事告诉他。他放下手上的工作，站在我面前，像举一把马刀似的举起长锯，很严肃地看着我。他停了一下，突然打断我，很带劲儿地说：“妙，好极了！就应该这样办！”

刚才看到的情景太让我震撼了，还来不及觉得他说的话惊奇，我就又开始说了起来。但是他一把搂住我，跌跌撞撞地在屋子里来回走动，说道：

“好了，小弟弟，你不用说那么多！你已经把该说的都说了，懂不懂？”

我觉得挺委屈的，就住了嘴，但是想了想，忽然明白了过来，他叫我不要再说也确实是时候，我的确把话都说完了。

“小弟弟，这种事情不要老挂在嘴边，这不是什么好的记忆！”他说。

有时，他随便对我说一句什么话，这句话就会伴我一辈子。我跟他讲我的敌人克留什尼科夫，是一个体胖头大的孩子，是新开路的打架能手，我打不过他，他也打不赢我。“好事情”很认真地听了我的可悲遭遇后，说道：“这都是小事情，这种力气不算力气，真正的力气在于动作快，越快越有力，明白吗？”

接下来的星期日，我尝试着拳头打得快点儿，确实不怎么费力气就把克留什尼科夫打败了，这使我更加相信这个房客说的话。

“所有的东西都要会拿，你明白吗？还要善于拿，这个确实有点儿困难！”

我虽然不太明白，但还是记住了他说的话，这些简单朴素的话给人一种恼人的神秘，像拿石头、面包、茶碗，不是也不需要什么技巧吗？

家里的人越来越不喜欢“好事情”，就连快乐女房客的那只猫也是，别人的膝盖都爬，就是不往“好事情”的膝盖上爬。他召唤它，它也不理睬。为了这个我都要哭了起来，打它，揪它的耳朵，让它不要害怕“好事情”。

“因为我身上有股酸味，所以猫不接近我。”他解释道，但是我知道他们所有人包括外祖母，他们都另有一套敌视房客不正确的气人的解释。

“你干吗总是在他那里磨蹭？”外祖母有些生气地问道，“你要留点儿心，他会教你什么的……”

慢慢地，这个红毛黄鼠狼的外祖父知道了我常去“好事情”那里的事，之后我每去一次，他就狠狠地打我一次。我肯定不会把外祖父阻止我跟他接触的事情告诉他，但是我很坦白地告诉了他，我家里人对他的态度。

“外祖母说你‘歪门邪道’，有些怕你，外祖父说你对人有危险，是上帝的敌人……”

他甩了一下头，笑了笑，脸上泛起一层红晕。看他这样，我的心紧缩了起来，眼睛里发出了绿光。

“小弟弟，我早就看出来了！”他低声说道，“这个也挺烦人，是吧，小弟弟？”

“是啊！”

“烦人啊，小弟弟……”

后来，他还是被撵走了。

有一天，我喝过早茶去他那边，看见他坐在地板上，一边唱着“沙朗的玫瑰”，一边把东西收拾到箱子里去。

“小弟弟，再见了，我要离开了……”

“为什么呢？”

他定神地注视着我，说道：“你真不知道这事吗？我要腾出来屋子给你的母亲住……”

“这是谁对你说的啊？”

“外祖父……”

“他在撒谎！”

“好事情”一把抓住我的手把我拉到他的身边，我坐在地板上，他悄悄地说：“不要生气了，小弟弟！我还以为你知道这件事不告诉我呢，是我不好，我错怪你了……”

我也不知道为什么，感到很惆怅，同时也为他惋惜。

“你听我说，”他微笑着，很小声地说，“你还记得那会儿我对你说‘别到我这儿来了’吗？”

我点了点头。

“你当时生我的气了，对不对？”

“对……”

“我也不愿意让你生气，小弟弟。你看，我就知道，要是咱们做朋友，你家里人肯定会骂你，是吧？确实是这样，我说得没错。你现在明白我当时为什么要说那样的话了吧？”

他说起话来就像和我一般大的孩子似的。听了他的话，我特别高兴，我甚至觉得，我在最开始的时候也是了解他的。我对他说：“我早就知道！”

“真的啊，小弟弟。就应该这样，亲爱的……”

我心里特别难受。“为什么他们都不喜欢你呢？”

他紧紧地搂着我，眨着眼睛，说道：“我是个外人，你懂不懂？就是为了这个。不是那样的人……”

我拉着他的袖子，也不知道该说些什么。

“不要生气，”他又说了一遍，凑到我耳边喃喃地补充道，“也不要哭……”可是他自己却流下了眼泪。

我们又像平时那样，沉默地坐了很久，有时也就是简单地说两句话。

晚上的时候他离开了，他跟大家告别，紧紧地抱着我。我走到大门外，看见他坐在震得颤颤巍巍的大车上，车轮子碾着冻结的泥疙瘩。他刚走一会儿，外祖母就开始刷洗他那间脏污的房子，我有意在墙脚来回地走动打搅她。

“闪开！”她嚷道，因为我总是绊她的腿。

“你们为什么要把他赶走呢？”

“这里没有你说话的份儿！”

“你们都是傻瓜。”我说。

她用湿布一面打我，一面喊道：“你疯了，顽皮鬼！”

“我没有说你，我是说除了你，他们都是大傻瓜。”我纠正道，但是这并不能让她宽慰。

吃晚饭的时候，外祖父说：“谢天谢地！就该把他撵走，要不然，我每次看见他，心窝里就像藏着一把刀似的。”

我记恨地把羹匙弄断了，于是我又被打了一顿。

我和“好事情”的友谊，就这样结束了。

九

小的时候，我想象自己是个蜂窝，像蜜蜂似的各式各样的普通粗人会把蜜一样的生活的知识和思想，送进蜂窝里，他们会尽自己所能丰富我的心灵。这些蜂蜜经常是肮脏的，带苦味的，但只要是知识，我觉得就是蜜。

“好事情”走后，彼得伯伯和我很要好。他很像外祖父：一样的干瘦，一样的干净利落，就是个子要比外祖父矮小，他就像是一个搞笑逗乐的小孩儿。他的脸像个筛子，都是条条纤细的皱皮；皱皮之间的眼睛，发黄、可笑又灵活，骨碌碌乱转起来就像笼子里的黄雀。他有着卷曲的浅灰色头发，胡子拧成圈圈儿；他抽着烟斗，喷出浅灰色的烟，袅袅上升。他说话不是很直接，满口的俏皮话。他说话的声音嗡嗡地响，听起来像是很亲切，但我觉得他是在嘲笑别人。

“开始的几年，伯爵小姐，塔季扬·列克谢芙娜，命令我说：‘去做铁匠吧。’过了一段时间，她又说：‘去帮帮园丁的忙！’行啊，其实不管把一个老粗放到哪里都不太合适！又过了一阵子，她说：‘你应该去捕鱼！’反正对我来说什么都一样，我就去捕鱼了……可是我刚爱上这行，她又让我去城里赶马车，缴租金[①]。好吧，赶马车也行，还能干些什么？后来小姐还没来得及让我再次转行，农奴就被解放了，我身边就剩下了一匹马，它就算是我的伯爵小姐了。”

它是一匹老马，好像它原来是白色的，但是后来被一个醉鬼用颜料乱涂一气，还就只开了个头，没有涂完似的。这匹马的腿脱臼了，全身就像是破布，眼睛很昏沉，悲哀地低着头，躯干被突出的青筋和磨光的老皮包着。彼得伯伯对它很好，从来不打它，叫它丹尼卡。

有一次，外祖父问他：“为什么要用基督教的名字称呼那匹老马？”

“不是的，我可敬的先生，瓦西里·瓦西里耶维奇！基督教没有这样的名字，只有塔季扬娜！”

彼得伯伯也认识字，他把《圣经》读得烂熟，常常和外祖父争论圣徒里谁最神圣，他们严厉地批评那些负罪的古人，特别是押沙龙。有时还会争论一些语法，外祖父说“согрешихом，беззаконнвахом，неправдавахом”，可是彼得伯伯却要一口咬定是“согрешиша，беззаконнваша，неправдоваша”。

① 一些农奴如果有手艺的话会被派到城里去工作，他们挣的钱要取出一部分给地主。

“我们说的不是一回事儿！”外祖父很生气，脸涨得通红，学他说话，“ваша，шиша！”

但是彼得伯伯，抽着烟，尖酸地问道：“说那 хомы 有什么好？没准上帝一面听你祈祷，一面想着，不管你怎么祷告，都没有用！”

“滚出去，列克赛！”外祖父特别生气地喊道，绿眼珠子冒光。

彼得伯伯十分爱干净，从院子里走过，总是会把一些碎石头、碎瓦片踢开。他边踢还会边骂：“多余的东西，太碍事了！”

他很喜欢说话，人挺善良也很快乐，但是他的眼睛经常充血而且很混浊，看着像死人似的一动不动。他有时候就像他的哑巴侄子似的，坐在黑暗的角落，蜷着身子，阴着脸，一句话也不说。

“彼得伯伯，你这是怎么啦？”

“闪开！”他很严厉地说。

我们那条街上，新搬来了一位老爷，额头上有一个肉瘤。他有一个很奇怪的习惯：每到休息日，就会坐在窗口射击猫、狗和乌鸦，同时也会射击他不喜欢的行人。有一次，“好事情”的腰被他用打鸟的小霰弹射中，皮上衣没有被打穿，但是有几颗跑进了口袋。我记得，房客透过眼镜认真地看着发蓝光的霰弹。外祖父劝他去告状，但是他把霰弹扔到厨房的角落，说：“为这点儿事不值当。”

有一次，外祖父的腿也被这位射手打进了几颗霰弹，外祖父气坏了，他向调解官递了状子，并召集了受害者还有证人，但是那位老爷忽然间不见了。

每次，只要彼得伯伯在家，听到街上的枪响他就会赶紧把宽沿帽子戴到头上，跑出大门。他的手藏在长衫下面，撑得像公鸡的尾巴，挺着肚子，装模作样沿着人行道从射手身旁走过。他走过去，返回来，再走过去。我们全家都站在大门口，军人从窗户伸出头往外看，他妻子染着金发的脑袋在他的脑袋上面；贝特连院子里也走出来一些人，只有奥夫相尼科夫的房间里没有出来人。

有时，彼得伯伯转来转去也没有结果，可能猎人不觉得他是值得射击的野禽，但是有的时候会一连发出两声枪响：“乓——乓……”

彼得伯伯一点儿也不着急地走到我们面前说：“下襟被打到了！”

有一次，他的肩膀和脖子也被打中了。外祖母用针帮他挖霰弹，还数落他说："你为什么要纵容这个野种？小心哪天你的眼睛就被打瞎了！"

"不，不会的！"彼得伯伯很不屑地说，"他根本不算什么射手……"

"你为什么总是惯着他啊？"

"我没有惯着他，我就是想要逗逗这位老爷……"

他观察着挑出来的霰弹，说："他算不上是射手！伯爵小姐挑换丈夫就像换用人一样，之前她身边有一个临时的丈夫叫马蒙特·伊里奇，是个军人。他的枪法特别准！他只用单打一手枪，不用别的！他让傻子伊格纳什卡站在四十步开外的地方，在傻子的腰间系一个瓶子，悬在两腿之间，傻子笑着把腿叉开。军人用枪瞄准了，砰的一声！瓶子就碎了。好像只有那么一次，不知道是什么东西咬了傻子一口，他一动，子弹穿过了他的腿打中了膝盖骨。他们把大夫叫了过来，立刻把腿剁了下来，给埋了……"

"那傻子怎么样了呢？"

"他没有什么事，傻子不需要手脚，光靠那副蠢相就能吃饱饭。人都爱傻瓜，他们愚蠢但是不惹人生气。俗话不是这么说嘛：只要是法院的文书就会管人，是傻子就不会欺负人……"

外祖母对这种故事一点儿也不惊奇，她自己就知道很多这样的故事，但是我有点儿害怕，我问彼得伯伯："会有人被老爷打死吗？"

"会，怎么不会？他们互相也会被打死。有一次，塔季扬·列克谢芙娜那里来了一个枪骑兵，和马蒙特吵了起来，他们就开始拼手枪。他们走到花园的小路上，这位枪骑兵开枪打中了马蒙特的肝脏！马蒙特被埋了，枪骑兵被送到了高加索，就这样完了！这还是他们打死自家人，要是打死农民什么的，就更没有什么话好说了。之前农民是他们的农奴，私人财产嘛，他们还有点儿心疼，现在可能一点儿都不怜惜人了。"

"就是那个时候也不会觉得心疼。"外祖母说。

彼得伯伯也赞同："就是这样，私人财产，不值钱……"

他对我很亲热，对我说话要比跟大人们谈话和气些，也不回避目光，但是他的身上有一种我不喜欢的东西。他请大家吃果酱的时候，总是在我的面包片上抹很厚，也常常从城里给我带一些麦芽糖、罂粟饼；总是一本正经地和我谈话，声音很低。

“你想以后当什么啊，小爷子？当兵还是当官儿？”

“当兵。”

“这是件好事。现在当兵也不苦了。当神父也不错，他自言自语地喊两声‘上帝饶恕吧’就可以了。当神父比当兵还要容易，当个渔夫更容易，也不需要什么本领，只要是习惯了就行……”

他很可笑地形容着鱼儿怎么围着诱饵转，鱼儿上了钩怎么挣扎。

“你外祖父打你，你生气吗？”他安慰地说，“小爷子，打你也不要生气，那是为了教训你，这也是在管孩子！我那位塔季扬·列克谢芙娜小姐，你知道吧？她是出了名的，打人可凶了。她还养了一个打人的能手，叫赫里斯托福尔。邻近的地主们都会向小姐借赫里斯托福尔来揍那些农奴，她就借给他们。”

他很详细地讲着那位伯爵小姐：她穿着白细纱衣服，戴着一块天蓝色的头巾，坐在廊檐下的红椅子上，看着赫里斯托福尔鞭打那些农夫和农妇。

“小爷子，这个赫里斯托福尔虽然是梁赞人，但是他很像茨冈人，也像乌克兰人，他的上唇胡子都长到了耳根，脸发青，把下巴胡子剃了。也不知道他是真傻，还是担心别人找他麻烦在装傻。他有时在厨房里捉苍蝇、蟑螂、甲壳虫，然后用树枝把它们摁到有水的茶杯里淹死，淹很长时间。有时他也把从领子上抓到的虱子，拿来淹死。”

像这样的故事，我是比较熟悉的，从外祖母和外祖父那里，我听了很多。它们是各式各样的，但是也都很相似：每个故事里都有折磨人、欺负人的事情。听多了，我就不愿意再听了，我请求彼得伯伯道：“讲点儿别的故事吧！”

他的嘴角集中了他全部的皱纹，然后又掀到眼角，他同意了：“好吧，这个你不愿意听，就讲点儿别的，我们那儿有一个厨子……”

“你们那儿是哪里？”

“就是塔季扬·列克谢芙娜伯爵小姐那里嘛。”

“你为什么叫她塔季扬[1]？她是男人吗？”

他笑了。“她是小姐啰，但是她有漆黑的小胡子。她的祖先是黑皮肤的德国人，像阿拉伯人。咱们还是讲讲这个大师傅吧。这个故事挺逗的……”

这个故事是这样的：大师傅把一个大馅饼弄坏了，主人就逼他把它都吃完，结果他就病倒了。

我很生气地说：“这一点儿都不好笑！”

“那你说，什么才好笑？”

“我不知道……”

“那你就别说话了！”

于是他又开始说一些很无聊的东西。

有时过节的时候，两个表哥来家里做客，一个是苦闷又懒惰的米哈伊尔的儿子萨沙，一个是精细又懂事的雅科夫的儿子萨沙。有一次，我们三个在屋顶上窜来窜去，在贝特连院子里看见一位穿绿色皮礼服的老爷，又小又黄的脑袋没有戴帽子，他坐在柴火堆里，逗小狗玩。有个表哥提议偷他的那只小狗，于是我们马上拟订了一个偷窃计划：两个表哥到大街上贝特连家的大门口，我来吓唬这位老爷，把他吓跑后，表哥们就溜进去把小狗抱走。

“那要怎么吓唬呢？”

有个表哥建议道：“你往他的脑袋上吐唾沫！”

往人的头上吐唾沫不算什么大事啊？我都不止一次听过见过比这坏得多的事情，当然，我也执行了我的任务。

这下可闯了大祸了，一个年轻漂亮的军官，带着一大队的男男女女到我家院子里来。因为我做恶作剧的时候，两个表哥正在街上乖乖地玩耍，所以外祖父就只打了我一个人，满足了贝特连全家的男女老少。

被外祖父打后，我就躲在了厨房里的吊床上，快乐的彼得伯伯穿着过节的衣服爬到了我的床边。“你想得真妙，小爷子！”他说道，“就该这么对他，这个老山羊，最好用石头扔他那发了霉的脑袋！”

---

① 女人的名字应该是塔季扬娜，彼得伯伯省去了女性词尾。

我的眼前浮现出那位老爷圆溜溜的脸，也没有胡须，像个小孩儿。我记得，他很小声地吱吱叫起来，像狗崽子一样，用他那小手擦着发黄的秃脑壳。我突然觉得很羞愧，恨两个表哥，但是我仔细地看了看马车夫满是皱纹的脸，瞬间把这一切都忘记了。他脸上的表情让人可怕又厌恶，跟外祖父打我的时候表情一样。

“闪开！”我喊道，用手脚把彼得伯伯推开。

他笑了，眨了眨眼睛，爬下了吊床。

从那次起，我再也不想跟他谈话，我躲着他，用怀疑的眼光盯着他，总是期待着会有什么事情发生。

得罪秃头老爷之后，又发生了一件事情：我被奥夫相尼科夫寂静的庭院吸引着，我觉得在这个灰色的房屋里会过一种特别神秘的童话般的生活。

贝特连家过着快乐喧闹的生活，有很多漂亮的小姐、军官和大学生去那里找他们。随时都能听见笑声、喊叫声、歌声、音乐声。房屋外面看起来也是赏心悦目的，玻璃亮亮的，玻璃窗后面的绿盆花显出各种亮丽的色彩。

外祖父不喜欢这一家。

“异教徒，不信上帝的人。”外祖父每次提到这家人都这么说，也总是用肮脏的字眼来称呼这家的女人。彼得伯伯有一次向我解释了这个字眼，我觉得他的解释让人恶心。

外祖父对严峻而沉默的奥夫相尼科夫的房舍肃然起敬。

这座高大的平房伸进院子里，院中是块清洁而僻静的茂盛草坪；院子当中还有口井，上面有一个用两根柱子支起的顶盖。房子躲开大街缩了回去。离地面很高的地方有三扇狭窄的拱形窗户，窗户的玻璃是朦胧的，在阳光的照耀下放出灿烂的彩虹。一座仓库在大门的旁边，跟房屋差不多，也有三扇窗户，不过是假的；三扇窗户被装嵌在灰色的墙壁上，用白颜料画上窗框。这些假的窗户让人感觉很不愉快，整个仓库都好像在暗示着这座房子要躲起来偷偷地生活。整个园地，以及空荡荡的马厩和开着扇大门的板棚，好像都给人一种又安详又高傲的感觉。

有时，有一个个子高高的、光着头、翘着雪白的胡子，还有点儿瘸腿的老头儿在院子里走动。有时，会有一匹长脸的灰马被另外一个留着络腮

胡子、鼻子歪斜的老头儿从马厩里牵出来。这匹瘪胸细腿的马像一个谦恭有礼的尼姑一样走到院子里，冲着周围的一切都点头哈腰。那个瘸腿的老头儿用手使劲儿地拍打着马，吹着口哨，呼呼地喘着气，然后再把马藏到黑暗的马厩里。我总是觉得，这个老头儿想要离开这座房子，但是他好像被魔法困住了，出不来。

在那院子里，几乎每天都有三个长得很像的孩子——圆脸灰眼睛，穿着一色的灰上衣和裤子，戴着一样的帽子——从中午玩到晚上，我只能从他们个子的高矮才能分清谁是谁。

我从墙缝里看他们，但是他们看不见我，我很希望他们也能看见我。

我喜欢看他们快乐巧妙地做我不太了解的游戏，喜欢他们的衣服，喜欢他们彼此之间善意的关切，特别是两个哥哥对待那个长得挺好玩的矮胖子弟弟。他要是摔倒了，他们也会像别人一样大笑，但不是那种幸灾乐祸的笑，他们会赶紧把他拉起来，要是手或者膝盖被弄脏了，他们就会用牛蒡叶子、手帕擦他的手指和裤子，二哥哥还亲切地说："你看你笨的！……"

他们从来不打架、不互相欺骗，三个人都很敏捷，有劲儿，精力旺盛。

有一次，我爬到树上向他们吹口哨，他们听见声音都站住了，然后不紧不慢地聚在一起，一边看着我，一边小声地商量着什么。我以为他们会向我扔石子儿，于是我爬下来把口袋和怀里都装上了石子儿，又爬到了树上，但是他们好像把我给忘了，早已跑到院子的角落里玩去了。这叫我有点儿郁闷，但是我不愿意先开仗。不一会儿，听到有人从窗户的通风口喊他们："回家啦，孩子们！"

他们像三只小鹅似的，不慌不忙地、服服帖帖地走了。

有好几次，我坐在围墙上面的树上，等着他们喊我一起玩，可是他们并没有叫我。其实我的心早就开始和他们一起玩了，有时候是那样专注，甚至还会笑出声来。这时候，他们三个会一齐看我，小声地谈论着什么，我都觉得不好意思了，就从树上爬下来。

有一次，他们玩捉迷藏，轮到二哥哥找了，他就诚实地用手蒙着眼，也不偷看，站在仓库的拐角处，让他的两个兄弟去藏。大哥哥快速地藏到仓库下面的雪橇里，小弟弟则手忙脚乱地围着井乱跑，也不知道去哪里藏起来。

“一，”二哥哥喊道，“二……”

那个小弟弟跳到井栏上，手抓住绳子，脚放进了空桶，那个水桶碰着井栏的墙壁砰砰地直响，掉下去不见了。

我看见那缠得整齐的辘轳快速无声地旋转着，呆住了，很快就知道发生了什么事，我纵身跳到院子里喊道：“有人掉井里了！……”

二哥哥和我同一时间跑到了井栏旁边，他抓住井绳，想用力地往上拉，他的手磨得像火烧一般，我已经截住了井绳，就在这个时候，大哥哥跑过来了，赶紧帮助我拔水桶，他说：“请您轻点儿拉！……”

小弟弟很快被我们拉了上来，他也吓坏了。他右手的手指滴着鲜血，腮帮被弄得乌黑，腰部以下都是湿淋淋的，脸白得发青，但是他微笑着，瞪着眼，打着寒噤，边笑边拉着长腔说：“我怎——么——掉下——去了……”

“你是不是疯了，你知道吗？”二哥哥抱着他说，用手帕擦他脸上的血，大哥哥皱着眉说：“咱们回去吧，反正也瞒不住……”

“你们回去会被打吗？”我问。

他点点头，然后向我伸出手来说：“你跑得很快！”

我听到他夸我，心里非常高兴，还没来得及握他的手，他就对二哥哥说：“咱们走吧，他会着凉的！咱们回去不要说他掉井里了，就说他摔倒了！”

“对，不提，”小弟弟打着哆嗦赞同地说，“我摔倒在水洼里了，对吧？”

他们走了。这一切发生得这么快，我看了看还在摇晃着的树枝，落下来一片黄叶。

三兄弟差不多一个星期没有来院子里玩，后来出来了，比之前玩得更加热闹，那个大哥哥看见我在树枝上，对着我喊道：“过来和我们一起玩吧！”

我们爬到仓库下面的雪橇里，互相端详着，聊了很长时间。

“你们被打了吗？”我问。

“挨打了。”那个大哥哥回答道。

我不太相信这些孩子也会像我一样挨打，我为他们感到委屈。

“你为什么要抓鸟？”小弟弟问。

“因为它们叫得好听。”

“不，你不要捉它们，最好让它们自由地飞……”

“好吧，我以后不捉它们了！”

“不过你要先帮我捉一只送给我。”

“你想要什么样的？”

“活泼点儿的，能装到笼子里的。”

“那你就是想要黄雀。”

“猫会把它吃掉的，”小弟弟说，“爸爸也不让我们玩。”

大哥哥附和着：“爸爸是不让我们玩……”

“那你们有妈妈吗？”

“没有。”大哥哥说，但是二哥哥立马改正说：“有，但是不是亲的，亲妈已经没有了。”

“不是亲的就喊她继母。”我说。大哥哥点点头：“是的。”

三兄弟神色暗淡了，都沉思起来。

从外祖母讲的童话故事里，我知道继母是什么。所以我懂他们那种默默地沉思。他们像三只一模一样的小雏鸡，紧紧地偎依着。我想起了故事中的巫婆继母，她会用欺骗的方式占据亲娘的位置，于是我对孩子们承诺说：“你们的亲娘还会回来的，你们等着吧！”

大哥哥耸了耸肩说：“人死了还会回来？不会的……”

不会？我的天啊，死人复活的事儿有很多。死了，但不是真死，不是上帝的意思，是受了妖人的摆布和魔法的捉弄！

我开始很兴奋地给他们讲外祖母说的那些故事，起先大哥哥总是笑着，轻轻地说：“我们知道这个是童话……”

他的两个弟弟一声不吭地听着，小弟弟抿着嘴，脸色阴沉，二弟弟一边用肘支撑着膝盖，向我探着身子，一边用胳膊勾着小弟弟的脖颈。

天色已晚，屋顶上高悬着绯红的彩云，这时候在我们左边不远处出现一个白胡子的老头儿，他穿着一身肉桂色的长衣服，像是个神父，头上还戴着一顶毛茸茸的皮帽子。

“这是什么人？”他指着我问道。

大哥哥站起身来，对着外祖父的房子摇摇脑袋：“他是从那边过来的……”

“谁叫他过来的？”

三个孩子立马从雪橇上爬下来，一声不响地回家了，看到他们的举动又让我想起了那一群服服帖帖的鹅。

老头儿紧紧抓着我的肩膀，牵着我走向大门。我吓得想哭，但是他走得很快，我还没哭出来，就到街上了。他站在旁门，吓唬我说：“不允许你来我这儿！”

我生气地说：“我本来就不是来找你的，老鬼！”

他用长长的手臂抓住我，牵着我走在人行道上，边走边问我，他问的话像一把锤子敲打着我的头。

“你外祖父在家吗？”

算我倒霉，外祖父刚好在家。外祖父站在那个凶恶的老头儿跟前，抬着头，翘着胡子，瞪着他那对像瓜子一样的圆眼，赶紧说道：“他母亲不在家，我平时也很忙，没有人管他。有什么打扰到您，请原谅，上校！”

上校哼一声震得整个屋子直响，他就像一段木柱子，转身走了。过了一会儿，我就被扔到院子里彼得伯伯的马车上了。

“又惹祸了，小爷子？”彼得伯伯一边卸马套，一边问，“为什么被打啊？”

我向他讲了挨打的理由，他立马就火了，生气地说：“你为什么要和他们一块儿玩？他们是少爷，就像是毒蛇。你看你为了他们被打成什么样了！不要怕，你要好好打他们一顿！”

他喊了半天。我被打得心里憋着满肚子的怒气，开始还很同情地听他讲，但是看到他抖动着那全是皱纹的脸，我越来越讨厌，我想到，那三个孩子也被打了，他们也没有对不住我的地方。

“他们是好人，我干吗要打他们，你尽是撒谎。”我说。

他看了我一眼，喊了一声：“滚下马车！”

“你就是个傻子！”我跳到地上喊道。

他满院子追我，但是怎么也捉不到。他一面跑，一面声音颤抖地喊：“我傻？我撒谎？我要让你知道我的厉害……”

外祖母刚好走到厨房的台阶上，我扑向她，他便向外祖母诉起苦来：“这孩子整得我活不下去啦！我比他大那么多，他竟然骂我母亲，什么都骂……还说我是骗子……”

每次听见别人当着我的面撒谎，我就会不知所措，呆住。这会儿我也不知道该怎么办，但是外祖母很强硬地说：“彼得，你在撒谎。他不会骂你很难听的话！”

要是外祖父的话，他就会相信这个马车夫说的话。

从那天之后，我们就开始了无言的战争：他有时装着无意地碰我一下，用绳子蹭我，放跑我的鸟儿。有一次我的鸟儿还被他喂给了猫，他还常常因为一点儿小事就添枝加叶地向外祖父告状，我越来越觉得他就是个小孩儿，只是装扮成老头儿的样子罢了。我会拆散他的草鞋，趁他不注意的时候弄松他的鞋带，在他穿的时候，它们就会断掉。有一次我在他的帽子里撒了好多胡椒，他就打了好几个钟头的喷嚏，反正，我是想着法地报复他。每次到节日或者假期，他就整天盯着我，看到我和小少爷们来往，他就向外祖父告状。

尽管那样，我还是和小少爷们来往，而且我们在一起越来越开心。在外祖父的院墙和奥夫相尼科夫的围墙之间，有一个小小的僻静的角落，长着很多榆树、菩提树和茂盛的接骨木丛薮，在丛薮下面，我凿了一个半圆形的小洞在围墙上，我们常常蹲到小洞里来说悄悄话。他们总是轮流放风，怕我们被上校看见。

他们会讲自己的苦闷生活，我感到很悲伤；讲我捉来的小鸟怎么生活，讲好多童年的事情，但是在我印象中，他们从来没有提起过他们的继母还有父亲。他们经常让我给他们讲些童话，我就把外祖母平日里讲的故事重讲一遍，要是忘了，我就让他们等会儿，我跑到外祖母那里去问，这让外祖母感到很高兴。

我跟他们讲了好多关于外祖母的事情。有一次大哥哥深深地叹了一口气说：“好像外祖母都是挺好的，以前我们也有一个很好的外祖母……”

他常常会说，过去、曾经，好像他现在不止十一岁，像是在地球上活了一百年似的。我记得，他的手掌很窄，手指很细，身子也很瘦弱，眼睛发亮，但是他就像教堂里长明灯的火光一样，给人感觉很温和。他的两个弟弟也很可爱，我很相信他们，总是想要为他们做点儿愉快的事情，不过相比之下我更加喜欢老大。

我正讲得出神，也没有注意到彼得伯伯什么时候过来的，他用拖长的声音叫喊着："又——到一起啦——"

我看到，彼得伯伯越来越犯他那忧郁呆痴病了，我甚至都能知道他干完活儿后回来的心情是怎样的：他通常是不慌不忙地打开门，门上的枢纽发出咯吱的声音，要是他心情不好的话，枢纽就会短促地响一下，就好像是怕疼哎哟了一声似的。

他的哑巴侄子去乡下结婚了，彼得伯伯自己住在一间开着窗的低矮狗窝里，里面有股臭皮子、焦油和烟草的味道。我怕闻到这种味，从来不去他住的地方。外祖父很不喜欢他晚上睡觉不关灯。

"小心别把我的房子烧着了，彼得！"

"不会的，你就放心吧！过夜的灯被我放在了盛水的碗里。"他的眼睛看着一边说道。

他现在也不知道怎么了，总是爱往一边看，很长时间都不参加外祖母弄的晚会了，也不请人吃果酱了。他的脸看起来很干枯，皱纹也越来越深。他走起路来，跟个病人似的，晃晃荡荡的，两只脚划行着。

有一天清早，我和外祖父在院子里打扫夜里下的大雪，跟平时不太一样，突然耳门的门闩锵的一声，有个警察走了进来，他把门关上，勾了一下灰肥的手指，把外祖父招呼过去。当外祖父走到他跟前时，那个警察倾斜着身子将长着大鼻子的脸靠近他，像是在啄外祖父的额头，小声地嘀咕着什么事，只见外祖父急忙地回答道："什么时候？在这儿！我来想想……"

他突然跳了起来，喊道："上帝保佑，这是真的吗？"

"别喊！"警察严厉地说。

外祖父扭头看了一下我说："把铁锹收起来，回家吧！"

我躲到拐角的后面，看着他们向马车夫的狗窝走去，警察摘掉右手的

手套，用它拍打着左掌，说："他——明白，扔掉了马，自己藏了起来……"

我跑到厨房，告诉了外祖母我看到和听到的一切，她一直摇晃着头，满是面粉，正打算在面槽和面做面包。她听我说完，安详地说："可能是偷了什么东西……别多管闲事，玩去吧！"

当我又跑到院子里的时候，看见外祖父站在耳门旁，摘掉帽子，望着天，画着十字。他脸上有些怒气，毛发都竖了起来，一只脚还打着哆嗦。

"我不是都跟你说了让你滚回家去了吗！"他跺了下脚，呵斥了我一声。

他也和我一起回来了，一进厨房就喊外祖母："过来，来我这里，老婆子！"

他们走到隔壁的屋里，小声地说了半天。当外祖母再次走到厨房的时候，我觉得应该是发生了一件可怕的事情。

"您为什么这么惊慌呢？"

"闭嘴，听见没有？"她放低了声音说。

在家一整天我总是觉得难受、害怕。外祖父和外祖母有时互相惊恐地张望着，说话也是很小声，经常只有三言两语，还让人听不懂，这使我更加惊恐害怕。

"老婆子，你在各处都点上长明灯。"外祖父一边咳嗽一边嘱咐道。

大家都没有心思吃午饭，吃得很匆忙，像是在等着什么人。外祖父疲倦地吹着腮帮，清了一下嗓子，咕哝地说："魔鬼比人有力！信教的也很虔诚，可是你看？"

外祖母一直在叹气。

银灰色昏暗的冬日过得很慢，慢得让人疲惫，家里变得越来越让人感到不安和沉闷。

快到傍晚的时候，家里来了一个红头发的胖警察，不是之前的那个，他坐在厨房的长凳子上，打着盹，发出低低的呼噜声，还磕着头。外祖母问他"这件事是怎么查出来的"，他停了一下说道："我们什么都能查访出来，放心吧！"

我记得，那会儿我坐在窗户边，嘴里哈着热气对着一枚古老的铜币，想在窗户玻璃的冰花上印上胜者格奥尔吉[①]的像。

突然房门敞开了，响起咕咚的声音，只听见彼得罗芙娜在门口大喊一声："快去你们后院看看那是什么东西！"

她一看见警察，就往过道跑，但是她的裙子被警察一把抓住了，警察也惊慌地大叫道："站住！你是什么人？你刚才说去看什么？"

她绊倒在门槛上，跪在地上，含着泪抽泣地说道："我刚去挤牛奶，在卡希林花园看见一个像靴子似的东西！"

这时候外祖父狂暴地跺着脚喊道："你瞎说什么！你在花园里看不到什么，围墙很高，又没有缝，你瞎说什么，我们后院什么都没有！"

"哎呀，天啊！"彼得罗芙娜尖叫着，一只手抓着头，一只手伸向外祖父，"是，我胡说！我的天啊！我走着走着，看见你们围墙的雪地里有脚印，被人踩过了，我往里面一看，我看见他躺在那儿……"

"谁——躺——着——"

这叫喊声长得可怕，根本听不清在说什么，但是大家突然像是发了狂似的，推挤地从厨房里出来，跑到花园。大家看见彼得伯伯背靠着烧焦的梁木，低着头，躺在软绵绵的铺着雪的坑里。他右耳下面有一条深深的通红裂口，像一张嘴；有东西从裂口里突出来，就像牙齿似的；我害怕地闭上了眼睛，透过睫毛看到那把我认识的马刀在他的膝盖上，刀旁边，我看见他拘挛着的右手手指；左手被埋在了雪里。马车夫身下的雪融化了，矮小的身体深深地陷入柔软的绒毛里，特别像个小孩子。有一片发红的奇怪的花纹在右边的雪地上，像一只鸟；左边的雪地很平，很亮，一点儿都没有被人动过。他的头低着，下巴抵住了胸脯，把浓密卷曲的胡须压乱了，在赤裸的胸脯上，有一个很大的铜十字架。嘈杂的声音让人晕得厉害。彼得罗芙娜一直在喊叫着，那个警察边喊叫着边打发瓦列伊到一个地方去，这时外祖父喊道："不要把那些痕迹踩掉！"

---

① 据说是基督教的圣徒。传说中，他创造了很多的奇迹，例如战胜了毒龙。约 303 年，罗马皇帝戴克里先迫害基督教徒期间，他也被迫害致死。后被欧洲的封建主尊为骑士阶层的保护神，享受人们的膜拜。

他皱紧眉头，看着自己的脚，大声又威严地对警察说道：“你瞎喊叫，老总！这是上帝的事，上帝的法庭，而你说的都是一些废话。嘿，你们这些人！”

大家瞬间都安静下来了，把目光集中到死者的身上，他们叹息着，画着十字。

不知道是一些什么人，他们翻过彼得罗芙娜的围墙，跌跌撞撞，发出呼噜的声音，从院子里往花园里跑，但花园里仍然是安静的，可是外祖父看了看四周，绝望地喊了一声，就打破了这种寂静：“街坊们，你们怎么好意思糟蹋这些树莓！”

外祖母抽泣着，拉着我的手，回到了家里……

“他做了什么啊？”我问。她回答说：“你不是看见了……”

直到深夜，厨房里和隔壁的房间里都挤满了陌生人。他们叫喊着，警察指挥着，助祭在一旁写着什么，像鸭子似的嘎嘎地叫着：“嘎克[①]？嘎克？”

外祖母请厨房里的所有人喝茶，一个圆滚滚、麻脸、大胡子的人坐在桌子旁，声音吱吱地讲道：“他的真实姓名不知道，只查到他是耶拉吉马人。他的哑巴侄子，一点儿也不哑，把所有的事情都说了。还有一个参加了这个案子的人也都招了。他们在很早以前就抢劫过教堂，他们主要是靠这个……”

“噢，我的天啊！”彼得罗芙娜叹息着，通红的脸上都是泪水。

我躺在吊床上向下望着，感觉所有的人都变得矮小、肥胖、可怕……

一个星期六，我一大早就去彼得罗芙娜的菜园子捉灰雀了。可是，我费了半天劲儿也没有成功地将这帮神气的红胸脯小鸟赶进网子里去。它们始终在卖俏，一会儿在仿佛镶着银似的冰壳上来回走动，一会儿又飞到铺满霜的灌木枝上，就像一朵朵来回摆动的活花，不时扫下一片片

① 嘎克（как），是“怎么样”的意思。

银色雪花。此时，作为一个失败猎人的我也不禁愉快起来，完全被这些小家伙弄出的好看景色迷住了。本来我就不是一个热衷狩猎的人，对我来说过程的乐趣多于最后的狩猎成果，比起如何捕获小鸟，我更喜欢看它们生活的点滴，喜欢想着它们。

仔细想想，这是多么好的一件事啊：在严寒透明寂静的空气中，一个人坐在雪地边缘倾听小鸟啾啾的叫声，而远方有三个马车小铃铛——忧郁的云雀，边唱歌边向前飞行……

打了个寒噤之后，坐在雪地里许久的我感觉耳朵都冻疼了，于是收拾好网子和鸟笼，翻过围墙来到外祖父的花园，向家里走去。朝街的大门是敞开着的，一个农夫牵着三匹马套到一辆带篷的大雪橇上，他身形十分高大，开心地吹着口哨，马身上冒出一股股的浓烟。我心里不觉咯噔了一下。

“你送谁来这里？”

他把脸转过来，看了我一下，跳向驾车座位上，说道：“送老神父。”

要是送老神父就跟我没关系；如果是神父来，他大概是要找房客。

“唉，我的小鸡儿哟！”农夫把缰绳一抻催动马儿，一声吆喝后，他吹起了口哨，原本寂静的空气立刻喜气洋洋了起来；三匹马齐奔向田野，我看到它们走远，就关上了大门，可当我走进空荡荡的厨房时，母亲清晰的语句从隔壁房间传来：“现在是要怎么样，把我杀死吗？”

我不脱衣服，也没扔掉鸟笼，跳到门洞里，迎面碰上了外祖父，他一把抓住我肩膀，凶恶地瞅着我，费力地咽下一口什么东西，哑着嗓子说：“你母亲来了，快去，等等……”他不住地晃着我，让我几乎站不住，然后向房门推了我一把，说道，“去吧，去吧……”

我一头栽到了钉着漆布和毡子的门上，由于冷和激动，我打着战的手半天才摸到门把手，悄悄打开门，目光游离地在门槛上站住。

“哦，你来了。”母亲说，“上帝，你都这么大了！怎么，不认得我了吗？看看给你穿的，他们真是不像话……妈妈，他的耳朵都冻白了！快去拿点儿鹅油……”

她在房间的中间站着，俯下身脱下我身上的衣服，将我像皮球似的转来转去；她巨大的身躯上穿着一件红色的宽大长袍，就像乡下人常穿的一

样，又软又暖和，一排黑色的大扣子直从肩头斜钉至下襟。这种衣服我以前是从没见过的。

我觉得她的脸变得又小又白，眼睛也大了，深深地陷下去，头发更显金黄。她把我的衣服脱下来，扔到门槛前，撇着紫红的嘴唇，厌恶地，不断发出一连串命令："干吗不说话，你很高兴吗？嘿，这衬衫多脏啊……"

然后，她用鹅油给我擦耳朵，虽然有点儿疼，可闻着她身上散发出的香味，我的疼痛顿时减轻了好多，我偎依着她的身体，望着她的眼睛，激动得一句话都说不出来。透过她的声音，外祖母低沉的不高兴的声音传了过来："他都变成一匹野马了，谁说的都不听，就连外祖父也不怕了……哎呀，瓦里娅，瓦里娅……"

"妈妈，您也别老诉苦啦，相信一切都会好起来的！"

与母亲相比，周围的一切都不再重要，变得渺小而可怜，并且衰老，我也觉得自己像外祖父一样衰老了。她用腿夹住我，紧紧地，那双沉重却温暖的大手轻轻抚摩我的头发，说道："头发该理了，你该上学了，愿意念书吗？"

"我已经会念了。"

"但还要再念一些，嗯，你都长得这么结实了啊？"

她逗着我玩了一会儿，发出阵阵低沉而温暖的笑声。

外祖父从外面进来，没精打采的，头发竖起来，眼里布满血丝，母亲将我推到一边，大声地问："爸爸，怎么？你是要我走吗？"

他在窗户前面站着，指甲抠着窗上的冰花，半晌无语，周围气氛开始紧张起来，让人毛骨悚然。每逢这时，我都像全身长满耳朵和眼睛，胸腔奇怪地扩大，我真想大喊一声。

"滚出去，列克赛。"外祖父的声音很低沉。

母亲问道"为什么"，一把将我拉到跟前："哪儿也不去，我不许……"

母亲站起来，像一朵红云似的，站定在外祖父背后。"您听着，爸爸……"

他转过身，向她严厉地大叫一声："闭嘴！"

"不许您对我喊叫。"母亲轻轻地说了一句。

外祖母从沙发上站起来，伸出手指头吓唬道："瓦尔瓦拉！"

外祖父在椅子上坐下，嘟嘟囔囔地说："等等，我是谁，啊，还了得吗？我的脸被你丢光了，瓦里卡[①]！……"

"出去。"外祖母吩咐我到外面。闷闷不乐地，我到了厨房，爬到炕炉上，一直听了很久：有时在隔壁，大家一齐说，互相打断；有时又谁也不吭声，仿佛睡着一般。他们在讨论母亲生下的小孩儿，她将小孩儿送给了别人，但让人不解的是外祖父在气什么，是怪母亲没打招呼就生了孩子，还是因为她没把孩子带来呢？

过了会儿，他到厨房来了，满脸通红，头发乱糟糟的，一脸疲倦，外祖母跟在他身后，用上衣襟擦着腮边的泪；他在板凳上坐下，弯着腰，两手撑着，咬着发灰的嘴唇，浑身哆嗦，外祖母跪在他面前，激动地说："看在基督的分儿上，饶恕她吧，老爷子，饶了吧！别说咱家出了这事，就算是那些老爷、商人家里不也同样发生这样的事吗？她是一个女人，又那么漂亮，饶了她，反正谁都是有罪的……"

外祖父靠在墙上，瞅着她，撇着嘴冷笑，埋怨地抽泣道："是啊，当然，可不是，你没饶过谁呢？你对谁都饶恕，哼，你们这些人……"

他俯下身来，对着她，抓着她的肩膀，摇晃着，很快又低语道："可是上帝不曾饶恕过谁，对不对？眼看要入土的人了，上帝还要惩罚我们，让我们老了也不得平安，不得欢乐，现在捞不到，将来也是！你看吧，咱们非得讨饭和饿死，这话你记住！"

外祖母坐到他的旁边，握住他的双手，轻轻地笑了。

"这没什么大不了，讨饭就吓住你了吗？讨饭就讨饭。你在家里坐着，我去挨家上门乞讨，人家会施舍的，我们饿不着，你别想这些！"

他忽地咧开嘴，笑了，像只山羊一样扭了扭脖子，一把搂过外祖母的脖子，依偎着她，这样更显他瘦小憔悴，他抽泣道："真是个傻瓜，你这个有福气的傻瓜啊，我唯一的亲人！你这傻瓜对什么也不可惜，你也不懂什么，想想看，咱们为他们干了一辈子的活儿，我不是为他们造了孽吗，

---

① 对瓦尔瓦拉的卑称。

唉，哪怕现在，哪怕能稍微……”

这时，我再也忍不住了，涕泗横流，我从炕炉上跳下来，号啕大哭奔向他们。我是因为高兴而哭，高兴他们从未谈得这样好，同时也因为替他们悲哀，因为我的母亲来了，因为他们允许我和他们一样平等地哭泣，他俩牢牢地抱住我，搂紧，眼泪一滴滴掉落，外祖父对着我的耳朵和眼睛低声道：“嘿，你这小鬼也在，你母亲来了，现在跟她走吧，我这老鬼对你太凶了，不要我了，好吗？外祖母又太纵容溺爱了，也不要？嘿，你们这帮人啊……”

他摊开两手，推开我和外祖母，站起来，高声愤怒地说：“一心一意地都要走，都离开了，一家子七零八碎……叫她回来吧！快点儿……”

外祖母走出了厨房。他低着头，对着墙角说：“最仁慈的上帝啊，你看到了吧？”

他使劲儿用拳头咚咚捶着胸。他这样子，我不喜欢，我也一点儿不喜欢他那样跟上帝说话，仿佛在夸口一样。

母亲过来了，她鲜红的衣服映得厨房更亮，她坐在桌旁的条凳上，外祖父和外祖母分别坐在她两边，她宽大的袖子搭在他们肩上，低声认真地讲着些什么，他们也不打断，默默地听着，就像两个小孩子，就像她是母亲一般。

激动使我疲惫不堪，终于我在吊床上甜甜地睡着了。

大晚上，两个老人穿着过节的衣服去做晚祷了，外祖父穿的是行会会长的制服，貉绒袍和撒脚裤，外祖母一面快活地向他挤了挤眼，一面又对母亲道：“瞧你爸爸，打扮得像一只白白净净的小山羊似的！”

母亲欢快地笑了起来。当屋里只有我和母亲时，她蜷坐在沙发上，用手拍拍旁边：“到我这儿来，告诉我，你过得怎么样——不好，对不对？”

我过得好不好？

“我不知道啊。”

“外祖父打过你吗？”

“现在——不经常打了。”

“真的？随便跟我说说什么吧——说啊？”

我不太想说外祖父的事，于是我开始讲一个非常好的人，他以前住这间屋子，可是没人喜欢他，外祖父不愿租给他房子。看来这个故事母亲并不喜欢，她说："还有别的吗？"

我讲了三个小孩儿的故事，讲上校将我赶出院子—她把我抱得紧紧的。

"净说一些废话……"

她沉默了，望着地板，微皱眉，一直在摇头。我问她："外祖父为什么会生你的气呢？"

"因为我对不起他。"

"你应该把小孩子带来给他看的。"

她身子向后一闪，眉头紧皱，紧咬着唇，然后将我紧紧搂住，哈哈笑了。

"嘿，你真是个怪人，你不该说这种话，听见了吗？不许说，连想都不可以！"

她声音很低，严厉地说了许久，我听不懂她说的，她站起来，来回走着，手指头敲着下巴，浓密的眉毛动来动去。

桌子上点的蜡烛慢慢地融化了，反映在空荡荡的镜子里，肮脏的黑影在地板上来回地爬，在墙角的圣像前，长明灯发出微微的光，月光在结了冰的窗户上镀了一层银光。母亲扫视了一下周围，仿佛在光溜溜的天花板和墙上寻找着什么。

"你什么时候去睡？"

"等一会儿。"

"难怪，你白天已经睡过了。"她想起来了，一声叹息。我问她："你要走了吗？"

"走哪儿去？"她惊奇地反问道，捧着我的脸瞅了很久，我的泪汹涌而出，"怎么啦？"

"我脖子疼。"

其实心也很疼，我立刻能感觉到，她在这个家是绝对住不下去的，她要走。

"你将来一定像你父亲，"她把毡垫子踢到一边，说道，"外祖母跟你提起过他吗？"

“提起过。”

“她很喜欢马克西姆，非常喜欢他！他也喜欢她……”

“我知道。”

母亲看了看蜡烛，皱着眉吹灭，说道：“这样好一些。”

是的，这样就更清爽了，那些污秽的黑影就不再晃来晃去了，雪青色的亮光一片一片地投射在地板上，玻璃窗燃起金黄色的火花。

“你住在什么地方来着呢？”

像回忆很久以前就已经遗忘了的事情一样，她想了很久才说出了几个城市的名字，像一只大鹰在屋里来回盘旋。

“你从哪儿弄的这样的衣服啊？”

“我自己缝的，我的所有东西都是靠自己动手做的。”

令人愉快的是她谁都不像，但是很少说话又教人难过。如果不问，她就什么也不说。

后来，她又挨着我坐到沙发上，我们都沉默地坐着，紧紧依靠着彼此，直到两位老人家回来。他们身上满是蜡烛和神香的味儿，神情非常庄严肃穆，对人也十分和蔼。

晚饭吃得很丰盛，就像过节一样，大家坐得很端正，很少说话，每个人都小心翼翼，仿佛害怕惊动一场易醒的梦。

不久，母亲开始积极教我一些“世俗体”的文字，她买了几本书，从一本小学教科书《国语》里，我用了几天时间学会了读世俗体文字，可母亲又马上要求我学背诗，从此，我们彼此都开始有了烦恼。

有一首诗这样写道：

宽阔的大路，笔直的大路 / 你从上帝那里得到了多少空地 /
斧头和铁锹都不能将你铲平 / 马蹄踩你很软和，灰尘很多

念的时候，我把“простора”（空地）念成了“простого”（普通的），“ровняли”（铲平）念作了“рубили”（砍伐），“копыту”（马蹄，文法上是第三格）念成了“копыта”（马蹄，文法上是第一格）。

“好好想一想，”母亲引导我，“什么‘простого’？真是怪人一个，是‘простора’，懂了吗？”

我懂了，可还是错念成“простого”，连自己都奇怪为什么。

她生气地说我真没用，说我执拗；这话听着真是刺耳，我认真努力地开始试着背这首该死的诗，在心里默念的时候，是一点儿也不出错的，可一出声，就必然走样。我真恨这一行行捉摸不透的诗，一气之下，我就故意念错，把音节相像的字荒谬地乱排一行；我好喜欢这些无意义的好似着了魔一般的诗行。

可是，为此我也得到了一顿教训。一天，轻松完成功课后，母亲问我有没有背会诗，我不由自主地开始叽里咕噜地念：

大道，双角，奶渣，廉价/马脚，僧人，水池……[①]

等我反应过来，为时已晚：母亲一撑桌子站了起来，一字一顿地说道：“怎么回事？”

我愣了一下，说：“我不知道。”

“不，快说，究竟是怎么一回事？”

“就是你看到的这样。”

“什么就这样？”

“好笑而已。”

“去墙角站着。”

“为什么？”

她低声却又饱含威严地说：“站到墙角！”

“哪个墙角？”

她什么也不说，只盯着我的脸，我完全不知道该怎么办，不明白她的意图。圣像下面的墙角处摆着一张圆桌，桌上花瓶里插着已经枯萎的芬芳花草，前面墙角放着一只盖有地毯的箱子，后面墙角摆放着床，第四个墙角因为门框紧挨侧墙什么也没放。

“你要做什么，我不知道。”我说，再也不能理解她。

她坐了下来，沉默半晌，擦了擦腮帮和额头，然后问：“外祖父罚你站过墙角吗？”

---

① 这两行在俄文中都是音节相似的字。

“什么时候？”

“平常，任何时候！”她大喊着，手掌用力拍了两下桌子。

“没有，我不记得了。”

“你懂‘站墙角’是种惩罚吗？”

“不知道，为什么要罚我？”

她叹息一声。“唉！过来这里。”

我走到她面前，问：“为什么要吵我？”

“为什么故意念错诗？”

我拼力向她解释：一闭上眼，我全记得那些诗印在书上的样子，可只要一念，就全乱套了。

“你是故意装的吗？”

我本来要说“不”，可一想“我也许真是装的吧”，于是，我忽然不慌不忙地再念了一遍那首诗，这次完全对，我很惊讶，同时也下不了台。

我感觉我的脸瞬间好像肿胀起来了，耳朵在充血，直直地往下坠，脑袋也发出一阵不愉快的嗡嗡声，站在母亲面前，我臊极了，发着慌，透过泪水，我看到了她凄惨发暗的脸，闭着的嘴唇，紧皱的眉头。

“怎么回事？”她用一种变了调的声音问我，“那就是说，你是在装了？”

“我不知道，我也不想这样……”

她开始要求我背更多的诗，我用记忆力歪曲这些齐整的诗行，想要换种说法记住它们，配上别的字眼，使它们变样，这样的想法越来越强烈。我毫不费力就能办到——不用的字眼一窝蜂地拥来，迅速跟书本上需要的正确字眼混杂在一起了。常常不管我多努力地想要记住那些原本整齐的一行，最终总是无法成功。有一首好像是维亚捷姆斯基①公爵的，十分凄凉的诗让我苦恼极了：

不管早晚 / 无数孤寡者与老人 / 靠着基督名义呼吁赈济

而第三行：

---

① 维亚捷姆斯基（1792—1878），俄国诗人和批评家。

背着饭袋走过窗前[1]

这一句，我准会漏掉。母亲气愤地将我干的好事告诉了外祖父。他非常生气地说道：“顽皮的家伙，他记性好着呢，记祈祷词比我都强。他在说谎，他的记性像石头，只要刻上，就牢固了！你给我狠狠地抽他！”

外祖母也掺和进来揭发我：“童话故事——记得，歌——也记得，歌和诗难道不一样吗？”

这话说得甚是，我也觉得自己有错，可是一学起诗，有些字词不知道从什么地方就冒出来了，像一群结伴而行的蟑螂，纷纷爬出来，也排成一行：

我们的大门口 / 有无数的孤儿和老头 / 哀声乞讨，四处奔走 / 将讨来的一切都给了彼得罗芙娜 / 她卖掉换钱买好牛 / 坐在山沟喝烧酒

夜里，我和外祖母一起在吊床上躺着，我将书里看到的和自己编造的一股脑地讲给她听；她有时会哈哈大笑，但多数会责备我一番。

“你看，你这不是会嘛，不是知道嘛，可不要嘲笑乞丐，上帝会保佑他们的！耶稣还当过乞丐呢，只要是圣人都当过的……”

我叽叽咕咕地说：

我不爱乞丐 / 也不爱外祖父 / 有什么办法 / 上帝啊！请饶恕我 / 外祖父总找碴儿 / 好揍我一顿……

“这是说的什么话，你舌头要烂掉的！”外祖母很生气，“要是你外祖父听见这些话会怎们样呢？”

“那就让他听见吧！”

“你真调皮，惹你母亲生气对你有什么好处啊！就算不是这样，她也已经够难过的了。”外祖母沉思着，用和蔼的语气不住地劝着我。

“她为什么要难过呢？”

“闭嘴，听到了吗？你不知道的……”

“我知道，那是因为外祖父对她……”

“闭嘴，听着！”

---

① 俄国另一个诗人伊·萨·尼斯丁《乞丐》一诗中的句子。

我觉得日子很难过，体会到了一种近乎绝望的感觉，虽然不知为何，但我极力想掩饰，我总是在恶作剧，装作不在乎。母亲教我的功课越来越多了，也越来越难。我很轻松就掌握了算术，可是非常讨厌写作，文法也一窍不通。但最让我难受的，还是看到并感觉到母亲在外祖父家生活的艰难境遇。她总是愁眉不展，用陌生人的眼光旁观着一切，她常常在朝着花园的窗户前长久静坐，不发一言，浑身上下都好像褪了色。刚到这儿的几天，她还行动敏捷，充满生气，可现在呢，她的黑眼圈冒出来了，一连几天都不梳头，身上套着皱巴巴的衣服，上衣扣子都不扣，弄得难看极了，我对此非常生气：她应该永远都是一副漂亮而严厉的样子，打扮得干干净净，比谁都强！

上课的时候，她那双深陷的眼睛越过我的头顶，望向墙壁和窗外，她的声音很疲倦，问我问题，也常常忘记回答我，越来越容易生气、吵闹，这让我十分委屈。母亲原本应该像童话里那样公正的，要比任何人都公正。

有时，我会问："你是不是觉得和我们一起不好呢？"

她生气地训斥我："做好你该做的事。"

我还看到过，外祖父打算做一件令外祖母和母亲都感到害怕的事情。他经常到母亲住的屋子里，关上门，长吁短叹，尖声高喊，就像我最讨厌的那个歪身子牧人尼卡诺尔吹的木笛声。有一次谈话时，母亲大叫了一声，那声音整个房子都能听得见："不，绝对办不到！"

她砰的一声关上了门，外祖父开始咆哮。

这件事发生在晚上。那会儿外祖母正坐在厨房的桌子一角给外祖父缝衬衣，自言自语地嘀咕着什么。门一响，她仔细一听，说道："天啊！我的老天，她到房客家去了。"

冷不防地，外祖父跳进厨房里来，跑到外祖母跟前，直直地打了她头一下，他还一面甩着打疼的手，嘶吼着："住嘴，老妖婆，不该管的别插手。"

"你这老浑蛋，"外祖母把被打歪的帽子整理好，安详地说，"好啊，我不说，我要把你的想法，凡是我知道的统统告诉她……"

他扑向她，雨点一般的拳头落在外祖母的大头颅上；她既不躲闪防备，也没推开他，只是说："打吧，你这浑蛋，打吧，我给你打！"

我站在吊床上朝他们扔枕头和被褥，还从炕炉上往下扔皮靴，可是暴怒的外祖父并没有注意到我的举动。外祖母倒向地板，外祖父直踢她的脑袋，最后他被绊倒了，打翻了装水的木桶。他跳起来，又是吐唾沫，又是喘粗气，目光凶恶地扫视一圈，就往他的顶楼去了。外祖母站起来，哼哼唧唧地坐在长凳子上，整了整弄乱的头发。我从吊床上跳下来，她生气地说："把枕头什么的都捡起来，放到炕炉上！是你想的好主意——扔枕头！这关你什么事啊？是那老鬼发疯，浑蛋！"

她忽然哎哟起来，皱着眉，低头喊叫我："快来看看，我这儿怎么这么疼啊！"

我分开沉甸甸的头发，发现她的头皮里深深地扎进去一根发针，我拔出来，又看到一根，我的手指没有了知觉。

"我要叫母亲过来，我害怕！"

她摆摆手，说道："怎么啦？我看你敢叫去！她没有看见，也没有听见，已经很谢天谢地了，你还去叫，滚开！"

她开始用她那灵巧的织过花边的手从又黑又厚的头发里摸那根发针。我鼓起勇气，从皮肉底下拔出了两根已经弯掉的粗发针。

"疼吗？"

"没事，明天把澡堂烧一烧，洗洗就没关系了。"

她亲切地央求我："好孩子，千万别告诉你母亲他打我的事，听到了吗？他们爷俩已经够仇恨彼此的了，你会说吗？"

"不会。"

"那就牢牢记住，来，咱们快收拾好东西，我的脸没有破吧？好，那样就神不知鬼不觉啦……"

她动手擦着地板，我打心里感动着，说道："您就像圣徒一样，别人老是让您受罪，可您却满不在乎！"

"说的什么蠢话？圣徒，你可真会形容！"

她絮叨了半天，四肢在地板上来回爬，把地板擦得干干净净。我在炕炉的台阶上坐着，心里想着该怎样替外祖母报仇。

这是我第一次亲眼见到外祖父这样凶狠可怕地毒打外祖母。在我面

前，昏暗中，他满脸通红，金黄色的头发在空气里飘着，屈辱像一股烈火一样在我心里翻腾汹涌，我真恨自己想不出一个合适的方法去报仇。

但两天后，不知出了什么事，我到顶楼去找他，看到他坐在地板上，默默整理面前箱子里的文件。在那个打开的箱子里放着他最爱的圣像图——十二张灰色的厚纸，按照月份每张纸上都有按日子分成的方格，日子方格里还有代表那一天的圣像。我的外祖父历来都是十分珍视这些圣像图的，只有当我令他非常满意的时候，他才会拿出这些圣像图来给我看，而我看到这些可爱的紧紧排列在一起的小人儿时，心头总会升起一种特别的感觉。那些圣徒的传记，有一些我是知道的，基里克和乌莉塔的，遭受苦难的瓦尔瓦拉的，潘苔雷蒙以及其他人的，我非常喜欢神人阿列克赛悲伤的传记和那些歌颂他的美妙诗篇。外祖母经常满怀感情地为我念这些动听的诗。如果你观察过上百个像他们一样的人之后，你也能感到欣慰：原来从来就不缺少这些受苦难的人。

但是，现在我打算把这些圣像都给剪坏。我趁着外祖父到窗前去看一份印有老鹰的蓝色文件时，我抓起几张跑下楼去，从外祖母桌上拿起剪刀，爬到吊床上开始剪圣人的头，当我剪完一排“圣人头”之后，我忽然开始惋惜起来。于是我按照方格分好的线条来剪，还没剪到第二行，外祖父便冲了进来，他站在炕炉的台阶上，问我：“谁让你动我的圣像图的？”

他看到木板子上满是方纸块，他抓了一把，贴近脸仔细看，扔掉，再抓一把，他的下颌歪扭着，胡子不住颤动，呼吸短促而剧烈，甚至把纸都吹到了地上。

“看你干了什么好事？”他终于忍不住大喝，使劲儿往外拉我的脚。我腾空翻下床，外祖母接住我，外祖父挥舞着大拳头捶着我们，尖叫着：“我要打死你们！”

母亲过来了，我被挤到一旁，蜷缩在炕炉一角，她一把挡住我，推开外祖父胡乱挥舞着的双手，说道：“这样胡闹是干吗？赶快清醒吧！”

咕咚一声，外祖父躺倒在窗台下放着的长凳子上，大声号起来：“你们所有人都反对我，打死我吧，啊……”

“您都不感到害臊吗？”母亲声音沉闷，“您总是这样装腔作势干什么呢？”

外祖父大声叫喊，用脚踢着长凳子，胡子可笑地翘向天花板的方向，双眼闭得紧紧的。我似乎也觉得他在母亲面前感到羞耻，他闭眼是因为他的确在装假。

“我来将这些方纸块都给您在细纱布上贴好，这样更结实更好。”母亲仔细瞧了瞧那些已经剪碎了的和没剪过的圣像，说，“您看，全给揉坏了，有断了的，还有散的……”

她和外祖父说话的语气，就像她给我上课我遇到不懂的地方时一样。外祖父突然从长凳子上站起来，一本正经地整理了一下他的衬衣和背心，哈地吐了一口气，说：“那今天就贴！我现在就去把另外几张也拿过来……”

他朝门口走去，走到门槛那儿，转过身来弯着手指指着我说：“得揍他一回！”

“嗯，他该打！”母亲同意了，她俯下身子问我，“为什么要剪坏它们？”

“我是故意的，看他再敢不敢打外祖母，不然我还会剪掉他的胡子……”

外祖母一面脱掉被撕破的上衣，一面责备我：“你不是答应我不说的吗？”

她向地板吐了一口唾沫：“烂舌根，烂到你动弹不得，卷不了！”

母亲看了她一眼，走到了厨房，然后又回到我面前。“他是什么时候打的她？”

“瓦尔瓦拉，你还好意思问，关你什么事呢？”外祖母生气地朝她喊。

母亲紧紧地抱住外祖母。“哦，妈妈，你是我的好妈妈啊……”

“好妈妈，好妈妈，滚一边去！”

她们互相看着，沉默了，彼此分开，因为外祖父正在门洞里面来回走动。

母亲来这儿不久，就跟那个快乐的房客——军人的妻子——成了好朋友，她几乎每晚都要到前屋那儿去，贝特连一家——漂亮的军官和小姐也会去。外祖父不愿意让她去，晚餐的时候，他一连好几次举起汤匙恐吓，气鼓鼓地说：“该死的家伙，又凑到一起去了，从现在到明天早上，一闹起来谁也别想睡！”

不久，他就要求房客搬出房子。他们离开后，外祖父不知从哪里弄来

两大车各式各样的家具，统统放到前屋那儿，最后还上了锁。“咱们用不着房客，我自己来请客！”

果然，到了节日客人们就一一来了。其中，常来的有外祖母的妹妹马蒙特廖娜·伊凡诺芙娜，那是一个大鼻子的爱吵闹的洗衣妇，她穿着花条纹绸衣，戴一顶金黄色的帽子。和她一起来的还有两个儿子，瓦西里，一个绘图员，一头长发，和善又快乐，穿一袭灰衣；维克托则一身五颜六色，一副驴头马面长相，长脸上布满雀斑，刚到门洞就边脱鞋，边尖着嗓子唱：

安德烈——爸爸啊，安德烈——爸爸啊……

这实在不能不让我又惊又怕。

雅科夫舅舅抱着吉他来了，随行的还有一个独眼的秃顶钟表匠，这个钟表匠穿着很长的黑色礼服，安静得像个老僧。他总是歪着头，一副笑眯眯的模样坐在角落里，用一根手指奇怪地戳着他那没有胡子的下巴颏，支着一颗头。他整张面孔是发暗的，而那只独眼无论看谁都好像非常关注似的。他话很少，即使说话也老是重复着一句：“不用劳驾了，都一样的，您老……”

我第一次看到他就想起了一件很久之前的事情。那时我们还住在新开路，一天，大门外有人在敲鼓，声音低沉令人听了顿感不安，一辆围满群众和士兵的大车，从监狱驶向广场，一个身量不高，戴一顶圆毡帽，双手铐着镣铐的人坐在大车里的长凳上。他胸前挂着一块黑牌子，上面写着白色的大字，他低垂着头，像是在念上面的字，身子来回摇晃着，带动镣铐发出响声。当母亲向钟表匠介绍我，说“这是我儿子”时，我吃惊地向后退着，两只手向后背，想躲开他。

“不用劳驾了，”他说，整张嘴可怕地歪向右耳一侧，他抓住我的腰带将我带到他的身边，轻快地让我转了一圈，然后放开，夸奖似的说，“还好，这孩子的身体挺结实的……”

我爬到角落，坐到皮圈椅上。这圈椅大得过分，简直可以睡下一个人，外祖父经常夸它是格鲁吉亚王族的宝座。我爬到上面，无聊地观察着大人们的欢闹场面，钟表匠的面孔古怪而且可疑地来回变化着。他那张脸又油又肥腻，好像快要溶化了，四散横流；他一笑，肥厚的嘴唇就向右腮岔去，小小的鼻子也像盘里的饺子来回滑动；两只支棱着的大耳朵忽然和眉毛一起抬高，忽然又聚拢到颧骨两旁。依我看，只要他愿意，他绝对可以用耳朵像双手一样捂住自己的鼻子。有时，他叹气一声，伸出像杵一样黑圆的舌头，灵巧地画出一个正圆，舔舔肥腻的厚唇。这一切并不好笑，我只是觉得惊奇，便目不转睛地看着他的一举一动。

他们喝的是掺着甜酒的茶。这种甜酒尝起来有一股烧焦了的葱皮的味道；喝着外祖母亲手酿造的果酒，酒液既有金黄色的、焦油似的黑色的，也有绿色的；喝着浓浓的酸奶，吃着带有罂粟籽的奶油糖饼，人们流着汗，累得不住喘气，连连夸赞外祖母的好手艺。吃饱喝足之后，一个个都一本正经地坐在椅子上，懒懒地邀请雅科夫舅舅来奏上一曲。

他俯下身来开始弹吉他，随着音乐声，他用不甚令人愉快的烦腻嗓音开始唱起来：

唉，痛痛快快地过一程吧 / 弄个满城风雨——/ 详细地把这个中缘由 / 统统给喀山小姐讲清楚……

我听着直觉得这是一首非常忧郁的歌，外祖母说：“雅沙，你换个别的弹吧，来个真的歌儿，嗯？马蒙特廖娜，还记得以前人们经常唱的歌吗？”

洗衣妇于是整理一下自己窸窣作响的衣服，神气地说：“我的太太，那些如今早就不时兴了……”

舅舅眯缝着一双眼睛看着外祖母，仿佛她在很远的地方。他仍旧伴着忧郁的琴声一个劲儿地唱着那些让人听了厌烦的歌词。

外祖父则在和钟表匠秘密谈话，用手指和钟表匠比画着什么。钟表匠抬起头，向母亲这边看过来，不住点着头，那张油腻腻的面孔在不可捉摸地变换着。

母亲总是在谢尔盖耶夫兄弟[①]中间坐着，认真地和瓦西里悄悄地谈着话，他叹息道：“是，这件事必须要考虑一下……”

维克托笑容满面，在地板上搓着自己的脚，忽然吱吱咕咕地开始唱起来：

安德烈——爸爸啊，安德烈——爸爸啊……

---

① 即瓦西里和维克托，外祖母妹妹的两个儿子。

大家惊讶地看着他，都不说话，洗衣妇开口一本正经地解释道："他是从戏园子里学的，那儿就是这么唱的……"

这种无聊的令人厌烦的晚会一共举行过两三次。后来，一个星期天的白天，第二次午祷刚结束，钟表匠就来了。我坐在母亲屋里用小玻璃珠帮她穿上那些开了线的刺绣。忽然，门打开了一条缝，外祖母一脸惊慌地进屋悄悄说了一句"他来了，瓦里娅"，然后就退出去了。

母亲坐着没动，也没有颤抖，门又开了，这次外祖父在门槛上站着，严肃地说道："快穿上衣服，瓦尔瓦拉，去啊！"

母亲既没站起来，也没看他，就问："去哪儿？"

"上帝保佑，去吧！别抬杠了。他人挺老实的，在本行当里又是一个能手，列克赛会有一个好父亲的……"

说这些话时，外祖父的表情很庄重，老是用手摸着两肋，胳膊肘弯在背后，打着哆嗦，好像两只手想向前伸，但被他竭力按住了一样。

母亲平静地打断了他的话："我告诉您，这办不到……"

外祖父朝她走近一步，弯着腰，像瞎子一样向前伸出两只手，头发竖起来，声音沙哑地说："去，不然牵你走出去，抓着辫子……"

母亲站起来高声问："牵出去？"她脸色发白，眼睛可怕地眯起。她迅速脱掉外衣和裙子，只留下一件衬衫，走到外祖父面前，对他说："牵吧！"

他咧开嘴，龇牙握拳开始恐吓她："穿上，瓦尔瓦拉！"

母亲手一挥，挡开他，握着门把手说："好吧，咱们走！"

外祖父咕哝一句："我诅咒你。"

"走，我才不怕你诅咒。"

母亲打开门，可外祖父抓着她的衬衫下襟，屈膝低语："你这魔鬼，瓦尔瓦拉，你要毁掉自己吗，别丢人……"

他小声地可怜巴巴地叫着苦："老太婆，老太婆……"

"傻姑娘，瓦里卡，怎么啦？快回去，没羞没臊的！"

外祖母将她推进屋里，扣上门，向着外祖父弯下身子，一只手提起他来，另一只手指着他："嘿，你这弄不懂状况的老鬼！"

她把他放到沙发上，他像个布娃娃似的摔得咔嚓一声。他大张着嘴，不住摇头，外祖母冲着母亲大喊：“快穿上啊，你！”

母亲快速拾起地上散落的衣服，说：“听着，我不上他那里去，知道吗？”

外祖母将我一把推下沙发，说道：“快舀一些水啊，快一点儿！”

她低语着，近乎是耳语，神态安详，却十分有威严。我跑到门洞里面，前屋传来一阵均匀沉重的脚步声，母亲在自己屋里大叫：“明天我就走！”

走进厨房，我坐在窗户边上，像是在做梦。

外祖父又呻吟又抽烟，外祖母在絮叨着什么，然后门就咔嚓关上了，周围一片死寂，静得让人害怕。我忽然想到自己是来舀水的，我舀满一铜瓢，走向门洞。那个钟表匠从前屋走进来，低头手抚摩着皮帽子，咳嗽着清了清嗓子，外祖母手贴着肚子，朝他背后鞠了一躬，轻轻地说：“您要知道，爱情这事是没办法勉强的……”

他在台阶的门槛前绊了一跤，一跳一跳奔到院子里。外祖母画着十字，浑身颤抖，不知是在默默哭泣，还是偷偷地在笑。

我跑到她跟前，问：“怎么啦？”

她一把夺过我手中的铜瓢，水流到了我的脚上，她大声叫道：“你水舀到哪里了？关上门啊，快！”

她去母亲屋里了，我又回到厨房，听着她俩一起叹气感慨，叨叨不休，仿佛体力不支无法搬动一件沉重的东西一样。

天气晴好。冬日的斜阳穿过两扇结了冰的玻璃窗直直地射进来，准备吃中饭的餐桌上摆着锡器和两个长颈瓶子——一个盛的是棕黄色的格瓦斯，另一个则装的是泡着郭公草和金丝桃的伏特加，外祖父经常喝这种深绿色的酒液，此时它们都发出暗淡的光。从已经融了冰的玻璃窗上，可以看见房顶上那些白得发亮的雪，简直刺眼，在围墙柱子和椋鸟小屋上，可以看见房子圆顶上正闪着银白色的光。窗户框边上，阳光透过笼子，我的小鸟在欢快地游戏着：活泼的小黄雀一改驯服的样子啾啾直叫；灰雀发出阵阵尖鸣；金丝雀唱出嘹亮的歌。但在这个阳光灿烂天气晴朗的日子里，我却一点儿也不觉得快乐。没必要，这一切都是没必要的。我拿下鸟笼，想把鸟儿放了。这时，外祖母突然跑进来，两只手拍着腰，边跑向炕炉，边骂道：“该死的鬼儿子们，都该死！阿库林娜，你真是个老糊涂……”

她从炕炉里拿出一个包子，用手指头敲敲皮，凶狠地吐了一口："看你干的好事，全烤焦了！嘿，魔鬼们，我要把你们全撕碎！干什么睁大眼像猫头鹰一样，跟敲碎破盆烂罐一样打烂你们！"

她噘着嘴，哭了，来回翻转手里的包子，手指敲着焦掉的包子皮，眼泪大滴大滴地砸在上面。外祖父和母亲都赶到厨房；外祖母把包子扔在桌子上，碟子被震得一跳。"瞧瞧，都是你们弄的，你们活该倒一辈子霉！"

母亲一脸快乐和平静的表情，抱住她，宽慰她不要烦恼，外祖父衣衫不整，十分疲惫，坐在桌旁，系好餐巾，嘟嘟囔囔，一双浮肿的眼睛被阳光照得眯缝起来："好啦，没事的！我们也不是没吃到过好包子。上帝那么吝啬，他几分钟就偿付了好几年的岁月……他才不认什么利息。快坐下，瓦里娅……好吧？"

他简直就是一个疯子，一到吃饭就谈论上帝，谈那个不相信上帝的亚哈[①]，谈当父亲的艰难命运。外祖母生气地截断他的话："吃你的饭吧，快点儿，听见了没有？"

母亲开着玩笑，那双明亮的眼睛在闪烁光芒。

"怎么啦，刚才吓坏了吗？"母亲推推我，问道。

不，我刚才一点儿也不害怕，反而现在觉得不舒服，难以理解。

像平常过节一样，这顿饭他们吃得既令人疲倦又漫长，吃得还多，仿佛半个小时前还在互相谩骂、准备打架、痛哭流涕、放声大哭的人不是他们一样。好像他们的一些行为是认真的这一说法难以置信，他们不会轻易哭泣流泪。他们的泪水和喊叫，以及一切的互相折磨，总是爆发和消失得很快，因此对这一切我早就已经习惯了，这已经无法再刺激和打动我的内心了。

很久之后我才明白，由于生活的苦难和困境，俄国人总会像小孩子一样拿悲伤来逗乐，玩弄它，并不因为自己的不幸而感到羞耻。

在那些没有尽头的工作中，忧伤就是过节，火灾就是找乐子；在一无所有的面庞上，伤痕都是一种点缀……

---

① 《圣经》中记载的一位以色列王，他背叛了列祖列宗的信仰，也做了很多和教义相违背的事。

十一

自打出了这事以后，母亲迅速坚强了起来，腰杆挺得直直的，成了家中的顶梁柱，而外祖父却不再引人注目了，整天沉默着想心事，跟平时大不相同。

他基本上不出门，总是一个人在顶楼上坐着，看一本神秘的书——《我父亲的札记》。他将这本书藏在箱子里，上了锁。我多次看到，外祖父总要洗洗手，才拿起它读。这本书又小又厚，棕黄色的封皮，内封前淡青色的扉页上题着非常惹眼的花体字，已经褪了色："满怀感激之情送给尊敬的瓦西里·卡希林做纪念"，署名是一个很怪的姓，最后一个字母像一只飞走的小鸟。外祖父小心翼翼地打开书皮，戴上他的金丝眼镜，注视着签名，为了戴好眼镜，他的鼻梁一直皱着。好几次我都问他："这书写的是什么？"

他总会庄重而严肃地回答我："你没必要知道这种事。等我死了，我会把它留给你。貉绒大衣也一并给你。"

他跟母亲说话总是温和的，话也少了很多，他会全神贯注地听她说，眼睛像彼得伯伯一样闪闪发光，他挥挥手，咕哝道："好吧，随便你怎么想吧……"

他的箱子里有许多珍贵的服装：挑花裙，缎子料背心，带着刺绣的银丝绸长衫，各式各样的镶嵌着珍珠的妇女头饰，五彩亮丽的女帽和三角形头巾，分量不轻的莫尔多维亚项链，还有各式宝石项链。他将这些服装统统放到了母亲的屋里，摆到桌子和椅子上，母亲欣赏着服装，外祖父说道："我们年轻那会儿，衣服比现在阔气和漂亮多了！服装阔气，日子轻松悠闲。那个时代已经结束了，再也回不来了！你试试这些……"

有一回，母亲在隔壁房间待了一会儿，出来时，身上换上了青色绣金长衫，戴一顶珍珠小帽，她向外祖父深鞠一躬，问他："父亲大人，这样好不好呢？"

外祖父咳嗽了一下，不知道为什么他整个人都容光焕发了，张开两手，

手指头不停动弹，围着她走了一遭，像做梦一样，含含糊糊地说：“嘿，瓦尔瓦拉，要是你有大笔的钱，要是你周围全是好人……”

现在，母亲住在前屋的两个房间，那里来来往往的客人很多。其中来的次数最多的是马克西莫夫兄弟：一个是彼得，他是一个身材魁梧的俊美军官，他有一双蓝色的眼睛和浅色的大胡子，因为我一直对贵族十分不屑，母亲在他面前揍过我一次；另一个是叶夫根尼，他身材高大，但腿很细，面色苍白，留着尖尖的小黑胡子。叶夫根尼的眼睛很大，像一对李子一样，他穿着一身淡绿色制服，配着金色的扣子，衣服肩上有金色的缩写字母。他常常利落地甩头，波浪式的长发就从高平的前额跑向后面，他总是宽厚地微笑，声音低沉地说着什么，常常用一句讨人喜欢的口头语作为开场白：“您知道我的想法的……”

母亲眯着眼，唇角含着冷笑听他说，常常会打断他：“叶夫根尼·瓦西里耶维奇，请原谅，你只是一个小孩子……”

那军官用大掌拍着膝盖，喊着：“他不是孩子还是什么……”

圣诞节那会儿，家里十分欢闹，母亲那边几乎每晚都会有一些穿着华丽衣服的人，她自己也打扮得光鲜亮丽——总是最漂亮的那个，和客人一起出门。

每次她和一群花花绿绿的客人出去，房屋周围就陷入一片死寂，到处静悄悄，静得让人心慌、寂寞又不安。外祖母像一只老母鹅一样在各屋转来转去，收拾东西，外祖父则背靠暖和的炉子瓷砖，在那里自言自语：“好吧，真好……好……我倒要看看他们能搞出什么名堂……”

圣诞节过后，母亲送我和米哈伊尔舅舅的儿子萨沙到学校。萨沙的父亲再婚了，继母一进门就嫌弃这个继子，还虐待他，幸好在外祖母的坚持下，外祖父把萨沙接到了家里。我们一起上了一个月的学。学校里教的内容，我只记得，他们问“你姓什么？”不能只是简单地说“彼什科夫”，而是应该回答：“我姓彼什科夫。”

也不能跟老师说：“别嚷嚷，小子，我才不怕你……”

一下子，我就很讨厌学校，表哥刚开始那几天还挺高兴，很快就找到了一起玩的同伴，可有一次他上课睡觉，梦里惊恐地喊道：“我再也不敢啦……”

他被叫醒，要求出去了，为此被同学们狠狠地嘲笑了一回。第二天该上学了，正走向干草广场那里的山沟时，他停下来，说道：“我不去了，你自己去吧！我还是去玩吧。”

他蹲下身子，小心而仔细地将书包埋进雪地里，然后就走了。此时，正月里天气正晴，到处透过来银白色的阳光，我从心底羡慕他。可是，我狠了狠心还是去上学了——我不想惹我母亲生气。萨沙埋起来的书包后来自然找不到了，第二天不上学已经顺理成章，第三天他的所作所为被外祖父知道了。

我们被审问了，就在厨房桌子的后面，那里坐着外祖父、外祖母和母亲，他们开始审问我俩。我至今还记得当时萨沙是怎样可笑地回答外祖父的问话的。

“你为什么不去上学？”

萨沙温和的目光直直地和外祖父的相对，他不慌不忙地说：“我忘记学校在哪里了。”

“忘记了？”

“忘记了，我还找了半天……”

“那你就不会跟着列克赛吗，他记得呢！”

“可我弄丢了他。”

“弄丢了列克赛？”

“是呀。”

“怎么就弄丢了？”

萨沙想了一会儿，叹了口气：“风雪刮得那么大，我根本什么也看不到。”

于是，大家一起笑了。晴朗的天气哪儿来的风雪呢？萨沙也小心地微笑了一下。外祖父龇着牙，尖酸地问他：“你就不会和他拉着手，拽着他的腰带走吗？”

“本来是拽着的，可是一阵大风把我们分开了。”萨沙这样解释道。

他懒懒散散、不抱希望地说，听着他这不必要的、拙劣的谎言，我心里很不舒服。我很佩服他这股执拗劲儿。

外祖父给我俩一顿揍，并雇了一个护送我们上学的人，他是一个曾经做过救火队员的小老头儿，断了一只胳膊。他的主要任务就是监视萨沙的举动，防止他走歪路。但这也无济于事。第二天，当我们走到山沟下面时，他弯下腰，脱掉脚上的毡靴，把它们朝不同方向扔得远远的，只穿着袜子逃出了广场。小老头儿一声哎哟，哆嗦着去捡靴子，然后大惊失色地把我领到家里。

外祖父、外祖母和母亲花了整整一天的工夫跑遍全城捉拿“逃犯”，直到晚上才在寺院旁边的奇尔科夫酒馆里抓到萨沙，当时他正在那里跳舞呢。回家之后，大家甚至没有打他，他们被这孩子身上那股顽强的沉默弄得十分不安。他和我一起躺在吊床上，向上翘起腿，脚掌磨着天花板，小声说道：“继母不爱我，父亲不爱我，祖父也不爱我——跟他们在一起还有什么意思呢？我问过奶奶强盗都住在哪里，我去投奔他们。将来你们会知道我的，咱们一起逃好吗？”

我不能和他一起逃跑，那时我有我的使命——我要成为一个留着浅色大胡子的军官，为了这个目标我必须努力学习。我告诉了表哥我的计划，他想了想答应了，说道：“这样也好，你以后成了军官，我也做了强盗首领，你应该来捉拿我，我们俩不知道谁会死在谁手上，或者谁俘虏了谁，我不会把你杀了的。”

“我也不会杀了你的。”

就这样，我们都决定好了。

外祖母走进来，爬上炕炉，看着我俩，开了口：“小耗子们，怎么啦？哎呀，孤儿啊孤儿，一对碎片碎瓦！”

她对着我俩一通怜惜，接着开始骂起萨沙的继母——肥胖的娜杰日达，酒馆老板的女儿；然后还骂起了全天下所有的继父继母，还顺便讲了一个故事：

> 那个聪明的隐士约那幼年时，和他的继母一起向天神请求，
> 希望神能审判这场官司，他的父亲是乌格里奇人，在白湖上的渔夫——
>
> 年轻的老婆谋杀了丈夫：她给他灌下烈性的药酒，又灌他

喝下令人昏迷的蒙汗药。沉睡不醒的丈夫，被她放进了橡皮小船中，如同放进狭窄的棺材一般；她操起菩提木桨，慢慢划到湖中央，在黑漆漆的深渊里，做了见不得人的勾当。她弯腰用力晃荡，妖婆将小船翻了个底朝天，可怜的丈夫像铁锚一般沉入湖底，她就急忙游上岸，上岸倒地不起，一边哭诉，一边哀泣，伪装不幸，制造悲伤。

善良的人们被她蒙蔽双眼，陪她一起难过一场："唉，可怜这年轻的遗孀啊！你遭受的是女人最大的不幸，可如今，我们的命运就攥在上帝手中，死亡是上帝赐予我们的！"

只有她的继子约努什科，没有被她的眼泪欺骗，他的手放到了她的胸口，温和地对她说道："啊，我的继母，我的灾星，啊，你这狡猾的暗夜之鸟，你的眼泪我不相信。你的心因快乐而剧烈跳动！我们一起向上帝发问，询问天上一切神明。有哪一位愿拿出刀来，将钢刀抛向圣洁的蓝天，若真理站在你这一边——钢刀一把戳死我，若真理站在我这一边——钢刀一把戳进你身体！"

继母翻眼一瞧他，恶毒目光冒出来，她直直挺挺站起身，当面直接问约那："嘿，你这丧尽天良的小畜生，没满月的、早产的妖孽，你怎敢胡乱往这个地方想？怎敢胡言乱语？"人们看着他们一直争论，觉察事情蹊跷古怪。个个面色苍白沮丧，心里暗想，聚众一堂齐商讨。

此时人群中走出一位老渔夫，先向周围观众鞠躬敬个礼，最终宣布他们的一致决定："善良的人儿啊，希望你们把钢刀交到我的右手上来，让我把它抛向天空，谁是罪人，刀就插进谁的身体！"人们将一把锋利的钢刀递给老人，他顺着他长满苍白头发的头顶将刀抛向天空，钢刀像鸟一般直冲上天，人们左顾右盼，久久等不到钢刀掉落。人们直望向透明的苍穹，脱帽拥抱，直直地站成一排，大家沉默不语，夜也一片静悄悄，钢刀仍然没有掉落到地面！

朝霞将一池湖水照得红艳艳，继母得意得满脸绯红，她冷

冷一笑，忽地，钢刀像只掉落的飞燕直着坠落，一刀捅穿了继母的心脏，善良的人们纷纷跪下，纷纷祷告灵验的上帝：“主啊，您是多么荣耀，谢谢您为人间主持公道！”老渔夫拉着约努什科的手，将他带到远处一所修道院，那修道院就坐落在充满光明的凯尔仁查河旁边，紧挨着看不见的基杰查城旁边……

睡了一觉醒来，第二天我浑身上下全是红点，我出了天花。人们将我安置在后面的顶楼上。我像瞎子一样闭着眼在那里躺了很久，手脚被宽带子紧紧束缚，不停地做一些稀奇古怪的梦，其中一个可怕的噩梦几乎使我送了命。其间，外祖母常常来看我，用汤匙像喂小孩儿一样喂我吃饭，还讲一些永远新鲜无穷的童话故事。当我痊愈后，不必再用带子捆着躺下时（怕我自己忍不住抓脸，手指被紧绑像戴了无指手套一样），一天晚上，不知为什么，外祖母比往常来的晚了一些，我心中十分惊慌。忽然，我看到了她——她在门外尘封了很久的顶楼台阶上躺着，脸蛋朝下，两手张开，脖子被割开一半，就像彼得伯伯，尘土四散的昏暗角落中，缓缓走出一只馋嘴的大猫，它瞪着发出绿光的眼睛一步步走向她。

我一跃跳下床，一边用脚踹一边用肩顶开，打破了两扇窗户，纵身一跃，蹦到院子里的雪堆中。那天晚上母亲那里客人很多，没人听见我撞破玻璃弄坏门框的声音，我一直在雪地里躺着，我没摔到哪里，只是一只胳膊脱臼，还被玻璃刮破疼得厉害，但我的两条腿却已没有了知觉，躺了三个月，我的腿完全动弹不了。我躺在那里，听着家里越来越喧闹，楼下开关门的声音不断，很多人走路的声音不停地传过来。

忧郁的风雪在屋顶上发出沙沙的声音，门外风儿呼呼地从顶楼刮过，烟囱抽抽泣泣地歌唱着像出殡一样，纺车也嗡嗡响个不停，乌鸦在白天发出阵阵长鸣声，在深夜无人时，远处旷野传来阵阵可怕凄厉的哀号——在这样的伴奏声中，我的心灵也一点点成长起来。后来，胆小的春天渐渐从阳春三月睁开它光芒四射的眼睛，怯懦地、悄悄地一天比一天更加亲切地向窗户里窥探，猫儿也在屋顶和顶楼开始唱歌和号叫，春天的音响也从墙壁那头传过来，玻璃一般的冰柱折了，融化了的积雪顺着屋顶从马儿的头上往下流，马车上的铃声响的次数也比冬天响的次数多了。

外祖母来的次数挺多，她说话时，越来越多地开始散发出浓浓的酒味，后来她把她带来的一个大白壶藏到我的床底下，向我挤眉弄眼地说："亲爱的，你千万别告诉你外祖父那个老家神！"

"为什么要喝酒呢？"

"少多嘴，你长大以后才会了解……"

她对着壶嘴喝了一会儿，用袖子抹抹嘴唇，甜甜地笑了，问我："嗯，我的小老爷，我昨天对你说什么来着？"

"说我的父亲。"

"我说到了哪里？"

我跟她说了，于是她慢条斯理地开始讲，话语像小河里的流水一样不停歇。

有关父亲的事，总是她主动给我讲的。有一回她来到我的屋里，没喝酒，满面愁容，说："我梦到你父亲啦，他仿佛是在旷野里走着，手里拿着一根核桃树木棍，他吹着口哨，后面有花狗跟着，舌头不停颤动。我也不知道为何老会梦到马克西姆·萨瓦杰维奇，他的灵魂好像一直在周围游荡着，永远得不到安宁……"

一连几个晚上，她始终围绕着我父亲的事情在讲。父亲的故事一如她讲的其他故事一样新鲜有趣。

我的祖父是一名军官，当兵出身，他因为虐待手下而被流放到西伯利亚；我的父亲就出生在西伯利亚的一个地方。他的日子十分难过，小时候就常常逃跑。有一次祖父像猎兔子般带着猎狗去森林找他；又有一次祖父抓住他之后，把他打得非常惨，幸亏邻居及时救了他并藏起来。

"小孩儿就要被打吗？"我问道，外祖母则平静地回答："必须总打。"

我的祖母早早过世了，父亲九岁那年，我的祖父也离开了人世。一个木匠把父亲收养了，并让他加入了彼尔姆城同行业协会，教给他木匠的做活手艺，但父亲从那里逃了出来，去市场做给瞎子带路的工作，十六岁又去了尼日尼，在包工头科尔钦的轮船上工作。他二十岁就已经成了一名出色的木匠、裱糊匠和装饰匠了。他在铁匠街的作坊里干活，铁匠街和外祖父的房子离得很近。

“围墙不高人胆大，”外祖母咯咯笑道，“有一回我和瓦里娅采花园里的红莓子时，你父亲扑通一声跳下围墙，简直吓我一跳。苹果树后面一个身材高大的人走出来，白汗衫，天鹅绒裤，可是既没戴帽子，也没穿鞋子，用一根皮条绑住头发，他居然是来求婚的！我之前见过他，他经常路过窗台，我当时心里就在想，这是一个好小伙子！等他上前，我就问：‘年轻人，你为什么不好好地走正门却要从墙头翻进来呢？’他扑通跪倒，说：‘阿库林娜·伊凡诺芙娜，现在我整个灵魂都在这里，瓦里娅也在。请您帮帮我们，看在上帝的情面上，我们要立下婚誓！’听到这里，我顿时愣住了，舌头也没法动弹。我望了望你母亲，她像个鬼精灵一样，找了棵苹果树躲起来，脸红得像一颗红莓，正在和他打手势，可是眼眶里却满是泪水，我说：‘鬼东西，你们竟想出了些什么歪主意啊？瓦尔瓦拉，难道你疯了不成？年轻人，你也该好好想想，你有资格将这一朵花儿摘下吗？’那阵子你舅舅们还没有分家，外祖父是一个阔佬儿，总共四所大房子，声望和金钱一样不缺，不久之前，他还因为当了九年的行会头领被奖给一顶带丝条的帽子和一身制服，啊，瞧瞧他那会儿是多么高傲啊！我把该说的话统统说给他们听了，可我又是哆嗦着受了惊，又是为他们感到可怜。他们俩全黑了脸。后来你父亲说：‘我打心里明白瓦西里·瓦西里耶维奇是不会好心好意地把女儿嫁给我的，所以我打算偷偷和她结婚，只要您帮助就可以做到。’还想要我帮忙！我直接给了他一耳光，他没有闪躲，他说：‘哪怕您用石头来砸我，我只求您的帮助，反正我是不会轻易放弃的！’然后瓦尔瓦拉也冲过来，走到他面前，手放到他肩上，说：‘我们已经在五月份就完婚了，现在不过是个结婚仪式罢了。’听完，我就气晕了，天啊！”

外祖母笑得全身都颤抖了，然后嗅了嗅鼻烟，擦掉眼泪，接着说下去：“你还不懂什么叫结婚，什么是举办婚礼，你要知道，一个姑娘家要是没有举办婚礼就有了孩子的话，就会引发一场无法收拾的灾难！记得我的话，等你长大成人，千万不要引诱姑娘做出这等事，这可是天大的罪过啊，会害苦姑娘的，就算孩子生下来也会被冠上私生子的罪名。千万记住这话，当心啊，就算你和姑娘一起过日子，也要可怜可怜女人，真心实意地去爱她，不是一时玩玩就算了，这是我教给你的金玉良言，要记住！”

她坐在椅子上来回摇晃，默默沉思，然后精神抖擞地继续说了下去：“那怎么办？我砸马克西姆的额头，拽瓦尔瓦拉的发辫，可他心平气和地告诉我：‘打是解决不了问题的！’她也说：‘我们应该想想别的什么办法，以后您尽管打！’我问他：‘你有没有钱？’他回答：‘有，我用钱给瓦尔瓦拉买了戒指呢。’我问：‘那你有多少钱呢？两三个卢布吗？’‘怎么会，有百八十个卢布呢。’他回答我。当时钱还比较值钱，东西价钱也低。我看看他俩，你的父母，当时心里就在想，还是孩子呢，真是一对傻瓜啊！你母亲说：‘为了不让您看到，我把戒指藏到了地板下面，现在可以卖掉它！’真跟小孩子没什么两样，话虽如此，我们商量了很久，总算有了决定：再过一个星期就给他们俩举办婚礼，由我负责跟神父交涉一切。可我还是禁不住痛哭了一场，心跳得太厉害了，不敢让你外祖父知道，就连瓦里娅也总是心惊胆战的，后来终于办妥当了！

“不过一个匠人是你父亲的仇敌，他是一个大坏蛋，早早看穿了这一切，始终监视着我们的一举一动。婚礼举办期间，我让我唯一的女儿穿戴整齐打扮得光彩照人，带她走到门外，拐角位置早就安排好了一辆三套马车在那里等候。她坐上车，马克西姆一声口哨就离开了！我眼含热泪往家里走去。忽然，那个人和我走了个正碰面，这个下流的家伙对我说：‘我可是一个好人啊，我从不阻挠别人的好事，不过，阿库林娜·伊凡诺芙娜，你必须要付给我五十卢布的报酬！’我当时手头并没有钱，既不存钱，也不爱钱，我一时脑热，就对他说：‘我没有钱给你！’他说：‘那你就答应欠我钱！’我问：‘我为什么要答应欠你钱呢，再说我去哪里弄钱给你啊？’我真傻，当时真应该和他好好地谈谈，纠缠他一会儿，可是我竟然向他吐了一口，转身离开了！他冲到我前面抢先一步到了院子，闹了个天翻地覆！”

她微笑着，闭上眼睛说道：“我甚至现在只要一想到他们干的胆大包天的事情还觉得心有余悸！你外祖父像只野兽一样大声号叫，这事他可不是闹着玩的。他总是看着瓦尔瓦拉对别人说：‘我要把女儿嫁给老爷，嫁给贵族！’这一下看你还怎么把她嫁给老爷，嫁给贵族啊！至高无上的圣母会知道谁与谁之间有缘分的。外祖父在院子里上蹿下跳，活像热锅

上的蚂蚁，他叫来了雅科夫和米哈伊尔，叮嘱那个麻子脸匠人和马车夫克里姆。我看到，你外祖父那皮带上挂着一个秤砣用来充当流星锤，米哈伊尔手持火枪，咱们的烈马很好，马车也轻快得很，我想他们一定会追上来的！就在这会儿，瓦尔瓦拉的天使给了我重要指点，我拿来一把小刀割了车辕皮带一下，我嘴上没说什么，心里却想着，这样路上应该会断开吧！结果正是如此，车辕在路上就扭脱开来，外祖父、米哈伊尔和克里姆差点儿被砸死，这耽误了他们的行程。等他们修好马车赶往教堂时，瓦里娅和马克西姆的结婚仪式已经举行完毕了，他们在教堂的走廊里站着，这一切的荣耀都要归功于无上的上帝！

“你外祖父这帮人非要揍马克西姆一顿，他可是一个力气巨大无比的汉子啊！他一把将米哈伊尔扔出走廊，米哈伊尔的一只胳膊就这样摔断了，克里姆身上也有碰伤，这下，你外祖父、雅科夫，还有那个匠人全都害怕了。

“尽管他气得发狂，可理智还在，他对你外祖父说：‘扔掉铁锤，不要在我面前晃荡着它。我是一个老实的人，我只会拿走上帝本来赐予我的一切，其他的我绝不会多要你的。’他们走了，外祖父在马车上喊道：‘瓦尔瓦拉，我们从此就永别了，我没有你这个女儿，也不想再看到你了，你过得好也罢，饿死了也罢，以后都随你的便了。’他回到家狠狠地骂了打了我一顿，我只是哼哼着，什么也没说，总是想着会过去吧，反正木已成舟。后来他告诉我：‘嘿，阿库林娜，你要知道，以后不能再认这个女儿了，一定要记住！我只是在心里想：你这个红发鬼，尽管撒谎吧，怨恨像冰块一样，遇上热就化了！”

我贪婪地听着，十分入迷，她的故事里有让我惊奇的地方，这跟外祖父所描述的母亲的婚礼是完全不一样的。曾经他是极力反对这桩婚事的，婚礼结束后，他不让母亲进家门，可他并没有说母亲是偷偷举行婚礼的，他还到教堂里去参加了呢。我不想向外祖母求证究竟他俩谁对谁错，因为我更喜欢外祖母讲的那个美丽的故事。讲故事的时候，她的身子总是在摇晃着，像在坐船一样。当讲到那些可怕或可悲事情的时候，她的身子就晃得更厉害了。一只手在空气中伸着，仿佛要阻挡什么东西似的。她经常眯缝着双眼，她那满是皱纹的两颊上露出慈祥的、像盲人一般的微笑，浓密的眉毛微微颤动。有时候，她那种像盲人一样、仿佛能包容一切的慈祥深深地打动了我，可是这时我又期盼着外祖母能够严肃地说出一句话，哪怕是高声地呵斥也好。

“刚开始的两个星期，我根本不知道瓦里娅和马克西姆住在哪里，后来瓦里娅派来了一个机灵的小家伙，是他告诉了我他俩的行踪。到了星期六，我借着做晚祷的名义出门去找他们。他们住在离家很远的小忙街[①]，那儿有一座小房子。整个大杂院里住的净是耍手艺的人，周围垃圾很多，又脏又吵，可他俩过得还不错，就像一对快乐的小猫，呜呜地玩耍，叫着。我尽量多地给他们带去一些东西——茶、糖、果酱、杂粮、面粉、蘑菇、钱，钱不记得是多少了，是偷偷从你外祖父那里拿的——只要不是为了自己，偷是被允许的！可你父亲拒绝了这一切，他生气地说：‘我们现在是要讨饭了吗？’瓦尔瓦拉也跟着附和：‘哎呀，妈妈，您这是要干什么啊？……’我把他俩统统数落了一顿：‘傻瓜，你拿我还当别人呢？我是谁，我是你丈母娘啊。傻丫头，你当我是谁啊，我是你亲生母亲，你能欺负我吗？你要知道，亲娘在人间受苦，圣母就在天上哭呢！’听完我的话，马克西姆就抱着我满屋乱走，边走边跳——他的劲儿可真大，真像一只狗熊！瓦里娅这姑娘像只美丽的孔雀不停地走，不断称赞她的丈夫，像在夸一个新买的洋娃娃，她眼睛四处张望，一本正经地谈着生活的事，简直就是一个管家婆——她那样子可真逗人！喝茶时，他还端出了亲手做的点心，哎呀，硬得几乎要把牙咬掉，牛奶渣做得像沙子一样！

“这样的日子持续了很长时间，直到你出生，你外祖父还是什么也没说。这个凶狠的家神，真是别扭！我偷偷去他们家，你外祖父明知道却故意装糊涂。他不许家里人提起瓦里娅，大家不说，我也一样，可我心里明白，父亲的心门总会敞开。这个时机果然到了。一天夜里，风雪交加，好像有只狗熊在爬窗户，烟囱闷声响着，小鬼挣脱了束缚。我和你外祖父在床上睡不着，我说：‘这样的夜里，穷人难熬，有心事的人更是难过！’你外祖父忽然问我：‘他们现在好吗？’‘没什么，’我答道，‘日子还

① 一条狭窄的坡道。

不错。’他说：‘你知道指的是谁？’我回答：‘当然是瓦里娅和女婿马克西姆了。’‘你怎么猜到的？’‘得了吧，’我回答他，‘老爷子，别绕弯子，也不要装糊涂，你要把戏，谁会高兴啊？’他叹息一声：‘嘿，你们这帮小鬼，真是灰鬼啊！’过了一会儿，他忍不住来刺探我：‘那个浑球’，这是指你父亲，‘真是浑蛋一个吗？’我说：‘谁无所事事，整天骑在别人的脖子上作威作福，那才真是浑蛋呢。你倒去看看雅科夫和米哈伊尔，不就是一对儿浑蛋吗？家里的活干过吗？谁在养家糊口？不都是你在做吗？他们帮你分担过吗？’他就开始骂我，说我下贱，骂我浑蛋，说我是拉皮条的，我不记得他都骂了些什么，我一声不吭。他说：‘你怎么轻易相信一个不知道打哪儿来，摸不清底细的家伙呢？’我始终没开口，等他说累了，我说：‘你倒是去瞧瞧他们过得怎么样啊，他们过得可不错。’他说：‘那就太给他们脸了，应该让他们来这里……’我听到他这样透口风，简直太激动了，真想哭。他松开我的头发，他最喜欢鼓捣我的头发，嘀嘀咕咕道：‘傻瓜，别流泪，我也不是没心没肝的人。’他从前很好的，我们老爷子，可他自从自以为是，自作聪明，认为比别人都强时，脾气就变得很差了，愚蠢极了。

“你的父母果然到了家里，在大斋期最后一个礼拜日，也就是圣日那天，真是一对身材高大的璧人，穿戴干净。马克西姆在你外祖父前站定（外祖父身高只及他的肩），他站在那里，说道：‘看在上帝的面子上，瓦西里·瓦西里耶维奇，千万不要以为我是来要嫁妆的，我不是，我只是来向我的岳父问安的。’老头子听罢很高兴，咧嘴一笑说：‘嘿，大个子，绿林兄弟！不要淘气，搬到这里来住吧！’马克西姆皱皱眉头，说道：‘这全凭瓦里娅的意思，我没什么！’他们搬到了一起就开始了磨牙——怎么看都不顺眼！我向你父亲挤眉弄眼，在桌子下面踢他，都无济于事，他总是坚持自己的想法！你父亲有一双漂亮的大眼睛，愉快而清亮。眉毛浓黑，有时一皱眉，眼睛就藏到眉毛下面，脸像一块石头，全然一副倔强的样子。这时他除了我的话谁的话都不听。我爱他胜过爱亲生儿子，他明白的，所以一样爱我。他经常偎依在我身旁，拥抱我，有时抱着我满屋子地走，他说：‘您才是我的亲生母亲，您就像养育我长大的土地，我比爱瓦尔瓦拉更爱您！’你母亲是个顽皮的家伙，爱说又爱闹，她扑向他，大声喊道：‘你怎么敢这么说，你这个咸耳朵的彼尔姆人！’我们三个就这么玩闹下去，日子过得真是美妙，我的小心肝啊！他跳舞的技术是绝无仅有的，他还会唱好听的歌，他是从瞎子那里学过来的，瞎子是一个高超的歌手！

“他和你母亲搬到了花园里的一间小屋，你就是在那里出生的，生在午时，你父亲回来吃午饭的工夫，你就赶着迎接他了。他那股高兴劲儿，他那股疯劲儿，直闹到你母亲筋疲力尽，小傻子，他好像不知道生孩子是一件多么困难的事情！他把我放在肩上，穿过院子去向你外祖父说这个好消息，听到多了一个外孙，你外祖父甚至笑了，说道：‘嘿，马克西姆，你真是一个森林精！’

“你两个舅舅不喜欢他（他不饮酒，但有两片刚强的嘴唇，总喜欢耍鬼把戏），他们给了他一次狠狠地报复！有一年大斋期正赶上了刮风，整个房子呼呼作响，呜呜的声音很可怕，大家一愣，这是在闹鬼吗？外祖父被吓得不轻，叫人点满长明灯，他四处跑着，边跑边喊：‘快祷告啊！’声音忽然停住了，大家更是害怕。雅科夫舅舅猜到了什么，他说：‘这肯定是马克西姆搞出来的！’后来你父亲承认了，他在天窗上放满大大小小的瓶子，瓶口迎着风，它们就发出呜呜的声音。外祖父吓唬他：‘马克西姆，如果你再这样搞恶作剧，当心我送你去西伯利亚，叫你再也回不来！’

“有一年冬天非常冷，住在旷野里的狼开始跑向城里，要么咬死居民的狗，要么惊吓家里的马，要么就是把巡夜人吃掉，弄得大家担惊受怕！你父亲端起枪，穿上滑雪板，一到夜晚就到旷野里去。你看吧，他每次都能拖着一只狼回来，有时是两只。他把它们的脑袋掏空，剥掉皮，眼珠那儿安上玻璃珠，就像真狼一样！有一天，你米哈伊尔舅舅到门洞那里小便，忽然半路跑了回来，头发直竖起来，眼睛瞪圆，喉咙僵硬，一句话也讲不出来。他的裤子滑落下来，把他绊了一跤，他用耳语似的声音说道：‘狼！’大家顺手抄起家伙，点着灯冲向门洞。大家一看，哈，大柜子里果然有一只伸着脑袋的狼！不管人们怎么打它，射它，可它毫无反应！大家仔细瞧瞧，原来只是一张带着脑袋的狼皮而已，它两条腿被钉在大柜子上！你外祖父恼透了马克西姆。雅科夫也和他一起胡闹。马克西姆用硬纸壳粘了一

个狼脑袋——安好眼睛、鼻子、嘴巴，用麻屑当头发，然后跟着雅科夫在大街上乱跑乱钻。他们将这可怕的嘴脸往别人窗户里伸，人家害怕得大声嚷。一到夜里，他们就披着被单出门，专门吓唬老神父。他吓得跑向警察厅，警察也害怕，大嚷救命。这样的恶作剧做得太多了，怎么也制止不了他们。我劝他们停止恶作剧，瓦里娅也跟着劝，可是没用，他们什么也不听！马克西姆笑道：‘我看到别人因为芝麻大点儿的事就吓得抱头鼠窜，好玩极了！’你看他说的什么，你去跟他讲道理吧……

“为此他还险些送了命。你米哈伊尔舅舅很像你外祖父——心胸狭窄，爱记仇，他总是想办法害你父亲。有一年入冬，他们从别人家做客回来，同行的一共有四个人，马克西姆、你的两个舅舅、一个助祭（后来因为打死了车夫，被开除了教籍）。他们从驿站大街回到家，骗马克西姆去久科夫池塘，说是要滑冰，像小孩儿一样用脚溜的那种，他们将他支到那儿，一把将他推进了冰窟窿里。我来跟你讲讲这件事……”

“舅舅们为什么要这么狠心对他呢？”

“他们不是狠心，”外祖母拿出鼻烟嗅了嗅，平静地说，“他们只不过是愚昧而已！米什卡又蠢又刁，雅科夫倒没什么，一个傻乎乎的汉子……再说了，他们把他推进冰窟窿，他从冰窟窿里钻出来，可是他们硬踩他的手，靴子踩烂了他的手指。幸亏他没喝酒，而他们一个个都醉醺醺的，不知怎的，他好像有上帝帮助一样：他在冰下展开身子，脸停在冰窟窿中间，喘着气。他们没办法接近他，往他头上扔了几块冰就离开了，说要让他自己沉到池底！可他自己挣扎着上来了，一溜烟跑去警察局。你知道，警察局就在前面不远，广场附近。警察认识他，也认识我们一家人。他问道：‘这件事是怎么回事呢？’”

外祖母感激地在胸前画着十字，说道：“上帝啊，请求你允许马克西姆·萨瓦杰维奇和你公正的圣徒一道在天堂安息吧，因为他配这样！他居然没有吐露实情，向警察隐瞒了，他说：‘是我自己惹了祸，我喝了酒，醉得晕晕乎乎走进了池塘，直接掉进了冰窟窿里。’局长说：‘不对啊，你明明没有喝酒！’没有多说废话，他在警察局里用酒擦了擦身子，换上了干衣服，套着皮袄被人家送回了家，警官亲自带着两个警员跟着。米什卡和雅什卡还没到家，他们去逛酒馆了，去那里‘歌颂’老子和老娘去啦。我和你母亲看到了马克西姆，他的样子完全不同了，浑身紫红，手指破皮流血，鬓角像挂着一块化不完的雪一样——是他的鬓角白了！

“瓦尔瓦拉大声叫道：‘你怎么啦？’警官伸长鼻子嗅了嗅，还不停地追问，我仿佛有了感应——哎呀，真是不妙！我安排瓦里娅拖住警官，偷偷地问马克西姆什卡[①]事情经过。他细声说道：‘你先去把雅科夫和米哈伊尔截住，告诉他们，就说我们是在驿站大街分手的，他们去了圣母节大街[②]，而我拐进了纺绩巷！千万不要说错，不然警察会教他们吃苦头的。’我跟你外祖父说了，告诉他：‘你去跟警官沟通一下，我去大门口等两个儿子。’我告诉他出的乱子。他穿上衣服，哆哆嗦嗦，嘟嘟囔囔地说：‘我就知道会出这种乱子，我就料到会发生这个事！’真是胡说，他根本什么也不知道！我等儿子去了，迎头给了这两个脓包几个耳刮子——米什卡瞬间惊醒，雅什卡，宝贝儿子的舌头都发僵了，总算还能说话：‘我什么都不知道，这都是米哈伊尔闯的祸，是他指使的！’我们先把警官稳住了，他是一个好好先生。他说：‘你们要当心，要是再发生什么事情，我就知道罪犯是谁了。’说完这句话，他就离开了。外祖父走到马克西姆那里，跟他说道：‘谢谢你，换作别人决不会这么做的，我心里很清楚！女儿，我也感激你，你把这样一个好人带到了父亲的家里！’你外祖父，只有他高兴时才会说好听的，后来变蠢，锁上了心门。屋里只剩我们娘三个的时候，马克西姆·萨瓦杰维奇突然哭起来，像在说梦话一样：‘我究竟哪里对不住他们了，为什么要这样害我呢？妈妈，这是为什么啊？’他像小孩子一样叫我妈妈，而不是妈，他的性格也像小孩子。他问我为什么的时候，我无话可说，唯有放声大哭，我还能说什么呢？他们两个再坏都是我儿子，我心疼他们。你母亲扯光了外衣的扣子，坐在那儿，披头散发，就像刚打完一场架，她吼着：‘马克西姆，咱们走吧！我怕兄弟们，这帮冤家，我们得离开这儿！’我制止了她：‘别再火上浇油，这火已经烧得够大了！’

---

① 对马克西姆的爱称。

② 下诺夫哥罗德城的主要街道。

外祖父命令这两个浑球来道歉，她扑向米什卡，啪啪扇了他脸几下，就算是原谅了！你父亲埋怨道：‘怎么啦，兄弟们，你们知不知道这么做会让我残废的，没有了手，手艺人还凭什么过活？’不管怎样，总算双方和解了，你父亲病倒了，躺了整整七个多星期，有时他会告诉我：‘唉，妈妈，你随我们搬到别的城里住吧，这里会闷。’没多久，他们果然去了阿斯特拉罕。那年夏天为了迎接皇帝，需要新建凯旋门，你父亲接下了这项工程。刚入春，他们就坐上首班通航轮船离开了；和他们分开，我的灵魂好像也没有了，他也很难过，劝我也跟着去。瓦尔瓦拉满心欢喜，那种高兴掩都掩饰不住，都不知道害臊了……他们就这样离开了。故事到了这里，也结束了……”

她抿了一口酒，闻闻鼻烟，望着窗外灰蓝的天空好像在思考着什么似的说道：“是啊，你父亲虽然不是我亲生的孩子，可在我心里他就是一个……”

有时她正讲着故事，外祖父进来了，仰起他黄鼠狼一样的尖脸，灵敏的鼻子嗅嗅周围的空气，疑惑地观察外祖母，听着她讲这些故事，他嘟嘟囔囔地说道：“这纯属瞎扯，胡说……”

冷不丁地，他问：“她刚才喝酒了吗，列克赛？”

“没有。”

“你在撒谎，我一看你眼睛就知道你撒了谎。”

他半信半疑地离开了。外祖母朝着他的背影眨了眨眼睛，顺口说道：“老爷子从瓦舍清堂路过，别吓到我老娘……”

一天，他站在屋子正中间，盯着地板看，偷偷地问：“老太婆！”

“怎么？”

“你知道为什么吗，事情怎么会闹成这样？”

“我知道。”

“你心里怎么想呢？”

“命里该如此，老爷子！记得吗，你老说要选个贵族做女婿呢？”

“对啊！”

“你不是找到了？”

“一个穷小子！”

“这是她自己的事！”

外祖父离开了。我感到有什么坏事发生了，就问外祖母：“你们在说什么？”

“什么都要问，”她揉揉我的腿，气呼呼地说，“从小就要刨根问底，到老了还问什么……”她晃着头，笑笑。

“嗯哼，老爷子，老爷子，在上帝看来，你不过是一粒尘埃而已！廖尼卡[①]，我告诉你，千万不要多嘴多舌！——你外祖父败光了家业！他把一大笔钱借给了一个贵族老爷，可那人破产了……”

她微笑着沉思，不声不响地久久坐着。那张圆圆的大脸泛起皱纹，显得阴暗和伤感。

“想什么呢？”

“在想要给你说个什么故事，”她颤抖了一下，“对啦，叶夫斯季格涅的故事，好吗？”

以前有个名叫叶夫斯季格涅的书记官，自以为聪颖绝伦无人能及，神父和贵族比不上，连最老的狗儿也比不上！走起路来神气活现，就像一只公火鸡，他自以为是有名的西林神鸟，左右邻居全被他教训过，这个不顺心，那个没法中他意。看到教堂，嫌它矮！瞅瞅大街，说它窄！他的眼里红苹果也不太红！太阳起得那么早！无论向叶夫斯季格涅下什么命令，他总会说——

外祖母瞪着眼，鼓着腮，慈祥的面孔呈现一副又蠢又逗的模样，她用低沉而懒散的声音说道：

“我呀，早就会弄这些玩意儿了，我呀，做的绝对比这些玩意儿好，只是没有这个闲工夫。”

她微笑了，沉默半晌，静静地接下去：

一天，一群小鬼去找书记官：“书记官大人，住在这里不方便吧，不如随我们去地狱，那里炭火烧得足足热！”聪明的书记官没等戴上帽子，就被小鬼一爪抓起，小鬼一路号叫拖走他，

---

① 对阿列克赛的另外一个昵称。

不停地胳肢他，还有两个小鬼骑在他肩头，将他推向地狱之火的源头。“叶夫斯季格涅尤什卡[①]，我们这里怎么样？”烈火把他烧得够呛，他叉着腰，四处张望，高傲地噘着嘴，说道：“你们这地狱，煤气味道好大！”

她用懒洋洋的腔调，粗着声讲完了这个寓言，脸上表情变了，细声笑着向我解释：“这个叶夫斯季格涅心里并不服气，他总是坚持自己的老一套，心里别扭，就跟咱们老祖宗一个样！哎呀，该睡了，到时间了……”

母亲难得来顶楼，就算她来看我也停不了多大工夫，匆匆忙忙说几句话而已。她是越来越美了，打扮得很漂亮，可她像外祖母一样身上有种我说不出来的东西，我这样感觉，也这么猜想。

外祖母讲的童话渐渐引不起我的兴趣了，就连她讲我父亲的事也不能消除我心里升起的疑虑和与日俱增的担忧。

“为什么父亲的灵魂不能安息呢？”我问外祖母。

“我怎么知道？”她眼睛微微闭着，说了句，“这是上帝操心的事，天上的事情，凡人无法插手……”

晚上睡不着，我透过青色的窗户看向远处，星星在夜空中缓缓飘动，我心中编织出了许多悲惨的故事，故事中的主角是父亲，他总是一个人，手里拿着棍子不知道要去往哪里，后面有一只长毛狗跟着他……

十二

一天傍晚，我沉沉地睡着了。当我醒来时，发现双腿也苏醒了。可是，当我把两腿从床上垂下时，发现它们又麻木了。我还是高兴的，毕竟两条腿是完整的，未来就还能走路。我马上开心地叫喊起来：“太好了！”

我把身体的重量压在两条腿上，往地上一站，却倒在地上。我也不管了，朝着门的方向往外爬，爬向楼梯。我能想象到，当楼下的人见到我这副模样会多么惊讶。

① 对叶夫斯季格涅的昵称。

我不知是怎么来到的母亲的房间，坐在外祖母的膝盖上。在她的面前，站着几个陌生人，一个身体消瘦的老太婆声音很威严，她的话压倒了别人的说话声："包着他的头，灌他喝红莓汤……"

她全身都是绿色，绿色的衣服、绿色的帽子、绿色的脸庞，甚至那颗长了毛的黑痣在她的眼皮底下也像绿草般。她的眼睛被黑花边的无指手套罩着，下唇向下翻，上唇向上翻，露出满口的绿牙，眼睛死死瞪着我。

"这位是谁呢？"我怯怯地问。外祖父很不愉快地回道："这是你的祖母……"

母亲冷笑着，推着叶夫根尼·马克西莫夫[①]来到我面前。

"这位是你的父亲……"她的语速很快，几乎是咕哝出这句话的。马克西莫夫的眼睛眯成一条缝，弯下身，对我说："我送你画画的颜料。"

屋内很明亮，靠墙的角落里有一张桌子，桌子上有一个银烛台，上面插了五支蜡烛。蜡烛中间是外祖父最爱的"勿哭我圣母"圣像，圣母身上的珍珠法衣在灯光的照耀下一闪一闪，鲜艳的红宝石在金色灵光下散发着光芒。外面的街道上，有几张大大的圆脸一声不响地贴压在窗户上，他们的鼻子都被挤压扁了，围绕着的一切很不真实，就像河水般漂流着，浑身发绿的老太婆用冰凉的手摸了摸我的耳背，说："一定，一定……"

"晕了过去。"外祖母边说边把我抱出了门。

我没有晕倒，只是紧闭眼睛，等外祖母抱我上楼梯的时候，我问她："为什么不告诉我这些事？"

"你算了吧！收声！"

"你们都是骗子……"

外祖母把我抱到床上后，她把自己的头埋到枕头里，全身颤抖还哭了起来。她的肩膀哆嗦得非常厉害，有一搭没一搭地说："哭吧，你也哭哭……"

我不想。这里的顶楼灰暗且阴冷，我也浑身在发抖，抖得床发出吱吱的摇晃声。那位绿色老太婆又出现在了我面前，我假装睡着，外祖母只好也走了。

---

① 高尔基的继父。

那几天单调乏味，日子空虚得像流水一样，一下子就流走了。母亲订婚后出了趟门，家里的气氛非常安静，让人觉得很是压抑。

一天早晨，外祖父回来了，他的手上拿着穿眼凿，来到玻璃窗前挖起冬天窗框的油灰。外祖母端来一盆水，手里拿着抹布，他轻轻地问她："老太婆，怎样了？"

"什么怎样？"

"你该高兴了吧？"

像在楼梯回答我一样，她说道："你算了吧！收声！"

这么简洁的话语听起来有特别的含意，在这些简单的话语背后隐藏着一件令人压抑且不必说就人人皆知的事情。

外祖父小心翼翼地拿下了窗框，外祖母打开了玻璃窗，外面的花园有小鸟在歌唱，麻雀也叽叽喳喳地叫个不停；大地上的融雪散发出的一种诱人的气息充满了屋子，炕炉上本来青白的瓷砖在映衬之下显得更加白了，让人觉得更加寒冷。我一骨碌地从床上爬到地上。

"不能光着脚丫子。"外祖母说。

"我要到外面的花园去。"

"花园还没有干透，再过几天吧！"

我不愿意听她的话，看到这些大人心里就非常不愉快。

花园的小草已经长出鲜嫩的绿芽，苹果树也发了芽，花苞也裂开了嘴，彼得罗芙娜的小屋顶上盖着一层发着绿色光芒的青苔，小鸟到处飞，愉悦的声音，芬芳的空气，这种舒服的感觉让人眩晕。在那个彼得伯伯割脖子的坑上长着被雪压断的黄色杂草，乱七八糟地躺在那里，叫人看着非常难受，里面没有一点儿春意，一块块的黑炭头发出凄凉的光，这个坑多余得让人懊恼。我生气地想，要把这些杂草拔光，搬开这些杂碎的砖头和黑炭头，清除所有多余且不干净的东西，在这个大坑里建造一个我自己的干净住所，在这里度过整个没有大人只有我一个人的夏天。我立即付诸行动，这件事情让我躲过了家里发生的事情，虽然事情还是让人非常愤怒，但是一天天地引不起人的关心了。

"你为什么一直噘着嘴？"外祖母有时候会这样问我，母亲有时也会问，她们的问题让我不好意思，我不是生她们的气，只是家里的一切让我觉得陌生。那位浑身发绿的老太婆会经常来吃午饭、喝晚茶和吃晚饭，她就像旧篱笆中一根发了霉的桩子。她的眼睛被一根看不见的线缝到脸上，眼珠子灵活地转动着，在瘦骨嶙峋的眼窝里打转，什么都能看得见，什么都留意得到，她说到上帝的时候，往天花板上翻白眼，唠叨家常时，眼珠就垂到腮帮。她的眉毛像麦子做成的一样，又像剪贴上去的。她发亮的大板牙悄无声息地咀嚼着塞到嘴巴里的一切东西，她的手奇怪地蜷曲着，翘着兰花指，耳朵旁边的颧骨圆滚滚的，耳朵也在动，黑痣上的绿毛好像在枯黄、布满皱纹、同时洁净得让人生厌的皮肤上爬动。她整个人就像她儿子一样干净，碰到他们会让人觉得难受。开始的几天，她试过把那双死人般坚硬的手递到我嘴边[①]，手上散发着奇怪的肥皂味和神香味，我转身就跑开了。

她经常对她儿子说："这孩子必须要好好教，你知不知道，叶尼亚[②]？"

他顺从地垂着脑袋，眉头紧锁，沉默不语。人们在这个全身发绿的老太婆面前都紧缩眉头。

这个老太婆，和她的儿子一起，都被我深深憎恨着。这种沉重的憎恨让我挨了很多打。一天在吃午饭的时候，她瞪着可憎的眼，说道："喂，阿廖什卡，你为什么大口大口地吞东西呢？会噎着的，亲爱的！"

我掏出口中的一块食物，再用叉子叉上，交给她说："你要是心疼，就拿回去吧。"

母亲立即把我从饭桌上拉下来，我被赶到顶楼上去，觉得很耻辱。外祖母上来了，她捂着嘴巴大笑起来，说："我的天！你真是顽皮，耶稣保佑你……"

我不喜欢她捂着嘴巴，就躲开她跑掉了，爬上了屋顶，在烟囱后面待了很久。没错，我是很顽皮，对任何人都恶语相加，这种冲动很难克服，但是到了最后也不得不克服。一次，我在未来继父和祖母的椅子上涂了一层樱树

① 让别人亲吻她的手的意思。
② 对叶夫根尼的昵称。

胶，把他们两个人给粘上了，情形非常好笑。外祖父打了我一顿后，母亲来到了顶楼找我，她拉我到她两个膝盖中间，紧紧地夹着我，说道："你听我说，你怎么一直闹脾气？你知不知道，你这样会让我受多大的罪！"

亮晶晶的泪水充满了她的双眼，她的脸颊紧紧贴在我的额头上。这让我很难过，宁愿她狠狠地打我一顿！我说，我以后不会捉弄马克西莫夫家的人了，永远都不会，只要她不哭了。

"这就对了，这就对了，"她轻轻地说，"不要顽皮了，我们很快就会结婚，之后到莫斯科去，之后回来与你住在一起。叶夫根尼·马克西莫夫非常善良且聪明，你们俩会相处得很好的。之后你上中学，之后当大学生，像他现在一样，之后做个医生。你想干什么就干什么，有学问的人干什么都能成材。好了，你去玩吧……"

她用了一连串的"之后"，我觉得它们就像一架梯子，这架梯子在离她越来越远的地方延伸着，一直延伸到黑暗的地方，延伸到孤独的地方，这架梯子令我十分不高兴。我很想告诉母亲："请不要嫁人了，我来养活你就可以了！"

可是，这话没有说出口。母亲能唤起我对她很多很多的亲切思念，但是我从来没有把这些思念说出口。

我在花园里的工作很顺利：我或者拔掉了或者用镰刀割掉了那些杂草，坑的边沿有些往下掉泥土，我在那里砌上了砖头，我拿些碎砖头铺了一个宽大的座位，在这里还可以睡上一觉。我把收集回来的彩色玻璃和碗碴用黏泥塞到砖头缝里去，当阳光照射到坑里的时候，这些东西能发出如同教堂里的彩虹光芒。

"这是个好主意！"一次，外祖父仔细看了看我的工程，说道，"但是，杂草还会长出来，盖上你的坑，你留下了草根。我用铁锹再刨一次。去，把我的铁锹拿过来。"

我递给他铁锹，他往自己的手上吐了口水，咕哝了几声，再用脚用力地压着铁锹扎进肥沃的土地里。

"捡出这些草根再扔掉！等我给你这儿种上锦葵跟向日葵，那才叫好看呢！好看……"

突然，他拿着铁锹弯下了身子，也不讲话，怔在那里。我细细地看了看他，发现他又小又精明，像狗一般的眼睛里，有小滴的泪珠落了下来。

“您怎么了？”

他哆嗦了一下，用手擦了擦脸，看了下我。“我流汗了！你看，好多蚯蚓啊！”

他接着挖土了，突然说：“这个坑你是白忙活了！白忙活了，小弟弟。不久我就要卖掉这座房子。大概秋天就卖掉。等着钱用啊，给你母亲置办嫁妆。就这样，希望她能过上好日子，上帝保佑她……”

他放下了铁锹，挥了挥手，走向藻塘后面的花园拐角处，那边是他的温室。我开始刨地，但是铁锹弄伤了我的脚趾。

脚伤令我不能送母亲到教堂结婚，我只能走到大门外，望着她低下头牵着马克西莫夫的手，双脚小心翼翼地踏着用砖头铺的人行道，踏着砖缝中长出来的绿草，就像走在钉尖上一样。

婚礼很寂寞空虚。大家从教堂回来之后，闷闷不乐地坐着喝茶，母亲换了衣服，在自己的卧室里收拾箱子，继父坐在我身边，说道：“我说过送给你画画的颜料，但是在城里买不到好的，我又不能把自己的送给你，到时我会从莫斯科寄来些……”

“我要颜料干什么？”

“你不喜欢画画吗？”

“我不会画。”

“我送给你别的东西吧。”

母亲走了过来。

“我们会很快回来的，等你父亲考完试毕业了，我们就回来……”

他们跟我讲话的时候，就像跟大人讲话一般，这让我很愉快，但是听到长胡子的人还在上学，我就觉得奇怪，问道：“你学的是什么？”

“测量学……”

我懒得问这是什么学问。百无聊赖的寂寞和像是毛布摩擦发出来的沙沙声填满了家里，不由得叫人希望黑夜快点儿降临。外祖父背着炉子站着，眼睛眯成一条细缝看着窗外。绿色老太婆帮着母亲一起装箱子，她一直在

唠叨、咕哝着什么。外祖母早在中午的时候就喝醉了，家人嫌她丢脸，叫她到顶楼上去，把她锁在了里面。

第二天早上，母亲就准备出发了。临走的时候，她把我轻轻地从地上抱起来，用一种陌生的眼神看着我，一边亲吻一边说："再见了……"

"跟他说，要好好听我的话。"外祖父望着还是粉色的天空，低沉地说。

"好好听外祖父的话。"母亲在我身上画了一个十字，说道。我十分期待母亲还能说点儿别的什么话，因此格外生外祖父的气——是他不让母亲好好说的。

他们坐上了敞篷的马车，母亲的长衫被什么东西钩住了，她生气地拉着长衫。

"你没看见吗，去帮忙啊！"外祖父对我说。我没有帮忙，惆怅让我动弹不得。

马克西莫夫在马车上，耐心地摆好他那两条穿着青色窄脚裤的长腿。外祖母往他怀里塞了一个包袱，他把包袱放到膝盖上，用下巴压住，苍白的脸上是惊惧的神情，声音拉得长长地说："够——了。"

绿色老太婆和她的军官大儿子一同坐上了另外一辆敞篷马车，她就像一幅画一样坐在那里，她的大儿子用军刀的把柄撩着胡子，不停地打哈欠。

"这么说，您是要去打仗了？"外祖父问。

"必须去！"

"那是好事。土耳其人真该打。①"

他们走了。母亲有几次转头挥动她手中的手帕，外祖母一只手扶墙，另外一只手在空中挥手，泪水不停地从她眼睛里涌出来。外祖父也用手指从眼睛里挤出几滴泪水，咕哝着："不会有……好结果……不会的……"

我坐在铁柱上，看着马车颠簸地离开，等马车转到了墙角的后面，我心中有什么东西紧紧地、严严实实地关闭上了。

天色还是很早，别人家的窗户依然关紧，街道甚是荒凉。我从来没有见过，像死去一般寂寥的街道。牧羊人在远处不停地吹着笛子。

---

① 指的是 1877—1878 年的俄土战争。

“我们去喝茶吧。”外祖父扳过我的肩膀，说道，“这样说，你注定是要与我住在一块儿的。那你就往我身上划吧，你这根火柴离开我这块砖头就划不着火了！”

一天到晚，我们两人一声不吭地在花园里忙来忙去：他挖了几个洼子，扎绑了红莓，从苹果树上刮下苔藓，碾死青虫，而我一直在忙着建造和装饰我的小屋子。外祖父砍掉了被烧焦的木头尖顶，插一些棍子在地里。我把装着鸟的笼子挂在上面，利用晒干的杂草编成篱笆，做了一个能挡太阳和露水的顶盖在长凳子上方。我把这儿弄得非常完善。

外祖父说道：“你要学着自己安排好事情，这对你来说非常重要。”

我很重视他的话。他有时会躺在我铺的草坪座位上，不紧不慢地跟我说，他的话像是从某个地方使劲儿地掏出来似的。

“现在，你就是你母亲身上切下的碎片，等她再生了孩子，他们就会比你更亲近她。如今你外祖母又开始酗酒。”

他沉默了很久，像是在认真倾听什么，接着又懒洋洋地说出一些沉重的话语。

“这是她第二次酗酒了，米哈伊尔该去当兵的时候，她也酗酒。她真是老糊涂，劝我给儿子买一个免役证。可能，他去当了兵就换了一个人呢……唉，你们这些人呀……我快要入土了。那时候，就剩下你一个人，要自己照顾自己了，就一个人，自己的生活要自己做主，你知不知道？就是这样。要学会独立工作，不能任人摆布！要过老老实实、安安稳稳的生活，你要倔强地生活！任何人的话都可以听，但是你觉得怎样过好，就怎样过……”

接下来的整个夏天，除了天气不好，我几乎都住在花园里。在温暖的黑夜里，我甚至睡在外祖母给我的毯子上。她也经常跑来花园里过夜，抱一把干草撒在我床铺的一边，然后躺下来，给我讲点儿什么，只是常常插进一两句就打断了自己本来的话。

“看！一颗流星！不知道是谁的纯洁灵魂想念起大地母亲！这说明某个地方有一位好人要降生了。”

或者指给我看：“你看！这里升起了一颗星星，多么明亮！啊，真是

美好的夜空！你是上帝璀璨的法衣……”

外祖父会唠叨说：“你们这样会感冒的，傻瓜，会生病，不然也会中风。小偷要是过来了，就会扼死你们……”

有时候，太阳落山，天空中会出现一条火红色的河，很快河也被烧尽了。剩下橙黄色的灰烬降落在花园里如同天鹅绒般的绿茵上。然后，周围的一切渐渐暗淡下来，不断地扩大、膨胀，沉浸在温暖的灰暗中。树叶因为吸足了阳光而低垂，青青绿草弯下腰，所有的事物显得越发柔和茂盛，默默地散发出一种宛如音乐的亲切气息，音乐从远处，飘过了野地，飘到了这里：军营正在吹晚号。黑夜降临了，一种温和得如同母亲般、有力又清新的力量注入了胸膛。寂静像一只温暖又毛茸茸的手，温柔地拂去应当忘记的某些记忆，拂去白天人间沾染到的侵蚀性灰尘。这是多么令人神往——仰面朝天地遥望着天空上的星星一颗颗地燃起，天空无边无际地深邃下去；天空越升越高，星星不断出现，轻轻地把你从地面举起来，真是奇怪，不知道是整个地球缩小到如同和你一般呢，还是你自己在神奇地扩大膨胀，然后突然与周围的一切融在一起。所有的一切变得更加黑暗，更加安静，但这也绷紧了神经，周遭任何一点一滴的声音，无论是小鸟在梦中的歌唱，还是刺猬悄无声息地跑过去，或者某个不经意的地方响起轻微的人声，所有的声音被这种亲切又敏锐的寂静映衬得非常特别——声音比白天还要响亮。

手风琴响了几下，一阵女人们的笑声传了过来，砖头铺砌的人行道在军刀的碰撞之下发出响声，狗尖叫了一下，一切都是没有必要的，都是白天最后枯萎的落叶。

有几天晚上，野外突然传来了大街上醉汉的吼叫声，有人踏着沉重的脚步跑了过去，这已经让人习以为常了。

外祖母很久都睡不着，她就躺在那儿，把手枕在脑后，情绪稍有激动地说着什么，看她的样子是一点儿也不在乎我到底有没有在听。她一直都擅长讲童话故事，她的故事能让黑夜变得更加有意义和美丽。

我听着她用缓慢的语调讲出的故事，不知不觉就进入了梦乡。第二天清早，我和小鸟一起醒来；阳光温和地照射到脸上，早晨的空气缓缓地流动着，苹果树叶上的露珠震落下来，湿漉漉的青草散发着光亮，如同水晶一样晶莹剔透，上面还升腾起一股薄纱似的水蒸气。阳光的光芒在粉紫色的天空扩大着，天空的颜色渐渐变蓝。云雀飞到看不到的高空中去，婉转地唱着歌。所有的鲜花和声音，就像露珠一样渗进胸膛里，令人感到心旷神怡，激发着人们快点儿起床干活，与周遭生灵友好互爱地生活。

这是我一生中最安静，情感最多的时光，这年夏天，我的内心有了一种对自己的力量充满自信的感受。我变得更加亲近野外，怕与外人来往；我听到了奥夫相尼科夫的孩子们的叫声，但是对我却没有吸引力；表兄弟来了也不能令我兴奋，只会叫我惊慌，生怕他们会毁坏我在花园里苦心经营的一切——我第一个独立创作的作品。

外祖父的话语再也吸引不了我，他的话语越来越空虚乏味，他总是啰啰唆唆，摇头叹气。他开始和外祖母吵架，要赶她出家门。她有时候到雅科夫那里去，有时候到米哈伊尔那里去。她经常一连好几天不回家，外祖父就自己动手做饭，烫伤了手脚，就呼天抢地地咒骂，打碎器具。他变得贪得无厌了。

有时候，他来到我的草棚子，在草坪上舒适地坐着，坐了很久，默默地注视着我，突然就问：“怎么不说话？”

“那又怎样？”

于是，他哆嗦起来：“我们不是大老爷们。没有人会教我们，我们什么事都要自己去弄明白。那些书是为别人写的，那些学校是为别人盖的，跟我们一点儿关系也没有。所有的事情都要自己想明白……”

他开始沉思，身子干瘦，一动不动坐在那里像个哑巴似的，让人害怕。

秋天，他卖了房子。在卖房子前不久的一天，早晨喝茶的时候，他忽然对外祖母阴沉沉地说：“喂，老太婆，我养过你，现在也养够了，你该自己去挣饭吃了！”

外祖母一点儿也不惊讶，平静地听着他的话，好像她早就知道他会这么说，甚至在等待他说出来一样。她慢慢地拿出鼻烟壶，那海绵般的鼻子往里吸了吸，说：“这样也好！既然这样，也好……”

外祖父在山脚处的一座旧房子租了两间黑暗的小房子。外祖母在搬家

的时候，拿出一只带有长带子的旧草鞋，把草鞋扔到炉子底下，她蹲下来念念有词地召唤家神：“家神家神，送你一辆雪橇，作为一家之主，你坐着雪橇带着我们一起到新家，一起找新的幸福……”

外祖父透过院子的窗户看到了一切，喝叫起来：“你敢请他去！你这个异教徒，你试试再丢我的脸……”

“哎呀！老头子，你可要小心，不要说这些不吉利的话。”她非常认真地警告，但是外祖父大发雷霆，禁止请家神过去。

家里各种各样的杂物，被外祖父用两三天的时间就全卖给了收废品的人。他们非常计较，讨价还价，互相咒骂，外祖母从窗户看着一切，又哭又笑，声音不高不低地喊：“全拉光吧，全毁掉吧……”

我的花园和草棚子都可惜了，我也很想大哭一场。搬家的时候，用了两辆大车，我坐在装有旧家具的那辆，车子震动得非常厉害，好像要把我震落一样。之后的两年，直到母亲去世，我都是在这种要把我震落抛下的颠簸中度过的。

外祖父搬入地下室没多久，母亲回来了，她面色苍白，身材干瘦，大大的眼睛闪烁着惊奇火热的光亮。她仔细地望了又望，好像是第一次见到她的父亲、母亲和我。她沉默地打量着我们，继父在屋里不停地来回走动，低声地吹着口哨，咳嗽，手放到了背后，手指不停地动弹着。

“我的上帝啊！你长得怎么这么快！”母亲对我说，她滚热的手掌抚摩着我的面颊。她的打扮很难看，一件宽大的棕色长衫套在身上，衣服都被大肚子撑了起来。

继父向我伸出一只手。“小弟弟，你好！你最近怎样？”

他嗅了一下空气，说道：“您可知道，你们这里潮湿得很！”

他们两人好像走了很多路，走得筋疲力尽，全身的衣服全起褶皱了，全被磨破了。现在，他们什么都不想要，只想躺下好好地休息。

大家一声不响地喝茶，外祖父望着外面被雨打湿的窗户，问道：“这么说来，全被烧光了？”

“全烧光了，”继父很肯定地说，“我们差点儿就没能逃出来……”

“哎呀，水火无情。”

母亲紧紧地倚靠在外祖母的肩膀上，在她的耳朵边悄声言语；外祖母的眼睛眯成一条细线，好像被强光照射得不能睁开似的。屋里变得更加沉闷了。

忽然，外祖父说起话，狠毒又平静，声音非常响亮。

“据我听到的，叶夫根尼·马克西莫夫阁下，没有什么火灾，只是你打牌输光了……”

屋里像死了一般安静，只有茶具沸沸作响，雨水打在窗户玻璃上。过了一会儿，母亲搭腔了，她说：“爸爸……”

“什么爸爸！”外祖父的声音震耳欲聋，“你还想怎样？我不是跟你说了吗，三十岁的人就不要和一个二十岁的结婚。现在你知道了吧，你找了一个文质彬彬的贵族少爷嘛！怎样啦，我的小女儿！”

四个人一起吼叫起来，继父的声音最大。我跑到了门洞里，坐在柴火堆上，吓得全身发麻。母亲似乎换了一个人，完全不再是她以前的样子了。她以前的形象在屋子里还不怎么明显，可是我在门洞里，在昏暗中清清楚楚地想起了她以前的样子。

后来，我不记得怎样，住进了索莫夫镇[①]的一所房子里。那儿是全新的房子，墙上没有壁纸，木头的缝隙里填满了麻屑，里面有许多的蟑螂。母亲和继父住在两间窗户对着大街的房间，我和外祖母住在有天窗的厨房里。工厂里黑色的烟囱向天空耸立着，如同在食指和中指之间伸出来的大拇指，烟囱中升腾起来的卷曲浓烟，顺着冬天的冷风让全村弥漫着烟雾；在我们冰冷的房子里，散发出一股浓郁的烧煳了的味道。一大早，外面的汽车就像狼嚎一样叫起来：“呜……呜……”

如果站在凳子上，透过窗户上边的玻璃往远处的屋顶看去，就会看见挂着灯笼的工厂大门，仿佛老乞丐张开的无牙黑嘴，成群结队的人肩并肩地往里面爬。中午，汽笛声又会响起；大门的两片黑嘴唇打开了，露出一个更黑的大洞，呕吐出被重复咀嚼的人们，他们就像一股黑水流到街道上，

① 1876年年底到1878年年初，这段时间，高尔基和他的母亲、外祖母以及继父生活在索莫夫，继父成了索莫夫工厂里的职工。

白色的风毛茸茸地顺着大街疾走，驱赶着路上的行人，驱赶他们回到各自的家里去。村子上的天空很少出现，在屋顶上、在雪堆上，每天出现的是蒙着煤烟的灰色苍穹，它限制了人们的想象，它忧郁且乏味的色彩让人难以忍受。

到了晚上，工厂上空就会出现混浊的红色火光，照亮了烟囱的顶部，好像烟囱不是从地面朝着天空矗立的，而是云烟顺着烟囱往地面降落。云烟一边降落，一边呕吐出红色的光亮，呼啸而过，长鸣不已。目睹了这一切，人会感到心烦气躁，恶心不已，这种可恨的郁闷吞噬着人心。外祖母做家务，她煮饭、拖地、劈木头、挑水，从早忙到晚，一刻不停，等躺到床上的时候，已经累得要命，叽叽歪歪的，一直在唉声叹气。有时候，她煮好饭，穿上短小的棉袄，塞高裙子，就进城里去了。

“去看看那个老头子过得怎样了……”

“也带我去！”

“你会冻着的，风刮得这么猛！”

她需要在那条看不清路且盖满白雪的野地里走七俄里路。母亲脸色蜡黄，肚子很大，哆哆嗦嗦地裹着一条带穗子的黑灰披巾。我讨厌这条披巾，它把母亲高大匀称的身材变得丑陋，我想要撕掉这些穗子；我也讨厌这间房子、这个村子、这座工厂。母亲的脚上穿着一双破旧的毯靴，她不停地咳嗽，原本就很大的肚子也不停地震动。她干枯的青灰色眼睛发着怒光，经常动也不动地注视着光秃秃的墙壁，好像要把目光贴在上面。有时，她能花上一小时的时间盯着窗外的大街。大街如同人的颌骨，部分的牙齿老得发黑发黄且歪斜；另外一部分则已经脱落，丑陋地镶着与颌骨不相称的新牙齿。

“为什么我们要住在这儿？”我问道。

她回答：“唉，你闭嘴……”

她很少与我讲话，总是命令：“去去去，给我，拿来……”

我很少到大街上去，每上一次街都会被街上的孩子打得遍体鳞伤，我唯一喜爱的娱乐活动就是打架，这成为我的癖好。母亲用皮带打我，这种惩罚彻底激怒了我，使我在下一次与孩子们打得更加疯狂，母亲对我也惩罚得更加厉害。一次，我警告她，要是她再打我，我就会咬她的手，再跑到野外冻死。她惊慌地推开了我，在屋子里来回走了一趟，累得气喘吁吁，说道：“小野兽！”

如同彩虹般鲜明，又激动人心，被称为“爱”的感情，在我心中凋谢了，取而代之的是经常爆发的、对一切充满怨恨的、带有煤炭味的青色火苗，这股强烈不满的情绪，在死气沉沉充满灰色调的气氛中，孤独得如同死灰般冒烟。

继父对我非常严厉，几乎不理睬母亲，他总是吹口哨，咳嗽，每次吃完饭，站在镜子前用火柴剔他那些不平整的牙齿。他开始常常和母亲吵架，发怒的时候，用“您”称呼她——这个“您”字彻底激怒了我。在吵架的时候，他就把厨房的门关得严严实实的，他不愿意让我听到他的话，但是我还是留心地倾听着他低沉的声音。

一次，他激动地跺着脚，大吼：“全是因为您这个浑蛋的大肚皮让我不能邀请客人过来，您这头老水牛！”

出于吃惊和令人备受耻辱的侮辱，我在吊床上一跃而起，脑袋撞到了天花板，我把自己的舌头咬得出血。

每个星期六，都会有几十位工人来继父这里卖粮票[①]。工厂里有开设的铺子，这种粮票用于购买店铺里的食物，是工厂主付给工人的工资。继父用半价购买了这些粮票，他在厨房接待这些工人，架子十足，脸色阴沉，坐在桌子上，举着粮票说：“一个半卢布……”

“叶夫根尼·瓦西里耶夫，你就不怕上帝……”

“一个半卢布。”

这种荒唐又黑暗的生活并没有持续多久，在母亲临盆之前，他们就把我送回到外祖父那里去了。他住在库纳维诺，在山坡上有一条通往纳波尔教堂坟地的沙土街，街上有一座两层的楼房，他租了一间带有俄式风格的大炕炉和两扇窗户的窄小房间。

---

① 工厂主利用这种方式来剥削工人，不给工人发工资，而是发这样的粮票。需要用钱的工人不得不通过廉价出售粮票的方式换取金钱。

“怎么了？”他迎着我说，阴阳怪气地笑起来说，“俗话说，没有比亲生母亲更可爱的朋友，现在看呢，应该说不是亲生母亲，而是老鬼外祖父！哎呀，你们这些人啊……”

我还没来得及适应新的地方，外祖母就和母亲带着小婴儿过来了，继父因为克扣工人，被赶出了工厂，但是不知道他怎么搞的，立即成了车站售票员。

我过了一段很闲散的时光后，搬去和母亲住在一起，她住在一座石头房子的地下室。母亲很快把我送进了学校。入学的第一天，学校就让我厌恶起来。

我上学的时候，穿的是母亲的皮鞋、外祖母外套做成的大衣、黄色的衬衫和阔脚裤子，这身衣服遭到了嘲笑。因为我穿黄色的衬衫，他们就给我取了一个“方块王牌”[①]的外号。我跟其他孩子相处得很好，就是老师跟牧师不喜欢我。

老师的脸色蜡黄，秃头，鼻子经常流鼻血，他来上班就要用棉花塞住鼻孔，坐在桌子的后面，用带有浓重鼻音的声音问功课。突然，他说了一半就停住，把鼻孔里的棉花拿出来，摇着头仔细地检查它。他的脸扁平，蜡黄色，神态市侩，皱纹里有种绿色锈，那双多余的眼睛令面孔显得很难看，这双眼睛老是厌恶地瞪着我的脸，叫人想用手掌擦擦脸颊。

有几天，我被安排到第一班的第一排，紧挨着老师的桌子，这让我很难受。他好像除了我，谁也不爱看，他老是用低沉的音调说：“彼斯（什）科夫，你快换一件衬衫！彼斯科夫，脚不要老动！彼斯科夫，你的袜子又流出一摊水了！”

就为了这个，我想到了一个非常狠毒的恶作剧来报复他：一次，我找到半块冰冻的西瓜，去掉了瓜肉，用线把西瓜系在阴暗门洞的滑轮上。当老师打开门，西瓜就上升，等他随手一关，西瓜就会像帽子一样倒扣在他的秃头上。看门人拿着老师写的纸条，带我回到家里去，我用皮肉之苦偿还了这场恶作剧。

---

① 在俄国，人们通常把犯人叫作“方块王牌”。

又有一次，我把鼻烟撒到他桌子的抽屉上，他不停地打喷嚏，没有办法他只好离开了教室，叫他的女婿来上课。他的女婿是一位军官，强迫全班同学唱《上帝保佑沙皇》[①]和《啊！我的自由呀自由》。谁唱错了，他就用尺子打谁的脑袋，打得特别响且引人发笑，但是不痛。

神学教师是一位美丽年轻、头发浓密的神职人员，因为我没有《圣经·使徒行传》和喜欢模仿他的口音，他就讨厌我。

“彼斯科夫，你的书本带来了没有？嗯？”

“没有，嗯。”

“什么‘嗯’？”

“没有。”

“你回家去吧！嗯，回家去。我不愿意教你了。嗯，不愿意。”

这并不能让我懊恼，我走了，在放学之前，我在村子里泥泞的街道上来回溜达着，仔细地观察着村里的喧闹。

这个神职人员有着一副基督式严肃的面孔，温柔女人的眼睛，还有一双拿什么东西都温柔的小手。每件物品——书本、尺子、笔，他都拿得十分优美，好像一不小心就会弄坏手中的东西。他对学生没有那么和蔼，但他们还是很喜欢他。

虽然我的学习成绩并不差，但是我很快就被通知说，因为我的顽皮行为，我要被赶出学校。我垂头丧气，这会有不愉快的事情等着我：母亲的脾气越来越大，越来越频繁地打我。

可是，救星来了：一位长得像巫师，在印象中还有点驼背的赫里桑夫主教[②]突然降临到我们学校。

这个矮个子的人，喜欢穿宽大的黑衣衫，头顶上戴着可笑的小桶桶，坐在桌子后面，露出衣袖里的两只手，说：“怎么了？让我们好好地谈一下吧，我的孩子们！”教室立即变得温暖且快乐，散发出愉悦的气氛。

他在叫过很多人之后，也把我叫到了桌子前，认真地问：“小弟弟，

① 沙皇俄国的国歌。

② 《古代世界的宗教》、《埃及轮回》和《论婚姻和妇女》三部著作的作者。

你几岁了？才这么大？你长得多高啊！你经常在雨地里，是不是？”

他一只干瘦、留着长指甲的手放在桌子上，另外一只手玩弄着脸上的胡须，他用慈祥的眼睛看着我，建议说：“不如你给我讲讲《圣经》里面你喜欢的故事？”

我回答说没有书本，也没有学习过《圣经》。他扶高了帽子，问道：“怎么回事呢？这是必须要学的呀！你也许知道一些，或者听过一些，圣歌会吗？不错！祷词也会吧？瞧，你会《使徒行传》？《诗篇》也会？啊，原来你是一个无所不知的人嘛！”

我们的神职人员来了，满脸通红，气喘吁吁的。主教祝福了他，他却要说我了，主教挥了挥手，说：“且慢，你来说说敬神的阿里克赛……”

“这是很好的诗篇，你说是不是，小弟弟？”当我忘了某一行诗，在停顿的时候，他就会说，“还会什么呢？会说大卫王的故事吗？很想听一听呢！”

看得出来，他真的在听，他很喜欢诗，问了我很久的问题，忽然就打住，很快地问我：“你学过《诗篇》？谁教你的呢？慈爱的外祖父吗？凶恶吗？这是真的？你应该很调皮吧？”

我犹豫起来，只好说：“是的。”

老师和神职人员说我所承认的是实话。他垂下眼皮，听着他们讲，最后叹了口气，说道：“听到别人怎么评价你了吗？过来！”

他散发着檀香味的手放在我头上，问：“为什么调皮？”

“学习无趣。”

“无趣？这可不对，小弟弟。如果你觉得学习无趣，那你就会学得不好，可是老师都说你学得好，这一定另有原因。”

他从怀里拿出一本小书，在上面写了些字，说：“彼什科夫·阿列克赛。你还得忍耐，小弟弟不要太调皮了，有一点点顽皮是可以的，太过于顽皮，就会让人生气！我说得有道理吗，孩子们？”

很多愉快的声音回答道：“有！”

“你们的调皮不怎么厉害，是不是？”

孩子们都笑开了，异口同声地说：“不是，也是厉害得很！厉害得很！”

主教往背后一靠，拥抱了我，说了令全部人都惊奇的话，这些人中甚至包括老师跟神职人员，他们都笑了起来："真是奇怪，我的小弟弟们啊，像你们这么大的时候，我也是一个厉害的调皮鬼，这究竟是怎么回事呢，小弟弟？"

孩子们都笑了，他问各种各样的问题，有技巧地与大家融合在一起，令他们互相讨论，欢乐的气氛越来越浓烈。到了最后，他站起来说："能和你们在一起真好，调皮鬼们，我要走了！"

他抬起一只手，衣袖退到了肩膀上，手大大地挥动着胳膊，对着所有人画了一个大十字，祝福着说："以圣父圣子圣灵之名，祝福你们拥有美好的工作！再见了！"

大家都喊："再见了，大主教！希望您能再到我们这儿来。"

他点了点高筒帽子，说："我会来，会来！给你们带些书来！"

他潇潇洒洒地走出教室，对老师说："让他们回家去吧！"

他拉着我的手，走出了门洞，弯下腰，悄悄地对我说："你稍微控制自己一下，可以吗？我是明白为什么你这么顽皮的！好啦，再见了，小弟弟！"

我非常感动，在我心中有一种非常特别的感情在涌动。甚至当老师让全班放学，我还是在那儿，对我来说，那时我比水还要安静，比草还要乖巧，我非常愿意听他的话。

神职人员穿着大皮衣，压低声音亲切地说："你以后就要好好上我的课！是的，要好好上！老老实实地坐好！是的，老老实实。"

我在学校老实了，在家里却闹出一场动静来：我偷了母亲一卢布。这可不是有预谋的犯罪。

一天晚上，母亲出门去了，留下我在家照看孩子。我无聊得发慌，就随便翻开继父的一本书——大仲马的《医生札记》①，书中夹着两张钞票，一张是十卢布，另外一张是一卢布。我看不懂书，就合上了。突然，我想到一卢布不单可以买本《使徒行传》，还可能买到讲鲁滨孙的书。不久之

---

① 俄文译本的书名，原书名是《约瑟·巴尔萨莫》，这是一本描写迷幻术的长篇小说。

前，我在学校才知道有这么一本书：那天很寒冷，在课间休息的时候，我给同学们讲童话。突然，一个小孩非常轻蔑地说："童话，全是胡扯，鲁滨孙才是真正的好故事！"

之后，我发现还有别的小孩也读过鲁滨孙，人人都说这本书有趣。外祖母的童话已经不受欢迎了，我很生气，就打算也读读鲁滨孙，就是为了能说一句：全是胡扯！

第二天，我带了一本《使徒行传》和两卷破旧的安徒生童话、一斤灌肠来到了学校。费拉基尔教堂的菜园隔壁有一间又小又黑的铺子卖鲁滨孙，那是一本黄色封面的小书，封面上画着一个戴毛皮圆帽、穿兽皮的大胡子男人，我不喜欢这样的形象，可是谁叫它是一本童话书呢，尽管它破旧，因是童话书，连封面也觉得讨喜起来。

中午休息的时候，我就把面包和灌肠与同学们一起分享了，接着一起读了一个美妙的《夜莺》[①]童话。大家都非常喜爱这个童话。

"在中国，所有的居民都是中国人，就连皇帝也是中国人。"我记得这么一句话，由于它单纯且快乐的音律，还有它本身蕴含的美好和愉快，令我觉得异常快乐。

因为在学校的时间不够，我没能把《夜莺》读完。我回到家，发现母亲站在炉台边，手上拿着一只煎锅正在煎蛋，她的声音有一种控制力，问道："你拿走了一卢布吗？"

"是拿了，买书了……"

她用手上的煎锅狠狠地打了我，没收了安徒生童话，收在某个秘密的地方，这比挨打更让人难受。

我有好几天都没去上课，在这段时间里，继父可能对同事说了我的"伟绩"。那些同事又把事情告诉了自己的小孩，其中的一个就把事情传回到学校。等我再回去上学的时候，同学们用一个新外号"小偷"来欢迎我。简单明了，但是不客观，因为我没有隐瞒拿了一卢布。我试着去解释，但是人们不相信我，回到家我对母亲说，我再也不上学了。

---

① 安徒生的童话。

再一次怀孕的她，身着灰色衣服，坐在窗前，小弟弟萨沙正让她喂着，她用痛苦又无神的目光看着我，张开嘴，如鱼一样地说道："你骗人，"她声音很小地说，"没人知道是你拿了一卢布。"

"你去问问。"

"你自己说说，是不是你乱说的，我明天就到学校亲自问问，这话到底是谁传出去的！"

我把那个学生的名字说了出来。她满眼泪水，一脸的可怜相。

回到厨房，我躺在了炕炉后面箱子上铺的床上，听着屋里母亲小声地啜泣着。

"天啊，不得了了……"

油腻的拭布烤热后散发出难闻的气味，躺在这里的我再也无法忍受，站起身走到院子里，母亲却立刻把我喝住："你要去哪里？到哪里去？来我这里！"

于是我们就在地板上坐了下来，躺在母亲两腿上的萨沙抓住了母亲长衫上的纽扣，手舞足蹈地说着："小扣子，小扣子。"

我依偎着母亲坐下，她把我搂住，说道："是穷人的我们，每一个戈比，每一个戈比……"

我被她紧紧地搂住，我能感受到她胳膊滚热的温度，她的话总是说到一半的。

"坏蛋……这个坏蛋！"忽然，她说了这句我以前就听她说过的话。

萨沙鹦鹉学舌似的说着："蛋蛋，蛋！"

这是一个古怪的小孩，愚笨，脑袋很大，浅浅地笑着，用那好看的大眼睛观察着周围的一切，好像在期待着什么一样。他极少哭闹，一直安安静静的，处于快乐的状态，很早他就开始学话了。身体不好的他，凑合着会爬，见到我的时候显得很开心，让我抱他，喜欢用他那有着紫罗兰香的、柔软的小指头在我的耳朵上揉，他什么病都没有，突然死了。那天上午的时候，他还像平常一样自得其乐，可是，在傍晚敲晚祷钟时，他的尸体就被放在了桌子上。第二个小孩尼古拉出生后不久这件事就发生了。

母亲答应的事情都办到了；在学校开始过得挺好的我，又回到了外祖

父处。

有一天，在吃晚茶的时候，在院子里的我，向厨房走去，母亲撕心裂肺的叫声传了过来："我求你了，叶夫根尼，我求求你，求求你……"

"多愚蠢！"继父说。

"你去了她那儿，你不要以为我不知道！"

"是你又能怎么样呢？"

有几分钟的时间，继父和母亲都不说话，这时候母亲咳嗽了起来，说道："你这个坏蛋，你就是一个恶毒的坏蛋……"

听见母亲被他打，我冲了进去，看见有种可怕的光从母亲的眼里透出来，她的肘弯和背脊靠在椅子处，她跪在了地上，仰头挺胸，呼噜呼噜的声音从她口里发出来；他身着新制服，全身上下打扮得清爽干净，她的胸脯被他的长腿踢到。我抓起了桌子上用来切面包的刀把镶银的刀子，在我父亲死后，这是母亲所拥有的唯一的父亲的东西，我使尽全力，把刀子向继父的腰处刺去。

幸好马克西莫夫被母亲及时地推开了，从腰间划过的刀子，在他的制服上划出了一个大大的口子，只是划破了一点皮肉。继父按住腰，叫了一声跑出了屋子，我被母亲抓住举了起来，母亲大吼一声，我被摔到了地板上。我被从院子里回来的继父拉开了。

天色不早了，但他还是从家里走了出去，母亲找到了炕炉后面的我，边哭边吻着我说："亲爱的，你怎么动起刀子了呢？是我错了，请你原谅我！"

下面的这些话，完全是出自我的真心，而且我也懂得我在说什么，我对母亲说，我打算把继父杀了，然后再自杀。我想我可以做到的，至少，我可以试着这么做。哪怕是现在我依然还能看到那条用脚尖去踢女人胸脯的腿，那是一条下贱的长腿，裤筒有条鲜亮的缘饰，在空中来回地摇摆着。

这些在俄国生活时的丑事，如铅般沉重，回忆起时，我常常问自己：讲这些是否值得？答案是肯定的，我知道这值得，每次我对自己都是充满信心的回答。这是真实的，这种丑恶充满了生命力，哪怕在今天它依然存在。要想把它从我们的灵魂、记忆，以及这可耻又沉重的生活中彻底抹掉，那么就必须彻底了解它最真实的面目。

虽然这些丑恶的事情让我们厌恶，令我们无法呼吸，压扁了数不胜数的美好灵魂，但是俄国人年轻而又健康的灵魂，使得我去描写出这些丑事，我相信他们会去克服它们。

我们生活的土壤富饶而肥沃，即使这土壤充满畜生般的坏事，生活还是让人惊奇，此外还因为这一层土壤生长着有创造力、鲜明、健康的东西，还有人固有的本真善良，这一切让我们坚信着希望，憧憬着未来的生活充满人道主义与希望。

十三

我再一次搬去了外祖父家。“小强盗，干吗呢？”敲着桌子的他，当面对我说，“现在由你外祖母养你吧，我不养你了。”

“我来养，我来养，你觉得这是一个了不起的难题吗！”外祖母应声道。

“那你就来养吧！”刚刚在大叫的外祖父，此时安静下来对我解释道，“我和她已经分开过了，现在我们每一样东西都是分开的……”

坐在窗户下的外祖母，花边在她手里飞快地穿梭着，击打着快乐的线轴，枕头上插满了密密麻麻的铜针，像金刺猬一样在春天的阳光下闪着光。铜铸似的外祖母完全没有变！外祖父棕红色的头发却已变得灰白，脸庞布满了皱纹，碧绿的眼珠疑神疑鬼地四处张望，趾高气扬地做着什么，即刻又变成了急躁的忙碌，整个人显得更干瘪了。外祖母向我讲述着他们分家的情形，并带着嘲笑的口吻：“他把所有的瓶子罐子、破碗破盘都给了我，还说‘这些是给你的，不要再问我要什么了！’”

然后，他拿走了她全部的物件，包括衣服、狐皮大衣，变卖来了七百卢布，然后把这些钱借给了他那个做水果生意的犹太人教子，想用这笔钱来生利息。他简直是一个小气鬼，完全没有羞耻心：他遍访了曾经手工业行会的同事，以及富商等等这些老相识，跟他们诉苦，告诉他们，他被他的孩子弄得破了产，哭穷跟他们要钱。他利用别人对他的尊敬得到了大把大把的钞票。拿着钞票的外祖父，在外祖母的鼻尖下晃悠，跟外祖母吹牛，如逗小孩一样地逗她：“傻瓜，看见没有，别人连百分之一也不会给你！”

随后，这些收集来的钱，又被外祖父借给了在村里被人喊作“马鞭子”的毛皮匠用来生利息；同时还借给了毛皮匠开小铺子的妹妹，这个老板娘是一个有着褐色眼睛、红红的脸蛋、如糖稀一样又甜又软的大肥婆。

家里面所有的一切都被严格地分开：外祖母今天出钱买菜做午饭，外祖父明天就得买面包和菜。外祖父买的当天，午饭就会变得差些，外祖母都是买的好肉，外祖父买的却经常是一些牛肚子、大肠、肝、肺。糖和茶叶则各自保存着，可是在一个茶壶里煮茶的时候，他总会惊慌地说：“不要着急，再等等！你再放多一点茶叶进去？”

外祖父把茶叶摊在手掌上，仔细地数着，说：“你的茶叶碎，我的叶子比你的大，你应该多放点儿，我的大茶叶多。”

外祖母倒给他的茶的浓度以及分量是否与倒给自己的一致他是非常注意的。

“喝最后一杯了吧？”在所有茶倒干净前，外祖母问道。

他看了一眼茶壶，说道：“好吧，喝最后一杯了！”

哪怕敬圣像所用的长明灯的油，他们也是各自买各自的。在一起劳动了五十年之久后，竟然发生这样的事！

外祖父的这些把戏使我看得既厌恶又好笑，但是外祖母却只觉得可笑。

“算了吧你！”外祖母安慰我道，“这是怎么了？越老反而越糊涂啊，这老头儿！八十岁的他，也一样倒退八十岁！由得他糊涂吧，倒是看看倒霉的是谁；咱们的面包钱我来挣，没有什么可怕的！”

每到休息日，天刚亮我就背着口袋到每家的院子，到每条大街小巷捡破布、碎纸、牛骨头、钉子，开始了挣钱。卖给旧货商一普特碎纸和破布能换来二十戈比，烂铁得到的是同样的价钱，一普特骨头只可以换来十戈比或者八戈比。平时放学后我也做这些，逢星期六的时候卖掉不同的旧货，能换来三十戈比至五十戈比，如果运气好还能卖更多。接过我的钱，外祖母赶紧放到了裙子的口袋里去，眼睑垂下，夸奖道：“乖孩子，谢谢你！难道我们还养活不了自己吗，没有什么大不了的！”

某次，我偷偷地看到她把我的五戈比放在手上，盯着它们，悄悄地哭了，她那副如海泡石似的大鼻孔的鼻尖上，挂着一滴混浊的泪水。

去彼斯基岛（集市季节的时候，岛上的人们在这儿搭盖棚屋进行铁器的买卖）或奥卡河岸的木材栈上偷木板或劈柴，可以得到比卖破烂儿更好的收入。集市完了之后棚屋就会被拆除，木板和柱子全部会堆放在彼斯基岛，春水泛滥之时仍在。小市民愿意为一块好的木板出价十戈比，两三块木板每天还是可以拖得到的。不过只能在大雨或风雪来临时这样的坏天气，看守人被逼躲起来的时候，才可以做得到。

我们要好的几个人结成伴：温柔、可爱、整日乐呵呵的讨饭的莫尔德瓦女人的儿子珊卡• 维亚希尔；有着又黑又大的一双眼睛、精瘦的孤儿科斯特罗马，后来在少年罪犯教养院吊死了，因为偷别人的一对鸽子，被送到那里，当时的他才十三岁；善良、天真的十二岁鞑靼小孩哈比，他是一个大力士；有着扁鼻子的雅兹，他的父亲是一个掘墓和看坟的人，雅兹八九岁，患有羊痫风，他很沉默；格里沙•丘尔卡是这里面岁数最大的孩子，他是寡妇裁缝的儿子，格里沙•丘尔卡非常喜欢斗拳，他还比较明事理和公正，这些小孩儿都是同一条街上的。

偷窃在这个镇子里早已不是什么罪恶的事了，已形成了一种风气，对于这些食不果腹的小市民来说，这基本上是唯一维持生计的手段了。全年的吃喝靠半个月的集市是赚不够的，“去河上捞外快”的还有很多是体面的业主，他们用小筏子把被洪水冲走的劈柴和木材零运货载，不过偷窃货船是他们主要干的勾当，他们主要对伏尔加河和奥卡河上那些放得不稳妥的东西下手。一到休息日，大人们就会炫耀自己的成就，小孩听着并学习。

春天，夜幕降临，喝醉的车夫、工匠，还有各行各业的工人，遍布镇子的街头，这是集市前最忙碌的时期，镇里的小孩在大人们面前，肆无忌惮地去搜他们的腰包，这种勾当在这里成了合法的营生。

客车车夫的扳手、木匠的工具、货车车夫的肩轴、大车的补轴，他们统统都偷；这种事情我们这一伙人是不干的。有一次丘尔卡坚决地说道：“我可不做偷东西的事情，我妈妈不会让我干的。”

“我才不敢偷呢！”哈比说道。

小偷引起了科斯特罗马的厌恶，他特别加重地把小偷这个字眼说了出来，他会把抢劫醉汉的小孩儿赶散，他还会狠狠地把被他抓到的小孩儿打

一顿。科斯特罗马总是正正经经的，他总是表现出老气横秋、装腔作势的样子。他长着一双大大的眼睛，还摆出一副闷闷不乐的样子。偷窃是罪恶的，这是维亚希尔坚信的一点。

可是拖走彼斯基岛上的柱子和木板并不是罪恶的事，做这件事我们都不怕。为了使这件事情能够顺利地完成，我们拟定了几种方法。在刮风下雨或者天黑的时候，河湾一带膨胀潮湿处是雅兹和维亚希尔到彼斯基岛的最佳位置，他们大摇大摆地走着，尽可能引起看守人的注意，我们几个偷偷地分散摸过去。看守人只顾着注意惊动了他们的维亚希尔和雅兹，在看守人去追赶跑得快的同伴的工夫，我们在约好的木材堆处，把要拖走的东西用带来的绳子和勒成钩状的大钉子，钩住木板和柱子在冰上和雪地上拖着走，我们从没被看守人发现过，就算是发现了，他们也追赶不上我们。东西卖掉后我们把钱分成六份，弟兄每人可以得到五戈比，甚至有时候可以得到七戈比。

这些钱足够吃一天的饱饭了，但是维亚希尔的母亲非得让他带四两或者半瓶的伏特加，不然他就会挨打；科斯特罗马攒钱希望拿来养鸽子；丘尔卡想挣更多的钱，因为他的母亲有病；哈比也把钱攒起来，为回到他舅舅把他带走前，他出生的那座城市做准备，他这个舅舅到尼日尼不久就在水里淹死了。那座城市叫什么，哈比已经忘记了，他只记得离伏尔加河不远，在卡马河岸上。

想不出是什么原因，我们觉得这座城市很好笑，我们逗弄着鞑靼小孩玩，这个斜眼的小孩唱道：

卡马河岸上一座城／它在哪儿谁也不知道／脚板走不到／手也够不着

哈比一开始的时候对我们是很生气的，可是维亚希尔有一次轻声细语地（与他的外号十分相称）①和他说："你是怎么了？怎么能生同伴的气呢？"

不好意思的鞑靼小孩也唱起了卡马河岸上关于一座城的歌。

捡破布和骨头是我们比偷木板更喜欢做的事情。春天，在大雨后或者

---

① 维亚希尔是"野鸽子"的意思。

雪化了后，渺无人烟的集市的铺装街道被冲洗得非常干净，此时，捡破烂儿就是一件很有趣的事情。我们总能在集市的渠沟里翻出来不少的破铁、钉子，幸运的时候我们还能找到铜币以及银币，我们会给看货摊的两戈比，以使他不赶我们走，或者给他作揖打躬半天央求他。反正钱挣得非常不容易，就算我们偶尔有过小争吵，但是我们还是非常和睦的，我清楚地记得我们未曾打过架。

在我们之中充当和事佬的是维亚希尔，他总能在适当的时候说些适当的话；即使他所说的话很简单，也能使我们感到吃惊和狼狈。连他自己都为他所讲的话感到吃惊。他对雅兹的调皮行为并没有生气，也没有害怕，他认为所有坏的行为都没有必要，他驳斥得令人信服和感到安详。

“有什么必要呢这些？”他问，于是清楚地让我们看出来了是真的没有必要！

“我的莫尔德瓦女人。”他这样叫他的母亲，不过我们并不认为这样好笑。

“昨天她回家的时候又喝得烂醉，我的莫尔德瓦女人！”他讲述这件事的时候很高兴，金黄色的一双眼睛闪闪发着光，“她把门一推，砰的一声，然后像只老母鸡似的坐在门槛上不停地唱。”

丘尔卡是一个喜欢追根究底的人，他问道：“她在唱什么啊？”

维亚希尔用他的手轻轻地拍打着膝盖，学着他的母亲尖声尖气地唱道：

年轻牧人沿街逛 / 嘿，手拿棍子沿街逛 / 挨家挨户把人唤 / 唤起孩子满街窜 / 火红的晚霞腾空起 / 嘿，牧人宝加吹芦笛 / 芦笛吹得呜呜响 / 吹得村子入梦乡

这种活泼热情的歌，他知道很多，可以很熟练地唱。

“没错，”他继续说，“就这样她睡在了门槛上，冰冷的屋子把她冻得发抖，差点儿就把她冻死了，我又拖不动她。今天早上我跟她说：‘为什么你会醉成如此模样呢？’‘没什么，我就快死了，你就耐心等一下吧！’”

丘尔卡没有半点开玩笑，认真地说道：“她的身体都肿了起来，她快不行了。”

“你可不可怜她？”我问道。

“哪能不可怜啊？”维亚希尔十分惊讶地说，“我的好妈妈啊，她可是。”

我们大伙都清楚，维亚希尔随时都会挨这个莫尔德瓦女人的打，但是他相信她是好人。有时候遇到不好的日子，丘尔卡会建议：“我们每人给维亚希尔凑一戈比，让他给母亲买酒吧，这样可以使他免得挨打。”

我和丘尔卡是我们这里仅有的认识字的两个人，这使得维亚希尔很是羡慕，他那老鼠式的耳朵被他自己揪着，他温声细语地说：“我也要待我把我的莫尔德瓦女人安葬了之后上学去，我会哀求老师收留我，我给老师深深地鞠躬。等我学有所成，就去当园丁，求主教收留，或者去沙皇处求助！……”

春天的时候，倾倒的劈柴堆底下压着莫尔德瓦女人，一起的还有一个老头，他是募集资金修建寺院的，以及一瓶酒；这个女人被人们送到了医院，正正经经的丘尔卡跟维亚希尔说：“住到我们家里来吧，我妈妈会教你识字……”

不久，维亚希尔就高昂着脑袋来读招牌上的字：“品食货杂店……”

丘尔卡纠正他说道：“食品杂货店，奇怪的人！”

“我是看到的，只是把母字颠倒过来念了。”

“字母！”

“欢蹦乱跳的字母愿意人家来念它们啊！”

他对小草以及树木的那种爱惜，让我们都觉得非常惊讶和好笑。

镇子坐落在城郊的沙地上，很少有植物，只是在院子的某处孤零零地生长着几棵柳树，显得很苍白，还有长歪了的接骨木树丛，除此就只有几棵躲在围墙下面早已干枯的灰色小草。倘若小草被谁坐到，维亚希尔则会带着怒气说道：“为什么要对小草进行糟蹋呢？在旁边的沙土上坐不是一样吗？”

在他的面前没有人好意思弄断一枝白柳，把开花的接骨木折掉一枝，奥卡河岸上的柳条哪怕一根也不好意思砍下，他常常会两手摊开，肩膀耸起，表现出很吃惊的样子，说道：“你们怎么什么都去毁坏呢？真是活见鬼了！”

他如此吃惊，让大家都觉得惭愧。

进行一次快乐的游戏是我们周六的固定节目。我们把街上的破草鞋收集到一起，堆放在僻静的角落里，为了这个游戏，我们整个星期都在做着准备。一群鞑靼搬运工人在星期六傍晚的时候从西伯利亚码头[1]回家时，在十字街头摆好了阵地的我们，就开始把草鞋扔向这群人。一开始我们把他们惹得很生气，被他们骂、追赶，可是在不久之后，他们就对这场游戏提起了兴趣，当他们料到这场“战斗”将会发生后，也开始准备充足的草鞋来迎战。除此之外，我们藏“军火”的地方还被他们窥伺到了，有好几次我们被偷得精光，我们跟他们抱怨道：“这算哪门子游戏啊！”

后来，他们的草鞋就分了一半给我们，“战斗”就接着继续了。一般情况下他们会在空地上摆好阵势，我们在他们四周奔跑着，尖声地叫喊着，把草鞋投掷给他们，如果我们中有人在奔跑的过程中，被草鞋绊倒，栽进沙土里，他们也会发出震耳大笑，大声地叫喊。

游戏持续的时间很长，有时候直到天黑了下来，我们还在继续，这引起了不少小市民的围观。从墙角向外张望的他们，为了不失体面，总是像往常一样嘀咕埋怨一下。灰色的草鞋布满了尘土，在天上飞来飞去，如乌鸦一般，有时候我们中间的人被打得很猛烈，不过开心胜过委屈与疼痛千万倍。

鞑靼小伙子们的兴致高过我们。结束了“战斗”后，他们经常会邀请我们到行会里去吃甜马肉以及一种特别的蔬菜汤，晚饭过后，我们会喝很浓的砖茶，与奶油核桃甜点心和在一起。这些身材高大的人我们很喜欢，在他们的身上有一种让儿童很容易就能理解的品质，他们全部是优秀的大力士，他们没有任何的恶意，善良的性格很是让我吃惊，还有那种相互之间严肃和关心的态度。

他们全部都笑得非常好，笑声把他们噎出了眼泪，有一个卡西莫夫人在他们中间，他长着歪鼻子，童话般的力量在这个汉子身上体现出来。某次，一个有着二十七普特重的大钟被他从货船上一直拖到岸上，他笑着，尖声叫着，喊着：“扯淡，臭鸡蛋，呜，呜，扯淡——瞎扯淡，扯淡，金钱！”

有一次，维亚希尔被他放到了手掌上高高地举了起来，说道：“看啊，

---

① 位于下诺夫哥罗德城集市区的伏尔加河畔。

他住在天上面呢！”

天气比较坏的时候，我们在看守坟地的雅兹父亲的小屋里面聚会。他的父亲胳膊很长，全身的骨头歪斜，衣服沾满了油污，肮脏的毛发在他极小的头上和暗淡的脸上生长着。他有着好像一朵已经干枯的牛蒡花的脑袋，有着如花茎般又细又长的脖子。他的眼睛有点儿发黄，甜蜜地眯着，爽快地说道：“千万不要失眠啊，请上帝保佑！噢嗬！”

我们买来了四两的糖，三钱的茶，几块面包，另外，必不可少的四两伏特加是给雅兹父亲的。丘尔卡严格地命令他：“‘废料’，赶紧起来煮茶！”

“废料”张开嘴笑着，把洋铁茶炊升起，在等待茶的空隙，我们讨论起了自己的事情，他出好主意给我们：“注意，特鲁索夫家在后天举行四旬祭[①]，举行的宴会很盛大，你们可以到那里去寻找骨头。”

“那里的骨头他家的厨娘在收集。”凡事都知晓的丘尔卡说。

维亚希尔望向窗外的坟地，遐想着说道：“不久我们就可以到森林里去了，真是太好了。”

一向都沉默的雅兹，专注地看着所有人，目光显得凄凉，他把从垃圾堆里找到的扣子、木头匠兵、腐腿的马、碎铜片这些玩具拿给我们看的时候依然是不说话。

各种各样的茶缸还有茶碗被他的父亲摆到了桌子上，茶炊被拿到了桌子上。科斯特罗马坐下来倒茶，雅兹的父亲把他的那份酒喝掉，爬上了炕炉，把他长长的脖颈从那里伸出来，他瞅着我，用他如猫头鹰一样的眼睛，叽叽咕咕地说道：“噢嗬，你们怎么不死啊，你们已经不再是孩子了，是不是？噢嗬，小偷们，上帝可保佑啊，千万别让我失眠！”

维亚希尔跟他说：“我们可不是小偷啊！”

“不是小偷的话那就是贼娃子……”

在雅兹的父亲让我们觉得厌烦时，丘尔卡就会不高兴地对他喝道：“不要再啰唆了，‘废料’！”

维亚希尔、丘尔卡和我在他说起谁家有病人，哪个村民将要死掉的时

---

① 俄国的风俗，人在去世以后的第四十天要举行祭祀。

候就会很不高兴。他津津有味地讲着这些事情，一点儿怜悯之心也没有，我们对他说的话感到不愉快，他是看得出来的，于是他故意地逗弄我们，还刺激我们："啊哈，小鬼头，你们害怕了吧？有一个胖子快要死了，嘿，要过很久他才会烂掉呢！"

即使我们阻止，他仍然说个不停："你们在垃圾坑里能活多久呢，反正也是要死的。"

"要死就死啊，"维亚希尔说，"死了之后我们要当天使……"

"你们吗？"雅兹的父亲倒吸了一口凉气，惊讶地说，"你是说你们去当天使吗？"

他大笑着，继续来逗我们，讲着各种死人故事。"等等啊，孩子们，你们听着，三天前，埋了一个女人，我知道她是怎样的一个女人，我清楚她的过去。"

讲女人是他很喜欢的事，并且他把女人讲得污秽不堪，可是他是带着一种疑问的、抱怨的口气来讲述的，貌似他要让我们和他一起进行思索，所以我们全都认真地听着他讲。不善于表达的他，讲得并没有条理，经常会插进一些问话。在听过他的讲述后，我们的记忆里总会残留一些不完整的可以使人不安的片断。

"别人问她：'火是谁放的呢？'她说：'我放的！''傻瓜，可能是这样吗？那天夜里你不在家，在医院躺着呢！''火是我放的！'她为什么要这样说呢？噢嗬，可别失眠啊，上帝保佑我……"

被埋到荒凉的、光秃秃的坟地里的村民的历史，他几乎全知道，就好像各家的大门在我们面前由他打开了，我们走进去就看到每一家的生活，我们感觉到了一种重要的、严肃的东西。看情形，他是可以讲到天亮，讲足一整夜的，但是在黄昏来临，看守小屋的窗户显得发暗的时候，丘尔卡就站了起来走到桌旁，说道："我要回家了，不然妈妈要害怕了。有人和我一起走吗？"

所有人都走了。雅兹把我们送到了围墙处，把大门关上，栅栏门上贴着他那瘦瘦的黑脸，闷声闷气地说道："再见！"

我们对着他也喊了一声："再见！"

把他留在坟地我们觉得挺不好的。有一次，科斯特罗马回头看了看说道：“也许我们明天一觉醒来，他就已经死掉了。”

“比我们生活得都苦的人就是雅兹了。”丘尔卡经常这样说，而维亚希尔老是表示反对：“我们一点儿也不苦……”

我觉得我们的生活不苦，这种独立的自主的街头生活我非常喜爱，那些同伴也是我所喜爱的，他们使一种伟大的感情在我的心里被唤起，我经常不安地想给他们做一些好的事情。

又让我感到困难的是在学校里，他们嘲笑我是捡破烂儿的，讨饭的。一次吵架后，他们讲给老师听，说在我的身上总有一股垃圾味道，不可以坐在我的身边。我不能忘记，这个控告深深地侮辱了我，在我以后的学习中让我感到为难。这是恶意捏造的控告：我会十分细心地在每天早晨把身上都清洗干净，在捡破烂儿时穿的衣服，我从没穿到学校里去。

之后我总算是把三年级读完了，奖了一本《福音书》给我，有封面的克雷洛夫寓言诗，以及一本没有封面的、名为《法达——莫尔加那》[①]让我看不明白的小书，还给我发了一张奖状。外祖父看到我把这些奖品拿回家的时候非常高兴和感动，他说必须把这些东西保存起来。书，他则要锁进他自己的箱子里。已经卧病在床好几天的我的外祖母，她很穷，没钱。唉声叹气的外祖父，尖声地大叫着：“你们这些人把我喝光吃尽了，只有骨头了……”

书被我拿到铺子里卖掉了，得到了五十五戈比，把钱给了外祖母，我在奖状上题了一些字，搞得脏了，就给了外祖父。我的鬼把戏他没有发现，因为他没有打开那张奖状，他珍惜地把那张纸藏了起来。

摆脱了学校的我，再次回到了街头上找生活去。此时春光明媚正是好时候，可以挣到不少的钱，一到星期日，我们这一伙人就会到野外的松树林那里，很晚的时候才回到镇子里，舒适的倦意在每个人身上表现出来，我们显得更加亲近。

这种生活很快就被打破了。继父遭到解雇，再一次不知去向，母亲以

---

① 童话中女巫的名字。

及小弟弟搬到了外祖父的家里来，保姆的职务由我担负了起来，外祖母到城里给一富商家绣棺罩[①]。

母亲沉默又干瘦，艰难地移动着脚步，她那可怕的眼睛看着一切。生瘰疬病的小弟弟，踝骨有溃疡，瘦弱的身体都不能大声哭，在饱的时候只能颤抖地呻吟，吃饱后就打盹，他奇怪地叹着气，在蒙眬的瞌睡中，打的呼噜如小猫似的。

“要好好地喂他啊，可是要喂你们所有的人我的饲料不够……”

坐在墙角的床上的母亲，她叹着气，嘶哑地说：“他吃不多的……”

“这个和那个都吃不多，全部加在一起吃得就多了……”外祖父一挥手对着我说，“要把尼古拉埋在沙土里晒太阳……”

我把用口袋背来的一些干沙土堆到了窗下，能照到太阳的地方，按照外祖父说的，把小弟弟埋得只剩下脖颈。坐在沙土里的小孩儿很高兴，他只有蓝色瞳仁（一圈发亮的圆圈在瞳仁的周围）没有眼白，和别人的眼睛不一样，闪着光，甜甜地眯着对我。

我马上就爱上了我的小弟弟，我觉得他好像懂得我想的所有的事情，我们两个在窗户下的沙土堆里并排地躺着，窗口传来外祖父尖厉的声音：“死不是一件艰难的事，你要活下去才行！”

母亲连续咳嗽了很久……

小孩儿向我伸出两只小手，把他的白色小头摇着；他的头发稀疏得发白，显得老气的小脸蛋，又现出聪明的气质。

科利亚[②]会很久地注视着向我们走来的鸡啊猫的，然后用使我不安的微笑看着我：我想把他扔下自己跑到街上去的行为他是不是已经觉察出来了呢？

肮脏又拥挤的院子很小，由大门起，用板皮盖了一排棚屋、冰窖和柴舍，然后这一排棚舍的转弯处的排尾有几间澡堂。小船的破片、劈柴、木

① 用来盖在祭坛棺材模型上的方巾，上面绣着基督在棺材中的遗像。每年复活节前一个星期的周五，从祭坛上拿下来供信徒顶礼膜拜。

② 对尼古拉的爱称。

板、湿木屑堆满了房顶，这一切，全是小市民们在涨水和流冰时期在奥卡河里打捞上来的。整个院子被各种木片横七竖八地堆满了；湿透了的这些木材在阳光下冒出了热气，一股霉味散发出来。

一家小牲口屠宰场就在旁边，几乎每天早上那里都能听到小牛发出的哞哞叫声，咩咩的绵羊的叫声，很浓的血腥气味，偶尔我会觉得，这一股气味如透明网一样，在尘埃里殷红地晃荡着。

斧头打在两角之间牲口就蒙了，发出吼叫的时候，眯缝着眼睛的科利亚，嘴唇翘起，可能是想学它们的声音，不过却只是吹着气："呜——呜……"

中午，从窗户伸出头的外祖父喊道："吃中午饭了！"

小孩儿由他亲自喂，外祖父把他抱在了腿上，把嚼烂的马铃薯以及面包用弯曲的手指头送到科利亚的小嘴里，他的尖下巴和薄嘴唇被弄脏了。喂了一点儿后，外祖父把小孩儿的衬衫掀起，在那膨胀的小肚上按一按，自言自语地说道："有没有够啊，还要再喂点儿吗？"

母亲的声音从靠近门的黑暗角落里传了过来："你不是看到他伸手了嘛，明明是想够吃的。"

"小孩子不知道他自己要吃多少的，他不懂的！"

嚼烂的食物再次被外祖父送到了科利亚的嘴里。看到他这样喂孩子，我非常羞愧，有种窒闷和作呕的感觉在我的喉咙下。

"可以了！"最后外祖父说，"给你母亲抱去吧。"

科利亚被我抱了起来，他哼哼唧唧的，身子够着桌子。母亲迎着我站了起来，呼呼噜噜的声音在她喉咙里响着，把瘦得只有一根骨头的胳膊伸了出来，她的身子细长，就像一棵枞树折光了枝子一样。

她很少用那沸水似的声音说话，已经全然变成了哑巴，有的时候，她半死不活地躲在角落里，沉默一整天。我已经可以感觉得到她已经不久于人世，而且外祖父也很频繁地、令人感到厌烦地讲到死，特别是在每天晚上天黑之后，厚重的霉味好像羊皮一样暖和地由窗户爬进来的时候，他很喜欢讲到死。

外祖父的床摆在一进门斜对面的角落里，离着圣像不远，他睡觉的时候冲着圣像和小窗户。他躺在黑暗里，一直在咕咕哝哝地说："死期要来了，去见上帝有什么脸面？该说什么啊？一辈子忙活，也干了一些事情……这落个什么下场呢？……”

我在窗户和炕炉之间的地板上睡，对我来说这地方不够长，我的两只脚被伸进了炉膛里，它们总是被里面的蟑螂咬。我经常可以在这个角落看到一些幸灾乐祸的事情，比如，在做饭的外祖父，火叉子和通条把儿时常把窗户的玻璃打破。这个聪明的人竟然不会想到截掉火叉子的一段。

有一次，罐子里的东西快被熬干的时候，慌张的他，拿着火叉子用大力一钩，窗框的横木和两块玻璃被火叉子打坏了，架子上的一个罐子被摔破了。老头儿因此十分苦恼，他哭了起来，然后坐到了地板上：“天啊，我的天啊……”

在他白天出去的时候，我把火叉子用切面包的刀子剁掉了大概四分之三，但是我做的这件事被外祖父看见之后，他把我骂了一顿：“可恶的小鬼，应当用锯子锯的，锯——开！可以把锯下来的拿来做擀面杖，卖掉也可以，鬼儿子！”

挥着手的他跑进了过道里。母亲说：“你少管闲事……”

她死于八月里一个星期天的中午时分[①]。在另一个地方找到了工作的继父刚刚回来，外祖母和科利亚早就搬到了他那儿，在车站附近的一座清洁的很小的住宅里面，母亲也会在两天后搬过去。

她死的那一天的早晨，用比平时清晰又轻松的声音低声地对我说：“帮我去请叶夫根尼·马克西莫夫，说我请他来！”

她把身子欠起，一只手撑着墙，从床上坐了起来，再补充了一句：“快跑！”

她在微笑，我感觉得到，有一种新的表情在她的眼睛里。继父此时在做弥撒，我被外祖母派去一个小铺子女老板那儿买烟，这是一个犹太女人。刚好遇到女老板现成的碎烟没有了，唯有等待女老板搓碎烟叶，再给外祖母送去。

我回到外祖父那里，发现母亲穿着淡紫色的衣服，头发梳得很好看，与以往一样神气十足，坐在桌子旁边。

---

① 高尔基的母亲在1879年8月5日因肺结核病逝，终年35岁。

“你觉得好点儿了吗？”我不知道为什么心里有点儿发怵。

她狰狞可怖地望着我，说：“来这儿！你去哪儿耍了？”

我还没来得及回答，她就一把抓住我的头发，拿起锯改做的刀，这刀又长又软，她用刀面狠狠地打了我几下，刀子突然就从她手中滑掉了。

“捡起来，给我！”

我捡起了刀子，把它扔到桌子上去。母亲推开了我。我坐在炉台边，满脸吃惊地看着她。

她从椅子上站起来，缓慢地一点点移动到角落，在床上躺下，拿着手帕擦拭脸上的汗水。她的手胡乱地擦着，有几次手从脸边落到了枕头上，用手帕擦拭枕头。

“给我拿水……”

我马上从水桶舀上一碗水，她很费力地抬起了头，喝了一点点，就开始深深地叹气，还用冷冰冰的手推开了我的手。她看着墙角上的圣像，又把视线转移到我身上，动了动嘴唇，好像苦笑了一下，长着长睫毛的眼皮缓慢地覆盖上了眼睛。她的双肘夹住了双肋，手指轻轻地动了一下，两手顺着胸口往喉咙移动，脸上出现了阴影，慢慢地扩展到整张脸，蜡黄的皮肤绷紧了，鼻子也变尖了。她惊慌地张开嘴，但是再也听不见呼吸声了。

我站在母亲的床边端着碗，望着她的脸变凉变灰，也不知道站了多久。

我对走进来的外祖父说：“母亲死了……”

他看了一眼床。“胡说八道什么……”

他走到炕炉边拿出了包子，弄得炉门的盖子和铁锅发出很响的声音。我望着他，知道母亲已经死了，等待着他也发现这点。

继父来了，穿着帆布衫，戴着白色的制服帽。他一声不吭地拿起椅子，放在母亲的床边。突然，他把椅子往地上一摔，瞪着如喇叭一样大的眼睛，说道：“她死了，你看……”

外祖父瞪大眼睛，手上还拿着炉门的盖子，跌跌撞撞地、悄无声息地像一个瞎子一样离开了炉子。

人们往母亲的棺材上撒干沙土，外祖母像个瞎子一样向坟地里走去，碰到了十字架割破了脸。雅兹的父亲带着他来到了看守的小屋里，当外祖母洗脸的时候，他轻轻地说了些安慰的话语：“哎呀，上帝保佑我不要失眠，你为什么要这样呢？嗯？人的一生不就是这样吗？我说得对不对，外祖母？无论是贫还是富，人们早晚都要走到棺材这一步的，你说是不是，外祖母？”

他望了望窗户，突然离开了小屋，等他回来的时候，维亚希尔与他一起，他兴高采烈，满脸红光。

“你瞧，”他给我一个折断的马刺，说，“你看这是什么东西？这是维亚希尔和我一起送给你的。马刺上的小轮子，一定是哥萨克弄丢的……我想向维亚希尔用两戈比买下来……”

“说谎！”维亚希尔低沉又生气地说，而雅兹的父亲在我跟前跳来跳去，挤着眼说：“维亚希尔，嗯？厉害啊，是他送给你的，不是我，他……”

外祖母洗好了脸，用头巾包住脸上发青发肿的地方，她叫我回家，我不想回去。我知道他们一定会在追悼会上喝酒，也一定会吵起架的。在教堂上，米哈伊尔舅舅就对雅科夫舅舅叹着气说：“今天我们去喝一杯，嗯？”

维亚希尔尽力引我发笑，他在下巴上挂着马刺，舌头勾着马刺上的小轮子，雅兹的父亲故意哈哈大笑，大声说：“看，你看看，他做了什么！”但是，当他发现这一切不能使我快乐时，他正经地说：“得了，清醒吧，人人都得死，连小鸟也要死，你听我说，我去给你母亲的坟上铺一层草皮，好不好？我们很快就到野外去，你、维亚希尔、我、我的珊卡也和我们一起。我们刨开草皮，装饰一下坟墓，再也没有什么比这更好的了！”

这倒让我欢喜起来，于是我们到了野外。

母亲入土之后的几天，外祖父对我说：“你，列克赛，可不是一枚奖章，我脖子可不是挂你的，你到人间挣饭吃吧……”

就这样我去了人间。

在人间

[苏联] 高尔基◎著　刘清◎译

Zai Ren Jian

H.P.H 哈尔滨出版社
HARBIN PUBLISHING HOUSE

图书在版编目（CIP）数据

在人间 /（苏）高尔基著；刘清译. 一哈尔滨：哈尔滨出版社，2015.11
（高尔基自传体三部曲）
ISBN 978-7-5484-2362-1

Ⅰ. ①在… Ⅱ. ①高… ②刘… Ⅲ. ①长篇小说－苏联 Ⅳ. ①I512.45

中国版本图书馆CIP数据核字（2015）第240341号

书　　名：在人间

作　　者：[苏联] 高尔基　著
译　　者：刘　清　译
责任编辑：杨淈新　韩金华
责任审校：李　战
装帧设计：风云文化

出版发行：哈尔滨出版社（Harbin Publishing House）
社　　址：哈尔滨市松北区世坤路738号9号楼　**邮编：**150028
经　　销：全国新华书店
印　　刷：北京中印联印务有限公司
网　　址：www.hrbcbs.com　　www.mifengniao.com
E-mail：hrbcbs@yeah.net
编辑版权热线：（0451）87900271　87900272
邮购热线：4006900345（0451）87900345　或登录**蜜蜂鸟**网站购买
销售热线：（0451）87900201　87900202　87900203

开　　本：880mm × 1230mm　1/32　**印张：**19.25　**字数：**420千字
版　　次：2015年11月第1版
印　　次：2016年3月第2次印刷
书　　号：ISBN 978-7-5484-2362-1
定　　价：68.00元（全三册）

凡购本社图书发现印装错误，请与本社印制部联系调换。**服务热线：**（0451）87900278
本社法律顾问：黑龙江佳鹏律师事务所

总序

马克西姆·高尔基（1868—1936），苏联著名作家、诗人、政论家，出生于下诺夫哥罗德的一个木工家庭。高尔基是阿列克赛·马克西莫维奇·彼什科夫在1892年发表处女作短篇小说《马卡尔·楚德拉》时用到的笔名，有“最大的痛苦”的意思。

高尔基父亲早逝，他随母亲寄居外祖父家，十一岁时在“人间”开始独立谋生，1892年投身于文学创作事业。成长中的经历为他的写作奠定了基础，使他的作品饱含激情，如《伊则吉尔老婆子》和《鹰之歌》，他借助书中的形象表达了自己对战斗的渴望以及对自由与光明的追求；在《福玛·高尔杰耶夫》和《三人》两部长篇小说中，展示出主人公对人生的探索，这也是作者的人生探索之路。随着作者对社会的认识越来越深刻，《小市民》《底层》等剧本相继问世。1906年长篇小说《母亲》的发表，标志着高尔基思想和艺术上的成熟，他完成了浪漫主义作家到现实主义作家的转变。高尔基被列宁称为“无产阶级艺术最杰出的

代表”。在列宁的鼓舞下，高尔基开始了自传体小说《童年》（1913年）和《在人间》（1916年）的创作，又在1923年完成了《我的大学》。

《童年》《在人间》和《我的大学》是高尔基的三部自传体小说，在描述阿廖沙（高尔基乳名）童年、少年和青年生活的同时，反映了当时沙皇统治下社会的黑暗以及社会各阶层的生活状态。

这三部书经过译者精心细致的翻译，做到了既不失本意，又优美流畅，真实再现了一个成长中的孩子眼中的世界。我们会感动于阿廖沙渴求知识的精神，会怜悯他痛苦的遭遇，我们可以看见他是怎么在污泥中长成一朵洁白的莲花，在黑暗中铸就坚强善良的品质的。他会成为美好的化身，让我们有接近他、向他看齐的欲望，激励我们对自我进行完善。

总之，这是三部弥漫着凄凉压抑的气氛，却仍旧为你带来力量和生机的书。

一

我来到人间，在城里街道旁一家“时式鞋店”里当学徒。①

我的老板个头很矮，体形肥胖，他那黑得发红的脸很粗糙，牙齿呈青绿色，眼角塞满了眼屎。我觉得他是个瞎子，为了证实我的猜测，我开始扮各种鬼脸。

“不要扮鬼脸。”他声音不大但却很严厉地说。

这双浑浊的眼睛看得我很不自在；但我还是不相信他能看见我，我觉得他只是凭直觉猜出我在扮鬼脸吧。

“我说了，不要扮鬼脸。”声音更低了，但说这话时他那厚厚的嘴唇几乎都没有动。

“别挠手。”又传来了他那低沉、干巴巴的声音，“记住，你现在在城里大街上的一等店铺里做学徒，就应该像一座雕像一样纹丝不动地站在店门口……”

我不知道什么是雕像，从手到臂肘，疥癣虫咬得我的两只胳膊全是红斑和脓疮，难受得我不得不挠手。

“你在家里做什么活儿？”老板盯着我的手问道。

我刚说完，他就摇了摇他那长满白发的脑袋，不屑地说：“捡破烂儿啊，还不如要饭的呢，也比不上那偷东西的。”

听他这么说我立马得意地说：“我以前也偷过东西呢。”

听到我说这话，他突然像猫伸出爪子似的，将两只手往账桌上一撑，吃惊地眨了眨那双瞎子般空洞的眼睛，瞪着我说：“什么？你还偷过东西？”

于是我将偷东西的事一五一十地告诉了他。

“噢，这倒是小事，我们不会计较的。但你要敢在我这儿偷鞋、偷钱，我就会毫不留情地把你送到监狱里，一直关到你长大……”

---

① 高尔基在自己11岁时的1879年秋天，曾于波尔洪诺夫的“时式鞋店”当学徒。

他说这话时表现得很和气，却着实把我吓坏了，我也因此更加讨厌他了。

店铺里除了老板，还有雅科夫的儿子——我的表哥萨沙，另外还有一个稍大点的红脸伙计，这个人伶牙俐齿，很会招揽生意。而萨沙身着一件红褐色礼服，戴着衬胸，扎着领结，散着裤腿。他态度傲慢，从不把我放在眼里。

外祖父带我去见老板时，曾嘱托萨沙凡事要多照应我。萨沙皱着眉头，趾高气扬地说："那他得听我的话。"

外祖父伸出一只手将我的头按下："论年龄，萨沙比你大，论职位，萨沙也比你高，你得听他的话啊……"

萨沙顺势瞪着我说："你可别忘了外祖父的话！"

于是从第一天起，他就仗着他有点资格，开始颐指气使地对我摆起谱儿来。

"卡希林，别老瞪眼！"老板说。

"老板，我没有。"萨沙低下了头；然而老板仍继续说道："别老是板着一张脸，顾客会当你是一头公山羊的……"

那位稍大点的伙计向顾客赔着笑脸，老板也难为情地咧了咧嘴，而萨沙红着脸，灰溜溜地躲到柜台后面去了。

我不喜欢这些对话，好多我都听不懂，有时甚至觉得他们在讲外国话。

每当有女顾客上门时，老板便从衣袋里抽出一只手捋捋他的鬓发，然后堆起满脸甜甜的微笑。这时他的脸上便布满了皱纹，但那双瞎子般浑浊的眼睛却没有一丁点儿变化。那位稍大点的伙计挺直身子，两只胳膊紧贴腰部，然后毕恭毕敬地摊开双手。而萨沙却紧张得不断眨眼，他极力想掩盖那暴出的眼珠。我则站在店门口，一边偷偷地挠手，一边留心观察他们做买卖的规矩。

那位稍大点的伙计走到女顾客面前跪下来，然后张开手小心翼翼地为女顾客量鞋的尺寸，生怕把女人的脚碰坏了。其实这位女顾客的脚很肥，像一个倒放的歪脖子酒瓶。

有一次，在为一位太太量脚时，这位太太的脚不停地动，她缩起身

子说：“哎呀，你弄得我好痒啊……”

“这个，是出于礼貌，太太！”大伙计连忙解释道。

看着他对女顾客做出的肉麻动作，实在搞笑，为了避免笑出声来，我急忙扭过脸去对着玻璃门，可我又忍不住想要观察他们做生意的样子，而同时我也怀疑自己能否学会那样毕恭毕敬地张开手，动作灵巧地为顾客穿鞋。

平时老板常和萨沙待在柜台后面的账房里，只留下大伙计一人招待女顾客。有一次，来了一位棕红色头发的女顾客，他摸了摸那女人的脚，然后将拇指、食指和中指捏成一撮送到自己的嘴边吻了吻。

“哎——哟——，你这个调皮鬼！”那位女顾客嗔叫道。

大伙计就鼓起腮帮子，使劲发出亲吻的声音：“啧……啧啧！”

看到这儿，我忍不住哈哈大笑起来，我笑得站都站不稳了，于是赶紧扶住门把手，门被猛地推开了，我一头撞在了玻璃上，玻璃碎了。那位大伙计冲着我直跺脚，老板用他那戴着大金戒指的手指敲我的脑袋，萨沙也要动手拧我的耳朵。傍晚同路回家时，萨沙严肃地训斥我：“这有什么好笑的？你再这样胡闹，人家会把你赶走的！”

他向我解释，大伙计讨太太们的欢心，是为了店里的生意能兴隆起来。

“太太们有时就算不需要买鞋，也会跑到店里来看一眼这个讨人喜欢的伙计，捎带再买双鞋。你怎么这么不懂事，真叫人操心……”

这话让我很生气，我没让任何人替我操过心，更别说他了。

每天早晨，病恹恹、爱发脾气的厨娘总是先叫醒我，过一小时后才叫醒萨沙。我起来后要为老板一家人、大伙计以及萨沙擦好皮鞋，洗好衣服，烧好茶水，为所有炉子准备好柴火，还要把午饭用的饭盒洗刷干净。到了店铺，我还要扫地，掸灰尘，准备茶水，给顾客送货，然后再到老板家取午饭。每每这段时间，萨沙便不得不代替我在店铺门口站岗。他觉得站在店铺门口很没面子，就责骂我：“懒家伙，让别人替你干活儿……”

在这里，我嗅到了乏味、沉闷的气息。我已经习惯了从早到晚待在库纳维诺区[①]用沙土铺成的道路上、在浑浊的奥卡河边、在旷野和树林中的生活。这里没有外祖母，没有小伙伴，甚至没有一个可以聊天的人。在这里，生活向我袒露出它那丑恶虚伪的本质，这令我愤怒。

经常有女顾客什么也没买就走了，每次碰到这种情况，他们三个就很气愤。老板会立刻收起他那甜甜的笑容，然后命令萨沙：“卡希林，把货收起来！”

随后便骂道：“呸！这头蠢猪跑到我这儿来啦！这个臭婆娘肯定是自己在家闲得发闷，就跑到人家铺子里瞎逛。她要是我婆娘，我可要给她点厉害尝尝……”

他的老婆有一双黑色的眼睛，鼻子很大，身材又干又瘦，经常像对待下人一样，对他又跺脚又责骂的。

他们经常一见到熟悉的女顾客便卑躬屈膝，献殷勤，说各种奉承讨好的话，可一送走她们，便用各种脏话骂这些女顾客。每次听到这些脏话，我都恨不得跑出去追回那个女顾客，把他们说的脏话全告诉她。

当然，我也知道背后说别人坏话这样的事很常见，可这三个家伙议论他人的话真的非常可恶。好像觉得他们自己是最了不起的，甚至可以担任全世界的法官。他们嫉妒除自己以外的所有人，也从不夸赞别人，对每个人的缺点都略知一二。

有一次，一个女郎来到店里，她脸色红润，双瞳明亮，身披天鹅绒大衣，上面镶着黑皮毛领，在黑皮毛领的映衬下，她的脸如鲜花一般漂亮。她将大衣脱下来交给了萨沙，如此显得更加漂亮了。她那苗条的身材紧裹在蓝灰色的绸衣里，耳朵上的钻石很耀眼。她使我想起了美丽无比的瓦西莉萨[②]，我断定她是省长夫人。老板和店员们对她点头哈腰，说尽了讨好的话，他们大气不敢出，像捧着一盆火似的。这三人像着了魔似的，在店里来回跑，货架上的玻璃掠过他们的影子，好像周围的东西着了火，正在渐渐熔化，马上就要变成另一种形状，另一种样子啦。

---

① 高尔基的外祖父家当时就住在这个区。

② 一位聪明而又坚强的美女，来自俄国的民间故事。

这位女郎很快就选中了一双价格昂贵的皮鞋，然后离开了。

她一离开，老板就吧嗒了一下嘴，吹了一声口哨，骂道：“这只母狗……”

大伙计也轻蔑地随声附和：“她不过是个女戏子！”

于是他们便你一言我一语地谈论起这个女郎的一些情人以及她那奢华糜烂的生活。

吃过午饭，老板便到店铺后面的小屋里午睡了，我趁机打开他的金怀表，往里面滴了几滴醋。他醒后惊慌地跑出来，手里拿着那块怀表问：“这是怎么回事？怀表冒汗了！怎么会有这样的事？难道要出什么乱子吗？”

而我在一旁窃喜。

尽管每天奔忙于店铺和家里的各种杂事琐事中，我仍感到很无聊，很烦闷。我常常自己盘算着：干一件什么事才能让他们把我从铺子里撵走呢？

一些行走在大街上的路人，身上落满了雪花，他们行色匆匆地从店铺走过，像是落了队的送葬人，急着追赶前面的棺材。马蹒跚地拖着车子，吃力地轧过雪堆。店铺后面教堂的钟楼上，每天传来凄凉的钟声，告诉人们大斋期到了。那一下一下的钟声就像枕头敲打在脑袋上，不痛不痒，却使人麻木，耳朵发鸣。

一天，我正在店铺门前的院子里清理刚送到的货箱，这时在教堂里看门的歪脖老头儿走到我跟前。他身体很脆弱，软得像布人似的，身上的衣服像被狗撕咬过一般破烂不堪。

他对我说：“上帝啊，可不可以给我偷一双套靴啊？”

我没有回应他。于是他在一个空箱子上坐下，打了个哈欠，然后在嘴上画了个十字[①]，又说：“你给我偷一双吧，好吗？”

“不能偷东西！”我回答他。

“可是有人偷啊，你应该尊重老人！”

我很喜欢他，他和我周围的其他人不一样。我感觉他判定我会为他偷东西，于是我答应他从通风窗里递给他一双套靴。

---

① 在俄国，农民们认为打哈欠时会有邪气入嘴，因此会画十字来避邪。

“那好，你不是在骗我吧？嗯，我看得出来，你是不会骗我的……”他很平静地说。

他的靴子踩在脏兮兮的泥雪上，他用土烧烟斗抽着烟，静静地在这儿坐了一会儿，然后突然吓唬我说：“要是我骗你呢？我一拿到靴子就去找你的老板，说这双靴子是花半卢布从你那儿买来的，而事实上这双靴子价值两卢布多，那你怎么办？啊？你只卖了半卢布，那剩下的钱去哪儿了？你买糖吃了？”

似乎他已经照他刚才所说的那样做了，我呆住了，盯着他。他一边嘴吐青烟，一边瞧着自己的长靴，继续轻声地嘟囔道：“如果是你的老板指使我来试探试探你：看那小子是不是个贼坯子，你怎么办啊？”

“那我不给你套靴了！”我生气地说。

“你已经答应我了，不能说话不算数。”

他一把抓起我的手，将我拽到他跟前，用他那冰凉的手指敲了敲我的脑门儿，懒洋洋地说：“你怎么轻易就说：‘给，拿去吧？！’”

“是你要求我这样做的。”

“我的要求多着呢！那我要你去抢劫教堂你也去吗？你怎么能这么轻易就相信陌生人呢？唉，你这个小傻瓜……”

说完，他把我推到一边，站起身来：“我穿不着偷来的套靴，我又不是阔老爷。我就是和你开个玩笑……看你这么老实，你可以在复活节那天到钟楼上敲敲钟，看看这座城的风景……”

“我很熟悉这座城。”

“可从钟楼上望下去，它很漂亮啊！”

他慢悠悠地用靴尖踩着雪，朝教堂的拐角走去了。我望着他的背影，心里很不安：这老头儿就只是开个玩笑？还是真的受老板之托来试探我的？我甚至都不敢进店铺了。

突然萨沙闯进院来，朝我大吼道：“你在搞什么鬼？”

我心中顿时升起一股火，抡起钳子就朝他甩了一下。

萨沙和那个大伙计经常偷老板的东西，他们把一双皮鞋或便鞋藏在火炉的烟囱里，走之前悄悄地往外套的衣袖里一塞，就离开了店铺。我很厌恶这种事，也有些恐惧，我仍记得老板对我的恐吓。

我问萨沙："你偷东西啊？"

他急忙解释道："我没有偷，是那个大伙计偷的，我只是帮他个忙，大伙计说'你要帮我！'，我不得不帮他，不然他会为难我的。其实咱们的老板也是从伙计走过来的，他什么都知道。但你可不能瞎说！"

他一边说，一边学着大伙计的样子在镜子前张开手不自然地摆弄着领结。他总爱在我面前摆谱，还大声训斥我，以显示他的威风。每次支使我干活儿，他总是伸出胳膊，似乎要把我推开。虽说我个子比他高，力气也比他大，但却骨瘦如柴，还很笨。而他油光满面，身材圆润，动作灵巧。他穿着礼服，散着裤腿，给人一种威严气派的感觉，但在我看来却很滑稽，可笑。他厌恶那个厨娘，厨娘也确实很怪，不知道她人是好还是坏。

"这世上的事啊，我最喜欢的就是打架了。"她瞪着那双乌黑的、如火焰般发光的眼睛说，"无论是斗公鸡、斗狗，还是人打架，我都喜欢！"

院子里一有公鸡或鸽子打斗，她就立马放下手中的活儿，然后全神贯注地盯着窗外，直到打斗结束为止。每天晚上她都会对我和萨沙说："你们俩小子在这儿干待着多没劲啊，还不如打场架呢！"

萨沙很生气："傻婆娘，我才不是什么小子呢，我是个小店员！"

"哟，是吗？在我看来啊，没娶婆娘的都是小子！"

"你这个婆娘，傻乎乎的……"

"魔鬼倒很聪明，可上帝不喜欢。"

她说的这句谚语惹恼了萨沙，于是他就嘲讽她。可她毫不生气，不屑地瞟了他一眼说："哼，上帝真是错生了你，你这只蟑螂！"

萨沙经常唆使我趁厨娘睡着的时候，往她脸上抹鞋油或煤烟灰，要不就是在她枕头上扎上一些大头针，或是想其他一些捉弄人的办法。可是我很怕厨娘，她睡觉很轻，经常会醒过来，一醒来她就点亮油灯，呆呆地盯着墙角。有时候，她就绕过炉灶来把我叫醒，声音沙哑地请求我："我睡不着，列克赛伊卡[①]，我很害怕，你能陪我说说话吗？"

---

① 阿列克赛的昵称，阿列克赛是高尔基的名字。

于是我只好半睡半醒地和她说点什么，她静静地坐在那儿，摇晃着上身。从她那温热的身体上散发出的蜡味和神香味[1]，让我感觉她快要死了，可能马上就会一头栽倒在地板上死掉。想到这儿我很害怕，说话声不由得放大了，她立马阻止我说："小点声！要是把那些坏蛋吵醒了，他们会乱猜疑的，他们肯定会以为你是我的情人……"

她在我身边坐着，一动不动，总是弯着背，两手插在膝盖中间用腿骨夹着。她的胸部扁平，即使穿着厚厚的麻布衫也能显现出那一根根肋骨，像干裂的木桶上的一道道铁箍。静静地坐了很久，突然她低声说道："还不如一了百了地死了，省得心里烦闷……"

又好像在问别人："我还不死吗？还没活到头吗？"

我刚说了一句"睡吧！"她就直起腰来，然后她那灰色的身影就默不作声地消失在了厨房的黑暗中。

萨沙在背后称呼她为"巫婆"。

于是我怂恿他："你当着她的面这样叫一声！"

"你以为我不敢吗？"但他立马又神情严肃地说："不行，我不能当着她的面这样叫，万一她真是个巫婆呢……"

厨娘很爱发脾气，对谁都很不客气，包括我在内。每天早晨一到六点她就来揪起我的大腿吼道："快起来！赶快去搬柴火！烧茶！削土豆！……"

萨沙被吵醒了，生气地叫道："吵什么？还让不让人睡觉啦！我要告诉老板去……"

骨瘦如柴的厨娘在厨房里很迅速地来回走动，她眨了眨那因睡眠不足而红肿的双眼，瞪着萨沙说："哼，上帝瞎了眼，错生了你这个东西！我要是你后妈，绝对收拾你。"

"她真该死！"萨沙骂道。在去店铺的路上，他撺掇我说："我们得想个办法让她被老板赶走。这样，悄悄地往所有的菜里多加点盐，菜炒得那么咸，老板肯定撵她走，或是往菜上倒点煤油，怎么样，你干吗？"

---

① 东正教在死者的安魂祭上会点白蜡和神香，这里意指厨娘即将离世。

"你怎么不干？"

他生气了，哼了一声："胆小鬼！"

厨娘的死我们都看见了。当时她正弯腰去端茶炊，突然，胸口像被谁推了一下似的坐在了地上，随后无声地向一侧栽倒下去，两只胳膊向前伸着，嘴里流出了血。

我俩立刻意识到——她死了。当时我们吓傻了，盯了她很长时间，一句话也说不出来。后来萨沙冲出了厨房，我却不知道该怎么办，就靠在了窗边有光亮的地方。老板走进来，神情很忧虑，他蹲下来用手指碰了碰厨娘的脸，说："她真的死了……这是怎么回事啊？"

他对着屋角处的奇迹创造者——尼古拉小圣像，在胸前画了个十字，并做了祷告后，就在前室命令道："卡希林，快去警察局报警！"

警察来了，在屋里转了一圈，拿了点小费就走了。没一会儿，他带着一个马车夫回来了，他俩分别抬起厨娘的头和脚，把她扔在了大街上。老板娘从前堂里朝这儿看了看，对我说："把地板擦干净！"

然而老板说："幸亏她是在晚上死的……"

我不知道这句话是什么意思：为什么晚上死好？到晚上要睡觉了，萨沙以从未有过的口吻温柔地对我说："你别关灯！"

"你害怕吗？"

他用被子盖住头，躺在那儿大气儿也不敢出。夜静悄悄的，似乎在聆听着什么，等待着什么。我隐隐觉得：钟声就要响起，霎时间，全城的人会喊叫着四处奔跑，乱作一团。

萨沙从被子里露出鼻子，轻声地说："咱们一块儿到炉炕上睡吧，行吗？"

"炉炕上太热了。"

过了一会儿，他又说："她怎么突然就死了？这是怎么回事啊？难不成她真是巫婆……我睡不着……"

"我也睡不着。"

于是萨沙开始讲死人的故事，他讲死人会从坟墓里爬出来，到城里寻找自己以前居住的地方和亲人的住所，就这样游荡着一直到半夜。

“但死人只记得城市的位置，却记不得具体的街道和房屋……”他小声说。

周围更安静了，也更黑暗了，萨沙稍稍抬起头问：“想不想看看我的箱子？”

我早就想知道他箱子里装的什么了。平时箱子被锁着，每次他开箱子时，总是很小心翼翼，要是我稍微凑近点想看一眼，他就粗鲁地大声问：“你想干什么？啊？”

我同意后，他就从床上坐起来，也不下床，而是命令我把箱子搬到床上，放到他脚跟前。他把钥匙和十字架拴到一条带子上，平时就戴在脖子上。在开箱之前，他朝厨房黑暗的角落瞥了一眼，然后得意地皱起眉头，锁打开了，他对着箱子吹了吹，好像那箱盖烫手似的，然后他从箱子里拿出了几件衣服。

药盒、包茶叶用的五颜六色的商标纸、鞋油盒和鱼罐头盒等足足占了半个箱子。

“这是什么啊？”

“你一会儿等着瞧吧……”

他用两条腿把箱子夹住，上身前倾趴在了箱子上，然后轻声哼唱道：“愿主……”①

我期待着看到玩具。我不曾有过玩具，尽管表面上我装作不在意，可看着别人的玩具，心里真的很羡慕。虽然萨沙不好意思地把玩具藏了起来，但我很理解这种害羞的心理，也很高兴他这么大了还有玩具。

他打开第一个盒子，从里面拿出一副眼镜框，然后架在鼻梁上严肃地看着我说：“没关系，这种眼镜就是这样，本来就没有镜片。”

“让我戴戴！”

“这眼镜适合黑眼睛戴，你的眼睛是灰色的，不合适。”他解释着，然后学着老板的样子咳嗽了一声，但马上就胆怯地环顾了一下厨房四周。

一个鞋盒里装满了各式各样的扣子，他很得意地说：“这些都是我

---

① 《圣灵祈祷文》中的开头语。

自己从大街上捡来的。到现在已经捡了三十七颗了……”

第三个盒子里有铜大头针，有磨损的皮鞋后跟铁掌、皮鞋或便鞋上完整的和破损的扣子、铜质门把手、坏了的手杖骨雕柄、一把少女用的梳子、一本名为《圆梦与占卜》[①]的书，还有很多其他价值类似的东西，这些也都是从大街上捡来的。

以前我捡破烂儿的时候，一个月就能轻松地捡到他这些东西的十倍还多。看到这些我很失望，有些恼火，但又觉得萨沙很可怜。可他却像对待珍宝似的全神贯注地欣赏着每一件东西，用手抚摩着它们，神情庄重地噘起那厚嘴唇，暴出的眼睛里充满了感情。然而那副眼镜框却使他稚气的脸显得很滑稽。

“你攒这些东西做什么？”

他透过眼镜框瞥了我一眼，用清脆稚嫩的声音问道：“你想要我送你点什么呢？”

“不，不用了……”

很显然，他生气了，因为我拒绝了他，因为我不是很重视他的这些东西。他沉默了一会儿，然后低声说：“你去拿条毛巾来，这些东西都满是灰尘了，我得把它们都擦一擦……”

他把每一件东西都擦干净，放好后，就面朝墙钻进了被窝。外面下起了雨，雨水从屋檐上流下来，风吹打着窗户。

他背对着我说：“等着吧，园子一干，我就带你去看一样东西，你肯定会很吃惊的！”

我没理他，准备睡觉了。

没过一会儿，他突然跳起来，双手抓着墙，无比诚恳地说道：“我好害怕啊……主啊，天主啊！可怜可怜我吧！这是怎么回事啊？”

我一时吓呆了，一言不发。我好像看见厨娘在正对着院子的窗口那儿靠着，低着头，前额紧贴着玻璃，背对着我站着，像极了她活着的时候看公鸡打架时的样子。

---

① 一种浅陋的读物，出版于俄国 18 世纪下半叶。

萨沙号啕大哭，两只手不停地挠墙，两条腿不停地乱蹬。我吃力地挪动身子，然后像踩在火堆上似的头也不回地穿过厨房，走到他身边躺下了。

我俩一直哭，后来哭累了才睡着。

过了几天，正赶上一个节日，做了一上午生意，中午在家吃完饭后，趁老板一家人睡觉的时候，萨沙神神秘秘地对我说："咱们走吧！"

我知道自己马上就能见到那件足以让我大吃一惊的东西了。

我们来到园子里，在两幢房子中间的一片狭窄的土地上，长着十五六棵老椴树，粗壮的树干上长满了青苔，干巴巴的黑树枝毫无生机地在空中伸展着。树枝之间空空的，连一个乌鸦巢也没有，树干光秃秃的，活像墓园里的墓碑。除了这些，园子里什么都没有。小路的地面被踩得很硬实，像生铁一般黑黑的。在铺满去年腐叶的地面上，偶尔会露出一小块儿地面，那露出的地面像一摊死水中的浮萍，长满了霉。

萨沙拐过一个弯儿，来到街道旁边的围栏前，停在了一棵椴树下。他朝邻居那脏兮兮的窗户瞥了瞥，然后蹲下去双手扒开一堆落叶，一个粗大的树根露了出来，树根旁有两块儿埋在土里的砖。他挖出砖，下边是屋顶上用的破烂铁皮，铁皮下是一块儿方形板，最后是一个直通树根底的大洞。

萨沙划了一根火柴，点亮了一根蜡烛，然后将蜡烛探进洞里，对我说："别害怕，你看……"

他自己倒先害怕起来了，他的手一直哆嗦，脸色发青，嘴巴不自然地张着，眼睛也湿乎乎的；他小心翼翼地把另一只手放到了背后。看到他这样，我也有些害怕了。我小心谨慎地沿树根向洞底望去，粗大的树根为洞搭了个顶。萨沙将三根点燃的蜡烛放在了洞底，那蓝色的光照亮了整个洞。洞很大，有木桶那么深，但比木桶要宽些。洞旁边堆满了彩色的小碎玻璃和茶具碎片。洞中心隆起一个高台，上面铺着一块红布，布上面是一口小棺材，棺材外面糊着一层锡纸。一块棺材罩似的布盖住了半个棺材，布下面露出了麻雀的两只小灰爪子和尖尖的喙。棺材后有一个灵台，灵台上放着一个铜质护身十字架。灵台四周点了三支长长的蜡烛，蜡烛插在用金色、

银色糖果纸包裹的烛台上。

烛火向洞口处倾斜。洞里朦胧地闪烁着五彩的光点。蜡烛燃烧的烟气、洞里散发的湿热的霉腐气混着泥土气一齐扑到我的脸上，一道道的小彩虹弄得我眼花缭乱。看着这些，我心里不由得有种惊讶的感觉，这感觉甚至覆盖了我的恐惧。

“好玩儿吗？”萨沙问。

“这是什么啊？”

“小型的礼拜堂啊，怎么样，像吧？”

“我不知道。”

“可以把这小麻雀看成是死人，说不定它会变成不朽的金身呢，因为它的死很无辜……”

“你看到它时，它就已经死了吗？”

“不是，它飞进了货房，我用帽子扑死它的。”

“为什么要扑死它？”

“不为什么……”

他看了看我，又问道：“好不好玩儿？”

“不好玩儿！”

听到我的回答，他立刻弯下腰，盖上洞口的木板和铁皮，然后把砖块埋进土中。起身拍了拍膝盖上的泥土，厉声问道：“你为什么不喜欢？”

“我觉得那只小麻雀很可怜。”

他用那双黯淡无光的眼睛盯着我，然后在我胸口上推了一下，大声骂道：“浑蛋！你是心里嫉妒才说不喜欢。我不相信在缆索街你家院子里，你能做出比这更好的东西，你行吗？”

我想起家里的凉亭，便自信地回答：“当然，我做的比这个更好！”

萨沙气愤地将上衣脱下来往地上狠狠一扔，朝手心里唾了口唾沫，叫道：“既然这样，我们打一架吧！”

我不想打架，心里憋闷得慌，看着表哥那张愤怒的脸，我心里很不好受。

他猛地扑过来，一头撞到我的胸口，把我撞倒了，他骑在我身上吼道：

"想活还是想死？"

我很气恼，但我力气比他大，没过多一会儿，我就制服了他，只见他双手抱头，趴在地上一动不动，声音都变哑了。我吓坏了，赶忙扶他起来，可他却不依，两只胳膊乱挥着，腿胡乱蹬着，我更慌了，不知该怎么办，这时他抬起头说："怎么，算你赢了？我就躺在这儿，让老板的家人看看，然后告你一状，他们肯定会赶你走的！"

他骂我，还威胁我，我被激怒了，于是我跑到洞边，挖开砖块，把那只小麻雀从洞里扔到了围栏外，然后将洞中的东西全部拿出来扔到地上，用脚狠狠地踩碎了。

"看见了吗？"

看着我这残忍的行为，萨沙的表情很怪。他坐在地上，嘴稍稍张开，眉头紧锁，一声不吭地看着我。我干完了，他才慢慢地起身，抖了抖身上的尘土，将衣服往肩上一搭，异常镇定而又恶狠狠地说："你等着吧，用不了多久你就知道了！这东西都是我专门为你做的，这是魔法！你懂吗？"

我听后，猛地就蹲下了，似乎被他的话吓到了，我像是全身灌满了凉气。而他却头也不回地走了。是他那异常的镇定把我吓到了。

我下定决心明天就逃离这座城市，离开老板一家，躲开萨沙的魔法，从这种无聊又愚昧的生活中逃离出来。

第二天早晨，我被新来的厨娘叫醒了，她一看见我就叫道："天哪，你的脸是怎么回事啊？"

"魔法起作用了！"我懊恼地想。

厨娘放声大笑，使我也不由得笑了，我拿过她的镜子一照，原来我脸上有一层厚厚的煤灰。

"这是萨沙干的吧？"

"难不成是我吗？"厨娘笑着说。

我正要擦皮鞋，手刚伸进鞋里，手指就被大头针扎了一下。

"又是魔法！"

原来每只鞋里都放了缝衣针和大头针，放得很隐蔽，很难被发现，这些大头针不偏不倚正好扎进了我的手指。于是我拿瓢舀了一瓢凉水，走

到了这位魔法师面前，他还没醒，也或许在装睡，我十分解恨地浇了他一头凉水。

可感觉还是不痛快。脑海中老是浮现出那口装小麻雀的棺材，它的爪子弯曲着，暗淡无光的小尖嘴可怜地向上伸着，还有周围闪闪的彩色光点，快要形成彩虹了却没有形成。棺材在不断变大，小麻雀上伸着的爪子也越来越大，颤动着，它活了。

我心里计划着当天晚上就逃走。但令人没想到的是，午饭前在煤油炉上热汤时，我因为走了神，汤烧开了也不知道，接着又因为急忙关火，把汤锅打翻在自己手上，于是我被送进了医院。[①]

在医院那段噩梦般的日子至今仍存留在我的脑海里：一些身穿尸衣的白影子和灰影子在黄斑斑的空荡荡的地方来回游荡着，低声呻吟着。其中有个拄着拐杖的大高个男的，又粗又长的眉毛好像两撇髭须，他甩着大黑胡子，咆哮道："我要到主教大人那儿去告状！"

那儿的病床像是一口口棺材，而躺在上面的，鼻孔朝上的病人就是那只死麻雀。黄色的墙壁在颤动着，天花板也凸了出来，像鼓起的船帆，地板松动着忽上忽下。并排着的病床嘎吱嘎吱的，一会儿合拢，一会儿分开，这里的一切都是活动的，可怕极了。不知什么人像摇晃打人用的皮鞭似的摇晃着窗外的树枝。

屋外有一个棕红色头发的死人，身材瘦小，挥动着两只小手，撕扯着自己的尸衣在跳舞，还不断地尖叫："让这些疯子都远离我！"

这时那位拄着拐杖的大黑胡子嚷道："我要到主教大人那儿去告状……"

小时候我从外祖父、外祖母和其他人口里得知：医院往往会把人折磨死。我顿时心灰意冷，心想我这条命肯定完蛋了。一个戴着眼镜、穿着尸衣的女人走过来，在我床头的小黑板上写了些东西，粉笔断了，粉末掉在我头上。

"你叫什么名字？"她问。

---

① 这件事发生在大斋节期间，当时是1880年的春天。

“什么也不叫。”

“你总有个称呼吧？”

“没有。”

“别胡闹，信不信我打你！”

就算她不说，我也知道自己会挨打，于是我干脆不理她。她像猫一样哼了一声，又像猫一样无声地离开了。

这里点了两盏灯，两束黄色的火苗挂在天花板下，像人的一双眼睛，眨呀眨的，没有神，似乎想要靠在一起。照得我眼花缭乱，烦躁得很。

屋角落里有个人说：“咱们打牌吧？”

“我就一只手怎么打啊？”

“哦，对，你的一只手被人锯掉了。”

我立刻想：他们锯掉了这个人的一只手，就因为他爱打牌，那他们会用什么方式把我折磨死呢？

我的手很痛，像着了火似的，那感觉像是有人在活生生地抽我手上的骨头。恐惧加上疼痛，使我忍不住轻声哭了起来。我不想让别人看到自己流泪，就闭上了眼，但泪水从眼角溢了出来，顺着太阳穴流到了耳朵里。

夜来了，所有人都躺在病床上，躲在灰色的被子里，时间一分一分地过去，周围越来越安静。只听到墙角那儿有人嘟囔：“不会有好结果的，男的是废物，女的也是废物……”

趁我还没死，我想给外祖母写信，叫她赶快来偷偷把我从医院接走。可是我没有纸，手又写不了字。我想试试，能不能逃离这里呢？

夜晚更加安静了，让人觉得好像光明永远不会到来。我悄悄地下了床，走到门口，门半掩着。借助灯光，我看到在走廊里的一张带靠背的长木椅上，坐着一个灰色的、脑袋像刺猬一样的人，这人喷着烟，他那深深凹陷的眼睛盯着我，我已经来不及躲了。

“是谁在那儿？过来！”

这声音很轻，我并不感到害怕。我走了过去，这人圆圆的脸上长满了络腮胡子，又长又乱的头发竖立着，使他的头周围有一圈银色的光环。他

的腰上挂着一串钥匙。如果他的头发和胡子再长一点，那就和彼得[①]没什么区别了。

“你的手被烫伤了？你半夜出来溜达什么？有规定允许这样吗？”

他把烟喷到了我的脸和胸脯上，又伸出一条温暖的胳膊搂着我的脖子，把我拉到了他身边。

“你害怕吗？”

“害怕。”

“刚到这儿的人都害怕，但其实不用怕，尤其是和我在一起，我从不会让任何人觉得委屈……你想抽烟吗？噢，不抽，你还太小了，再过两三年吧……你的父母呢？都去世啦？哎，没有了也没事，没有父母我们照样能活下去。但你得胆大些，知道吗？”

我很长时间没有遇到这样好心的人了，他讲的话很朴实，很在理，很亲切，听他说这些话，我心里有种说不出的喜悦。

他送我回到病床上，我请求他：“你陪我坐会儿吧！”

“好。”他同意了。

“你是做什么的？”

“我？我是一个兵，一个地地道道的高加索兵，我打过仗，可不打仗也不行啊，当兵的目的就是要打仗嘛。我打过切尔克斯人，打过匈牙利人，打过波兰人[②]，总之和许多人打过仗！小老弟啊，打仗真是一种无法收拾的大灾难啊。”

我闭了会儿眼，等我再睁开眼时，发现外祖母穿着黑色的衣服，坐在那个兵坐过的位置，当兵的正站在她身旁说：“那些人全死了吗？”

阳光照进病房，把病房里的一切都染成了金色，它像一个在嬉闹的小孩儿，一会儿把自己藏了起来，一会儿又明晃晃地照亮所有物体。

外祖母弯下腰问我：“我的小心肝儿，怎么样，伤得严重吗？我已

---

① 耶稣的一位门徒。

② 分别指的是沙皇政府19世纪20—50年代对高加索的战争，对匈牙利一八四八年革命、波兰一八三〇年起义的镇压。

经和那个红胡子魔鬼说过了……”

“我现在就去办出院手续。”那个当兵的说完就走了。外祖母擦了擦眼泪说：“这个兵以前是我们那儿的，是巴拉罕纳人……”

我一直觉得我在做梦，不敢说话。医生进来为我换了烫伤部位的纱布。之后，外祖母便带我坐上一辆马车走了，走在城里的街道上，她说道：“咱家的那个老头子简直疯啦，吝啬透了，真令人厌烦！前两天，他的新朋友——一个毛皮匠，人送外号‘马鞭子’，把他夹在赞美诗里的一张一百卢布钞票偷走了。结果他和人家没完没了，唉！”

阳光很亮，一朵朵云像一只只白天鹅，在天空中飞翔，我们的马车沿着铺在伏尔加河冰面上的木板路向前走着，冰发出咔嚓咔嚓的响声，正在不断扩张，哗啦哗啦的水流声从木板下传来。几个金黄的十字架，位于市场中大教堂的红色屋顶上，正发出耀眼的光芒。这时走来一个妇人，脸盘宽宽的，手捧一大把柔嫩的柳枝——春天到了，复活节快到了。

我的内心像云雀一样激动起来：“外祖母，我好爱你啊！”

听到我的话，她并没有多大反应，只是平静地说：“因为我们是亲人啊。不是我说大话，就连外人都很喜欢我，啊，感谢圣母！”

她微笑着继续说道：“圣母喜欢的那一天马上就要来临了，她的儿子就要复活了！可是我的女儿呢，我亲爱的瓦留莎①呢……”

说到这儿，她沉默了……

二

我进院子时正好碰到外祖父，他正跪在地上，用斧子削一个木楔子。他举起斧子，假装要过来砍我的头。然后他摘下帽子，满含嘲讽地说：“我的大老爷，您好啊，您退休了吗？哟，以后可有的福享啦，是啊，哎，你呀……”

外祖母忙挥手让他走开：“行了行了。”随后她走进屋子，边烧茶

① 高尔基的母亲瓦尔瓦拉小名叫瓦留莎。

欢边说：

“现在啊，你外祖父算是身无分文了。他把钱全交给了教子尼古拉去放利息了，可能也没向他要字据。真不知道这钱是怎么没的，现在好了，那些钱全没了。这都是因为我们没有接济贫苦人，不对可怜人行善。上帝想：我为什么要为卡希林家带去好运呢？想到这里，就把所有的一切全部收回了……”

她环顾了一下四周，对我说：“我一直想祈求上帝发发善心，不要太为难老头子。于是到了半夜，我常常悄悄地把自己挣来的钱施舍给他人，你要是愿意，今晚咱俩一块去，我身上有钱……”

外祖父觑着眼进来了，问：“你们这是要吃东西吗？”

“又不吃你的东西。”外祖母说，“你要是想吃的话，就坐下来和我们一块儿吃，够你的份儿[①]。”

于是他在桌边坐下来。轻声说：“给我倒杯茶……”

屋里的一切还是原来的模样，只是我母亲原来所占的地方空空的。除此之外，外祖父床上方的墙上贴着一张纸，纸上用粗大的印刷字体写着：

唯一的救世主耶稣啊，愿您神圣的名字时刻与我同在！

“这是谁写的？”

外祖父没有回应。过了一会儿，外祖母笑着说：“这张纸价值一百卢布呢！”

“关你什么事！”外祖父嚷道，“我会把所有东西都送给他人的！”

“你已经没什么东西可送了，以前有东西的时候也没见你送什么给他人。”外祖母平静地说。

“闭嘴！”外祖父吼道。

屋子里还和以前一样，一切都安排得井井有条。

在屋角的大箱盖上，有一个装内衣的篮子，科利亚[②]就睡在那儿。这时他醒了，他看了我一眼，眼睑下隐约地露出两条青筋。他更加憔悴了，

---

① 高尔基的外祖父和外祖母当时是分开过的。

② 高尔基同母异父的弟弟。

也更加衰弱了。他什么也没说，翻过身去又睡了，显然他没有认出我。

我得知了之前发生的很多不幸的事：在受难周期间，维亚希尔①出天花死了；哈比②到城里生活了；雅兹③失去了双腿，以后再也不能游玩了。黑眼睛科斯特罗马④把这些事告诉了我，他气愤地说："这些孩子还那么小就死了！"

"不是只有维亚希尔死了吗？"

"有什么区别啊？离开了这条街，就看不见他们了，不是和死了一样啊。交的朋友刚混熟，不是离开这里出去干活儿了，就是死了。你们院子里新搬来了一家姓叶夫谢延科的，住进了切斯诺科夫的那所宅子里。他们家的一个小孩叫纽什卡，小伙子挺不错的，人很机灵。他有两个姐妹，一个还小，另一个走路时得拄着拐棍，那姑娘长得很漂亮。"

他沉默了一会儿，又说："老弟，我和丘尔卡⑤都喜欢上了这位姑娘，我俩总吵架。"

"和这位姑娘吵吗？"

"和姑娘吵什么？是我们俩吵。很少和姑娘吵。"

我知道那些年龄大点儿的小伙子以及成年人都谈恋爱，我还知道谈恋爱这个词的粗俗内涵。我心里很不舒服，觉得科斯特罗马很可怜，看着他那笨笨的身体以及那双生气的黑眼睛，我心里很不是滋味儿。

当天傍晚，我见到了那位瘸腿姑娘。她正要下台阶到院子里来，但一不小心丢了拐棍，于是她只好停在台阶上，伸出洁白纯净的手扶住了栏杆，她是那么瘦弱。我想替她把拐棍捡起来，可我的手扎着绷带，动作很不灵便，我费了很大的劲儿还是没成功。她站在较高的地方，微笑着轻声问："你的手怎么啦？"

"烫伤了。"

"我是个瘸子。你住在这个院子里吗？在医院里待了很长时间吗？我在那儿可住了有一段时间了！"

---

①②③④ 均是高尔基童年时的小伙伴。

⑤ 高尔基童年时的小伙伴。

她叹了口气，继续说："真的是好长一段时间啊！"

她身穿一件白底天蓝色马蹄花纹的连衣裙，尽管有些旧了，但很干净。她编着一条短粗的辫子，辫子垂到胸前，梳得很整齐。一双眼睛很大，但看起来很严肃。她开心地笑着，宁静的眼睛里燃着淡蓝色的光，照亮了她那张鼻子尖尖的、瘦削的脸。我并不喜欢她，她病弱的身体好像散发出一种信号："请不要碰我！"

我的那些伙伴喜欢她什么呢？

"我的腿很早前就瘸了。"她似乎有些得意地说，"是一个女邻居对我施了魔法。她和我妈吵了一架，为了报复，就对我施了魔法……你在医院里害怕吗？"

"怕……"

和她在一起让我觉得很不舒服，于是我回屋里了。

半夜时，我被外祖母亲切的声音叫醒了。

"咱们走吧，好吗？我们为他人做一点事，你的手会恢复得快些……"

她牵着我在黑夜中行走，像牵着个盲人。夜很黑，有些潮湿，风不停地刮着，像奔流的河水。脚踩着冰凉的沙石，很痛。外祖母每走到一家贫民的黑窗前，就画三次十字，将五戈比铜币和三个面包圈放到窗前，然后抬起头望着没有一颗星星的夜空，又画了一次十字，还轻声地说："尊敬至上的圣母啊，发发慈悲帮帮人们吧！敬爱的圣母啊，在您面前，所有人都是罪人啊！"

我们离家越来越远，四周越来越如死般沉寂。夜空像黑洞般深不见底，仿佛永远地吞没了月亮和星星。突然一只狗不知从哪儿跑了过来，在我们面前不停地叫，黑暗中，它的眼睛发亮，我害怕地紧靠着外祖母。

她说："不用怕，就是一条狗而已。这会儿公鸡已经叫过了，没有鬼了。"

她把狗叫过来，抚摩着它说："小狗啊，你可别把我的孙儿吓坏了！"

那只狗在我腿上蹭了蹭，我们仨一齐往前走。外祖母走过了十二户人家的窗口，留下了"匿名的施舍"。天慢慢亮了起来，灰白的房子渐渐从黑暗中显现出来。纳波尔教堂那雪白的钟楼耸立着。墓园里的砖墙已经不完整了，像又薄又破的席子。

“我好累啊。”外祖母说，“是时候回家啦！明天那些女人醒来发现圣母为她们的孩子送来了钱粮，唉，当人们一无所有的时候，不管多少，给点就顶用啊！唉，阿廖沙[①]，大家的生活都很苦啊，为什么没人关心他们。

有钱人心里没有上帝 / 也不顾最终审判 / 他不把穷人当兄弟 / 也不把穷人当朋友 / 他费尽心机地搜刮黄金 / 而那些黄金 / 正是为他准备的地狱之火的柴薪

这话很在理！人与人之间应该友好相处，上帝对每个人都是公平的！很高兴我们又在一起了……

我心里也暗自高兴，隐约地感觉到自己已经和一种永生难忘的东西结合在一起了。那只棕毛狗一直在我身边发抖，它的脸长得像狐狸，眼神温顺而自责。

“要把它留下来吗？”

“为什么不可以呢？它要是愿意就住在这儿，这还剩两个面包圈，我喂它点。咱们在长凳上休息会儿吧，我累了……”

我们坐在一家门口的长凳上，狗趴在我们脚边啃着干面包圈，外祖母又说道：“这家住着一位犹太妇女，她有九个孩子，一个比一个小。我问那女的：‘莫谢芙娜，你靠什么生活啊？’她回答：‘靠上帝保佑吧，还能靠谁呢？’”

我靠在外祖母那温热的身体上睡着了。

沉重的生活啊，像一条大河，一如既往地飞逝，随之而来的新事物有时使我陶醉，有时带来忧愁，有时也令人愤怒，有时还发人深省。

没过多长时间，我便想方设法地找机会见那个瘸姑娘，只要和她在一起，无论是和她聊天，还是和她静静地坐在门口的长凳上，我都很开心。她如柳莺一般美丽清新，她讲的顿河哥萨克的生活故事很动听。之前她在叔叔家住过很长一段时间，她的叔叔在那边的油厂里当机师，后来她跟着当钳工的爸爸一起搬到尼日尼来了。

---

① 高尔基的小名。

“我还有个二叔，为沙皇做事呢。”

每到傍晚或放假期间，人们就走出家门，来“外边”玩儿。年轻的小伙子和姑娘们一起到墓园跳环舞，大人们纷纷到饭馆喝酒，只剩下女人和孩子待在大街上。妇女们坐在自家门前的长凳上，有的干脆直接坐在沙地上，她们大声斗着嘴，说着闲话。孩子们一会儿打棒球，一会儿玩“扔棒子”①，一会儿玩“槌球”，母亲们则在一旁像评论员似的，鼓励那些打得好的，笑话那些笨拙的，有这些大人当观众，我们小孩就精神饱满地对待每一场游戏，使得气氛非常活跃，大家的喊叫声震耳欲聋，其中的快乐使人难忘。但无论游戏多么激烈，科斯特罗马、丘尔卡和我，我们之间总有一个人跑到瘸腿姑娘那儿去炫耀一下。

“你看见了吗？柳德米拉，我打出去了五个圆柱！”

她笑着连连点头。

以前无论玩儿什么，我们三个总是站在一起，可现在，丘尔卡和科斯特罗马老是相互较劲儿，比着谁的本事大、力气大，经常吵得哭起来。有一次他俩打得很厉害，大人们不得不出面干预，用对付狗打架的方法，往他俩身上泼凉水。

柳德米拉坐在长凳上，不停地用那只没瘸的脚跺着地，那两人厮打着滚到她面前，她用拐棍把他俩捅开，恐惧地大声喊道：“别打啦！”

她脸色白得发青，眼神黯淡无光，不停地转动，像疯了似的。

还有一次，科斯特罗马玩扔棒子输给了丘尔卡，就蹲在一家杂货店的燕麦柜后面，偷偷地哭了。他那样子看起来叫人害怕：他板着瘦削的脸，咬着牙，颧骨凸显了出来，眼泪不停地从那双无神的黑眼睛里流出来。我过去不停地安慰他，他抽泣着轻声说：“他等着……等着我用砖头砸破他的脑袋……也叫他见识见识我的厉害！”

丘尔卡歪戴着帽子，两手插在口袋里，像一个到了结婚年龄的小伙子，在大街上到处闲逛，样子很得意。他现在变得有些像痞子，从牙缝里滋口水，还自夸地说：“我试着抽过两次烟，呛得我直想吐，但我很快就会学

---

① 一种游戏，拿木棒把木质圆柱打出圈外。

会的。”

我意识到自己正在失去这个伙伴，心里很不开心，而且认为这一切都是柳德米拉造成的。

一天傍晚，我正在院子里分类整理捡来的骨头、破布等废品，这时柳德米拉挥着右手，摇摆着身体走了过来。

“你好，”她连着点了三次头，“科斯特罗马和你是一伙的吗？”

“是的。”

“那丘尔卡呢？”

“他已经和我们分开了，这都是你造成的，他俩打架是因为喜欢你……”

她的脸唰的一下红了，但又觉得委屈：“我又没有错！怎么能怪我呢？”

“你为什么让他们都喜欢上你？”

“我没有让他们喜欢我啊！”她说完生气地走开了，还边走边说，“真是可笑！我十四岁了，比他们都大，男孩子不应该喜欢比自己大的女孩子……”

我故意激怒她：“你知道什么啊！‘马鞭子’的妹妹——那个老板娘，年纪都那么大了还和年轻小伙子胡来呢！”

“你才什么都不懂呢！”她急了，眼睛发出美丽动人的光，稍带哭腔地说，“怎么能拿我和那老板娘比呢，她本身就爱胡来，我还小呢，谁也不许碰我……你应该先看看那本名叫《堪察加女人》[①]的小说，再和我理论不迟！”

说完她哭着走了，我觉得很愧疚。她说的话很有道理，但我没有听懂。我的伙伴们为什么要招惹她呢？还口口声声说爱她……

第二天，为了给柳德米拉道歉，我买了两戈比麦糖，我知道她喜欢吃这种糖。

---

① 长篇悲伤主义小说，1883年在彼得堡出版，作者为伊·卡拉什尼科夫，共四部。

“要不要吃糖？”

她假装很生气，说：“走开，我才不和你玩儿呢！”

可她最终还是接过了糖，有些嫌弃地说：“也不用纸包一下，手那么脏。”

“我洗过手了，但好像洗不干净。”

她用那双既温暖又干净的手，拿起我的手，端详着说：“手怎么成这样了……”

“你的手指也被扎得不成样子了……”

“这都是针扎的，我经常做针线活儿……”

过了一会儿，她看了一下四周，对我说：“听着，咱们找个隐蔽的地方一起看《堪察加女人》怎么样？”

我们找了好长时间都没找到一个合适的地方。最后决定躲在洗澡间的更衣室里，那儿虽然不是很亮，但坐在窗口也是个不错的选择。窗口正对着一个又脏又乱的角落，角落两边分别是一个储藏室和一个屠宰场，几乎没有人到那儿去。

她一条瘸腿踩在长凳上，另一条好腿踩在地上，在窗口前侧身坐下来。她拿起一本破旧的书，正放在脸前，那一句句冗长枯燥的话，从她嘴里出来就变得很动听。我坐在地板上，看着她那双严肃而又发出淡蓝色光的眼睛，在随着书中的文字一行一行地移动，心里很激动。有时念到动情处，她的眼睛也会湿润，声音也会发颤，对于那些晦涩难懂的句子中的生僻字，她念得一点也不慢。我抓住这些字句，试着将它们颠倒顺序，重新组合，然后加工成诗歌，但这么做使我曲解了故事的内容。

狗躺在我的膝盖上打盹儿。它毛茸茸的，身形细长细长的，跑得很快，于是我给它起了个名字叫“风”，它的叫声像秋天烟囱里的风声。

姑娘问：“你在听吗？”

我点了点头。我越听越兴奋，也更加急切地想把它们改头换面、重新组合成诗歌的形式，诗歌中的每个字句都像夜空中的星星一样，灵动鲜活地发着亮光。

夜晚来临了，柳德米拉放下那只拿书的、发白的手，问：“怎么样，这书不错吧？”

从那天傍晚以后，我们就常到那个更衣室。我很高兴没过多久柳德米拉就不再读《堪察加女人》了，因为每次她问我这本没完没了的书都讲了些什么，我一点也说不上来。这本书的确是没有穷尽，我们刚开始读第二部，第三部就出版了，听她说还有第四部。

每到阴雨天，我们就很开心，除了星期六的阴雨天，因为星期六是人们烧水洗澡的日子。

外面没有人，只有雨在不停地下，谁也不会到这个角落里来。柳德米拉很怕遇见人。

“你知道叫人家碰见，人家会怎么想吗？”她轻声问。

我当然知道，我也不想被人撞见。我讲外祖母讲给我的故事，她讲熊河[①]哥萨克一带的生活，我们在那儿一坐就是几个钟头。

她感慨：“那个地方多好啊！不像这儿，生活的全是乞丐……”

我暗暗决定，长大后一定要到熊河去看看。

没过多久，我们就不用去更衣室了。柳德米拉的妈妈在毛皮工厂里找了份工作，每天一大早就去工作了，她的妹妹在上学，哥哥在一家瓷砖厂做事。碰到阴雨天，我就到她家里，帮她做饭、收拾房间和厨房。她笑着说：“我们就像一对夫妻，只不过我们没有在一起睡觉。但夫妻之间，男人都不帮女人干活儿，我们比夫妻还美呢……”

我有钱时，就买些糖果，我俩一块儿喝茶。我们用凉水把茶炊浸凉，以免柳德米拉那爱唠叨的母亲发现。外祖母也会偶尔到这儿来，她坐着，一边织花或刺绣，一边讲动听的神话故事。外祖父一进城，柳德米拉就到我们家来，我们就放开地大吃一顿。

外祖母说：“啊！我们的生活多快乐，自给自足，应有尽有！”

她看好我们的友谊：“男孩和女孩结下友情是好事，但千万不能胡来……”

她对“胡来”的解释既简洁明了，又美丽动听，使我理解得很透彻：

---

① 顿河的一条支流，位于左岸处。

未开放完全的花朵是不能摘的，否则这花朵就失去了芬芳，也就不会结出果实了。

我们是不会“胡来”的。但这并不妨碍我们谈论人们都闭口不谈的事。当然，我们是不得不讲的时候才讲的。因为我们见过了太多太多不堪入目的粗鲁而鄙俗的两性关系，真叫人气愤！

柳德米拉的父亲四十来岁，是个美男子，一头鬈发，还留着胡子，两道浓浓的眉毛动起来特别有神。他的话出奇的少，在我印象中，没听他说过一句话，哄孩子时，他只发出咿咿呀呀的声音，甚至打老婆时也不出声。

每到节假日的傍晚，他就要精心打扮一番：上身穿一件淡蓝色衬衫，下身一条棉绒布长裤，皮鞋擦得又光又亮。他肩上扛着手风琴，在门口站着，像一个站岗的士兵。这一站，大门前立马热闹了起来：像一群鸭子似的，少妇少女们纷纷赶了过来，她们有的偷偷瞟他一眼，有的则明目张胆地盯着他看。而他站在那儿，噘着嘴，瞪着黑眼睛挑剔地看着每一个女人。他们默默地四目相对，而一见了男人就举止轻佻的女人，像是变成了一种温顺的动物，令人感到恶心。似乎只要这个男子任意向她使个眼色，她就会温顺地躺在肮脏的街道上，那样子和死人一样。

“这只公山羊又出去发情了，真不要脸！”柳德米拉的母亲骂道。她很瘦，个子高高的，脸很长，很脏，自从遭受过伤寒病的折磨后，她就把头发剪短了，像一把破旧的扫帚。

为了使母亲不注意街上的事情，柳德米拉在她身边坐下来，不停地问东问西，但丝毫没有起作用。

“走开啊，你这倒霉的瘸子，真讨厌！”母亲呵斥道。她不停地眨着眼，看着很不安。她有双蒙古人般的细眼睛，发出一种怪异的光，一旦盯住什么东西，决不轻易放过。

“妈妈，别生气了，生气一点用都没有。”柳德米拉说，“你快看，席铺的女掌柜打扮得多漂亮啊！”

“要没有你们三个，我比她要漂亮得多。你们都把我活活吃掉了。”母亲眼里噙着泪，恶狠狠地回答，眼睛死死地盯着席铺那个肥胖的女掌柜。

那女的就像一座小房子，凸起的胸脯是门廊，绿头巾下那张方脸红红的，就像反射着阳光的玻璃天窗。

叶夫谢延科把手风琴架在胸脯上，拉奏出很多悠扬动听的曲子，吸引了很多孩子从各条街跑过来，在他脚边围了一圈，坐在沙地上静静地听着，一个个都入了迷。

他的太太威胁他说："你等着人家把你的头拧下来吧。"

他没有回应，只是斜眼盯着她。

席铺的女掌柜在不远处的"马鞭子"店铺门口的长凳上坐下，像压了一块大石头，她歪着头，红着脸倾听着。

红彤彤的晚霞映在墓园后的天空。街道像一条河，河里游荡着五颜六色的高大身影。孩子们如风般在中间跑来跑去。空中的气息暖暖的，令人沉迷。经过整整一白天的曝晒，沙土地上散发出一股呛人的气味，尤其是屠宰场那股油腻中带着甜味的血腥臭。毛皮匠住的院子里散发出一股又咸又臭的皮革味儿。各种声音：妇女们的说话声、男人们的醉话声、孩子们的叫喊声以及手风琴声，构成了一种深沉的喧闹，这是昼夜不停地创造万物的大地的感叹声。一切都如原始般开放、粗野，人们强烈地认识到，这种野蛮无耻的生活难以改变。这种生活在得意地夸耀自己的力量，同时也在苦闷地寻找发泄力量的地方。

经常有一些可怕的话从喧闹声中传出来，人们听到后会有种刺痛的感觉，令人终生难忘。

"不能多个人打一个人，要挨个儿一对一地打……"

"如果自己都不疼爱自己，谁还会疼爱我们呢……"

"也许上帝是为了逗乐才造出女人的吧？……"

夜幕降临了，空气开始变清新，喧闹声渐渐退去，在黑暗的包围下，木质房屋变得越来越大了。孩子们也随父母各自回家睡觉了，他们有的在围墙上一靠就睡了，有的睡在母亲的脚边或腿上，一到晚上，他们就很温顺，很听话。在不知不觉中，叶夫谢延科消失了，像是融化了一般。席铺的女掌柜也不见了。沉重的手风琴声从远处墓园附近飘来。柳德米拉的母亲弓着背，像一只猫一样坐在一条长凳上。我的外祖母到一个接生婆邻居家喝茶去了，这个接生婆常常给人家拉皮条，她又高又瘦，嘴巴扁扁的，像鸭

嘴，扁平的胸前戴着一枚金奖牌，上面写着“救生”[1]。大家都很怕她，说她是巫婆。听人们说，有一次发生火灾，她从火中救了某位上校的三个孩子和他那得病的妻子。

外祖母和她关系很好，两人每次在街上遇见，大老远就高兴地笑着相互招手。

科斯特罗马、柳德米拉和我一起在门前的长凳上坐着，柳德米拉的哥哥被丘尔卡叫去比试打架了，他俩在地上滚打着，扬起一股股尘土。

“快别打了！”柳德米拉害怕地说。

科斯特罗马斜着黑眼睛看着她，讲起了猎人卡里宁的故事：有一个白发老头儿，他眼神邪恶，是村里出了名的坏蛋。就在前不久，这老头儿死了，也没人愿意把他埋葬在墓园的沙地里，就把他的棺材放在了别的坟墓旁。那口黑色棺材的架腿很长，棺盖上有一幅白漆画：一个十字架、一支长矛、一根手杖和两根骨头。

天一黑，老头儿就从棺材里爬出来，在墓园里不停地飘荡，好像在找什么东西，鸡叫声第一次响起的时候，他就又爬回到棺材里了。

“别吓唬人了！”柳德米拉有些害怕了。

“松手！”丘尔卡挣脱了柳德米拉哥哥的手，扭过头来嘲笑科斯特罗马，“别瞎扯了，我亲眼看见那口棺材的下葬过程的，那棺盖上什么也没有。关于死人夜晚出来游荡的话，全是铁匠喝醉酒后瞎编的……”

科斯特罗马没有看他，生气地说：“那你敢不敢到墓园里睡一夜！”

柳德米拉问：“母亲，死人会在夜里出来游荡吗？”

“会在夜里出来游荡。”她母亲按那句话重复了一句，像是从远处传来的声音。

席铺老板娘的儿子二十岁左右，脸红红的，长得很胖，名叫瓦廖克。他听到争论后走过来，打断我们说：“你们三个，谁敢躺在那口棺材顶上睡一夜，我就给谁二十戈比和十支卷烟。要是中途害怕跑了回来，就任我揪耳朵揪个够，怎么样？”

---

① 授予火灾抢救者的一种金奖章。

大家听后都愣了。柳德米拉的妈妈说："这不是胡闹嘛，怎么能拿这种事当游戏呢……"

"你要是给一卢布，我就敢！"丘尔卡底气不足地说。

科斯特罗马听后立刻嘲笑道："给二十戈比你就不敢去啦？"他扭头故意对瓦廖克说："你就给他一卢布，他就是在吹牛，肯定不会去的……"

"行，就给一卢布。"

丘尔卡从地上站起来，一声没吭，慢悠悠地沿着墙根走了。科斯特罗马把两个手指头放进嘴里，对着丘尔卡的背影吹了一声口哨。柳德米拉有些不安地说："哎，上帝啊，他为什么吹这么大牛呢！"

"你们哪，没一个胆大的。"瓦廖克嘲笑道，"还以为自己是这条街上的勇士呢，其实就是一些小猫……"

他的挖苦使我心里很不是滋味儿，我们都不喜欢这个肥头大耳的小子，他经常撺掇小孩子去干坏事，对他们讲姑娘和妇人们不堪入耳的下流话，还教唆孩子们玩弄她们。孩子们听了他的话，结果常常吃苦头。不知道为什么，他很厌恶我的狗，经常扔石头砸它。有一次，他竟然在面包里放上缝衣针，然后拿去喂狗。

我看着丘尔卡缩着身子，脸红着渐渐走远，心里很不舒服，便对瓦廖克说："你出一卢布，我去……"

他一边挖苦我、威胁我，一边把一卢布递给叶夫谢延科太太，而她却大声说："我不管，拿开。"

她说完便生气地走开了。柳德米拉也没敢收那一卢布的钞票，这更助长了瓦廖克的嚣张气焰，于是我决定不收他的钱，但还是要去墓园里。就在这时，外祖母来了，听说这件事后，就收下了那张钞票，然后很平静地对我说："黎明的时候天会很凉的，你得穿上一件大衣，再带上一个棉被。"

外祖母的话鼓励了我，我会安全回来的。

瓦廖克提出要求：我得在棺材上躺着或坐着直到天亮，不管出现什么情况，就算棺材晃动起来，卡里宁老头儿从棺材里爬了出来也不能下来，下来就算输了。

“记住了，”瓦廖克警告我说，“我会整晚一直监督你的！”

在我去墓园之前，外祖母在我胸前画了个十字，对我说：“要是看见什么东西，一定不要动，只要不停地祈求圣母赐福就行了……”

我走得很快，想早点开始，早点结束。瓦廖克、科斯特罗马和其他几个小伙子在后面跟着我。在爬墙头时，被棉被绊了一个跟头，但我立马像弹簧似的从沙地上弹起来，围墙那面传来了大声的嘲笑。我胸口上一阵发紧，感觉脊背上凉飕飕的。

我摇摇晃晃地终于到了黑棺材边，棺材一头埋在了沙土里，另一头有又粗又矮的架脚露在外面，似乎被人抬起了半截。我坐在死人脚边的棺材顶上，环顾着四周。凹凸不平的墓地上排列着许多灰色的十字架，十字架的影子落在坟墓上。一排排的十字架中间，零星有一些细长的白桦树，这些树的枝条把一个个坟墓连接在了一起。白桦树叶花边图案的影子映在地上，有的映在小草周围，这些灰色的毛茸茸的草丛最令人害怕了！高高的教堂耸立着，像雪山一般直伸入天空。一轮明月悬挂在静止的云中间，发出的亮光好像正在燃烧的火焰。

守望楼上的钟声响起了，那声音很短，很凄凉。不用说，是雅兹的父亲在敲钟，别人给他起了个绰号叫“饭袋”。他看起来有气无力的，每拉一下绳子，就会发出哭泣似的声音，那是绳子和屋顶铁皮的摩擦声。

我忽然想起了守夜人常说的一句话：“上帝呀，你可别让人夜不能寐啊！”

我有种喘不上气的感觉，心里很忐忑。夜这么凉，我却在流汗。如果卡里宁老头儿真从棺材里爬了出来，我能跑到守望楼那儿吗？

我很熟悉墓地。我、雅兹还有其他伙伴在这墓道里玩过十几次了，我母亲的坟墓就在教堂附近……

现在还没有到夜深人静的时候，不时地有笑声和歌声从村里传来。从铁路采沙场的山上或是卡特佐夫卡村传来的手风琴声很悲凉，像是在哭泣。这时，经常喝醉酒的铁匠米亚乔夫哼着曲子从墙外走过，我知道他哼的是什么歌：

我们的母亲/心地并不坏——/除了我们的父亲/她谁也不

爱……

听着一天里最后的叹息声，我觉得很快乐。但随着一声声的钟声周围也变得越来越沉寂。不一会儿，寂静便如洪水般迅速而彻底地淹没了草地，淹没了一切。在如大海般没有边际的空间中，灵魂如黑暗中擦亮的火柴，在空中晃动，一会儿便消失得无影无踪。大地上的一切都被黑暗吞没了，都如死般沉寂。只有那遥远的天空中的星星还一闪一闪的，散发着活气。

我坐在棺材上，蜷缩着身子裹在棉被里，面对着教堂。我只要稍一动弹，棺材就会咯吱咯吱地响，棺材下面的沙土也随着沙沙作响。

忽然一声响，不知一个什么东西掉在我背后的沙地上，接着又是一个。我扭头一看，是一些碎砖头，看着挺吓人的。但我立刻推测到这是瓦廖克和他的同伴为了吓唬我，故意从墙外扔进来的。但他们这么一搞，我反而不害怕了，因为附近还有人。

在这里，我不禁想起了母亲……她看见我在学抽烟，就要动手打我。我打断她说："别打我，您就是不打我，我也已经很不好受了。我恶心得厉害……"

挨打后，我又被她罚坐在炉炕后边。她对外祖母说："这孩子无情无义，心里谁都不在乎……"

母亲的话令我很伤心。每次她惩罚我，我都觉得她很可怜，替她感到难堪，因为她经常错怪我，对我的惩罚也就不公平了。

简而言之，生活中有太多不如意的事情了。正如墙外那拨人，他们明明知道我一个人在墓地里害怕得要命，却还要雪上加霜，这是为什么啊？

我真想对他们大喊："你们都见鬼去吧！"

但这会很危险的。说不定鬼听到这话会做出什么反应呢，它们肯定就在附近呢。

沙地里有许多云母石碎片，反射着朦胧的月光。这使我想起一件事，我正趴在奥卡河的木筏上看河水，突然从水里跳出一条小鳊鱼，差点就碰到我的脸，它翻转身时，侧面很像一张人脸，那圆溜溜的小鸟似的眼睛瞥了我一眼，就猛的一头扎进河里去了，就像正在下落的枫叶，摇摆着游到深处去了。

我的脑海里不断地涌现过去发生的事，似乎故意不给恐怖想象留空间。

这时候，一只刺猬滚了过来，坚硬的爪子踩在地上发出沙沙的响声。它那么小，一根根硬刺竖立着，让人想起家神。

于是我想起有一次外祖母蹲在炉炕前，说："家神爷啊，您发发慈悲，赶走那些蟑螂吧……"

远处街市上的天空朦朦胧胧的，已经开始变亮了，寒气随着黎明迎面扑来，我上下眼皮打着架，已经快睁不开了。我索性一躺，身子一缩，用棉被蒙上头，不管了，要出什么事就出什么事吧！

我被外祖母叫醒了，她站在我身边，拿开被子，说："起来吧！没冻坏吧？怎么样，有没有害怕啊？"

"害怕，但你可不能对其他人说，也别和那些孩子说！"

"为什么？"她很惊讶，"要是不告诉他们，这还有什么价值呢……"

回家的路上，她亲切地说："我的小鸽子，这世上无论什么事，都得亲身经历一回才知道，什么事都得知道些，你自己不去学的话，没人能教会你的……"

到了傍晚，我成了这条街上的"英雄"，人们纷纷跑来问我："你不害怕吗？"

我说："害怕！"

他们就有些得意地摇摇头，大声说："哈，是吧，怎么能不害怕呢？"

席铺的女掌柜用坚定的语气大声说："显然，那卡里宁老头儿从棺材里爬出来的说法全是人编造的。要是他真从棺材里爬出来，他会怕一个小孩儿？不把那小孩儿扔得远远的才怪呢！"

柳德米拉用友好而惊讶的眼光看着我。甚至外祖父都在心里默默夸赞我，他一直在微笑。只有丘尔卡懊恼地说："他当然不用担心啦，他的外祖母就是个巫婆嘛！"

三

弟弟科利亚死得很安静，就像一颗小星星随着黎明的到来而悄悄地消失了。之前，外祖母、他和我，我们三人在一个板棚里的一堆铺有破布的木柴上睡觉。旁边是一堵由毛板拼成的墙，有许多缝隙，墙外是房东家的鸡舍。每天晚上，我们都听到吃饱了的鸡临睡前拍打拍打翅膀，咯咯地叫两声就睡了。早上又被公鸡那有穿透力的叫声吵醒。

“哎呀，该死！”外祖母醒来后抱怨地说。

我醒了，看着床边的阳光，那是从柴屋缝隙里照进来的。好多银色的灰粒在阳光中飞舞着，像描写童话的字句。几只老鼠在柴堆里吱吱作响，地上爬着几个红色的甲虫，它们的翅膀上有小黑点。

有时候鸡屎的臭味实在难闻，我便走出柴屋，爬到屋顶，看着房里醒来的人，他们好像一夜没睡似的，眼睛都睁不开，变得又大又肿。

船夫费尔马诺夫是个阴沉的醉鬼，他从窗口探出头，头发乱蓬蓬的，肿胀的眼睛半睁不睁地望着太阳，呼哧呼哧地喘着气，像一头野猪。外祖父在院子里用两只手捯饬了两下他那棕红色的头发，就匆忙到洗浴室里洗冷水澡了。房东家那个爱唠叨的厨娘，长着满脸雀斑，鼻子尖尖的，像一只杜鹃鸟。房东本人却像一只胖乎乎的鸽子。每个人都让人想起一种天上飞的鸟儿、地上走的牲口或野兽。

这天早上，天很晴朗，而我却有些郁闷，想离开这儿到空旷无人的野地里去——因为我心里明白，人们一样会把这干净的一天搞得乌七八糟。

一天，我正在屋顶上躺着，这时外祖母叫我下去。她对床那边点了点头，轻声说：“科利亚死了……”

那孩子躺在一块毡子上，脑袋在红枕头边上歪着，肤色发青。只见他下身光着，两条腿是歪的，上面满是脓疮，上身的褂子卷到了脖子上，露出膨胀的肚子，两手奇怪地在腰底下垫着，好像要托起自己的身体。

“走了也好。”外祖母一边梳头一边说，“不然这个畸形儿要怎么活下去啊！”

外祖父脚步轻快地走进来，像跳舞似的，他用手指轻轻地碰了碰孩子那闭着的眼睛。外祖母生气地说：“你怎么能用没洗过的手碰他呢？”

他吞吞吐吐地说：“哎，他来到人间……也算活过了，也吃过了……却没什么结果……”

“你去醒一醒吧！”外祖母打断他说。

他一脸无辜地看了看外祖母，走到院子里说：“我可没钱为他办丧事，你看着办吧……”

“呸，你这个倒霉虫！”

我从家里走出来，到了傍晚才回来。

第二天早上科利亚下葬，我没有到教堂去，做弥撒时，我和狗一起坐在母亲坟边，看着雅兹的父亲不停地刨母亲的坟墓。他挖坟的工钱要得比平常少，就总是在我面前自夸：

“这完全是看熟人的面子，否则至少得一卢布。”

黄色的坟墓中散发出一股恶臭，我向下看了看，发现坑底的边上有一些发潮的黑木板。我稍一动，坟墓周边的沙土就往下掉，一直掉到墓底，使边上显露出一些皱襞。于是我故意挪动身子，使沙子盖住那些木板。

“别乱动！”雅兹的父亲一边抽烟一边说。

外祖母双手捧着一口白木小棺材，这时“饭袋”就跳到墓底，接过去那口白木棺材，与黑木板并排放在了一起，然后从墓坑里跳出来，开始用脚和铲子把沙土堆到墓坑里。他的烟斗冒着烟，像教堂里的香炉。外祖父和外祖母也一言不发地帮着填土。没有一个神父和乞丐，在林立的十字架中，只有我们四个人。

外祖母在把钱递给守墓人时，责备他说：“你到底还是惊动了瓦留莎的棺材……”

“这样已经占了别人一些地了，没有办法的，不过没关系。”

外祖母对着坟墓磕了一个头，开始小声抽泣，随后哭声越来越大，哭完就走了。外祖父往下拉了拉帽檐，遮住了眼睛，拍平了身上的旧外套，跟在外祖母后面走了。

突然，外祖父说了一句：“种子都种在荒地里了。”然后像一只乌鸦似的，快速地跑到外祖母前面去了。

我问外祖母："他怎么了？"

"别管他！他心里有事。"她回答。

天很热，外祖母走路很吃力，脚常常陷进热沙土里。她不时停下来用手绢擦脸上的汗。

我壮着胆问："刚才坟墓里的那黑东西是妈妈的棺材吗？"

"是的。都怪那只笨狗，这还不到一年呢，瓦里娅[①]就烂掉了！也是因为沙土渗水，要是黏土就好了……"外祖母生气地说。

"每个人最终都会腐烂吗？"

"是的，都会烂掉。只有圣徒除外……"

"你就不会腐烂！"

她听后停了下来，正了正我的帽子，然后神情严肃地说："你不应该想这些的，知道吗？不要再想了。"

但我心想："死亡是一件多么令人伤心的事啊！哎，真是令人厌恶！"

我感到很伤心。

我们一回到家，发现外祖父已经沏好了茶，在桌上摆好了茶具。

他说："天气很热，快来喝点茶吧，我已经用我的茶叶泡好茶了，足够大家喝的。"

他朝外祖母走过去，拍了拍她的肩膀，问道："老太太，怎么样啊？"

外祖母摆了摆手："没什么可说的！"

"就是啊！主生我们的气了，就把我们的子孙一个个叫走了……要是全家都活得结结实实的，像手上的五根指头那样该多好啊……"

他已经有很长一段时间没有这么和善地说过话了。我听着他说话，期望他能驱走我心里的忧郁，帮我忘掉那个深黄色的坟墓坑和那些发潮的黑木板。

可外祖母却厉声厉色地打断了他："别说啦，老头子！你说这话说了一辈子，别人听了心情只会更加沉重。你这一辈子啊，就像那铁锈，把

---

① 高尔基的母亲瓦尔瓦拉的小名。

别人都锈烂了。”

外祖父瞟了她一眼，咳嗽了一声就不作声了。

傍晚，我和柳德米拉在大门口坐着，我很烦闷，就给她讲我早上经历的事情，但她听后反应并不强烈。

“做个孤儿倒好些。要是我成了孤儿，我就把妹妹托付给哥哥，然后自己跑去修道院修行，在那里待一辈子。像我这样的瘸子，不会做工，也没人愿意娶，说不定生出的孩子也是个瘸子呢……”

她和街上其他女人一样，老是讲这些感慨的话。似乎这晚之后，我就不再觉得和她在一起很有意思了，而且生活也发生了变化，因此我和她走得越来越远了。

弟弟死后没几天，外祖父对我说：“今晚你早点睡，明天天一亮，我就叫醒你，我们一块儿到树林里砍柴……”

“那我也跟着去搂草。”外祖母说。

在距离村子大约三俄里远的一片沼泽地旁，有一片树林，里面是云杉和白桦，地上有许多枯枝和倒下的树木。这片树林一边延伸到奥卡河，另一边扩张到了莫斯科公路，公路另一边依然是这片树林的延伸。在这片林子的上方，还耸立着一片名叫“萨韦洛夫岗”的松树林，郁郁葱葱的，像一个帐篷。

这些树林的主人是瓦洛夫伯爵。但他没有保护好这些树林，库纳维诺区的市民们都已把这些树木据为己有了，他们常到这儿来捡树枝，砍枯树，碰上好的机会时，连好树也不放过。每到秋天要储备过冬柴火时，几十个人便手拿斧子，腰带绳子，进树林砍树去了。

第二天黎明时，我们三个就出发了，走过满是晨露的银绿色草地。在我们左边的奥卡河对岸，在棕红色的啄木鸟山上空，在白色的下诺夫哥罗德城上空，在葱翠的果园的山丘上，在教堂的金色圆顶上，俄罗斯的太阳正慢悠悠地升起。微风缓缓拂过平静而浑浊的奥卡河，金黄的毛茛被晨露压得低着脑袋，轻轻摇晃，紫色的风铃草也低下了头，多彩的蜡菊在荒芜的草地上直直地站着，享有“小夜美人”之称的石竹花绽放出朵朵星形的红花。

树林如一支黑色的军队，朝着我们前进。云杉如一只大鸟，伸展着翅膀，白桦树则像一个少女。沼泽的臭气从田野那边吹了过来。狗走在我旁边，吐着红舌头，不时地停下来嗅嗅地面，然后不知所以地摇晃着它那狐狸似的脑袋。

外祖父头戴一顶没檐的破帽子，身披着外祖母的短上衣，觑着眼睛在笑，让人很不解。他小心谨慎地迈开两条瘦腿，那样子像是在偷东西。外祖母头戴白毛巾，上身穿蓝色的外衣，下身穿一条黑裙子。她走得很快，我快跟不上她了。

越靠近树林，外祖父就越兴奋；他大口大口地呼吸着空气，不时发出感叹声，起先这感叹声时断时续，不太清楚，后来他沉醉了，兴奋地说道："森林是上帝的花园，不是别人种的，是上帝从嘴里吹出的风把它养育起来的……我年轻的时候到过日古利，当过船夫，哎，列克赛，你是见不到我经历过的事情的！奥卡河一带的大森林，从卡西莫夫一直覆盖到穆罗姆，还有从伏尔加河到乌拉尔的区域，真是太大了，简直看不到边际！"

外祖母斜眼瞥了他一眼，向我使使眼色。他呢，被脚下的石块绊得踉跄着，嘴里还不时地叨念着，这些话都念到了我的记忆深处。

"一次，我们从萨拉托夫出发，坐在一条大油船上，准备开到马卡里去赶集，管家是普列赫人，叫基里洛；船长好像叫阿萨夫，是鞑靼人，家住卡西莫夫……船行到日古利，刮起了上游风，累得我们筋疲力尽，两条腿都打战，于是我们就停了船，上岸做饭吃。那会儿正是五月，伏尔加河的波浪一批一批地向里海翻滚着，像大海上空成群的白天鹅。在春天里，日古利的山郁郁葱葱的，高高的山顶耸入云霄，那白云正好像牧场上的一只只羊。天空中白云飘荡，阳光照在大地上，像铺了层金子。我们边休息边欣赏着风景。寒冷的北风吹过河面，岸上却很温暖，香气扑鼻。到了晚上，上了年纪的基里洛（他很厉害）站了起来，他摘下帽子说：'小伙子们，我就要到森林里去了，不再为你们管事了，不再做你们的仆人了，你们各自请便吧！'我们不知道发生了什么事，都觉得很惊讶。没有人替老板管事了，这可怎么办啊？虽然这是伏尔加河，但也很有可能迷路的，没有主事的不行啊。这帮人像野兽般冲动鲁莽，什么事做不出来？大家都被吓坏了。但他心意已决：‘我不想再做你们的牧人了，想换种活法，我要到森林里去！’有人把他捆起来，想揍他一顿；有人不知所措，忙喊：‘慢着！’更糟糕的是，船长也走过来说：‘我也走！’这个鞑靼人已经跑了两趟船了，这第三趟也走了一大半了，东家还没付他钱，他走完这趟就可以拿到一大笔钱。大家就这样吵到了深夜，已经有七个人离开了，剩下的不是十六个就是十四个。都是那些森林惹的祸！”

“他们是去做强盗吗？”

“也许吧，也有可能是隐居山林了，那时候没人管这些的……”

外祖母在胸前画了个十字：“至高无上的圣母啊！老百姓都很可怜啊。”

“每个人都是有想法的，怎么会知道魔鬼会把你带到哪里去呢……”

我们顺着一条潮湿、狭窄的路，穿过了沼泽地的土台和细小的云杉林，走进了树林。我觉得普列赫人基里洛的选择——在森林里待一辈子也不错，在那里没有人絮叨，没有人打架、酗酒；那里会使人忘记外祖父般的吝啬，忘记母亲的沙土坟，忘记所有使人烦闷、痛苦的事情。

外祖母选了一块干燥的地方说：“坐下来吃点东西吧！”

她的篮子里装满了食物，有黑面包、黄瓜、盐以及用布包着的奶渣。看到这些，外祖父愧疚地眨眨眼说：“哎，好老伴，我没有带什么吃的……”

“这些够咱们吃的……”

我们背靠着松树干坐了下来，这古铜色的松树可以用来做桅杆。空气中弥散着松脂的味道。微风从旷野上吹来，木贼草摇曳着。外祖母伸出又粗又黑的手去采野草，还一边对我讲金丝桃、药慧草、车前草的药用价值，还有蕨菜、黏手的柳兰、满是灰尘的水鼠草的神奇功效。

外祖父把倒下的树木劈碎，命令我把这些柴搬到一起，我却偷偷跟着外祖母到密林里去了。在一排排粗大的树木中，她走得很慢，经常像把头扎进水里一般，向铺满针叶的地面弯下腰；还边走边自言自语：“又来早了，蘑菇大多还不能采呢！上帝啊，你总是不体谅穷人，蘑菇可是穷人的美味啊！”

我默不作声地跟在她后面，不让她发现。我不想打扰她与上帝、青草、青蛙等之间的谈话。

但还是被她发现了。

“你怎么从外公那儿过来了？”

然后她又弯下了腰，地上长满了青草，像披着一件美丽的绣花外套。她说道：“上帝有一次发怒，用洪水吞没了大地上的所有生物。”

“但心怀万民的圣母把采来的所有种子藏在篮子里，于是她恳求太阳：把整个大地晒干吧，万民会赞美您的壮举的！太阳晒干了大地，圣母就把藏好的种子播撒在了大地上。不久上帝看见地上又出现了生物：草木、走兽、人类……便问谁做了违背他旨意的事，圣母就承认了。其实上帝心里已经后悔让大地变得光秃秃的了。于是便对圣母说：你做得很好！”

我喜欢这个故事，但又有些不懂，就神情严肃地问：“可这是真的吗？不是洪水过去之后很久，圣母才出生的吗？”

外祖母听后很惊讶：“这话你听谁说的？”

“学校教科书上这么写的……”

她听后便舒了一口气，劝我说：“你忘掉书上的那些说法吧！书上全是胡说的。”

她扭过头开心地笑了。

“蠢货，全是胡乱编造的！有了上帝，母亲却还没有出生，那上帝是谁生的啊？”

“我不知道。”

“这还算学过的呢，到头来学会个‘不知道’！”

“神父说，是亚基姆和安娜[①]生了圣母。”“那她是不是叫马利亚·亚基莫芙娜[②]？”

外祖母听后生气了，非常严厉地盯着我说：“以后你要是再这么想，我就狠狠地教训你一顿！”

---

① 基督教教会的说法，《圣经》里没有记载。

② 根据俄国人姓名的组成形式，高尔基为圣母马利亚加上父称“亚基莫芙娜”，外祖母因此而生气了。

过了一会儿，她又跟我解释：“圣母的出生早于任何人！她生了上帝，后来……”

“那基督呢？”

外祖母不回答我了，有些尴尬地闭上了眼睛。

“基督……嗯，是啊，嗯？”

我知道我赢了，关于神界的秘密，我把她搞晕了，但我心里并不开心。

我们不断地向树林深处走去，走到一片布满幽暗的地方，几缕阳光照射进来。在这片温暖舒适的树林里，有一种奇怪的、梦境般朦胧的响声，使人充满遐想。交喙鸟发出吱吱的叫声，山雀啾啾地啼鸣，杜鹃发出咕咕声，像是在笑，金莺吹着口哨，嫉妒心强的金翅雀不停地唱歌，蜡嘴鸟深沉地吟唱。翠绿的小青蛙在人的脚边蹦来蹦去，一条黄颔蛇躺在树根前，抬起头，窥视着青蛙。松鼠翘着毛茸茸的尾巴从树梢一闪而过，发出吱吱的叫声。这里有太多可看的新奇事物了，令人有些应接不暇了，即使这样，还是想看更多，想往更深处走去。

一行行松树之间，飘散着半透明的薄雾，像巨人的影子，不一会儿就消失在了绿林中。接着蓝天白云就透了出来。脚下的地毯似的厚青苔，像是绣着一丛丛越橘和干酸果蔓。石莓果的颜色鲜艳欲滴，一个个从草中探出头来。蘑菇浓浓的香气扑进了人的鼻孔里。

“圣母啊！人世的灿烂光辉啊！”外祖母边祈祷边感叹。

她好像是这森林里所有生物的主人和亲人。她走路的姿势有点像熊，看到任何东西都心存感激和赞许。似乎有一股暖流从她身上发出来，弥漫了整片森林。看着被她踩过的青苔再次舒展开，我觉得很开心。

我边走边想：做一个强盗多好，劫富济贫，让大家不缺食物，每天开开心心，没有仇恨，没有争吵。要是能见到外祖母的上帝、圣母，我就把这个世界揭露给他（她）看：人们遭受着什么样的生活磨难，他们如何通过恶劣的手段，彼此埋葬于贫瘠的沙土里。简而言之，这世上有很多悲惨的事情是可以避免的。如果圣母相信我，就恳求她赐予我一些智慧，让我有能力将世界变得美好一些。我会带领大家找到一种更加美好的生活。我的年龄不是问题，基督只比我大一岁时就有很多智者听从他的话了[1]……

正想得出神，突然掉进了一个深坑里。我的腰被树枝擦破了，后脑皮也被擦掉了一小块。我坐在坑底如松脂般黏的、冰冷的泥里，十分羞愧地意识到自己爬不出去了，却不好意思打扰外祖母。但最后，我还是叫她了。

她急忙把我拉上来，在自己胸前画了个十字，说："感谢上帝！幸亏熊洞的主人不在，否则就麻烦了。"

她感激得流出了眼泪。接着带我到一条小溪边洗了洗，在我伤口处贴上一种能止痛的草药，又从她的衣服上撕下一条布带为我包扎伤口，这时我已经筋疲力尽了，身子很虚，根本不能走回家，于是她把我带到了看守铁路的小屋里。

此后，我几乎日日恳求外祖母："咱们去森林里吧！"

每次她都高兴地答应我。就这样，我们度过了整个夏天，又这样到了深秋，我们一直采摘草药、野果、蘑菇、坚果之类。外祖母靠卖这些采来的东西维持生计。

尽管我们没吃外祖父一点东西，他还是骂我们"饭桶"！

森林给我带来了精神上的安宁，为我驱走了一切烦恼与悲伤，同时也增强了我感官的敏锐程度：我的视觉和听觉变得更加灵敏了，记忆力在长度和宽度方面，都增强了。

对于外祖母，我越来越感到吃惊，我觉得她很高贵，是那种万人都不及的，她是世界上最善良最睿智的人。而且日积月累，她使我越来越肯定自己的这种感觉了。有一次，傍晚我们采完了白蘑菇要回家，刚走出森林，外祖母坐下来休息。我想看看还有没有蘑菇，就进树林里了。

突然听到外祖母的声音，扭头一看，她正坐在一条小道上，平静地揪掉蘑菇的柄，她身旁站着一条灰色的狗，那狗瘦瘦的，吐着舌头。

---

① 《圣经》里记载，耶稣在 12 岁的时候曾于圣殿里与教师对话，"凡听见他的话的人，都为他的聪明和应对感到惊奇"（《新约全书·路加福音》第 2 章第 47 节）。其实高尔基当时也是 12 岁，他生于 1868 年，却长期误以为自己生于 1869 年，所以在文中他说基督比自己大 1 岁。

“走吧，走开！愿上帝保佑你！”外祖母对它说。

不久前，我的狗被瓦廖克毒死了，我很想养这条狗。我跑过去看，发现那条狗却奇怪地弓着身子，脖子也耷拉着不动，只是抬起它那双饥饿的绿眼睛瞅了我一眼，就夹着尾巴跑回树林中了。它的身形和动作并不像狗，我吹了个口哨，只见它迅速地钻进了灌木丛中。

“看见没？”外祖母微笑着问，“一开始我也以为它是一条狗呢，但仔细一看发现它长着狼牙，脖子也是狼脖子！我心里不禁一颤，就对它说：‘如果你是只狼，就离开吧！’幸亏现在是夏天，狼的攻击性还不那么强……”

外祖母每次都能找到回家的路，从没有在森林里迷路。凭借一草一木的气味，她就知道这个地方的蘑菇长什么样，那个地方的香菇长什么样。还常常考我：“什么树上长有黄菇？如何区分好的和有毒的红菇？喜爱蕨薇的是哪种香菇？”

她看见树皮上有模糊的爪痕，就告诉我这儿有松鼠洞。我爬上树，从洞里掏出松鼠们储备的冬粮——榛子，有时候一个洞里有十多磅榛子。

有一回我正在掏松鼠窝，一个猎人把二十七颗打鸟的铁砂打进了我的右侧身内。外祖母拿针给我挑出来十一颗，剩余的在我皮里待了好几年，后来也慢慢都出来了。

我忍住了痛，外祖母很欣慰。

她夸奖说：“好孩子，有忍耐力就能练出本事！”

每次卖榛子和蘑菇回来，她都要拿出一点钱偷偷地放在人家窗台上。但她自己，即使到了过节的日子，也穿得很破旧。

外祖父很生气：“你穿得还不如要饭的，真给我丢脸！”

“这没什么，我又不是你闺女，更不是要嫁人的大姑娘。”

他们拌嘴的频率越来越高。

“我的罪孽并不比别人深重，为什么要比别人受更多的罪！”外祖父抱怨道。

外祖母就嘲讽他：“只有鬼才知道谁的罪深，谁的罪浅。”

后来，外祖母偷偷告诉我说：“这老头儿怕鬼，就是因为怕鬼，他才老得这么快……唉，可怜啊……”

这个夏天，由于经常到森林里，我身体变得强壮了，性子也变野了，也就不再对同龄人的生活和柳德米拉感兴趣了，我认为她是一个聪明但无趣的人。

秋天的一天，天正在下雨，外祖父从城里回来，浑身都湿透了，在门口像只麻雀似的抖抖身上的雨水，然后得意地说：“嘿，你这整天无所事事的人，收拾一下吧，明天要去上班了！”

“到哪儿去啊？”外祖母生气地问。

“你妹妹马特廖娜儿子的家里……”

“老头子，哎，你怎么又出了个馊主意！”

“闭嘴，你这愚蠢的家伙，没准儿以后他能成为一名绘图师呢。”

外祖母低下了头，没有再说什么。

傍晚，我告诉柳德米拉我要离开这里进城去了，要在那里生活了。

“不久家里也要把我送进城了。”她若有所思地说，“为了让我身体变好，爸爸打算把我这条腿完全截去。”

过了一个夏天，她的脸色有些发青，瘦了许多，只有眼睛变大了。

我问她：“你害怕吗？”

“害怕。”说完她无声地抽泣起来。

我不知道怎么安慰她，因为我也害怕去城里生活。我俩紧紧地相互靠着，内心充满忧愁，就这样默默地坐了很久。

如果是在夏天，我会劝说外祖母，让她像年轻时候一样出去讨饭，带上柳德米拉，我用小车推着她走……

可这是在秋天，潮湿的风吹过大街，天空中布满阴云，大地也拧着脸，变得肮脏而悲惨……

四

我再次来到了城里。住在一栋白色的二层楼房里，这楼房很像一口大棺材，可以装许多死人。尽管是新房子，却感觉有点像一个人因患

有恶性病而浮肿的样子，也像一个因发横财而短期内吃胖的乞丐。每层楼有八扇窗户，正面每层有四扇，这房子侧面临街。一层的窗户对着一条通向院子的狭窄的走道，二层的窗户比围墙高，可以看见住着洗衣妇工的小房和一块肮脏的洼地。

这里的街道和我想的不一样。房子中间夹着两道细窄的土堤，前方有一块坑坑洼洼的泥地，泥地的另一端是罪犯劳改场。泥底的臭水呈深绿色，泥地里堆满了垃圾，都是附近人家院子里的垃圾。一股恶臭从泥地右端散发出来，那是一个积满淤泥的泥塘。我们的房子正对着洼地中心，垃圾堆占了半边泥地，上面长满了荨麻、野牛蒡、蜜酸模，泥地的另半边，是多里梅东特·波克罗夫斯基教父的花园。园里有一座漆着绿漆的亭子，是用薄木板制成的。那木板很薄，扔过去一块石头肯定破裂。

这地方脏得不得了，还很无聊。由于秋天的原因，这块堆满垃圾的、坑坑洼洼的泥地更令人恶心了，泥地表面油乎乎的，似乎脚踩上去就会被黏住。我已经习惯了干净的森林和田野，还从来没见过这么小块洼地竟能堆那么多垃圾，于是我更加厌恶这个小城市了。

一堵灰色的破围墙矗立在泥地不远处，从围墙中间位置远远望去，能看见一栋褐色的小房子。那房子正是去年冬天我在鞋铺里做学徒时居住的地方。看见那栋房子，我心里很难过，它离我那么近，我怎么又要居住在这条街上了呢？

这家的主人以前经常带着他的弟弟到我母亲那里拜访，所以我认识他。他那位兄弟的嗓音非常尖，经常喊着：“安德烈爸爸，安德烈爸爸。”

他们都没有什么变化，哥哥还是一副和善的面容，钩钩的鼻子，留着长头发，很讨人喜欢。他弟弟叫维克托，那张长脸上依旧长满了雀斑。他们的母亲是我外祖母的妹妹，她脾气不好，经常对人大嚷大叫。哥哥已经结婚了，媳妇长得挺漂亮，皮肤像白面包一样，白白净净的，一双大眼睛又黑又亮。

在到这儿来的头几天，她就对我说了两次话：“我送过你妈一件镶珠边的绸斗篷……”

不知出于什么原因，我感觉她不是那种送人东西的人，也不相信我母亲会接受她的馈赠。当她第二次对我提起这件斗篷时，我便打断她："既然你已经送出去了，就不要老是夸耀啦。"

她很吃惊，往后退了一步说："你说什么，你在和谁说话？"

她瞪着眼珠子，脸上显出很多红斑，叫她的男人。

男人跑进厨房，耳朵上夹着一支铅笔，手里拿着圆规。听完了妻子的控诉，便对我说："你和别人说话时，必须用'您'。要懂礼貌！"

说完后，他厌烦地对妻子说："就这点儿小事你还来打扰我！"

"你说什么？小事？要是你的亲戚……"

"哪门子鬼亲戚呀！"男主人大嚷一声就跑了。

我也很讨厌外祖母的这种亲戚。我看亲戚之间相处得还不如外人。对彼此的任何糗事，他们比外人知道得更详细，说的坏话也更难听，拌嘴打架更是常有的事。

我很喜欢这儿的男主人。他经常把头发撩到耳朵后，很漂亮，一看见他，我就想起了以前的那位"好事情"[①]。他总是露出一脸得意的微笑，灰色的眼睛看起来很和善，几条皱纹出现在鹰钩鼻的两侧，很有趣。

他对他妻子和母亲说："别吵了，你们这些老母鸡！"脸上还堆着善意的笑容，露出洁白而整齐的牙齿。

婆婆和媳妇每天都拌嘴。我真纳闷儿，她们怎么能那么轻易就吵起来，而且是瞬间就吵了起来。早晨起来，她们连头发也不梳，衣服也不打理，就在屋子里来回跑，像失了火似的，她们就这样整天忙个不停，只有午餐、午茶和晚餐的时间，才坐下来休息一小会儿。每次她们都吃很多，喝很多，直到喝得不省人事，或累得喝不动了才结束。吃午餐时也谈论饭菜，慵懒地拌着嘴，准备等一会儿大吵一架。不管婆婆做什么菜，儿媳妇总会说："我母亲可不是这样做菜的。"

"不这样做，那肯定没有这样做的香！"

"可比这个香多了！"

"那你到你母亲那里去吧。"

---

① 出自《童年》，是一个人的绰号。

“我是这家的女主人啊！”

“那我是什么呢？”

这时，男主人便打断说：“行啦，你们这两只老母鸡！够啦，你们都疯了吗？”

这个家里的一切都让人觉得奇怪，觉得可笑：这栋房子里唯一的一间又窄又小的厕所，是厨房到餐室的必经之路，因此端着茶炊或食物到餐室去必须得经过这儿。因而厕所这个地方就发生了很多滑稽有趣的故事，还常常闹出可笑的误会。我负责往厕所水槽里添水。我在厨房里睡觉，那个地方紧挨着正门门廊的门口，正对着厕所门。我睡在灶旁边，头被烤得发烫，风从门口灌进来，吹得脚发冷，于是我睡觉时，就把擦鞋底用的粗地毯都拿来盖在两条腿上。

大厅的墙上挂着两面镜子，镜框里是几张画，上面的文字显示出这几张画是由《田野》杂志赠送的；一对牌桌，十二把弯曲的椅子，这间屋子空荡荡的。一间小会客室里，摆放着琳琅满目的细软家具，几个玻璃橱里放着一些银器和茶具，那是“陪嫁”用的，还有三盏大小不一的装饰灯。寝室里黑洞洞的，没有一扇窗子，只有一张大床，边上放着衣柜和衣箱，从中散发出烟叶和红花除虫菊的香气。这三间屋子一直没有住人，一家人都挤在小餐室里，转身都困难。早上八点钟喝过茶后，主人兄弟俩便立刻搬来桌子，铺上白纸，放上仪器匣、铅笔、砚台，面对面坐下开始工作。桌子很大，几乎占满了整个屋子，还不停地晃动，主妇跟奶妈从婴儿室里走出来，身子就碰在桌角上。

“你们别老在这儿走来走去呀！”维克托喊道。

主妇觉得委屈，就央求丈夫：“瓦夏[①]，你叫他别冲我大喊大叫的！”

“只要你不碰桌子。”男主人语气平和地说。

“我怀了孩子呢，这地方这么挤……”

“好吧，那我们到大厅忙活去。”

可是，主妇生气地喊道：“天哪——你见有谁在大厅工作的？”

---

① 主人名字叫瓦西里，瓦夏是他的小名。

马特廖娜·伊凡洛芙娜从厕所门口探出头，被炉火烤红的脸上带着凶相，她大声说："你瞧瞧，瓦夏，你在干活儿，她占了四间屋子都产不下一个牛犊子来，真是山脊区[①]的贵妇人，只有一点儿小聪明……"

维克托面带坏意地笑了，主人大声叫道："行啦！"

可媳妇却不停地骂着婆婆，说的都是最狠毒的话。

然后把身子往椅子上一倒，哼道："我走，我去死！"

"别在这儿没事找事！活见鬼！"主人气得脸色发青，吼叫道，"这都快成疯人院啦，我这样累死累活，不都是为了养活你们啊，哎，老母鸡……"

一开始，这样的争吵令我感到害怕，尤其是当主妇拿了一把餐刀，跑进厕所，把两边的门插上，在里边尖声大叫时，我更加害怕得不得了。突然，屋里没声了，后来，主人把两只手托在门上，弯着腰对我说："来，爬上去，把上边的玻璃砸碎，把门打开！"

我赶紧跳上他的后背，砸碎了门上的玻璃。正当我弯下身去开门时，主妇过来了，她用刀柄使劲敲我的头——但最终我打开了门。主人连拖带打地把妻子弄到了餐室里，从她手中夺过了餐刀。我坐在厨房里揉着被打的脑袋，很快就明白过来，我是白费劲：那把餐刀钝得连面包都切不断，更别提人的皮肤了，而且，也不用爬上主人的脊梁，站在椅子上就能砸碎玻璃；还有，应该让大人摘门插关儿，他们的胳膊那么长，会方便许多。打这件事之后，我就再也不害怕这家人的吵闹了。

他们兄弟两个都加入了教堂合唱队，有时他们一边工作一边轻声哼哼。哥哥唱男中音，一开头唱：

心爱的姑娘送我指环 / 我把它掉进了海里……

他弟弟用男高音应和：

跟随着这指环 / 我失去了人生的幸福。

主妇低沉的声音从婴儿室里传来："你们疯啦？宝宝在睡觉……"

有时是说："瓦夏，你已经有老婆了，不用再唱姑娘、姑娘的，这

① 位于奥卡河的高岸上，属于诺夫哥罗德城的中心地带。

是干什么呀？晚祷的钟声快要响了……”

“那我们就唱教堂里的歌……”

但主妇又训斥道：“教堂里的歌能随便乱唱吗？何况是在……”她用手指着小门，像在演讲似的。

“我们不能在这儿了，要不——真是活见鬼！”主人说。他常常说必须换一张桌子了。可这句话，他已经连续说了三年。

主人们对别人的谈论使我想起了鞋店，那里谈论的也是这些内容。我明白了，主人们也认为他们自己是这城里最好的人，除了他们，其他人都不懂为人处世的规则。他们就按照这些我不懂的规则，无情地审判所有人。正是因为这种审判，我恨透了他们的规矩。打破这种规矩，在我看来，已成为一桩大快人心的事了。

我每天要干许多活儿，我身兼女仆的职务。每到星期三，要擦洗厨房的地板，擦茶具和其他器皿；每到星期六，要擦洗整栋住宅楼的地板和两边的楼梯；还要准备好烧炉子的木柴，刷碗，洗菜，提着菜篮子，跟在主妇后面，一起去市场买菜。此外，还负责到铺子里、药房去买东西。

我的直接上级是外祖母的妹妹，这位爱唠叨的、性格暴躁的老太太，每天早上六点钟左右就起来了，草草地洗一把脸，只穿一件内衣，就跪在圣像面前，向上帝抱怨自己的生活、孩子和媳妇。

“上帝！”她把手指撮在一起按在额头上，抽泣起来，“上帝呀！我不图什么，我什么也不要，只求您让我休息休息吧！挥动您无边的法力，赐予我安宁吧！”

她的哭声吵醒了我。我钻在被子里看着她，小心翼翼地听她的激动的祷告。秋天淡淡的晨光，穿过被雨水打湿的玻璃，从厨房的窗子照进来。又冷又暗的地板上有一个灰色的人影，用一只手画着十字，看起来很不安。她的头巾滑下来，小脑袋上灰白的头发一直披到脖颈儿和两肩。每次头巾从头上滑下来，她都用左手猛地把它拽正，嘴里喃喃地骂道：“咳，真讨厌！”

她用力地拍脑门，拍肚子，拍双肩，然后又祈祷起来：“上帝啊！请求您替我惩罚我的儿媳妇吧，把我所经受的一切侮辱，都加到她的身上。

还有我的儿子，请您让他睁开眼睛，看清楚她，看看维克托鲁什卡[1]！上帝，赐予维克托鲁什卡恩惠吧，保佑他吧……”

维克托也睡在厨房里的高板床上，他被母亲的念叨吵醒了。于是他便用沙哑的声音喊道：“妈，大早上你又唠唠叨叨啦，真烦人！”

“好吧，好吧，你睡觉好了！”老太太服软地说。她默不作声地晃着身子，过了一两分钟，她突然又愤怒地喊道：“用子弹打烂他们的骨头，让他们不得好死，上帝……”

就连我外祖父也从来没有做过这么狠毒的祷告。祷告完了，她把我叫起来：“快起来，别睡了，你不是来睡觉的！把茶炊烧好，把木柴搬来！昨晚上没有准备好松明吧？哼！”

为了不让老太太唠叨，我尽快地干好一切，但她是不可能满意的。她就像冬天的风雪，在厨房里刮来刮去，嘴里说着这里不顺眼，那里也不满意。

“小点声，小鬼！把维克托吵醒了，我可不放过你的，快到铺子里去一趟……”

平日早茶，要买两磅小麦面包和两戈比给小主妇的小白面包。每次我把面包拿回去，她们总要满怀疑心地看个仔细，然后又托在手里掂一掂分量，最后问：“难道没有甜头？没有？张开嘴来！”然后，得意地嚷起来。

“你把甜头吃了，看，牙缝里还有碎渣呢！”

……我很愿意干活儿，喜欢打扫屋里的脏东西，擦洗地板，擦器皿、通风窗和门把手。有几次，我听到那些和好的女人议论我：“干活儿很勤快。”

“又爱干净。”

“就是有个倔脾气。”

“嗬，妈呀，是谁把他教养大的呀！”

她们两个想培养我对她们的尊敬，我只把她们当作傻鸟，不喜欢她们，不肯听她们的话，和她们谈话时也决不让步。显然，小主妇觉出有些话对

---

① 维克托的小名。

我不起作用，因此她更加频繁地说：“你给我记住，是我们收留了你，把你从穷人家里救来的！我送过你妈一件绸斗篷，还镶了珠子边呢！”

有一次，我回了她一句：“难道要剥了我身上这张皮来还您的那件斗篷吗？”

“天哪，这孩子会放火的！”主妇听后很吃惊，疯狂地叫喊着。

杀人放火？——为什么？我呆住了。

她们两个常常向男主人告我的状，主人就严厉地对我说：“小伙子，小心点！”

可是有一天，他漫不经心地对他母亲和妻子说：“你们也太过分了，你们像使唤一匹骟马一样地使唤他，要是换了别的孩子，不是早已逃跑，就是被这种活儿给累死了……”

听到这句话，她们愤怒得哭了起来，媳妇跺着脚大声地嚷：

“你怎么在这个孩子面前说这样的话？你这个长毛傻瓜！你这样说了，我以后怎么再去使唤这孩子呢？我还怀着孕呢！”

他母亲抽噎着说：“瓦西里，我请求上帝宽恕你，但你要记住——你会把孩子惯坏的！”

她们气呼呼地走开后，男主人严肃地对我说：“你这个小鬼，看见了吗？为你闹出多大的口舌呀？要是再把你送回你外祖父那儿，你又得去捡破烂儿！”

我再也忍不住了，就对他说：“捡破烂儿也好过待在这儿！叫我来当学徒，可你什么都没教过我，每天就是倒脏水……”

主人吃惊极了，他揪住我的头发，但并不疼，盯着我的眼睛，惊讶地说：

“脾气倒挺大，小鬼，这可不行，不行……”

我猜想他肯定会赶我走了，可是，过了一天，他拿了一卷厚纸，还有铅笔、三角板、仪器，跑到厨房里来：“把刀擦好，看着这画，你画一画！”

一张纸上画有一座两层楼的正面图，楼上有许多窗子和泥塑装饰。

“给你圆规！你把每一根线量好，在线的两头，各打上一个点子，然后用尺照两点放正，再用铅笔画线，先横着画——这叫作水平线，再竖着画——这叫作垂直线。行，画画试试！”让我干这种干净的活儿，开始学艺，我心里非常开心，但我只是怀着虔诚的敬畏看着纸和工具，却不知道该怎样做。

我立刻洗了手，坐下来学习。先在纸上画好一条一条的水平线，检查了一下——很好，只是多画了三条。后来又画好了垂直线，可是仔细一看，我惊呆了，房子的正面不像房子，窗子歪歪扭扭，其中一扇悬在墙壁外边的空中，跟房子并起来了；门廊有两层楼那么高，墙檐画到屋顶中间，天窗开在烟囱上。

我欲哭无泪，盯着这无法挽救的不明物看了好久。纳闷儿怎么会画成这样。但没想明白，便决定凭想象力来修改。在房子正面所有的墙檐和屋脊上画了乌鸦、鸽子和麻雀；窗前的地面上，画了一些罗圈儿腿的人，张着伞，但这也不能完全掩饰图不成比例的样子。我又在整个画面上画上一些斜线。就这样把画好了的图样送到师傅那里去。

他的眉头皱得老高，抓抓头皮，表情严肃地问："你画的这是什么呀？"

"这是下雨天。"我向他解释，"下雨的时候，房子看起来都是歪的，因为雨是歪的。还有，这些鸟儿，天一下雨它们就会躲在墙檐里。还有这些人，正往家里跑；其中有一个女人跌倒了；这边一个是卖柠檬的……"

"真是谢谢你了！"说完主人便大笑起来，他笑得趴在了桌上，头发在纸上蹭来蹭去。随后他大声嚷道："啊呀，你这个小鬼，真该打烂你的屁股！"

主妇挺着大木桶一样的大肚子，左摇右晃地跑来，看了看我的作品，对丈夫说："你该狠狠地揍他一顿。"

主人却很和善地说："没关系，我开始学画的时候，比这个也强不到哪儿去……"他在歪倒的房子正面上用红铅笔做出记号，又把几张纸给我："接着去画，直到画好为止……"

第二次画得比第一次好些了，只有一扇窗子画到门廊上去了。可我不喜欢空空的房子。于是，我就往里面画了一些人物。几个手拿扇子的太太和抽香烟的绅士在窗口坐着。其中一个绅士没有抽烟，他在逗其他人乐，只见他伸开手上的五个指头，用大拇指按在鼻子上，其余四个指头在不停

地扇动着。一个马车夫在大门口站着，地上躺着一条狗。

“怎么又画了些乌七八糟的东西？”主人生气地说。

我向他解释说没人的话太寂寞，却挨了他的骂：“别瞎画！如果你想学习——就乖乖地学！你这是调皮捣蛋……”

终于，我画好一张和原图很像的正面图，他非常高兴：“你看，还是能画好的嘛，照这样下去，不久就可以当我的助手了……”

于是，他给我出了题目：“现在，我要你画一张房屋平面图，屋子如何布置，门窗在什么位置，什么东西在哪里，我不告诉你——你自己去想吧！”

我跑到厨房里，闷着头想，从哪里开始呢？

但令人没想到的是，我的绘图艺术研究，就停在了这里。

老主妇跑到我面前来，恶狠狠地说：“你要学画图？”

说着，她一把抓起我的头发，把我的脸冲着桌面撞去，我的鼻子、嘴唇都被撞破了。她暴跳如雷，把图纸撕得粉碎，把桌上的绘画工具都扔了，然后双手叉腰，得意扬扬地嚷道：“哼，我叫你画，撵走唯一的骨肉兄弟，把本领传给外人？办不到！”

主人听见便跑来了，他的女人也慢慢悠悠地跟过来。于是，又是一场争吵。三个人嚷着、骂着、吐口水、号哭。结束之后，等妇人们离开，主人对我说了这样的话，就算做了了结：“当下，你暂时不要学这些东西了——你已经亲眼瞧见，这闹成什么样子了！”

他总应付不了女人们的哭闹，他那窝窝囊囊的样子，让人可怜。

我早已知道老太太不想让我学习，她故意扰乱我。每次我打算坐下来画图，就先问她：“还有活儿要做吗？”

她就皱着眉头回答道：“有事我会叫你的，去桌子旁边胡闹去吧……”

没一会儿，就让我到某个地方跑一趟，要么就说：“大门外边阶梯上都扫干净了没有？你去把屋子角落里打扫干净，那儿满是灰尘……”

我跑去瞧，根本没有灰尘。

“你敢顶撞我？”她冲我嚷着。

有一次，她把格瓦斯泼在我所有的图上，又有一次把圣像前的灯油倒在图上面。她像个爱淘气捣乱的小女孩；还用幼稚、低级的手段来掩饰自己的阴谋。她是我见过的最容易生气、生气速度最快、抱怨最多的人，她抱怨所有人、所有事物。一般人们都喜欢抱怨，可是她抱怨起来特别来劲儿，像唱歌儿似的。

她对儿子的爱几近疯狂，这种力量使我感到既好笑又可怕，我只能把这种力量叫作狂热的力量。她经常早晨做完祷告之后，站在炉炕前的踏板上，两个胳膊肘靠在床边，语速很快地念道："我的好儿子，你是上帝给我带来的意外恩宠啊，我亲爱的宝贝呀，天使的轻柔的翅膀啊。他睡着呢，好好睡吧，孩子，你做一个快乐的梦吧，梦见你的新娘吧。她是天下第一美人；她是公主，是商人的小姐，是有钱的姑娘啊！愿你的仇人死在娘胎里，愿你的好朋友长命百岁，愿你的身边围着大群的姑娘，她们追你，就像一大群母鸭追一只公鸭那样。"

听了这话我禁不住要笑。这维克托长得粗笨，为人懒散，满脸都是斑点，简直像一只啄木鸟，大鼻子、脾气倔、又呆又傻。

老太太的嘟囔声有时会吵醒他，他就迷迷糊糊地埋怨道："滚开，妈，你还叫不叫人活了，老在我脸边叨叨……"有时她会唯唯诺诺地走下炉阶，笑着说："好，你睡吧，睡吧……真是没大没小！"

但有时她会两腿一弯，撞在炉炕边，好像舌头被烫了似的，张着嘴，喘着粗气，恶狠狠地说："狗崽子，你竟敢叫老娘滚开？唉！你真是我半夜里造的孽啊，魔鬼把你塞进了我的灵魂里，你为什么要出来呀，怎么不在出生前就死掉呀！"

她说的话只有最下流的、大街上的醉鬼才能说出来，简直难以入耳。

她觉不多，就是睡着也不安稳。有时候一晚上从炉炕上跳起来好几次，扑到我睡觉的长椅子上，把我叫醒。

"你怎么啦？"

"别出声。"她低声地说，两只眼睛盯着黑暗中的什么东西，指头画着十字，"主啊……伊利亚先知啊……女殉教者瓦尔瓦拉……保佑我，

别让我突然就这么死了啊[①]……”

她哆嗦着手，点亮了蜡烛。她的长着大鼻子的圆脸，紧张得发肿，不停地眨着灰色的眼睛，眼神里充满了恐慌，她注视着在黑暗中变了样的东西。厨房很大，满是立柜和箱子，夜里厨房显得很窄。月光静静地洒进厨房，圣像前长明灯的火苗颤动着，插在墙上的切菜刀闪着冰柱般凄冷的光，还有架子上黑色的煎锅，看上去就像一张丢失了眼睛和鼻子的脸。

老太太小心翼翼地从炉炕上下来，好像从岸上爬进水里似的，她光着脚走到屋角去了。在那里，洗手槽上边有一只带耳朵的洗手器，像一颗被砍下来的脑袋。旁边有一只水桶。她一边喘气，一边咕咚咕咚地喝水。然后透过窗子玻璃上的一层薄薄的冰花，向外望去。

“饶恕我吧，上帝，宽恕我吧！”她轻声地祷告。

有时，她把蜡灭了，黑暗中在地上跪着，委屈地小声说：“上帝啊，有人爱我吗？有人需要我吗？”

她爬上炉炕去，对着烟囱的小门画一个十字，用手摸一摸，看风门是否关紧了。手沾上黑煤，就使劲儿地咒骂。不知为什么，没一会儿她就睡着了，似乎一种无形的力量镇住了她。我每次受她虐待的时候，就想：幸亏外祖父没有娶她这样的妻子——要不然，少不了挨她骂！她也肯定会受他的苦。她虽然经常虐待我，但我能看出，她那张肿胖的脸上常常显出忧伤的表情，眼里也常常含泪，那时她说的话颇有道理：“你当我容易吗？生下孩子，把他们养大成人，难道是为了给他们当老妈子吗？我这是享福吗？儿子娶了媳妇，就不管自己的母亲啦，你说，这好吗？啊？”

“不好。”我如实地回答。

“是吧？本来就是不对的嘛……”

接着，她就厚脸皮地说起儿媳妇的坏话来：“我跟儿媳妇一起去洗澡，瞅见她那丑陋的身子，就纳闷儿他看中她什么了，还把她当美人儿。”

---

① 瓦尔瓦拉是一位女殉教者，在东方国家和俄国的东正教教会中很受崇敬。由于伊斯坦布尔的瓦尔瓦拉寺过去是一处避难所，教徒们都认为瓦尔瓦拉拥有防止人们暴死的能力。

谈到男女之事，她说的脏话简直难以入耳。一开始我听了很反感，可后来，就不讨厌了，渐渐地有兴趣了。还觉得在这些话里蕴含着沉痛的道理。

“女人有一种连上帝都能被她骗过的魔力[①]，你瞧！”她拍着桌子骂道，“因为夏娃，世人就都要遭受下地狱的苦难，你瞧瞧！”

她喋喋不休地说着女人的魔力。我猜测她要用这种话来吓唬别人，尤其是“夏娃欺骗了上帝”这句话，给我留下了深刻的印象。

在我们院子里，有一些厢房大小和正房差不多。两座房共住着八户人家，其中有四家住着军官，第五家是团队的神父。整个院子里都是勤务兵、通信兵。洗衣妇、老妈子、厨娘，隔三差五就上他们那儿去。在每个灶房里，经常上演争风吃醋的丑剧，经常听到哭骂、打闹声。那些兵常跟自己的同事、跟房东家的土木工人打架，他们还打女人，院子里到处可见淫乱行为——年轻力壮的青年人忍不住兽性的饥渴。这种生活充满强烈而狂暴的肉欲，强者肮脏的夸耀，乏味透了。我的主人们在每次午餐、晚茶、夜餐的时候，总是对这些事进行一番详细的、无耻的议论。老太太知晓院子里所有的事，总是兴致勃勃地、幸灾乐祸地谈论着。

年轻的主妇厚厚的嘴唇上挂着微笑，一声不响地听着她的话。维克托哈哈大笑。主人皱着眉头说：“妈，别说了……”

“天哪，话也不让我说啦！”老太太发起了牢骚。

维克托鼓动她说：

“讲吧，怕什么？又没有别人……”

大儿子既厌恶母亲又怜悯她，尽量不和她单独在一块儿，如果碰巧单独在一起，当娘的就肯定会说儿媳妇的坏话，还要向儿子要钱。他慌慌张张地拿出一或三卢布，有时是几个银币塞到她手里。

“母亲，不是我舍不得，只是您拿着钱也没处用。”

“谁说的，我会施舍给乞丐，还要买蜡上教堂……”

“算了吧，你哪里是要施舍给乞丐呀！你会把维克托宠坏的。”

---

①《圣经》中记载夏娃偷吃了上帝禁食的善恶树之果，这里指的就是这个故事。

"你不喜欢你弟弟吗？真是罪过啊！"

他站起来甩手走开了。

维克托老是嘲笑他的母亲。他嘴很馋，总是嚷嚷着肚子饿。每到星期日，他母亲烧油煎饼，总是另外留几个放在罐子里，偷偷藏在我睡觉的那张床下，等维克托做礼拜回来，就拿出罐子，嘴里嘟囔着说："怎么不多留点，老东西……"

"你快吃吧，别让别人看见……"

"你这么糊涂，我偏要说出来，说你如何把油煎饼偷偷藏起来给我，榆木疙瘩！"

有一回，我从罐子里偷吃了两个油煎饼——维克托就揍了我一顿。他很讨厌我，我也很讨厌他。他老是捉弄我，一天让我给他擦三次皮鞋。晚上他睡在搁板床上的时候，把床板推开，从板缝里往我头上吐唾沫。

维克托学着他哥哥说"母鸡畜生"的样儿说一些土话。可是他们说得都很荒唐，很无趣。

"妈，向后转！我的袜子在哪儿？"

为了刁难我，他常常问一些愚蠢的问题："阿廖什卡，你说：为什么写成'发蓝'，却读作'发懒'？为什么说'排钟'①，不说'钢管'？为什么说'树木'，不说'坟墓'呢？"

我讨厌他们说的话，从小外祖父母就教导我说文明话，开始我听不懂他们说的话，什么"好笑得可怕""高兴得吓人""想吃到死为止"这种不合逻辑的话。我想好笑的事怎么会觉得可怕呢，高兴的事怎么会吓人呢，而且所有的人都是要吃到他们死的那天为止的。

我向他们询问："还能这样说啊？"

他们就骂我："你看看，好一位先生啊！得把你的耳朵给摘下来……"

可是我又觉得"摘下耳朵"这话很奇怪，只有花、草、核桃才能够摘下来。

于是他们为了能够证明耳朵可以摘下来，就用力揪着我的耳朵。但

---

① 是由 12 至 18 根黄铜管组成的乐器，演奏时要击打黄铜管。

我还是不服，十分得意地说："最后还是不能把耳朵摘下呀！"

我的身边，充斥着许许多多凶狠的恶作剧和下流无耻的勾当。它们比起库纳维诺街上那不计其数的"青楼"和"游女"还要多得多。在库纳维诺龌龊勾当的背后，还可以觉出有一种原因说明这种行为是情有可原的：比如饥一顿饱一顿的贫苦生活、艰辛的劳动等。可是这里的人都吃得很饱，过得很舒坦。与其说他们在工作，还不如说他们在空忙些无谓的事儿，让人百思不解。并且在这地方发生的一切事，都碰触着人的神经，压得人无法呼吸。

本来我的生活就过得特别糟糕，外祖母一来看我，我心里更不是滋味了。她每次都从后门进来，路过厨房对圣像画一个十字，然后对妹子大大地鞠上一躬，这鞠躬无比沉重，压得我不能呼吸。

"哎哟，阿库林娜，是你呀。"主人毫不在意地、极其冷淡地接待着外祖母。

我没认出这人就是外祖母：她的双唇紧紧闭上，别别扭扭的样子和脸上的表情与平时完全两个样儿，她轻轻坐在了门口污水桶边的长凳上，好像犯了错似的，一声不吭，恭恭敬敬地轻声回答妹子的提问。

这让我很伤心，我就气愤地说："你干吗要坐在这种地方？"

她温柔地眨眨眼睛，用责备的口气说："你不是这儿的主人，还轮不到你多嘴！"

老婆子开始抱怨起来："他就是什么闲事都爱掺和，任你怎么打骂都不改。"

她常常落井下石地问外祖母："阿库林娜，怎么样，依然像乞丐似的生活吗？"

"这有啥的……"

"只要脸上挂得住，当然也没啥。"

"据说基督从前也是凭借乞讨过活的……"

"这种话是邪教徒说的，是糊涂人说的，你这个老傻瓜竟信以为真了。基督并不是乞丐，他是上帝之子，经上写着，他来到这个世界，是要荣耀地审判活人和死人的……就连死人也是要受到审判的[1]，我的老姐姐，记着吧，就是把骨头烧成了灰，也难逃他的审判……基督要惩戒你和瓦西里[2]的傲慢，从前你们富有的时候，有时，我去托你们帮忙……”

外祖母静静地说：“那时候我可是全力帮助过你，可是你看看，上帝却给了我们惩罚……”

“这么一点惩罚怎么够啊，远不够啊……”

她用她那永远精神头十足的舌头，把外祖母大说特说了一番。我听着她的狠毒的话，又难过，又诧异，外祖母如何能忍住不还口的呀。每当这时候，她就变得有些讨人厌了。

年轻的儿媳妇从屋子里出来，对外祖母客气地点了点头：“请您到餐室里来，没关系的，请进来吧！”

老太婆望着外祖母喊道：“把鞋底弄弄干净，乡巴佬儿就是脏兮兮的！”

主人十分愉悦地接待外祖母：“啊，智慧的阿库林娜，日子过得如何？卡希林他老人家怎么样？”

外祖母嘴角露出发自内心的微笑。

“你依然是在辛勤地干活儿吗？”

“对，老样子，跟在牢笼里关着没两样！”

外祖母和他聊得很亲热很投机，同时还保持着长辈的风范。谈话中，他也提到了我的母亲：“的确，瓦尔瓦拉·瓦西里耶芙娜……是个特别好的女人——勇敢果断的个性很有男子气概！”

他的妻子就跟外祖母打岔：“你还记不记得，我曾经送过她一件黑绸子镶珠边的斗篷？”

“怎么不记得……”

“那件斗篷完完全全是新的……”

主人嘟囔着：“对啊，斗篷、短衬衫，生活啊——可真让人头大！”

---

① 选自《新约全书·马太福音》中的第25章31至32节，“当人子在他的荣耀里，与众天使降临的时候，要坐在他荣耀的宝座上”对万民加以审判。

② 高尔基的外祖父。

“你说什么？”她犯疑地问他。

“我吗？没说什么……舒坦生活容易过，好人容易死……”

主妇不耐烦了，问他：“我就不懂了，你说这话是为什么？”

然后，她领着外祖母去瞧刚出生的宝宝。我把桌上用过的茶具收拾下去。主人沉思着小声地对我说：“你的外祖母真是顶呱呱的人物啊！……”

我十分感激他这么说。但等我和外祖母独处的时候，我非常难过地对她说：“你上这儿来干吗，为什么来呀？你明明清楚他们是些什么玩意儿……”

她那十分美丽的脸上显出亲切的笑容，瞅着我答道：“哎，阿廖沙，我都知道。”如此一来，我倒觉得害臊了。当然一切事儿都逃不过她的眼睛，她什么都知道，甚至连我现在的心思都能猜得到。

她十分小心地回头望了一眼，确认没有人过来，然后抱住了我，和蔼地说：

“你如果不在，我是不会来这儿的，我找他们做什么？再说，你外公病了，我照顾他，干不了活儿，家里一分钱都没了……还有，我儿子米哈伊尔把萨沙撵了出来，要管他的饭。这儿答应每年给你六卢布，所以我合计着，你在他家已经干了半年，至少也能给一卢布的工钱吧？……”她凑到我耳边轻声说，“他们叫我好好训你一顿，他们说没人能管得了你。我的心头肉啊，你要再忍两年，在这儿干着，直到你能站稳脚跟，你要忍耐，好吗？”

我答应她忍耐，这确实是非常不容易的；为了填饱肚子，我没日没夜地干活儿，这种乞丐似的毫无趣味的日子折磨着我，一切都像是在梦里。

我有时会想：逃跑吧！可是那时正值严冬。每天夜里，暴风雪狂吼，寒风在阁楼上来回刮着，房梁被冻得硬邦邦的，发出吱吱的声响——能逃去哪里呀？

他们禁止我出去闲逛，我也没有闲逛的时间。冬季里短短的白天，迅速地、不知不觉地在繁忙的家务活儿中过完。

可是教堂是一定要去的地方，我每逢周六要去做一整晚弥撒，遇到节日要去行晚祷。

我很喜欢去教堂。我爱站在一个宽敞的黑暗墙角里，望着远处的圣像壁。它在烛光的照耀下变得斑斑驳驳，汇成一条金色的小河，流向灰色的石坛。圣像的影子缓缓地晃动着，圣幛中门的金黄色的花边快乐地抖动着，烛光就如金色的小蜜蜂一般，轻轻摇摆，妇女们和姑娘们的脑袋，像一朵朵的花。

周围的全部事物都与唱诗班的歌声很协调，这里的一切都像童话似的神奇，整个教堂跟婴儿床一般，在漆黑的夜里摇摇晃晃。

有时我感到整个教堂好像沉到幽深的湖底里去了，消失不见了，为了去过一种不同以往的、任何东西都无法超越的生活。我的这种体会，可能是从外祖母讲的基捷日城[①]的故事中来的。我时常同周遭的人一起迷迷糊糊地摇摆着，唱诗班的歌声、祷告声和人们的叹息声将我们引入梦境，吟诵着一首基调感伤的故事歌：

当复活节晨祷之时，一队可诅咒的鞑靼人，如一大群凶恶的狗闯进了基捷日城里……

啊，上帝，啊，我的主，最为慈悲的圣母啊！赐福您的奴隶吧，让我们听完这早晨的圣书，让我们安安全全做完祷告！

不要让那些鞑靼人污染神圣的宫殿，对我们的妻子和闺女施暴，蹂躏我们年幼的孩童，残害我们年迈的公公！

我的主！您请听啊！圣母啊！您请听啊！听我们的祈祷，听我们的诉求。

万王之王发了命令，召米哈伊尔，神的信差："去，米哈伊尔，到地上去，到基捷日附近去制造地震，让整个城池沉入湖底；于是，既不歇息，也不觉累，从晨祷到彻夜祈祷，教堂的神圣礼拜仪式每样都做到永垂不朽，世世长存！"

在那些岁月，我满脑子装的都是外祖母的故事歌，就好比蜂巢装满

---

① 传说中该城在13世纪拔都入侵的时候隐入地下，后来该处出现了斯维特洛亚尔湖，现位于下诺夫哥罗德州。

了蜜。好像我连想事也遵循她的故事歌似的。

我从没有在教堂里做过祷告——面对着外祖母的上帝，对于学外祖父念那种气哄哄的祷词和哭哭啼啼的圣诗，我很害臊去学那些。我认为外祖母的上帝会不待见这种形式，就像我自己不待见它一样。何况，这些东西都是书本上出现的，这就是说，上帝也跟一切认字的人一样早已把它铭记于心了。

所以我在教堂里，当心中有一种莫名的感伤，或是前一天的一点半点的屈辱打击我、搅乱我的时候，我就潜心构思自己的祷告词。一旦记起自己糟糕的命运，不用下多大功夫，就能让那些埋怨的言语，顺其自然地变成一首诗歌：

> 天哪天哪，我再也坚持不了，快快，让我长大成人！否则的话，我确实难受，这样活着不如死去——主，你宽恕吧！
>
> 想学是什么也学不到。那个鬼老太婆马特廖娜，如狼似虎地对我咆哮，继续活着也了无趣味！

到如今，我脑子里依然记着这些自己编的“祈祷诗”，孩童时期用自己脑子思考出来的东西，变成一道道深刻心间的疤痕，这一生都会铭记。

待在教堂里非常不错，我在那里也得到休息，跟身处森林和旷野一样。已经尝过太多悲哀、被狠毒和残暴的生活所污染了的这颗小小的心，被这模糊的强烈的梦想洗涤了。

但是，在严寒的天气，或是风雪在街头呼啸，似乎整个天空都结成了冰，被风一并带进雪云里，大地也在厚重的积雪下冻结，好像永远没可能再次焕发生机的时候，我才去教堂。

我最爱静谧的夜晚，在城里从一条街跑到另一条街，或是走进一处寂静的小地方待着。有时候一边跑着，一边感觉好像自己背上长了翅膀，整个人都飞起来一样。只有孤孤单单的一个人，跟夜空中的月亮没两样。我的影子在自己的眼皮子底下移动着，滑稽地撞到了柱石和栅栏，把雪的白光挡住了。更夫在街道中央走着，手拿打板，身上裹着厚厚长长的衣裳，身边还有一条瑟瑟发抖的狗。

这个傻乎乎的人像一座狗窝。这狗窝从院子里出来，在街头漫无目

的地走着，狗颇感无奈地跟在它身后。

有时候会碰到心情愉快的小姐和少爷，我想他们可能是从做夜弥撒的教堂里逃出来的。

有时，从明亮的窗户上的通风口，散发出一种奇特的香味，散到外边清新的空气里来。这是一种特别好闻的却陌生的味道，使我想起我所没听过的那种另类的生活。我便在窗底下驻足，鼻子边闻着，边竖着耳朵进行各种猜想：这是一种什么样的生活呢？何种人在这房子里住着呢？教堂里在做夜弥撒，他们还玩儿得那么厉害，弹着一种不寻常的吉他。低沉的铜弦声从通风口流出来。

无人问津的吉洪诺夫街跟马尔丁诺夫街的拐角处那座又矮又小的平房让我十分感兴趣。我初次看见它是在谢肉节[①]周之前的一个冰雪消融、月光皎洁的夜里，从窗户上方形的气窗中向街头发出一阵热乎乎的蒸汽和一种特别的响声，正如有一个威猛和善的人正紧闭双唇哼小曲儿，虽然歌词模模糊糊，调子却好像挺熟悉挺易懂的。但是再仔细一听，却被烦人的弦声遮盖掉了，再也听不清楚了。我坐在石板阶沿，心里想这绝对是一种迷人的提琴声，因为听起来心里特别难受，不是滋味。这乐器有时发出一种震撼人心的力量，使整间房子都撼动起来，玻璃也吱吱作响。房檐上滴下冰水，我的眼泪也夺眶而出了。

更夫默不作声地走到我的身旁，把我从阶沿上推下，问道：“为什么在这儿待着？”

我说道：“听音乐呀。”

“不管你干吗，赶紧滚开……”

我匆匆忙忙围着这段街跑了一个圈儿，又回到原处，可是奏乐已经结束了，从气窗传出来阵阵欢声笑语。这声音和伤感的乐声根本没办法比，使我以为刚才身处梦境。

几乎每周六夜里我都到那座房子前面听听，但仅有一次，那是在春天，我才再次听到大提琴的声音。那一回，差不多一直奏到半夜，我回去时遭

---

① 基督教节日，在大斋节前的一个星期。

了一顿打。

头顶冬日的星夜，在寂静的街头走着，让我长了许多的见识。我特意选择了离中心区稍远的市梢，中心区街上太亮了，我担心遇到主人的朋友，让主人逮住我没有去做夜弥撒，而是在街头闲逛。最麻烦的是酒鬼、警察和妓女们。但在市梢头，只要下层屋子的窗户没有结上冰花，并且没有放下窗帘，就可以往屋里瞧一瞧。

通过窗户，我看到了色彩斑斓的场景。我瞧见有些人在祈祷，一些人在亲嘴，一些人在玩儿牌，还有一些人在打架或是在心神不宁地、悄然无声地交谈着。这沉默的，鱼一般的生活，像西洋镜一般呈现在我的眼前。

在一个地下室的桌子边，我瞧见有两个女人，一个非常年轻，另一个比较年长一点。一个长头发的中学生坐在她们面前，一边挥舞着一只手，一边给她们念着一本书。年轻的那个，靠在椅子背上听着，严肃地紧蹙着眉；那个年长些的，消瘦的、头发蓬乱的女人，忽然双手遮面，肩头抽搐。中学生把书扔开了。很快，年轻的那个站起身来向外面跑去，他就跪在头发蓬乱的那个女人的跟前，开始亲吻她的双手。

再向另外一扇窗户张望，瞧见一个留着大胡子的高大男人，将一个红衣的女子放在膝上，像哄孩子似的把她晃着。他双眼睁大，嘴巴张开，样子好像是在唱着什么。那女的笑得浑身颤动，向后仰着背，双脚胡乱踢着。然后，他又把女的身子摆正，重新再唱，女的又大笑了。我瞅了他们好久，直到晓得他们预备彻夜这么玩儿，我才离开。

这种场景，有很多留在我的头脑里无法抹去。我经常由于看得入了迷，回家晚了，主人们就会感到疑惑，盘问我：“你去了哪个教堂？是哪位神父主持的？”

他们知道全城的神父，并且他们也都知道哪天该念什么经，我说谎是能轻易被他们识破的。

婆媳俩所信仰的上帝，就是我外祖父的那位脾气极大的上帝，这位上帝，要众人在他的面前常怀敬畏之心。她们的嘴边，常念叨着这位上帝的名字，即使在争吵的时候，也吓唬彼此说：“看着吧，上帝会惩罚的，他会叫你成驼背，低贱玩意儿……”

大斋节第一周的周日，老太婆做煎油饼，都煎煳了，她那张被火烤红的脸，满含愤怒，厉声吼叫道：“啊，你们全给我去死吧……”

突然，她又闻了闻煎锅，脸色一沉，将锅把摔在了地上，流起了眼泪：“哎哟，煎锅有肉腥味儿，浑蛋，周一那天吃素的时候，我没有把它弄干净，哎哟，真主啊！”

她跪着，鼻涕一把眼泪一把地祷告起来：“上帝，上帝，宽恕我这个混账老太婆，看在耶稣基督受难的分儿上宽恕我吧！上帝，不要施罪于我这个老东西吧……”

她把煎好的油饼都喂了狗，重新把煎锅弄干净，可是儿媳妇跟她争吵的时候，会用这事儿来指责她：“大斋节你还拿带肉腥儿的锅子做东西……”

她们把自己的上帝扯进一切家务纷争当中，把自己的微不足道的生活的各个方面拉进上帝。所以，枯燥乏味的生活，表面上看去也好像有了价值和存在意义，就像是时时刻刻在为权力的最高拥有者服务。这种把上帝拽进这鸡毛蒜皮的生活中的方式，使我觉得喘不过气来。好像有人暗中窥伺着我，我常会不自觉地向各角落张望。到了晚上，有一种如寒冷的云层一般的恐惧把我围绕起来。这份恐惧的源头，便是厨房里，点着长明灯供奉黑色圣像的一个角落。

橱架边有一扇大窗户，窗棂被正中的一条支柱分隔开来。一望无际的蔚蓝的天空，透过了窗户。我觉得房子、厨房、我——全部事物都好像挂在天际，如果发生一阵猛烈的晃动，一切东西都会向这个寒冷的、蔚蓝色的大洞中落去；擦过群星的边缘，悄悄地坠入死的寂静当中，如同一块石头缓缓沉入水里。我静静地躺着，连翻一个身也不敢，等待着骇人的世界终结的那天。

我已经忘记了是怎样治好这种恐惧的，但它很快被我克服了，当然是外祖母的慈悲的上帝保佑了我。我想，我那时已经感受到一种易懂的真理：我没有做过任何坏事，我没有犯过罪，我就不应该受罚，而我对于别人的罪孽，是毫无责任的。

我也在白天去做礼拜的时候溜出去晃悠，特别是春天，一种无法控制的力量坚决不允许我去教堂。要是他们给我两戈比买蜡，那就由不得我啦。我用钱买一副羊趾骨，做礼拜的时间在外头玩儿个痛快，回家总不能准时了。有一回，我输光了追悼亡灵和买圣饼用的十戈比，想不到法子了，就趁负责教堂的端着盘子走下祭坛之时，偷走了别人的圣饼。

我满脑子除了玩儿就没别的了，对玩儿简直是着了魔。我玩得很厉害，不久就成了这一带街上玩羊拐、玩球、玩扔棒子游戏的高手。

大斋节的时候，他们强迫我去邻居多里梅东特·波克罗夫斯基神父那儿去受忏悔礼。我认为他是一个很严肃的人，而且我对他犯过很多罪，我扔石头砸毁他家的亭子，我还经常跟他家的那些孩子打斗。总之，他也许会向我提起我干的许多让他生气的事来。因此我很惶恐，我走到那座破旧的教堂中，等候轮到我忏悔，我的心咚咚地狂跳。

可是迎接我的是多里梅东特神父发出的亲切的、假装怪罪似的叹声。

“啊，邻居，来，跪这儿！你有何罪呀？”

他在我的头上覆盖了一块厚丝绒布，蜜蜡和乳香的气味让我呼吸艰难，说话很费劲儿，虽然我也并不想说话。

“你听大人的话吗？”

“不听。”

“你说：我有罪！”

我一张嘴说出来：“我偷过圣饼。”

神父想了想，慢慢地说：“为什么这么做，在哪里偷的？”

“三圣教堂、圣母教堂、尼古拉教堂都偷过……”

“哎呀，全部的教堂都偷过，孩子，这可不对，这是犯罪呀，你明白吗？”

“明白。”

“你说：我有罪！这怎么可以。你是要吃才去偷的吗？”

“有时候吃，有时候赌羊拐输得没钱买圣饼回家，没法儿交代，所以我就偷……”

多里梅东特神父嘴里开始叽里咕噜念起来。接着又问了几个问题，然后，突然十分严肃地问：“你看过禁书没有？”

显然，我不明白这个问题是什么意思，就反问："什么？"

"你有没有看过不允许看的书？"

"没有，一本也没有看过……"

"宽恕你的罪……站起身来吧！"

我诧异地看着他的脸，那张脸好像是忧心忡忡却慈祥的。我难为情了，我觉得害臊：当我来做忏悔的时候，主人对我说，不管什么事都得诚实地、毫无保留地说出来，这使我特别害怕去忏悔。

我向神父坦白说："我用石头砸过你家的亭子。"

神父抬起头来说："这也是错的，走吧！"

"我还向狗扔过……"

"下一个！"多里梅东特神父根本不再看我，直接叫排在我身后的人。

我走出来，觉得被欺骗了，心里很难过：我以为忏悔有多么恐怖，我心里极其紧张，怎么晓得没有一点吓人的地方，而且很没意思！一件使我感到有趣的事，便是他问了我从未看过的书。我回忆起了在那家地下室给两位姑娘念书听的中学生，我也记起了那位"好事情"——他也有很多暗色书皮、极厚的、带着奇奇怪怪的插画的书。

次日，主人家给了我十五戈比，差我去领圣餐。今年的复活节很晚，冰雪早已消融，街面也都干干的了，飞着尘埃，这是一个晴朗、欢乐的日子。

教堂篱笆边，有一群工人正在激烈地玩羊拐，我想：还有些时候才能领圣餐，就对那些赌徒说："让我参加吧！"

"加入费一戈比。"一个脸通红的长着麻子的汉子傲慢地说。

我也一样骄傲地说："行，左边第二对上，押三戈比。"

"把钱押出来！"

于是，赌博开始了！

我把十五戈比换成零钱，拿三戈比押在一对羊趾骨下边，谁打下这对羊趾骨，谁就赢了钱。如果打不着，他就得赔我三戈比。我交上了好运：两个人瞅准了我的注打，没有一个打中，我赢了两个中年人六戈比，我的兴致来了……

可是有一个赌徒说："小心这个毛孩子，别让他赢了钱就逃走……"

我很气愤，像敲鼓似的狠狠地说："押九戈比在左首上那对！"

可是那些赌徒并没在意，只有一个跟我年纪差不多的小伙子说："当心啊！这家伙正交着运呢。我认识他，星街绘图师是他的师傅！"

一个又瘦又小的工匠，闻味儿是个毛皮匠，他讽刺地说："小鬼[①]吗？好……"

他用注上铅的羊趾骨瞄准着，准确地把我的注打掉了，弯下腰来向我问道："你哭吗？"

我回答说："押三戈比在右首上！"

"我同样会打掉的。"毛皮匠吹着牛，但他却输了。

最多坐三次庄，现在轮到我来打人家的注了。我又赢了四戈比和好些羊趾骨。可是，我再次坐庄时，三次都没赢，把钱全部输没了。这时，白天的礼拜做完了，钟声奏响，人们走出了教堂。

"娶媳妇了吗？"毛皮匠这么问着，伸手来抓我的头发，可是，我把身子一缩就溜了。我追上一个衣着鲜亮的年轻小伙子，客气地问："你领圣餐了吗？"

他带着怀疑的目光看看我，反问道："领了又如何？"

我求他给我说说，如何领的圣餐，领圣餐的人该怎么做，神父又说了些什么。

那家伙表情严肃，用吓唬的声音向我喊道："只顾着玩儿，不去领圣餐，是邪教徒吧？哈，我才不说嘞，叫你老子收拾你！"

我跑回家去，预备他们审问我，揭穿我没有去领圣餐的事儿。

可是老太婆却替我祈福了，然后，只问了一句："你给了教堂主事的多少蜡烛钱？"

我随便回答："五戈比。"

"给他三戈比就已经是莫大的人情了，傻瓜，留两戈比给自己呀！"

春天，每天都换着新衣，一天比一天美丽迷人，嫩草给白桦披上了新绿，散发出浓郁的香气。我特别想跑到旷野去，躺在温暖的土地上，听

---

① 俄语中绘图师和小鬼发音相似。

云雀的喳喳声。可是我忙于擦干净冬衣，再装进衣箱里去；切烟叶；拿拂尘打扫家具；一天到晚，尽在那些对自己全然无用的、不喜欢的东西前晃悠。

闲下来，也无所事事。我们这条街狭窄且潮湿，路人也没有一个。想到远点的地方去也是被禁止的。院子里住着一些脾气极坏的、劳累的土工与头发乱糟糟的厨娘和洗衣妇，每天夜里，他们像狗一样地举行婚礼。这真是让人厌恶，觉得不堪，简直想使自己变成一个瞎子，一切都看不见才不难受了。

我拿了剪刀和花纸，跑到顶楼剪了各种各样的纸花，做屋檐上的装饰，这到底也只是百无聊赖中用来打发时间的。我心里惴惴不安，想跑到一个什么地方去，那里，人们不这么好睡懒觉，不这么爱争吵打架，不这么爱对上帝倒苦水，不这么喜欢责怪他人、羞辱他人。

……复活节的周六，奥兰斯基修道院的弗拉基米尔圣母显圣的圣像被接到城里来。这圣像要在城里摆放到六月中旬，在各教区各家各户举行访问。

在一个并非星期天的早晨，圣像到了我主人家里。我在厨房里擦铜器，年轻的儿媳妇在屋子里紧紧张张地喊起来："快去开外边的大门，奥兰斯基圣母驾临我们家了！"

我就这么浑身脏兮兮的，双手满是擦铜油和砖头粉，跑出去开了大门。年轻的修道士，一只手提着灯笼，另一只手拿着香炉，看见我就小声地嘀咕着："你还没睡醒吗？来，帮着扶一把……"

沉重的神龛被两个平常人扛着，他们抬着走上窄窄的楼梯。我在神龛的一侧，用我不干净的手和肩头，帮他们扶着。后边一群身子毫不轻盈的修道士，迈着步子跟了上来，一面用低沉的声音没精打采地唱着："至圣的圣母啊，请替我们祈祷上帝……"

我满心忧伤地想："我浑身脏兮兮的，去扛圣像，圣母一定会责怪我，我的双手肯定会萎缩掉的……"

圣像摆在屋子上首角落的两张铺着洁净被单的椅子上。神龛两边站着两个修道士，用手扶着神龛。这两个人都年轻英俊，像一对天使，眼睛忽闪忽闪的，披着蓬松的头发，满脸笑意。

祷告仪式开始了。

大个子神父大声唱着："啊，至圣的圣母呀！"他用红红的指头一个劲儿地去摸被蓬松的头发遮着的大肥耳朵。

修道士懒洋洋地唱着："至高无上的圣母大慈大悲。"

我特别喜欢圣母。听外祖母说，圣母在地上种了所有的花、欢乐以及慈悲美丽的东西，给那些可怜的人安慰。于是，当轮到我去吻她的手时，我没有注意大人们是如何吻的，只是小心翼翼地在圣像的脸上和嘴上亲了亲。

我不知被谁使劲地推了一把，被推到墙角门槛边。也忘记了是什么时候，修道士已扛着圣像走了。但让我印象深刻的是，我坐在地上，主人们就在我身边，极其恐惧和担心，彼此议论着：怎么处理这小子呢？

"要去找神父谈一谈，他是无所不知的。"主人说着，然后恶狠狠地骂我：

"太不懂事了，不能亲嘴的，怎么这点都不明白？……还上过学呢……"

一连好几天，我除了等待别无他法，不知会有什么事发生，用脏手扶了神龛，不知轻重地亲了她，这可是不会被宽恕的，不会被宽恕的！

但圣母好像已经饶了我的出于真诚的，并非有意而为之的过错，可能是她的责罚很小，使我在那些好人对我的大量的训斥中，全然不觉。

有时我有意激怒老太婆，对她说："圣母可能已经不记得怪罪我了……"

老婆子阴险地说："你等着，等着瞧吧……"

……当我用桃红色茶叶包纸剪成的图样、锡纸、树叶之类的东西装饰顶楼房檐的时候，就借教堂赞美诗的调子编起歌来，想到什么就唱什么，像加尔梅克人[①]在路上边走边唱的似的：

手拿一把剪／在顶楼边坐／剪剪纸儿……／我心里烦怨，傻汉／要我是一条狗——／无论哪里都能走／悲哀枉为一个人／整

① 俄国少数民族。

天听骂声 / 老实点，别出声，你这小畜生 / 若是不安分，小心你小命

老太婆看看我做的剪纸，不停地摇头，一个劲儿地笑："你如果是把厨房装扮成这样就好啦……"

有一天，主人跑上顶楼来，见了我的手工活儿，惊叹道："彼什科夫，你这小伙子太有意思了，见鬼了……你想当魔术师吗？我可捉摸不透你……"

他给了我一个尼古拉一世时期的五戈比大银币。

我用细铁丝做了络子，把这个银币挂在花花绿绿的装饰品中最引人注目的地方，像一枚奖章。

可是一天过去，那银币跟铁丝络子都没了踪影。我坚信绝对是老太婆偷走了。

五

终于，我在这年春天逃跑了。一天清晨，我到铺子里去买面包，用来为早点做准备。那里的老板和老板娘当着我的面在吵架，那老板用秤砣打她的额头，她踉踉跄跄地跑到街上，结果摔倒了。顿时，一大群人围了过来，把她抬上四轮马车，送往医院里。我跟着那辆马车，一直在跑，手里还拿着一个二十戈比的银币，跑着跑着，也不知道跑了多久，就跑到了伏尔加河边。

春天的太阳很温暖，阳光照在大地上，伏尔加河里涨满了水，大地既喧闹又宽阔。这让我觉得自己像一个躲在地窖里的小耗子，不见天日。于是，我决定就此离开主人家，也决定不到库纳维诺区外祖母那里去。我违背了对她的诺言，羞于去见她，而且外祖父一定又会嘲笑我的。我在河边游荡了两三天，那些善良的码头工人，给我食物吃，晚上我跟他们一起睡在码头上。后来，其中一个工人对我说："小伙子，我看你整天在这里游荡着也不是事呀，你到那条'善良号'轮船上去碰碰运气，那里正缺一个洗碗的小伙计……"

我去了，一个满脸胡子的食堂主管，个子高高的，头戴一顶没有遮檐的黑绸帽子，他透过眼镜，用那浑浊的眼睛打量了我一番，轻声说：“一个月两卢布。身份证呢？”

我没有身份证。食堂管事想了想说：“把你妈找来。”

我就找外祖母商量。她对我的决定很赞成，便说服外祖父，到职业局替我领了居民证，还同我一起到轮船上。

“好。”食堂主管看了我们一眼说，“跟我来。”

他把我带到后舱，那里有一个身材高大的厨师，穿着白色的衣服，戴着白色的厨师帽，他在小桌子前坐着，一边喝茶，一边抽着粗大的纸烟。食堂管事把我推到他面前：“洗碗的。”

说完就走开了。厨师鼻子里哼了一声，抖了抖黑胡子，望着管事的背影说：

“只图便宜，什么样的家伙都要……”

他抬起剪得很短的黑头发的脑袋，生气地瞪着黯淡无光的眼睛，梗着脖子板着脸，嚷道：“你是什么人？”

这个家伙让人讨厌，虽然他穿着一身白衣服，但看上去仍然很脏，他指头上长着毛，大耳朵里也长出几根长毛。

“我肚子饿了。”我对他说。

他眨了一下眼，板着的脸立刻舒展开，变得笑呵呵的了。晒红了的两腮看起来厚厚的，一直拉到耳根，露出又粗又大的马牙，软软的胡子向下垂着。样子变得很和善，像一个胖妇人。

他把自己杯子里的茶底儿泼到船外边，又倒了一杯，然后把一个完整的、又长又圆的白面包和一大截香肠递到我面前，说：“吃吧！有父母吗？会偷东西吗？嗯，别担心，这里的每一个人都会偷东西，他们会教你的！”

他说话的声音像狗的叫声。他那张又肥又大的脸，因为剃胡子而变得有些发青，鼻子四周布满了网状的红筋，胖而发肿的红鼻头挂到胡子上边，下嘴唇向下耷拉着，看起来好像不高兴似的，他抽着烟，嘴里吐着青

烟。他的身上有一种桦树条[①]和胡椒酒的味道，显然是刚洗了澡，大滴的汗顺着他的太阳穴和脖子流下，泛出油光。

我喝完了茶，他就塞给我一卢布纸币，说：“拿去买两条长围裙，不，算了，还是我去买吧！”

他正了正白色的厨师帽，便像熊一样摇晃着笨重的身体，走一步蹭一下地踏着甲板走了。

……夜，月亮缓慢地升到了轮船左边的草场上空，皎洁的月光照了下来。一艘年代已久的棕红色的轮船正慢悠悠地晃动着前行，烟囱上带着一道白条，轮叶拨动着银色的水面。黑魆魆的河岸，迎着船身悄悄地掠过去，深沉的影子倒映在水面。岸上，红色的灯光从房屋的窗里透出来，村子里传来了歌声，我远远望见姑娘们在跳环舞。她们那“阿依，柳里”的合唱声，听起来就像赞美诗中的“哈利路亚”……

轮船后面，一条长缆索拖着一只驳船，船身也是棕红色的。驳船甲板上，被判处流刑和苦役的囚徒被装在铁笼子里，这里没有人说话，很寂静。他们在眺望伏尔加河，黑暗中被困在铁栅栏里的他们，远远看去就像一个个圆形的灰点。舱头上，哨兵的枪刺发出耀眼的光。月亮和星辰的光透过深蓝色的天空洒了下来。河水荡漾着，那声音像在低声哭泣，也像在窃笑。四周的一切都跟教堂一样，散发出浓烈的油脂香。

看见这条驳船，我就想起小时候从阿斯特拉罕到尼日尼的旅行，想起母亲严肃的脸，还有那个把我带进充满乐趣与苦难的人间的外祖母。一想到外祖母，就觉得一切令人烦恼和忧愁的事情都烟消云散了，生活充满了乐趣和快乐，人们都变更加善良、更加可爱了……

这夜色，这驳船，是那么的美丽。看到这一切，我深深地感动，差点儿流出眼泪。在宽阔的河面上，在这温馨的夜晚，在那引人深思的静寂中，驳船像一口棺材，简直是多余的。河水与陆地的交接处远远看去像一条弯曲的线，一会儿高，一会儿低，令人心里很舒服——我想做一个善良的人，做一个对别人有价值的人。

---

① 用来拍打身子，俄国人洗蒸汽浴时常用的工具。

我们轮船上的人都很独特，我觉得无论男女老少，所有的人都是一个样子。我们的轮船行驶得很慢，聚集在这艘轮船上的乘客都没有要紧事，有要事的客人都去搭快班船了，他们一天到晚，尽情地吃，尽情地喝，弄脏了很多的餐具，刀、叉、勺子。我的工作就是洗盘子，洗碟子，擦刀叉。从早晨六点钟起，几乎直到半夜，我都在忙着干这活儿。下午两点到六点和晚上十点到半夜，这两段时间，相对来说我的活儿还不那么多。这时候，旅客们已经吃过东西，在休息，喝茶，喝啤酒和伏特加。于是，餐室里的所有服侍人员——我的上级，都闲了下来。近舱口的桌子上，厨师斯穆雷、他的下手雅科夫·伊凡内奇、洗碗工马克西姆、头等舱茶房谢尔盖那些人，都在喝茶。谢尔盖是个驼子，长着一双水汪汪的眼睛，高高的颧骨，脸上长满了麻子。雅科夫·伊凡内奇露出发青的被腐蚀的牙齿，一边笑着，一边说着下流的话，他笑起来像哭似的，很难看。谢尔盖的嘴巴很大，一直长到耳根附近，那样子活像一只青蛙。马克西姆眼睛的颜色很复杂，说不上来是什么颜色，他瞪着眼睛严肃地望着他们，沉着脸一声不吭。

“亚细亚人！莫尔多瓦人[①]！”厨师有时也大声说。

我不喜欢这些人，已经秃了头的雅科夫·伊凡内奇胖胖的，老是谈论女人，而且谈论的内容很下流。他神情木讷的脸上长满了暗青色的斑块，还有一颗长着红毛的黑痣。他用手把这些毛捻成一撮，像一枚针似的尖尖的。每当船上来了动作轻佻的女客，他就如同一个乞丐一样，低声下气地、唯唯诺诺地在一旁侍候，说话声绵柔，又让人觉得可怜，嘴边上流出像胰子泡一般的唾沫，他便伸出脏兮兮的舌尖迅速舔去。不知道为什么，我总觉得刽子手就应该是这副模样，肥头大耳的。

“要懂得如何使女人动情。”他教谢尔盖和马克西姆说。谢尔盖和马克西姆两个人，鼓起两腮，脸热得发红，全神贯注地听着他讲。

“亚细亚人！”斯穆雷厌恶地大声说。他吃力地站起身来，命令我道：“彼什科夫，过来！”

---

① 在沙皇时代，亚洲人和在伏尔加河地区定居的少数民族莫尔多瓦人被当作“野蛮人”。

他从自己的舱室里拿给我一本封面精致的小书，然后在靠冷气房墙边的帆布吊床上躺下了。

“念吧！”

我坐在通心粉箱子上，认认真真地念了起来：“恩勃拉库伦的上空挂满了星星，说明天上的交通畅通无阻，有了这条通顺的道路，会员们就能从普罗芳和恶德中解脱出来……[①]”斯穆雷点起烟卷，吐出一口青烟，愤怒地说：“这群骆驼！他们写些……”

“露出左胸，以示心地纯洁……[②]”

“谁露出左胸？”

“没说。”

“那就是说女人的胸部……[③]呸，这帮下流的家伙。”

他闭上眼，脑袋枕着两只手，嘴里叼着冒着青烟的烟卷，他一拨舌尖，大吸一阵，使得胸口呼呼作响，烟雾吞没了他那张大胖脸。有时我以为他睡着了，就停了下来翻看这本令人讨厌的书。真是一本令人作呕的书。

但他意识到后就声音沙哑地嚷道：“念哪！”

“‘大师父[④]回答道：你瞧，我的亲爱的兄弟苏韦里扬[⑤]’……”

“是塞韦里扬吧……”

“写着是苏韦里扬啊。”

“是吗，真见鬼！下面有诗，你跳过去这些，直接念诗吧。”

---

① 出自法国人T.威尔逊写的《共济会会员的真实面目》。这是一本小册子，反对共济会，并详细讲述了共济会的教礼仪式。小册子中用到了一些共济会的专业术语，其中恩勃拉库伦和普罗芳就是共济会会员的术语，恩勃拉库伦意思是“天幕”（原为拉丁语），普罗芳意思是“非共济会会员德行”。

② 申请加入共济会会员时要举行的仪式。

③ 书里面讲：“举行这种仪式时，如果有人说是为了区分申请人的性别，共济会的会员会认为这是对他们的侮辱。”

④ 共济会分会会长的尊称。

⑤ 原是法语。这里指共济会分会副会长。会员们之间互称兄弟。

我就跳过去念：

无知的人类呀，你企图知道我们的事情 / 你们的眼睛如此混浊，怎能瞧清楚 / 就连天神的歌声，你们也不会听清

“等一等！”斯穆雷说，“这不是诗呀，你把书给我……”

他愤愤地翻弄几下那厚厚的蓝书，便把书塞进褥子底下了。

“去，再去拿一本过来……”

看着他那口钉着铁皮的黑箱子里装着那么多书，我很难过，那里面有《奥马尔寓言故事集》[①]《炮兵札记》[②]《塞丹加利爵爷书简》[③]《论臭虫类害虫之防治方法》；还有一些书已经缺失了开头和结尾。有时候，厨师命令我把书拿出来，一本本地报书名给他听。他一边听着我念，一边就开始骂道：“胡编乱造，这些浑蛋……他们像在打别人的耳光，却不知道为什么要打。格尔瓦西[④]是怎么落到我手里来的，这个格尔瓦西，还有什么恩勃拉库伦……”

全是一些怪词儿，还有晦涩难念的名字，令人厌恶，却记住很多，被刺激的舌头时刻都想重复地念。我想：也许可以通过声音体会出其中的含义。轮船的窗户外，河水在不知疲倦地歌唱。这时候，跑到后舱去一定很有趣。在那儿，在满堆的货物箱中间，围聚着水手们和司炉们，有的同乘客打牌，赢他们的钱，有的唱歌，有的在讲有趣的故事。跟他们坐在一起，心里觉得很放松。一边听他们通俗易懂的谈话，一边望着卡马河岸上挺得直直的松树，像一根根铜弦。河水退去后，留在草场上的小池沼般的水洼，像破碎的镜片，映出了蓝色的天空。我们的轮船离开了陆地，向远方奔去。忽然，在白天倦怠的沉寂里，从岸上传来了钟声，却看不见钟楼。这钟声令人想到那儿有村庄，有人。一只渔船在波浪中漂荡，像一块大面

---

① 卡尔·艾卡茨豪岑的作品，是一本故事集，内容多愁善感，充满了道德说教。

② 法国人P.S.德·圣雷米作。

③ 法国女作家阿代拉伊达·德·弗拉奥所作。

④ 喀山神学院助祭级别的修道士，他曾经把一部希腊文的教会著作译成俄文。在19世纪初，该译本在俄国广为流传。

包。啊，那边的岸上出现了一座小小的村庄；孩子们在河水里嬉戏。一个身穿红衬衫的农民走在黄绸带子一样的沙地上。从河中心远远地望去，一切都是那么美丽；一切都跟孩子的玩具一样，既小巧，又斑斓。我想冲着岸上大喊几声，说几句和善友好的话，不仅向岸上，同时也向驳船上。

我对这条棕红色的驳船很感兴趣。我能整整一个钟头不眨眼地望着这条船，一直看它伸出它的粗笨的船头，冲破浊流的景象。轮船拖着这条驳船像拖着一头猪，松弛时，拖索打在水面上，不一会儿就又紧绷起来，落下许多水点，拉紧船的鼻子。我很想看看那些像关野兽一样被关在铁栅里的人的脸。当他们在彼尔姆上岸的时候，我走到驳船的跳板去看。几十个可怜人儿弯着腰、弓着背，驮着沉甸甸的包裹，迈着沉重的脚步，夹着镣铐的声音从我的身边走过，他们一个个都没了人样。有男的，有女的，有老的，也有少的，俊的、丑的都有，但他们看起来和普通人没什么区别，只有身上的衣服和剃成怪模样的头发不同。当然，这些人都是强盗，可是外祖母曾给我讲过许多强盗行侠仗义的行为。

斯穆雷的模样看起来比谁都要更像一个强盗，他脸色阴沉地望着驳船，咕哝着说："上帝啊，摆脱这种命运吧！"

有一次我问他："人家都在杀人、打劫，你为什么一直这么做着饭？"

"我不是做饭，我只是炒一些菜，做饭的是娘儿们啊。"他说着笑了。想了一下，又补充说："人与人之间的差别，都在大脑上边，有的人很聪明，有的人不很聪明，还有些人就是个傻瓜。一个人想变聪明，就得多念书，无论是正经的书，还是坏的、会把你引入歧途的书，念得越多越好，要把所有的书都念过，才能找到好书……"

他经常提醒我说："你念吧！念一遍不懂就念七遍，七遍再不懂就念十二遍……"

斯穆雷对船上的所有人，无论是谁，说起话来总是喋喋不休，厌恶地撇着嘴，髭须向上翘着，粗声粗气的，好像要拿石头砸人一样，就是对那个话不多的食堂管事也不例外。但他对我却很亲切，可在他的关怀中多少含有一些令我畏惧的东西。有时我甚至觉得，这厨师也跟外祖母的妹妹一样是个半疯儿。

有时，他这样对我说：“过会儿再念吧……”

他就闭上眼睛，打起了呼噜，久久地躺着。他的大肚子一起一落，两只满是烧伤疤的手，像死人一样交叠着放在胸口上，手指头不时地微微动一下，好像正在用一副隐形的编针，编织隐形的袜子。

突然，他又咕哝着说：“是呀，老天给了你智慧，你就得靠着它去生活！可是老天很小气，不仅给的智慧很少，而且不均匀。如果大家拥有的智慧都一样多，那该多好呀，但其实不是这样的……有的人懂，有的人不懂，还有的人根本就不想懂，你看！”

他给我讲他在军队里的生活，说得结结巴巴的。我领会不了这些故事的含义，觉得很无趣。而且他讲得没有连贯性，前言不搭后语，想起什么就说什么：“团长把兵士叫来，问他：‘中尉都和你说了些什么？’那兵士便从头到尾地报告了。当兵的不能说谎。但那中尉像盯墙壁似的死死地盯着他，不一会儿，他转过脸，把脑袋低下去了。嗯……”

厨师生气了，他吐着烟，唠叨道：“我怎么会知道，什么能说，什么不能说？这样，那中尉就在要塞里关起了禁闭。中尉的母亲却说……啊，上帝啊！……我当时什么也没有学过嘛……”

炎热的天，周围的一切都在微微地摇晃着，发出一种隆隆的声音。水声和轮船外轮转动的声音从船舱的铁板外边传来。圆形轮廓的窗外，宽阔的河水像一条带子，奔腾着流过去。远远地望见岸上的一片草场上，零星地矗立着一些树木。耳朵习惯了充斥着一切声响——忽然觉得四周很静，尽管水手们在船头上哭号似的嚷叫道：“七个，七个……”

我不想去参加任何活动，不想听任何声音，也不想干活儿，只想躲到什么偏僻无人的地方，远离厨房的油烟味和热香，悠然地望着这疲倦的生活的流水，潺潺地流去。

“念啊！”厨师生气地命令道。

各级别舱室的茶房都害怕他，还有那个柔弱温顺的、不大说话的、长得像鲈鱼一样的食堂管事，也好像有点害怕斯穆雷。

“喂，猪猡！”他呵斥那些食堂里的茶房，“到这儿来，贼骨头！亚细亚人……恩勃拉库伦……”

水手和司炉们总是巴结他，又很尊敬他。他把炖过肉汤的肉给他们，询问他们家乡和家人的情况。那些满身油渍、像被火熏过一样的白俄罗斯司炉在轮船上的地位是最低的，大家都叫他们雅古特[1]，还嘲弄他们："雅古、别古，在岸上住。"

斯穆雷听到了就气得涨红了脸，冲着其中一个司炉大声嚷道："你为什么任人家嘲笑你？蠢货！你给喀查普[2]一巴掌啊！"

有一次，那个长得帅气而凶恶的水手长对他说："雅古特跟霍霍尔[3]是一路货色！"

厨师听到这话，两手一把抓住他的领子和腰带，把他举过头顶，一边摇晃着一边问："你想让我摔死你吗？"

斯穆雷经常和别人吵架，有时甚至厮打起来，但从来没有挨过揍。他的气力比谁都大，而且船长太太常常同他聊得很亲热。她个子高大，身材肥胖，脸长得像男人，头发短而平整，看起来像一个男子。

斯穆雷经常喝大量的伏特加，但他一次也没有喝醉过。大早上他就开始在那儿喝，一瓶酒四次就喝完了。然后一直喝到晚上，他又开始不停地喝啤酒。他的脸渐渐变成紫褐色，一对黑眼睛渐渐大起来，好像吃惊的样子。

傍晚的时候，他那高大的身子常常坐在抽水机边上，穿着一身白衣服，神情忧郁地望着远方流动的景象，在那儿默默地坐好久好久。每当这种时候，大家就特别怕他，但我却觉得他有点可怜。

雅科夫·伊凡内奇从厨房里走出来，浑身冒汗，脸被炉火烤得通红通红的，站下来挠挠没有头发的头皮，把手一甩，就走了；或是离得远远地对他说："鲟鱼死了……"

"那就把它做成杂拌汤吧……"

"那如果客人要鱼汤、要蒸鱼怎么办呢？"

---

① 革命前对白俄罗斯人的鄙称。

② 革命前乌克兰沙文主义者对俄罗斯人的鄙称。

③ 革命前俄罗斯人对乌克兰人的鄙称。

“你就做吧，反正他们会吃的。”

有时我大着胆子走近他。他吃力地把眼睛移到我这边来：“什么事？”

“没什么事。”

“好吧……”

可是有一次就在这样的时刻，我终于问他了：“你干吗老让大家都怕你？你是个善良的人啊。”

令我意外的是，他并没有生气：“我只是对你才和善啊。”

但他立马又实在地、深沉地说：“不过，也许我对所有人都很和善，只是不表露出来罢了。这不能让人看出来，看出来了就会吃亏。任何人都一样，都会骑到善人的头顶上，跟在泥沼地里往土堆上爬一样……而且，把你踩倒。去，去拿啤酒来吧……”

他一杯又一杯地喝完了一瓶，舔了舔胡须，又说：“你这小鸟儿要是再大一点儿，我会给你讲许多我的有价值的故事。我可不是一个傻瓜……你念书吧，书里边什么重要的知识都有。书和平常的东西不一样！你想喝啤酒吗？”

“我不爱喝。”

“行，那就别喝。醉酒可不是一件值得鼓励的事。伏特加这种东西是属于魔鬼的。我要是有钱，就送你去念书。一个人如果没有学问，就和一头牛没有什么不同了，不是套上轭架，便是被人宰了吃肉，它唯一能做的，也只是摇晃尾巴……”

船长太太借给他一本果戈理的书。我念了《可怕的复仇》，觉得很有收获，可是斯穆雷却怒吼起来：“乱编一通，无稽之谈！我知道，还有别的书……”

他从我手里把书夺过去，跑到船长太太那儿，拿过来另一本书，板着脸命令我：“你念《塔拉斯》①……他姓什么来着？你找出来，她说这是一本非常好的书……不知道是谁觉得好，也许她觉得好，我就会觉得不好。你看，她把自己的头发剪了，怎么不把耳朵也剪掉呢？”

---

① 指的是果戈理的小说《塔拉斯·布尔巴》。

当我念到塔拉斯向奥斯达普挑战的那一段时，厨师突然大笑起来。

“对嘛，就是嘛！你有知识，我有力量！真会写！这帮骆驼……”

他全神贯注地听着，却不时地表达不满的意见：“唉，一派胡言！怎么能把一个人一刀从肩头劈到屁股啊！不能啊！也不能挑在长矛上，长矛会断啊！我当过兵，我知道的……”

安德烈的倒戈又引起了他的憎恨与厌恶。

“不知羞耻的家伙，不是吗？为了女人，呸……”

可是一念到塔拉斯杀死儿子的地方，他就把两脚从床上放下来，双手支在膝盖上，弓着身子哭起来。脸颊上慢慢地流下两行眼泪，滴到舱板上。他啜泣着嘟囔：“唉，上帝啊，……唉，我的天哪……”

忽然，他看着我大喊：“念啊！贱骨头！”

他又哭了。念到奥斯达普临死之前，叫着“爹，你听见了没有”的时候，他哭得更厉害，更伤心了。

“一切都完啦。”斯穆雷哽咽着说，“一切都完了！念完了吗？真糟糕！过去真有值得敬佩的人，你瞧这塔拉斯，怎么样？是啊，这才是人物呢……”

他从我手里拿去了书，仔细地看着，眼泪滴在书的封面上。

“好书！真是一个大快人心的故事！”

后来，我们一起念《艾凡赫》[①]。斯穆雷非常喜欢金雀花王朝的理查德[②]。

“这位国王真的很了不起！”他严肃地对我说。可我对这本书实在没有多大兴趣。

在通常情况下，我们俩的兴趣不相交，令我痴迷的是《汤姆·琼斯》，即旧译本《弃儿汤姆·琼斯的历史》[③]。但斯穆雷不赞成：“真是蠢货！汤姆和我有什么关系？我要他干吗？肯定还有别的书……”

有一天，我对他说，我知道还有别的书；这是一种秘密的禁书，必

---

① 英国小说家司各特的著名长篇小说。

② 英国“狮心王”理查德一世，即《艾凡赫》中的主人公。

③ 英国作家菲尔丁的长篇小说。

须半夜里躲在地下室里读。

他睁大了眼，胡子都竖了起来，说："啊，什么？你瞎说些什么？"

"不是瞎说。在教堂里行忏悔礼的时候，神父向我问起过那种书；而且以前我也看见别人念这种书，他们还哭了呢……"

厨师脸一沉，盯住我的脸问："谁哭？"

"在旁边听着的那个年轻姑娘；另外还有一个女的吓得跑掉了……"

"你快点清醒些吧，你在说胡话。"说着，他慢慢地闭上眼睛；沉默了一会儿，又叨叨起来："当然这种秘密的书总会出现在某种地方……都会有的……然而我年龄已经这么大了，而且我的性子又是……嗯，可是……"

他能一刻不停地谈整整一个钟头……

不知不觉地，我已经养成了念书的习惯，变得一书在手，其乐无穷了。书上所谈及的都轻快有趣，和现实生活有区别。而实际生活，却越来越让人难以忍受了。

斯穆雷和我一样，也变得越来越痴迷于读书，他经常在我正在干活儿时，就拉了我去。

"彼什科夫，去念书吧。"

"还有许多盘子没洗呀。"

"马克西姆会洗的。"

他用粗暴的语气命令老洗碟工去替我干活儿，那个人气得故意把玻璃杯打碎。食堂管事笑里藏刀地威胁我说："再这样下去，你就甭想在船上干啦。"

一天，马克西姆故意偷偷拿几只玻璃杯放在盛有污水和茶根儿的盆里。我把污水泼在船栏外，那些玻璃杯也就跟着一块儿飞到水里去了。

"这是我的错。"斯穆雷对食堂管事说，"你记在我头上吧。"

餐室里那班侍者都斜着眼瞧我，对我说："喂，书呆子！你是干哪一行拿薪水的？"

他们还故意弄脏食器，尽量多给我活儿干。我察觉到这样下去是不会有好结果的。果然，不出我所料，有一天傍晚，从一个小码头上来了两

个女客。一个是红脸的妇人，另一个还是个姑娘，头上裹着一条黄色的头巾，穿一件粉红色的新上衣。她俩都喝醉了。妇人微笑着向所有的人点头，说起话来和教堂管堂人一样，分不清楚“阿”音和“奥”音：“亲爱的，对不起，我刚才喝了一点儿酒！我打赢了官司回来，法官宣判我无罪，我心里一高兴，就喝了点儿……”

姑娘也笑着，抬起混浊的双眼望着大家，推了那妇人一下说：“你往前走呀，傻婆娘，往前走呀……”

她们在二等舱室旁边住下了，那儿正对着雅科夫·伊凡内奇和谢尔盖他们睡觉的舱室。不一会儿妇人不知到哪里去了，谢尔盖就趁机跑到那姑娘身边坐下，心怀不轨地咧开青蛙般的大嘴，笑着。晚上，当我干完活儿躺在桌子上睡觉的时候，谢尔盖走到我跟前，抓起我的手：“来来来，我们这就给你娶媳妇……”

他喝醉了。我想挣脱他的手；但他打了我一下：“叫你来呀！”

没一会儿，马克西姆也醉醺醺地跑了进来。他们俩就顺着甲板拖着我，走过熟睡中的旅客旁边，来到自己舱室前。不料斯穆雷站在舱室门前，门里边是雅科夫·伊凡内奇，他两手抓住门框，那姑娘正用拳头敲打着他的脊背，用带醉的声音喊道：“放手呀……”

斯穆雷从谢尔盖和马克西姆手里一把把我夺了过来，还抓起他们的头发，把两个脑袋碰撞了一下，使劲儿一推，两个人都跌倒了。

“亚细亚人！”他对雅科夫骂着。之后，就砰的一声关上了门，还差点儿碰到他的鼻子。又一把推开我，吼道：“一边去！”

我就走到舱后去了。这是一个阴沉、昏暗的夜，河面黑乎乎的，什么也看不见。船尾后的河面上泛起两道灰白的波纹，向漆黑的两岸边分流散去。驳船在这两道水纹间缓慢地浮动，一会儿左，一会儿右，现出灯火的红点，照不见任何东西，消失在了突然出现的河弯处。眼睛感受不到光，便会觉得更黑暗，更难受。厨师跑来，坐在我旁边，点着了一根烟，发出一声长长的叹息。

“他们是要把你拉到那女人那里去吗？卑鄙无耻的家伙！我听见他们要怎么使坏来着……”

“你把那姑娘从他们那里救出来了吗？”

“那姑娘？”他就开口骂那女子；随后语气沉重地说：“这里的人全都是不要脸的下流坯子。说起这条船，简直比村子里还要肮脏，还要差。你在村子里待过没有？”

“没有。”

“村子里简直太糟糕了！尤其是在冬天……”

他把烟蒂扔到船栏外边，沉默了一会儿，又开口说道：“你长期和这群猪猡待在一块儿，会害了你的，我实在可怜你，小狗，我也可怜他们。有时我不知该如何做才好……甚至想跪下问他们：‘喂，狗崽子，你们到底在干什么？你们的眼睛都瞎了吗！’你们这些骆驼……”

轮船发出了一声长长的尖叫，拖索在水面上打了一下。在浓浓的黑暗中摇晃着的一星灯火，远远看去只有豆子那么大，却标出了码头的位置。又有许多灯火从黑暗中涌现了出来。

“醉林①到了。”厨师咕哝着，“这里有一条河叫醉河②。我认识这里一个司务长，叫醉科夫③，还有一个当文书的醉我心④……我到岸上去瞅瞅……”

几个来自卡马的姑娘和妇人，身材很高大，她们用长长的抬架抬着木柴，从岸边走来。她们一对接着一对，每个人肩头上都挂着挽带，身子向前弯着，迈着有力的步伐，把那些半俄丈长的木柴，抬到锅炉舱前。

“啊嘿……嗯！”

一边大声喊着，一边就把这些木柴投进一个黑咕隆咚的窟窿里。

当她们抬着木柴走来的时候，水手们就动手摸奶子，摸大腿，女人们尖声叫喊着，向男人吐唾沫。她们返回的时候，就用空抬架打着，以防男人们动手动脚。每次航行时我都会看见这种情景，已有几十次了。每个

---

① 一个码头，在卡马河上，今名“红林”。

② 苏拉河（伏尔加河支流）的一条小支流。

③ 司务长姓的词根有“醉”的意思。

④ 文书姓的词根有“大喝其酒”的意思。

装木柴的码头上的情形都不例外。

我觉得自己好像是一个在这船上待了多年的老头子，对于明天会有什么事，一星期后会发生什么，到秋天，到明年，会发生什么，似乎统统了如指掌。

天渐渐亮起来了，已经能看清比码头高一点的砂崖上葱郁的松树林了。一帮女人朝山上的树林边走去，欢笑着，唱着带低音的歌。她们都背着长长的抬架，远远望去像一队兵。

我突然很想哭。泪在我的胸口翻滚，心在里面被蒸煮着，煎熬着，这是很痛苦的。

但是哭出来我感觉有点难为情，就去帮水手布利亚欣洗甲板。

这布利亚欣是个不起眼的汉子，整个身子缩在一起，显得萎靡不振，他经常躲在角落里，眨巴着那双小眼睛。

“我并不是真的姓布利亚欣，而是姓……你知道吗？这是因为我娘过的是淫荡的生活。我还有一个姐姐，也过着同样的生活。唉，她们两个人都有着同样的命运，遭受着折磨。喂，朋友，命运对于我们来说，是一个铁锚；你要往那儿去……可是……办不到……”

现在他一边拿拖布擦甲板，一边轻声对我说：“你看见没，他们是如何欺侮女人的！就是嘛！就算是一根湿木头，烤久了也一样会起火的！老弟，我讨厌这一套。如果我被生下来是一个女子，我一定要到一个黑暗的深渊里自杀，我可以向基督保证！……人本来就没有一点自由，却还有人用火烧你！我告诉你吧，那些阉割派教徒[①]才不傻呢。你听说过阉人吗？这种人头脑真好使，很有主意，一股脑儿抛开一切无关紧要的事儿，一心一意只为上帝服务……”

船长太太从我们身边走过。因为甲板上全是水，于是她把裙子提得高高的。她向来起得很早。她身材高挑，五官分明、清晰的脸总是那样严肃，那样真诚而朴实……我真想跟着她上去，便发自肺腑地请求道：“向

---

① 一个狂热的宗教派别，产生于俄国18世纪末，其主张告别“世俗生活”，用“阉割”的方法“拯救灵魂”。后因为伤害人而被禁。

我说点什么吧，向我说点什么吧！……”

轮船缓缓地离开了码头。布利亚欣就画了一个十字说：“好，船又开了……”

船开到萨拉普尔，马克西姆上岸去了。他一声不吭地没跟任何人打招呼，就严肃而平静地走了。跟在他后面的是那个眉开眼笑的妇人；再后面，是那个姑娘。她的眼睛又红又肿，一副有气无力的样子。谢尔盖在船长室门口跪了好久，吻着门上的板，一个劲儿地磕着地板，叫喊着说：“放过我吧，并不是我的过错！这是马克西姆……”

尽管水手、茶房和一些乘客都知道他在撒谎，却还是鼓动他：“去吧，去吧，会宽恕你的！”

船长把他撵开，还踢了一脚，谢尔盖摔了一个跟头。尽管如此，船长最终还是原谅了他。谢尔盖立马在甲板上忙活起来，像哈巴狗一般巴结地看别人的眼色行事，端着托盘送茶水去了。

一个瘦骨嶙峋的维亚特省人被雇来代替马克西姆。这个人当过兵，脑袋不大，眼睛红红的。立刻，厨师的助手叫他去杀鸡。那当兵的只杀了两只，剩下的都放生到甲板上。于是乘客开始捉鸡，有三只飞到船栏外边去了。那当兵的就坐在厨房旁边的木柴堆上，伤心地哭起来。

“你怎么啦，蠢货？”斯穆雷惊讶地问他，“难道当兵的也会哭吗？”

“我是后方的卫戍兵啊。”那当兵的小声说。

他这一哭就倒了霉，半个小时后，船上所有的人都跑到他身边，看他的笑话，他们直直地盯着他，问：“是这个人吗？”

于是，那些人便嘲讽地笑得身体直打战。

一开始当兵的没看见人，没听见笑声。他用破旧的印花布衬衫的袖口抹掉脸上的眼泪，似乎要把眼泪藏到袖子里去。但没过多久，他那红眼睛里又充满了愤怒，用喜鹊啼叫般快的维亚特话开口说道：“牯牛大的眼睛瞅着我干啥？哼，我要把你们一个个撕成碎块……”

这语调使大家乐得更欢了。有的拿指头去戳他，有的扯他的衬衫，有的拉他的围裙，像捉弄一只山羊似的捉弄他。一直捉弄到午饭时间。午饭后，不知谁悄悄地在他背后的围裙带上吊了一个木勺，勺柄上面套着泡过的柠檬皮。那当兵的一走动，木勺就在他后边晃动起来，引得大家哈哈大笑。而他却像一只落进笼子的老鼠，只顾奔忙着，不知道大家为什么大笑。

斯穆雷一声不吭地板着脸注视着他。厨师的这种神情有点像女人。

我有些同情这当兵的，便问厨师："我把木勺子的事告诉他好吗？"

他默默点头，表示同意。

我告诉了他大家大笑的原因，他马上摸到木勺，揪下来扔到地上，用脚踩个粉碎。突然，他两手揪住我的头发，我们就扭打起来；这结果使看客们大为满意，瞬间，我们就被围住了，斯穆雷推开大家把我们拉开了。然后一手揪着我的耳朵，另一只手揪着当兵的耳朵。大家见那小个子在厨师手底下晃脑袋，胡乱地蹦着、跳着，就乐开了，有鼓掌喝彩的，有吹口哨的，有跺脚的，全都笑得前仰后合了。

"卫戍兵万岁！用脑袋顶厨师的肚子呀！"

看着那群家伙这种粗野的行为，我恨不得向他们冲过去，拿块劈柴朝他们脑袋上猛地打过去。

斯穆雷放了那当兵的，把两手交错地放在背后，那架势像一只肥胖的猪，他竖起胡子，愤怒地朝那些看客走过去，露出吓人的牙齿，说道："各就各位——开步走！亚细亚人……"

那当兵的又要向我冲过来，却被斯穆雷一手抓住。斯穆雷把他拖到抽水机那边，动手抽水，像团弄一个布娃娃似的转动着他那瘦小的身子，拿水冲他的头。

水手、水手长、大副都跑上来了，立刻，一大堆人挤到了这里。比这船上的任何人都高一头的食堂管事，也像往常一样一言不发地站在那里。

当兵的坐在厨房边木柴堆上，两手颤抖着，光着脚，动手绞干裹腿带。其实裹腿带并没有湿，但他稀疏的头发却在往下滴水。这又使看客们乐起来了。

"无论怎样，"当兵的发出尖细刻薄的声音，"我要打死这小鬼！"

斯穆雷一手搭在我的肩头上，不知对大副说了些什么。水手们驱赶着看客，大家都走开了，厨师就问当兵的："拿你怎么办呢？"

当兵的恶狠狠地盯着我，身子古怪地发着抖，没有回话。

"立——正，这家伙好吵！"斯穆雷说。

当兵的回答了："不，这里不是连队。"

我察觉到厨师有点恼火了。胖胖的脸颊瘪了瘪，然后呸地吐了一口唾沫，就带我走开了。我虽然没头没脑地跟着他走，但还多次回头望那当兵的。斯穆雷纳闷儿地嘟囔："真是一个活宝，啊？你看……"

谢尔盖追上我们，不知发生了什么，悄悄地说："那家伙想自杀呀！"

"在哪儿？"斯穆雷叫喊道，跑过去了。

当兵的正双手捧着一把大刀，在茶房舱室门口站着。这把刀是砍鸡头、劈木柴用的，非常钝，刀口变得如锯齿一样残缺不全。许多人围到茶房舱室前来，观望着这个湿了头发的令人发笑的小矮子。他那顶着一个翘鼻子的脸颤动着，像肉冻一样，嘴吃力地张着，嘴唇发抖，怒吼道："你们欺负人……你们欺负人……"

我不知跳在一个什么东西的顶上，越过大家头顶看见很多的脸。大家都嬉笑着，互相谈论着："你瞧，你瞧……"

他用干枯的孩子般大的手，把衬衫下摆塞进裤腰里去。站在我身边的一个仪表堂堂、令人尊敬的人叹了一口气说："要自杀了，却还在心疼裤子……"

大家的笑声更大了。显然，大家都不认为他会真的自杀。我也觉得他不会真自杀。可是斯穆雷向他瞟了一眼，就挺着肚子把别人挤开，嘴里吼叫着："滚开，浑蛋！"

他把许多人都叫作浑蛋，冲到挤成一堆的人群跟前，冲着他们喊叫道："滚开，浑蛋！"

这也令人发笑，然而似乎没有错：今天从早上起，好像所有人都变成了一个大浑蛋。

他驱散人群，跑到当兵的身边，伸出了手："把刀子给我……"

"给你就给你。"当兵的把刀锋朝外，递给了厨师。厨师把刀子交给我，

推搡着当兵的走进舱里去：“躺下睡觉吧！你怎么回事啊？”

当兵的静静地在床上坐下。

“让他给你拿食物和伏特加来，你喝伏特加吗？”

“能喝点儿……”

“但是，有一点，你可别碰他，跟你开玩笑的并不是他。听见了没有？我告诉你，不是他……”

“可是为什么大家要折磨我呀？”当兵的低声问。

斯穆雷过了一会儿，满脸忧愁地说：“我怎么会知道？”

他带着我朝厨房间走去，一边走一边嘴里还直嘟囔：“看哪，老实人真是受欺侮呀！这回你瞧见了吧！伙计，人欺人会把人逼疯的，会的……跟臭虫一样，叮住你，就完了！不，比臭虫还要厉害，还要凶狠……”

我拿了面包、肉和伏特加到当兵的那儿去，他正在床上坐着，像一个女人似的摇晃着身体低声呜咽着。我把盘子放在桌上，说：“吃吧……”

“捎带把门关上。”

“门关上就黑了。”

“关上吧！不然他们又会找来的……”

我走了。我讨厌这当兵的，我对他产生不了同情和怜悯。我很不安，因为外祖母多次教导我说：“你要关心别人。大家都很不幸，都有难处……”

“拿去了吗？”厨师问我，“他在那里干什么呢？”

“在哭。”

“唉……真窝囊，废物一个！他根本不算个当兵的？”

“我一点儿也不可怜他。”

“什么？你说什么？”

“应该关心他人……”斯穆雷拉着我的胳臂，拽到他身边，语气诚恳地说：

“对他人的怜悯是勉强不来的，但也不能说谎；懂了没有？你要有点出息，要知道自己……”

说着，把我推开，面色阴沉地补充了一句：“你不该待在这里！给你，抽支烟吧……”

乘客们捉弄那个当兵的，瞧见斯穆雷拧他耳朵，就哈哈大笑。这种行为使我产生了一种难以名状的欺辱人的感觉，他们的行为使我的内心如汹涌的波涛般起伏着，不能平静，我有种深深的忧郁感。他们为什么会觉得这种讨厌的事情、这种痛心的事情有趣呢？什么东西逗得他们这样高兴呢？

瞧吧，他们好像什么事也没发生似的，又坐在那低矮的帐篷底下，躺着，喝着，吃着，打牌的打牌，举止亲密、一本正经地聊着天，望着河面上的流水。似乎一个钟头前吹口哨、看笑话的并不是他们。他们又跟平常一样安静、慵懒。一天到晚，他们就像太阳光里游荡着的小虫和灰尘一样，在船上闲荡着。每到一个码头，就有十来个人一伙儿，拥上跳板，一边画十字，一边走上码头去。码头上，也有差不多数目的人，弯着背脊，背着沉重的包裹和旅行箱，迎着他们跑到船上来。就连穿着的衣服都跟他们的相同……

这种乘客经常性的更换，并没有改变一丁点儿船上的生活。新来的乘客，也说着离去的乘客说过的同样的话：土地啦，工作啦，上帝啦，女人啦，而且他们用的是同样的词句。

“忍着点吧，上帝对一切都有安排的。啊，做人最重要的是要学会忍耐！我们命该如此，没有办法……”

这种话，听着很乏味，令人生气。我没有办法忍受侮辱，没有办法忍受恶意的、不公平的、屈辱的待遇。我坚信，也认为自己不应该忍受这种待遇。那当兵的也不例外，也许他自己愿意成为别人的笑柄吧……

严肃而善良的马克西姆被船上开除了，而无耻下流的谢尔盖却被留了下来。这一切统统都与世界本该有的模样不符，都在逆向而行。然而为什么这群经常把人捉弄得几乎发疯的人，面对水手的大声训斥，却唯唯诺诺，大气不敢出？为什么人家骂得那么厉害，他们却毫无反应呢？

“为什么大家都挤在船边上？”水手长眯着一双漂亮而凶狠的、细细的眼睛，大声呵斥道，“船歪了，都给我滚开！穿厚呢子的鬼东西……”

这群鬼东西就像一群绵羊一样，顺从地挤到甲板的另一边去，又被人家从那边撵走。

“唉，该死的家伙……”

炎热的晚上，在晒了一整天太阳的铁皮篷下，憋得难受。乘客们像蟑螂一样在甲板上到处乱爬，乱躺着。船快要到码头之前，水手们就用脚踢他们起来：“喂，躺在路上干什么！到自己铺位上去……”

他们爬起来，模模糊糊地朝着水手推的方向走去。

水手们和这些乘客唯一的区别就是衣服不同，但却像巡警一样指挥着他们。

从这群人身上，你首先看到的是他们软弱和可悲的顺从性格。可是，一旦这温顺的表皮破裂，无情的、荒唐的而且几乎总是令人厌恶的恶作剧便会爆发出来，这种爆发的恶作剧实在出人意料，让人心生恐惧。我觉得人们似乎不知道轮船会把自己载到哪里去，也好像对在哪里上岸都不在乎。无论在哪里上了岸，他们休息一会儿，便又重新跳上另一条船，向另一个地方漂去了。他们好像都无家可归，到处流浪，与陆地没什么缘分。也因此，他们统统胆小、懦弱得很。

有一天后半夜，不知机器哪部分爆炸了，爆炸声如大炮声一般大。白色的烟雾立刻包围了甲板。浓浓的蒸汽从机器间冒出来，弥漫到每一个空隙。只听见有人发出刺耳的尖叫声，却看不见人影：“加夫里洛，把焊镴拿来，还有防火布……”

我睡在机器间左边洗碗台子上。当爆炸和震动声过后，我被惊醒了，然后甲板上是死一般的静寂，只有机器间发出的热蒸汽喷出的嘘嘘声和锤打的叮叮声。过了一分钟，甲板上的乘客便喧闹起来，各种各样的声音，号的号，叫的叫，恐怖顿时袭满了整个轮船。

白色的雾气很快就散去了——一些没扎头巾的女人，跟头发乱蓬蓬的、睁着圆圆的死鱼眼的男人，互相践踏着，逃窜着。大家都背着包裹、口袋和箱子，踉踉跄跄地，嘴里胡乱叫着上帝、圣徒尼古拉的名字，慌乱地朝什么地方跑去，互相打着。这是一种可怕的，同时也是有趣的景象，我就跟在他们后边，想看看他们要干什么。

这是我生平第一次见到这夜间的慌乱情景，但我立刻意识到是他们的误会。因为轮船依旧按照原来的速度前进着。在船右边附近的一块地方，有燃烧着的割草人的篝火。澄澈又明静的夜空上悬挂着一轮圆圆的月亮。

甲板上的那些人却跑得越来越快了，甚至连二等舱三等舱的客人都跳出来了。有一个人起身一跃，就跳到船栏外边去了，接着又是一个，又是一个。两个男人和一个修道士一起用木柴把钉死在甲板上的长椅子打了下来；把一大笼鸡从船尾投到水里去。一个男人跪在甲板中央的驾驶台扶梯边，向从他身旁跑过去的人行礼，嘴里狼一般吼叫道："各位正派教徒，我罪孽深重……"

"鬼东西！快放救生艇。"这位大声说话的是一个肥胖的老爷，只见他下身穿一条长裤子，上身光着，连衬衫也没披；还握紧了拳头捶打自己的胸口。

水手们跑过来，一手抓住人们的领口，一手打他们的脑袋，把他们推到甲板上。这时候，斯穆雷笨重地走来走去。他在睡衣外边披上一件大衣，大声劝着众人："也不害臊呀！你们疯了吗，在干什么啊？船靠岸了！这一边便是岸！那些跳进水里去的傻瓜，已经被割草的救上来了。他们在那里。看见了吗，那边两只艇子？"

他捏紧拳头，朝三等舱客的脑袋打去，从顶门上往下打，他们跟袋子似的，不声不响地倒在甲板上。

混乱的喧闹声还没有完全停下来，一个妇人，披着斗篷，手里拿着一把汤匙，向斯穆雷冲来；用那把汤匙直指着他的鼻尖晃动着，嘴里叫着："你为何胆子这么大呀？"

一个浑身湿透了的老爷，一边吹着自己的胡须，一边拦住那妇人，并无奈地说："你别管他，这个蠢货……"

斯穆雷把两手一摊，面带惭愧地眨着眼问我："喂，这是怎么一回事？他为什么骂我呀？真是岂有此理！我是第一次见那个妇人啊！……"

一个男人，一边抹着鼻血，一边叫道："唉，这群人啊！简直就是强盗！……"

一个夏天，我在船上遇到了两次令人惊慌的事。但两次都不是真正遇险，只是心里的恐惧在作祟罢了，生怕有什么危险，然后就这样惊闹起来。第三次是乘客们捉到了两个扒手，其中一个是一副朝山进香的打扮，他们背着水手偷偷把这两个人私刑拷打了足足一个钟头。后来水手把扒手夺去，众人就骂水手："贼子包庇扒手，大家心里都清楚！"

"你们自己是惯偷，自然对扒手留情面……"

那两个扒手被打晕了过去。等到了一个码头把他们交给警察的时候，他们连站都站不直了……

类似的事情，还有很多，这些事情使我很不平静，使人看清他们是什么样的人：是恶毒的人还是善良的人，是老实人还是爱生乱子的人。为什么世界上偏偏有这样残酷、这样恶毒、这样不知满足的人呢？而为什么有时候却温顺得令人感到恶心呢？

我去问厨师，但他却只是口吐浓烟，烟雾罩住他的脸，然后恼火地说："喂，你担什么心啊！人就这个样子呀……有聪明人，也有傻瓜。啊，你还是念书，不要那么多话。凡是有正面意义的书，里面都会有说明的……"

他讨厌教会书、圣徒传。

"咳，这种书是神父和他们的儿子读的呀……"

我想做一件使他高兴的事，送他一本书。我在喀山码头上花五戈比买了一本《一兵士拯救彼得大帝的传说》[①]。但那时候他恰巧喝醉了酒，在气头上。我就犹豫了没送他，自己先念起来。我对这本书很满意，书里的一切都表达得很朴实，通俗易懂，有趣味而且简练。我坚信我的老师一定会对这本书很满意的。

可是当我把这本书送给他时，他没说一句话，一把捏在手里，搓成一团，扔到船栏外边去了。

"这就是你喜欢的书，傻瓜！"他生气了，"我教你的东西都喂狗啦，你还是想那些乱七八糟的东西，啊？"

他气得直跺脚，嚷叫道："你知道这是什么书吗？书中那些胡编乱造的话我都念过了！你以为书里写的是真的吗？喂，你说！"

"我不知道。"

"我知道！砍下了一个人的脑袋，身子从梯子上跌下来，这时候，

---

① 一种通俗的廉价读物，图文并茂，作者不详，19世纪70年代出版于莫斯科。

其他人是不会再爬到干草棚去的。当兵的又不傻！他们放一把火，把这些草烧掉就完了！你懂了没有？”

“懂了。”

“懂了就好！我了解彼得大帝的事，但绝不是这书里写的内容！你走开吧……”

我心里知道厨师的话是对的。但我依然喜欢那本书。后来又买了一本，重新念了一遍。令我纳闷的是，我居然看出了那本书不好的地方。这令我觉得很不好意思，从此我便更加信赖厨师了，也更加全心全意地对他了，而他却不知出于什么原因，更加频繁而且很感慨地说：“唉，要怎么样才能教育好你呢！你不该待在这地方的……”

我也觉得这儿不是个好地方。谢尔盖对我很坏。我几次看见他背着食堂管事，从我桌子上拿走茶具，偷偷送到客人那儿去。我知道这是偷盗行为。斯穆雷多次嘱咐我：“小心点，不要把自己桌子上的茶具给他们！”

还有很多不利于我的事情。我常打算着船一靠岸就逃走，逃到森林里去。但是心里舍不得斯穆雷，他对我越来越和善。另外吸引着我的还有不断航行的轮船。最让人不痛快的是停泊的时候。我总期待着马上就要发生什么事情。我将从卡马河航行到别拉雅河、维亚特卡河去，若是沿伏尔加河航行，那我将会看见新的河岸、新的城市和新的人物。

但是这样的事情没有发生。我在船上的生活戛然而止，而且结束得可耻。一天傍晚，我们正在从喀山向尼日尼驶去，食堂管事把我叫到他自己房间里。我一进去，他就关上了门，对坐在垫有毛毯的椅子上阴沉着脸的斯穆雷说：“他来啦。”

斯穆雷粗声厉气地问我：“你有没有把餐具给谢尔盖？”

“他趁我没看到时，自己拿走的。”

食堂管事轻声地说：“他虽然没看到，心里却知道。”

斯穆雷用拳头打了一下自己的膝头，然后挠着膝头说道：“你先别着急嘛，等一下……”

说着就思考起来。我看着食堂管事，他也看着我；但我却感觉不到他眼镜后面的眼睛。

生活中，他总是很安静，走路没有声音，低声地说话。那褪色的胡子，那死鱼般的眼睛，偶尔也会从那个角落里出现，但马上便消失了。他每晚临睡前，都会在食堂里点着长明灯的圣像前，跪许久。我曾透过那鸡心形的门锁孔，看见过他。可就是看不到他怎样祷告，只见他站立着，望着圣像和长明灯，一边摸着胡子，一边叹着气。

斯穆雷沉默了一会儿问我："谢尔盖给过你钱吗？"

"没有。"

"一次也没有？"

"一次也没有。"

"这小伙子不会撒谎的。"斯穆雷对食堂管事说。食堂管事却低声回答："反正都一样。好，请便吧。"

"我们走吧！"厨师向我喊道。走到我桌子边来，用手指头轻轻地在我头顶上弹了一下，对我说："傻瓜！我也是傻瓜！我原本应当照顾你……"

到了尼日尼，食堂管事给我结了账，我挣了大约八卢布；这是我挣到的第一笔数目较大的钱。

斯穆雷跟我告别的时候，悲伤地说："哎……日后可要多加留心啦，知道了没有？没有心计是行不通的呀……"

他塞给我一个五彩嵌珠的烟荷包。

"好，这个送给你！这手工做得很精致。是我的一个干女儿给我绣的……好了，再见吧！念书吧，这是最有意义的事情！"

他把我挟在腋下，稍稍举起来吻了吻，再把我稳稳地放在码头的垫板上。我有些难过，为他也为我自己。他走回船上去，我望着他的背影，差点儿大哭起来，他那壮实的身体，孤单地从码头脚夫中间挤过去，慢慢远去……

后来，我还遇到过多少像他这样善良、孤独而又厌恶凡尘的人啊！

七

外祖父和外祖母又搬到城里住了。我恼火地带着想打架的心情回到他们那里。心里觉得很委屈——为什么人家会把我当小偷呢？

外祖母见到我很激动，也很亲切，她立刻去烧茶炊。外祖父依旧嘲笑地问：“攒了不少黄金吧？”

“不管有多少，都是我自己挣的。”我回答着，在窗边坐下。然后，神态自若地从衣袋里掏出一盒烟卷来，开始悠悠地吸着。

“哎呀。”外祖父惊讶地睁大眼睛盯着我的举动，“原来是这样，抽起魔鬼草来了，不觉得有一点太早吗？”

“有人还送给我一个烟荷包呢。”我得意地说。

“烟荷包？”外祖父的声音不对劲儿了，“你这是怎么啦？故意要惹我生气吗？”

他向我冲过来，眼睛发出绿光，抡起两只精瘦有力的胳膊。我起身一跳，用脑袋撞他的肚子。老头子被撞倒在地板上，很惊诧地眨了几秒钟眼睛，张开黑洞洞的嘴望着我；然后柔声细气地问：“是你撞倒我的吗？把你外祖父？把你妈的亲老子？”

“过去你打我打得还少吗？”我咕哝着说，但心里也明白做得有些过分了。

外祖父虽然又瘦又小，身手却还算灵敏，他从地板上爬起来，走到我身边坐下，一下就把我的烟卷夺去，丢到了窗边。然后吃惊地说：

“小杂种，你知道吗？这辈子上帝是不会饶恕你的，永远不会。”随后他对外祖母说：“老婆子，你瞅瞅。这孩子把我撞倒了；这孩子居然撞我呀！你自己问问他！”

她也不问我，直接走到我身边，一把抓住我的头发，一边摇晃着我的脑袋，一边说：“我叫你撞，撞，撞……”

我并不疼，只是心里觉得委屈，尤其是听到外祖父那不怀好意的笑声，心里更加生气。他乐得在椅子上直跳，拍打着膝盖，一边笑着一边嚷道：

“活该，活该……”

我从外祖母手中挣脱了，跑到走廊，在一个角落里躺下，颓丧地、懊恼地听着茶炊沸腾的声音。

外祖母走过来，蹲下身子，用微弱而清晰的声音说：“不要记我的仇，我没有抓痛你呀，我是故意装的——老爷子老了，我们必须要尊敬他；他已经受了这么多年的苦，辛苦了这么多年。啊，你不能惹他生气。你已经长大了，不是个孩子了，你应该明白……要明白，阿廖沙！你外祖父现在就像一个小孩子……”

她的话像暖人心扉的热汤，冲洗着我的心。我听到这些亲切的低语，又羞愧，又觉得很轻松，便紧紧搂住她，亲吻她。

“没事，到外祖父跟前去！但你不能马上当他的面抽烟，得给他时间，让他慢慢习惯……”

我走进屋子里，看了一眼外祖父，差点儿放声笑出来，他果真得意得像个小孩子，高兴地跺着两只脚，长满细毛的两只发红的手拍打着桌子。

“小公羊儿，怎么啦？你又来撞人吗？唉！你这个小强盗！跟你老爸一个模样！不信上帝的人，跑进屋子里来，连个十字都不画，就拿出烟来抽，唉！你这个拿破仑，连一个子儿都不值！”

我没有吭声。他说完了要说的话，就累得不出声了。可是到喝茶的时候，他又开始教训我：“人应该对上帝心存敬畏，就像马要有笼头一样；我们只有上帝这一个朋友。人与人之间是最大的仇敌！”

我就觉得人和人是仇敌这句话还有些可信，其余的我都没往心里去。

“现在，你还到马特廖娜姨婆那里去；等到了春天，你再到船上去干活儿吧。冬天就在他们家里待着。可不能说你春天要离开他们……”

“咳，为什么要骗人家呢？”外祖母说。

“不骗人，是行不通的。”外祖父固执地说，“你说，谁不骗人能生活下去呢？”

晚上，外祖父坐下念圣诗的时候，我随外祖母到大门外的野地去了。外祖父住的那个小屋，有两个窗户，位于市郊缆索街“后面”，以前外祖父在这条街的正面有过自己的房子。

“看，搬到什么地方来了呀！”外祖母笑着说，“老头子找不到满意的地方，就一直搬来搬去。最后连这个地方他也不是很中意，我反倒觉得挺好！”

呈现在我们面前的是一片宽约三俄里的荒芜的草场。草场上有几道山沟，另一端的尽头是梯子形的树林和位于喀山公路边的白桦树。灌木丛中鞭子似的小枝条从山沟里伸出来，清冷的夕阳，把它们染得血一般红。晚风轻轻地吹拂，摇晃着灰白的草叶。在不远处的一条山沟后边，远远望去，可以看见草叶般大小的小市民男女孩子的身影。远处的右边是旧教派墓地的红墙垣。那墓地叫作“布格罗夫隐修所”。左边山沟上面的原野上，耸立着一片黑黑的树林，那儿有一片犹太人的墓地。周围的一切都显得萧条、凄凉；一切都无声地紧靠在这残破的地面上。郊外那些小房屋的窗子怯生生地望着漫天尘土的道路。因营养不良而瘦小的鸡群在道路上徘徊着。有一群牛在女修道院那边走过，发出叫声。军乐队的声音从军营那里传来，几管铜喇叭在呜呜地长号。

一个醉汉使劲拉着手风琴走来，摇摇晃晃地，嘴里嘟囔着说：“我走到你那边去……一定……”

“糊涂蛋。”外祖母面向红红的夕阳，眯着眼说，“你能走到吗？眼看就要跌倒了，就快要睡着了。等你睡着的时候，会有小偷来……偷走你这宝贝的手风琴……”

我一边给她讲船上的生活，一边眺望周围的景色。长了许多见识之后，再到这种地方，便有一种愁闷的感觉，就像一条鲈鱼爬进锅里。外祖母静静地、全神贯注地听着我讲，正像我喜欢听她讲一样。后来我讲到斯穆雷的时候，她就真诚地画了一个十字，说：“是个好人，愿圣母保佑他！你可不能把他忘记呀！好事要永远记牢；恶事就直接忘掉……”

我羞于开口向她解释，我被人解雇的原因，最终还是硬着头皮讲了出来。外祖母对这没有任何的反应，她只是安然地指出：“你年纪还小，不懂得如何生活……”

“大家都在说：‘你不会生活。’那些男人、水手，都这样说。还有马特廖娜姨婆，也对她儿子这么说，怎么才算会生活呢？”

她嘴唇闭紧，摇摇头："这个我自己也不知道！"

"那你还说别人！"

"为什么不能说呢？"外祖母平心静气地说，"你可不要生气。你年纪还小，也不可能懂的。谁懂呢？只有扒手懂。你看你外祖父，他聪明又有学问，但一辈子下来却什么也没落下……"

"那你自己生活得很好吧？"

"我吗？很好。有时也不好……什么日子都经历过……"

人们从我们身边悠然走过，长长的影子拖在身后，脚底下翻腾起的尘土盖住了影子。黄昏的忧愁，渐渐变得浓厚了。外祖父碎碎叨叨的声音从窗子里传出："耶和华啊，求你不要在怒中责备我，不要在怒火中责罚我……[①]"

外祖母微微一笑，说："哎呀，上帝早就厌烦他了！每天晚上哭诉，可是哭诉有什么用呢？一大把年纪了，什么也用不着了，却还老诉苦，老发愁……每天晚上上帝听见他这声音，一定会笑起来：瓦西里·卡希林又在那里叽里咕噜了！……好，我们睡觉去吧……"

我决定靠捕歌鸟来维持生活。我想，我捕来交外祖母去卖，一定可以把生活过好。我买了一个网，一个环，几个捕鸟用的器具，做了一些鸟笼。每天天快亮的时候，我就到山沟的灌木丛里等待着，外祖母挎着篮子和口袋，在树林子里搜寻着走来走去，采过了时节的蘑菇、荚蒾果、核桃之类的东西。

九月的太阳懒洋洋的，刚刚升起，白色的阳光，像一条条线，一会儿消逝在云中，一会儿呈现出银色的扇形，照到山沟里，照在我的身上。山沟底部还没有阳光；一股乳白色的雾气从那里升起。山沟陡峭的侧面露出黑油油的黏土。另一个侧面坡度很缓，上面长满了枯草和茂密的灌木丛，零星地点缀着些黄色、红色、淡红色的叶子。被风吹落的叶子在山沟里飘来飘去。

在山沟底部，长满牛蒡草的深处，有金翅雀在啼叫。在灰白色的杂

---

① 出自《旧约全书·诗篇》第38章第1节。

草丛中，可以望见灵活的鸟的红冠。在我的周围，有许多白头翁在好奇地、热闹地啼叫。它们鼓起白白的腮帮子，不停地吵闹着，很有趣，这情形很像过节时候的库纳维诺的小市民年轻妇女。它们聪明又灵巧，还很厉害，什么事情都想了解，什么东西都想去碰一碰，就这样，一只又一只地，它们纷纷落进捕鸟器里去了。看着它们那么惊慌乱撞的样子，真有点可怜。但我是靠做买卖生活的，是不能怜悯它们的呀，我把它们从捕鸟器里抓出来，放到鸟笼里，再用布袋罩在鸟笼上，一到暗地方，它们就变得老实了。

一群黄雀从山楂树丛里飞了出来。看见满树丛的阳光，黄雀欢喜地叫着。瞧它们的模样，像一群小学生。贪心的持家能手伯劳鸟，耽误了去南方的旅行，栖息在野蔷薇树的软枝上，用嘴梳理着翅膀上的羽毛。它们黑亮的眼睛炯炯发光，伺机捕获自己的猎物；霎时间，跟云雀一般向上飞起，捉住一只野蜂，小心翼翼地把它穿在荆棘树上，然后重新栖息在枝上，不停地转动着贼溜溜的小脑袋。机灵的松雀，一声不响地飞了过去。这正是我所盼望的，捉住它多好呀！一只身披红衣服的灰雀，离了群，便摆出一副将军的架势，落在赤杨上，愤怒地叫着，摇晃着黑嘴。

太阳渐渐升高，鸟儿越来越多了，啼叫声更加热闹了。音乐声充满了整个山沟。风吹灌木丛的簌簌的响声是一切声音的基调。喧闹的鸟声，终究掩盖不了这轻微的、动听而愁闷的低响。从这低沉的响声之中，可以听出一种夏天的离歌，其中诉说着一种独特的言语，自然地变成歌词。这时，我不禁想起了许多不堪回首的往事。

从上边某个地方传来外祖母的声音：“你在哪儿？”

她在山沟边上坐着，一块包头布摊在地上，上边摆着面包、黄瓜、萝卜、苹果，在这上帝赐予的食物当中，有一个漂亮的多角的玻璃瓶，在阳光的照射下反射着光，一个雕成拿破仑头形的水晶塞子塞在瓶口，瓶里装着一什卡利克[①]的用金丝桃浸过的伏特加酒。

“天啊，多么幸福快乐呀！”外祖母心存感激地说。

“我编成了一支歌！”

① 俄国酒类量词，一什卡利克大约为 0.06 升。

“真的吗？”

我就把这支似乎是诗歌又不是诗歌的东西唱给她听：

眼看着冬天就要到了/再见了，夏天的太阳啊，再见了！……

可是外祖母没等我唱完，就打断说：

“这种歌原来就有的，只是比这要更好一些！”

于是她提高嗓音唱道：

哎呀，夏天的太阳就要离去了，去到黑夜，去到那遥远森林后边！唉！丢下我，一个年轻的姑娘，孤零零地一个人，从此不再有一丝春的欢喜……

清晨，我要不要到村外去，回忆五月中同游的欢乐，远远望去，那旷野令人不快，在这儿，我丧失了青春。

哎呀，我亲爱的女友们哟！等堆起那蓬松的初雪，请把我的心儿从白白的胸膛里挖出，将它埋葬在雪堆里！

这丝毫没有损伤我作为作家的自尊心。我很爱这首歌，同时也为那位年轻的姑娘惋惜。可是外祖母却说：“这是一首感伤的歌，唱的是一位年轻姑娘在感叹自己的身世。春天时她和爱人一起游玩，可到了冬天她的爱人却弃她而去。也许她的爱人已经找到了新的伴侣，所以这位姑娘很悲伤。如果自己没有亲身经历过一件事情，是不能把它讲得如此真实感人的。你看这位姑娘编得多好！”

外祖母非常惊奇第一次卖鸟儿时挣了四十戈比，她说：“你看，我只是把它当作孩子的游戏来玩儿的，没想到竟然挣了这么多钱！……”

“可是卖的价钱还是不够高呢……”

“真的呀？”

每逢赶集，她都能挣到一卢布甚至更多，这使她更感到惊奇了：这些什么都算不上的东西还能挣这么多钱！

“你想啊，一个女人帮人家洗衣服、拖地，从早到晚也就挣二十五戈比！不过说起来这也不是什么好活儿。把鸟捉起来关进笼子里也不好。阿廖沙，这种生意还是别干了吧！”

可是我还是对捕鸟很痴迷。我觉得它既有意思又能当饭碗。除了鸟儿，我没有给任何人添麻烦。我弄到了一些好的捕鸟工具，经常会从与捕鸟前辈的聊天中得到知识。我常常独自去克斯托夫森林里捕鸟，那儿在三十多俄里外的伏尔加河边上。交喙鸟和白头翁会栖息在那里用作樯桅的高大松树上。白头翁是一种有着长长的尾巴和白色羽毛的非常珍奇美丽的鸟儿，捕鸟人士都非常珍爱它。

通常情况下我会在傍晚出发，在喀山公路上走一整宿，有时会碰到下雨，在雨中踏着泥泞的路。捕鸟器和诱鸟笼就放在背上背着的油布袋子里，手中还拿着一根核桃木做的粗大的手杖。秋天的晚上非常寒冷，并且令人害怕。路两旁的老白桦树已被雷劈得面目全非，在我头顶上方是被雨水打湿的枝条。转头看向我左边的山崖底下，伏尔加河上一片漆黑，只有末班轮船和驳船上的几盏桅灯在闪烁，似乎正在沉向无底的深渊。这些船的蹼轮在水里发出啪啪的响声，汽笛发出呜呜的叫声。

路边村落的房屋出现在如生铁般坚硬的地面上，一群又凶又饿的狗冲了过来，更夫赶忙敲着梆子喊道："谁在那儿？说句晚上不该说的话，是鬼弄你过来的吧？"

我怕他会收走我的捕鸟器。每次总是揣着几个五戈比的铜子以备送给更夫。一个福基纳村的更夫和我成了朋友，每次碰到，他总是惊讶地说："你又来了？哎呀，你这个闲不住的夜游神，胆子还真大！"

他叫尼丰特，个子矮小，长着一头白发，看起来像个圣徒。他常常从怀里拿出萝卜、苹果、豌豆还有其他的东西给我："喂，送给你，朋友，我留着特地请你吃的。"

然后会把我送到村外："走吧，上帝保佑你！"

东边天空亮起来的时候，我走进树林把捕鸟的工具安好，把诱鸟笼挂起来，躺在林边等太阳升起来。这个时候四处寂静无声，周围的一切还沉睡在深秋中。在灰蒙蒙的雾气中能模糊地看到山崖下大面积的草地。这片大草地在迷雾中延伸，伏尔加河从草地中间流过。明亮的太阳慢慢地从草地边界的树林后升起，树林上方染了亮光，就像黑色的马鬣毛一样，整个画面唯美得使人激动不已。草地上慢慢升起的雾气上升速度逐渐加快，在太阳的照射下变成银色，然后地面上出现了灌木丛、树木和干草堆。草地在阳光下变成赤金色并向周围铺展开来。现在，太阳已经可以照到河水上了，好像整条河流在太阳照射的地方冒出来了。太阳逐渐升高，它微笑地祝福和温暖着这片赤裸寒冷的土地。地上散发着秋天浓浓的香味。蓝蓝的天空万里无云，衬托得地面更加辽阔。所有东西都流向远方，似乎有人在指挥着："到那边青青的地平线处吧。"我在这个地方看过几十次日出，每一次都有新的景象出现——一个到处都有新奇和美丽景色的世界……

不知道为什么，我特别喜欢太阳。我爱它的名字、它名字中好听的发音以及这声音背后的响声。我喜欢闭眼时温暖的阳光晒在脸上。我喜欢在墙缝中或者树枝间捕捉阳光。外祖父非常崇拜"不拜太阳的米哈伊尔·切尔尼戈夫斯基大公和贵族费多尔[①]"，我觉得他们就像皮肤黝黑的茨冈人一样邪恶，像可怜的莫尔多瓦人一样有终身眼疾。太阳一升起来我就忍不住笑了。

我头上的针叶树发出沙沙的声响，露珠从绿叶上落下。晨霜中蕨薇的叶子在树荫下闪烁着一层银光。带红色的草被雨水击倒，草茎一动也不动地贴在地面上，可是当一缕明亮的光线照在这草茎上时，就可以看见草叶在微微颤抖，可能它还没有放弃生命中最后的挣扎吧。

鸟儿们醒来了，灰色的煤山雀像绒毛球一样在树枝间跳来跳去。像火焰一样的交喙鸟用它弯弯的嘴啄松树顶上的松果。一种白色的白头翁在松树的枝头摇晃着身体和它像船舵一样的长尾巴，犹如黑色珠子一样的眼睛怀疑地斜视着我布好的网。忽然，整座森林打破了一分钟以前的安静，各种鸟叫声此起彼伏，回响在这片大地上。创造这片美丽土地的人类按照它们的形象创造了许多爱尔菲[②]、司智天使[③]、六翼天使[④]以及天使之群来慰藉自己。

---

① 因不崇拜鞑靼的偶像而于1246年在金帐汗国被杀害。源自古代俄罗斯传说。

② 来自古日耳曼和北欧西欧神话，是一位拥有魔法的人物。他代表的是大自然的力量。

③ 九天使中的第二位。

④ 《圣经》中的天使。

我不忍心捕这些鸟儿，如果把它们关进笼子里我会自责的。我更喜欢观赏它们，但是我的怜悯之心最后还是输给了狩猎和挣钱的欲望。

鸟儿们一些自以为聪明的举动令我发笑。蓝色的白头翁仔细观察了捕鸟器，知道那儿有危险，便从侧边转进去，安全巧妙地啄取了捕鸟器棒杆上的诱饵。白头翁本来是很聪明的，但是好奇心害了它们。骄傲的灰雀就显得笨些了。它们会成群地钻进网里，就像一群吃得肥肥胖胖的市民一起拥进教堂一样。当捕鸟网罩住它们时，它们会惊恐地眨眼睛，用厚厚的并不锋利的嘴啄着指爪。交喙鸟从容镇静地走进捕鸟器。还有一种神秘的怪鸟叫绕树鸟，它们会在网前站很长时间，身子支在又粗又壮的尾巴上，时不时地动动长嘴。它们像啄木鸟一样穿梭在树干上，经常与白头翁做伴。这种烟灰色的鸟儿既不爱谁，谁也不爱它，似乎有一点孤独，这正是让人感到可怕的地方。

快到中午的时候我会停止捕鸟，穿过森林和旷野回家去。如果走大路就会经过村子，一群小孩和小伙子会来抢我的鸟笼，打坏我的工具。我之前就遇到过这种事。

回到家已是傍晚时分，我又饿又累，但是感觉经过这一天自己长大了，看到了新的东西，变得更有底气了。正是靠着这种新的力量，我能毫不在意并且平静地听完外祖父对我的讥讽。外祖父看到我的这种表现后就开始又带情理又严肃地说："别干这种吊儿郎当的活儿了，别干了！哪儿听说过一个捕鸟的人以后能有大本事，我知道这种事根本就没有。你应该找一个正经事，锻炼锻炼你的智慧吧。活着的人不能像你这样不干正事。人就像上帝种下的谷物，必须长出好穗子来！人就像一卢布，会长利息的话就能变成三卢布！你以为生活容易吗？不，非常不容易！对人来说，世界是黑暗的，每个人都必须照亮自己的路。每个人都有十个指头，可是每个人都想得到的越多越好，所以就要使力气。没有力气，就要滑头些。如果你又小又弱，那么上天堂、入地狱都不行。人好像是生活在群体中，其实要记住自己是孤独的个体。别人的话要听但是不要信，你要是只凭眼睛看是会把事情弄错的。嘴巴要紧。一张嘴不能建造房屋和城市，卢布和斧头才行。你要知道你既不是巴什基尔人，也不是加尔梅克人，他们的全部财产，只是虱子和羊群……”

他能这样说一个晚上。这些话我都能背下来。我很爱听他说的这些话，我只是不怎么相信这些话的意义。按他说的意思，有两种力量在阻止一个人过上他想要的生活，一个是上帝，一个是人。

外祖母在窗边坐着，纺着用来织花边的纱线，纺锤在她灵巧的手里发出嗡嗡的响声。她长时间沉默地听外祖父说话，然后突然说道："所以事情都会变成上帝希望的那样的。"

外祖父叫起来："什么？上帝？我并没有忘记上帝啊。我知道上帝。傻老婆子，上帝会喜欢把一些傻瓜种在地里吗？"

……我觉得世界上最幸福的人似乎是哥萨克人和兵士，他们的生活单纯快活。在天气好的日子里，他们一大早就跑到我们门前那山沟对面的空地里，然后像白蘑菇似的散开，开始做复杂有趣的游戏。那些穿白衬衫的敏捷强壮的人，手里拿着枪，在空地上欢快地奔跑后便不见了踪影。喇叭声响起他们又都突然出现在空地里，伴随着军鼓的吵闹声和"乌拉"的叫声，持枪直冲向我们的房子，好像我们的房子会像稻草堆似的被一下子冲倒。

我也一边叫着"乌拉"一边稀里糊涂地跟着他们一起跑。铜鼓打得很凶猛，使我不由自主地想搞破坏，冲倒墙头，或者痛打小孩子。

休息的时候，那些兵士会给我一种粗烟卷抽，让我看他们重重的枪。有时候，一个兵士故意拿枪刺对着我的腹部，厉声说道："我刺死你这只小蟑螂！"

枪刺亮亮的像有生命一样，像一条盘旋着等待咬人的蛇一样，使人看了不禁有些胆寒，可是我感受到的快乐比害怕多。

鼓手是莫尔多瓦人，他教我怎样拿鼓槌打鼓。开始时他抓住我的双手，直到我感觉到疼痛，然后他把鼓槌塞进我手中。

"敲吧！一，二。一，二。哒唧，哒哒，噔！敲吧，左边轻，右边重。哒唧，哒哒，噔！"他像鸟儿那样睁圆了眼睛狠狠地喊道。

我跟着兵士们在空场上一起跑着直到练习结束。然后听着他们大声地唱歌，看着他们每一张都像新铸出的五戈比铜子的善良的脸，跟随他们穿过全城到达营房门口。

当看到许多相同的人组成一个密集的队伍，形成统一的力量快步走在街头的时候，我就有一种想要靠近它的冲动，就像想要沉入河底、深入森林一样，参与到他们的队伍中去。这些人什么都不怕，他们勇敢地面对并征服一切，他们总是心想事成。但最主要的是他们善良朴实。

可是有一次休息时，一个年轻的下士递给我一支大的烟卷让我抽："你抽吧！这可是一支好烟，我没舍得给别人抽，可是你这孩子太好了，我送给你抽啊！"

我抽起来，他退后了一步。突然，一股红色的火焰从烟卷上冒出来迷住了我的眼睛，烧伤了我的指头、鼻子和眉毛。我被一股灰色的带有咸味的烟气呛得又打喷嚏又咳嗽。我看不见东西了，吓得跳了起来。一群兵士围住我哈哈大笑起来。我转身回家，身后哨声和哄笑声像牧羊人的鞭子声似的挥之不去。指头烧得很疼，脸也流血了，眼里还噙着泪，但是压在我心底的沉重的石头并不是这些肉体上的疼痛，而是说不出的惊异：他们为什么要这样对待我？他们那么善良为什么会对这种玩笑感到开心？

回家后我就爬到了阁楼上，在那里待了很长时间来思考我之前多次遇到的所有解释不了的残忍事实，印象特别深的是那个从萨拉普尔来的小个子兵，好像他现在就站在我面前问我："怎么样？弄明白了没？"

不久后，我又碰到了一件更倒霉更惊讶的事。

我经常去佩切尔区[①]附近的哥萨克兵营。我认为哥萨克不同于兵士，这种不同之处并不是指哥萨克更好的骑马技术或者更漂亮的装束，而是因为他们说话特别，唱不同的歌，并且有非常棒的舞蹈。傍晚的某些时候，他们刷洗好马，在马房边围一个圈，一个瘦小的哥萨克像一个铜喇叭一样敞开嗓子唱起歌来，棕红色的头发甩得乱蓬蓬的。他努力直起身来，轻声吟唱诸如静静的顿河和蓝色的多瑙河一类的略带悲伤的歌曲。他闭着眼睛，犹如那些唱累了从树上摔下可能会死的红雀一样。像铜马镫一样的锁骨从他敞着的衬衫领口露出来，他的全身看上去就像一尊铜像。支撑着他的两

① 下诺夫哥罗德城的一个近郊区。

条腿瘦瘦的，像是大地在摇动他似的。他就这样闭着眼睛张开双臂大声歌唱，似乎不再是一个人，而是吹号人手里的号，牧羊人手里的笛子。因为他把自己所有的力量都放到歌声中去了，我有时候甚至觉得他会马上倒在地上像红雀那样死去。

其他人围着他组成一个圈，他们的手放在衣袋中或者别在身后，神情严肃地盯着他铜色的脸和他空中轻轻挥舞的手臂，好像教堂里的唱诗班一样，神情庄重而沉稳地歌唱。那个时候，所有的人，无论他们有没有胡子，都像圣像一样神圣和超凡脱俗。歌声就像一条大路那样宽广平坦，充满光明，使人听了不禁忘掉周围的一切，忘掉了现在是白天还是夜晚，忘掉了自己是孩子还是老人。唱歌的人的声音慢慢低沉下来，此时就听见军马发出的对辽阔的草原思念的悲鸣，听见秋天的寒夜即将降临的声音。在这些声音的影响下，心儿会充满一种不一样的情感，那是对人类和大地无法言说的爱，这种情感似乎会立刻膨胀到炸开。

我想那位瘦小的如铜人般的哥萨克不是一个普通人，而是一个神话般的人物，他比所有人都要善良高贵。我无法同他说话，有时候他问我问题我吞吞吐吐地说不出来，只能幸福地微笑。只要能够经常看到他的身影，能够听到他的歌声，我甘愿像狗一样安静顺从地跟在他后面跑。

我有一次看到他站在马房的角落里，望着举到眼前的手上戴着的银指环。他的美丽的嘴唇微动着，一小撮红色的髭须在颤抖着，脸上显出伤心后悔的表情。

还有一次是在夜晚，我带了几只鸟笼子到老干草广场[①]的酒店。酒店老板非常喜欢会唱歌的鸟儿，常常买我的鸟儿。

那哥萨克正坐在屋角炉子和墙壁间的柜台边，身边坐着一个差不多胖他一倍的妇人。她圆圆的脸上发出亮光，犹如优质的山羊皮。她望着他，眼光如慈母般却又略带惊恐。他喝醉了，伸直脚并在地板上不断摩擦，似乎碰疼了那个妇人的脚。她的身子颤抖了一下，眉头微皱地小声请求道：

“不要动手动脚啊……”

---

① 干草、燕麦、面粉的销售场，位于下诺夫哥罗德城东北部。

哥萨克用力竖起的眉毛立马又没精打采地垂下来了。他热得解开了制服和内衣，露出了脖子。女的把头巾布从头上放到肩头，两只又粗又白的胳膊搭在桌边，手指互相掐得泛红。我越看他们越觉得他像个在她这个慈母面前犯了错的儿子。她很温柔地对他说着什么，但是他害羞地，什么话也不说，好像对于这些指责没有需要回答的。

突然，他像是被什么东西刺了一下，腾地站起来，随便地扣上军帽（几乎遮住了眼睛），拍了拍，衣服也不扣就走出门去。女的跟着站起来对酒店主人说："我们马上就回来，库兹米奇……"

大家开始哄笑戏谑，一个浑厚的声音严肃地说："领港员[①]会回来的，他要让她受苦了。"

我跟在他俩后面也出来了，他们在我前面十步左右的黑暗中走着，斜着走过广场，踏着泥泞的路走向伏尔加河岸边的斜坡。我看到女的扶着哥萨克似乎有些蹒跚地走着，在他们的脚下泥浆在响。女的轻声问道："您去哪儿？喂，要去什么地方？"

虽然我并不想走那条路，但我还是跟着他们。不久他俩到了斜坡上的小路，那个哥萨克走下来距离女人一步远，然后突然打了一下那女人的脸，女的吃惊地大叫：

"哎呀，干吗打人？"

我也惊住了，跑近他们。哥萨克横抱起女人把她扔到堤栏外的坡上，然后跟着跳下去，两人抱在一起成了黑黑的一团沿坡滚下了草地。我感到头晕目眩，呆在了原地。只听见下面传来窸窸窣窣的声音、撕破衣服的声音和哥萨克的吼声。不时传来女的低声的吓唬："我叫人了……我要叫人了……"

一声她痛苦的哼声后什么声音也没了。我摸了块石头朝那儿扔去，就只传来草发出的沙沙声。广场那边酒店的玻璃门砰地响了一声，有人像是摔倒在地"哎哟"了一声。随后周围又没有了声音，这种寂静让人感觉

① 指哥萨克，这是一种比喻的说法。哥萨克先出去，女人紧跟其后，就像领港员给轮船引水一样。

有什么事情将要发生。

一大团白白的东西带着抽抽搭搭的哭声慢慢地从坡下往上爬。我看清了就是那个女人，她像绵羊一样爬过来。她上半身没穿衣服，露着下垂的两只大乳房，使她看上去变成了三张脸。她最后爬到了堤栏边上坐了下来，几乎与我同排。她整了整乱糟糟的头发，像马得了气肿病一样地喘息着。白白的身体上满是黑色的泥巴，她擦着哭出的泪水，好像猫在洗脸一样。瞥见我后她小声说："哎呀，你是谁？真不要脸，赶紧走开！"

我感到震惊和悲伤，呆在原地一动不动。我想起来了外祖母的妹妹说过的话："女人有一种魔力，就连上帝也被夏娃骗了……"

这个女人用衣服上的破布盖住胸，站起来光着脚急匆匆地跑了。此时哥萨克从坡下爬上来，手拿白色的破布挥舞着，轻吹一声口哨给自己听。他直直地站在那儿，话语清晰，声音中带着嘲笑地说道："达利娅！怎么样？我们哥萨克想要什么就能得到什么……你以为我喝醉了，其实没有，我就是想让你以为我醉了……达利娅！"

接着他弯腰用破布擦拭自己的靴子，说道："喂，拿走你的上衣……达什克[①]！别在那儿装了……"

最后是一句骂女人的话。

我在岩屑堆上坐着，静静的夜晚只听到他不知天高地厚的声音。

广场处有灯光一闪一闪的。右面是一排黑黑的树，树的中间是贵族女子专科学校的白色宿舍楼。哥萨克随口说着一堆淫秽的语言，手里挥动着白色的破布去了广场，消失得如同一场噩梦。

水塔里的排气管在斜坡下面发出喘息的声音。一辆街头的四轮马车从坡道上跑了过去。周围没有一个人。我走过斜坡，低头不语，一只手中还攥着没来得及扔向哥萨克的冰冷的石头。在胜者格奥尔吉[②]教堂附近，一个更夫怒气冲冲地叫住我问我是谁，还问我背上的袋子里装了什么。

我原原本本地向他讲述了哥萨克的事，他大笑了起来，气愤地说道：

---

① 达利娅的昵称。

② 基督教圣徒。

“有手段！哥萨克人真有两下子，我们怎么和他们比呀，娘儿们都是母狗……”

他笑得前仰后合，我径直向前走了，我真不明白这有什么可笑的。

要是我妈妈和外祖母碰到这样的强暴要怎么办才好？想到这儿我不禁一阵恐惧。

八

天空开始飘雪的时候，外祖父又带我到外祖母的妹妹家中了。

他对我说：“这对你没有坏处，没有坏处的。”

我认为这个夏天经历的这么多事和年龄的增长使我变得聪明点了，不过这期间主人家里也更无聊了。家里人还是会因为吃多而得胃病，还是相互不停地说着病情。老太婆也还是恶毒恐怖地向上帝祷告。年轻的主妇生完孩子后瘦了不少，但是动作还是像孕妇一样，走起路来摇晃缓慢。她每次缝补孩子的内衣时总是轻声哼唱同一首歌：

斯皮里亚，斯皮里亚，斯皮里亚/斯皮里亚，我的亲兄弟/我坐在雪橇上/斯皮里亚放在后座上……

你一走进她的屋子，她就会立刻停止唱歌并且愤怒地问你：“你干什么来了？”

我相信她只会唱这一首歌。

晚上，主人们叫我进屋，命令道：“喂，说说你在船上的生活吧。”

于是我就坐在靠近厕所门口的椅子上讲起来。又被塞到这家来并非出自我的意愿，能够回想另一种日子也很开心。我沉醉在自己的回忆里忘记了他们的存在。但过了不久，那些没有坐过轮船的女人问我：“可是会有感到害怕的时候吧？”

我不明白这有什么可怕的。

“突然到了水深的地方轮船会沉下去吧！”

主人咯咯地笑了。虽然我很清楚在水深的地方轮船不会下沉，但是没法给她们解释明白。老太婆想着轮船并不是在水面上浮着，而是靠轮子

支撑着行走在河底，就像火车在地上转动是一样的。

“要是用铁造的，怎么在水里浮起来呀，水上不能浮起来斧头啊……”

“铁勺子在水上也不会下沉啊！”

“这没法儿比，勺子多小，再说它中间是空的……”

一提到斯穆雷和他的书，他们会疑惑地看着我。老太婆说写书的人不是浑蛋就是异教徒。

“那么圣诗集呢？那么大卫王呢？”

“圣诗集是圣书啊，再说因为圣诗集大卫王还向上帝请过罪呢。”

“哪本书上这样写的？”

“我的手心上这样写的，我打你后脑勺儿一下你就知道哪儿写着这些话了！”

她无所不知，而且她对什么事情都很有把握，说得斩钉截铁。

“佩切尔街上死了一个鞑靼人，喉咙里流出了黑色的跟焦油似的灵魂。”

我说：“灵魂是一种精气啊。”但是她用轻蔑的语气嚷道：“鞑靼人的灵魂里会有精气？傻瓜！”

年轻的主妇也对书充满了恐惧，她说：“读书是不好的，尤其是年轻的时候。在我老家格列别什卡，有一个好人家的姑娘整天迷着看书，后来爱上了一个副牧师。副牧师的老婆在大街上所有人的面前让她丢了脸……”

我偶尔会使用斯穆雷书里的一句话。他有一本缺了前后页的书中这样写道：“老实说，火药并不是发明来的；像以前的情况一样，它也是经过了不断的仔细观察和发现后才产生的。”

我不知道为什么对这句话印象特别深刻，尤其是“老实说”这几个字。我非常喜欢并且感到了这几个字的分量。但是可笑的是这几个字经常让我受到讥笑。平时的确发生过这样的事。

有一天主人们又叫我给他们讲船上发生的事，我回答说：“老实说，我已经讲得差不多了……”

听到这个词他们吓得叫起来：“什么？你说什么？”

四个人都笑了，模仿我：“老实说——哎哟！”

连主人都对我说：“你用得可不怎么样啊，怪人！”

此后很长时间他们都叫我：“喂！老实说！去擦擦孩子弄在地板上的屎尿，老实说……”

我并不生气他们对我这种没有一点意义的嘲讽，我只是觉得奇怪。

处在这种沉闷的环境里，我尽量多干一些活儿来逃离这种情绪。这儿有很多活儿可做：家里有两个婴儿，主人总是不满意保姆，经常调换，所以我不得不照顾婴儿。每天洗婴儿尿布，每周去“宪兵泉”[①]洗衣服，那里的洗衣妇笑我说：“怎么，你开始干女人的活儿了？”

有时候她们做得太过分了，我会用沾满水的衣服打她们，她们也同样不留情面地对我。不过和她们在一起很快乐，很有趣。

“宪兵泉”经过一条深沟流入奥卡河。这条深沟是以古代神灵雅利洛命名的原野和城市的分割线。街上的小市民在春祭节[②]时会到原野处游玩。外祖母曾经告诉我说，她年轻的时候，人们还信奉雅利洛神，拿东西祭拜他。人们会在泡过树脂的麻絮上点火，卷到轮子上让它滚下山。大家叫嚷着看它会不会一直滚到奥卡河里。如果是的话那就说明雅利洛神已经接受了祭礼，这一年的夏天会过得风调雨顺。

大部分洗衣妇都来自雅利洛。她们都外向活泼，能言善辩。街市上的事情她们全都知道。听她们互相说自己主人的事是非常有意思的，她们的主人中有商人、官吏和军官。冬天的时候溪水冷冰冰的，洗衣服非常辛苦，所有女人手上的皮肤都冻得裂开了。旧木板做的小屋到处都是裂缝，根本遮挡不住风雪，她们在屋檐下的木槽里弯腰洗衣服，脸冻得通红，湿湿的手指头僵硬得回不了弯，眼泪也从眼睛里掉下来，可是她们互相不停地说着各种各样的事情，对于所有的事情都表现出一种不一样的勇敢。

最健谈的一个洗衣妇叫娜塔莉亚·克兹洛夫斯卡娅，是一个长得很

---

① 该泉因位于宪兵队的马厩附近而得名。

② 是春季祭奠亡魂的节日，在复活节后第七周的星期四，活动包含跳环舞、编白桦花环、做各种各样的游戏等。

结实很有精神的三十多岁的妇女。她眼里含着一种嘲笑，说的话也很尖刻。她很受她的女伴们的尊敬，有事情都找她商量。又因为她干活儿利索，穿衣简单干净，还有个女儿在中学读书，所以人们更加尊敬她。当别人在光滑的小路上碰到她背着两篮湿衣服弯腰走下来的时候，就会满脸笑容地问：“女儿怎么样啦？”

“还行，谢谢你，上帝保佑，在读书呢！”

“你等着她以后嫁进大户人家吧！”

“送她去读书就是希望她以后可以进大户人家。你说说那些所谓的大老爷、夫人太太都从哪儿来的？还不是从咱们这群老百姓里出来的。知识学得多，胳膊长得就长；胳膊长得长，东西拿得就多；东西拿得多，工作就体面……我们被上帝送下来时还都是傻傻的孩子，我们需要学习，这样回上帝那里时才会是聪明的老人！”

大家会在她说话时认真倾听她那充满道理和自信的内容，然后当面背后地称赞她并惊叹她的勤劳坚韧和精明，不过没一个人去模仿她的做法。她把从长筒靴上剪下的一段棕色皮筒子接在袖口上，这样的话即使不把袖子管卷到臂弯上也不用担心弄湿袖子了。大家都夸赞她这个做法很聪明，不过没一个人那样做。我学着她的做法缝了一个，却被大家笑话：“哎哟，你偷学女人的小聪明！”

大家又谈到她的女儿：“这真的是一件大事呢！世上多一个做太太的可不容易啊！没准儿知识还没学好呢就先死了……”

“一个人有知识了也不一定能过好。你看巴西洛夫家的女儿读了那么多书最后也就是当了个女老师，女老师别名可是老处女啊……”

“这话说得挺对，没有知识的话，只要有一点优点也可以嫁个好汉……”

“总的来说，女人的智慧不是由头脑决定的……”

她们这样毫无顾忌地谈论自己，我听着觉得既奇怪又别扭。我知道水手、兵士、土工们谈论女人的方式，也知道男人们之间互相吹嘘自己骗女人的高明手段以及与女人之间的相处之道。我觉得他们好像把女人当成死对头，但是你总能从他们得意的脸上看出他们这些吹牛皮的话大部分都是假的。

洗衣妇虽然不会谈论自己的私事，但是当她们谈到男人的时候你可以明显听出话里暗含着嘲笑的恶意。我想那种说女人有一种魔力的说法没准儿是对的。

有一次，娜塔莉亚说道：“男人们再怎么胡闹或者是和别人交好，最后还是会回到女人身边。”一个老婆子用像得了破伤风似的嗓子向她喊道：“他们能有其他的地方去吗？就算是修道士、隐修士也离开了上帝找咱们来了……”

在这连冬天里的白雪都不能盖住其肮脏的山沟里，伴随着潺潺的流水，她们一边敲打湿衣服一边谈论着关于所有民族种族产生的秘密。我对这种既大胆又粗野的谈论感到害怕和厌恶，我的所有想法和感情都想脱离这些讨人厌的“罗曼史”。自此以后，每每谈到“罗曼史”，我就立刻联想到那种肮脏的事情。

但是在山沟里和洗衣妇在一起，在厨房里和勤务兵在一起，在地下室和木工在一起，都比待在家里要有趣得多。在家里单调乏味的对话和事情总是重复，使人觉得闷得想打盹儿。主人就是吃、病、睡，从早忙到晚也总是重复着做饭和准备睡觉。他们谈论罪恶和死亡，并且非常害怕死亡。他们就像石磨上争先恐后等着被磨碎的谷粒一样。

没事干的时候我会去柴棚里劈柴。我想自己一个人静一静，不过很少能实现，勤务兵们会带着院子里的新闻跑过来谈论。

叶尔莫欣和西多洛夫两个人来这儿找我的次数最多。叶尔莫欣是卡卢加人，他瘦长的身体上布满又粗又大的青筋，有点驼背，小脑袋上长着的一双眼睛有些混浊。他非常懒，而且行动迟缓，但是一看到女人就会发出像牛叫一样的声音，身子伸向前方，似乎要倒在她的脚下。他很快就勾搭上了厨房里的女佣，院里的人既诧异又佩服。他的力气大得像熊一样，没人敢惹他。西多洛夫生于图拉，长得很瘦，脸上总是一副伤心的表情，说话声音小，咳嗽的时候也很小心，闪着畏怯的眼神。不管是在悄声说话还是在安静地坐着，他总是喜欢看向最昏暗的角落。

“你在看什么呢？”

“没准儿会有老鼠从里面跑出来……我挺喜欢老鼠的，它们总是悄悄地跑来跑去……”

我经常帮勤务兵们写家信和情书，这活儿很有意思。所有人中我最喜欢替西多洛夫写信。他每个星期六都会给在图拉的妹妹写信。

他叫我到他的厨房里，和我并排坐在桌子边上，两只手使劲儿搓着剃了头发的脑袋，在我耳边小声说：“好，你写吧！还是那个开头：我最亲爱的妹妹，祝你长命百岁！然后写上一卢布已经收到，不过不用再寄钱过来了，谢谢。我什么也不要，我们过得很好。其实我们过得像狗一样一团糟，但是这话不要写。你就写很好。她还小，才十四岁，没有必要告诉她。你接着按照人家怎么教你的写吧……”

他的身体压着我的左肩，在我耳边小声地重复说话，传来一股带着口臭的热气：“让她别和年轻的小伙子抱在一起，决不能让他们碰她的奶子，还要写上不要相信别人的甜言蜜语，那是他想骗你欺负你……”

他的脸因为想要忍住咳嗽而憋得通红，腮帮子鼓鼓的，眼睛里流着泪。他不安地坐在椅子上碰了我一下。

“你别给我捣乱啊！”

“没事的，你写你的！……特别是不能相信那些老爷，他们特别擅长骗小姑娘。他们什么好听的话都会说，可是你要是相信了的话就会被他们卖到窑子里。还有你要是有攒下的钱可以交给神父。他要是个好人的话会给你好好保管的，但是你最好把它埋在土里谁也别让看见，只要自己知道埋在哪儿了就行。”

他的声音被厨房气窗上洋铁皮翼子吱吱嘎嘎的声音盖住，听得我很不舒服。我回过头去看被煤熏得黑黑的炉口和沾满苍蝇屎的橱柜。厨房很脏，臭虫到处都是，满屋散发着很浓的焦油、火油和煤烟的臭味。油蟑螂缓慢地在炉子上的碎木柴中爬着，整得人很烦躁。使人不禁为这个兵士和他的妹妹感到可怜和难过。这样活着行吗？这样活着好吗？

我自顾自写着生活的不易和心里的不满，不再听西多洛夫的唠叨。他叹了口气说道：“写得不少了，谢谢你，现在她知道了什么是可怕的……”

虽然我也有很多害怕的东西，但我还是生气地回道：“有什么可怕的。”

兵士咳嗽了几下，然后笑着说道："你真奇怪，怎么没有啊，老爷们呢？上帝呢？……这些少吗？"

他一收到妹妹的回信就着急地找我："请快点给我念念……"

于是我就会给他把一封字写得歪歪斜斜的信连读三遍，信语句简短，没有什么实际内容，不禁使人感到遗憾。

他人很好，但是对待女人却像其他人那样，都是狗一般简单粗暴。在我注意或者不注意的时候，我亲眼见过这种令人惊讶和厌恶的关系的整个发展过程。西多洛夫开始时会用军队生活的痛苦来引起女人对他的同情，然后用甜言蜜语把她们骗到手，最后好像喝了苦药似的把这个成果告诉叶尔莫欣，皱着眉大吐口水。我很难过，我生气地问他为什么男人们都要用谎言骗女人，把她们玩够了再扔给别人，还时不时地打她们呢？

他嗤之以鼻，说："这种事你不用管，这都不是什么好事，是罪过！你还小，这种事还早着呢。"

但是我有一次听到了印象深刻的、很明确的回答："你以为女人不知道我在骗她吗？"他咳嗽了一声，眨着眼继续说道，"她知道，她自愿受骗，谁都会在这种事上骗人。这种事本来就让人害臊，哪儿有什么爱呀，都是玩玩儿的，这真的是一件不要脸的事儿，你以后会明白的。但是这必须在晚上，要是白天就得在黑暗的地方，在柴棚里，对呀，就是因为这个上帝才赶我们出了天堂，我们才会这么悲惨……"

他悲伤的话语带着些许忏悔，使我对他的罗曼史不那么厌恶了，对他也比对叶尔莫欣更好了。我讨厌叶尔莫欣，想尽一切办法故意嘲笑他，惹他生气。他为了报复我常常满院子地追我，不过他太笨了，总是不能达成目的。

西多洛夫说："这种事是不让做的呀。"

我知道不让做，但是我可不怎么相信人们是因为做了它才不幸的。我的确见过人们的不幸，不过不相信这种说法。因为经常会在恋爱中的男女眼中看到一种特别的表情，我从中看到了处于恋爱状态的人们才有的不一样的温柔，看着这种心的回归常常使我觉得很舒服。

不过我清楚生活的确是更加残忍无聊了。我感觉它冻住了我之前看到的那种形式和关系，并且我还没有想到除了目前在现实中每天出现的事物外还有什么东西会更好。

直到某一天，兵士们谈到一件令我非常担心的事情。

这个院子里住着一个裁缝，他在城里的一个高级服装店工作。他不是俄罗斯人，不爱说话，人很友善，有一个长得很娇小的妻子，没有孩子。妻子整天读书。在这个吵吵闹闹的到处都是酒鬼的院子里，这两个人默默地生活着。他们既不请客，也不会到别人家做客，只是过节的时候到戏院里去看戏。

丈夫干活儿早出晚归，妻子像个小姑娘似的每星期去两次图书馆。我经常看见她在堤上晃着身子像个瘸子似的一拐一拐地迈着小步走着。她像个女学生一样抱着一捆用皮带绑着的书，一双小手戴着手套，看起来整洁简朴、清爽快乐。她那像鸟儿一样的脸上长着一双一闪一闪的眼睛，穿着好看的衣服，看起来像是在梳妆台上摆放的陶瓷做的人物。兵士们说她走路时身体摇晃得那么厉害是因为她右边少一根肋骨。但是我觉得这倒使她变得好看，让她跟院子里其他的那些军官太太区别开。那些太太嗓音很大，尽管穿着鲜艳的提高臀部的时装，但是看起来却像是早已被人们遗忘的扔在黑黑的储物间里的与其他废物为伴的东西一样。

院子里传说这位娇小的裁缝妻子有神经病，因为书念得太多，所以脑子有点毛病，不会管理家务。都是丈夫负责去市场买东西和吩咐厨娘做饭。那个厨娘也不是俄罗斯人，她高高的个子，表情阴森森的，一只眼睛又红又湿，另一只露出一条细细的带有粉红色的缝。但是女主人自己分不清做牛肉和做猪肉的菜——人们这样说她。有一次买茴香却买来了白辣根！想想还是挺吓人的。

他们三个人不属于这座房子，好像是不小心落进了一个大养鸡场的鸡栏里，又像是几只白头翁由于害怕寒冷而从气窗口钻进了一家闷闷的脏房子里。

某天勤务兵们告诉我，那些军官老爷想出了一个恶毒的办法来欺负这位裁缝妻子。他们几乎每天轮流写纸条向她示爱，倾诉自己的痛苦，称赞她的美丽。她回信让他们不要再打扰她，还说让他们伤心她感到抱歉，求上帝帮他们断了想她的念头。收到回信后，军官们凑在一起大声念出来取笑她，然后再用另一个名字写信给她。

勤务兵们一边给我讲这件事，一边笑骂着裁缝妻子。

叶尔莫欣粗着声音说道："倒霉的傻娘儿们，瘸腿娘儿们。"西多洛夫小声回应说："每个女人被人骗都高兴，她心里什么都清楚。"

我不相信裁缝的妻子清楚别人在看她笑话，所以我立刻决定跑去告诉她，当她家的厨娘去地下室时我就从后楼梯跑进了这个小个女人的屋子。我先去的厨房，看到没人后就又进了卧室。裁缝妻子坐在桌子旁端着一只笨重的镀金茶杯看书。她吓了一跳，书放在胸前轻声喊道："你是谁？奥古斯塔！你是谁？"

我很怕她会拿茶杯或者书砸向我，语速很快地说着不连贯的内容。她身穿一件天蓝色的室内服，衣服下摆是丝绒边，领子和袖口带着花边，坐在一张玫红色的大椅子上，肩头披着淡褐色的鬈发，样子像一位天使。她靠着椅背眼睛直直地瞪着我，开始时带些怒气，后来竟变成了微笑。

我说完话后没了胆量，转身走向门口，她叫住我说："等一下！"

她把茶杯放进托盘，书放在桌上，双手叠放，压低声音说道："你这个孩子还真是奇怪……过来！"

我小心翼翼地走过去。她又小又冷的指头抚摩着我被拉住的手，说道："没人让你过来告诉我吧？是吗？那好，我看出来了，我相信是你自己要来的。"

她放开我的手，闭上眼睛缓慢说道："原来那些无耻的兵在谈论这个！"

我认真地劝告她说："为什么不离开这房子？"

"为什么要离开？"

"因为他们欺负你呀！"

她开心地笑了："你上过学吗？喜欢看书吗？"

"没时间看。"

"只要你喜欢，总会有时间的。好了，谢谢你！"

她把手伸到我面前，里面握着一枚银币。我不好意思但又不敢拒绝地收下了这个冷冷的东西。我走时把它放在楼梯扶手的柱顶上。

这个女人给我一种好像曙光乍现的印象。想着那间宽敞的屋子里住着一位如天使般穿天蓝色衣服的裁缝妻子，我开心了好几天。她周围的一切都很美。她脚下铺着金光闪闪的绒毡，冬日的白昼穿过银色的玻璃窗，倚靠在她身上取暖。

我还想再见她一面。要是我去找她借书行不行呢？

我真的去找她借书了，又在同一个地方见到她拿着同一本书。可是一条棕红色头巾绑在她的脸颊上，一只眼睛有点肿。她拿给我一本黑色封面的书，吐字不清地说了什么。我很郁闷地拿书走了。书中有杂酚油和洋茴香水的味道。书被我用干净的内衣和纸包起来藏进阁楼，担心主人找到弄坏了它。

主人家为了得到《田野》[①]周刊的服装式样和其赠送的画刊而订了该周刊，他们看过画之后就扔到卧室的橱柜顶上，也不阅读。一到年底就把它们装订起来塞到床底。那里还有三本《绘画论坛》[②]。我刷洗卧室地板的脏水会流进去。主人还订了一种《俄罗斯信使报》[③]，晚上的时候边读边骂：“写这些有什么用！没意思……”

我周六去顶楼晒衣服，忽然想起了那本书，于是拿出来看，我被第一行的第一句话震惊到了：“屋子也像人一样有自己的样子。”我在天窗上一直看到身体冻僵。晚上主人们都去做晚祷了，我拿书进厨房，翻看着像秋天里的落叶一样又旧又重的书页。我轻易就沉浸在书中所描绘的一种新奇的生活里了，认识了许多新名字和新关系，还有很多善良的英雄和邪恶的坏蛋，这些人与我再熟悉不过的那些人完全不一样。这是格拉维埃·德·蒙特潘的一本小说，像他所有的长篇小说那样长，有很多人物和事件，描写的是一种稀奇的带着剧变的生活。小说内容很简单，字里行间好像有一束光清楚地照出了善事和恶事，使读者爱憎分明，全身心地关注

---

① 一种插图周刊，出版于圣彼得堡。

② 一种图文并茂的周刊，属于家庭读物，出版于圣彼得堡。

③ 一种报纸，出版于莫斯科。

着纠缠不清的人物的命运，而且完全忘记这是书上写的东西而急切地想着去帮助这个，阻止那个。斗争的不断发生使人忘记了周围的一切。读的时候这一页还很高兴激动，下一页就又充满悲伤。

我看得太入神，当听到门外铃响的声音时都不能及时反应过来谁在拉铃，为什么拉铃。

蜡基本上燃没了，今早亲自清理好的蜡盘上又都是蜡油了。我必须时刻注意着的长明灯的灯芯也掉进灯油里熄灭了。我慌忙在厨房里消灭我的罪证，书塞进炉下的缝里，灯芯重新点好。保姆跳出起居室喊道：“你聋了吗？门铃响呢！”

我跑去开了门。

主人厉声问道：“你睡着了啊！”他的妻子抱怨我害她感冒了，沉重地爬上楼去了。老太婆一边骂我一边跑到厨房，看见蜡烛点过了就质问我干了什么。

我像是从高空跌落一样呆住了，没有出声，只是担心她会找到那本书。不过她只是骂我会烧掉房子。主人夫妇俩一下来吃晚饭，她就向他们说：“你们看啊，一支蜡烛都点没了，整个房子也会给烧掉的……”

吃饭的时候，他们四个人一起数落我故意或者无意犯的错，一起责骂甚至诅咒我会没有好下场。但是我知道他们这样做既不是因为恶意也不是因为好心，而是太无聊。奇怪的是把他们与小说里的人物一对比，他们竟然如此无聊可笑。

吃完饭后，他们都疲惫沉重地去睡觉了。老太婆充满怨气地向上帝诉说了一番后也爬上炉炕不说话了。这时候我爬起来，从炉子下面的缝隙中拿出书走到窗前。夜色很好，月光直照窗子，但是字太小眼睛看不清。要是不看又太难受了。我从橱架上取下一只铜锅，把月光反射到书上，可是更加暗了。于是我站到墙角下的凳子上，借着圣像前的长明灯的灯光看了起来。没想到看累了，在凳子上趴着睡着了。老太婆推我骂我，我一下子醒了。她两只手拿着那本书使劲地打我的肩。她光着脚只穿了一件内衣，棕褐色的脑袋狠狠地摇着，脸因为愤怒涨得通红。维克托在床上喊道：“妈，你快别吵了！这日子没法过啦……”

我在想，完了，她一定会撕碎我的书的。

喝早茶时，大家审问我。主人严厉地问我："书从哪儿来的？"

女人们你一句我一句地叫着。维克托满脸狐疑地闻了闻书页说道："有点香水味，真的……"

我告诉他们这是神父的书后，大家看了一遍书，又惊又怒地说神父也看小说吗？虽然主人对我说了很长时间他的关于读书的危害性的话语："就是那些读书人炸毁了铁路，想炸死……[①]"但他们稍微放心了点。

主妇又怒又怕地喊他丈夫："你疯了吗？你跟他说什么呢？"

我拿着"蒙特潘"到兵士那儿，原原本本地告诉了他事情的经过。西多洛夫接过书，默默地从箱子里拿出一条干净的毛巾包起来放进箱子里："别听他们瞎说，你来这儿看就行了，我不告诉别人。要是你来的时候我没在，你就从圣像后面拿钥匙自己开箱拿出来看吧……"

主人们对书的态度使我立刻把书提升到不可告人的秘密地位了。我对关于什么"读书人"炸掉铁路想要暗杀什么人的事情并没有兴趣，但是由此想到了神父在忏悔时的提问和中学生在地下室读的书，还有斯穆雷关于"正经书"的说法，以及外祖父讲的运用妖术的阴谋家的故事："长命万岁的亚历山大·帕夫洛维奇[②]大帝当政时，妖术和自由思想迷惑了贵族们[③]，他们企图出卖全俄国人民给罗马教皇。阿拉克切耶夫[④]将军当场捉住他们，不论什么官位都遣送到西伯利亚当苦工。他们在那儿像芋艻虫一样绝迹了……"

我又想起了"挂满星星的恩勃拉库伦"和"格尔瓦西"，还有那个既严肃又可笑的说法："愚蠢的人们啊！你们想知道我们的事情，你们这样不中用的眼睛怎么看得明白呀！"

---

① 1879 年 11 月 19 日到 12 月 1 日，莫斯科—库尔斯克铁路被炸毁，操作人想趁此机会炸死沙皇亚历山大二世，但并没有成功。

② 亚历山大一世（1801—1825 年的沙皇）。

③ 十二月党人。

④ 亚历山大一世在位期间的军务大臣，也是沙皇最喜欢的佞臣。

我感觉自己前面似乎是一扇隐藏着很大秘密的大门，自己活得像个疯子，一心只想快点读完它。我怕它会在兵士那儿丢了或者损坏，那我就不知道该怎么和裁缝妻子说了。

老太婆时刻看着我，怕我去勤务兵那儿，骂道："书呆子！书不教人学好。你看那个读书的女人都不会自己去菜市场买东西，就会跟军官勾搭，大白天把他们叫到自己的屋子里，还以为我不知道呢！"

我真想回她："你瞎说！她没有勾搭人……"

可是我不敢说，怕老太婆猜到那本书就是她的。

我闷了好几天，心神不定，焦躁得连觉都睡不好，替蒙特潘的那本书的命运担心。有一天，裁缝家里的厨娘在院子里叫我："拿书来呀！"

午饭后，正好主人们在午睡，我又害羞又懊恼地去裁缝妻子那儿。

她换了身灰色的裙子，黑丝绒的上衣，一个绿松石的十字架挂在她露出的脖子上，看上去像一只雌灰雀。她像上次那样见了我。

我对她说书还没来得及看完，主人们不让我看书。心里的委屈和见到这位女子的欢喜使得泪水涌出了我的眼睛。

她皱了皱细长的眉毛说道："呸，好无知的人啊！你那个主人的脸长得还是很有趣的呢。别难过了，我想个办法，我写封信给他吧！"

这话把我吓了一跳。我解释说我骗主人说这书是神父的，不是借的她的。

"不！不要写信！他们会笑话您，会骂您。这院子里的人都不喜欢您。大家都笑您是笨蛋，说您少一条肋骨……"

一口气说完这些我马上意识到我说了太多让她难受的话。她咬紧上唇，像骑在马上一样打了一下自己的胯部。我窘迫地低着头想找地缝钻进去。但是裁缝妻子坐在椅子上爽朗地笑了，不停地说："哎呀，真无知……真无知！该怎么办呢？"她看着我自顾自地说。然后缓了一口气说道："你这个孩子真奇怪，真的……"

我看向她身旁的镜子，照出的脸上有着高高的颧骨，宽宽的鼻子，带一大块青痣的额头，顶着一头没有梳理的乱蓬蓬的头发。这样就是"奇怪的孩子"吗？这个奇怪的孩子和这个瘦小的如同瓷器的女人一点儿也不像。

“那天我给你的小钱你干吗不拿？”

“我不要。”

她叹气：“唉，什么办法好呢？要是他们让你看书你就来这儿找我，我给你书看。”

我拿了梳妆台上三本书中最厚的一本。我看着书发愁。裁缝妻子伸出她桃红色的小手：“好了，再见吧！”

我小心地碰了碰她的手就赶紧跑了。

或许别人说她什么也不懂是正确的。二十戈比的硬币她还说是小钱，真如孩子似的不懂事。

不过我喜欢……

九

因为这喜欢看书的热情突然迸发，我承受了许多不该有的屈辱、污蔑和恐吓，想来真的是让人哭笑不得。

裁缝妻子的书让我觉得很宝贵，因为害怕这些书被老婆子扔到火炉里烧掉，我尽量不去想它们，每天早上我去买面包做茶点的时候，就在那里借一些封面五彩斑斓的书来看。

店老板是个青年，长相让人无法生出好感，嘴唇厚厚的，脸色苍白，有污渍的脸上长满斑点而且总是汗淋淋的，眼白居多，还有一双胖手，手指肿胀而粗笨。这条街上的年轻人和轻佻的女子夜里在他的铺子里聚会玩乐。我主人的兄弟是那里的常客，几乎每晚都去那儿喝酒玩牌。我常常在吃晚饭的时候被派去叫他，在店铺后面的那间狭窄的小屋子里，我总是会看到那个看起来有点傻傻的老板娘，红着脸坐在维克托或者其他年轻人的膝盖上。老板似乎并不介意这种事情。来店铺里唱歌的、当兵的或者其他喜欢来这里玩乐的人，总爱去搂抱他在店里帮忙做生意的妹妹，他都视而不见。铺子里的货物并不多，他说因为开店时间还短，所以很多货物还没有配齐，但实际上那个铺子秋天就已经开张了。他总是拿一些淫秽的春宫图给顾客看，还会把一些淫诗拿给那些喜欢这些书的人抄写。

我从他那儿租了米沙·叶夫斯季格涅耶夫[①]的书来看，这些书租金很贵，一本要一戈比。昂贵的租金却丝毫不能增加这些书的趣味性；即使是《古阿克》（又名《忠贞不屈》）[②]《威尼斯人法兰齐尔》[③]《俄罗斯人和卡巴尔达人之战》（又名《一个死于丈夫墓头的美人伊斯兰教徒》）[④]之类的书籍，我也不能感到满意，这让我觉得难堪而愤怒，这些书用艰涩的文字，写了一些天马行空、不切实际的事情，却让我觉得自己像个被捉弄的傻瓜。

有一些我比较喜欢的书，例如《射击军》[⑤]《尤里·米洛斯拉夫斯基》[⑥]《神秘的修道士》[⑦]《鞑靼骑士亚潘卡》[⑧]，读了之后我还能有些体会和回味。对我来说，最有吸引力的书是圣徒传；这种类型的书中，有些东西会让人感觉到严肃，感觉到可以相信，有些东西还会感人至深。不知道为何，一切大殉道者总会让我想到那个“好事情”，一切大殉道妇女总会让我想起我的外祖母，而一切圣徒，会让我想起脾气温和时候的外祖父。

我会在劈柴的时候，偷偷躲在柴棚里看书，或是躲到屋子顶楼去看；这样看书很不方便，也会很冷。有时候看得入迷，不想放下书或者想快点看到结尾，就在屋子里半夜点蜡烛看。可是老婆子注意到蜡烛短了，就会拿了小木片量了蜡烛然后把木片藏起来；如果早上起来她看到蜡烛短了一截，或者我没有及时地将她藏起来的木片折到蜡烛的长度，那么她就会

---

① 一名通俗读物作者。

② 一部骑士小说，作者不详，1789年出版于莫斯科。

③ 指《威尼斯的勇敢骑士与美貌女王雷齐威妮的故事》，作者为安德烈·菲利普诺夫，他根据西欧骑士小说改编了这本通俗读物。

④ 一部长篇历史小说，由19世纪20至40年代流行通俗读物作者之一的兹里亚霍夫编写。卡巴尔达位于中亚地区，1774年初，该民族并入俄罗斯帝国。

⑤ 马萨尔斯基长篇历史小说的改写本。

⑥ 扎戈斯金长篇历史小说的改写本。

⑦ 扎托夫长篇历史小说的改写本。

⑧ 卡西罗夫的历史小说。

立刻在厨房里大嚷大叫起来。有一次她大声嚷的时候，维克托很生气地在床上大喊：“妈，你别再乱喊乱嚷了！真是要命！蜡烛肯定是他点的，我知道他租了面包店的小说回来看！你去阁楼上看看就知道是怎么回事啦……”

于是老婆子就跑到阁楼上去，不知道是什么书，找到就把它给撕碎了。

毫无疑问这让我很气愤。但是我看书的心愿却越来越坚定强烈了。我知道这样的人家即使是圣人住进来，主人也不会满意，一样会教训他，让他成为和他们一样的人；他们这样做才不会觉得无聊。一旦他们不再挑剔、责骂和挑衅愚弄别人，他们就会像哑巴一样不会说话，就会感觉自己不再存在。为了突出自己的存在感，人们都会和其他人有交流和交集，用某种方式去对待别人。而我的主人们除了用教训和责骂的方式对待别人，就不再会其他的方式了。即使你变成和他们一样的人，与他们一样生活，与他们思想一致，感情相同，他们还会因此而责难你。因为他们就是这种人。

我用尽一切办法继续偷偷地看书，巧妙地躲开他们，然而还是有好几次让老婆子烧掉了我的书。没多长时间，我就累积起了一笔债务，我竟然欠了店铺老板四十七戈比！为了让我还钱，他就吓唬我说要在我去他的店铺买东西的时候扣下主人的钱抵偿债务。

“真的到了那个时候你能怎么样呢？”他问我，以一种嘲弄的语气。

我很讨厌他这样子，他知道这一点却变本加厉地恐吓和为难我。每次我去他的店铺，他就嬉皮笑脸地问我：“带钱来了吗？”

“没有。”

我干脆的回答让他吃了一惊，他虎着脸问：“怎么回事？你想让我告到法庭吗？把你的财产都充公，把你也弄去充军吗？”

主人都是将我的工钱直接交给外祖父的，我实在是没有钱，怎么办呢？我慌乱地请求老板允许我晚一些再还钱，没想到老板伸出他肿胀又油腻的手对我说：“你亲亲这只手，我就可以让你等等再还债！”

但是我拿起柜台上的秤锤，作势向他扬起的时候，他急忙蹲下而且嘴里喊道：“做什么？你要干吗？你要干吗？我开玩笑的呀！”

我知道他并不是在开玩笑，于是我决定了要去偷钱来偿还欠他的债务。每天早晨我整理主人的衣服时，他的裤子口袋里总会有丁零当啷的钱币声，有时候还会有钱掉出来滚到地板上。有一次一枚钱币从地板缝直接掉到了楼梯下面的柴堆里。等过了几天我从柴堆里找到了一枚二十戈比的银币时才想起来把这件事情告诉主人。当我把这枚钱币交给主人的时候，他的妻子对他说："看看你，衣服里有钱也得数数有多少呀。"

主人却笑眯眯地对我说："我相信他不会偷钱的！"

现在我却有了偷钱的心思，可是想起主人的这句话和他信任的笑脸，我就感觉偷盗这件事情实在是很困难。有好几次我把钱从衣服口袋里拿出来数了数，却下不了决心下手，这件事情让我狠狠地苦恼了三天。然而我却万万没有想到，这件事情以一种很简单的方式很快便解决了。那天主人突然问我："彼什科夫，你怎么啦？你是哪里不舒服吗？你这几天总是没精打采的样子。"

于是我对他坦白了自己的心事。他皱了皱眉头对我说："看你，你被这些书弄成什么样子了。看书总是会出事的……"

他给了我五十戈比，严厉地对我说："千万不能让我妈和女人知道，否则她们又会大吵大闹，无法安宁。"

接着，他温和地笑了一笑，又说："你这小伙子还挺倔强，真让人拿你没办法。不过不要紧，这样也很好，只是以后你别再看书了。新年过后我定份好的报纸，到时你再看吧……"

于是，每天晚上，喝完茶到吃晚饭这段时间里，我就把《莫斯科报》念给主人们听。念一些瓦什科夫、罗克沙宁、卢德尼科夫斯基[①]的长篇小说，还念一些帮助消化的文学作品给那些烦闷得要命的人。

我讨厌念书念出声来，因为这会让我无法准确理解所念的句子。但是主人们都喜欢听，而且听得很出神，还会以一种虔诚而贪婪的神情对主人公的恶劣行径发出惊叹，而且还自鸣得意地说："谢谢上帝，咱们什么事情也没有，过得挺平安。"

他们记不清楚事实，常常弄混事件，弄错名字，比如把有名的大盗

---

① 三人同为《莫斯科报》的固定撰稿人。

丘尔金[①]的行为记成是马车夫福马·克鲁奇纳[②]的。我纠正他们的错误的时候，他们很惊讶："啊，他的记性真好！"

有时候《莫斯科报》会登载列昂尼德·布拉韦[③]的诗。我很喜欢这些诗，并且喜欢把它们抄写到本子上。但是主人们却不喜欢这位诗人，他们说："人都老了还作什么诗？"

"他是个酒鬼，是个半疯儿，做什么都无所谓。"

我喜欢斯特鲁日金和梅曼托—莫里[④]伯爵的诗，但是女人们，无论老少都认为诗都是在胡说八道。

"写那些诗句的人都是小丑和戏子。"

冬天的夜晚，在狭窄的小屋子里跟主人一家人对面而坐对我来说是个难堪的时刻。窗外，夜静悄悄的，有时还能听到树枝在冷风里噼啪作响的声音。人们像冻僵了的鱼一样没有声响地坐在桌子旁边。窗户和墙壁被风雪吹打着，烟囱里传来风雪的怒号，火炉也一直响着，屋子里传来婴儿哭叫的声音。我很想蜷缩到屋子阴暗的角落里跟野外的狼一样嚎。

女人们在桌子的这一端穿针引线，缝衣织袜。维克托弓着背，在桌子的另一端懒洋洋地绘图样，嘴里还时不时地喊叫："别晃桌子呀，真是的，要命！狗贼，畜生！……"

主人正坐在旁边的大刺绣架后面用十字纹绣一张台毯。他的手底下出现了红虾、青鱼、黄蝴蝶，还有秋天的红叶。这是他自己想出来的图案，但他已经有些做腻了，因为这已经是他第三个冬天干这个活儿了。白天的时候，他见我有了空闲，便对我说："嗯，彼什科夫，你来动手绣这台毯吧。"

这时候我会坐下来，拿起一枚粗大的针就开始绣那张台毯。我总是尽力帮助主人做一些事情，因为我很同情他。我觉得有一天他会去做另外

---

① 《大盗丘尔金》中的主人公，该书为通俗小说，作者署名为"老相识"。

② 巴加特列夫同名小说中的主人公。

③ 俄国诗人。

④ 两位均为幽默作家、诗人。

一种有趣的工作，把手里这类绘图样、绣花纹、打纸牌等枯燥的事情丢掉。他常常会用一种陌生而惊异的眼神愣愣地凝视那些有趣的工作。他的头发长长地披在脑门和脸颊的两边，看起来像一个修道士的徒弟。

他的妻子会问他："你在想什么呢？"

"没什么。"他回答，然后又继续手里的工作。

一个人心里想什么可以这样问的吗？这要怎么回答。我在心里惊讶地默然地想着，人心所想，有时会是很多事情混杂在一起同时涌上心头；一切发生过的事情，很久以前或是就在眼前的，变幻混杂，无法捉摸。

晚上，《莫斯科报》的小品栏很快就念完了，于是我建议主人们念卧室床底下的杂志。年轻的主妇不相信杂志的可读性，问："那些杂志里面只有画，有什么东西可以念的呀？……"

其实除了《绘画论坛》，床底下还有一种杂志叫作《火花》[①]。于是我们开始念萨利阿斯[②]的《佳京一巴尔李斯基伯爵》。主人非常喜欢这篇中篇小说里的那个有点憨的主人公，他总是喊："这太有趣儿了。"听到故事中人物的悲惨的遭遇，总是眼泪都笑出来了。

主妇对此表示自己是有独立见解的，就说："看看吧，这都是胡乱编写的。"

床底下找到的书让我得到了莫大的好处，我可以拿着杂志去厨房，也可以在夜里看书了。

因为保姆总是喝醉酒，老婆子搬到婴儿室去睡了，这让我很开心。维克托总是在夜里等家人都睡了，悄悄地穿戴整齐外出，也不知道去了哪里，到天亮才回来，不会打扰我看书。晚上大家都把蜡烛带到卧室，所以我还是不能点灯。由于没有钱买蜡烛，我就偷偷搜集蜡盘上的蜡油，然后装在一只沙丁鱼罐头盒里，倒一点长明灯的油，用一根棉线做灯芯，这样就能点起一盏灯，只是有点烟气，可以放在炉子上一整夜。

昏黄的灯火在我翻页的时候像要熄灭一样摇晃着，灯芯总是滑到燃

---

① 一种图文并茂的周刊，1879 年创刊。

② 俄国历史小说作家。

烧得很难闻的油里，烟气总是熏着我的眼睛。然而看书的快乐，淹没了这一切的不方便，这些不舒服仿佛都消失了。

书中的图片向我展示了一个更广阔的世界，这个世界一天天扩大，这里有梦幻的城市，有高山，还有美丽的海岸。生活更加美妙了，大地更加有魅力，人越来越多，城市也多了起来，一切都变得多姿多彩，应有尽有。现在，当我望着伏尔加河对岸的远方时，已能够明白那儿并不是一片荒漠，然而以前，我遥望伏尔加河对岸时会感到一种奇异的烦恼：草场平坦而广阔地伸向远方，黑色灌木丛像是披着破旧衣服似的，茂密的森林矗立在草场的尽头，草场的上空是一片混浊不堪的冷冷的蓝天，大地空旷而凄凉，我的心仿佛笼罩着一种淡淡的哀愁，凌乱而空洞。我觉得一切毫无生机，毫无希望，只想闭上双眼不去看这一切。这种浓重的哀愁和空洞没有给我一丝希望，只是吸尽了我心中所有的一切。

书中对图片的说明文字，简单易懂地告诉了我另一个国家和民族的状况，告诉了我古代和现代的许多事情，让我苦恼的是其中有很多东西是我看不懂的。比如说“形而上学”“千年天国说”①“宪章运动者”②等这些奇怪的词，实在是让我感到头痛。这些让人看不懂的词就像是怪物一样阻断了我的想象。不弄明白这些词语的意思，就再也不能继续理解和明白什么了——这些名词就像是守卫一样把守着秘密之门。有时候一些句子像是刺进手指的刺一样刺进我的记忆，久久地停留，让我无法去想其他的事情。

有一首奇怪的诗③是这样的：

匈奴族的首长阿提拉④骑着马／满身披着钢铁甲胄／像坟墓

---

① 一种基督教的神秘主义学说，早期，基督徒们相信耶稣在第二次降临人间后，会在世界末日之前，在人间建立千年的“天国”。

② 是英国最早的群众性、政治性的无产阶级革命运动活动家，出现于 19 世纪。

③ 约・波・扎列斯基的抒情长诗《草原的精灵》（1836）中的一个片段，于 1877 年被俄译者译成题为《阿提拉》的诗篇。高尔基凭记忆写下了这几句，但不完全正确。

④ 5 世纪匈奴帝国皇帝，因进行残酷的战争而出名，他曾征服过高卢。

般阴郁和沉默 / 在无人境中行走

一队乌云一样的大军在他的背后追寻叫喊着：

“何处是罗马？何处是雄伟的罗马？”

我知道罗马是一座都城，但是匈奴又是什么呢？我必须弄明白它的意义。

有机会的时候我就会问我的主人。

“匈奴？”他重复了一句，很是惊讶，“谁知道这是什么啊？也许是没什么意义的东西吧……”

他摇了摇头，不赞同地说：“你的脑子里都是什么啊？一点用处都没有。彼什科夫，这可不是件好事情啊！”

可是我不管是好事还是坏事，一定要弄清楚它是什么。

我在院子里碰到团队里的牧师索洛维约夫，我想他一定知道什么是匈奴，于是我拉住他问。

他是个体弱多病的人，眼睛红红的，没有眉毛，胡须是黄色的，脸色很苍白，脾气也很暴躁。他拄着黑手杖对我说：“这跟你有什么关系？”

而涅斯捷罗夫中尉用恶狠狠的声音回答：“你说什么？”

看来关于这个问题我得去问问药房里那位药剂师了，他总是温柔和气地跟我说话。他的脸看起来很聪明，一副金丝眼镜架在他的大鼻子上。

“匈奴。”药剂师巴维尔·戈利特贝格告诉我说，“匈奴是一个游牧民族，像吉尔吉斯那样，这个民族已经绝种，再也没有了。”

终于知道了这个词的意思，我有些懊悔，不是因为匈奴这个民族的绝种，而是因为这个词语的意思这样简单，我烦恼了这么久，最终却一无所获。

但是我仍然感激匈奴。虽然为这个词语伤脑筋这么久，心里却踏实了很多。也因为这位阿提拉，我走近了药剂师戈利特贝格。

药剂师戈利特贝格像是拥有一把智慧的钥匙，可以开启一切的难解的知识，他能解释所有难懂的名词，而且通俗易懂。他用两个手指扶正眼，透过厚厚的镜片盯着我的眼睛，好像在把小钉子钉进我的脑袋一样，对我说道：“我的朋友，一个名词就像树上的一片叶子，要明白叶子为什么长

成这样而不是那样，就要先弄明白这棵树是怎样长大的，必须学习。我的朋友，书是一座美丽的花园，花园里什么都有，对人有好处的东西，让人看了就舒服的东西……”

因为要给那些有慢性病的大人买苏打粉和苦土，要为孩子们买月桂软膏和泻药，我常常去药房，于是就顺便去找他。他简单而清楚的指点，让我更加端正了对书籍的态度。渐渐地，我对待书籍就像酒鬼对待酒一样，一天也离不开了。

书籍向我展示了另外一种生活，一种激励人们去做更大的事、去做违犯法律的事情的感情和愿望。生活在我周围的人们，我看得出来，他们是不会干大事也不会犯法的，他们活着，活得跟书中描述的世界毫无干系。在他们的生活中有什么是有意义的东西呢？——这个问题无解。我很清楚，我不愿意过这样的生活，我不愿意……

从书中的图片说明里，我知道了布拉格、伦敦、巴黎，那些地方的街道上没有这些坑坑洼洼和肮脏的垃圾堆，只有宽阔而笔直的马路，他们的房屋和教堂也和这里的不一样。那里的人们不需要躲在屋子里过漫长的冬天，也不用过大斋日。在这些日子里只能吃酸白菜、腌蘑菇、燕麦面片、马铃薯和讨厌的麻子油，他们把《绘画论坛》收了起来，因为过大斋日不能看书；我又被迫过起了这种空虚的斋戒生活。现在这种生活贫乏、畸形，根本无法同书中描述的生活比较。一旦有书可以看，我的心里就有了目标，心境很好，精神振作而且干活儿很利索，因为早些把活儿干完，我就有了更多的时间看书。但是从书被没收之后，我就浑身发懒，毫无生趣，甚至变得从未有过的健忘。

在这样百无聊赖的日子里，一件奇怪的事情发生了：有一个晚上，大家正准备睡觉，忽然，教堂的钟声传来，嗡嗡地响着。家里的人都惊醒了，人们衣衫不整地隔着窗子互相询问：“是失火了吗？……还是敲警钟呢？”

其他房子的人们也乱哄哄的，人们把门拍得砰砰作响。有人套上马，牵着在院子里跑。老婆子在大喊大叫，说是教堂被小偷偷东西了。主人声嘶力竭地喝止她：“妈，够了，别喊了……都听得很清楚，这哪里是什么警钟！”

“那要不就是主教死了……”

维克托一边穿着衣服从床上爬起来，嘴里一边嘀嘀咕咕：“我知道这是出了什么事，我知道！”

主人吩咐我去阁楼远眺有没有出现火光。我跑到楼上，沿着天窗爬上屋顶，一点火光也没有看到。一片安静而冷清的夜里，钟声不紧不慢却不间断地继续响着，街市静悄悄的，仿佛还没有睡醒，大地一片宁静。黑暗中看不到人，只能听到他们踏着雪跑过去的声响，还有雪橇的滑板滑过的声响。钟声一直不停，响得人心里越来越悚然。我回到卧室告诉主人：“看不到火光。”

“真让人讨厌！”主人说着，已穿好外套戴上帽子，他把大衣的领子拉好，犹豫着穿上鞋子。主妇劝阻道：“还是别出去了，别出去……”

“别废话了！”

维克托也已经穿戴整齐，还在逗弄着别人：“我可是知道的……”

兄弟俩一起到街上去察看，女人们让我去烧茶水，她们却又趴到窗口向外张望。不过一会儿工夫主人却回来了，在门外拉响了门铃。他沿着楼梯一路跑上楼，一句话也没有说，打开前室的门，粗哑着嗓子说：“有人暗杀了沙皇！”①

“被杀死了！”老婆子惊叫出声。

“已经死了。一个军官告诉我的……现在应该做什么呢？”

门铃再一次被拉响，是维克托，他没了之前的精神，一边脱着衣服一边生气地说：“我还以为是要打仗了！”

然后大家都坐了下来，慢吞吞地喝着茶水，都小心地压低了嗓音谈论起这件事情。此时钟声已经不再响，大街上也安静下来，不再有声音。接下来的两天他们都在悄悄地议论，不知道去过了什么地方，也有客人来过这里仔细地探讨了什么。我也很想弄明白到底发生了什么事情，但是主人们却把报纸都拿走了，我不能再看。于是我问西多洛夫，为什么沙皇会

① 1881 年 3 月，俄国民意党人炸死了沙皇亚历山大二世。

被人暗杀呢？他压低了嗓音说："这样的事情，不能乱说……"

很快我就不再想着这件事情，忙起了平日里琐碎的事，而且没多久，一件很倒霉的事情发生在我身上。

那是一个星期日，主人们早晨都出去做礼拜了，我烧上茶水就去整理屋子。我不在的时候家里最大的孩子来厨房玩，拔下了茶炊上的龙头，跑到桌子底下玩去了。烧茶水的炭火很旺，里面的水漏完了，火开始烧着茶炊。当时我还在屋子里整理，听到茶炊的声音和平时不一样，就跑到厨房检查，天啊，怎么回事？整个茶炊都变了颜色，烧青了，还在不停颤动，好像快要脱离地板飞起来了。插着龙头的口已经快要脱落了，软软的，弯折在旁边；盖子也歪了；熔化的锡水在把手底下滴答滴答地掉落；被烧得紫红又带着青色的茶炊，此时就像一个喝得烂醉的酒鬼。我用水泼向茶炊，它哧哧地响了起来，然后软软地毫无精神地瘫在地板上面。

这时门铃响起。我打开门，门外老婆子厉声问我有没有烧好茶炊，我只说了句："烧好了！"

我只是因为太慌乱太害怕不知道说什么，她却认定了我是在嘲讽，认定我是罪上加罪。我被狠狠地打了一顿，老婆子用一把扎起来的松木柴大发威风。打得并不是很疼，但是我的脊背上却扎进去很多木刺。傍晚来临的时候，我的背已经肿得很高了，像个枕头。主人不得不在第二天送我去了医院。

一个医生给我验伤，他的个子瘦高瘦高的，看着有点好笑，他的声音低沉，淡淡地说道："这是被动了私刑，我必须填个验伤单。"

主人脸红了，不好意思地用脚蹭着地板；他低声地对医生说了几句话，医生看着对面，不看他的脸，回答得很简单："这是不行的，我不可以这么做。"

不过又问了我一句；"你要告他们吗？"

虽然很痛，但是我却说："不了，还是快点治疗吧……"

医生把我带到了另外一个屋子里，我躺在手术台上，他用一个冰冷的钳子给我拔刺，这把钳子碰到皮肉凉凉的，很舒服，他还一边跟我开着玩笑："朋友，你的皮肉被锻炼得很厉害啊，你身上的皮紧密得一点都不漏水……”

手术让我觉得很痒很难受，结束之后医生说：“拔出了四十二根刺，兄弟，你以后可以拿这个来吹牛皮了，好好记着啊！明天再来的时候我给你换纱布。你经常被打吗？”

想了一想，我对他说：“以前比现在挨得还要多呢……”

医生哈哈大笑，粗哑着嗓子对我说：“一切都会变好的，朋友，一切都会变得更好！”

医生把我带回主人那里，对他说：“你把他带回去吧，伤口已经包扎好了。明天需要过来换一下纱布。这个孩子很乐观啊，你的运气不错……”

坐在回去的马车上，主人说：“彼什科夫，我从前也被打过。怎么办呢？兄弟，我也是被打过的人啊。现在还有我在同情你，可是那时候谁也没有同情过我。哪里都有人，可是没有一个人表示同情的。啊，真是狗崽子，畜生……”

他一直骂着，直到马车走到家门口才停下。我心里对他有点同情。我也非常感激我的主人，因为他跟我说话的时候像对待一个真正的人。

这一家人很隆重地迎接我回来。女人们好奇地刨根问底，医生到底是怎么给我治疗的，他又说了些什么。他们惊奇地听我说着，好像这件事情很值得回味似的咂着舌头皱着眉头。他们对于别人的痛苦和不开心的事情有着非同一般的兴趣，这让我很惊奇。

对于我不控告他们这一点，他们显得很满意。因此我趁机提出请求，希望能够允许我借裁缝妻子的书来看。他们现在不敢对我说不行，而老婆子则吃惊地说：“真是个奇怪的东西！”

一天过后，我去找裁缝的妻子借书看。她和和气气地对我说：“他们说你生病去医院了。你看看，他们总是乱说话！”

我没有说话，我觉得告诉她真相是件很难为情的事情，为什么要让她知道这样残暴让人伤心的事情呢？我很高兴她跟别人是不一样的。

现在我又可以看书了，我看大仲马、庞逊·德·泰尔莱利[1]、蒙特潘、

---

① 法国作家，著有多部惊险小说，包括《罗坎博尔历险记》等。

扎孔纳[①]、加博里奥[②]、埃马尔[③]、巴戈贝[④]等人的书，他们的书很厚，我一本一本总是很快地浏览完毕。我很高兴，我觉得自己好像也是一个不平凡的人物，过着不平凡的生活。这样的生活刺激着我，振奋着我。夜里我自己制作的蜡烛像以前一样散发着昏黄的光，因为整夜整夜地看书，我的眼睛变得不再好了，老婆子很亲切地对我说："书呆子，再这样看下去，总有一天你的眼珠会坏掉的，你会变成一个瞎眼的人！"

我很快就弄明白了书中的精髓。虽然这种书中的生活写得多姿多彩，事情错综复杂，人物变化多端，虽然是不一样的国家和城市，这些地方发生的事情也都不尽相同，但是说明的却是同一个道理：好人一开始总是没有好运，总是受到恶人的欺负，恶人总是比好人走运，总是很聪明，然而之后，总会有一种说不清道不明的东西出现，恶人被打败，最终的胜利是属于好人的。书中有关"爱情"的故事，也让人无法喜欢，世上的男人和女人谈情说爱的方式都是一样的。这让人看了很讨厌，也让人隐约地怀疑。

有时候只看前几页，我就可以推测到之后的情节，谁能够成功，谁会失败，而且很容易弄清楚故事的线索，这时我会自己想象书中人物的命运。放下书以后，我就像琢磨教科书上的数学练习题一样仔细琢磨起来，并且我的猜测越来越准确，哪一个人可以幸运地得到幸福，哪一个人是邪恶的最终会堕入牢狱。

我隐约地看到了藏在这一切后面的重大的意义和真理，这是一种生动的生活特点，是人和人之间的另外一种与现在不同的关系。我看到了在巴黎无论是赶马车的车夫、做工的工人还是当兵的兵士，这一切"下等人"，与尼日尼、喀山、彼尔姆等地方的人完全不一样：在那里，"下等人"可以更大胆地跟主人和老爷们对话，对待他们的态度也不会唯唯诺诺，自由随便得多。比如那里的一个兵士（他不像我认识的任何一个兵士，无论是

---

① 法国作家，著有《一个警察局密探的手记》等惊险小说。

② 是法国侦探小说的创始人之一。

③ 法国作家，著有印第安人反对白人征服者的惊险小说。

④ 法国惊险小说作家。

西多洛夫、轮船上那个维亚特兵士，还是叶尔莫欣），他比这些人更像一个真正的人；他身上有一种东西，与斯穆雷相同，却又不像斯穆雷那样凶暴和粗鲁狂放。又比如那里的一个店主，他好过我认识的所有的店主。就连书中的神父，都是更加富有同情心，对人更加亲切，与我所知道的神父完全不同。总而言之，从书中看到的外国的一切，都比我现在知道的生活有趣味，更加轻松愉快，更加美好。外国没有那么多人野蛮地打架，没有人总是捉弄别人，像捉弄维亚特兵士那样，也没有人像老婆子那样疯狂地祷告。

尤其是书中讲到的一些恶劣的人、吝啬的人和无赖，也绝对不会有我熟知并且在生活中常常见到的那种残忍冷酷，以及那些捉弄人的奇怪的爱好。书里的恶人虽然凶残，但是都是有原因的，为什么他们会这样凶残，都可以找得到清楚的原因。然而现实中我亲眼见到的许多凶残的行为，都是毫无缘由毫无根据的，这样做他们不会得到什么益处，只是为了发泄。

每次看完一本新书，我就更加能体会到外国的生活与俄罗斯的生活明显不同，这让我很沮丧也很茫然，甚至会怀疑这些表面看来不太干净的泛黄的旧书写的是不是真实的生活。

就在这时，我得到了一本书，叫作《桑加诺兄弟》，是龚古尔[①]写的长篇小说，这本书我一口气看完了，用了一整夜的时间。书里有一种我从来没有见到过的东西让我很惊奇，于是我又看了一遍这个平凡而又伤感的故事。书里的东西并不复杂，看起来似乎并不有趣。书的开头与圣贤传一样很是枯燥乏味，语言生硬却很准确，一点也不夸张。这样的开头让我觉得有些惊奇却并不愉快，但是这文章的句子朴实无华而且准确精练，这样的句子组成的文章让我印象深刻。马戏团里的兄弟俩的悲剧，故事情节逐步发展。我在不知不觉中因为看这本书的快乐而抖动了起来。当我读到那位不幸的艺人跌断了双腿爬上阁楼，他的兄弟正偷偷地在这座阁楼上练习技术的时候，我不禁失声痛哭。

当我还给裁缝的妻子这本书的时候想向她再借一些这种类型的书。

---

① 法国自然主义小说家。

“这样的好书是什么样的书呢？”她笑着问我。

看到她笑了，我有些发窘，我也无法表达清楚自己想看的书是什么样子的。她说：“这本书很枯燥乏味的，你等一下，我给你一本更有意思的书看……”

过了几天，她借给我一本书，是格林伍德[①]的《一个小流浪儿的真实故事》。看到书名，我的心有点刺痛，然而当我看第一页的时候，心中就涌起一股狂喜，这让我一直微笑着看完了整本书，有些精彩的地方还会反复地看几遍。

原来在外国那样的世界，也会有这样的少年过着艰难的生活！啊，原来我的生活并不算坏得彻底，所以我并不需要感到生活毫无希望。

格林伍德给了我莫大的勇气。很快，读完这本书之后，我拿到一本书叫作《欧也妮·葛朗台》，这是一本很珍贵的“正经书”。

看到葛朗台老人的时候，我想起了我的外祖父。这本书虽然篇幅短小，有点可惜，可是它里边却埋藏着很多真实的人性，这多么让人惊奇。这种真实是我生活中所熟知的，是让我如此讨厌的真实，却被它用一种淡淡的毫无厌恶的语气表达出来。在我以前看过的书里，除了龚古尔以外，都是一些疾言厉色责骂别人的人，就和我的主人们一样。那些书让人看了会对罪人产生同情，而对善人却是生气和恼怒。那些善人总是费尽了心思也运用了莫大的意志，却无法实现自己的愿望。我在看到这种人的时候，总是觉得他们很可怜。善良的人在整本书中都像是一根无法动摇的石柱，恶人的伎俩都碰碎在了石柱上，但是这样的石柱却无法让人同情。就像一面墙壁，即使它很坚固而且很美丽，可是却无法引起想要翻越它到后面的树上摘苹果的人的欣赏和赞叹。所以我这样想着，一切最珍贵和生动的东西，都不会浮于表面而是深藏在善行的后面……

龚古尔、格林伍德、巴尔扎克等人的小说里没有善人和恶人的区别，只有那些经历着普普通通生活的人，这些人生动形象而且充满精力，总是让人感到惊奇。他们是不会让人怀疑的，他们表里如一，他们只是这样子

① 英国作家。

而不会是别的样子。

从此我懂得了“好书”“正经书”会给人带来莫大的欢欣，可是我却不知道到哪里去找这样的书，裁缝妻子在这方面也爱莫能助。

她拿出阿尔桑·古塞[①]的《抱着玫瑰、黄金与赤血的两手》，告诉我这是一本好书，或者她会给我看贝洛[②]、保罗·德·科克[③]、保罗·费瓦尔[④]的长篇小说。可是我并不喜欢它们，读它们的时候我的心情总是无法放松。

她喜欢的是马里耶特[⑤]、维尔纳[⑥]的小说，我却觉得这些书枯燥而乏味，而且我也不喜欢施皮尔哈根[⑦]。但是我却很喜欢看奥尔巴赫[⑧]的短篇小说，苏[⑨]和雨果在我眼里毫无吸引力，比之他们，我更喜欢华特·司各特。我希望看到的是让人快乐并受到鼓舞的美妙的书，像巴尔扎克那样让人心动。渐渐地，我也不再喜欢那个玉琢一般的人了。

我每次去她那里总是穿上干净的衬衫，头发梳理得很整齐，尽量把自己整理得干净而整洁，虽然有时候我不一定能够做到。但是我却希望能让她看到我总是整齐干净的模样，这样她对我说话的时候会更加随意和友

---

① 法国作家、文学评论家。

② 法国小说家，他的《一个女凶手的情夫们》《社交界的秘密》等作品的译本在19世纪70年代盛行于俄国。

③ 法国小说家，他的《林荫道上的儿童》《男男女女》《巴黎浪荡子》等作品的译本在19世纪六七十年代盛行于俄国。

④ 法国小说家，他的《一妇二夫》《伦敦的秘密》《皇后的宠信》等作品的译本在19世纪50至70年代盛行于俄国。

⑤ 英国作家，其作品有很多以海员生活为主题。

⑥ 德国女作家，小说有《一路平安》《意志的力量》等。

⑦ 德国作家，其作品《两头受气》和《战场上一人不成军》等在俄国非常受欢迎，《战场上一人不成军》的主人公传说是以德国工人运动领导者之一的拉萨尔为原型的。

⑧ 德国作家，其短篇小说以写农民生活而著称。

⑨ 法国作家，《巴黎的秘密》《流浪的犹太人》是其主要作品。

好，干净的笑脸上不会总是没有生气呆板的样子。但她仍然这样微笑着，声音温润如玉，懒洋洋地问我："看完啦？还喜欢吗？"

"不喜欢。"

这时候她总会扬起细致的眉眼，看着我，仍然懒懒地用像是从鼻子里发出的声音问我："为什么呢？"

"我已经在别的书里看过这种事了。"

"这种事指的是什么呢？"

"爱情……"

她皱着眉，甜甜地笑出声音来说："哎呀，可是小说都是会写爱情的呀！"

她坐在宽大的椅子里，轻轻摆动着那双穿着毛皮便鞋的小脚，打着哈欠，懒懒地裹紧了身上浅蓝色的长罩衫，伸出泛着桃红色的好看的手指，轻轻敲了敲膝盖上面的书皮。

我很想问她："你为什么还在这里不搬走？你还会收到那些军官给你的信吗？他们还会捉弄取笑你吗？……"

可是我无法鼓起勇气问她这些话，于是便有些失望和苦闷地带走了一本写"爱情"的厚厚的书。

院子里的人聊到她的时候言语更加无法入耳，充满了深深的恶意和无尽的嘲讽。那些话根本就是胡说八道，毫无根据，我听到了心里很难受。在背后，我总是很担心她，也很同情她；然而当我走到她面前看到她灵巧的身体和那张总是挂着笑容的脸，看到她锐利的眼神，我的心里就无法再对她产生怜悯和担心。

春天的时候她突然搬走了，不知道去了哪里。几天之后，她的丈夫离开了。

在没有人搬来的时候，我跑去看了一眼那个空屋子，那里只剩下了光秃秃的墙壁，上面还有挂过东西的四方的痕迹，一些用过的弯折的钉子，还有钉子钉过的小坑。刷过漆的地板上，胡乱散落着一些五颜六色的碎布头、纸屑、破烂的药盒、空了的香水瓶，还有一枚闪着光的铜质针饰。

我心里有些难受。我想起那个身材娇小的裁缝妻子，很想再见到她。

我想要让她知道，我非常地感激她……

裁缝妻子搬家之前，一个黑眼睛的年轻夫人搬到了我们主人住的楼下，和她一起的还有一个小女孩和一个老母亲。母亲满头白发，嘴里总是叼着一个琥珀烟嘴在吸烟。夫人长得很漂亮，看起来威严、骄傲，说话声音低沉悦耳，她看人的时候会抬起头微微眯起眼睛，像是别人站得太远她看不清楚。一个叫秋菲亚耶夫的长得黑黑的兵士几乎每天都会牵着一匹细腿红毛马来她家门口。夫人穿着一件铁青色的丝绒裙和一双黄色的长筒马靴，手上是一双喇叭口形状的白色手套，来到大门口，拿着柄上镶有淡紫石的马鞭的那只手撩起裙子，另一只手轻抚马儿的脸。马儿龇着牙，用一只带有红血丝的眼睛看向她，全身颤抖，提脚轻踏平整的地面。

“罗贝尔，罗贝尔。”她一边轻声说，一边使劲打向马儿弯曲得很漂亮的脖子。

然后她踩在秋菲亚耶夫的膝盖上轻松跳上马背，马儿立刻像跳舞似的沿着堤岸跑起来。她稳稳地坐在马鞍上，像是在马背上长大的一样。

她美得让你每次见到她都像第一次见面一样满心欢喜。我见了她就想：狄安娜·普瓦提埃[①]、玛尔戈王后[②]、少女拉·瓦尔埃尔[③]，以及其他历史小说中的美丽的女主人公应该也是这样的美貌吧。

一群驻扎在这城里的师部的军官每晚都来她这儿弹钢琴、拉小提琴、弹吉他、跳舞、唱歌，经常出现在她身边。奥列索夫少校来得最频繁。他长着一张肥肥的红脸，两条腿很短，一头白发，身上油亮得像是轮船上的机工。他很会弹吉他，也很听夫人的话，像个忠实的奴仆。

那个五岁的胖胖的鬈发小女孩长得像她母亲那样漂亮。她有一双淡

---

① 大仲马《两个狄安娜》中的女主人公，法王亨利二世的宠姬。

② 大仲马同名小说中的女主人公，法王亨利四世的妻子。

③ 大仲马《二十年后》中的女主人公。

蓝色的大眼睛，看起来天真安静，像在向往着什么，而且这个小女孩经常露出一副小孩子不该有的深思的表情。

老母亲则整天带着不爱说话的秋菲亚耶夫和肥胖的还斜眼看人的女仆干家务。小女孩没有保姆照看，整天坐在门廊上或者对面堆着木头的地方自己玩耍。傍晚时我经常去跟这个小女孩一起玩儿。我挺喜欢她的，没多久她和我也混熟了。每次我一给她讲故事，她就躺在我的手臂上快睡着了。很快她就要我在她每次睡觉之前向她道别。她会一本正经地向我伸出肉肉的手说道："明天见啊！外婆，要说什么呀？"

"上帝保佑你。"老母亲一边说着一边鼻子嘴里冒出白烟。

"上帝保佑你到明天啊，我要睡喽！"小女孩说完就钻进带着花边的被子里去了。

老母亲说道："不是到明天，是到永远！"

"哎呀，明天不是永远都有吗？"

她喜欢说"明天"，把所有自己喜欢的东西都放到将来。她把摘来的花和折下的树枝都插进地里说道："明天这里就是一座花园……"

"我明天什么时候也要埋（买）一匹麻（马），跟妈妈一样到处骑着玩儿……"

她很聪明但不好动，总是玩得正开心的时候突然深思起来，毫无征兆地问道："神父头上的毛怎么长得像女人的似的？"

有时荨麻扎了她一下，她就会指着荨麻说道："你小心点儿，我去刀（祷）告上帝，上帝会严厉地花（罚）你的。不论什么人上帝都能花（罚）他。就是妈妈他也可以花（罚）的……"

有时候她身上会笼罩着一层淡淡的带着严肃的悲哀，她会用那双充满期待的眼睛看着天空，靠着我说道："外婆总是发脾气，但是妈妈不，妈妈爱笑。大家都喜欢她，因此她很忙，老是有客人来看她。因为她，妈妈长得很漂亮。她是个可爱的妈妈。奥列索夫伯伯也这么说：可爱的妈妈。"

我很喜欢听小女孩说话，因为她让我知道了一个陌生的世界。她经常高兴地和我谈论她的妈妈。所以一种新的生活在我眼前模模糊糊地呈现出来，我又想起了玛尔戈王后，这使我更相信书，觉得生活有意思了。

一天傍晚，我和小女孩坐在门廊上等着去奥特科斯散步的主人们，小女孩靠着我睡着了。她妈妈骑着马回来了，她轻轻地跳下马来，头微微一抬地问道："她怎么了？睡着了？"

"嗯。"

"噢，还真是。"

兵士秋菲亚耶夫从里面跑出来拉马，夫人把鞭子塞进腰带里，张开手臂说道："把她给我！"

"我自己把她抱过去吧！"

"嗯！"夫人像训马似的叱责了我一声，一只脚跺了一下地。

女孩醒了，朦胧中看见了妈妈，就伸手要她抱。妈妈抱起她来去了。

我被别人训惯了，但是被这位夫人叱责心里很不舒服。她只要吩咐一声别人都会照办的。

那个眼斜的奴仆没几分钟就出来叫我，说女孩使性子，要和我道了别才睡觉。

我得意地在她妈妈面前进入客厅，她妈妈正熟练地给膝上坐着的女孩脱衣服。

她说道："看吧，这个怪人来了！"

"不是怪人，是我朋友。"

"是吗？那太好了。给你朋友送点礼物吧，嗯，行吗？"

"行，我同意。"

"很好，妈妈会负责的，你去睡觉吧。"

"明天见吧！"她伸出手说，"上帝保佑你到明天。"

妇人惊讶地叫道："哎呀，谁教你说这个的，外婆吗？"

"嗯。"

小女孩一进去，夫人用手指头招呼我道："送你什么呢？"

我说什么也不要，只想借本书看。

她用温暖的带着香气的手抬起我的脸微笑地问我："哦，你喜欢看书哇，那你看过什么书啊？"

她的微笑使她变得更迷人了。我嘀咕了几个长篇小说的名字。

"你喜欢这些书里的什么啊？"她的双手放在桌子上，微动手指。

一种浓浓的花香从她身上散发出来，只是里面还掺杂着马的气味。她长长的睫毛下眼睛深沉地看着我，是一种我以前从没经历过的注视。

精致的家具布满了屋子，使得这里看起来像鸟窝那样又小又窄。窗台上铺满了鲜花，铺在火炉上的白色瓷砖在微暗的光照下泛着光，衬得与火炉并排的大钢琴也亮亮的。暗色的奖状装在墙上挂着的金色框子里，内容是又大又斜的斯拉夫字母，每个奖状下还都用绳子系着一颗暗色的大印。所有这些都和我一样在这位夫人面前变得胆怯。

我尽量简单明白地告诉她我现在的生活无聊孤单，读书能让我忘掉一切。

"哦，原来如此。"她站起来，"说得很好，没准儿就是这样。好吧，我会尽量借给你书的，不过现在没有，要不你拿去这本吧。"

她拿起沙发上一本破旧的黄皮书。

"你拿去吧，看完了来拿第二卷，一共有四卷。"

我拿了这本梅谢尔斯基公爵[①]的《彼得堡的秘密》回来开始认真读，可是彼得堡的"秘密"远不如马德里、伦敦、巴黎有意思，我刚看了几页就知道怎么回事了。只有一段关于自由和棍棒的寓言吸引了我：

> 自由说：
>
> "我比你强，因为我比你聪明。"
>
> 可是棍棒答道：
>
> "不，我比你强，因为我比你力气大。"
>
> 吵着吵着就打起来了。棍棒狠狠地揍了自由一顿。我记得自由受了重伤死在医院里了。[②]

这本书提到了虚无主义者。我记得此书作者认为虚无主义者很可怕，鸡被他看一下都会死。除了虚无主义者这个词我觉得是骂人的脏话外，剩

---

① 俄国反动作家和政治家。

② "棍棒狠狠地揍了自由一顿。我记得自由受了重伤死在医院里了。"这句有出处，原著内容是："棍棒把自由打了个半死，只好把她送进医院去了。"

下的都没看懂，我很难过，也许我不能阅读好书吧。我打心底里认为这是一本好书，因为我想那样一位美丽高贵的女士是不会看坏书的。

我把这本书还给她时她问我："怎么样？喜欢吗？"

我不好意思地说了"不！"我觉得她会生气的。

谁知道她大笑后进她帷帐后的卧室里，拿出来一本精装的山羊皮封面的书。

"你肯定会喜欢这本书的。但是别弄脏了！"

这是一本普希金的诗集。我贪婪地一口气读完了这本书，就像是偶然间独自进入了一处从没见过的美丽的地方，想着立刻转遍它。在沼地的林子中长满苔藓的土墩上转了好久，突然出现一块鲜花盛开的充满阳光的土地，你就会有这样的感觉，你会立马欣喜地看着它然后跑遍每个地方，当你的脚触到长在这片肥沃土地上的柔软的绿草时，一种喜悦之情油然而生。

我惊讶于普希金那朴素的语句跟和谐的音节，此后很长一段时间我念散文时会感到很不舒服，读得很别扭。《鲁斯兰与柳德米拉》的诗序让我想起了外祖母给我讲的最好的故事，并且像是把这些故事巧妙地压缩成了一个。其中那些细节描写的真实性令我惊讶：

那条没有人走过的路上／留下没见过的兽迹[1]

这些优美的诗句被我在心里反复念着，于是我眼前隐约出现了一条熟悉的小路，而且还清楚地看到有神秘的脚印踏过滴落像水银般重量的大颗露珠的草上。这些诗句有着和谐的音调，像是给它所讲述的东西披上了一件好看的衣服，轻易就让人记住了。我渐渐变成了一个幸福的人儿，连生活也变得轻松愉快了，似乎我的生活迎来了新的开始。啊，一个人能够认字读书是多么幸福啊！

普希金的美丽童话在我看来是最亲切最易懂的。我重复念几遍就完全能够背诵了。躺在床上没睡之前我总是闭着眼睛念诗。有时候我给勤务兵们讲改编过的童话，他们大笑并友善地骂着。西多洛夫抚摩着我的脑袋

---

① 出自普希金《鲁斯兰与柳德米拉》。

低声说道：“真好！真好！”

主人们看出了我的兴奋，老太婆骂道:“你个淘气包，整天就知道念书，都三天没擦茶炊了，又想挨棍子了吧。”

棍子算什么？我用诗回骂：

黑心肠，干坏事 / 耍巫术的老婆子……①

我心里更加崇拜夫人了，因为她看这样的书！她和像瓷人儿的裁缝妻子不一样。

我到她那儿伤心地还了书，她自信地问道：“你喜欢这本书吧！你听说过普希金吗？”

我以前在一本杂志上看到过一些关于这位诗人的事，但是我挺想亲耳听她说的，所以就说没听过。

她给我简单地说了一下普希金的生平和死亡，之后露出了如春天般的微笑，问道：“你知道了吧？爱女人是多么危险。”

从我看过的所有的书中我知道这是一件很危险的事情，但是很有趣。于是我回答:“虽然危险,但是大家都在做啊！而且女子也经常因为它烦心。”

她透过睫毛像看所有东西似的瞥了我一眼，严肃地说道：“哎呀，你懂这个？那我希望你永远记住这句话！”

然后她问我喜欢哪些诗。

我挥动着双手给她背了几首。她听得很认真。一会儿她站起来在屋里来回走，沉思地说道：“可爱的小家伙，你应该上学！我替你想想法子，你的主人是你的亲戚吗？”

我做了肯定的回答。她惊讶地说了一声：“啊！”似乎在责怪我。

她又借给我一本精致的裁口喷金的红色封皮书《贝朗瑞②歌曲集》，这本书带着版画，里面的歌让我感到钻心的痛苦和发疯似的快乐，两样结合完全把我弄疯了。

---

① 出自普希金《鲁斯兰与柳德米拉》。

② 法国民主诗人，有四部歌曲集，《老流浪汉》就是其中的一篇，下文节选的是这首诗的最后一节，与原文稍有出入。参考的是沈宝基的译文。

当我念到《老流浪汉》的痛苦的话时，心里不由得一阵凉意：

人类呀，为什么不把我踩死，像一个伤害生物的害虫？呀，你们应该教会我如何为大家的幸福劳动。

如果能把逆风躲避，害虫也许会变成蚂蚁；我也许会爱你们像自己的兄弟。我这年迈的流浪汉，可是我到死恨你们好像仇敌。

但是当下面读到《哭泣的丈夫》时，我又笑得流下了眼泪。贝朗瑞的话我记得很清楚：

学会过快乐的生活 / 对普通人也算不得什么……[①]

贝朗瑞让我不住地想要快乐和调皮，想要对所有人说粗暴的讽刺话，这方面我在很短的时间里取得了很大的进步。我把他的诗熟记于心，在勤务兵们的厨房里时还骄傲地念给他们听。

但是没过多长时间我就不再这样做了，因为这样两句诗：

十七岁的大姑娘 / 每顶帽子都合样[②]

产生了一次侮辱姑娘们的恶心的谈话，我抓狂了，用煎锅打了叶尔莫欣的脑袋。西多洛夫和别的勤务兵从他笨拙的手中夺过我来，但是自此以后我就没胆量再跑去军官们的厨房了。

他们禁止我在街头闲逛，事实上活儿越来越多，哪有时间闲逛，现在我除了做女仆、男仆和跑腿儿的这些日常工作外，还要在宽木板上用钉子钉细布，贴设计图；抄写主人的建筑工程计算的书，复核包工头的账目，因为主人整天像机器人一样工作着。

那时市场上的公有建筑物都改成了商人私有的，所有的商店都在改造。我的主人包了很多修补和建造商店房子的活儿，还要制作类似“改造建筑圆承尘，在屋顶上开天窗”的设计图。我把这些设计图和装着二十五卢布的信封拿给老建筑师，他拿了钱，写上：“设计照原图无误，工程监督由我负责。某某。”但是他没有见过原图并且也不会负责工程监督的，

---

① 出自贝朗瑞的《劳动之歌》。

② 出自普希金的《鲁斯兰与柳德米拉》。

因为他正得着病从不出门。

另外我还要跑到市场管理人和其他有关系的什么人那里去进行贿赂，从他们那儿拿到主人说的“从事所有不法行为的许可证”。因为这些，他们允许我在他们晚上去做客时在门廊上等他们回来。这种事可不那么常见，但是他们有时候回来都已经到下半夜了。于是我就坐在门口台阶或对面的木头堆上好几个小时，看向我的那位夫人的窗户，贪婪地听着热闹的谈话和音乐。

透过窗户，从帘子和被遮掩着的花儿的缝隙里，可以见到军官们潇洒的身影在屋子里走动，矮矮胖胖的少校摇晃着走来走去，清水出芙蓉般标致无比的夫人盈盈而动。

我把她默默地称为玛尔戈王后。

我远远望着窗子想：法国小说里描绘的快乐日子，也许就是如此吧。但我见到那群男子围绕在玛尔戈王后的身边，总是控制不住地嫉妒他们，尽管我还并不是大人。当我看到那群男人把她围得水泄不通时，我就有些伤心。

有位高个子、脑门上留有刀疤、眼窝深陷的客人是她所有客人中来得次数最少的，他是一位深沉的军官，每次都带着他那拉得很棒的小提琴。因为琴声特别优美，总是吸引路人在窗下驻足，甚至木头堆上也挤满了人。只要我的主人们待在家里，他们也都会把窗子打开，聆听并且称赞着那位音乐家似的军官。除了赞美过教堂的候补祭长，他们从不赞美其他人。不过我明白，相比于他的琴声，他们更喜欢用鱼油煎的点心。

有的时候，军官会给王后吟诗或者唱歌，嗓音总是略带低哑。那时他总是奇怪地喘起气来，用手按住额头。一天，我和小女生在窗下玩耍时，恰好玛尔戈王后让他唱歌，他推辞了很久，最后一字一顿地说：“歌儿虽然想要美，但美却不想要歌儿。”我是十分喜欢这句诗的，而且不知何故，我倒同情他了。

有时我见到玛尔戈王后独自在房间里弹钢琴，心里就分外愉悦。窗外的一切早已飞离我的眼睛，我忘情地陶醉在琴声中。窗里她昂然的脸庞，婀娜的倩影，行云流水般在键盘上跃动的白皙的手，笼罩在洋灯昏黄的光晕中。

我听着哀伤的音乐，看着她，沉醉在色彩斑斓的迷梦里。

我应该去某地寻求宝物的，倾尽我的所有送她，她就成了一个富有的人。假若我是斯科别列夫，我会毫不犹豫地和土耳其大战一场，拿到赔款后就要盖一座房子送她——在奥特科斯这个城中最棒的地方。然后让她远离那条街，远离现在大家说她坏话和造肮脏谣言的住所。

住在庭院里的下人、左邻右舍都对玛尔戈王后肆意地造着恶狠狠的谣言，就像对待那个裁缝的妻子似的，这点我的主人们尤其明显。不过他们说她时先望一望四周，更谨慎小声罢了。

人们害怕她的原因，可能是因为她是一位名人的遗孀。挂在她房间的奖状都是俄国皇帝赐给她丈夫的祖先的，这些皇帝有戈东诺夫、阿列克谢、彼得大帝等。这些是一个认识字的士兵秋菲亚耶夫对我说的，他总是念一本福音书。又或许人们害怕她会拿起鞭子打人，这个鞭子上嵌着紫色的宝石，据说它曾痛打过一个大官。

但是，窃窃私语不一定比高声狂说更舒服。我的夫人被敌视的空气包围，我觉得苦恼，因为我不懂她为何被敌视。维克托说他有次半夜回家的时候，从玛尔戈王后卧室的窗子里看到：少校在她身边跪着为她剪脚指甲，而且用海绵擦拭干净，她则身着内衣坐在沙发上。

老婆子呸地吐出了一口唾沫，满嘴骂人的话。年轻点的主妇脸红了，她尖叫起来："哎哟，维克托，那些人的行为实在是恶心，难为你厚着脸皮说出来。"

我的主人没有说话，只是笑了笑。我非常感谢主人的缄默，可我仍然担心地等待，害怕他同情地和她们一起叫骂。女人们详细地询问少校如何跪着，夫人如何坐着。这个维克托又会添油加醋地加上很多新的情节。

"他的脸红红的，舌头拖得很长……"

对少校为夫人剪指甲这件事，我看不出什么可责难之处；但说少校拖着舌头，是不能让人相信的。我认为，这绝对是维克托故意编造的谣言。于是我对他说："既然这件事不好，那您朝窗里张望是为何？您可不是小孩儿了……"

毫无疑问，我被臭骂了一顿，但这些咒骂于我如浮云。我只想马上冲到楼下，像少校那样跪在夫人身边，请求她赶紧远离这座房子——我只想做这一件事。

如今，我已经明白别样的人们、别样的生活和别样的思想与感情。因此，我越发讨厌这房子和房子里的所有住客。这房子被污浊的谣言网包围，里面的任何一个人都被不怀好意地谈起过。比如那个病恹恹的、看着可怜的团部里的牧师，有人就说他是色鬼和酒鬼。我的主人们还说，那些士兵开口就是谈论女人的一套，那些军官和他们的夫人都曾经有过奸淫的罪恶，这都让人反感。我的主人们是最让我受不了的，我看穿了他们的真面目，就是最喜欢对人进行人身攻击。唯一不花钱的娱乐就是找人家的坏处，他们正是因为要得到这种娱乐，周围的人才被拉上风言风语的刑台。他们觉得自己在辛苦、虔诚、寂寞地生活，因此要向所有人复仇。

每当他们满口污言地说着我的夫人时，我就觉察到一种激动，这种激动不像小孩子的感情。我想大声呵斥他们，任性地侮辱他们，心里涌满了对这种背后说人的痛恨。有时候却有一种比痛恨更加痛苦的默默的悲悯，这种悲悯怜悯的不仅是自身，也包括所有人。

相较于他们，我对夫人了解得多些。我十分担心他们会知道这个。

每到节日主人们去教堂做礼拜时，我很早就会跑到她家里。她让我到她卧室里，我坐在小小的、用金色缎子包着的圈椅上。女孩儿在我的膝上卧着，我和她妈妈谈论看过的书。她在一张大大的床上躺着，两只合起来的小手托起了她的脸；她盖着金黄色的被子，整个卧室的其他所有东西也是金黄色的，黑头发被编成了辫子，跳过淡黑色的肩垂在她胸前；有时会从床上一直垂到地板上。

她听了我的话，拿温柔的目光看着我的脸，似笑非笑地说：“啊，是这样子？”

在我的眼中，连她让人舒心的微笑也只是我的夫人宽容的微笑了。她说话时低沉柔和，我认为她的话里总有一层这样的意思：我知道自己比任何人都漂亮都无瑕，因此我不需要任何一个人。

有时我过去时，她正对着镜子坐在一把低矮的圈椅上梳头发，发尖在膝头和椅子的靠背之间披着，在椅子背后的快接到地板了。

她的头发和外祖母的一样又长又密。我通过镜子看到了她稍黑的、丰实的乳房。她在我面前穿换袜子和内衣。但这无瑕的玉体没有让我感到羞耻，我只是为她感到欢喜和骄傲。她的身体总有一缕幽香，这香气恰好可以当作一种避免男人恶念的抵御剂。

我身体强壮而健康，且我十分清楚男女之间的秘密，但别人和我当面说这种秘密时，总会带着幸灾乐祸、无情冷傲的神情，并且把它说得十分龌龊，因此我很难想象她的肉体会被别人占有，她的身体会被人胆大妄为、不知羞耻地触碰。我不能想象男人能把她抱在怀里，我相信我的夫人不会理解，那种什物间和厨房里的爱情。她清楚的一定是另外一种完全不同的爱情，完全不一样的高尚的愉悦。

可一天夜幕暗垂时，我跑到了她的客厅，我那衷心敬爱的王后大声的狂笑声和一个男人似乎祈求什么的声音，从卧室的帐幔后面传来："等一等……老天！我不相信……"

我懂这个，我本应退下，但我不能……

"是谁？"她问，"是你吧？进来进来……"

卧室里扑鼻的花香让人喘不过气，窗上的窗帷被放了下来，光线十分昏暗……王后躺在床上，被子一直盖到她的下颏附近。那位拉小提琴的军官只穿着内衣，露着胸脯，和她并排坐在墙边。他胸膛前的伤痕从右边肩头伸向乳头，形成了一道十分鲜明的红线，即使在昏暗的光线下也十分清楚。他的头发又乱又可笑。我第一次见他那布满哀伤和伤痕的脸上稍稍显出笑容，笑得真奇怪，他用女性般的圆鼓的眼神注视着王后，好像第一次领略她的美丽。

"这位是我的朋友。"王后介绍说，但是不清楚她到底是对谁说的。

"什么事让你这么吃惊？"她的如同天外来的声音涌进了我的耳朵，"来，到这边来……"

我走过去，她把裸露的温暖的手伸出来拥住了我的脖子："你要长大了，也会幸福的呢……好了，去吧。"

我将书放在架子上，又拿起另一本离开，还是如在梦里。

我的心有一个不知是什么的东西，它碎了。不用说，我的王后和其他女人一样陷入了爱河，我连一分钟也没想过，而且眼前的军官，也不允许我有这个想法。我能清晰地记得他的笑脸——他哀伤的脸美好而活泼，他似乎是一个突然受惊的婴儿一样愉快地笑着。他一定是爱夫人的，难道能够不爱吗？她必定毫无保留地给了他爱，因为他能真心地朗诵诗句，把小提琴拉得非常好，又……但是，我必须用这些宽慰自己，因为我知道，从我对夫人本人的态度和我看见的一切里，我发现并不是所有的都是好的，也不是所有的都是对的。我感觉失魂落魄，在深深的哀伤中过了好几天。

……一天，我莫名发了脾气，极度暴躁。后来我到夫人那里去借书时，她十分严厉地说："我听闻你拼死拼活地捣蛋，我真没想到你会这样……"

我忍无可忍，就细致地和她说自己生活多么无聊，以及听到人家造她的谣时心里如何痛苦。她在我面前站着，把一只手搭在我肩膀上，开始时耐心地听我讲话，没一会儿就笑了，她轻轻推了我一下："行了行了，我都知道这些话。你懂吗？我是知道的呢。"

然后，就拉起我的两只手轻柔地说道："你越是少接触这些不好的话，对你就越好……你看，你的手没洗干净……"我心想，这哪里用得着她说，若她和我一样要拖地、擦铜器、洗小孩的尿布，那么她的手就和我差不多了。

"人会过日子时，别人会既恨又嫉妒；不会过呢，人家就看不起他。"她一边若有所思地说着，一边把我拉到她身边，笑眯眯地把我抱住，看着我的眼睛说："你喜不喜欢我？"

"喜欢。"

"十分喜欢吗？"

"嗯。"

"怎么喜欢呢？"

"我不清楚。"

"你真是个听话的孩子，谢谢你。我最喜欢别人喜欢我……"她莞尔一笑，似乎要说什么，但她叹了一口气，把我抱得紧紧的，很久很久没有说话。

"只要能来就来吧，你多来玩玩……"我利用在她家的机会，从她那里得到了很多好东西。午饭后我的主人们休息时，我就跑到她那里去。若她在家，就在她家待个把钟头，甚而更长。“你该知道俄国自己的生活，该读些她的书。”她一边灵巧地转动蔷薇色的手指，一边如此教育我，并在香气扑鼻的头发上插上发针。

于是她举出几个俄国作家的名字向我问道：“你能记住吗？”

她常常带着沉思惋惜的语气说：

“你应该不停地学习，可真要命，我总是把这个忘了……”在她那边待了会儿，当我捧了一本新书往楼上走时，我感觉整个身心都被大洗了一次。

我读过非常著名的《猎人笔记》，以及阿克萨科夫写的《家庭纪事》、书名叫《林中》的优秀的俄国诗集，此外还有几卷索洛古勃、格列比翁卡的作品和丘特切夫、韦涅维季诺夫、奥陀耶夫斯基的诗集。这些书像剥皮一样剥去了我对艰难穷困的社会的印象，荡涤了我的身心。我懂得了好书是什么，我觉得自己对好的书有种渴望。因为这些书让我在心中坚定了信心：我在这个大地上并不孤独，所以我永远不会无路可走。

外祖母来时，我和她兴奋地说起了我的王后，她一边津津有味地嗅着鼻烟，一边深信不疑地说：“啊，啊，真是很好。好人哪里都是，只要肯寻，总会寻到的呢。”

一次她提议道：“也许我能去看她，为你向她说声谢谢，好不好？”

“不，不能去……”

“那就不去吧……老天爷啊，所有的事是多么好啊。我愿意永生永世活着。”

我的王后没能对我的学习产生帮助——三圣节那天发生了十分烦人的事，几乎把我毁掉。

节日的前几天，我的眼皮突然肿成很怕人的样子，并把眼睛都压住了。主人们十分惊恐，担心我的眼睛瞎了，我自己也很害怕。我被他们带到亨利希·罗德泽维奇助产医生那里，他割开了我的眼皮，用纱布包扎。我连着躺了几天，心里被凄苦的难受的寂寞灌满。三圣节前一天晚上，解去了纱布的我从床上起来，就像在墓里活埋了几天又重新爬出来一样。没有比失明更可怕的事，这是一种用语言无法表示的懊丧，一个人十分之九的世

界被它夺去。

欢乐的三圣节当天，生病的我从中午开始就被免去了所有的工作，于是就到每家的厨房去看看那些勤务兵。所有的人都喝醉了，除了一向严谨的秋菲亚耶夫。快到黄昏时，西多洛夫被叶尔莫欣用木柴打了脑袋，西多洛夫晕倒在外间。叶尔莫欣被吓坏了，逃往盆地了。

惊恐的谣言马上在整个院子传遍了，说是有人打死了西多洛夫。门边堆满了人，观察着这个躺在地上的士兵，他纹丝不动地躺着，脑袋倒在从厨房到外屋的门槛上。有人小声说要把警察叫来，可没有一个人动，也没有一个人敢去扶这个士兵。

此时，洗衣妇娜塔莉亚·克兹洛夫斯卡娅走了过来。她肩上披着一块白色头巾，身着一件崭新的紫丁香色衣服，愤怒地推开人群，走进外屋把身子蹲下，大声嚷道：

“你们全部是傻瓜。他没死。快点把水拿来……”人们劝她说：“你不要管闲事。”“我说，把水拿来呀。”她似乎在火场上一般喊着，然后，把新衣掀到膝盖上，撕了撕里边的裙子，士兵的血淋淋的脑袋被搭她的膝盖上。

人们不赞成地胆怯地散了。我在这昏暗的外间，看见她那又圆又白的脸上，含着眼泪的眼睛显示出愤恨的神情。我把一桶水提来，她指导我往他的头和胸膛上泼，而且先提醒我说：“不要往我身上泼啊。我要出门做客的……”士兵终于醒了，开始把迟钝的眼睛睁开并呻吟起来。

“把他抬起来。”娜塔莉亚一边说，一边在他的腋下插进自己的手，她把两只胳膊伸得远远的，为了保持衣服的干净。士兵被我们抬到厨房，放在床上。她用湿布擦干净他的脸，然后就回身远去；这时她嘱咐我：“你把手巾用水浸透放在他头上，我去找那个浑蛋。这些魔鬼如此喝酒，早晚会被人抓去服苦役。”

她把弄脏了的衬裙脱到地板上，然后扔在屋角里，细心地拂拭了沙沙作响的弄皱了的衣服。

西多洛夫伸了伸身子，打着噎哼叫。一滴滴浓浓的黑血从他脑袋上滴下来，滴在我裸露的脚背上，实在有点难受，可是我心里恐惧，不敢把脚从这血滴底下抽出。

真是一件痛苦的事。外面正热闹地过节，无论是房边门前和院子门口装点的白杨树的嫩枝、被扎着新砍的枫树和榛树的枝条的所有柱子，还是整条街上涌满的新绿，所有的一切都那么年轻而新鲜。从这天清晨开始，我就感到春天的节日终于到了，它会永远地留下。从这天开始，生活会变得更加纯洁、光明和愉悦。

士兵呕吐后，厨房被热乎乎的伏特加酒气和青葱的臭味充满。玻璃窗上不时出现些压得扁平的鼻子和宽大、模糊的脸，托在两颊上的手掌像两只大耳朵，让脸十分难看。

士兵回想后喃喃地说：

“怎么回事？我摔倒了？叶尔莫欣如何了？他是个好一好朋友……”然后咳嗽起来，醉醺醺地流泪哭着，哀叫道，“我的妹妹……好妹妹……”他站起来了，左右摇晃，湿漉漉的身体臭气满房，他摇了一摇又倒在床上了，诧异地睁开眼睛道：“完全打死了……”我扑哧一声笑出声来。

“是哪个小鬼在笑？”他这样问，呆望着我。

“你怎么还笑？我被人家永远打死了……”他开始用两只手推我，嘴里还在念叨，“第一个日子是先知伊利亚，第二个是叶戈尔骑着马，第三个不准到我这儿来，滚吧，豺狼……”我说：“不要再闹了。”

他毫无依据地咆哮着，大发脾气，两脚不断擦着地上：“我被人家打死了，你还要……”他一边说，一边就用肮脏无力的手重重地向我的眼睛打了一拳。我惊叫起来，眼睛什么都看不到，挣扎着跑到院子里。恰好娜塔莉亚回来了，她拉着叶尔莫欣的手，大声喊着：“走啊，蠢猪。”她一下把我捉住：“你怎么啦？”

“他打我……”

“打你？……”她惊诧地拉长了音；然后又拖住了叶尔莫欣，对他说：“嗯，魔鬼，你感谢老天吧。”

我用水把眼睛洗了，通过外间望着房门，看见这两个士兵正相拥而泣，他们和好了。然后两人又去拥抱娜塔莉亚，她打了他们的手，嚷道：“狗崽子，把你们的爪子收回去。我可不是你们的那号骚婆娘。赶着你们老爷

没有在家，赶紧睡，快去吧。要不然，你们有苦头吃的。”

她像哄小孩儿一样让他们躺下了，一个在地板上睡，一个在床上睡，待他们开始打鼾，便来到外间。

“我全身都这样脏了，穿的衣服是出门做客的。哪一个兵把你打了？……实在是愚蠢的家伙。总之，都是酒不好。小伙子你不许喝酒啊，永远都不许喝……”然后，我跟她一起在大门边的长凳子上坐下。我问她为什么她不害怕酒鬼呢。

“就是那没醉的人，我也不怕他们。他要敢来，就让他吃这个。”她抬了抬握得紧紧的红拳头，“我那个去世的丈夫，也是个专爱喝酒挑事的人，每次他醉酒回来，我都把他手脚绑起来。等他快醒时把他的裤子扒下，用树条子抽他。我警告他：不许再喝酒，不许再酗酒。你既然娶到我，我就是你唯一的快乐；你的快乐并不是酒。我打到手酸才放下他。然后他就跟蜡似的不敢逞强了……”“你真牛。”我记起连上帝都能骗的夏娃。

“女人该比男人更牛；上帝亏待她们了，她们当有两倍的力量。男人是最易朝三暮四的。”

她把身体挺起来，后边倚在墙上，两手在隆起的胸上交叠，哀伤地望着被破烂砖瓦堆满的杂乱的堤坝，坦荡而温柔地说着话。

我出神地听着她聪明的话，完全遗忘了时间，猛然注意到主人和主妇两人在堤坝尽头挽着手，像公火鸡和母火鸡一样，大模大样而慢慢地走着，嘴里说着什么事情，眼睛盯着我们。

我赶紧跑去开正门。门开后，主妇一边上楼一边恶狠狠地朝我说：“和洗衣妇调情吗？和楼下的太太学的？”

这话实在没道理，甚至都没把我惹恼；可主人说了一句让我很伤心的话，他冷笑着说：“难怪啊，年龄到了。……”第二天早上我去下边什物间取柴的时候，在什物间门底下的猫洞边看见了一个空钱包。我在西多洛夫手里曾看过很多次这个钱包，我就立刻捡起来送给他。

“钱在哪里？”他问我，还用手指掏摸钱包，“一卢布三十戈比的钱，快点给我。”

他的脑袋被手巾包着，一张枯黄消瘦的脸，红肿的眼生气地眨闪着，不相信钱包到我手时已经空了。

此时叶尔莫欣跑过来，他朝我点点头，为了使西多洛夫信服，他说：“是他偷的，把他拽到主人那里。当兵之人是不会拿自己兄弟的东西的。”

这些话把我点醒，钱一定是他自己偷的。他偷完钱后故意把空钱包藏在我的什物间里。我立刻对着他的脸嚷道：“你胡说，就是你偷的。”

我终于相信，我的推测是对的——他那张愚蠢的脸更加惊恐和恼怒，他把身体转过来，小声地说：“哪里有证据？”

我该拿什么证明自己呢？叶尔莫欣叫喊着，把我拖到院里。西多洛夫嘴里嚷着什么在后面跟着。各式各样的脑袋从很多窗子里探出来；玛尔戈王后的母亲悠闲地抽着烟看着，我心想，要是夫人看见我就倒大霉了，我几乎疯掉。

我记得有几个兵把我的胳膊拉住，主人们在对面立着，人们都同情地彼此附和，听士兵讲话。主妇非常有信心地说：“不用说，一定是孩子干的。昨天他坐在门边就和洗衣妇纠缠不清，一定是有钱了，没钱那个女人是绝不会到手的……”“对，对，是这样。”叶尔莫欣叫着。

我觉得脚底下的地面裂开了。气疯了的我对着主妇吼骂。因此我被实实在在地痛扁一场。

被痛扁并不是最痛苦的，比这更甚的，是以后王后如何看我？我如何在她面前洗清自己呢？在这可恨的几小时里，我的心痛苦极了。

亏了士兵让这事传遍了全院子，甚至于整条街。晚上我正在阁楼上躺着的时候，忽然听到楼下娜塔莉亚·克兹洛夫斯卡娅的叫声。

“为何我要闭嘴不说话。不，你出来，小乖乖。我说，你来嘛。不来我就把你老爷找来，他会强迫你……”我立刻认识到，这争吵和我有关。她正立在我们房子门口叫嚷，声音越来越大，越来越高。

“你昨天让我看的钱是多少？这钱从哪里来？……你说，你说。”

我兴奋得喘不过气来。突然听到西多洛夫用懊丧的声音说：“你啊，你啊，叶尔莫欣……”“难为你还要红口白牙地冤枉小孩儿，打人家。”

我真想马上冲到院里乐呵呵地跳一场；然后去亲一下洗衣妇以示对她的感谢。不料此时家里的主妇——也许是从窗子里叫嚷的：“打小孩儿

是因为他骂人；可除了你这卑贱的婆娘，没人说他偷钱了。”

“夫人，你才是下贱的婆娘呢；告诉你啊，你就是头母牛。”

对我来说，这个骂声简直和音乐一样动听。懊恼和对娜塔莉亚感激的眼泪把我的心炙得生疼。我努力忍住泪，连呼吸都屏住了。

不一会儿，我的主人踏着楼梯慢悠悠地走到阁楼。他在我身边横梁的接缝上坐下，拿手拂着头发说：“唉，彼什科夫老弟，运气坏透了？”

我无声地把脸背过去。

“因为你骂得太不地道。”

他接着又说。这时我轻声对他说：“伤痊愈了我就离开你们……”

他无声地坐着，嘴里叼着烟卷。两眼看着烟头小声说：“随你的便。你自己好好想想，也不是小孩儿了，要如何对你才好……”他离开了。同样，我又对他充满了同情。

第四天我离开了主人的家。我非常想和我的王后说声再见，可我没有勇气来到她眼前，而且我也承认，我等待她来叫我。

与小女孩分别时，我委托她：“你和妈妈说，我心里十分感激她，你可以替我向她说吗？”

“我说，我说。”她温柔友爱地笑起来，答应我的要求，“明天再见，是吧？”

大约过了二十年，我再次遇到了她，她已然嫁给了一个宪兵军官……

十一

我又在“彼尔姆”号轮船上做起洗碗工作[①]。它是一只天鹅般宽大而洁白的快班轮。这次是“打杂的”洗碗工，或称“厨房杂役”，任务是帮助厨师，月薪共七卢布。

食堂管事的家伙肥胖而傲慢，脑袋和皮球一样秃。他两手叉在身后的样子和猪猡们在暑天寻找阴凉一个样，整天在甲板上沉重地踱步。在食

① 1882年春到1882年深秋，高尔基在“彼尔姆”号船上当洗碗工。

堂里做事的是他的夫人，她四十多岁，十分漂亮，但形态萎靡，脸上覆盖着很厚的粉，以致常有落下的粉液黏在她的华美的衣服上。

厨房主事的是亲爱的厨师伊凡·伊凡诺维奇，外号“小熊”，他是个鼻子像老鹰的小胖子，眼里带着搞笑的神情。系着浆过的硬领、天天刮胡子的他喜欢打扮，青脸颊，黑色的胡子向上翘起来。一有空，他就一直对着一面带柄的小圆镜照脸，而且拿被火烤红了的手指捻着胡子，防止它走样。

船上最有趣的是宽胸膛、方肩背、翘鼻子的司炉雅科夫·舒莫夫，他还有铁铲般的扁脸，躲在浓眉底下的熊似的小眼睛。两腮长满了卷成小圈的胡须，和沼泽地上的青苔一模一样，头顶上的头发像帽子一般紧紧贴住，要费不小的劲才能把弯指头插进去。

打得一手好牌的他喜欢赌钱，能吃得吓人，总像饿狗似的在厨房旁边打转，想要几块骨头和肉。晚上就和“小熊”伊凡·伊凡诺维奇一块儿喝茶，讲讲自己怪异的出身。

他年轻时在梁赞牧人家里做牧童，后来一个过路的修道士劝诱他，就去了修道院，在那边做了四年杂役。

“差点儿我就成了修道士，上帝的黑星了。”他伶牙俐齿地开着玩笑，此时修道院里来了一个去萨城的女香客。一个很有趣的女人，我的心被扰乱了。‘你十分棒，很结实。’她这么说，‘我是贞洁的寡妇，十分孤独，你给我去扫院子好吗？我在做羽毛生意，自己有房子……’

“我表示同意，她让我看着院子，我和她勾在一块儿了，在她家里吃了三年热面包……”

“你太能吹牛了。”“小熊”打断他说，担忧地看着自己鼻子上的瘰疬，“要是吹牛能够挣钱，你一定发财！”

雅科夫嘴里吃着什么，好像没眼睛的脸上，灰色的卷须跳来跳去，毛茸茸的耳朵也在呼应。听完厨师的话，他依然用快速匀平的语调往下说：“这女人比我大，我和她缠在一起很没劲。我又和她的侄女有了关系。她发现后把我赶走了……”

“你真是活该——真是太好了。”厨师说得和雅科夫一样流利迅速。

司炉把糖块放到嘴里继续说："然后我又闲荡了一段时间，又认识了弗拉基米尔城的老头儿，他是一个行商，我和他一起踏遍了世界。巴尔干高原、土耳其、罗马尼亚、希腊、奥地利各地，我们都去过。我们和各国的人往来交易，这里买来，那里卖去……"

"也偷东西吗？"厨师正经地问他。

"他可不干这档子事！老头儿跟我说，一个人在外国一定要正直安分，在这边是这样的规定，只要做一点点坏事，就要掉脑袋。不过老实说，我也试过做贼，可结果十分糟糕。我曾想从一个商人的院子里偷一匹马，失败了，让人捉住了反复打我，后来我到了警察局。我们有两人，一个是老马贼，我却不厉害，只偷着玩。我给那个商人家里做过工，为他在新造的洗澡间里砌过炉子。那个商人生病梦到我，就惶恐地向上司呈请说：放了他（就是我）吧，放了他吧。说是梦到要是不放的话，他的病就好不了，还说我似乎有点法力。他们就把我当魔法师了。那商人在地方上很有影响，我就被衙门放了……"

"你这种人，就不该放，应该在水里淹你三天，治好你的傻气。"厨师插话说。

雅科夫立刻把他的话接住："是啊，我的傻气的确不小，说实话，我的傻气跟一个村子差不多……"

厨师把手指插进紧紧的硬领子里，生气地弄松硬领，摇摇头沮丧地说："简直是胡说！让你这样的囚犯活着大吃、大喝和闲逛，为何呢？嗯，你说，你活着干吗啊？"

司炉嘴里嗡出声来回答："我也不清楚这个。活着就是活着。有人跑着，有人躺着，官员只坐着，可每个人都得吃饭。"

厨师越发恼怒了："意思是说，你就是无法描述的猪猡！不，连猪都不如！老实说是猪饲料……"

"你为什么骂我？"雅科夫惊讶道，"男人都是来自一棵橡树上的果，不必骂，骂了我也不会变好半点……"

这人马上牢牢吸引了我，我用诧异的眼光看他，张大嘴巴听他讲；我认为他心里有一种独特的坚不可摧的生活知识。他对所有人都称"你"，对所有人都一样——从毛茸茸的眉毛底下正面注视，无论是船长、食堂管事还是头等舱的富人，他都把他们和自己、食堂的侍役、水手和统舱客一样对待。

我经常看到他立在船长或机师长面前，把像猩猩的长胳膊叠在背后，无言地听着别人骂他打牌时不经意地赢别人，骂他偷懒。可以看出，任何咒骂对他来说都无效。人家吓唬他说到下一个码头就把他撵上岸，他一点也不恐慌。

他有一种与众不同之处，和“好事情”先生差不多。也许，他很清楚自己的特点而且也了解不会得到他人的理解。

我没有看到过他受委屈烦闷的样子，也忘了他有过长时间的缄默。话音经常流自他毛毵毵的口里，甚而总像一条无尽的泉流，不息不绝地流，好像不顾他的意志。每当别人骂他，或者听别人说得好玩，他便微微动动嘴唇，好像自言自语，或者在肚子里复念他所听到的话。每天值班结束，他就光着脚、浑身汗涔涔地从锅炉房爬出，穿着汗湿油污的褂子，也不束带，敞开着毛毵毵的胸膛跑过来。一上来，有些沙哑的平板单调的声音便充满甲板，这些话像雨点似的到处乱洒。

“老大娘好啊！去哪儿呢？是奇斯托波利吧？我知道，我在那边住过，在一个有钱的鞑靼人家里做长工。他叫乌桑·古巴伊杜林，身体强壮，红红的脸，共三个老婆。一个很好玩的、年轻的鞑靼农家女子，和我胡搞过……”

他什么地方都去过，而且到处和女人乱搞。他就像一辈子从没遭过委屈挨过骂一样，把一切事，都不怀恶意地、坦然地和盘托出。一分钟后，在船艄的某处，又听到他的声音：“打牌的人是最守规矩的，一打，三张牌，立刻分输赢，真的！打牌太有意思了！坐着赚钱，简直是买人卖人的勾当……”

我听得出，他不怎么用好、坏、糟糕那样的词，大概总是用有趣、稀罕这些词。在他的眼中，漂亮的女人就是好玩的蝴蝶，好天气的日子是快乐的时光；他说得最频繁的是“才不在乎呢！”这一句。

人们说他是懒鬼，但我看他也和人们一样，在地狱一样的热臭之中，

老实地站在炉口干苦工。但是我不记得他和别的司炉一样喊苦喊累。

一天，有位年老的女客把钱包弄丢了。这是一个安静晴朗的傍晚，大家都平心静气地生活着。船主拿五卢布送给老婆子，很多乘客也送了点。人们把钱给老婆子时，她画了一个十字，并弯腰对众人行礼说“乡亲们——这里比我丢失的多了三卢布十戈比。”

有人快活地喊着“老婆婆，都收了吧，还说什么？三卢布也不多……”

又有人颇有道理地说：“钱和人不一样，多了也没事儿……”

雅科夫来到老婆子面前认真地请求：“把多余的给我吧，我去打牌！”

人们觉得司炉在说笑，哄堂大笑，可他却坚持央求着窘迫的老婆子：“老婆婆给我吧！你拿了有何用？你马上就要进坟墓了……”

人们骂他并把他赶走，他摇着头十分诧异地对我说：“这群人怪透了！他们管别人的事干吗？老婆婆自己说钱多余啊！可对我来说，三卢布是可以爽一下的……”

对于金钱，他也许只是看看也欢喜。他一边说一边拿起银币铜币在裤子上擦，擦得亮闪闪的，就用弯着的手指对着长着翻鼻孔的脸仔细观察，眉毛一动一动的。但他却不吝惜钱。

一天他要我和他赌钱，我说我不会赌。

“你不会？”他惊奇了，“你竟然不会？亏你还认字！那我教你啊，咱们赌着玩玩，先赌糖……”

他把我半磅方块白糖赢去了，糖被一块一块地放进他毛茸茸的嘴里。后来他看我会赌了就说：“现在来赌真钱！你有钱吗？”

“共五卢布。”

“我是两卢布多。”

毫无疑问，我的钱迅速被他赢光了。我想翻本，拿一件值五卢布的褂子做赌注，又输了，然后又拿值三卢布的新靴子做赌注，又一次输了。这时雅科夫不开心甚至有点生气地说：“不是，你不会赌，太狂热了——一下子就把褂子、靴子都输掉了！这些我都不要。我把褂子、靴子还给你，钱也返你四卢布，你拿走。我得一卢布当作学费……好不好？”

我非常感谢他。

“我不在意！”他回应我的感激说，“玩儿，这是玩儿，也就是取取乐。你却和打架似的，就算打架太焦躁了也不行。要瞄准了再动手，不需要焦躁！你年纪还小，必须好好儿克制自己！一次失败了，五次又失败了，七次就停止——走吧。等你脑袋清醒了再来！这是玩儿啊！”

我越来越喜欢他的同时，也越来越不喜欢他。有时他说的话非常像我外祖母说的。他有不少吸引我之处，但他那对人极度的恐怕一辈子也改不了的冷淡态度，我很不喜欢。

一次夕阳西下时，一个身材高大的彼尔姆商人，他还是二等舱客，醉酒后掉进了水里，在金红色的水上拼命地挣扎。机器立刻关了，船停了。船轮下涌出雪似的泡沫，被夕阳照耀后颜色就像染成的血一样。在这翻滚的血浪中，船艄的远处有一个黑黑的人体，震人心魄的刺耳的叫声从江面上传来。客人们都挤到船边、船艄上高声叫着。落水人的一个伙伴是一个红发秃顶的男人，他也喝醉了，拿拳轰着大家挤到船边叫：“都滚！我立马把他捞上来……”

已有两位水手钻到水里了，甩动着双手泅往落水人的身边。船艄上放下了救生艇。在女人们的尖叫声和船员的叫声中，听到雅科夫的像流水一般、镇定自若的声音：“要淹死的，一定要淹死，因为他穿长褂子！穿褂子一定会淹死的。就像女人，为什么她们比男人淹死得快，因为女人会穿裙子。落水后立刻往下沉，就像一普特重的秤锤一样……嘿，瞧吧，他就沉下去了，我绝不瞎说……”

商人果然沉下去了。两小时过去了，结果什么也没捞到。他的同伴气喘吁吁地坐在船艄，酒也醒了，悲痛地说：“真是飞来横祸啊！以后如何呢？如何同他家人讲？他的家人……”

雅科夫在这人跟前立着，两手在背后叠着安慰他：“买卖人，没关系的！谁都不清楚自己要死在什么地方。有人吃了蘑菇，就一命呜呼！数以万计的人也吃蘑菇，却只有他一个死了！这难道要怪蘑菇？”

高大而壮实的他像白石臼一样站在商人面前，话像撒糠秕一样撒向商人。起初商人暗暗地哭，用大手掌擦着胡子上的泪，静静听完这些话后商人突然呵斥道：“魔鬼！你为何折磨我？所有正教徒，把这家伙赶走，

否则会有灾祸的！”

雅科夫坦然地离开，嘴里说道：“人真是奇怪！我好好儿劝他，他反而找事……”

有时我觉得，这司炉似乎有点傻气，但我常常在想他也许是故意装的。我非常想听他的经历和见闻，但往往无疾而终。他把头抬起，稍稍张开熊一样的黑眼睛，一只手抚摩着毛茸茸的脸，悠悠地回忆：

“老弟啊，人这个东西都和蚂蚁一样！我知会你！有人的地方肯定忙碌。最多的自然是庄稼汉，他们像秋天的叶子似的满地都是。见过保加利亚人吗？我见过他们。希腊人也见过。还有罗马尼亚人、塞尔维亚人、各种茨冈人——各种各样的人我都见过，很多呢！他们是怎样的人？要知道是怎样的人啊？乡下是乡下人，城里是城里人，都和我们这里的一模一样。类似的地方不少。有些人甚至说咱们的话，比如鞑靼人或莫尔多瓦人，只是说得不好。希腊人不会说咱们的语言，他们说得又快又不清晰，听起来也像是话，可你就是听不懂。和他们讲话要用手势。我认识的那个老头儿假装听得懂希腊人的话，他会叽咕什么卡拉马拉和卡里美拉。老头儿真狡猾，他们被蒙得够呛！……你问他们长什么样？你真奇怪，他们能长成什么样呢？头发是黑色的，罗马尼亚人也是，他们信仰也是一样的。保加利亚人也是黑头发，但信仰跟咱们一样。希腊人和土耳其人长得很像……”

我在杂志的插图上得知，希腊的都城雅典是世上十分古老而美丽的城市，但雅科夫却怀疑地直摇头，骂雅典：“人家骗你呢老弟。没有雅典，只有雅封。不过不是一个城，而是一座山；山上有个修道院，如此而已。叫作雅封圣山，有这种图画。刚才提到的那老头儿就买卖这种图画。有一个在多瑙河边上叫别尔戈罗德[1]的城，和雅罗斯拉夫尔或者尼日尼一样。那边的城市并不好看，可村子却不一样！女人也十分妖娆，好玩得要命！为一个女人，我差点儿留在那边。等等，她的名字叫啥来着？”

他双手费力地擦着那张好像没有眼睛的脸，硬毛沙沙作响，咽喉深处传出一种笑，就像一只破铃鼓在响：“最没记性的东西是人！那个同我

---

① 即贝尔格莱德，现为塞尔维亚的首都。

交好的……分手时候她哭了，连我都哭了，真是的……”

他开始泰然地、不害臊地教我如何去搞到女人。

我们在船艄上坐着，温暖的月夜迎面飘来，银波的那面，草原的边岸影影绰绰，昏黄的灯火闪烁在山上，好像被大地俘虏的星星，周围的一切都在晃荡，不停地悄悄地动着，过着安静而固执的生活。在这种俏皮的哀伤的静寂里，沙哑的声音传来："有时她张开两臂朝我扑来……"

雅科夫的话虽然粗野，却不觉得肉麻。这声音里没有夸张和残忍，只有纯洁的、略带哀怨的气味。天上的月亮也没羞没臊地精赤着身体撩动人的心，引发一种哀婉的感觉。使我只记得好的事，最好的事：我的王后和真实得令人难以忘记的诗：

歌儿虽然想要美 / 但美却不想要歌儿……

我像赶走微微的睡意一样，赶走这种幻想，重新向司炉追问他的所见所闻。

"你真奇怪。"他说道，"让我如何是好呢？我是什么都看过的。你说我见没见过修道院？当然见过！那下等酒馆呢？也见过啊。庄稼汉的生活，绅士老爷的生活，我什么都看过。我也饿过肚子，也曾经大吃大喝……"

他像在深谷的摇摇晃晃的险桥上走路似的，慢慢地回忆起来："比如我因偷马被关在警察局时，我觉得我一准儿会去西伯利亚。我听到警长正在骂人，因为新房子里的炉子冒烟。我对警长说：'老爷，我能修好这个。'他劈头盖脸喝住我：'闭嘴，最厉害的师傅都奈何不了它……'我说：'有时羊倌比将军还厉害呢。'我那时想反正要去西伯利亚的，对什么事都十分胆大。警长就说：'那你试试修吧，不过要是炉子变得更坏，我就把你的骨头打断。'两天两夜后，这件事被我全部做好了。那警长惊呆了，大声喊：'木头，浑蛋！你这么厉害的工匠竟然去偷马，什么情况？'我说：'老爷，那简直是蠢事。'他说：'真是蠢事，我还真有点同情你。'喏，他说同情我，你看，做警察的这样残忍的人，却也同情别人了……"

"这又怎么样呢？"我问。

"没什么啊，他同情我，还要如何呢？"

“为何同情你，你是无人性的石头啊！”

雅科夫和气地笑了：“你真奇怪，你认为我是石头？你也得可怜石头。它也有它的作用。街道也要用石头铺呢。万物都应珍惜，没一样东西是白白在世界的。沙子能算什么？沙子上也会长出小草来……”

司炉说完，我更加清楚了：他知道一种我不能明白的东西。

“你觉得厨师如何？”我问。

“你说‘小熊’啊？”雅科夫淡淡地说，“怎样看他？这丝毫没有什么意义。”

这是真的，伊凡·伊凡诺维奇是一个十分正派完美的人，没有一点毛病可挑。他只有一件事最好玩，他不待见司炉，经常骂他，然而又总拉他喝茶。

一天他和雅科夫说：“要是农奴制度还存在，而且我是你的主人，像你这么好吃懒做的，我一周要打你七遍！”

雅科夫认真地讲：“七遍——太多了吧！”

不知为何，厨师骂司炉时总拿各种东西给他吃，粗暴地拿给他一块，然后说：“塞吧！”

雅科夫缓缓地咀嚼，说：“托你的福，让我长了不少力气，伊凡·伊凡诺维奇！”

“懒鬼，你长了力气干什么？”

“干什么？活得长些啊……”

“鬼东西，你活着又干吗呢？”

“鬼也要活啊，难道活着不好吗？伊凡·伊凡诺维奇，活着是快乐的呀……”

“真是个低能儿！”

“什么？”

“低——能——儿。”

“真是奇怪的字。”雅科夫很惊讶。“小熊”就对我说：“请想想咱们耗尽血汗，在地狱一样的炉灶跟前，我们的骨头都被烤酥了，可你看他，这个低能儿却和猪一样地大吃大嚼！”

“这个啊，各人有各人的福气。”司炉说，嘴里咀嚼着东西。

我清楚，在灶上工作远没有在锅炉门口烧火更辛苦，更热，有好几个晚上，我和雅科夫一起品尝“烧火”的滋味，但为何他不把工作上的苦说给厨师呢！真是奇怪。不，他知道什么特殊的东西……

谁要高兴都可以骂他，船长、机师长、水手长，所有人；可奇怪的是，为何不把他开除？相对于别人，司炉们对他好些，虽然他们一样嘲笑他的打牌和饶舌。我问他们：“雅科夫是个好人吧？”

“雅科夫吗？没什么。他是个老好人。你对他怎样都行，即使把一块烧红的炭放到他怀里……”

像马一样能吃、在锅炉房做苦工的他，睡得很少。经常换班不换衣服、一身臭汗就去船艄，整夜同客人们打牌聊天。

立在我面前的他像一只被锁的箱子。我认为箱子里藏有我所想得到的东西，我总是尽我所能寻找开箱子的钥匙。

“你要什么呢，老弟，我真不明白？”他通过藏在眉毛下不易发现的眼睛上下打量着我说，“是啊，我确实去了世界上很多的地方，还有哪些呢？你真奇怪！好吧，我再说段我自己的经历给你听。”

他开始了：“一个有肺痨病的年轻法官在一个县城里住。他的夫人身子很好，德国人，没有孩子。她喜欢上一个布商。商人有位长得非常好看的老婆，还带着三个孩子。他知道德国女人喜欢上了自己，就想办法和她开玩笑，约她晚上来到自家花园，又另外邀请两位朋友并嘱咐他们在园里的小树丛里藏身。

“真是妙！德国女人跑过来了，和他无话不说，她说她的全部都是他的！可是他却说道：‘夫人，不是你想的那样，我有自己的老婆，我让你认识两个朋友吧，一个老婆去世了，一个还单身。’德国女人哎呀一下叫了出来，给了他一个响亮的耳光。男人在长椅后边倒下了，她还拿高跟鞋踩他的脸。是我把女人带来的，我当时负责在这个法官家里扫庭院。从篱笆墙缝里，我看到那里像一锅粥一样乱。这时两个朋友跑出来把她的头发抓住了，我跳过篱笆墙把他们推开，并说：‘喂，买卖人先生们，这不可以！’夫人一心一意地过来，他却使用如此不要脸的伎俩。我带她回家的时候，他们用砖头扔我，我的脑袋受伤了……女人懊恼得要死，失魂落魄地走在院子里，她对我说：‘雅科夫，我丈夫死了我就回国，我要离开。’我说：‘应该还是回去好吧！’果然她的法官丈夫死了，她就回国了。她是一个非常通情达理的、温柔的女人，她的丈夫为人和善，祈祷上帝让他进天堂吧……”

我不懂这个故事的深意，无声地疑惑着。我认为那里含有一种冷酷的、熟悉的、不合理的事情。但是我又能说出什么？

“这个故事好不好？”雅科夫问我。

我说了几句话，愤恨地骂着。但他却平和地给我解释：“吃饱饭的人什么都满足；有时就想快乐快乐。可他们不能做，好像也不会。生意人当然是正经人，做买卖需要费很多心机。但是靠动心机活着过于无趣，于是就想闹着玩儿玩儿啊。”

在船的外面，河水含着泡沫滚滚地流走，听得清奔涌的水声。黑乎乎的河岸伴着河水，慢慢地往后退。甲板上的乘客们鼾声如旧。有一个影子，从长凳子和熟睡的人们中间悄悄朝我们移过来。她是个高挑而枯瘦、穿着黑衣服的女人，花白的头发没有戴头巾——司炉拿肩头碰了下我小声说：“看，她非常寂寞……”

我认为，别人的悲伤把他的快乐带出来了。

他说了不少，我全神贯注地听着。他说过的我都好好记住了，可记不起一件快乐的事。他比书本上说得更安静。书本里，你经常可以体会到作者的感情，比如愤怒、喜乐、悲哀或嘲谑，然而司炉不笑也不责怪人，没有一件事让他明显愤怒或开心。他讲话就像法庭上清醒的证人，和原告、被告、法官谁都无关……这冷漠让我越发烦恼，让我对雅科夫产生了厌恶而愤慨的感情。

生活在他的眼前燃起，像锅炉下的火一样。他在锅炉门口立着，大如熊掌的手用木锤头轻轻敲着蒸汽柜的活塞，加减着柴火。

“有人欺负你吗？”

“谁能欺负我呢？我力大无穷，我会让他尝尝厉害。”

“我没说打架，我说你的灵魂有没有受过欺侮？”

“灵魂不会受人欺侮，灵魂不会接受人的欺侮……”他说，“无论你用什么……你都不能够到灵魂……”

甲板上的客人、水手及所有人，都像讨论土地、工作、面包和女人似的，常常谈到灵魂。灵魂这个词，在普通人的言谈里经常被提起，就像五戈比铜子似的流行。我讨厌别人在闲扯中随便用这个词。每当男人们讲秽语时，无论是出于恶意还是好意而侮辱到灵魂时，我都十分心痛。

我十分清楚地记得，说到灵魂，外祖母总是很谨慎小心，说它是美丽、爱情、快乐的神秘的保藏之地。我曾经相信好人去世后，白衣天使就会捧着他的灵魂，到蓝天中我外祖母的仁慈的上帝面前。上帝爱抚地欢迎它：“如何，我亲爱的，怎么样啊，我的圣洁的，受尽曲折、苦难了吧？”

于是，他就拿六翼天使的翅膀给这个灵魂，是六扇雪白的翅膀。

雅科夫·舒莫夫和外祖母一样小心，极少且不大喜欢谈灵魂，他骂人时也决不涉及灵魂。其他人谈论灵魂时，他就垂下类似牛一样的发红的颈子，沉默了。“灵魂是什么呢？”我问道。他说：“灵魂是一种精气吧，是上帝的呼吸……”

我仍不满足，又问他，他就低下头说：“老弟，连神父都不怎么了解灵魂呢。这是秘密……”

他让我常常想起他，总是努力要把他搞明白，可总是徒劳无功。而且他那粗壮的身体总把我的眼睛遮住，除了他，我什么都看不见。

食堂管事的老婆对我亲切得引人怀疑。每天清晨，我必须服侍她洗漱，这本是二等舱女招待卢莎的任务，她是一个开朗洁净的小女孩儿。狭小的舱房里，立在裸着上身的食堂管事的老婆的身边，看着她那像发过劲的面一样松松垮垮的黄肉，让我从心里恶心，且记起了我的王后的微黑紧致的肉体，可食堂管事的老婆却一会儿如泣如诉，一会儿半怒半嘲地侃侃讲着什么。

我不理解她说的是什么话，但隐约感觉这是可怜可鄙而又可耻的事。且不去管它，我同船上所发生的所有的事情、同食堂管事的老婆，离得远远地过着日子，我似乎在一块长满青苔、挡住我的巨石后面，它让我看不到这个不舍昼夜、不知走向何方的大千世界。

“加夫里洛夫娜几乎是爱上你啦。”我和做梦似的，听到卢莎的嘲笑，“把嘴张开，吞下幸福吧……”

取笑我的不止她一个，食堂里的茶房都了解女主人的弱点。厨师把脸一皱，说：“她什么都吃过，又想吃蛋糕呢！真有这种人，彼什科夫啊，你可要小心呢……”

雅科夫也像个老前辈一样认真地和我说：“当然了，如果你再大两岁，我就和你说点其他的，可你现在才这个年纪。嗯，还是不要上钩儿比较好！唉，随你吧……”

“行啦。”我说。“这是下流的事……”

“当然啦……”

但他立刻又用手指去搔搔紧贴在头上的头发，圆滑地说：“喏，也要替她考虑下，她的生活是寂寞、冷清的……狗还喜欢人去摸它，何况是人呢！女人得靠温存活着，就像蘑菇喜欢潮湿似的。自己自然害羞，但有何办法？肉体需要被爱抚，没有其他的……”

我盯着他不可捉摸的眼睛说：“你同情她？”

“我吗？难道她是我的母亲？人连自己的母亲都不同情，而你……真奇怪！”

他破铃鼓一样的声音又发出来了，只低低地笑着。

有时我看着他，就像掉进了无声的空虚中，坠入了黑乎乎的无底深渊。

“雅科夫，其他人都有老婆，你怎么不结婚呢？”

“结婚干吗？我不结婚也常常能搞到女人，感谢上帝，这不难……只有固守一处的庄稼汉才能有老婆。可我那儿土地又少又贫瘠，连这么一点都被叔叔侵吞了。我兄弟当完兵回家后，就和叔叔吵起来并打了官司，还用棍棒把叔叔的脑袋打破了，还流了血。因此，他在牢里蹲了一年半。出来后只有一条路，还是到牢里。可我的弟媳妇，却是个很好玩的少妇……呃，不说这个了！总之呢，结了婚就必须在自个儿的窝里做主人。可当兵的人不能自个儿做主。”

“你向上帝祷告吗？”

“真奇怪！当然祷告了……”

“如何祷告？”

“各式各样。”

“你念哪个祷告文？”

“我不懂什么祷告文。我和老弟，只是这么祷告：主耶稣啊，赦免人生的罪恶吧，让死者的灵魂安息，主啊，保佑我不被伤害……除了这些还能说什么……”

“什么呢？”

“想啥说啥！不管说啥，他都听到了！”

他对我，既和善又有好奇心，就像看待一只不笨拙的会要把戏的小狗似的。晚上有时和他一起坐着，熏油味、焦煳气和大葱臭常从他的身上飘过来。他喜欢吃大葱，咀嚼生葱头和吃苹果似的。一块儿坐着，有时他忽然请求说：

“哎，阿廖沙，念首什么诗让我听听吧！”我记得很多的诗，且有一个厚厚的本子，里面是抄录的我喜欢的诗句。我念《鲁斯兰与柳德米拉》时，他屏住有些沙哑的呼吸，和聋哑人一般静静地听。然后他小声说：“十分有味、流畅的故事！是你自己想的吗？还是普希金？对啦，我见过叫穆辛—普希金先生的……”

“不是他，我说的那个普希金，早就被人打死了呢！”

“为什么呢？”

我把从王后那边听来的话，简单地和他说了。雅科夫听完后平静地说：“很多人都为了女人命丧黄泉……”

我经常把书上的故事说给他听。这些故事在我的脑海里很混杂，被我编成了一个非常非常长的故事。因此，我的故事里不仅有动荡而又美好的生活，而且有满载着火一样的热情、华丽的贵族趣味、各种狂暴的戏剧、梦一样的幸运、决斗、死亡、高尚的言语和卑鄙的行为。在这些故事里，

罗坎博尔[①]代替了阿尼巴尔·科科纳斯、拉·莫尔[②]等骑士的形象，路易十一[③]成了葛朗台[④]的父亲，亨利四世[⑤]和奥特列塔耶夫骑兵少尉[⑥]混起来了。这种凭借灵感变换人物性格和变换事情的故事，是我另外的一个世界。我在这世上，和外祖父的上帝似的，是完全的自由人，可以随意玩弄所有事物。但书上的杂乱并没有妨碍我观察现实的真相，也没有降低我对理解活人的追求，它像一朵空灵而不能越过的云一般把我围住，让我对很多易传染的污秽和可恶生活的毒素，有了防御的力量。

是书让我变成不易被种种病毒所传染之人。我懂得人们如何相爱，如何痛苦，不能逛妓院。这种廉价的堕落只会引发我对它的反感，引发我同情乐此不疲的人们。罗坎博尔教我，不要向环境屈服，做个坚强的人；大仲马的主人公让我怀着为伟大事业献身的愿望[⑦]。我最爱的主人公，就是快乐的皇帝亨利四世，我认为下面这首贝朗瑞的名歌，就是赞美亨利四世的：

他给百姓很多实惠 / 自个儿也爱酒贪杯 / 是啊，既然百姓都欢喜 / 为何皇帝不能醉[⑧]

小说把亨利四世描写成了亲近子民的好皇帝。他太阳般爽朗的性格让我相信，法兰西是全世界最漂亮的国家，也是骑士的国家，无论他们穿

---

① 庞逊·德·泰尔莱利的《罗坎博尔历险记》中的主人公。人们常常用罗坎博尔来形容机智又灵活的冒险者。

② 两人均为《玛尔戈王后》中的人物。

③ 1461—1483 年的法国国王，既狡猾又吝啬。司各特在《昆丁·达威特》中曾写到他。

④ 巴尔扎克的小说《欧也妮·葛朗台》中的主人公。

⑤ 1589—1610 年的法国国王，他是波旁王朝的始祖，最后被天主狂热信徒杀死。大仲马和贝朗瑞在作品中曾把他塑造成一个理想的国王形象，形容他是关心百姓疾苦的“快乐国王”。

⑥《奥特列塔耶夫骑兵少尉》中的主人公，形象威武放荡。

⑦ 高尔基晚年时仍旧十分喜爱阅读大仲马的作品。

⑧ 选自贝朗瑞《伊夫铎国王》，意思是：他唯一花钱的嗜好，就是多买几瓶烧酒喝；既然他希望百姓能够快乐，百姓也要让国王快乐。

皇袍还是穿农民的衣服，都一样的高尚；昂日·皮图[1]也是和达达尼昂[2]一样的骑士。当亨利被杀时我泪流满面，且切齿地痛恨那个拉瓦利雅克。我同司炉讲故事时，几乎总把亨利皇帝当作比较重要的主人公。雅科夫似乎也喜欢上了法兰西和“亨利皇帝”。

他说：“亨利皇帝是个好人，和这种人在一起，去抓鱼，干什么都好。”

他听故事时绝不过分高兴，也不提出很多问题打断我。他默默地低着眉头，听的时候没有任何表情，和一块长满青苔的岩石差不多。但有时我的说话声不知因什么停顿时，他马上会问：“结束了？”

“还没呢。”

“那你别停啊！”

对于法兰西人，他喘着粗气说：“活得真是凉快……”

“啊，凉快？”

“你看啊，咱们在火热中生活、做工，可他们却凉凉快快的。他们不做事情，只是闲逛、吃喝——多自在的生活啊！”

“他们也做工的。”

“从你说的故事里看不出来呀！”司炉下了一个公正的论断。于是，我马上意识到在我读过的书里，大部分高贵的主人公几乎都没涉及如何工作和依靠什么生活。

“啊，稍微躺会儿。”说着，他就在坐着的地方躺下了，一分钟后，匀整的鼾声就吹起来了。

秋天时，卡马河两岸变成了红色，树叶被染上了金黄色，斜阳的光线也慢慢白起来，此时雅科夫突然离开了轮船。头天晚上他还和我说：

“后天到彼尔姆，咱们去澡堂舒舒服服地洗个澡，然后再去有乐队的酒馆。真惬意啊！我喜欢听八音琴的演奏。”

可在萨拉普尔[3]上来了一个胖汉子，他没有胡子，皮肤宽弛，长着

---

① 大仲马《昂日·皮图》中的主人公。

② 大仲马《三个火枪手》中的人物。

③ 卡马河畔的一个城市，属于维亚特卡省。

一张女人的脸。他戴一顶狐皮长耳朵帽，身着厚厚的长外套，这让他更像女人了。他刚上船立刻占了靠厨房的一个小桌子，那边暖和点。要了茶具后，也不摘帽子，也不解外套纽扣，就喝起黄色的饮料来，汗像珠子似的流着。

秋天的密云里不断地飘着细雨，当他拿方格花手帕擦脸时，雨似乎就小点，一会儿他又流汗，雨似乎又变大了。

不一会儿，雅科夫在他身边出现了。他们正在看历书上的地图。这位客人拿指头比画着地图，司炉平静地说道："这能算什么！无妨的。这个我不在意……"

"那好。"客人小声说道，把历书放进了脚边开着的皮袋子里。他们开始喝着茶，小声谈论着。

雅科夫上班前，我问他那人是什么人。他冷笑着说："看着像一只鸽子，当然是阉割派教徒，来自西伯利亚，真的远！很好玩，按计划生活……"

他离我而去，那像蹄子似的黑硬的脚跟沿着甲板踏去，但又停了下来，他搔搔腰说："我打算和他去做工了。船到彼尔姆就上岸了，要和你说再见啦！先坐火车，再沿水路；然后骑马，估计得五个星期，这人住的地方很远……"

"你之前认识他？"我没料到他忽然下了这决心，诧异地问道。

"去哪里认识？面都没见过。他说的地方我也没去过啊……"

第二天清晨，雅科夫赤脚套上破鞋，身着油乎乎的短大衣，戴着"小熊"的旧旧的无檐草帽，走过来，伸开生铁般的指头紧紧握住了我的手。

"和我一起去好不好？只用一句话，那鸽儿一定带你走；你愿意的话，我就和他说。他们在你身上割掉没用的东西，给你钱；这是他们最喜欢的，让人残废了，他们还奖励……"

那个阉割派教徒在船栏边站着，腋窝下夹着一个白色包袱，没精打采的眼睛凝视着雅科夫，笨重的身体像浮尸似的发胀。我小声骂了他，司炉又紧紧握了一次我的手："随他吧，和你有什么关系呢！各人都拜自己的神，和我们有什么关系？好了，再见，愿你幸福！"

雅科夫·舒莫夫摇晃着身体像熊似的远去了，给我留下了复杂而痛苦的情感——我舍不得他，还有一点恨。回想起来也有几分羡慕，但想到他为何要到一个名都不知的地方去，心里越发焦虑了。

他到底是怎样一个人呢？

十二

秋更深了，轮船停航后我去一家圣像作坊当了学徒[①]。第二天，和善的、略带酒气的老主妇，操着弗拉基米尔城的口音和我说："如今昼短夜长，早上你去铺子打杂，晚上——再学习。"

她把我安排给一个个子小、脚却很快的掌柜，这掌柜还是个青年，脸长得很帅气，给人甜甜的感觉。每天早上晓寒微亮的时候，我和他一起穿过全城，路过伊利卡街，那里的铺子还关着门，来到尼日尼市场。铺子是装着铁门、用堆栈改成的昏暗的房间，坐落在市场的二楼；对着铁皮盖的外廊处有一扇小窗子。铺子里摆满了大小不一的圣像和像龛，有光滑的，有雕着"葡萄"球纹[②]的，还有斯拉夫文的书，是黄皮面的，也是教堂里使用的书。在我们铺子旁边还有一家同样的店面。那里有一个留着黑胡子的商人，卖的也是圣像和书。他跟伏尔加支流克尔热涅茨河地区有名的旧教派经学家是亲戚。他有一个跟我差不多大的儿子，瘦弱但很活泼，这孩子的脸小小的，灰灰的，眼睛像老鼠似的。

开铺门后，我需要先去小饭馆泡开水，喝过茶，然后收拾铺子和拂去货品上的尘土。之后就在外廊上立着，提防着不让买主去隔壁的铺子。

"买主全是傻子。"掌柜非常自信地和我说，"他们不知道货色好坏，只要够便宜，去哪儿买对他们来说都是一样的。"

他迅速拾掇着圣像小木板，发出啪啪的声音，夸耀着自己精通买卖

---

① 1882 年秋，高尔基在萨拉巴诺娃的圣像作坊当学徒。

② 一种金属花纹，用来装饰圣像。

的知识，他教导我：“姆斯乔拉村[1]做的货，便宜，三俄寸宽四俄寸高的值……六俄寸宽七俄寸高的值……你知道圣徒们的名字吗？记住：沃尼法季能治酒狂病，瓦尔瓦拉大殉道女能防治牙病和暴死，瓦西里义人能防疟疾……你知道圣母不？看着：悲叹圣母[2]，三手圣母[3]，阿巴拉茨卡娅预兆圣母[4]，勿哭我圣母[5]，消愁圣母[6]，喀山圣母[7]，保护圣母[8]，七箭圣母[9]……”

我迅速把大小不同、加工程度各异的各种圣像的价钱记住了，还学会了区分圣母像。但要记住每个圣徒的作用，可不是件容易的事。

当我立在铺子门口若有所思的时候，掌柜突然来考我知识：“保佑难产妇的圣徒[10]的名字是什么？”

如果我回答错了，他就鄙视地说我：“你的脑袋是做什么吃的？”

最难的是招揽主顾，我讨厌那些被画得奇奇怪怪的圣像，把它们兜售给顾客更觉得非常不好意思。按我外祖母的话说，我心目中的圣母是一位年轻而善良的女子，杂志插图上的圣母也应该是这样的，可圣像上的那些圣母，却又老又丑又凶，鼻子又长又歪，手和木棒似的。

周三和周五是赶集日，生意很好。外廊上不时走来许多乡下人和老婆婆，有时一整家一整家的，他们都是伏尔加对岸的旧教徒、多疑而阴郁的山民。有时看到笨重的汉子，身着老羊皮和家织粗毛呢，在外廊上慢慢

---

① 制作圣像的村子，属于弗拉基米尔省。

② 圣母全身像，没有抱着圣婴，其周围是天使和受难者。

③ 圣母像，其右手抱圣婴。相传反圣像崇拜运动时期，圣像画师约翰·达马斯金在该圣像下端画了第三只手。

④ 圣母像，圣母抱着圣婴，圣婴手里拿着一卷纸。

⑤ 圣母站在耶稣的棺材旁边。

⑥ 圣母像，其左手抱圣婴。

⑦ 圣母像，圣母束腰，其左手抱圣婴，圣婴右手伸开，做出祝福的动作。

⑧ 圣母像，其披肩覆盖着祈祷者。

⑨ 圣母像，其胸前有七支箭，象征着对儿子的考验。

⑩ 潘苔莱蒙，据说他能包治百病。

地、像怕掉进地下似的走路，让我在这种人眼前立着真不好意思，真难受。但我不得不挡住他们，在穿着笨重皮靴的脚边来回转着，挤出蚊子似的小声说：“大爷，您想要点什么不？——我们有赞美诗集，还是带注解的，有叶夫连·西林的书，有基里尔的书，也有圣规集、日课经，什么都有，您随便看啊。圣像的价钱有贵有贱，货色纯正，颜色适中。要定做也没问题，所有圣徒圣母都能画。您打算定一个做生日的圣像还是保护尊府的圣像？咱们的作坊在俄国可是第一家。买卖在城里也算第一的。”

主顾很难捉摸，有时莫名其妙，他像看狗似的一直盯着我，一言不发，突然用他那木头一样的手把我推开，直接去隔壁的铺子了。此时掌柜就吼道：“把他放走了，你这个生意人啊……”

隔壁铺子里轻柔甜美的声音传来，使人如沐春风：“亲爱的，我们卖的可都是上帝的恩惠，是无价之宝，羊皮、靴子的买卖我们不做……”

“鬼东西。”掌柜嫉妒地说，“把个乡巴佬儿骗到手了。你学着点，学着点。”

我努力地学习着。无论什么工作，只要上手都能做好。可招引主顾、谈生意我不擅长。这群话很少的、神情忧郁的乡下人，总是像被什么吓到一样低着头，胆子很小的老婆婆，引发了我的同情，我非常想偷偷告诉他们圣像的实际价值，差不多能少二十戈比的虚头。他们看起来都非常穷，总感觉像饿着肚子一样，但看到他们用三卢布半买一本赞美诗，我真觉得诧异。赞美诗是他们买得最多的书。

还有更让人奇怪的，他们知道书和圣像的价值。一天，我把一个白发的爷爷领进铺子里，他干脆地和我说：“小伙计，你们的圣像作坊怎么会是俄国的第一家呢？俄国第一家圣像作坊在莫斯科的罗戈任啊。”

我尴尬地走到一边，他也没去隔壁的铺子，慢悠悠地朝前走了。

“碰钉子了？”掌柜嘲笑着问我。

“你没有跟我说过罗戈任作坊……”

他就骂我：“这种人是出来闯江湖的，他们什么东西都认得，什么都了解，老狗……”

他长得好看、丰满，十分自尊，非常厌恶乡下人。他愉悦时经常对我说

“我非常聪明，喜欢干净，爱香水和神香的气味，可为了给老板娘赚五戈比，却不得不对这群臭乡巴佬儿点头哈腰。你以为我喜欢这玩意儿？乡巴佬儿是什么东西啊？他们是地上的虱子、臭毛虫，可……”

他沮丧地沉默了。

但我喜欢乡下人，从他们每个人的身上，我都能感到雅科夫那样神秘的气息。

一次店里来了个粗鲁汉子，他穿着皮袄、罩着带袖斗篷，他摘下帽子，然后仰头望着神灯的方向，两个指头画过十字后他尽力避开暗处的圣像，一言不发，四面环视一周后说：“要一本带注解的赞美诗。”

他把斗篷的袖子卷起，泥土般的皲裂得几乎出血的嘴唇动了动，念了念里封：“有没有更老点的？”

“古版的要几千卢布呢，你知道……”

“我知道。”

乡下人把指头润了，翻着书页。凡是他碰到的地方，都留下了黑色的指印。掌柜厌烦地盯着他的脑盖道：“圣书都是老的，上帝没改变他的话……”

“这个啊，我了解，上帝没有变，是尼康变了①。”

说着，那主顾将书合上，无声地走了。

有时，这样的山里人会和掌柜争辩起来。我非常明白，对于圣书他们比掌柜熟悉多了。这时掌柜会愤怒地说：“泥坑里面的异教徒。”

我曾见到乡下人对新版的书即使不喜欢，也依然充满敬意，他们小心翼翼地翻着，似乎这本书要变成一只鸟儿，从他们的手里飞走似的。看到这情形我心里很舒坦，因为我也认为书中藏着作者的灵魂，简直就是一种奇迹。当你打开书时，你就把这个灵魂解放了出来，它就可以神秘地和你交谈。

一些老人，经常贩卖尼康时代前的旧版书或者旧抄本。抄本是由伊

---

① 尼康牧首在 17 世纪中期进行了教会改革，他按照希腊的方式将宗教仪式和俄国经书都进行了改变。

尔吉兹河和克尔热涅茨河地区那些隐居的旧派女教徒抄写的，用的是恭楷。有时拿出没有经过德米特里·罗斯托夫斯基[1]修改的日课经文月书的抄本，十字架，旧的圣像，莫斯科公爵送给酒楼老板的银匙，或者说北部沿海地区制做的涂有珐琅的折叠式铜版圣像[2]。他们往四周看看，悄无声息地自衣服底下拿出这些东西来。

我们的掌柜和隔壁的老板都十分留心这种卖主，拼了命地争夺这些卖主。几卢布或几十卢布买来的古董，能在市集上以几百卢布的价钱卖给旧教徒。

掌柜教导我："仔细注意这些来自森林的怪家伙，他们是魔术师啊，把眼睛睁大点，不要放走这些财神爷！"

这种卖主来时，掌柜就会让我去把古董鉴定家彼得·瓦西里伊奇请来。

鉴定家是高个子、跟义人瓦西里一样留着长胡子的老头儿，他眼睛伶俐，脸看上去也很和蔼。他的一只脚曾经被割过一块跖骨，所以现在走路一瘸一拐的，还拄着一根很长的拐棍。无论春夏秋冬，他都戴一顶锅子似的奇怪的丝绒帽子，身着一件道袍似的薄外衣；腰板很直，非常精神，走进铺子时却垂肩屈背地小声呵哈着。他经常用两指不停地画十字，小声地念祷告文和赞美诗。这老态龙钟的样子和虔诚的形象，马上让卖主对他的鉴定水平深信不疑。

"你们有何事啊？"老头问。

"有人卖这个圣像，说是来自斯特罗甘诺夫斯克的……"

"啥？"

"斯特罗甘诺夫斯克的。"

"唉……耳朵不好使啦。上帝把我的一只耳朵塞住了，防止我去听那些尼康派的浑话……"

他把帽子摘掉，拿起圣像仔细全面地看着，然后眯着眼睛，盯着板缝的衔口嘀咕着："这些要死的尼康派，知道我们喜欢古典的东西，就创

---

① 是一名僧侣，也是教会的作家。

② 该圣像二折或三折，每一扇上都会有一个圣像。

出各种各样的假货，这全是魔鬼的手段。如今连假圣像都造得如此精致了，啧，真精致。粗略地看，总以为是斯特罗甘诺夫斯克的东西或是乌思丘日纳的东西，要么就是苏士达尔的东西。可用心看了，就会发现是假货。”

当他说“假货”时，意思是值钱的珍品。他还会拿各种黑话暗示掌柜这个圣像或者这本书能出多少钱。根据我所了解的：“伤心和悲哀”是十卢布，“尼康老虎”是二十五卢布。每当看到他们那种欺骗卖主的神态，我都感觉害羞，但鉴定家的小把戏看起来也很好玩儿。

“这些黑心的尼康老虎的徒子徒孙，真是什么事都敢做，好像有魔鬼在指导他们。看看这漆，简直跟真货一样，衣服也是。但你再看这脸，笔致已经不一样了，完全不一样了。像西蒙·乌沙科夫[①]这样古代的名家，纵然是异教徒[②]，可出自他手的圣像都是一手画出的，无论是衣服、面部还是火印，都是本人操作，连底漆都是亲自漆的。可如今这些不信神的人，是办不到的。之前，画圣像被视为一种神圣的职业，但如今却变成了一门手艺，就是这样，信上帝的人们啊！”

最后，圣像被他轻轻地放在了柜台上，他戴上帽子说道：“罪过。罪过。”

意思是说，买了吧。

卖主听了他这如水般滔滔不绝的甜言后，被其博学所折服，毕恭毕敬地问：“老公公，这圣像如何？”

“这圣像来自尼康派手里。”

“这不可能。我们公公、太公都拜这圣像呢……”

“可尼康还是比你太公老呀。”

老头儿将圣像挨到卖主面前，严肃地说：“你看，这样笑嘻嘻的脸像圣像吗？只不过是画像，是不专业的手艺，尼康派的手段。这东西没有神气。我骗你干什么？我一生受尽了正理的苦，如今这么大年纪了，让我违背良心？犯不着！”

他装成受委屈的形态，走到外廊上，那样子似乎自己立刻就死了。

---

① 17 世纪最著名的圣像画家。

② 旧教派。

掌柜只用几卢布就把圣像买了，卖主就对彼得·瓦西里伊奇深深地行礼，走远了。我从吃食店泡茶回来时，鉴定家早成了一个精神饱满而快乐的人，他贪婪地看着圣像，跟掌柜说："你看这圣像何其庄严啊，工细的笔致、庄严的气息，没有一点烟火气……"

"谁画的？"掌柜满脸兴奋地、跳来跳去地问。

"你想了解这个还有点早。"

"识货的人能给多少呢？"

"这个没准儿，我拿给谁看看……"

"哎呀，彼得·瓦西里伊奇。……"

"要是卖了，给你五十卢布，剩下的全是我的。"

"哎哟……"

"你别哎哟啦……"

他们边喝茶边毫无羞耻地讲着价钱，用骗子的神情互相对视，很明显，掌柜是被这老头儿抓在手心里的。等老头儿走后，他一定会和我说："你要谨慎，这个生意不能和老板娘说啊。"

讲好出卖圣像的交易后，掌柜就问老头儿："彼得·瓦西里伊奇，城里有什么新鲜事吗？"

老头儿就拿黄黄的手把胡子分开，露出他那腻乎乎的嘴唇，讲起了富商的生活、兴隆的买卖、纵酒、疾病、婚事、夫妻变心等故事。这些油腻的故事在他的讲解下，就像巧手的厨娘煎油饼似的流畅巧妙。讲话中不时发出嗞嗞的笑声。掌柜的圆脸在羡慕和狂喜下变成了褐色，眼睛被幻想的云霞罩上了。他叹着气哀怜地诉苦："别人都过真正的生活，可我呢……"

"各人有各人的命。"鉴定家轻声说。

"有些人的命是天使拿小银锤子打出来的，另一些人的命却是恶魔用斧子背敲的……"

全城人，不管是生意人、官员、神父还是小市民，所有人的内幕，这个健康强壮的老头儿什么都知道。他的眼和老鹰一样尖，还有一些地方像狼、像狐狸。我总想把他惹恼了，但他总是像透过雾一样远远地盯着我。我总感觉他的周围有一种神秘的空虚感，一旦走近他，不知道会摔到什么

地方去。我又觉得，这个老头儿有一点和司炉舒莫夫一样的地方。

尽管掌柜人前人后都赞叹他的博学，但有时他跟我一样，想惹老头儿发怒，让他下不来台。

“大家都觉得你是个大骗子。”他突然挑衅地盯着老头儿的脸说道。

老头儿得意地冷笑着说：“只有上帝才不骗人呢，活在这群傻瓜中间，你不骗他们还能做什么？”

掌柜变得越发激动起来，他说：“谁说老百姓都是傻瓜，生意人不也都是老百姓出身嘛。”

“我们现在说的不是生意人。傻瓜不会成为骗子，他们是圣徒，他们的脑袋在睡觉……”

老头越发得意了，就像站在草地上，他身边都是些泥沼，因此永远不会生气。他不是超越了愤怒，就是善于隐藏愤怒。这一点让人非常生气。

但他时常来缠着我，靠着我，胡子后嘴角露出微微笑意，他问我：“你如何称呼那个法国文学家，是不是波诺士[①]来着？”

我最讨厌歪曲别人的名字，但也只好暂时忍耐着回答：“庞逊·德·泰尔莱利。”

“他在哪儿死的？”

“你别发呆，你又不是孩子了。”

“是的，不是孩子了。你读什么书呢？”

“耶夫列姆·西林。”

“这个耶夫列姆，和你那些一般文学家相比的话，哪个写得更好呢？”

我不说话了。

“一般文学家大概写点什么呢？”他没有善罢甘休。

“所有生活里发生的都写。”

“那狗和马都写吧，到处都有狗和马。”

掌柜大笑起来。我生气了。既伤心，又不舒服，我若离开他们，掌柜就会阻止我：“去哪儿？”

---

① 意译为拉痢。

老头儿就会接着问我："既然你那么有学问，那就回答我一个问题吧。一千个裸体人呈现在你面前，五百为女，五百为男，其中包括亚当和夏娃，你怎样把他俩找出来呢？"

这个问题他追问了我很长时间，最后他得胜地告诉我："傻孩子，亚当、夏娃不是人生的，是造的啊，他们没有肚脐眼儿啊！"

老头儿的许多类似的"问题"，经常把我难倒。

当我刚来铺子打杂时，曾和掌柜讲过几本读过的书。没想到，如今他们就用这些故事来为难我。掌柜将故事改头换面变为猥亵的东西，并和彼得·瓦西里伊奇说。这个老头儿又因此找出些下流的问题，帮掌柜添油加醋。他们红口白牙地将一些无耻的话，扔到欧也妮·葛朗台、柳德米拉、亨利四世他们的身上，就像扔垃圾似的。

我知道，他们这样开玩笑没有恶意，完全是为了打发无聊的时光，但我心里并不因此而轻松。他们把一些污秽的东西编造出来，然后像猪猡似的钻进污秽里，把自己不能理解的、认为是滑稽的美的东西搞脏，肆意地哼着他们的鼻子。

住在市场的人们，不管是生意人还是掌柜的，都百无聊赖地做着恶意的游戏，有着他们怪异的生活。外地来的乡下人去城里向他们打听路时，他们总是故意指引人家错的方向。这些事早已习以为常，就连骗子都不屑以此为乐了。他们把两只老鼠捉来，将尾巴打上了结子并放到地上，看着两只老鼠去相反的方向互相撕咬的样子，兴奋得不得了。有时他们在老鼠身上浇上火油把它烧死，有时在狗尾巴上吊上破洋铁桶，狗惊恐地汪汪乱叫，拖着破洋铁桶四处狂奔，他们看到后哄然大笑。

这样的消遣太多了。所有人——尤其是乡下人，似乎是专门在市场上供他们做乐子的。他们总有一种想捉弄人、让人伤心和尴尬的想法。我非常好奇，为何在我所读过的书中，都没有涉及这种在平时生活中捉弄他人的强烈愿望。

在市场的乐子里，有一种是超级可恶而可恨的。

在我们的铺子底下，有家专做皮毛和毡靴买卖的铺子。他们有个伙计，是一个让所有尼日尼市场的人都惊呆的老饕。那铺子里的老板总是为自家

的这个伙计感到骄傲，时常像夸耀马和狗一样夸他。他经常跟邻家铺子的老板们打赌：“哪个愿意赌十卢布？我让我家的米什卡在两小时内吃光十磅的火腿。”

但所有人都明白米什卡有如此本事，就说道：“不赌了，我们买了火腿让他吃吃看。”

“不过要净肉，没有骨头的火腿。”

大家懒散地争辩了一会儿，接着一个瘦弱的、没有胡子的、高颧骨的年轻人从阴暗的货物间里走出来，他系着红皮带，身着一件厚呢长外套，全身沾满了毛屑。他恭恭敬敬地把帽子从他那小脑袋上拿下来，茫然地望着老板。老板脸上长满了又粗又硬的胡子，他神气十足地说：“能吃一巴特曼[①]火腿吗？”

“多久呢？”米什卡正经地低声问。

“两小时。”

“非常难。”

“这哪有什么难呢？”

“那加两瓶啤酒吧。”

“好啊。”老板说道；并夸耀说：“你们不要以为他肚子空着呢，他早晨可吃了大概两磅面包，午饭也照常吃了……”

火腿拿来了。观众都是肥胖的买卖人，他们围聚在一起，身着沉重的毛皮大衣，像大秤锤一样，大肚子，小眼睛，垂着脂肪的眼泡呈现出乏味困倦的形态。

他们将手在袖筒里笼着，把吃手紧紧地挤成一圈。吃手预备了一个大而黑的面包，还有刀子，他虔诚地画了一个十字，在皮毛袋上坐下，把火腿安置在身边一只木箱上，然后茫然地扫视着。

他切下了薄薄的一片面包和厚厚的一片肉，然后齐齐地夹在一块儿，两手拿着放到了嘴边，嘴唇在哆嗦着，把狗一样的长舌头伸出并舔了舔嘴

---

① 重量单位，俄国亚洲地区的各民族广泛在使用，一巴特曼等于伏尔加河地区的十俄磅。

唇，露出了又尖又细的牙，然后和狗似的把脸伸去吃肉。

“开始吃了。”

“看着表啊。”

所有的目光都严肃地看着吃手的脸、下颏和耳朵边因咀嚼而鼓起的两处圆圆的肌肉；看着吃手尖尖的颏骨匀速地上下动。大家无聊地说着：“简直就是狗熊吃食。”

“你见过狗熊吃食啊？”

“没有，我又不在森林里住，不过人家常如此说，像狗熊吃食啊。”

“人们常说的是像猪吃食啊。”

“猪不吃猪肉呢……”

他们懒懒地笑了。知道的就出来纠正：“猪啥都吃，连猪崽儿和自己姊妹……”

吃手的脸慢慢地变暗了，两只耳朵发青，深陷的眼睛自眼眶里鼓了出来。他呼吸开始困难，只有下颏依旧匀速地动着。

“米什卡，加油啊。时间要到啦。”人们鼓励着他。他慌乱地扫视了一下剩下的肉，喝了一口啤酒，就继续开始嚼。观众们激动了，无数次盯着米什卡的老板手里的表。大家相互警告说：“把表拿过来啊，不要让他往回拨针啊。”

“看着米什卡。不要让他在袖子里藏肉片。”

“两小时内一定吃不了。”

米什卡的老板挑衅地喊：“好啊，我赌一张二十五卢布的票子，米什卡，不要输啊。”

观众虽然挑拨老板，但没人愿跟他赌。

米什卡一直吃啊，吃啊，脸慢慢变成了火腿的颜色，柔软的尖鼻子抱怨地喘息着。样子十分恐怖，似乎立刻就要大声哭喊出来：“放过我吧……”

或者就是肉片卡住了嗓子，死在观众的脚边。

终于，他全部吃光了，睁着似醉了的眼睛，无力地发出嗄声：“给我点水……”

可他的老板看着表骂他："超了，你个浑蛋，超了四分钟呢……"

大家戏弄他："可惜了，没和你打赌，否则你就输了。"

"不过，到底是个不错的年轻人啊。"

"是啊，该让他去马戏团……"

"唉，上帝竟然把人变成了妖怪……"

"喝茶去不？"

于是人们就像一群小船似的，驶进了小饭馆。

我想知道，是什么东西让这群愚蠢的毫无感情的人，包围了这个可怜的年轻人，为什么呢，这个有馋痨病的人能让他们开心吗？

兽毛、羊皮、大麻、绳子、毡靴、马具等把狭长的廊堆满了，显得暗淡而无聊。砖砌的柱子把外廊和步道隔开。柱子已经陈旧，粗大而难看，又带了不少街泥。因已记不清在心里默数过几千次，这砖块和砖缝那丑恶的图形，就像一面不透气的网嵌在记忆里。

马车、货橇悠悠地走在街上，行人顺着人行道缓缓地走着。街道的尽头，立着一些方形的红砖二层楼铺子，前面一块空场上乱堆着木箱、稻草和揉皱的包皮纸。脏脏的、被踩得结实的雪把平常所有的东西覆盖了。

包括人和马在内的所有的一切，虽然在动弹，但也像停住了似的，仿佛有一条隐形的链子将它们绑到了一起。于是它们就懒懒地滚转在原地。忽然，你就会感觉生活如死水一般没有声音。虽然雪橇的滑板滑动着，店铺的大门开关着，小贩们吆喝着包子和热蜜水，但那些声音响得无聊、讨厌，也非常单调，让人迅速地就听腻了，再也不想听到了。

教堂忧郁的钟声如同举行葬礼一般，永久地回响在人们的耳畔，似乎从早到晚、无时无刻不飘荡在市场的空气中，使人们的思想都被盖上了一层盖子，如铜的沉淀物一样沉沉地压在所有印象的表面。

不管是铺满污雪的地面还是屋顶灰色的雪堆上，还有肉红色的砖墙上，处处都发出冷淡而郁闷的孤寂；孤寂伴着灰色的烟自烟囱里上升，浮游到阴暗低沉的空际；连人和马呼出的气息都是孤寂的。这种孤寂有种独特的味道：油腻味、汗臭味、大麻油味、焦馒头和烟煤的重浊的味儿。这些气味如同一顶烦闷的帽子扣在人的头顶，潜入他的胸头，引发他产生一种奇怪的沉醉感觉，一种阴暗的愿望，让他想闭着两只眼睛狂喊，去什么地方！拿脑袋使劲地往墙壁上撞。

我观察着生意人的面色，那做梦似的一动不动的面孔容光焕发、营养过剩又冻得发红。他们像沙滩上的鱼儿一样张大嘴巴喘息着。

冬天生意不太好，生意人眼里没有夏天的活力和凶狠神色。毛皮外套过于沉重，让人们无法自由行动。说话也变得懒散起来，稍微不顺心就吵架。也许大家故意这样来找寻一种存在感。

我非常明白，这些人是被无趣打败了、残害了。我得出了如此的解释：他们耍那种残忍愚蠢把戏的原因，不过是想摆脱沉闷束缚的无效抵抗。

有时我和彼得·瓦西里伊奇说这些话。虽然他总是讥笑我，拿我开玩笑，但对于我热爱读书这一点他还是极其欣赏的，有时拿教训的口气正经地和我说话。

“我不喜欢商人过的生活。”我说。

他拿一缕胡子缠在长指头上问我：“你怎么知道商人的生活是什么样的？你经常去他们家里串门啊？这样的街道是不住人的，只做生意。大家无非是路过街道，最终会回到家里。他们出门肯定都穿上衣服，你单从衣服怎么能了解一个人呢？大家只有在四面墙里面，在自己的家里才会袒露着过活，至于商人们在那儿干些什么，你不会了解的。”

“可商人的想法，不是在哪里都相同吗？”

“人家的心思谁可以看清呢？”老头儿睁着两只圆眼，用响亮的男低音说，“想法和虱子似的，数不清的——老话早说了。有人回到家里没准就会在地上跪倒，泪流满面地祷告：‘上帝饶恕我吧，我将这神圣的一天荒废了。’这种人把自己的家当成修道院，很可能在家只和上帝俩生活。对了。所有的蜘蛛都能认清楚自己的角落在哪里，它们熟知自己的重量，根据重量织着自己的网……”

说正经话时，他像说秘密一样，声音低沉，而且变得很粗：“虽然你喜欢发表议论，但你的年纪太小，不该这样做，不该老是动脑子生活，应该多用用眼睛！因此，你多看就行了，千万记住，不用多说。智慧是用来做事的，对灵魂来说要靠信仰。读书虽是件好事，但所有事都有限度。

有人读了太多书变成了书呆子，变成了没有信仰之人……”

我总觉得他不会老去，也很难想象他会衰残、变化。他喜欢说商人、强盗和造伪币之人成功的故事。这些故事我在外祖父那边已经听了不少。外祖父比鉴定家讲得更棒。但他们说的意思是相同的：财富总是要通过对上帝和人类犯罪来获得。彼得·瓦西里伊奇不同情别人，但谈到上帝时，他总是满怀深切感情地叹着气，避开对方的眼神说：“人就是如此欺骗上帝的，可耶稣全看到了，他流着泪说：‘我的人儿呀，可悲的人啊，地狱在等着你们啊。’”

一次我大胆提醒他：“可你也时常欺骗乡下人……”

这并没惹他生气。

“我的欺骗算什么呢？”他说，“我不过是骗三五卢布，这没什么大不了的。”

看见我在看书时，他常抢走我的书，十分刻薄地考我看过的知识，还带着信任又惊讶的语气和掌柜说：“你看，这小东西可以看懂这样的书。”

然后就有理有据、让人难忘地教育我：“听我的话对你大有益处。有两个叫基里尔的，全都是主教。其中一个基里尔[①]在亚历山大城，另一个基里尔[②]在耶路撒冷。亚历山大的基里尔为反对罪不可赦的异教徒聂斯脱利[③]尽力，聂斯脱利的邪说中讲到，圣母作为凡人是不能生神的，她只能生人，生出来的人根据名字和事业叫作基督，其实就是救世主。由此看来，圣母不能叫作神之母，而应该叫作基督之母，你懂吗？这是异教啊！另一个基里尔，反对的是异教徒阿里[④]……”

我很佩服他掌握的宗教史知识，他就用清癯的像神父般的手抚着胡须，吹着牛说：“有关这方面的知识，我可是位大将；我曾在圣三一节[⑤]前赶往莫斯科，和那些邪恶的尼康派学者、神父、俗人进行辩论。当时我

---

① 亚历山大城的大主教（？—444）。

② 耶路撒冷的大主教（4 世纪）。

③ 君士坦丁堡的大主教（5 世纪）。

④ 阿里否定了希腊教的基本教条，他主张基督是位于神和人中间的小神。

⑤ 耶稣复活节后第 50 天的节日。

年轻气盛，还跟博士们进行过唇枪舌剑的辩论，没用几句就难倒了一位神父，那个神父气得流出了鼻血！你看！”

红晕在他脸上泛起来，眼睛和花似的开放。

也许他觉得让对手流鼻血已经让自己达到了成功的顶峰，这是自己皇冠上最耀眼的红玉。说这件事的时候他是那么的神往专注：“那是位俊朗的、身材壮实的神父。他在经案前立着，鼻血一滴滴地流着。可他却没能发觉自己的窘状，吼出洪亮的声音，如同一只野外的狮子般凶狠。我十分冷静，说出的每句话都和锥子似的直扎他的心肺和肋骨。……他们那边像火炉似的劈头盖脸地喷出异教徒特有的毒舌……当时的情形真是有趣啊。”

还有几个鉴定家常进出铺子：一个叫帕霍米的，他穿着油亮亮的衣服，独眼龙，挺着个大肚子，满脸皱纹，还是个齇鼻儿。一个叫鲁基安，是个像老鼠一般狡猾、和气而又精神饱满的老头儿，个子矮矮的。还有个高个子、留着黑胡子、像马车夫似的汉子，他常和老头儿一块儿来。但他有张毫无生气、不开心但五官端正的脸，还有两只迟钝的眼睛。

来时大部分时候会带上古本、圣像、香炉、杯盘这类的东西卖，有时把伏尔加河对岸的卖家老头儿或老婆子带来。交易做完后，就像乌鸦飞到田头一样，往柜台边一坐，就开始吃着面包圈、喝着熬过的糖就着茶，大家一起谈着尼康派教堂所带来的迫害：那边搜房子，没收了祷告书，这边警察把教堂封闭了，按照一〇三条法律[①]将它的主人们进行审判。这一〇三条时常成为他们谈话的焦点，但他们静静地说着，似乎把它当成了像冬天的严寒一样理所当然的事情。

当谈起宗教压迫时，他们的话里不停地使用警察、搜查、监狱、审判、西伯利亚等词语，每次触到我的心头就和炭火似的燃烧，引发我对这群老人的好感和同情。从我读过的各种书里，我学到了要尊重坚持不懈达到自己目的的人，要珍惜这种坚定不移的精神。

我已经彻底忘记了这群生活中的老师的不足之处，他们坚定不移的

---

① 俄国《刑法典》第一〇三条著有分裂派处罚条例。

应战精神打动了我，我认为这份坚定的背后，隐藏着老师们对真理的执着和为了真理甘愿忍受一切苦难的决心。

后来，我于平民和知识分子中，注意到不少这类相似旧习惯的拥护者，这时我才顿悟，这样的坚决是人类一种不能改和不想改的消极性。为何不可以改，因为他们已僵化和束缚于古人的说法和陈旧的概念。他们意志已经定格，不能继续发展。当外部来袭，将他们抛出原来的位置，他们就会如石头般滚下山来，机械地落到山下去。他们凭借着一种怀旧而盲目的力量，和对苦痛与折磨的变态喜好，坚韧不拔地守住过了气的真理的墓冢。一旦夺走他们的痛苦，他们会空虚无聊，像晴天里的云彩，被风吹得无影无踪。

为了他们的信仰，他们带着一种强烈的自我欣赏的心情并且心甘情愿地打算迎接各种苦难，这信仰诚然是坚定的，但不过如穿旧的衣服一样。旧衣服因被各样的污物染透了，但正因如此，它才对时间的侵蚀多少有点儿抗拒的力气。想法和情感熟悉了狭隘的偏见和教条的封皮，即使把它的翅膀扯去，砍掉了手脚，它还能自在地、开心地过下去。

我们生活中最可怜最有害的现象之一，就是这种基于习惯的信仰。在这样的世界里，所有新事物长得迟缓又弯曲，常常会发育不良，就像见不到太阳一样。这样的世界是黑暗的，这样的信仰是黑暗的，这里缺少爱的光芒，却充满了羞辱、愤恨和猜疑，仇恨也跟这样的世界联系在一起。这种信仰的世界中燃烧的火也如腐烂物发出的磷光一样。

对于这一点我深信不疑，因为我经历了太多痛苦的日子，很多心里的东西都被毁灭，自记忆里剔掉了。当我最开始在孤独无趣的现实中，发现生活的老师之时，我觉得他们拥有伟大的精神力量，是世界上最优秀的人。他们几乎每人都受过审判，也坐过牢，同时受到过多个地方的驱逐，和很多囚犯一道自这边押到那边。他们小心地、悄然地活着。

但我看得出来，这些老头儿虽然痛恨尼康派的“精神迫害”，但他们非常喜欢甚至愿意互相压迫。

一只眼睛的帕霍米喝醉了就喜欢炫耀自己的记忆力，一些书他几乎熟得像犹太神学校学生[①]熟知《塔木德》[②]似的“倒背如流”。不管是哪一页，只要你指出来，他都能从这里一口气背出来，同时发出柔软的齆鼻儿的声音。帕霍米总喜欢盯着地板，他的独眼朝着地板焦虑地看来看去，似乎在找什么丢失的贵重东西。他最多表演的是背诵梅舍茨基公爵[③]的《俄罗斯葡萄》[④]，他最熟悉之处，是“殉道者忍辱刚强地受难”那个情节[⑤]，可彼得·瓦西里伊奇经常把他的错处挑出：“你瞎说。这和狂信者基普里安[⑥]没有关系，和贞洁的季尼斯[⑦]有关系。”

“哪里有什么季尼斯呢？是季奥尼西……”

“你不要咬文嚼字。”

“不许你训斥我。”

一分钟后两人都怒发冲冠，恶狠狠地对视说：“不要脸的家伙，饭桶一个，看你肚子吃这么饱……”

帕霍米也流利地回道：“你又是什么呢？是山羊、色鬼、女人的走狗吧。”

掌柜把两手笼在袖子里狡猾地笑着，像挑逗小孩子似的唆使着旧礼仪派的守护者：“应这么收拾他。哎，再来一下啊。”

有次老头儿们打了起来，彼得·瓦西里伊奇忽然十分迅速地打了同伴一个耳光，对方马上夺门而逃，然后他疲惫地擦擦脸上的汗对逃走者喊道：“等着吧，这罪过要在你账上记着，老不死的东西，害我这只手犯罪。”

他超级喜欢责怪自己的朋友信仰不坚定，指责他们都堕落成了“反

---

① 犹太神学校的学生毕业后会当犹太教神父，必须要熟练记忆《塔木德》。

② 犹太教口传律法集，是该教仅次于《圣经》的主要经典，在希伯来语中意思是“教学”。

③ 是谢苗·季尼索夫（1682—1741）的化名，也是维戈夫修道院的奠基人之一。他对旧教礼仪的准则创立起着至关重要的作用。其作品有《俄罗斯葡萄》。

④ 又名《俄罗斯古代受难教徒史话》。

⑤ 出自《俄罗斯葡萄》导言。

⑥⑦《俄罗斯葡萄》中的人物。

教堂派”[①]。

“这全是亚历克萨沙[②]在煽动你们呢，简直像公鸡一样胡乱叫。”

显然，反教堂派让他受到了刺激，也让他感到了恐惧。但若问他反教堂派的实质，他则不清不楚地回答：

“它是一种最不幸的邪道，只谈理性而不承认上帝。哼，在哥萨克人心中，只尊敬《圣经》，其余什么都不在乎。但这《圣经》是自萨拉托夫的德国人那里，自留托尔那里来的[③]。‘留托尔即留特，也即喜欢作恶[④]。’因此反教堂派又称为沙洛普特派[⑤]，也称为福音洗礼派[⑥]。都是来自西方的邪道。”

他跺着那条残废的腿，大声而冷酷地说：“必须把这种新派的家伙驱逐出去，应把这种人捉来用火烧死。但我们不一样，我们是真正意义上的罗斯国粹，我们的教派是真正东方本来就有的俄国教。其他所有的派别都是西方人随便编造的邪说。德国人、法国人能造得出啥好东西？比如1812年的……”

他一激动就忘了面前的人只是一个孩子，他使劲把我的腰带抓住，时拉时推，漂亮地、高昂地、热情地、返老还童似的说：“人的理性，像一只凶狠的狼一样在各种臆说的树林里游荡，听从魔鬼的差遣，让上帝赐予的人的灵魂受尽苦难。那些魔鬼的弟子能想出什么好东西呢？鲍格米尔派[⑦]光编造些异端邪说，他们认为魔鬼是上帝之子，耶稣基督的兄长，

---

① 产生于17世纪末的旧礼仪派支派。这个派别放弃了教会、神职人员和教阶制度的“圣礼仪式”和“天惠神赐说”，倡导大家在自己家里祈祷。

② 一名逃亡的教派分子。

③ 彼得将“反教堂派”与德国马丁·路德创立的新教路德宗弄混了。

④ 是《致反对留托尔们的一位无名之士》中的话。彼得在前面将留托尔当作路德，现在又讲到其他留托尔上，说明他自己根本不明白反教堂派是什么意思。

⑤ 是鞭身派的支派之一，产生于19世纪60年代，与反教堂派区别开来。

⑥ 该派别以念《圣经》为主要活动形式，反对官方教会和神职人员，与反教堂派区别开来。

⑦ 中世纪时期保加利亚基督教“异端教派”之一，他们认为上帝生了撒旦和耶稣。撒旦是恶的代表，基督则是善的代表，他们经常争斗，善终究会战胜恶。

你看，这不是瞎扯吗？所以他们让人不要听从长辈，不工作，抛弃妻子和孩子，大家什么东西都不要，什么规矩都不用守，只要按照自己的想法过活，按照魔鬼的命令去做。唉，又是那亚历克萨沙，唉，虫豸……”

这时候，掌柜偶然差遣我去做别的事，我离开他走了。但他独自一人在廊下，继续对着空荡荡的四周说道：“嗯，没有翅膀的灵魂啊。喏，天生的瞎眼猫们，我逃到哪里才可以避开你们呢？”

后来，他把头抬起，把两手放在膝盖上，呆呆地看着冬天灰蒙蒙的天空，好久没说话。

他逐渐对我更关注、更亲切了，有时他来时我正读书，他就拍拍我的肩膀说：“读吧，小伙子，读吧，对你有帮助的。你好像挺聪明；只可惜你不尊敬长者，反抗所有人。你好好想想，这种顽皮劲会带你到哪里去啊？小伙子，这会带你到监狱里去的。读书虽好，但要知道书只是书而已，你要肯动脑想才行！鞭身派[①]里有个叫达尼洛[②]的教诲师，他竟然说新书旧书全部没用，还把书放到袋子里扔进河里。是的，这自然也是蠢极了的事。这也是亚历克萨沙的阴谋……”

他越来越多地想起那个亚历克萨沙，一天他来铺子，恼着脸焦急地跟掌柜说：“亚历山大·瓦西里耶夫[③]在这里啊，在城里，昨天才来的。我怎么也找不到，他是不是躲起来了！我就在这儿待会儿，没准儿他一会儿就来了……”

掌柜不友好地回道：“我啥也不清楚，所有人也不清楚。”

老头儿点头称是：“应该如此。对于你来说，所有的人不是买主就是卖主，不会有其他人。好啦，给我来杯茶吧……”

---

① 俄罗斯正教的支派。他们认为人可以和“圣灵”交往而不需要任何中介人员。经常在狂热跳动中而达到神幻的地步，认为这样就可以跟“圣灵”结合，成为基督的化身。

② 鞭身派创始人。鞭身派的教徒认为“他是反教堂派的人，拥有很多旧书。他跟农民说过，不管新书还是旧书，都不能搭救人们，他把这些装到袋子里，扔到了伏尔加河”。

③ 亚历克萨沙。

当我提着开水回来时，店铺里已经有了几位客人：鲁基安老头儿开心地笑着，一个陌生人坐在门后面的暗角处。他穿着外套和长筒毡靴，腰里有条绿带子，帽子斜掩到眉毛上。他的五官没什么特色，很文静也很谦逊，倒像是一位因失业而伤心的掌柜。

彼得·瓦西里伊奇不看他那边，只管严厉而大声地谈着什么，他一直抽搐一般地用右手碰帽子，似乎要画十字似的把手举起，往上碰碰帽子，一下又一下，几乎要碰到脑顶心了，然后又拽下来，差不多连眉毛都要掩盖了。这种动作很神经质，让我想起绰号叫“兜里装死鬼的伊戈沙”。①

“我们这条泥水河中各种鳕鱼在游，让水变得更脏了。”彼得·瓦西里伊奇说。

长得像掌柜的小伙子小声而平静地问：“你在说我吗？”

“就算是你吧……”

这时小伙子十分低沉而恳切地问：“嗯，那你如何说自己呢？”

“我只和上帝说自己的事。这是我自己的事……”

“不是的，汉子，这也是我自己的事。”新客人义正词严地说，“要正面面对真理，不能把自己当瞎子，因为无论是在上帝面前还是在大家面前，这都是非常大的罪过。”

这人把彼得·瓦西里伊奇称作汉子，我听了非常解气，他严正而平和的声音也让我兴奋。他讲话的神态像仁慈的神父在念“主啊，你是我们生命的主宰”。他一边说一边慢慢让身子向前倾，越过椅子，总在自己面前挥动双手……

“别怪我，我不像你，被罪恶玷污……”

“茶炊开了，在翻腾作响呢。”老鉴定家鄙视地说。但这人不管他的话，继续往下说：“唯有上帝知道，是谁把圣灵之泉玷污了。也许就是你们这类书呆子的罪孽。总之，书呆子就是一种不开窍的人，我不会咬文嚼字，我也不是书呆子，我只是个活着的凡人……”

“我可清楚你是个怎样的凡人，我听腻了。”

---

① 高尔基童年时的玩伴。

“是你们让大家糊涂的，这么简单的事情让你们弄得乱七八糟，汉子，你们这群书呆子，伪君子……你明不明白我的话？”

“这就是邪道啊。”彼得·瓦西里伊奇说。那人将手掌放在眼睛跟前，似乎在念着掌心上写着的字，动着手掌兴奋地说：“你们觉得将人从一个牲口棚赶到另一个牲口棚，是对他们好吗？可是我——却不这样认为。我认为人应自由。家庭、妻子、你们的所有，在上帝面前有何作用？因此人们要从抢夺不休、打得头破血流的生活中摆脱出来，放弃所有的金银财宝，因为这所有的东西都肮脏不洁。灵魂的救主没在地上，他在天国。我说啊，放弃所有、摆脱一切挂碍吧，要打破反基督派织成的、尘俗的网……我走的是光明大道，我的灵魂从没动摇，决不接受黑暗的世界……”

“但面包、水和衣服呢，你难道不用吗？这也是尘世的东西呢。”老头儿挖苦地说。

但这些话并没有影响亚历山大，他反而更加热切地说下去，他的嗓子很低，但听起来犹如喇叭在响：“汉子，你觉得什么是最宝贵的？上帝才是最宝贵的，也是唯一宝贵的。面对上帝，你要放弃一切，自你的心头斩断地上的挂碍，上帝会看到你：你是一人，上帝也是一人。因此你可以走到上帝身边，这是接近他唯一的路子。如此灵魂才会得救。丢弃父母，舍弃所有，当你的眼睛引诱你时，把眼睛挖掉吧，为了上帝，物死了灵魂会活着。这样你的灵魂就永世万年地燃烧……”

“那你就喂臭狗吧。”彼得·瓦西里伊奇说着立起来，“我以为你自去年开始就变乖了一点点，没想到变得更傻了……”

老头儿摇晃着身子从铺子里走到了廊下。这让亚历山大觉得不安，他惊异而紧张地问：“你要走？……呃……为啥呢？”

但和气的鲁基安投来安慰的眼色说：“没关系的……没关系的……”

于是亚历山大就对他说道：“说起你来，你也是个世俗的大忙人啊。你也说些没用的话，有什么意思呢？什么三呼哈利路亚，二呼哈利路亚①……”

---

① 东正教两派关于祈祷仪式的争论。旧礼仪认为应该在举行仪式时两呼“哈利路亚”，而尼康则主张三呼“哈利路亚”。

鲁基安朝他笑着，走到了廊下。现在，他就非常自信地对掌柜说：“他们都比不了我的精神，彻底比不了。和火上的烟似的，无影无踪了……”

掌柜抬眼朝他看看，冷冷地说道：“这类事我从不关心。”

这人似乎很尴尬，拉拉帽子小声地说：“怎可不关心呢？这是不能不关心的事……”

他低下头沉默着，而后被两个老头儿叫走，三人一块儿不辞而别。

这人就像黑夜的篝火在我面前突然闪耀，通亮地燃烧了一下又熄灭了，让我觉得他的厌世论中，似乎有种什么真理。

晚上我抽时间把他的话告诉了作坊里的画工头。他叫伊凡·拉里昂诺维奇，是个安静和善的人。听完我的话，他解释道：“这似乎是一个逃避派②。它是一种教派，他们不承认一切。”

“那他们如何生活呢？”

“逃避着生活，一直到处流浪，因此把他们叫逃避派。按他们的理论，我们和土地及与土地有关的一切都没有姻缘。所以警察认为他们是危险人物，要捉……”

我虽然过得很痛苦，但我不理解：如何能逃避所有啊？这个问题围着我的生活，我认为有不少好玩有价值的东西，所以亚历山大·瓦西里耶夫的影子，很快就在我的记忆中淡了下去。

但在痛苦时，他的影子时常在我的面前闪现：他走在野外灰暗的路上，朝森林走去，不做工的、白色的手抽搐地拄着拐棍，他小声地说：“我走光明的大道，我义无反顾。挂碍——这种东西就斩断吧……”

外祖母在梦中见到的父亲与他并排走着：手里握着核桃木棍子，后面跟着一条花狗，颤动着舌头……

---

② 反教堂派之一，放弃社会，躲避公民义务、兵役义务和纳税义务等。在伏尔加河流域各省非常流行。

十三

圣像作坊位于一个大房子里，是半石造的，这房子共有两个屋子，一个屋子有五扇窗户，其中三扇朝着院子，两扇朝着园林；另一个屋子有两扇窗户，其中一扇朝着园林，一扇朝着街道。所有的窗子都是四方形，不太大，还装着玻璃，但这玻璃年代已久，看上去模模糊糊的，好像不愿意将这冬日里淡淡的阳关透进来。

这两间屋子被桌子挤得满满的，一位位俯着上身的圣像画工坐在每一张桌子旁边，有的桌子上有两个人坐着。许多装着水的玻璃球挂在天花板上，它们发出白色的、微弱的寒光，这光正好反射到了圣像板上面。

工场里非常闷热，有二十多个“圣像画工”在那里工作，他们来自帕列赫、霍卢伊、姆斯乔拉[①]。这些人上身穿着布衬衫，还敞着领口，下身穿着帆布的裤子，有的没穿鞋，有的穿双破鞋。工匠们头顶上升腾起劣等烟草的烟雾，周围是亮油、干燥油、臭鸡蛋的味道，空气中还飘着弗拉基米尔的歌，歌声如松香油一般缓慢而伤心：

如今的人多么不害臊——/小伙子当着人的面把大闺女迷住……

他还唱很多别的歌，但都让人听了不舒服，这首歌唱的次数是最多的。歌中长长的腔调既不妨碍他们思考，也不影响他们用那貂毫的细笔在圣像的“服装”上画皱纹，抑或在圣徒突兀的脸上画痛苦的细纹。涂金师戈戈列夫在窗下敲着小小的锤头，他鼻子大大的，有点发青，是个嗜酒的老头儿。就在这懒懒的歌声里，时不时传来他如同虫子咬着树干一样的索然无味的锤曲。

大家都不太热衷于画圣像，不知谁那么可恶又自作聪明，把这件事分成了一连串琐碎的、丧失掉美的、毫无趣味的工作。细木匠潘菲尔总是斜着眼，他是个阴险狡诈之人，他带来了自己刨好胶好的不同尺寸的菩提

① 弗拉基米尔省的一些大的村镇，也是古老的圣像画中心。

木板和桧木板。然后得了肺病的小伙子达维多夫给它们刷上底漆。他的搭档索罗金再加上一道“底漆”。米利亚申拿铅笔画出一个图像的轮廓，戈戈列夫老头儿就把金涂上，并在上面刻上图样。负责画服装的把背景和服装画上。之后，既没有脸也没有手的圣像就竖立在墙边，只等画脸的人来画了。

要是挂在神帷里和祭坛门上用的大圣像，既没有脸也没有脚，只穿着袍子、铠甲或短衫站在墙上，从远处看是会让人不舒服的。这些彩色的木板死气沉沉的，少了能让它们活起来的东西，这种东西似乎本来是有的，但后来不知为什么消失了，如今只留下这累赘的袍子。

画脸之人把“身体”画好后，圣像就会被交给另外一种工匠，他按涂金师敲出的样子，为圣像涂抹上叫“珐琅”的东西。写文字时找写字的工匠。但最后一步涂亮油则由工头亲自动手。工头是个安详的人，名为伊凡·拉里昂诺维奇。

他的脸和小小的胡子都是灰色的，全是丝线似的细毛，眼睛还是灰色的，凹进去且布满了忧伤。他笑得非常好，但人们没法朝他笑，因为老感觉有点不合适。他非常像柱头苦行僧西梅翁[①]圣像，他和西梅翁一样瘦，一样干瘪，连他那迟钝的眼睛，也似乎穿过人和墙似看非看地遥望着远处。

我来作坊才几天，画神幡的工匠卡别久欣，顿河的哥萨克，喝醉酒跑了进来。他是一个帅气的男子，有很大的力气，进来时咬牙切齿，眯着眼，那眼睛像女人的眼一样甜甜蜜蜜。他一声不响地挥起铁拳头，逢人就打。这个身材矮小但匀称的汉子在工场里到处乱撞，就像老鼠窝里的猫似的，人们都躲到屋角处，在那里嚷着：“打啊。”

画脸的叶夫根尼·西塔诺夫拿凳子把狂暴者的脑袋砸了，然后他昏了。哥萨克人坐在地上，人们趁机摁倒他，用手巾把他捆起来。他像野兽似的想将手巾咬断。叶夫根尼就发疯似的跳上桌子，两肘紧靠着腰，摆出一副要朝哥萨克人扑去的姿态。他个子高大，浑身强壮，这一扑下去一定能把卡别久欣的胸骨压得稀烂。但这一瞬，戴着帽子身着大衣的拉里昂诺维奇

① 据说是个在5世纪较为活跃的苦行僧。

来到他身边，拿手指威吓西塔诺夫，严肃而小声地对工匠们说：“把他抬到门廊里边，给他醒醒酒……”

哥萨克被拉出工场后，桌椅被摆好，大家重新坐下做工并互换着简单的话，讨论哥萨克的力气，并预言总有一天，他会因为打架而被人活活打死。

“打死他不简单。”西塔诺夫仿佛在讲他所熟悉的工作似的说。

我看着拉里昂诺维奇，疑惑地想：这些健壮又狂暴的人怎么会臣服于他的呢？

他教大家应如何工作，连本领高超的工匠也听他的，他教给卡别久欣的要比教给别人的多，跟他说的话也是最多的。

“卡别久欣啊，既然你是画师，就要好好画，用意大利的风格画。画油画时要用暖色，色调要统一。你看你，白色画得太多了，这样圣母的眼睛看起来冰冷严肃，还带着杀气。脸颊红红的，跟苹果似的，这样眼睛就更显得不搭了。而且眼睛的位置也不好，一只眼睛看鼻梁，另一只眼睛却去看太阳穴了。整体上看，脸部缺少了神圣庄严之感，显得奸诈低俗。你没有好好工作啊，卡别久欣。”

哥萨克人歪起脸听着，然后那女人似的眼睛不害臊地笑着，用悦耳的声音解释，因为喝醉了，他的嗓子略微带嗄：“嘿嘿，伊凡·拉里昂诺维奇，大老爷啊，我本来不是做这个的。我生来是音乐师，却成了修道士。”

“只要肯努力，什么事做不好？”

“不是的，我是什么人呢？让我做个赶车的，带着三匹骏马，嘿……”

说着说着，他喉结突出，无望哀伤地唱着：

哎嘿，我要给三马车 / 套上黑栗毛的快马哟 / 在寒冷的黑夜奔跑 / 直奔向我爱人的家嘿[①]

伊凡·拉里昂诺维奇和气地笑了，他把灰色的、略带哀愁的鼻子上的眼镜整了整，然后就走开了。马上有十几张嗓子和着他的歌，形成强大的气场，仿佛整个工场都飘了起来，匀称的曲调把工场震得摇摇晃晃：

① 出自《我要给三马车套上黑栗毛的快马》。

路熟的马儿知道/哪儿是姑娘的家……[1]

艺徒巴什卡·奥金佐夫不再倒蛋黄，他手拿碎蛋壳，发出美妙的童声高音唱起来。

大家在歌声中如痴如醉，忘掉了自己，所有人的呼吸混在一起，大家都处在相同的感情世界，斜着眼睛看向哥萨克。唱歌时，工场的所有人都把他当作领袖，被他深深地吸引，全神贯注地望着他挥动的双手，仿佛他要飞起来似的。我坚信，这时他一旦停止歌唱，大吼一声："毁掉所有的东西！"大家一定会在短短的时间里把工场弄个稀巴烂，包括平日里最守规矩的工匠在内。

虽然他不经常唱歌，但他那豪迈的歌声永远是那样不可抗拒，永远充满了胜利感。无论大家心中如何伤痛，都能在他的歌声中振奋精神，迅速点燃自己，发出光和热，形成强大的力量。

这些歌使我强烈地羡慕着这位歌手和他指挥别人的能力。我心中涌起一股兴奋之情，它让我胀痛，让我想要哭出声来，让我想对所有的歌唱者大喊："我爱你们！"

达维多夫因为得了肺痨脸黄黄的，他的头发乱糟糟的，惊讶地张着大嘴，如同那刚刚破壳的雏鸟似的。

大家平日里只敢唱些悲凉的歌，声音拖得老长老长，哼唱《林荫下》[2]《不害羞的人们》和关于亚历山大一世之死的歌：《我们的亚历山大怎样检阅自己的军队》[3]。当哥萨克带头唱歌时，大家才敢唱那些豪放的歌曲。

有些时候，画脸师日哈列夫会带头唱圣歌，尽管是工场里本领最高的人，但他也总是以失败告终，因为他的调子很特殊。

他是个秃头，瘦得像干柴一样，年纪四十五六岁，头上那半圈黑色的鬈头发像吉卜赛人似的，眉毛又粗又黑，像胡子一样。他的脸纤瘦，稍微有点黑，不像俄国人。浓密的尖下髯，让他的脸越发显得动人，但中间

---

① 出自《我要给三马车套上黑栗毛的快马》。

② 俄罗斯民歌。

③ 起源和 1825 年亚历山大一世之死有些关系，民歌之一。

那高高隆起的鼻子下突着一撮硬毛的唇髭，在眉毛的映衬下显得有些多余。他的两只蓝眼睛大小不一，左边显然比右边大一些。

“巴什卡。”他用男高音朝向我的同伴艺徒喊道，“带头唱《赞美主的名》[①]吧，大家听着啊。”

巴什卡用围腰擦了擦手，唱道：

“赞——美……”

“……主的名。[②]”几个人接起来。日哈列夫焦虑地嚷着：

“叶夫根尼，再低一些。将声音沉到心底去……”

西塔诺夫像敲木桶一般使出高亢的声音喊道：

上帝的仆人们……

“不对不对。这个地方要唱得地动山摇，把窗户都能震开。”

日哈列夫整个身体在一种不可言说的雀跃中抖动，他那怪异的眉毛忽上忽下。嗓子走了音，指头在空中点着，弹着他那无形的琴弦。

“上帝的仆人们——懂了吗？”他很有深意地说，“这个地方，该穿透外壳一直刺到中心去。仆人们啊，赞美上帝哟。为何还不懂啊？你们可是有血有肉的人啊。”

西塔诺夫客气地说：“您也知道，这个地方大家从来没唱好过。”

“那就别唱了。”

日哈列夫气恼地动手工作了。他是超级棒的画师，能画拜占庭风格、法国风格和“艺术派”的意大利风格[③]的圣像。拿到神帷的定货后，拉里昂诺维奇就和他商量——他非常熟悉圣画的原作，如费奥多罗夫斯克、斯摩棱斯克、喀山等珍贵的有灵圣像[④]的摹作，他都经过手。但当他欣

---

① 是祈祷赞美歌。

② 是祈祷赞美歌。

③ 拜占庭风格是古代圣像画的传统。自15世纪末开始，它受到西欧绘画（即这里说的“法国风格”）的影响，后来又受到意大利文艺复兴的影响。

④ 这些地方画的圣母像叫作“有灵圣像”。

赏原作时，就大声地聒噪：“我们被这些原作拘束住了[1]……必须坦诚地讲：拘束住了。……”

虽然他在工场里地位很高，却并不骄傲，对待我和巴什卡这样的艺徒也十分和气。除了他，谁也没想过教我们学手艺。

他这个人不容易被了解，在通常情况下他都很阴沉，有时一个星期都不说话，只是静静地工作，用怪异和陌生的眼神看所有的人，好像不认识大家似的。纵然很喜欢唱歌，但他不会在那个时候唱，有时好像听都没听见似的。大家互相递眼色，都观察他的动作。他的身体在斜立的圣像板上屈着，圣像板立在他膝上，半截抵住了桌沿。他拿细毛笔细心地画好超尘拔俗的阴沉的脸，而他自己也像个超尘拔俗的人似的。

忽然，他恼怒地发出清楚的声音来：“先驱是什么意思呢？驱字，在以前就是走字，先驱就是先走的人，再没其他意思了……”

工场里寂静无声，大家斜着眼睛看着日哈列夫笑，在寂静里传来奇妙的声音：“先驱不可以穿羊皮的，该为他画上翅膀[2]……”

“你和谁说呢？”人们问他。

他没有说话，好像没听到，或者就是不想回答。没一会儿，他又在这寂静中说话了：“应该了解圣徒的传记。你们谁知道圣徒的传记吗？我们了解什么？我们无所谓地活着……灵魂在哪儿？哪儿是灵魂呢？原作……对啦。——在这儿呢。但是可没心灵……”

这种形之于声的思想，除了西塔诺夫，大家都讥讽地笑了，几乎一直有人不怀好意地小声说：

“星期六一到……又要畅饮喽……”

高高大大、身体壮实的西塔诺夫，是个二十二岁的年轻小伙子。他脸蛋圆圆的，没有胡子和眉毛，忧伤而严正地看着屋角。记得日哈列夫把

---

① 原作指的是圣像画师要遵循圣像画的范本。范本上的规定十分严格，连圣徒的衣服的颜色都不可改变一点。

② 先驱——受洗者约翰的圣像，据《福音书》载，一般把他画成身着羊皮的模样，有时也为他插上翅膀。

要送到昆古尔[①]的费奥多罗夫斯克圣母的摹作画好后，他将圣像放在桌上激动地高声说："圣母画好啦。你是一只没底的杯子，从此要承载人们辛酸而忠诚的泪……"

于是，他把不知道谁的外套披到肩上，直奔酒店。小伙子们边笑边吹着口哨，年纪大的人用惊羡的目光望着他的背影叹息。西塔诺夫来到他的作品前，细致地观察着说："难怪他要喝酒去，把自己的作品给了别人是挺可惜的，而且这可惜并非人人都明白……"

跟一般喝酒的工匠不一样，日哈列夫的酒瘾从星期六开始。他在清晨写了一张纸条交给巴什卡，让他送到某个地方。快吃午饭的时候，他对拉里昂诺维奇说："今天我要去澡堂。"

"时间长不长呢？"

"嗯，上帝啊……"

"那不要挨到星期二吧。"

日哈列夫点着秃头答应，当时他的眉毛有些发抖。

从澡堂回来后他打扮得非常帅气，穿着胸衣，打着领结，缎子背心上挂着一条长长的银链子。他静静地坐车走了。走之前还嘱咐我和巴什卡："晚上要把工场收拾干净，把脏东西刮干净。"

大家都和过节似的。个个精神振奋，修饰打扮洗澡去。匆匆忙忙吃过饭后日哈列夫拿着啤酒、葡萄酒和下酒菜的纸包回来了，后边还跟着一个女人，有二俄尺十二寸高，各处膨大得难看，我们的椅子和凳子在她面前就像是让小孩儿使的。连高高的西塔诺夫在她身旁也像个半大孩子似的。她身材匀称，胸脯像小山一样隆起，触到了下颏边，动作蠢笨而缓慢。她四十几岁，胖胖的圆圆的脸虽然呆板却也十分光滑。眼球很大，嘴很小，像布娃娃似的，让人感觉像画出来的。这女人一边装笑，说些没用的话，一边朝每个人伸出她那又大又温暖的手："大家好啊。今天天气变冷啦。这房间气味挺大，是颜料的气味吧。大家好啊。"

她就和一条奔涌的大江一般沉着有力，看着她让人舒心。可她的话

① 昆古尔是一个县城，属于原彼尔姆省。

却让人昏昏欲睡，都是没用的话。说话前她会先把气吸足，几乎快红得发紫的两颊胀得更圆了。

年轻人冷笑着小声说：“就像一架机器。”

“像一座钟楼。”

她在摆好了酒菜的桌子附近坐下，把两手放在乳房下，噘着嘴，挨着茶炊，那双马眼发出友善的光，挨个儿看着每个人。

所有人都挺尊敬她，年轻点的甚至害怕她。有一个小伙子贪婪地盯着这庞大的身体，当他的目光与女人的目光碰撞时，他尴尬地低下了眼睛。日哈列夫对这个女人也非常恭敬，称呼用的都是“您”，称她为教母，请她吃东西时朝她哈腰。

“您别费心啦。”她拉长甜柔的嗓子说道，“您多费心呀，真是的。”

她一直是那么不急不躁的。她只用胳膊下半截做动作，上半截一直紧靠在身边。她的身上发出了一种热面包的酒精味道。

老头儿戈戈列夫像教堂里的杂役在念赞美诗一样，兴奋得结巴了，歌颂着她的美丽。她好心地笑着听他讲话，当他结巴时，她就自己说：“没出嫁时，我长得一点都不好看，为人妇之后才慢慢变过来。快到三十岁时变得更加漂亮了，连贵族们都注意过我，一位县里的首席贵族曾答应给我一辆双马车……”

头发蓬乱、喝醉了的卡别久欣憎恶地看着她，粗鲁地问：“为何他要给你马车呢？”

“当然是因为爱情啊。”她解释着。

“爱情。”卡别久欣不安地嘟囔，“那是一种怎样的爱情呢？”

“你，如此帅气的年轻人，非常懂得爱情。”女人干脆地回答。

哄笑声震荡着工场，西塔诺夫小声向卡别久欣说：“蠢货，也许还不如蠢货呢。闷得要死的人，才会爱这种女人呢……”

他喝醉了，脸色很难看，太阳穴边冒出汗来，机灵的眼睛焦虑地躁动着。老人戈戈列夫用手指头抹抹眼泪，抽着丑陋的鼻子又问：“你几个孩子呢？”

“只有一个……”

一盏灯在桌子上挂着，炉角后也有一盏。灯光都比较暗淡，在工场角落里，浓黑的暗影聚集着，还没画好的没头的圣像，在黑暗中看着。该有头和胳膊之处，平板灰色的斑点显现出来，如今看起来似乎比平时更恐怖，似乎圣徒的身体从涂上颜色的衣服中，从地下室中神秘地溜走了。玻璃球在离天花板比较近的钩子上挂着，被蒙蒙的烟雾笼罩着，发出淡淡的光。

日哈列夫不安地在桌子旁来回走着，请人们吃东西，他的秃头一会儿朝向这个，一会儿又俯向了那个，细瘦的手指不停地动。他更加消瘦了，鹰鼻子也显得更尖。一旦侧着身子朝灯站着就会在自己脸上出现黑黑的鼻子影儿。

“咱们喝啊吃啊，朋友们。”他用清脆的男高音说道。

女的就和主妇似的说：“您干吗呢，教父，这么忙忙活活的？大家都长着手呢，清楚自己能吃多少，吃饱了谁都不会再吃的。”

“好吧，那大家就休息一下吧。”日哈列夫高兴地大喊。

“我的朋友们啊，咱们全是上帝的仆人，一起来唱《赞美主的名》吧……”

合唱赞美歌的计划没能实现，因为人们都酒足饭饱，再也没精神了。卡别久欣手里拿着带两排键盘的手风琴，黑发的、表情认真的年轻工人维克托·萨拉乌京，像只小乌鸦一般把铃鼓拿起，手指动着绷得很紧的鼓皮，鼓皮传来重浊的音响，铃儿欢快地唧唧作响。

日哈列夫像发号施令似的说道：“俄罗斯舞。教母，请吧。”

“唉。”女人叹着气立起来，“您还真忙啊。”

她走到屋子中的空地，像一座小教堂似的岿然而立。她身着红褐色的大裙子、黄色细麻纱上衣，头上披着一条鲜红的头巾。

手风琴急切地响起来，铃儿鸣响着，铃鼓叮当作响，发出叹气般沉闷之声，听起来非常不舒服：就像发疯之人边哭边喊，将脑袋往墙头上撞。

日哈列夫不太会跳舞，只迈着小步走着，踏着擦得闪亮的皮鞋跟和山羊一样跳着，和激昂的音乐有点不合拍。他的腿似乎没在自己身上长着，身体乱七八糟地扭动，那狂乱的动作就和黄蜂落在蜂网里似的，抑或鱼落进了渔网，毫无兴味。但人们都看着他，就连喝醉了的人也惊呆地看着他抽搐的样子，安静地盯着他的脸和手。日哈列夫的脸一会儿害羞、一会儿昂然地变着。一会儿严肃，一会儿又叹息；稍稍闭上眼睑，就又张开了，显出哭相。他握紧拳头，悄悄地走向女的身旁，然后一跺脚，扑通一声跪在那女的面前，张开了双臂、耸了耸眉毛，露出了真心的微笑。这时她温柔地笑着俯视他，小声地提示他说："教父，您这样会累着的。"

她想妩媚地闭上眼，但那双和三戈比钱币一样大的眼睛实在闭不上，她做了个非常难看的鬼脸。

她不会跳舞，不断地摇动庞大的身躯，悄然地从这儿挪到那儿。她左手拿着一块手帕慵懒地挥动着，右手在腰上叉着，看上去像个大坛子。

因此，日哈列夫便绕着这石像一样的女子，变换各样的面孔走着——似乎跳舞的不是一个人，而是十个不一样的人；有沉稳而和气的，有发怒而让人恐惧的，有胆怯、偷偷叹气、想悄然从这不开心的大块头女人身边逃走的。然后是抽搐着身子、咬牙切齿，像被咬伤的狗一般的人。这无聊的丑恶的动作，让我悲从中来，让我想起了厨娘、士兵、洗衣妇他们的狗一般的结婚。

我如今依然记得西多洛夫那句私语："大家在这件事情上互相隐瞒，本就是该羞耻的事情，没有谁真心爱谁，大家只是玩玩而已……"

我不想相信"大家在这件事情上互相隐瞒"，那"玛尔戈王后"又如何呢？而且这个日哈列夫，显然不是隐瞒。我了解西塔诺夫喜欢上了一个妓女，还被她染上了脏病，他非但没有听从朋友的忠告去收拾那个女子，反而给她租了屋子，为她治病，而且说起她时，一直是非常温存紧张的状态。

那个胖女人依旧在摇晃着身体，挥动着手帕死板地笑着。日哈列夫也依旧围着她抽搐般地来回跳动，我看着她，心里琢磨着，骗了上帝的夏娃莫非就是这样的母马？我对她产生了厌恶。

暗夜触碰着玻璃窗。无头脸的圣像在黑暗中看着。闷闷的工场里的灯昏暗地亮着。侧着耳朵听，在重重的脚步声和争吵声中，能感到急促的水点，自铜质洗脸槽滴到脏水桶里的声响。

这一切和我在书上看到的生活如此不一样。一点儿也不一样。大家终于都玩够了。卡别久欣将手风琴交给萨拉乌京，喊着："来吧，来凑凑热闹。"

他跳起来，像吉卜赛人万卡一般，如在天上飞行。然后巴什卡·奥金佐夫、索罗金他们也热闹地、灵巧地跳起来。得了肺痨病的达维多夫，也从地上挪着步子，带着鞣皮味道的熏肠的气味，灰尘、烟气、浓郁的酒气的味道，引起了他的咳嗽。

喊叫、唱歌、跳舞，每人都知道自己在找乐子，且人们几乎在比着看谁更能闹得巧，熬得更久。

烂醉的西塔诺夫问了一个又一个人："真的会爱上这样的女人？"

他脸色很不好，快哭出来一样。

拉里昂诺维奇稍微往起抬了抬他那瘦弱的肩膀，回答说："女人就是女人啊，你还想怎么样？"

大家所谈的人不知何时不在了。日哈列夫要两三天之后才回来，然后再去一次澡堂，在之后的大约两个星期之内，谁也不理，自顾自地躲在角落里干活儿。

"走了没？"西塔诺夫把悲伤的青灰色的眼抬起来，扫了一下四周，自言自语着。他的脸非常丑，和老头儿有点像，只有眼睛十分清秀而和善。

西塔诺夫对我非常好，这全靠我那拿来抄写诗的厚本。他不信上帝，除了拉里昂诺维奇，在工场里有其他的人笃信上帝、真爱上帝，那是非常难以让人明白的。大家喜欢和谈论老板娘一般轻浮地、讥笑地说着上帝。可坐下来吃午饭和晚饭时大家都画十字，躺下睡觉时也做祷告，每到节日时就会去教堂。

西塔诺夫全然不做这些，因此人们觉得他是无神论者。

"上帝是不存在的。"他说。

"那世上的生物都来自哪里呢？"

"不清楚……"

我问他："怎能没上帝呢？"他解释说："你也知道的，上帝那么高。"

他一边说一边在头上伸着长胳膊，然后往下动到离地一俄尺处："人又那么低贱。对吗？你清楚，经书上写道：'人是照着神的样子造的。’[①]可戈戈列夫像谁啊？”

这下难住我了：那个肮脏的、酒鬼一样的老头儿戈戈列夫，如此老了却还犯了俄南罪[②]；因此我想到了那个维特卡的士兵叶尔莫欣，还有外祖母的妹妹，他俩有一丝上帝的痕迹吗？

“大家清楚，人和猪是一样的。”西塔诺夫说道。又立刻安慰我：

“马克西莫维奇[③]，没事的，也有好人的，有的。”

和他在一起很痛快，他有何不清楚便老实说：

“不清楚，我没想过这个。”

这也是独特的：在他之前，我所遇到的人，都是啥都清楚，啥都说。

他的本子上除了一些动人的好诗，还有很多让人看了脸红的猥亵的诗，这让我感到诧异。我和他提起普希金，他将一首抄在本子上的《迦芙里莉达》拿给我……

“普希金——算什么呢？他不过说了点搞笑的话，可贝内迪克托夫这个人，你才值得重视呢。”

说着把眼睛合上，小声地读：

瞧啊，那美妇人的 / 让人着迷的胸脯……[④]

不知为何，他尤其赞叹最后的三行：

哪怕是老鹰的尖眼睛 / 也不能越过这火热的门 / 望穿她的心……

他得意扬扬地念着。“懂不？”

我非常不好意思地承认，我不知道为什么他那么得意。

---

① 出自《旧约全书·创世记》中的第 1 章第 27 节。

② 出自《旧约全书·创世记》中的第 38 章，这里指的是犯手淫之罪。

③ 高尔基的父称是马克西莫维奇。

④ 出自俄国的诗人贝内迪克托夫（1807—1873）的诗作——《深渊》，但是引文不是很准确。

十四

在作坊中，我的任务不算多。清晨人们还没起床时，我先为工匠们把茶炊烧好。他们在厨房喝茶时，我和巴什卡一起整理作坊，分好用来调色的蛋黄和蛋清。做完后我去铺子。晚上研颜料，“学习”技术。起初我饶有兴致地“学习”，可很快清楚了，几乎每个工人都不喜欢这个分工很细的技术，都觉得乏味无聊。

晚上没事时我和他们讲船上的生活，讲各种书里的故事。不知不觉地在作坊里获得了一个特殊的地位——说书人和朗诵者。

我迅速地清楚了，这些人都没有我那样丰富的经历和见识，几乎他们每个人都是自小就在作坊的小笼子里关着，永远在那里。他们当中只有日哈列夫自己，曾去过莫斯科，提起莫斯科，他就深有感触地、忧郁地说：“莫斯科不相信眼泪，在那里一切都要小心。”

剩下的人不过去过舒雅、弗拉基米尔这些地方。讲到喀山时，人们问我：“那边俄国人不多吗？有教堂没有？”

他们觉得彼尔姆在西伯利亚，且不相信西伯利亚在乌拉尔的那边。

“来自乌拉尔的鲟鱼和刺鱼，莫非不是从里海运来的啊？那乌拉尔是海上的吧！”

大家说拿破仑来自咯鲁加贵族，英国挨着海。有时，我感觉他们在笑话我。我将亲身经历和他们说时，他们都不怎么相信，但大家都喜欢恐怖的奇闻、曲折的故事。甚至岁数大点的人，好像也都喜欢虚构而不是真实。我非常清楚，事情愈荒诞、故事愈充满想象，他们就愈热心地听着。总之，他们对现实事物不感兴趣。人们不希望看到现实的贫穷和丑恶，却空想痴望着未来。

我已痛切地感到，生活和书本之间存在的矛盾，而这更让我诧异。我眼前的是活着的人，这是书上不存在的。在书本中洗衣妇娜塔莉亚和日哈列夫不存在，司炉雅科夫，斯穆雷不存在，逃避派亚历山大·瓦西里耶夫也不存在……

在达维多夫的箱子中，有布尔加林的《伊凡·魏日金》[①]，破败的、戈利钦斯基[②]的短篇集，布朗别乌斯男爵[③]的小册子。我将那些都拿给他们念，人们兴奋坏了，那时拉里昂诺维奇说："念书非常好，省得胡闹吵架。"

我开始更努力地搜寻书本，寻到了，差不多每晚都读。这是一些愉快的夜晚，作坊里和午夜一般寂静，在桌子上挂着的玻璃球——又冷又白的星星，那趴在桌上乱糟糟而光秃的头被光线映着。祥和沉思的脸在我的眼前呈现，有时对书本的作者和书中的人物，发出了赞赏的声音。他们似乎改头换面了，既专一又温柔。这时我最喜欢他们，他们也对我好。我感觉我已经在我应在的地方了。

"咱们这里有了书，就和春天似的，就像窗子把冬天的窗框除了，刚刚打开似的。"一天西塔诺夫说。

找到书非常难，可没想到跑图书馆借书。但是，我依然费尽心机，和乞丐一样到处要，终于弄了些。一次我得到一本莱蒙托夫的书，来自一个消防队队长。在那时我深深感受到了诗歌的力量，还有它对人们的巨大影响力。

我记得，《恶魔》刚读了头几行，西塔诺夫便凝视着书然后看着我的脸，画笔被放到桌子上，长长的双手在双膝间插着，他摇晃的身体微笑着，在他身下的椅子吱嘎乱叫。

"朋友啊，安静些。"拉里昂诺维奇一边说一边放下工作，来到我在那边念诗的西塔诺夫的桌边。这首长诗又痛苦又愉悦地把我感动了，我的声音时断时续，眼里涌着泪，诗句也模糊着，而更让我感动的，是他们中小心而低沉的动作，整个作坊好像都沉痛地沸腾了，跟受到磁石的吸引

---

① 布尔加林（1789—1859），他是庸俗小说作者，写了长篇小说《伊凡·魏日金》，也是反动记者。

② 是个短篇小说的作者，著有《工厂生活随笔》。

③ 是奥·伊·申科夫斯基（1800—1858）的笔名，他是个作家，俄国的记者，还是东方学的一个学者。

一般在我的身边围着。第一章读完后，几乎所有人都围在桌子周围，彼此的身体紧靠着，互相拥抱着，眉头虽然皱着却也在微笑。

“读啊，读啊。”日哈列夫将我的头摁到书上说道。

我念完后，他将书拿去瞅了瞅书的里封，接着夹在腋下说：“还得读一次。明天你再读吧，书在我这儿放着。”

他离开了，把书锁进自己的抽屉里，干活儿去了。作坊非常静，工匠们蹑手蹑脚到了自己的位置。西塔诺夫走近窗户，将头挨着玻璃，一直迷茫地立着。日哈列夫又把画笔放下，认真地说道：“这就是人生啊，就是上帝的仆人吧……唉。”

他缩着脖子，抬抬两肩继续说：“我甚至能画出恶魔来：全身长满了毛，黑色的身子，火焰似的红翅膀——用红铅画，然后是脸部和手脚，苍白得和月光下的雪一样。”

一直到吃晚饭，他在方凳上坐着，和平常不一样，他焦虑地转动着身子，摆弄着手指，嘴里说着莫名其妙的话，比如怎样犯罪啊、圣徒啊、恶魔啊、女性啊、乐园啊、夏娃啊，等等。“这都是真的。”他确定地说，“既然圣徒都与罪恶的女人做出不端之事，难怪恶魔也酷爱与圣洁的人作孽……”

人们默然地听着，大概人们和我一般，不愿开口。一面盯着钟，一面懒懒地做工，九点的钟一打，人们就马上不工作了。

日哈列夫和西塔诺夫去院子里了，我也跟了出来。在院子中，西塔诺夫抬头看着星星念道：

凝视着在天空中飘泊的／一队队被上天委弃的星辰……[1]

“这是人想不到的啊。”

“我是记不起一句了。”在寒冷的空气中，日哈列夫打着寒战说，“我什么都记不起来了，但是能看到他。逼得人同情恶魔了，这真好玩。他是可怜，对吗？”

---

① 出自余振的译文（《诗选·恶魔》——作者是莱蒙托夫，第 495—496 页，1980 年，人民文学出版社）。

“对啊。”西塔诺夫点了点头。

“人就是如此。”日哈列夫让人难以忘怀地说了一句。

在门廊下，他嘱咐我：“哎，马克西莫维奇，你不能在铺子里谈到这本书，它一定是本禁书。”

我非常兴奋，我想，在举行忏悔礼之时，神父问我的，准是这样的书。

大家没精打采地把晚饭吃了，平常那种吵闹声和谈话声消失了，似乎所有人都发生了什么大事似的，都展现出必须要用心想的状态。晚上大家睡觉时，日哈列夫将书拿出来，然后说：“再读一次。读得慢些，不要急躁……”

几人默然地从床上爬起，披着单衣走到了桌子旁，缩着两腿在周围坐下。

我读完了，日哈列夫用手指敲着桌子继续说：“唉，这就是人生吧。恶魔啊，恶魔啊……原来如此，是吧，老弟？”

西塔诺夫头从我肩上穿过，读几句就笑了，说：“我想把它抄在本子上……”

日哈列夫立起来，将书放到自己桌上，可猛然停住，以一种颤抖而委屈的声音说：“我们像没有睁开眼睛的小狗一样活着，啥都不了解。对上帝和恶魔都没有用处。如何称为上帝的仆人？约伯[①]就是仆人，上帝和他说过话，摩西也如此。上帝给摩西取了名字，摩西——‘我们的’意思，就是上帝的人[②]。但我们又是谁的呢？”

把书藏起来然后锁上，他穿了衣服对西塔诺夫说：“去酒馆不？”

“我要去找我的女人。”西塔诺夫低声说。

他们离开后，我和巴什卡·奥金佐夫一块儿在门口的地板上睡了。他一直辗转反侧，发出鼻息声，突然小声地哭起来：“发生什么事了？”

---

① 在《圣经》里，他是个品行正派的人。

② 摩西是《圣经》里的先知，名字出自《旧约全书·出埃及记》的第2章第10节。含义是“从水里拉出来的”，此处的说法来自俄国民间，是自字面上牵强附会出来的。

“我非常同情他们。”他说，“我和他们一起生活已经四年，我非常熟悉他们的境况……”

我也认为他们值得同情。我俩良久不能入睡，小声地谈着他们，我们能看得出来他们都很善良，他们身上也有某种东西，能够使我们两个孩子对他们怀有同情。

我和巴什卡·奥金佐夫相处得非常融洽，后来他成了优秀的工匠，但没过多长时间，当他将近三十岁时，喝酒喝得非常凶。后来我在莫斯科希特罗夫市场遇到他时，他已然成了一个流浪汉。前段时间，听说他已因伤寒病而死。想起在我的一生之中，有那么多的善良之人都没有意义地死了，真是可怕极了。所有的人，渐渐耗尽了精力儿死去，这是自然的法则；但不管在哪儿，也没有像俄国这样，如此可怕、迅速和毫无价值地使人早衰……

他大我两岁，是个正直、伶俐、活泼的孩子，头圆圆的，而且很有天赋，他擅长画鸟、猫和狗。他给工匠们画漫画，经常将他们画成鸟，真是离奇相似。日哈列夫是一只鸡冠破碎、头上光秃秃的公鸡，西塔诺夫是只独脚站立、没精打采的鹬鸟，患病的、带着凶恶神情的达维多夫是只水鹊子。但他最好的作品，是老头子涂金师——戈戈列夫，那和蝙蝠一样的样子，硕大的耳朵、滑稽的鼻子、长着六爪的小脚；脸又圆又黑，眼边有道白圈，瞳孔像扁豆似的在眼睛里横着，这让他的脸显出一种栩栩如生的十分卑鄙的神态。

巴什卡将漫画拿给师傅们看时，他们都没发怒，可戈戈列夫的画像却带给人不舒服的印象，于是都忠告巴什卡这个艺术家：“最好将它撕了，老头儿看到会让你死的。”

腐朽肮脏的，永远喝得烂醉、处处都阴险的老头儿，是个让人厌恶的信徒，他常将作坊里的事搬给掌柜。由于老板娘计划让侄女嫁给掌柜，因此他显然将自己当成铺子和所有人的主人。大家既恨又怕戈戈列夫，因此对他也保持着戒心。

狂热的巴什卡费尽心机捉弄涂金师，似乎坚定的信念不让他有一会儿的消停。我也尽力帮助他，我们做出差不多永远极度粗野的恶作剧，大家看着都很畅快，但警告我们说："年轻人，你们会吃亏的。会被'金龟子'[①]赶走呢。"

"金龟子"是大家给掌柜起的外号。

这警告并没把我俩吓住，趁着他熟睡时，我俩用颜料画他的脸。一天他喝醉睡着时，我们将金涂在他的鼻子上，连着三天，他海绵一样的鼻沟里，一直沾着金屑，洗也洗不掉。每次我们惹老头儿生气时，我就想起船上那个矮小的维亚特兵，于是心里会感到不安。老头儿年纪虽大，却有不小的力气，一旦被他抓去了，我们就会被痛打一顿，而且打完还去老板娘那里告状。

她身上每天都有股酒气，因此一直非常和善、快活，她一个劲儿恐吓我们，用肿胖的手拍打桌子嚷着："兔崽子，你俩又胡闹了吧？他一把年纪了，要尊敬他啊。是谁将煤油倒到他酒杯里的？"

"是我俩……"

老板娘诧异了："哎呀，他们竟然自己承认了。该死的，要尊重老人啊。"

她把我们赶走，晚上和掌柜说了这事，于是他发怒着和我说："怎么回事，你会读书，还看《圣经》呢，怎么这样胡闹？你以后给我注意了，年轻人。"

老板娘一直一个人，十分值得同情；经常喝完甜酒挨着窗户坐着唱歌：

可怜我的人不存在／也没爱惜我的人／没人听到我的叹息／也没人听我说伤心事

她一面哭一面拉着老人一般长的颤音："啊，啊，啊……"

一天，我看到她拿着一壶滚烫的牛奶走向楼梯，脚突然一崴，身体跌倒，从楼梯上沉重地滚了下来。可一直没有松开手里的壶。因此被牛奶泼了一身，她就把两手伸直，朝着壶愤怒地吼："你干什么，瘟神，你要去哪儿？"

她身子绵软无力，但不那么胖，像一只已不能抓耗子的老猫似的，因为吃得不错，身子笨笨的，只会边唱边回忆曾经的成绩和快乐。

"可是，"西塔诺夫眉头皱起思考说，"以前家业很大，是个很昌盛的作坊，也有些很有本领的做工的，但如今啥都不行了，一切都在'金

---

① 一种有甲壳的害虫，它破坏大麦、小麦和黑麦。

龟子'的手中操纵着。不管你多辛苦，也只是为他人出力。想到这事脑袋的发条就忽然断了，觉得啥都无聊，真想啥也不做，只在屋顶躺着，望着天上，整个夏天睡过去……"

巴什卡·奥金佐夫也明白了他的意思，以大人一般的姿态抽着烟，大谈着上帝、醉酒、女人，以及有人在创造，也有人不知好歹地随便破坏，所有的事业总是落空等的话。

此时他机灵而可爱的脸皱得和老人一般。他在地板上的铺位里坐着，抱着双膝，长久地看着覆盖着积雪的柴棚的屋顶，看着蓝色的四方的窗户，看着冬天宇宙里的星星。

师傅们酣睡着，牛叫一样地说着梦话，高板床上的达维多夫咳嗽着，熬着他余下的日子。屋角上横七竖八的是被睡眠和醉酒紧紧包围的所谓"上帝的仆人"卡别久欣、索罗金和佩尔申。无脸无手脚的圣像自墙边张望，油、臭蛋、地板缝里腐烂的尘土，散发出闷闷的恶臭味。

"上帝啊。我真为大家哀伤。"巴什卡小声说。

这种对别人的哀怜更把我的心扰乱了。上面说过，我们认为所有的师傅都是好人，可生活都非常坏，这都不是他们该承受的难堪的苦闷。冬天刮大风雪时，房屋和树木，大地上的所有生物都晃荡着，吼叫着，哭泣着，大斋的钟声凄然地鸣响着，孤寂像波浪一般涌进作坊里，铅一样把人们沉重地压倒，毫不留情地在人们身上压死了所有带生命之物，最后将他们赶往酒店，或者和酒似的，被看成一种遗忘的手段的女人那儿去。

在这样的夜晚，书是毫无帮助的，于是我和巴什卡就想方设法逗大家开心：将烟煤、颜料涂满自己的脸，戴上用麻做成的胡子，演一出我们自己编造的喜剧，十分英勇地和苦闷开战，让人们笑起来。我想起了《一个士兵拯救彼得大帝的传说》，将它改编成对话，爬去达维多夫的高板床，假装开心地砍着假想的瑞典人的头，演着好玩而滑稽的戏剧。工匠们都高声地笑了。

人们最爱看的是中国鬼秦友东[1]的故事，他是个想做好事的可怜鬼，

① P. 左托夫的长篇幻想小说——《秦友东》（又叫《阴魂做的三件善事》），说的是一个天使试图下凡，来人世间做好事而不做坏事，但最终没办法实现。

巴什卡扮演他，剩下的所有角色都是我演。我一会儿扮女的，一会儿扮男的，又扮各样的事物，扮好鬼，甚至还扮石头，让中国鬼每次因没做成好事而伤心时，坐下来歇息。

观众高声笑着。我诧异为何逗笑他们如此简单。因为太简单了，反而让我感觉难过。

“啊，是小丑啊。”“嚯，是冤家。”大家如此朝我们喊。

但继续演下去，我越来越感觉哀伤比快乐更符合大家的心。

快乐在我们当中永远不会存在，也不受重视，而是故意把它抬出来当成一种抵御俄国的梦一般忧伤的方法。此种快乐不是自己活着，不是为了要活着而活着，只是因哀伤的召唤而出现，这样的快乐，它内在的力量实在值得怀疑。

而且这种俄国式的快乐时常猛然地变为残忍的悲剧。这边有一个人正在跳舞，似乎要挣脱身上枷锁的捆绑，但他猛然将心里残忍的兽性发出，在野兽一般的烦闷之中，朝着所有人扑去，咬啮、撕裂、捣毁所有……

这种由外界的刺激而引发的勉强的快乐，让我烦躁。当我高兴得出了神时，就说出和演出一起忽然产生的幻想——我一心要在大家心中引发纯真、自由且爽朗的笑容。我演得十分精彩，大家既称赞又惊讶，但好像被我已扫荡的阴郁，又渐渐地变得浓烈而强大了，让大家恼怒了。

和气的拉里昂诺维奇友善地和我说：“你真是幽默的孩子，愿上帝能保佑你。”

“你实在让人高兴。”日哈列夫跟着他说，“你若进了戏院或马戏班，马克西莫维奇，准能成个好丑角。”

作坊里只有西塔诺夫和卡别久欣在谢肉节和圣诞节去看过戏，年纪大的师傅严肃地忠告他们，在洗礼节来时，去约旦[①]寒冷的冰洞中洗掉这次罪恶。西塔诺夫时常和我说：“把所有都抛掉，去学戏吧。”

于是就兴奋地说了那个叫雅科夫列夫[②]的戏子一辈子的悲剧。

---

① 《圣经》里有个传说，耶稣曾经在约旦河中受洗。根据东正教的风俗，在湖上或者河上举行洒圣水仪式之地，就是“约旦河”。

② 是俄国比较有名的悲剧演员。

“看，会有这种事的。”

他爱说玛丽·斯图亚特①的故事，却把她骂成“恶党”；可尤其让他钦羡的是《西班牙贵族》②这本书。

“马克西莫维奇，唐·塞扎尔·德·巴赞是个非常高尚的，也是个让人诧异的人。”

而他本人也颇有点“西班牙贵族”的模样：一天在望火楼前面的空地上，有三个消防员逗打一个乡下人。四十余人在四周看着热闹，给消防员加油喝彩。西塔诺夫挺身进去拿长胳膊用力一挥，消防员就被打倒了，他扶起乡下人并推到人群里，大吼一声：“把他带走啊。”

自己挺着身子立住，和三个消防员打起来。消防队只有十步远的距离，因此消防员能喊人来帮忙，没准西塔诺夫会吃苦头的，所幸那几个人吓得逃到了院子里。

“狗崽子。”他朝他们的背影吼道。

每到周日，林场上—彼得巴夫洛夫墓地后，有年轻人去斗拳。去那里的人，都和清道夫、周围村庄的乡下人比赛。有个有名的拳师来自清道夫队里，他与城里人对着干—他是个脑袋非常小、有眼病常淌眼泪的高高大大的莫尔多瓦人。短褂的脏袖子被他拿来擦泪，他狠叉开两腿立在自己队友面前，用温和的口吻向对方挑战：“有人敢来吗，否则我就冻着了。”

我们这队，是卡别久欣对打拳师，这个莫尔多瓦人总能赢他。但被打得头破血流的哥萨克人卡别久欣依然气呼呼地说：“就是死也要将他打败。”

终于他有了生活的目标，他睡觉前拿雪磨炼身体，甚至不喝酒了，拼了命吃肉。为了让肌肉更发达，每晚两普特重的秤锤都被他提起来，他

---

① 她是苏格兰的女王，1587年，监禁她18年的英格兰女王——伊丽莎白一世将她处死；她也是席勒（德国作家）的同名悲剧的女主人公。

② 是仲马普瓦尔和戴内里（法国作家）的一部五幕的正剧。1858年，俄译本在莫斯科发行后，一时很受追捧，俄国的内地剧院很多都上演了。唐·塞扎尔·德·巴赞为剧中的主人公。

在身上画了许多次十字。但这一切却毫无效果。于是他将铅块缝在手套里，向西塔诺夫吹牛：“这次莫尔多瓦人的末日来了。”

西塔诺夫严正地警告他说：“别这么做，否则比拳前我要喊出来。”

卡别久欣不信他的话。可到比赛时，西塔诺夫忽然和莫尔多瓦人说：“让我先和卡别久欣对阵，瓦西里·伊凡内奇，后退。”

哥萨克人面孔涨红，高声嚷着：“我不和你比，走开。”

“你要比。”西塔诺夫说，斜眼盯住对方的脸并朝他走去。卡别久欣跺了跺脚，把手套脱掉，朝怀里一塞，从拳斗场迅速离开了。

敌我双方都既不愉快又大为吃惊，一个公正人似的人跑过来愤怒地和西塔诺夫说：“朋友，将你们自己的事搬到拳斗场上是犯规的啊。”

观众从四面八方朝西塔诺夫赶来骂他，他沉默了很久，终于和公正人说：“我阻止了一场人命案，难道不是件好事吗？”

公正人立刻清楚了，甚至把帽子摘下向他致歉：“那我们要感谢你。”

“可是，老叔，请别说出去。”

“那是为何呢？卡别久欣是个罕见的拳师。不过一输就会变狠，我们清楚的。以后比赛前，先检验他的手套。”

“这就是你们的事了。”

公正人一走开，我们这边的人就开始骂西塔诺夫：“你这个浑蛋，就会多嘴，叫哥萨克人打他啊，现在我们又得吃败仗了……”

大家这样互相纠缠着，痛快地骂了很久。

西塔诺夫长嘘了一口气说：“唉，这群废物啊……”

而更让人们诧异的，是他邀请莫尔多瓦人对阵了。对方摆开阵势，兴奋地挥着拳头，开玩笑似的说：“好啊，斗就斗吧，热热身子……”

有几人手拉着手，用后背抵住后面拥过来的人，围出了一个大圈的空地。

两人右手攒向前面，左手放在胸前，双脚来回挪动，互相望着。有经验的人立刻看得出，西塔诺夫的胳膊更长。周围安静无声，雪吱吱地在拳师们的脚下响。有人受不了这种紧张，烦躁地抱怨：“快打啊……”

西塔诺夫将右手一甩，莫尔多瓦人抬起左臂挡住。此时西塔诺夫的左手，一拳打中他的心窝。他哼了一下，后退几步说："新手，但不蠢。"

他们扑打在一块儿，互相朝对手挥着拳头，没几分钟，两方的观众都兴奋地大喊："快啊。画匠。画啊，涂金啊。"

莫尔多瓦人力气大太多，但身子非常笨，打着不灵动，打人一拳就吃两三拳。但莫尔多瓦人强壮的身体，吃几拳并无妨，他哼了几声就笑起来。正在此时，突然从下面打来实实在在的一拳，正中其肋下，将西塔诺夫的右手打脱臼了。

"把他们拉开，不分胜负。"好几个人同时喊，人们过去将两人拉开。

莫尔多瓦人平和地说："这个画匠虽然力气不太大，却非常灵活。说实话，将来可以成为好拳师。"

普通比赛——那是大点的孩子的，也开始了。我和西塔诺夫赶往骨科医助那里去。自从这事发生后，他在我眼中变得更高贵了，我更加深了对他的同情和敬重。

总之，他做什么事都非常正直而诚实，觉得自己本应那样。但豪迈的卡别久欣却巧妙地嘲笑他："喏，你的存在就为了摆卖相的。叶尼亚[①]，你将心擦得和过节时的茶水饮料那么亮，然后处处吹牛，看啊，多亮啊。可你的心是铜做的吗？跟你一起太无聊……"

西塔诺夫安静地不说话，不是专心做工，就是在本子上抄写莱蒙托夫的诗。他有空就抄。我劝他："你要是有钱，买一本就行。"他回答说："不，还是自己抄的好。"

他以潇洒秀气的字体抄完一页后，在等着墨迹干时轻柔地念：

没有感情，没有命运 / 你看着这个大地 / 既无真正的幸福 / 也无永恒的美丽……[②]

---

① 西塔诺夫的名字——叶夫根尼的昵称。

② 出处是莱蒙托夫的《魔鬼》，但不太正确。余振（莱蒙托夫的《诗选·恶魔》第 531 页，1980 年，人民文学出版社）的译文是："你将漠然地、毫不惋惜地 / 俯视着下界的尘寰，在那里 / 没有一点点真实的幸福 / 在那里没有长年久远的美"。

然后眯起眼说：“这是真话。嗯，他对真理了解得那么透彻。”

卡别久欣和西塔诺夫两人之间的关系是我最奇怪的。卡别久欣醉后一直找朋友打架，西塔诺夫长久地劝他：“算了吧。别动手了……”

可后来便将醉汉痛打一顿，打得非常狠，连平日里拿别人打架当热闹看的师傅们，都不得不主动将他们分开。

“不赶紧拉开叶夫根尼，准会被西塔诺夫打死的。这人连自己都不心疼。”他们说。

清醒时，卡别久欣也时常拿西塔诺夫开玩笑，笑他对诗的爱好和不幸的爱情史，且不怀好意地想引发他的嫉妒心，可没成功过。西塔诺夫默然地听着他的嘲笑，也不生气，有时本人都和他一块笑了。

他们在一起睡觉，每天晚上长久地小声讲着什么。

这话声让我不能入睡，我非常想知道，这两个完全不一样的人，到底说什么如此亲热，可我接近他俩时，这哥萨克人便质问：“你来干啥？”

西塔诺夫似乎没看到我。

但一次他们叫我过去，卡别久欣问我：“马克西莫维奇，要是你发财了，你做什么呢？”

“买书啊。”

“还有吗？”

“不清楚。”

“我呸。”卡别久欣生气地转过头去。西塔诺夫却平静地说：“你看，没人了解，不管少的老的。我和你说：财富本身没有好坏，所有东西都要加上某些因素才……”

我问：“你们说什么呢？”

“不想睡觉，胡乱说说。”哥萨克人答道。

后来我留心听，就清楚了：每天晚上他们说的，也是白天人们喜欢说的上帝、真理、幸福、女人的愚蠢和狡猾、有钱人的贪婪及混乱而不能理解的人生等。

我老贪婪地听他们说话，这些话让我兴奋，我十分爱听几乎每个人都异口同声说：生活不如意，就要过得如意些。但同时我看到，过得好些这一愿望并没让人承担过多的责任，在作坊的生活里，在工匠们彼此的关系上并没发生什么变化。这些话照亮了我面前的生活，暴露出其背后阴沉的空虚感。大家在这空虚里，和微小的尘土在晃荡的池水中似的，急切而混乱地游动，而他们自己却说，这混乱是令人气恼、一点意义也没有的。

人们议论得非常多、非常热烈，总是责难他人，吹牛、忏悔且常常为一点小事凶狠地吵起来，彼此狠狠地羞辱对方。他们时常猜测着死后的世界。作坊门口，放着污水钵的地板烂掉了，从这阴暗腐烂的破洞里，酸臭的泥土气伴着一阵冷风吹来，把我们的腿都冻着了；巴什卡和我拿破布和稻草把这个窟窿堵住了。他们时常说得换一块地板，可破洞却变得更大，刮起雪风时，像烟囱似的，雪花从洞中吹进来，搞得所有人都伤风感冒。洋铁皮制成的叶片——那是气窗上的，发出了令人厌烦的声音，人们都拿污秽不堪的话咒它，我给叶片涂上油，日哈列夫听听，然后说道："气窗没有了声音，似乎有点孤寂。"

他们洗完澡回来后，就躺在肮脏的、堆满尘土的床上，肮脏和臭气并没让谁不安。此外还有不少影响生活的、立即就能除掉的小事也没人去做。

人们时常说："谁也不同情人，无论是上帝还是自己……"

可当我和巴什卡为达维多夫洗了一个澡（他被污垢和小虫咬得几乎要死了）时，他们就嘲弄我俩，把自己的褂子脱下来让我俩抓虱子，让我俩帮他们擦背，捉弄我俩，就像我俩干了什么可耻又十分可笑的事似的。

从圣诞节持续到大斋期，达维多夫总在他的高板床上躺着。他一刻不停地咳嗽，然后吐着那些又腥又臭的血痰，又吐不到脏水桶里，落到了地板上。每晚他高声地说着梦话，把人们吵醒。

他们差不多天天都在说："该把他送去医院。"

但起初因为他的身份证过期了，后来又因为他的病好了一些，所以一直没去。最后大家终于决定："反正都要死了。"

他本人也有预感，说道："我没多长时间了。"

他是个安静的幽默家，也喜欢说搞笑的话来清除作坊里忧闷的空气。他俯着又黑又瘦的脸，大口地喘着气说："大家听听高板床上人的声音啊……”

然后，就和谐地唱着沉痛的搞笑调子：

我在床上讨生活 / 早上醒得非常早 / 醒着也好梦也罢 / 从早到晚被虫咬……

“他并没伤心呢。”人们这么夸他。

有时候，巴什卡我俩爬上他的床，他就苦中作乐地说搞笑的话：“我亲爱的朋友们，拿什么招待你俩呢？新鲜的小蜘蛛行不？”

他死得非常慢，连他本人都有些焦虑了，他真心懊恼地说：“我怎么还没死呢，真要命啊。”

他并不害怕死亡，这一点让巴什卡十分恐惧。每晚他都把我叫醒，小声地说：“他好像死了，马克西莫维奇……要真在晚上死了，我们却在他底下睡着，唉，我天生怕死人啊……”

不然他就说：“哎，他生下来干吗啊？不到二十岁就要死了……”

一天晚上，他又把我叫醒，惊恐地睁大眼说：“听。”

达维多夫在高板床上，嗓子呼呼地喘气，害怕而明白地说：“到我这儿来啊，来……”

然后打着呃。

“真的要死了，你看着吧。”巴什卡紧张地说道。

整个白天我都在院子里扫雪，然后弄到外面去，累死了，只想睡觉。但巴什卡求我说：“求你了，你别睡，别睡啊。”

他突然跪起身体发狂地喊着：“大家快起来啊，达维多夫死了。”

有人醒了，从床上爬起，听到愤怒的反问声。

卡别久欣爬去那个高板床，诧异地说：“似乎是真死了……身子还有些温……”

周围什么声音都没有。日哈列夫把身体裹进被子里，画了一个十字说：“唉，让他升天去吧。”

有人说：“把他抬到门廊下吧……”

卡别久欣爬下床，朝外面看看：“他在世时也没影响过任何人，让他一直待到天亮再说吧……”

巴什卡把头钻到枕头底下，开始哭泣。

但西塔诺夫没有醒来。

十五

郊野的白雪融化了，冬天的云彩化成湿雪落到地面，然后消失了。太阳在天上走得逐渐慢了，空气变得暖和了许多。好像春天也欢快地来了，但却躲在郊外的某个田垄里和人开起了玩笑，马上要冲进城里一般。棕红色的烂泥布满了街道，融化的雪水流淌在街道的两侧，囚徒广场[①]上大雪融化干净的地方，有欢快跳舞的麻雀，人们也和麻雀似的忙起来。伴随着春天的喧闹声，大斋的钟声也一天到晚地响个不停，轻轻地敲着人们的心。这钟声和老人的谈吐似的，隐藏着某些屈辱的东西，它好像在用凄然而忧伤的调子诉说着人世的一切："有过的，有过的，这有过的……"

在我命名日[②]那一天，作坊里的人们送给我一张玲珑精致的圣徒阿列克谢的画像，日哈列夫做了一大篇让我永生难忘的堂皇的演说："你是谁？"他摆弄着手指，扬起眉毛说，"不过就是来到世上十三年[③]的小孩儿，一个孤儿。年龄几乎长你三倍的我要赞美你，因为你对任何事从不逃避，勇于面对一切。你要永远如此，这非常好。"

他又谈起上帝的仆人和上帝的人，但我不明白二者之间的区别，日哈列夫自己似乎也不是很清楚。工匠们都嘲笑他讲得非常单调乏味。我双手捧起圣像站在那里，心里又感动又不安，不知所措。卡别久欣最终败兴地朝演说家嚷："停止你的丧礼演说吧，他的耳朵都发青了。"

说着就拍了下我的肩膀，也称赞起我来："你的优点，就是对大家

---

① 就是干草广场。这个广场上囚禁犯人的地方是一个三层的房子，因此有人又把这个广场叫作囚徒广场。

② 就是俄国旧历3月17日。

③ 1882年秋到1883年，高尔基在圣像作坊（萨拉巴诺娃）做工。这里提到的命名日是1883年3月17日，因此这时高尔基15岁，不是13岁。

都非常热情，这就是你的优点！所以哪怕有理由，都很难开口骂你，更不要说打你了。”

大家拿和气的目光看着我，善意地嘲笑我尴尬的神态。要再过一会儿，我一定会因为认识到大家需要我而高兴得痛哭流涕。但恰好这天清晨在铺子里，掌柜拿脑袋朝我一摆，冲彼得·瓦西里伊奇说：“不招人喜欢的小家伙，什么事都干不好。”

早晨我和平常一样到铺子里去了，可午后掌柜和我说：“回家把货房顶上的雪扫下来，运到地窖去……”

他不知今天是我的命名日，我觉得大家全不知道。等到我的祝福仪式在作坊里举行完毕，我换了衣服去院子里，爬到货房顶上，把今年冬天厚实笨重的积雪扫下来。但因为高兴忘了打开地窖的门，门被落下的雪堵住了。我跳到地上发现了这个错误，赶紧动手耙开门上的雪。雪又硬又沉，又很潮湿，木耙实在耙不动，还没铁锹。一不注意木耙被我折断了，正巧这个时候掌柜来到了院门边。“乐极生悲”，真应了俄国人这句俗话啊。

“好啦。”掌柜走到我身边来，讥笑地说道，“嘿，你干活儿真见鬼。我要狠狠揍你这榆木疙瘩……”

他拿起雪耙的柄朝我扔来，我灵巧地躲开，生气地说：“我可不是你雇来打扫院子的……”

他把木棒扔在我脚边，我抓起一团雪砸了他一脸，他哼着鼻子跑掉了。我也放下工作回作坊去了。几分钟后，他的未婚妻从楼上跑了下来。她是个满脸红瘰的放荡女人。

“叫马克西莫维奇去楼上。”

“我不去。”我说。

拉里昂诺维奇诧异地小声问我：“怎么不去？”

我告诉了他事情的经过，他眉头紧锁，忧虑地到上了楼。临走时轻声和我说：“你太莽撞了，小老弟……”

作坊里沸腾了，骂着掌柜。卡别久欣说：“嗯，这次肯定要把你开除了！”

这并不能把我吓住。我和掌柜的关系，早已弄不下去了。他恨死我了，近来更严重了。我也看不惯他，但我非常想知道，他到底为什么总是刁难我。

他经常把钱扔在铺子里的地板上。我扫地时看到就捡起来，放到柜台上给乞丐布施的零钱罐里。后来因为经常捡到这种钱，我懂了是怎么回事，就和掌柜说："你把钱扔给我是没用的。"

他面红耳赤，口不择言地乱喊："轮不到你来教训我，我自己做的事，自己清楚。"

可又马上改口说："谁会故意将钱白白扔了？是无意间掉的嘛……"

他不允许我在铺子里看书："你这种脑袋看书有什么用。吃白食的家伙还要当读书人啊？"

他一直有用二十戈比的钱陷害我的想法，我知道，要是扫地时硬币滚到地板缝里，他准会觉得是我偷的。于是我又告诉他，让他结束这样的把戏。没想到的是，就在这天，我从小吃店泡完开水回来，听到他偷偷地蛊惑隔壁铺子里一个刚来的店员："你让他偷《诗篇》[①]，最近有三箱《诗篇》要到了……"

我清楚他说我呢，我走进铺子，他们两人都非常尴尬。除了这件鬼鬼祟祟的事之外，还有很多形迹可疑的事情，能证明他们想陷害我。

隔壁那个店员为他干了好几次坏事了，他是个能干的买卖人，但酗酒，喝醉后被老板赶走了，过了一段时间，又重新雇了来的。他是个营养不良的瘦弱汉子，表面上是一个事事都顺从老板的温和的人，实际上是一个狡猾的人，从他的眼色就能看出来。小小的胡子上永远露着聪明的笑容，又爱说俏皮话，说话时发出一种有牙病的人常有的臭味，即使他的牙既白又结实。

一天他让我大吃一惊：他靠近我，态度热情且满脸微笑，猛然打掉我的帽子，一把抓起了我的头发。我们厮打起来，他将我从廊下推到铺子里，要摁我到放在地下的大圣龛上——要是让他们如愿，我准会压碎玻璃，弄破雕花，把高价的圣像划破。幸好他力气没我大，结果我打胜了。可是让我大吃一惊的是，这个长胡子的汉子在地板上坐着，擦着被打破的鼻子，

① 《圣经》中的一篇，这里说的是这篇的单行本。

哀伤地痛哭起来。

第二天早上，两家掌柜都出去了，铺子里只剩下我俩，他拿手指揉着鼻梁靠近眼睛的肿伤，和善地和我说："你觉得，昨天我是存心要和你打架吗？我又不是傻子，知道自己打不过你，我是个被酒水侵蚀的人，没有力气。这是我们老板让我做的：'找他打架去，尽量让他弄坏他们铺子里的东西，让他们受损失。'难道我自己愿意来惹事？！你看，脸被你打得花花绿绿的……"

我信了他的话，心里同情他。听说他和一个女人在一块儿，过着饥一顿饱一顿的生活，女人经常打他。但我还是问他："那人家要你下药毒死人，你也去做？"

"他会下。"伙计小声说，现出可怜的冷笑，"他大概会的……"

没多久他就问我："嗯，我没有一文钱，家里揭不开锅了，老婆跟和我吵。朋友，你在这边货仓里给我偷一张什么圣像好不？让我能换几个钱，嗯，做不做？要不，来一本《诗篇》好不好？"

我回想起鞋店和看守教堂的老头子，我猜想这人会把我出卖的！但不忍心拒绝他，就给了他一张圣像。我没胆量偷《诗篇》，价值好几卢布呢，觉得这会犯大罪。又能怎么样呢？在道德里时常藏着一种计较，洁白神圣的"刑法"，十分清楚地将这小小的秘密暴露，秘密虽不大，里边却藏着私有财产的大大的虚伪。

当我听到我们掌柜和这个可怜的人说，让他教我偷《诗篇》，我诧异了。我非常清楚，我们掌柜知晓了我在拿他的东西做顺水人情，隔壁的可怜人已把圣像的事告知他了。

我非常生气这种可憎的"借花献佛"的仁慈，和这陷害我的小伎俩，讨厌自己和所有的人。在我伤心难过的煎熬中，等待中的几货箱的书运到了。货终于到了，我在货仓里开箱时，隔壁的店员来了，让我给他一本《诗篇》。

我质问他："你将圣像的事和我们掌柜说了？"

"说了。"他抑郁地说，"兄弟，我是个藏不住事的人……"

我目瞪口呆，瞪眼坐在地板上看着他。他惊慌失措地说了些话，那又狼狈又可怜的样子，真让人无法忍受。

“你要明白，是你们掌柜自己猜到的，不，是我们老板猜到了，然后他又去告诉你们掌柜……”

我心想，这下我完蛋了——这群家伙互相勾结诬陷我，现在我一定会被关到少年感化院去。既然木已成舟，反正无所谓了。如果已经被水淹了，还不如干脆沉到水底。我拿了一本《诗篇》塞到他手里，他藏在外套下跑了出去，但马上又回来，将《诗篇》丢到我脚边，说了句话就赶紧走了：“我不要这个。会和你一块儿倒霉的……”

我没有明白他的意思——为何会和我一块儿倒霉？但我异常兴奋，他没把书拿走。这件事后，我的小掌柜比之前更喜欢和我发脾气，更加怀疑我了。

当拉里昂诺维奇走上楼时，我回忆起了这一切。没多会儿他就回来了，神色比刚才更沮丧，显出从未有过的沉静。吃晚饭前他小声地单独和我说：“我说了很多话，希望让你别去铺子，只在作坊里帮忙。没有办成。‘金龟子’不允许。他非要跟你作对……”

这铺子里，掌柜的未婚妻是我另一个仇人，那个极其轻佻的女人。作坊里的年轻人都和她胡闹，在门廊下等她，看她过来就一把抱住，她也不气恼，只是发出轻轻的尖叫声，像一只小狗。从早到晚她嘴里总是吃着东西。她的荷包里总装满了饼干和油炸饼，一直咬动她的下巴。她不安的灰眼睛和茫然的神情，见了实在让人不舒服。她时常让巴什卡和我猜谜，谜底都是无耻下流的。又教我俩很多绕口令，也全是下流的话。

一天有个年纪大的师傅和她说：“你真是个不知羞耻的姑娘。”

她就活泼地拿下流的小调回道：

姑娘要害臊/哪里生宝宝……

我第一次遇到这样的女子，她恐吓我，要和我胡闹，我非常厌恶她。她越是看我不喜欢和她胡闹，就越死死纠缠。

一天在地窖里，我和巴什卡帮她刷洗空桶——是装黄瓜和格瓦斯的，她和我们说：“小家伙们，我教你俩亲嘴好不好？”

“我的技术要比你强很多呢。”巴什卡笑着说。我毫不客气地告诉她：

“你要亲嘴和你未来丈夫亲啊。”她生气了：

“咳，多粗野啊。小姐和他亲热，他却翘起尾巴；你说，你算什么玩意儿啊。”

然后她又拿指头摆出威胁的样子说：“等着吧，让你记住这个。”

巴什卡帮着我，和她说：“要是你未婚夫得知你这么不可理喻，他会让你吃苦头的。”

她长满瘰疬的脸显出蔑视的神色：“我才不怕他。有我这样的嫁妆，能找十个比他棒的女婿。姑娘在出嫁前，正是寻欢作乐之时。”

她就和巴什卡闹着玩。从这以后，我又多了个对头——她拼命在背后说我的坏话。

我在铺子里越来越不能忍耐了，所有的宗教书都看完了，鉴定家的议论和谈话引不起我的兴趣，他们说来说去还是那一套。只有彼得·瓦西里伊奇了解生活的黑暗，说起话来绘声绘色，还能让我感兴趣。有时我在想孤独而又喜欢报复的那个先知以利沙[①]，在四处游历时，大概就是这样吧。

但是，每次我把别人的事，自己的心思，坦诚地说给这个老头儿时，他总是非常愉快地听我讲完，然后将我所说的和掌柜说，掌柜听后不是难堪地嘲弄我，就是生气地叱骂我。

一天我告诉老头儿，有时他说过的话，我记在了那个我摘抄各样诗句和警句的本子上。老头儿十分诧异，慌忙跑到我身边，不安地问我：“你这是干啥？孩子，不能这么做。为了记住？不，这不行。你真会耍新花样。你将记了的给我好不好？”

他费尽唇舌地劝说我，让我把本子给他，或者把它烧了。然后又气呼呼地和掌柜嘀咕开了。

我们回家的时候，掌柜严厉地警告我：“听说你抄啥东西，不许做这事。听到没？只有密探才做这勾当。”

我心不在焉地问他：“那西塔诺夫呢？他也在抄啊。”

---

① 《旧约全书·列王纪下》的第2至9章里，说到了一位先知，他周游四处，惩恶扬善。

“他也抄？这个高个子的傻瓜……”

沉默了很久，他难得地柔声说：“嗯，我给你五十戈比，把西塔诺夫和你的本子让我瞅瞅。但不能让西塔诺夫知道，要悄悄地……”

也许他觉得我能答应他，就再没说话，迈开短腿朝前跑了。

到家后，我将掌柜的要求和西塔诺夫说了，他眉头一皱说：“你太多话了……这下他准会让某个人来偷咱俩的本子。把你的拿来，我藏起来……而且，你很快就会被赶走的，看着吧。”

我觉得是真的，因此决定了，等外祖母回到城里，立刻离开他们。她整个冬天都在巴拉罕纳住，有人请她，让她教姑娘们织花边。外祖父又搬到库纳维诺住去了，我不去他那里，他到城里时也从没看过我。一天我们在街上碰到了，他身着一件沉重的浣熊皮大衣，趾高气扬地缓步走在街上，像一个神气的神父。我和他打招呼，他拿手遮着眼看看我，像有什么心事似的说：“哦，是你啊……你现在成了画圣像的学徒呢，是的，是的……嗯，你去吧，去吧。”

他将我从街上推开，依旧趾高气扬慢慢地走远了。

我不常看到外祖母，她要照顾呆老的外祖父，就拼命地工作，还要帮着照看舅父的孩子。最麻烦的就是米哈伊尔的儿子萨沙，他是个爱幻想、爱读书的帅气青年。换了好几家染店的工作，失业后就靠外祖母养活，静静地等她给找新的工作。萨沙的姐姐也是外祖母的一个累赘，她命不好，嫁给一个喝酒的工匠，他对她又打又骂，把她赶了出来。

每次碰到外祖母，我都越发从心底里钦佩她的善良。但我已逐渐地感到，她美丽的心灵被童话蒙上了眼睛，不能看到，也不能理解那痛苦的现实生活的现象。因此，我的焦虑和不安，她是无法体会的。

“要容忍，阿廖沙。”

当我滔滔不绝地和她说起人们的痛苦、生活的丑恶、扰乱我的心的苦闷，她只能回答我这一句话。

我不会忍耐，只有想修炼自己的时候，才会表现出像牲畜和木石般的德行，想了解自己的力量和在大地的坚实程度罢了。有时，年轻人凭血气之勇，艳羡大人的力气，尝试去举起超过自己的筋肉和骨头所能承受的

重物，并且举了起来，为了炫耀自己，像有力气的大人一般，尝试着挥着两普特重的秤锤。

从直接和间接的意义上，我在肉体和精神上都曾有过这样的做法。只是因偶然的机会，我才没有受到致命的创伤，没有造成终生的残废。因为，没有什么能比忍耐、对外部环境力量的顺从更可怕、更让人心灵残缺的东西。

如果最终我成了一名残废者而躺到坟墓去，那我在临终时，依然能自豪地说：在这四十年里，那些善良之人拼命地想把我的心灵弄残废，但他们的努力全泡汤了。

想让人们开心，想闹着玩，让人们笑，这强烈的愿望更加频繁地驱动着我。我常常做到了这一点，我会假扮成尼日尼市场上——那群生意人的脸相，将他们的事情说给人们听。我模仿那些乡下的男女——买卖圣像的神态，掌柜怎样变着花样地骗他们，那些鉴定家又如何拌嘴。

作坊里的人全高声笑了，有时候，工匠们放下手头的工作看着我表演，但那以后，拉里昂诺维奇总会忠告我："你最好在晚饭后再演，以免耽误工作……"

"表演"完后，我似乎放下了重担，心里轻松多了。半小时到一小时之间，头脑非常清爽。但一会儿脑袋里似乎又被尖锐的小钉子装满了，在那里钻着，发了热。

我感觉在我周围滚沸着一种什么泥汤，连我自己也似乎在那里面慢慢被煮烂了。

我在想："莫非全部生活就是这样的？我要和这些人一样地活下去，不可以活得更好一点，不可以寻找到更好的生活吗？"

"你发怒了啊，马克西莫维奇。"日哈列夫看着我说道。

西塔诺夫也时常会问我："你怎么了？"

我不知道如何回答他。

生活粗暴而顽固地将我心灵中美好的东西抹除，不怀好意地拿一种什么废物替代了它。我愤怒而强悍地抵抗这暴行。我和人们在同一条河水里浮沉，但我觉得水太冷了，这水又不可以像浮起别人那样轻易地将我浮起，我时常感觉自己会沉到深底去。

人们待我越来越好了，他们不像对巴什卡那样呵责我，也不欺负我。为了表达对我的尊敬，喊我的时候带着我的父称。这很不错，但看过很多人狂饮的情景，他们醉酒后那讨厌的形态，和他们与女人不正常的关系，心里确实难受，虽然我也清楚，在这种生活中，酒和女人是唯一的慰藉了。

我经常痛苦地想到——那聪明胆大的娜塔莉亚·克兹洛夫斯卡娅本人，都说女人是一种安慰。

那我的外祖母呢？还有，那“玛尔戈王后”呢？

想到“王后”，我体会到一种接近恐惧的情感。她和人们是那么不一样，我似乎在梦中和她见过。

我常常想到女人了，且已在解决这个问题。下次休息日时，我是否也到人们去的地方去呢？这不是肉体的需求，我是健康喜欢干净之人，但有时却发疯一般想拥抱一个温柔而聪慧的女人，像和母亲诉说一般，将心里的烦恼坦诚且无穷无尽地和她诉说。

巴什卡每晚都和我说，他和对面的女佣拥有的爱情史，我十分艳羡他。

“是这么个情况，兄弟：一个月之前，我用雪球扔她，还不喜欢她。但如今坐在长凳上紧紧靠着她——再没有比她更可爱的人了。”

“你们都说什么？”

“自然什么都说。她和我讲自己的身世，我也和她说我的身世。然后我们接吻……只是她这人非常守规矩……老弟，她人挺好的。……嗯，你抽烟的样子像一个老兵。”

我抽烟抽得都醉了，心里的愁闷和不安也就麻木了。幸亏我不喜欢喝那伏特加酒——我非常厌恶它的味道。但巴什卡却喜欢喝酒，喝醉后就哀伤地痛哭：“我要回家，回家。让我回家吧……”

我记得他是个孤儿，父母早去世了，也没兄弟姐妹，寄养在别人家的时候才八岁。

正当如此激动不满意之际——更兼春天的诱惑，我打算再去船上干活儿，等船开到阿斯特拉罕，就逃往波斯。

为何打算去波斯，如今理由已不清楚。或者只是我曾在尼日尼市场上见过那里的商人，认为十分合意的原因：他们和石像一般在地上盘膝而坐，染色的胡子在太阳下映着，安静地抽起那水烟袋，他们有黑大的眼睛，似乎天下的事没他们不清楚的似的。

没准我真会逃去某个地方，可复活节的那一周，一部分工匠回乡去了，留下的也只知道一天到晚喝酒。因为天气非常好，我去奥卡河边散步，碰到了我往日的主人——外祖母的外甥。

身着灰色薄大衣的他，两只手在裤袋里插着，帽子戴到了后脑壳，含着烟卷，他和蔼的脸友好地向我微笑着，有一种令人快乐的洒脱自在的气质。旷野中，除了我们俩，没其他人了。

“啊，彼什科夫，恭喜，基督复活了[①]。”

我们接吻三次，他问我生活过得如何，我坦诚地和他说：作坊、城市，所有都已厌倦了，所以想去波斯转转。

“算了吧。”他严肃地说，“波斯有什么好的？真是见鬼呢。老弟，我明白，我在你这么大时，也想去天涯海角见识见识。……”

虽然他开口就是见鬼见鬼的，我听了却非常舒心。他身上有种美好的春天一样的气息。他显出一副自由自在、悠然自得的神态。

“抽烟吗？”他问，在我面前拿出一只装着粗大烟卷的银色烟盒。

这回我终于被征服了。

“哎，彼什科夫，再来我这里吧。”他向我提议，“我在今年市场上承包了四万多的建筑工程，兄弟，你懂不懂？我派你去市场，替我当监工，材料运来你就收下，按时分配到固定地方，防着工人偷东西，好不好？工资是一个月五卢布，此外每天五戈比，算是午饭钱。你和我家里的女人们没关系，早出晚回，不用在意她们。不过，你不要说我俩在路上碰到，你装作随便来就可以。多马周[②]的星期天，你就来吧——就这样了啊。”

我们告别的时候像一对朋友，他握了握我的手，离开了，甚至很远

---

① 复活节来时，俄国的东正教徒们见面时如此互相祝贺，并行亲吻礼。后来不受教徒之限，所有人都能行这样的礼。

② 复活节过后的第二周。

时还殷勤地晃着帽子。

回到作坊时，我和他们说我要离开的想法，开始时，大部分的人都表达了惋惜之情，这让我感觉万分荣幸，巴什卡尤其不开心。

“你想啊。”他责怪我说，“咱俩在一块儿都习惯了，你如何能和那些杂七杂八的乡下人生活？木匠，彩画匠……你这是做啥。不做师父，倒想做和尚了……”

日哈列夫嘀咕着：“鱼喜欢往深海游，帅气的小伙子却往坏的地方钻……”

作坊里给我举行的送别会，是非常愁闷而无味的。

“当然什么都要试试。”喝醉的、脸色有些黄的日哈列夫说，“不过最好一下抓住什么坚持做……”

“做一辈子。”拉里昂诺维奇小声补充道。

但我感到他们这么说是勉强的，似乎只是一种义务。那条把我们联结在一起的绳子，似乎立马就腐烂了。

戈戈列夫喝醉了，他嗓子沙哑，在高板床上说：“我一兴奋，让你们都去牢里。我——知道秘密。这里谁信上帝呢？嘿嘿……”

和平时一样，没有脸部的、没有画好的圣像都靠在墙边，玻璃球贴在天花板上。早已不在灯下做夜工了，它们很久没用，被一层灰色的尘土和煤烟罩住了。周围的一切都在我的记忆里深深留着，就是在黑暗中闭上眼，也能看到地下室的全景：水桶上那些类似消防员的帽子的铜洗手钵、窗台上那些颜料罐、全部的桌子、一捆捆的笔插和画笔、那些圣像、放在屋角的脏水桶、戈戈列夫的那个自高板床上耷拉下来——发青的像淹死鬼的脚一般的赤脚。

我想早点离开，但俄国人是喜欢拖延哀伤时间的，和人分别也和做安魂祭一般。

日哈列夫动动眉头，告诉我：“那本《恶魔》，我不还给你了，你愿意合二十戈比让给我不？”

那本书是一个老头儿——消防队队长送我的，我不想将这本莱蒙托夫的书让给其他人。但我不太开心地说，我不要你的钱，他真不客气，把钱收回钱袋，坚定地说：“你随意了，不过我不还你书。这书对你也没好处，它会给你带来麻烦的……”

“可店铺也有卖的啊，我亲眼见过的。”

但他非常诚恳地和我说：“这能说明什么，店铺里还卖手枪呢……”

结果，最终我还是没能拿回莱蒙托夫的作品。

我上楼去和老板娘告别，在门廊下碰到她的女儿。她说：“据说你要走了？”

“是，准备离开了。”

“你要是不走，也会将你赶走的。”她毫不客气，倒也非常诚恳。

一副醉态的老板娘这么说：“再见了，愿上帝保佑你。你这小孩儿让人感觉非常不好，性格太倔了。我本人虽没亲眼见到你做过不对的事，但人们都说你不是一个好孩子。”

然后，她突然哭了起来，泪眼汪汪地说：“要是我的那个死人还在，要是我的丈夫——亲爱的宝贝还在，他一定会教训你的，会揍你，会打你脑袋，可肯定不会将你赶走，准会让你在这儿待下去。现在全变了，一点儿不顺心就让人滚蛋。唉，你去哪儿呢？孩子，你去哪儿立足啊？”

十六

我和主人划着一只小船经过市场的街道。因为发大水，两边砖造的店房淹到了二楼。我划着桨，主人在船艄坐着，笨拙地掌着舵。后桨入水太深，船身摇摇晃晃地绕过街角，驶过平静而混浊的、好像沉思一般的水面。

“咦，这次水头真高，真见鬼。开不了工了。”主人抽着雪茄嘟囔着，烟发出焚破呢料的味道。

“慢点划。”他慌张地喊，“要撞到路灯柱子啦。”

好不容易才把住船舵，他骂道：“给我们这么破的船，混账玩意儿……”

他给我指指水退后店铺需要修理的地方。他全身上下没有一点包工头的模样：唇须剪得短短的，脸剃得发青，嘴里抽着雪茄。他身着皮袄，肩上挂一只猎袋，长筒靴一直套到膝头上，两腿间夹着一支莱贝尔双筒枪[①]，他总是不安地动动皮帽子，将它压在眉梢上，鼓起嘴唇，焦虑地注视着周围；然后又将帽子掀在后脑上，显得非常年轻，唇须上也浮起了笑容，回想着什么高兴的事，不像一个工作很忙，心里正在因大水退得慢而惆怅的人。很显然，他心里正荡漾着和工作无关的什么想法。

我有点被惊异压住了：这死寂的城市看起来是如此奇怪，一排排紧闭窗户的房子密排着——大水淹了的城市似乎在我们的船边漂过去了。

天是灰色的，云层遮掩住了太阳，不过有时从云缝里，也会露出冬天那样银白色的巨大天空。

冰冷的水，泛着灰白的颜色，看不到它流，似乎在凝结着，和黄色的肮脏的店房与空屋子一道睡了。苍白的太阳从云缝里露出来，四周的一切就稍稍明亮了一些，灰蒙蒙的天空像一块布似的在水里倒映着。我们的小船在两个天际间漂荡，石头房子也漂荡了起来，慢得差不多和看不出来似的向伏尔加河和奥卡河方向流去。船旁漂着一些破桶、烂箱、筐子、木片、干草，有时还有竿子或者绳子，和死蛇一样地浮起来。

有些开着窗子的地方。市场长廊的屋顶上，放着毡靴子，晒着衬衫裤。有个女人从窗口眺望着灰色的水。一只小船系在长廊的铁柱上，映在水里的红红的船腹，像块很大的肥肉。

主人拿下颏点点那些有人的地方给我解释：“这儿住着市场的更夫，他经常通过窗户到房顶上去，然后坐上小船去巡逻，看看附近有没有小偷，要是没有他自己就偷……”

他懒洋洋地、安静地说着，心里正思考着其他的什么事。周围都沉寂下来，像睡着了一样，空寂得令人难以置信。伏尔加河和奥卡河汇合成了一个大湖。在远处的毛毵毵的山上，隐约能看到花花绿绿的市区。城市的周围是灰暗色的，但树枝已抽芽的果园、房子、教堂都被绿色而和暖的外衣披上了。热闹的复活节的钟声沿着水面在全城回荡。但我们这里，却像在被遗弃的墓地里似的。

---

① 莱贝尔（1835—1881）发明的枪，并以他的名字命名。

我们的小船从黑森森的两行树林穿过，顺着大街驶向老教堂。雪茄的烟刺着主人的眼，让他变得心烦，小船的船头和船身时常碰到树身，主人焦躁地惊叫：“这只船糟透了。”

“你不要把舵啊。”

“有这种事吗？”他嘀咕着，“两个人划船当然要一个划桨，一个把舵啊，你看，那边是中国商场[①]……”

我早已十分熟悉商场的情形，我也清楚这个滑稽的商场和它那杂乱无章的屋顶。屋顶的角落上有个盘膝而坐的中国人石膏像。一次我和几个朋友朝那些人像扔石子，把人像的脑袋和胳膊打掉了。但如今，我再也不会因这样的事自豪了……

“真没劲。”主人指指那个商场说，“要是让我来修造的话……”

他吹着口哨，帽子被他推到了脑后。

但不知怎的，我却感觉，要是他把砖房街市造在这个地方——这个每年要被两条河的河水淹没的低地，也会一样地没劲。他也会想到这样的中国商场吧……

他将雪茄扔到船外，同时厌烦地吐了一口唾沫说：“真烦人，彼什科夫，真烦人啊！全是一群没受过教育的人，没人能说话。吹牛能吹给谁听啊？没人，都是石匠、木匠、乡下佬儿、骗子……”

他看着右边的白色伊斯兰教堂，一幢坐落在耸立出水面的山丘上的漂亮教堂，似乎记起了什么被遗忘的事情，接着说：“我如今开始喝啤酒、抽雪茄，学德国人的样子生活。德国人，老弟，他们非常有本事，是些好家伙。喝啤酒是种享受，但还没抽习惯雪茄。抽多了老婆就嘀咕：‘你有一股子马具工人散发的怪味。’喂，老弟，活着，就要想方设法……好了，你来掌舵吧……”

他将桨放在船沿上，拿起枪朝屋顶上的一个中国人像打了一枪。人像没有受到损伤，霰弹落在墙头和屋顶，在天空升起了一团夹杂着尘土的烟。

---

① 市场中心的救主大教堂两旁是经营糖、茶叶、纸张等的“中国商场”。

"没打中。"他无所谓地说，又往枪膛里装了弹药。

"你和姑娘们搞得如何，开过荤了没？还没吗？我在十三岁时就已恋爱了……"

他像说梦话一样讲述他的初恋，他当学徒时爱上了一个建筑师家的女佣。灰色的水轻巧地泛起水花，冲刷着房子的墙角。教堂后那一片辽阔的水闪烁着混浊的光，水面上几处柳树的黑枝露出来。

在圣像作坊里，不停地唱着神学校的歌：

青青的海啊 / 狂暴的海啊……[①]

这青青的海，也许是致命的寂寞……

"晚上经常睡不着觉。"主人说，"有时从床上爬起来，在她的房门口立着，和小狗一般发抖，屋子非常冷。我的东家每晚到她房里去，没准儿我会被他撞到，可我不怕，真的……"

他讲得入了神，好像在思考一件穿过的旧衣服，能不能再穿上一样，沉思着说："她看到我，心疼我，打开房门喊我：'小傻瓜，进来啊'……"

这样的故事我听过太多，虽然其中也有好玩的地方，但已经听腻了。所有人，关于自己的初"恋"，几乎都说得非常缠绵而伤感，一点也不吹嘘与猥琐。于是我觉得这是讲故事之人一辈子的最好之处。有非常多的人，在生活中似乎就只有这一点好处。

主人摇着脑袋笑着，惊奇地感慨道："这些事你可不能跟我老婆讲，千万不能说。这有何了不起吗？可这就是不能说的话。你看，多有趣……"

他似乎不是在和我，而是在和自己说。若是他不说，我就会开口了。处于如此安静和萧条之地，必须得说话、歌唱，或者拉手风琴。否则，就会沉眠在这被灰色的冷水所淹没的死寂的城市中，再也醒不来。

"第一，不能早结婚。"他教我，"兄弟，结婚是件终身大事。活下去，想在哪儿住就在哪儿住，想做什么就做什么。这是你的自由！可以住在莫斯科当警察，也可以住在波斯当伊斯兰教徒，受苦也罢，偷盗也罢——这所有的一切都很容易改变过来。可是，老弟，老婆这个东西和天气似的，

---

① 用伊·伊·科兹洛夫（1779—1840）的诗谱写的歌。

你没办法去改变……真的！你不能把她像靴子一样随意扔了……”

他变了脸色，眉头紧锁着，瞅瞅灰色的水，拿一只手指擦擦隆起的鼻梁，喃喃地说：“对，老弟……需要谨慎小心。你遇人磕头，即使你能屈能伸……但是，每个人的面前都有自己过不去的坎儿……”

我们划进了梅谢尔斯基湖的灌木林中[1]，这湖和伏尔加河汇合了。

“慢点儿划。”主人嘱咐我，拿枪瞄着灌木林。

打到几只瘦弱的野鸭后他交代道：“划到库纳维诺去！我要在那里待到天黑。你回家吧，就说包工头们把我耽搁住了……”

他在市梢一条街上岸了，这边也被水淹了。我经过市场回到了指针街，将小船系住，坐在船上眺望着两条大河的汇合之地，还有城市、轮船和天空。天空像一只大鸟丰满的翅膀，布满了白羽毛一样的浮云。金色的太阳从云缝蔚蓝的深渊里露出，光线一照到大地，地上的万物全改变了。周围的一切都生机盎然。湍急的河流轻轻地浮送着不计其数的木筏。大胡子的乡下人昂扬地站立在木筏上，他们摇动着长长的木桨，在遇到轮船时发声叫嚷。小轮船逆流拖着一只空的驳船，河水摇荡着轮船，似乎要将它夺回。轮船像梭鱼似的晃着头、喘着气，对猛然扑来的浪头用力地扭动着轮子。驳船上并排坐着把腿吊在船舷外的四个人，其中一个穿一件红褂子[2]。四人同声歌唱，虽歌词听不清，但声调却熟悉。

在这生机勃勃的河上，我对一切都感到亲近，一切都熟悉，且一切都是能理解的。但是在我的身后，那淹在水里的城市却像一场噩梦般，就像主人瞎编的故事，这些是他自己一样不能理解的。

我心满意足地饱看着所有，感觉自己成了大人，什么工作都能干，就回家了。半路上我从内城的山头回望伏尔加河，从高地眺望着对岸，大地一望无际，好像能满足所有人的愿望。

在家里我有书看。之前玛尔戈王后住的房子，如今住着一个大家庭。五个姑娘一个比一个漂亮，还有两个中学生把书借给我，我贪婪地读着屠

---

① 在下诺夫哥罗德市场中心的北边。

② 俄国的古老习俗，商船行驶时，桨手需要穿红褂子。

格涅夫的作品，让我惊异的是他的作品都通俗易懂，和秋天的天空一样晴朗，而且书中的人物是如此的纯洁，所有用质朴的话所说的事物是如此美好。

我又读了波缅洛夫斯基[①]的《神学校随笔》，也惊叹不已。

最怪异的是，这部作品的内容非常接近圣像作坊的生活。我完全明白因厌倦生活而做残酷恶作剧的心理。

读俄国的作品非常好，让人能时常在书里感到一种熟悉和忧伤的东西。就像大斋节的钟声隐藏在书页里，打开书就会小声地嗡嗡地响。

我勉强把《死魂灵》读完，读《死屋手记》[②]时也是如此；《死魂灵》《死》[③]《三死》[④]《死屋》[⑤]《活尸》[⑥]——这样的书名不禁引起了我的注意，激发我对这种书一种隐约的讨厌。《时代的表征》[⑦]《斯穆林诺村纪事》[⑧]《稳步前进》[⑨]《怎么办？》[⑩]这类的书，我也不爱看。

但我最喜欢狄更斯和华特·司各特。我怀着非常大的兴趣阅读他们的作品，一本书时常读两三次。华特·司各特的作品让人联想到大教堂里节日的弥撒，虽然有些冗长沉闷，但往往非常庄严。狄更斯是一位我愿意顶礼膜拜的作家，这人让人惊叹地掌握了最难的人类爱的艺术。

每天的傍晚，都有不少人聚集在大门口。K家的兄弟姊妹，还有别家的少年，一个长着朝天鼻的中学生—维亚奇斯拉夫·谢马什科。有时，一位大官的闺女普季齐娜小姐也过来。大家谈论着书和诗，这对我都是熟悉而亲切的。我读过的书远远多于他们。但他们说得更多的是学校的

---

① 俄国平民知识分子作家。
② 陀思妥耶夫斯基的小说。
③ 屠格涅夫的小说，收录在《猎人笔记》一书中。
④ 列夫·托尔斯泰的作品。
⑤ 《死屋手记》的简称。
⑥ 屠格涅夫的小说，收录在《猎人笔记》一书中。
⑦ 俄国长篇小说。
⑧ 俄国民意派作家的作品。
⑨ 俄国作家的长篇小说。
⑩ 车尔尼雪夫斯基的长篇小说。

事，比如对教员的埋怨。我听了这些人的话，觉得自己比这群同伴更自由些，而且对他们的忍耐力表示惊奇。不过我依然艳羡他们，他们是在那里上学啊。

我的朋友年龄都比我大些，可在我看来，我比他们要年长，更成熟、更富有经验。这多少让我感觉困窘，我希望自己可以和他们走得更近些。每天很晚时，我带着一身尘土和肮脏回到家，脑子里装满了和他们全然不一样的很多印象，他们的思想是非常简单的。他们时常谈起别人家的姑娘，一会儿想着这个少女，一会儿恋着那个少女，想写诗。但写诗时常要我帮忙。我用心地学习写诗，很轻易地学会了用韵。可不知怎么回事，我的诗总带着一点幽默的味道。普季齐娜小姐收到的诗比别人都多，她时常被我比作一种蔬菜——葱头。

谢马什科和我说："这是啥诗啊？就是皮鞋钉嘛。"

我和大家一样爱上了普季齐娜小姐。我已记不清我如何和她表白的了，总之，结果很不好。星池腐绿的水上浮起一块木板，我让小姐在这木板上坐着，让我来划，她答应了。我把板拨到了岸边并跳上去，木板能够承受我一个人的重量，可等满身花边和丝带的盛装的小姐优雅地站上板的另一边，我骄傲地把竹竿向岸撑开时，这该死的板居然摇摇晃晃地沉下去了，将小姐翻在水里。我拿出骑士的精神，跳到水里去救她，马上把她抱上岸，惊恐和池中的绿泥将我的皇后的美彻彻底底地抹灭了。

她舞着水淋淋的拳头，朝我恐吓叫骂："你故意让我掉进水里。"

无论我解释得多么真诚，她从此不再理我了。

一句话，城里的生活都不太好玩。老主妇和从前一样对我没好感，小主妇拿怀疑的眼神看着我，维克托长了更多的雀斑，脸也愈加发红，不知有何委屈，他和所有人都动不动就吵起来。

主人制图工作非常忙，两兄弟也忙不过来，就叫我继父来帮忙。

一天我早早从市场里回来，约莫是五点钟，走进餐厅的时候，就看到一个我早已忘掉的人和主人坐在那里喝茶。他向我伸出手："您好啊……"

完全出乎意料，我愣住了，过去的事情像火一般熊熊燃烧着，把我的胸头灼痛了。

“把他吓了一跳。”主人叫着。

继父那张瘦得让人不舒服的脸微笑地看着我。他全身上下透露出精神委顿的感觉，他的黑眼睛显得更大了。我将手放到他细瘦而发热的手指中。

“看，咱们又见面了。”他咳着说。

我像挨了打一般无力地走了。

我们之间产生一种拘谨而模糊的关系，他喊着我带有亲生父亲称谓的全名，和我说话像平辈人一样。

“您去铺子时，请代我买一百张维克托尔松卷烟纸[①]和四分之一磅拉费尔姆烟丝[②]，再加一磅煮香肠……”

他给我的钱总还有手心的温热，拿着非常不舒服。很明显，他得了肺病，也活不了多长时间了。他自己也清楚，沉静地拧着黑而尖的胡须小声说：“我的病也许是治不好了。然而多吃点肉，就会恢复一些，没准儿，我还能够康复呢。”

他饭量大得惊人，烟也抽得厉害，除了吃饭，烟一直是不离嘴的。我每天为他买香肠、火腿和沙丁鱼。可外祖母的妹妹，不知是何原因也深信不疑地、幸灾乐祸地说：“拿好东西请死神吃是没用的，死神是骗不过去的。”

主人们对继父的关心让人尴尬，时常固执地劝他吃各种药，可却在背后笑他：“真是一个贵族啊。他说必须把桌上的面包屑打扫干净，据说苍蝇是从面包屑里繁衍出来的。”小主妇说完，老主妇就搭上腔来：

“可不是，真正的贵族啊。亮亮的衣服都磨出窟窿来了，还在那里拿刷子拼命地刷。真是个怪人，一颗尘土也不让沾在他身上。”

主人却似乎在宽慰她们：“等着吧，老母鸡们，他也不会活多久了！……”

市侩们对贵族有种毫无道理的仇视，让我和继父无意中亲近起来。

---

① 用维克托尔松设计的机器制造的烟纸，当时销路很广。

② 彼得堡拉费尔姆烟草公司的产品。

虽然捕蝇草也是一种毒草，但它总是美的。

继父在这群人中闷得透不过气来，就像一条鱼偶然落进了鸡窝。这个比方看似有些荒唐，不过生活本来就如此荒唐。

在他的身上，我逐渐看到“好事情”——我那个永不能忘的人的特征——我将书里所看到的所有美好的东西都用来装饰了他和王后，把读书所产生的所有幻想和自己一切最纯粹的东西，都放在他们身上。继父和“好事情”一样，是个冷冰冰的难以亲近之人。他对这家的人一视同仁，决不自己先说话，回答他人问题时，也非常客气而简练。我对他教主人的神态感到很惬意。弯着腰，站在桌子旁，拿干枯的指甲敲着厚纸，安静地教训说：“这边，必须用铁钩连起托梁，减轻对墙的压力，否则托梁会将墙压坏的。”

“对呢，真见鬼。”主人嘟囔着。一会儿继父离开时，妻子朝他嘀咕：“我太诧异了，你怎么被他教训了。”

继父晚饭后刷牙时，将喉结翘起漱口，不知什么原因，让她非常生气。

“我感觉。”她发出酸溜溜的声音，“叶夫根尼·瓦西里耶维奇，像你这样将脑袋仰到后面，对身体是有害的。”

他客气地笑着问：“这是为什么啊？”

“……就是这样的……”

他开始用一把牛骨针剔他那带点蓝色的指甲。

“你看，他还剔指甲……”主妇焦躁起来，“命快没了，还在……”

“唉。”主人叹气说，“老母鸡，你还有多少这样的蠢话？……”

“你说什么呢？”妻子生气地说。

老婆子每晚热忱地向上帝祷告：“上帝啊，那个痨病鬼真是我的拖累啊，维克托又袖手旁观了……”

维克托学着继父的样子——慢悠悠地踱着步，两手沉着的贵族式的动作，漂亮的系领带的方法，吃东西时嘴里不发出声音。他时常粗鲁地问：

“马克西莫夫，膝头用法国话怎么讲？”“我是叶夫根尼·瓦西里耶维奇。”继父淡定地提示他。

“啊，行吧。那胸部怎么说？”

吃晚饭时维克托命令母亲："马—梅—东涅—穆阿扎称尔[1]腌牛肉。"

"啊，你这个法国人啊。"老婆子疼惜地说。

继父像耳聋了一样，全然不看别人，只管咬着肉。

一天，哥哥和兄弟说："维克托，如今你学会了法国话，应该给你找个情人……"

继父默默地笑了一下，我记得，我只见他这样笑过一次。

妻子生气地把汤匙扔在桌上，朝丈夫吼："你真好意思，在我面前说这样无耻的话。"

有时继父来后门的门廊里找我，那边——上阁楼去的楼梯底下，就是我的寝室，我在楼梯上坐着，朝着窗口看书。

"看书呢？"他吐着烟问我，他的胸中发出咝咝的声响，那是焚烧木头一类的声音，"这是啥书？"

我把书拿给他。

"啊。"他说着，看了眼里封，"这书我似乎也看过。您想抽烟不？"

我们从窗口看着肮脏的院子，一起抽烟。他说："真可惜啊，您不能上学读书，您好像天资非常棒……"

"我看书就是在求学……"

"这还不够，得进学校，有系统的学习才行……"

我想和他说："我的老爷啊，曾经你也进过学校，接受过系统的知识，可这有何用呢？"

他似乎有点儿感觉出了我的意思，补充说："有志气之人，学校就可以给他好的教育。有大学问之人，才可以推动社会生活……"

他不止一次地劝我："您最好离开这里，这儿对您没劲，一点好处都没有……"

"我喜欢那些工人。"

"这……喜欢哪里呢？"

"和他们在一块儿有意思。"

---

① 不正确的语法：妈妈，再给我一点。

“大概……”

但是，有一次他说：“说实话，这家的主人们都很没劲，没劲……”

想到我母亲在何时和如何讲过这话时，我不由自主地离开他远一点，他笑着问我：“你没这么想过吗？”

“这样！”

“得了吧……我能看出来呢。”

“主人本人我认为还是不错的……”

“是啊，他大概是个好人……不过有些可笑。”

我想和他说说书，但很明显他不喜欢书，时常劝我：“不要被书迷住了，书中的所有都被狠狠地粉饰过了、歪曲过了。写书的人大半和这里的主人一般，都是小人物。”

我感觉这断定是大胆的，因此对他我也有了好感。

一次他问我：“您读过冈察洛夫的书吗？”

“读过一本叫《战船巴拉达号》。”

“那本很没劲，但总体来说，冈察洛夫是俄国最聪明的作家。我劝您看看他的长篇小说《奥勃洛摩夫》。这是他作品中最真实、最大胆的一本，一般来说，在俄国文学里，这是一本最好的书……”

关于狄更斯，他说：“需要知道，他的作品都是胡说……但《新时代》报副刊上连载了一篇不错的作品叫《圣安东尼的诱惑》[①]，您可以看一看。您好像喜欢宗教和有关宗教的所有，这本对您有好处……”

他拿来了一摞副刊。我就看福楼拜的佳作。这部作品使我联想到圣贤传中的很多情节，以及鉴定家给我讲到的故事中的某些地方。我对它也没特别深的印象，不过和同时连载的《驯兽者乌皮里奥·法马利回忆录》[②]比起来，要好玩得多。

我把这意思如实说给继父，他淡定地说：“你读这样的书太早了。不过你不要把这本书忘了啊……”

---

① 法国作家福楼拜的作品。

② 这本书是意大利佛罗伦萨市的人类学家保罗·曼特加扎采的作品。

有时他和我一块儿坐了很久，他一言不发，咳嗽着，不住地吞云吐雾。他好看的眼里闪着吓人的光。我偷偷注视着他，让我忘记了这个正如此诚挚、简单、无怨无悔地死亡着的人，从前曾亲近过、侮辱过我的母亲。我听说他如今和一个女裁缝住在一起，想起她，觉得迷茫而可怜。她抱着这又长又大的骷髅，和这个发着臭烂气味的嘴巴接吻，为何不厌烦呢？和“好事情”一般，继父也时常无意泄露出一点儿真心话：“我喜欢猎狗，猎狗非常愚蠢，我却很喜欢，它们很好看。好看的女人也常常很傻的……”

我不无自豪地想：“你哪里了解，女人中还有玛尔戈王后啊。”

“一切人在一个屋子里一起待久了，脸也会变成一样的。”有一次，他说了这样的话，我还把它记在了本子上。

我期待这样的警句就像期望礼物一样。这家的所有人，都说些枯燥无聊的已僵化的废话。我一听到非同一般的话，就会很快乐。

继父从来不和我讨论母亲的事情，连她的名字也没说过，这一点我非常满意，而且对他起了一种虽不能叫尊敬，但也接近尊敬的情感。

有次我问他关于上帝的事，我已记不住问的是什么了，他瞥了我一眼并非常平静地说：“不清楚，我不信上帝。”

我想起了西塔诺夫，将他的事和继父说了。继父认真地听着，依然平静地说：“他会判断，可判断的人毕竟是有信仰的……我——就不信。”

“这难道可能吗？”

“为何不可能？你看我就不信……”

他就要死了——在我眼中，只感觉到这一点。我并不会同情他，但对一个生命垂危的人，对死，我第一次感到尖锐而又纯真的趣味。

一个人坐在这儿，他的膝盖碰着我，他发烧了，在想事情。他按照自己的想法把人们进行分类。他说着一切，似乎自己有权审判和判决似的。从他身上我看到了自己想要的东西，也暗藏了我不需要的东西。他是个复杂的人，思想也是无穷的。不管我如何对待他，他永远是我身体的一部分，存在于我身体的某一处。一想到他，他灵魂的影子就出现在我的心里。到了明天，他就会彻底消失。我感到，所有在他脑里心里藏着的、我可以在他好看的眼里看到的东西，都会消失。一旦他死了，我和世界连着的一条

活的线索也就断了，余下的就只有回忆了。但这回忆全部在我心中留着，永远在我心中，永远不会改变；但活的变化着的是会消逝的……

但这是想法。在想法背后还会有产生这种想法、培育这种想法的说不出的什么东西，大张旗鼓地逼迫人们琢磨生活中的各种表现，要求大家对每一种表现都做出回答——这是为什么呢？

“你了解的，很快我会躺下的。”一个雨天，继父和我说，“我衰弱得要死，啥事也不想做……”

第二天晚上喝茶时，他仔细擦去桌子和膝盖上的面包渣，就像从自己身上擦去看不见的东西似的，老主妇用怀疑的眼光看着他，悄悄跟媳妇说：“你看，他抓抓挠挠地弄自己的身子，搞得真干净……”

过了两天，他没来上工。老主妇拿一个非常大的白信封给我：“这是昨天中午一个女人送来的，我忘了交给你。非常可爱的女人，她有什么事来找你，这我就不清楚了，真的。”

信封中是张医院的用笺，写着非常大的字：

请抽空来看我。我在马丁诺夫医院[①]。叶·瓦。

第二天早晨，我在医院病房里的继父的病床边上坐着。他的身体比床还长，两只随便套着灰色袜子的脚在床栏外悬着，一对好看的眼睛模糊地看看黄墙头，随后目光落到我的脸上，接着又转移到了一位在床头凳子上坐着的女人的小手上，她两手放在他的枕头上。继父把嘴张开，半边脸在她手上摩擦着。女人身着一件素净的深色连衣裙，蛋圆形的胖胖的脸上还带着泪，湿润的碧眼纹丝不动地盯着继父的脸、瘦削的骨骼、尖而大的鼻子、发黑的嘴唇。

“应该找个神父来。”她小声说，“可他不让……什么也不明白……”

她将枕上的两手收回放在胸口，似乎在做祷告。

继父苏醒过来一会儿后，看着天花板，似乎想起了什么，眉头严肃地皱了起来，然后将细瘦的手伸到我身边：“是您吗？谢谢您。您看……我非常伤心……”

---

① 当时下诺夫哥罗德最大的医院。

说完这些，他又疲乏了，随后闭上了眼睛。我摸了摸他那紫乎乎的长指甲的手指。女子轻声地请求着："叶夫根尼·瓦西里耶维奇，请答应我。"

"你俩彼此认识一下吧。"他的眼睛注视着她对我说，"不错的人……"他不说话了，嘴张得越来越大，突然，同乌鸦一般叫了一声，身体在床上动起来，他把被头推开，赤裸的双手摸索着周围。女子将脸埋在揉皱的枕上，高声地哭泣着。

继父没多久就死了。一死，脸色就变得好看多了。

我搀着那女人从医院里出来。她如同病人一样，踉跄着、哀号着。她用一只手将一块手帕揉成一团，轮换着拿到脸上擦着右眼和左眼。她将手帕捏得越来越紧，注视着，似乎这是最后的、最贵重的东西了。

突然她停住了，靠着我责备着说："连冬天都没活到……唉，上帝啊，这是怎么回事呢。"

说着向我伸出沾满泪水的手："再见了。他十分赞赏你。明天下葬。"

"送您到府上吧？"

她往四周看看："不必了，现在是白天，不是晚上。"

我在巷子的拐角处注视着她的身影。她慢悠悠地走着，就像一个没有要事的人。

这是八月了，树叶已渐渐变黄了。

我没时间给继父送葬去，以后，也再没见到那个女人……

十七

我每天去市场上工的时间是早上六点，会在那里碰到几个好玩的人：木匠奥西普，这个非常像尼古拉圣徒的、灰白头发的老头子，是一个灵巧的工人和幽默家；瓦匠叶菲穆什卡，有点驼背；石匠彼得，是个笃信宗教且沉默寡言的人，我总觉得他像哪个圣徒；长着亚麻色的长胡子的泥灰匠格里戈里·希什林，是个碧眼、脸色温文而和气的美男子。

我认识这群朋友，是在第二次来到绘图师家的时期。每到周日，他们会来厨房里，谈论着让我觉得非常新奇好玩的事，他们的态度是那么认真、庄重而快乐。每当这种时候，我就有一种强烈的感觉：这群认真的男子汉真的是十足的好人。他们每人都有一种好玩之处，和库纳维诺那群小市民完全不一样。那些家伙都是些险恶的、酗酒的、偷偷摸摸的人。

那时，泥灰匠希什林是我最喜欢的人，我甚至受他的影响产生了当泥灰匠的想法，但他拿雪白的手指刮着自己金黄色的眉毛，委婉地否定了我的想法："你太小了，学我们这手艺对你来说比较困难，再等一两年吧……"

然后，他把漂亮的脑袋抬起，问我："也许你生活得非常不好吧？嗯，没事的，再忍忍，好好儿把自己克制住，准能忍受下来。"

我不清楚这个充满善意的忠告对我有何帮助，但我抱着非常感激的心把它记下了。

如今每周日的早上，他们也来主人家，围坐在厨房桌子边，一面等着见主人，一面说着好玩的闲话。主人向他们热烈而欢快地问好，握住他们壮实的手，坐在桌子的上首。一沓沓钞票及算盘摆在桌子上。和那些东西摆在一起的还有他们自己的账单和带皱襞的工账簿——他们需要算一周的账目。

主人和他们打闹、说笑，想拼命克扣他们，他们也不傻，同样把主人算计了，有时他们高声争吵，但大部分时候大家能够一笑了之："你真是个天生的滑头，亲爱的。"大家这样和主人说。

他羞涩地笑着说："喏，你们也是老狐狸，够油呢。"

"有何办法呢，我的朋友？"大方承认的是叶菲穆什卡。彼得则是一脸岸然地说："只能拿偷来的讨生活，挣来的都孝敬上帝和沙皇了……"

"那我也得榨你们一点啊。"主人笑着说。

他们也支持他，态度很友善："打算行窃啊？"

"打算诈骗啊？"

格里戈里·希什林双手按在胸上，手中是他蓬松的长须，他说话的声音好像唱歌一样，请求着大伙儿："公事应当公办，朋友们，不能做骗人的事。要做一个正直之人，多么愉快、多么太平啊，对吧，可亲的朋友们？”

他阴沉起来的碧眼发潮了。这时的他尤其显得善良。大家好像多少被他的请求窘住了，都赧然地转过身，背对着他。

“乡巴佬儿的大骗术还有啥呢。”精神焕发的奥西普，叹了一下气，那样子好像在同情乡下人。

黝黑的、驼着背的石匠，在桌沿上伏着，他深沉地说：“罪恶和泥塘似的，走得越远就陷得越深。”

主人附和着他们的调子，轻轻地说：“我啊？人家如何对我，我就如何对人家……”

如此讨论之后，他们又互相欺骗，计算着自己的利益，等算好账后他们都紧张得大汗淋漓，似乎非常倦了，请主人一块儿到吃食店去喝茶。

监督这群人就是我在市场上的工作，我要防备他们偷盗砖头、钉子、木板等东西。他们除了主人的工程外，还有私活儿要干，因此从我身边偷摸些东西是他们每个人都想着的事。

他们对待我非常友好。希什林说：“求着我要当我徒弟的事，你还能想起来吗？可现在，你看，你变阔了，当起了监工，站在我们头顶啦。”

“对啦，对啦。”奥西普说话很调皮，“好好监管啊，好好监督，希望上帝能给你帮助。”

彼得非常不开心地说：“管理老耗子竟然只派了一只小小的白鹤……”

这个工作让我为难，我面对这些人觉得非常不好意思。在我看来，他们都清楚一种独特的、非常棒的除了他们以外其他人所不知道之事。但我却必须要像对待小偷儿一般管理他们，一开始，我觉得和他们在一块儿非常不好过。奥西普在很短的时间内就看明白了我的问题，一天他单独和我说：“小伙子，你总板着脸是一点用都没有的，明白吧？”

我当然啥都不懂，但觉得这老人清楚我所处地位的为难，于是我非常快就和他成了朋友。

他将我带到僻静之地给我忠告：“你想了解，我就和你说。我们之中，石匠彼得是主要的小偷。一大家子人靠他养活，所以令他非常贪心，你需要留意他。他有个特点，就是决不挑挑拣拣，啥东西都拿，十块砖头，一

磅钉子，一袋石灰，都在他的偷盗范围之内。但他是个好人，认识字，喜欢拜神，思想扎实，可最爱拿东西。叶菲穆什卡活得像个女人，他的脾气非常温和，对你没有损害。他很聪明，驼子里面没有傻子的存在。至于那个格里戈里·希什林，他并不聪明，不但决不偷别人的东西，还会给别人自己的东西。他总做无用之事，别人都能欺骗他，他自己却没有骗人的意识。做事不转脑子说的就是他……”

“他是个好人吧？”

奥西普像远望一样地看着我，说了一段值得我铭记的话：“没错，他是个很好的人。做好人最简单的是懒鬼，他们都是好人，年轻人，做好人不需要智慧……”

“你算是一个好人吗？”我问奥西普。他冷冷地笑着说：“我就像会成为老婆子的姑娘，到那时再说自己的事，你需要等待。不过你需要动动脑子找找看：真实的我藏在哪里了？好，你自己找吧。”

他全然把我对他和对他朋友的看法推翻了，我很难质疑他讲话的真实性。我看到，叶菲穆什卡、彼得、格里戈里都赞同这位道德高尚的老人，他们不如他聪明，他清楚天下的事。他们和他商量任何事，喜欢认可他的忠告，非常敬重他。

“抱歉，你为我想个法子。”他们对他如此请求。但当说完问题，奥西普离开后，格里戈里就听见石匠悄悄对他说：“是邪教徒啦。”

格里戈里带着冷笑补充说：“小丑。”

泥灰匠以亲切的态度警告我：“马克西莫维奇，你要小心那个老人啊，只要一会儿工夫，他就能让你上当。这个可恶的坏老头。”

我被他们的态度搞得莫名其妙。

我感觉，最正直虔敬之人是石匠彼得，他说的一切都真实简单，上帝、地狱和死的境界体现着他的思想。

“嘿，朋友们，无论你如何努力，无论你有何希望，你永远躲不开棺材和坟墓。”

他肚子痛是常事，有时整天不可以吃东西，一小片面包都会让他疼得抽搐起来，伴随他的还有剧烈的呕吐。

善良正派也是驼子叶菲穆什卡的特点，可他时常有些搞笑，某些时候他很不正常，像一个傻子或者疯子，或者是一个平和的傻瓜。他时常接连不断地爱上各种各样的女人，用一样的断语为所有女人下定义：“那不是一个女人，干脆说，她是一朵鲜花，上面涂满了奶油，是这样的。”

很多到铺子里擦洗地板的女人，是库纳维诺那些活泼嘈杂的小市民家的女子，她们在干活儿时，从屋顶上爬下的往往是叶菲穆什卡，他眯细着灰色而灵活的眼睛，立在一边的屋角里，将大嘴一直扯到耳朵旁边，以猫叫般的声音说：“上帝送了我一个多么结实的姑娘啊，我是那么的高兴。喏，命运之神将涂满奶油的鲜花作为礼物送给我，我该如何称谢才得体呢？我见到了这样的美人，简直活活地烧起来了。”

开始女人们互相嚷着嘲笑他：“看啊，真要命呢，这驼子那方面不行了。”

受到嘲笑的瓦匠全不在乎。他高颧骨的脸上露出慵懒欲睡的神色，说话也和梦呓一般，就像一股美酒的流泉那样甜蜜的话自他嘴里说出，逐渐迷倒了很多女人。有个年长些的女人很诧异，她对女伴们说：“你们听啊，那汉子跟小伙子似的，他着魔了。”

“他的话有点像鸟叫……”

“教堂门口的叫花子也像他那样说话。”仍不肯认输的是那些倔强的女人。

但叶菲穆什卡和叫花子一点也不像；他非常结实地立着，和一棵短粗的树似的，他用越来越有挑逗性的声调，越来越动听的话描述着属于他的想象，女人们都默然地倾听着。温柔甜美的话语似乎将他融化了。

结果，过了打尖或歇午，他就摇着笨拙而粗硬的脑袋和同伴们惊叹地说：“啊，那是很不错的滋味，对于那些可爱的小女孩儿，这有生以来还是第一次遇到呢。”

和其他人不一样，叶菲穆什卡谈起自己的成功时不吹牛，被征服的女人也不会被他嘲笑，他只是非常兴奋地、感谢地叹息着。那时他极度睁大他灰色的眼睛。

奥西普摇着头，叹口气说：“唉，你一直改不掉。你今年多大岁数了？”

“我四十四了。年龄对我是没有影响的。今天我就像在生命的河里洗了次澡，起码年轻了五岁，我现在觉得全身壮实了，心也安稳了不少，不。好女人在世界上是存在的，是不是？”

石匠朝他严厉地说：“你那淫荡的习气会在你五十岁之后让你吃亏的。”

“叶菲穆什卡，你真是不要脸。“格里戈里•希什林叹口气，这样说道。

我却感觉，驼子的好运被美男子妒忌了。

奥西普用他卷曲银眉下的眼睛看着大家，说出好玩的话：“喜好是每个玛什卡都有的，有人喜欢汤匙、茶杯，有人喜欢耳环、胸饰。而且变成老婆婆是每个玛什卡都会经历的……”

希什林有一个住在乡下的老婆。洗地板的女子会被他留意，他认为她们是容易接近的女人，“私门生意”是她们每人都在做的。这行业在贫民窟中很正常，它和别的行业相同，不算什么。可美男子只是眼色非常奇怪地远远地看着那些女人，他从不碰她们，他的样子似乎在自怜，又似乎觉得那些女子很可怜。有时，他反过来被她们戏弄、撩拨，每当这个时候，他的笑容就很羞涩，然后干脆地离开。

“你们走吧……”

“出什么事了？你真是怪人。”叶菲穆什卡诧异了，“难道能舍弃机会……”

“我娶了老婆。”格里戈里强调说。

“老婆不会晓得的。”

“要是我不老实的话，瞒不过我的老婆，兄弟，她很了解我。”

“她怎么能了解呢？”

“我不清楚这件事。但是她若自己没问题，就准会了解；要是我自己没问题，老婆有问题了，我便能了解。”

“通过什么途径了解呢？”叶菲穆什卡声音很大地问。格里戈里重复的声音很平和：“我不清楚这件事。”

瓦匠两手一摊，生气地说：“看啊。不清楚规矩！……嗯，你这脑袋真笨啊。”

希什林手下共有七个很随便的工人，他们全不拿他当老板看，还叫他“牛犊”，当然，这是在背后。希什林来到工地，他们在躲懒的形象便落在他的眼中，他就和演戏似的拿起托板和铁锹，自己动手做工，而且边干边喊，喊声非常亲切：“大伙儿努力干哪。”

一天，我执行主人生气的嘱咐，我和格里戈里说：“不行啊，你手下这群工人……”

他似乎惊异地说：“是这样吗？”

“那些活儿应该昨天上午干完，可他们今天还没干完……”

“是的，没有做完。”他赞同道；静默了很短的时间，然后偷偷地说：“当然了，我也知道，却不太愿意催他们，因为我和他们是一个村子的，都是自己人，这让我没办法。上帝处罚人——‘你必汗流满面才得糊口’[1]，我俩都是受罚的。可我俩相比他们来说做得少一些，督促他们加快速度，也说不过去啊……”

他对于冥想很喜欢，有时走在市场空旷的街道上，突然立在环形运河的桥上，很久很久地倚在桥栏边，看看水，看看天，又看看奥卡河的对岸。这时我问他：“你做什么呢？”

“什么？”他醒了过来，笑得很尴尬，“没干啥……待在这儿一会儿，看看……”

“真好，老弟，上帝将所有东西都安排得井井有条。”他时常如此说，“大地，天空，河水在流，轮船在走，可以乘上轮船去任何地方，雷宾斯克、梁赞、阿斯特拉罕、彼尔姆都能去。我到过梁赞，那是座非常清静的小城，很不错，清静得比尼日尼还厉害。我们尼日尼非常好，非常热闹。阿斯特拉罕也非常清静。阿斯特拉罕主要有很多加尔梅克人，我不喜欢这一点。莫尔多瓦人，还有刚才提到的加尔梅克人，德国人，波斯人，所有民族的人，我全不喜欢……”

他说话慢悠悠的，小心地寻找有一样思想的人，总是石匠彼得同意他。

“他们是邪族，而不是民族。”彼得确信且气愤地说，“他们出生

① 引自《旧约全书·创世记》第3章第19节。

时逃过了基督，走路也逃过了……”

格里戈里很活跃，光彩出现在脸上：“兄弟，如论如何，我一直喜欢眼睛长得实实在在的纯粹的民族——俄国人。犹太人我也不喜欢，我不清楚上帝为何要造那么多的民族，这事安排得太难理解了……”

石匠继续补充，阴着脸：“难理解，可多余的东西确实很多。……”

奥西普听到这些话，就恶狠狠地嘲笑他们，插话道：“多余之物确实很多，你们现在说的这种话，也全部可以避免。嗯，你们弄宗派的事，我应该揍你们。”

奥西普有自己的主意，但他自己都搞不清到底同意和反对什么。有时我感觉，他无所谓地赞同任何人，同意他们的所有思想。但最常见的，是他厌恶所有人，他也总把别人当成傻瓜。他和彼得、格里戈里、叶菲穆什卡说：“呸，你们都是小猪猡……”

他们笑得并不很开心，也并不想笑，但他们还是在笑。

主人每天给我五戈比，我买面包不够吃，肚子有点饿。工人们看到，就拉我去吃早饭和晚饭。有时工头们去吃食店喝茶也请我去，我很兴奋地答应，我喜欢坐在他们中间，听他们慢慢地谈论奇异的故事。我让他们非常满意，因为我熟悉宗教书。

“你饱读了一肚子书，把胃袋都装满了。”奥西普睁着浅蓝色的眼睛凝视着我。他的神色难以捉摸，眼球好像融化了似的。

“你要多积累些，并好好儿地守住，以后是有用的；等你长大了能当修道士，用语言安慰人们，要不就当个大富翁……”

“去当传道士[①]吧。”石匠不知为何，用懊丧的口气改正他的看法。

“你在说什么？”奥西普问。

“应该是传道士，你该懂的，你的耳朵又没聋……”

“好啊，我就当传道士了，到时去和异教徒们辩论，异教会成为我的信仰——这也是一种方法，可以挣面包吃的。只要你足够聪明，可以用异教挣饭吃……”

---

① 俄文“传道士”（миссионер）与“大富翁”（миллионер）读音相近。

格里戈里羞涩地笑了。彼得发出的声音来自胡子里："魔法师的生活也很好，各种无神论者也是如此……"

但奥西普反驳得很快："魔法师不欢迎学问，他们也没有学问……"

然后就和我说："仔细听着：图什卡是我家乡的一个穷光蛋，他是个精瘦的没劲的汉子。他东奔西跑，日子就像一根鸡毛被风吹来吹去。他闲不住，又不会做工，他因为无地可待，有一天便兴起了去朝山的念头。他去了整整两年，流浪完了回来时，模样儿和以前全然不一样了。头上戴着三角帽，头发披到了肩胛上，身着粗布做的红色道袍。眼睛跟鲈鱼似的瞄着大家，不停地说：罪人们，你们悔悟吧。大家当然要悔悟，女人们尤甚，于是事情变得顺畅了，图什卡既有无数的女人玩，又在吃喝上有足够享受……"

石匠气愤地打断他："在吃喝上有足够享受就够了吗？"

"还有什么呢？"

"要去传道啊。"

"我没注意过他传的是什么道，不过我还没说完我的话呢。"

"你谈论的是图什尼科夫·德米特里·瓦西里伊奇[①]吗？我们和他非常熟。"彼得委屈地说。但格里戈里不说话，他只是低着脑袋，看着自己的茶杯。

"我不和你争论这些事。"奥西普说话的语气变得缓和，"我只是说些挣饭吃的路子，和马克西莫维奇一起……"

"一些人住进监狱就是因为走一些不正当的路子……"

"这事是很多的。"奥西普表示同意，"想做修道士的话不是每一条路都能走通的，必须懂得转弯，尤其要注意转弯的地点……"

他有一种时常喜欢逗弄泥灰匠和石匠的脾气，他们的信仰很虔诚。他大概因此厌恶他们，但他非常巧妙地隐藏了这类情绪，很难捉摸他对别人的态度。

他和叶菲穆什卡好像亲密友好些。瓦匠从不插嘴宗派、上帝、真理、

---

① 图什卡的全名。

人生痛苦这类的谈话，而他的同伴喜好的正是这些谈话。他在椅子上横坐着，这样椅背便碰不到他的驼背，他会悄无声息地一杯又一杯地喝茶，但有时突然警觉起来，扫视一眼烟雾缭绕的屋子，听听模糊不清的谈话，然后跳起来马上溜走。原来叶菲穆什卡的债主来到了这里。他有十几个债主，有些人打过他，他为此避开了，怕因此惹事。

“他们这些奇怪的家伙还生气。”他不明白地说，“我要是真有钱，哪有不还的道理啊。”

“唉，这棵枯树真命苦啊……”奥西普说着，同时看着他的背影。

在有些时候，叶菲穆什卡坐着久久地冥想，不听任何东西，不看任何东西。柔和的神情出现在他高颧骨的脸上，使他友善的眼睛显得更友善了。

“你想什么呢？”人们问他。

“我正想着，如果我有钱了，我要和真正的太太——贵族太太结婚。真的，例如那个上校的女儿，我如果和她结了婚，准对她非常好。我在这样的女人身边生活，会融化掉……兄弟，这没啥稀奇的，我修过的屋顶中就有上校别墅的屋顶……”

“是啊，我们听说那位上校的家里有位守寡的女儿。”彼得打断他，面色显得厌恶。

叶菲穆什卡的双手在膝上慢慢摩擦着，驼背一耸一耸的，摇摆着身子又说：“她的皮肤很白，又那么美，有时她来到花园，我从屋顶上往下看，感觉太阳都算不上什么了，要白昼干什么？要是可以变成一只鸽子飞到她脚下。看到一朵真正的涂了奶油的天蓝色的鲜花。和这样的女人在一块儿，哪怕一生是黑夜都可以。”

“那你们吃饭怎么办？”彼得的声音很粗。但叶菲穆什卡并不在乎。

“啊，上帝啊。”他赞叹着，“我们需求的很少，更何况钱她有的是……”

奥西普笑了：“叶菲穆什卡，你真是个放荡鬼啊，有一天说不定会搭进命去呢。”

除了女人，叶菲穆什卡什么都不谈，他的工匠活儿做得不怎么样。有时他的工作效率很高，有时没有状态，他就用木棰子慵懒地乱敲房梁，搞到最后弄了很多裂缝。一股牛油和鱼油的味道永远从他身上发出，但他也有一种独有的、健康好闻的味道，就像刚砍下的树木似的。

同木匠说话时，说什么都好玩，虽然好玩却让人不舒服。他的话总是让人的心坎激动，而且你不会知道，他哪句是玩笑，哪句是真的。

和格里戈里最好说上帝，他喜欢说而且信心非常坚定。

“格里沙。”我问道，“你清楚有人不信上帝吗？”

他安然地笑了：“那又怎样？”

“他们说，上帝不存在。”

“啊，是啊，这个我了解。”

于是，他拿手挥去并没有的苍蝇说道：“你还记得吗？大卫王说过一句话：‘愚顽人心里说没有神’[①]，从这里可以看出，从古至今，愚人们早说过上帝是不存在的。上帝不存在，做不成任何事啊……”

奥西普似乎表示赞同：“对啊，你让彼得失去了上帝，他一定会让你见阎王的。”

希什林好看的脸变得很严肃，他拿指甲里嵌着干石灰的手指捋着胡子，以一副神秘的姿态说道：“上帝赐给我们一切，包括我们每个人身上的上帝、良心和所有精力。”

“那罪恶呢？”

“罪恶来自肉体和魔鬼。罪恶就好比麻点，是在外面加上的，对。老想着罪恶的人，犯罪就顶厉害，不想着罪恶，就不犯罪。想罪恶的是肉体的主人，是魔鬼，他指使人去犯罪……”

石匠提出了异议：“这话有些不对……”

“是对的。上帝没罪恶，而人是上帝的样式和形象[②]。‘形象’——是会犯罪的肉体，但样式不会犯，它是和上帝一模一样的，是人的精神……”

他骄傲地笑笑，但彼得小声说：“这话，好像有点不对……”

---

① 引自《旧约全书·诗篇》第 14 篇第 1 节。

② 引自《旧约全书·创世记》第 1 章第 26 节：“神说，我们得照着自己的形象、自己的样式来造人。”

“那么，你怎么看的呢？”奥西普问石匠。

“没有犯罪就不可以悔改，不可以悔改就不可以得救吗？”

“这个意思可靠些。我听老人说过：一旦忘记魔鬼你也就不爱上帝了……”

希什林不会喝酒，两杯下肚就会醉；醉了脸就红，眼睛跟孩子似的，说话像唱歌一样：“兄弟，一切都非常好。工作轻松，生活得棒，肚子也吃得饱饱的，感谢上帝，安排得真周到。”

他哭了，眼泪滴在了胡子上，丝线般的须毛上，闪着玻璃珠一般的光。

他时常满嘴都是赞美生活的话，包括他那玻璃珠一般的眼泪，都让我不舒服。我的外祖母也赞美生活，但她非常切合实际，清楚多了，不像这样如此执拗。

这些谈论让我感到无比焦虑和不安。我看过很多描写平民的小说，发现现实生活中的平民和书上的平民有着明显的差别。书中的平民不管善良还是凶恶，总是不幸的，他们说的话也比现实中的平民少，思想也较为贫瘠。书中的贫民不会老是提到上帝、宗教或派别，他们总是谈论着政府、土地、真理和生活的苦难。他们说到女人的情况不多，即便说也不会用到粗鲁的话。但现实生活中的平民呢？女人就是他们的玩物，且是危险的玩物，对女人他们时常需要耍些花招，否则就会被女人捉弄，倒霉一辈子。书里的平民除了坏蛋就是好人，但他们永远只在书中活着。现实中的平民既不是好人，也不是坏蛋，他们都特别有味道。即使他们倾箱倒箧全说出来，总觉得有点什么在自己心里留着，而这留下的，正是他们为自己所用的，或者，没准儿还是顶重要的东西。

在所有的书里的平民中，我最喜欢《木匠作坊》[①]里的彼得。我将它拿到市场上，想读给我的朋友们听。我时常因为下雨或工作劳累懒得回家而睡在这一班或那一班。

我和他们说：这里有一本有关木匠的书。这引发了大家的极大兴趣，尤其是奥西普。他自我手里拿过书，狐疑地摇了摇他那圣像画一般的脑袋，

① 阿·费·皮谢姆斯基的短篇小说，彼得为小说中的主人公。

翻翻书页说："这简直像是说我们的。你这坏蛋。是谁写的——贵族吗？肯定是。贵族和当官的，啥事都干得出来。连上帝想不到的地方，当官的也能想到。他们活着就为这个……"

"喂，奥西普，你怎么乱说上帝啊。"彼得提醒他说。

"没事的，在上帝眼中，我的话算得了什么呢，就像一点点雪花和雨水掉在我的秃头上，不，甚至比这个还小呢，放心吧，我冒犯不了上帝。"他忽然激动地叫嚷，说出燧石冒火一样尖锐的话。这些话如同一把剪刀，剪掉了别人朝他扔来的所有的攻袭。这天他问了我好几次："念吧，马克西莫维奇？嗯，是这样，是这样，这个主意想得真好。"

收工后我们到他班里吃饭。晚饭后彼得带着徒弟阿尔达利昂、希什林带着小伙计福马来了。就在工匠们的工房里，大家点起了煤油灯，我便开始念了。大家纹丝不动地静静听着。念了没一会儿，阿尔达利昂气愤地说："咳，我不听了。"

说着就离开了。第一个睡着的是格里戈里，他张着嘴露出怪相。然后木匠们也都睡着了，可彼得、奥西普、福马三个，仍旧挨着我聚精会神地听着。

我刚念完，奥西普立刻吹熄了煤油灯，他看看天上的星星，如今已近半夜。

彼得在黑暗中问我："为什么写这本书？反对谁呢？"

"该睡了。"奥西普说着，把长靴脱了。

福马默然地躲在一边。

彼得继续问着："我说——写它反对谁呢？"

"这只有他们才清楚。"奥西普说了一句，躺倒在板床上。

"如果反对继母，那就完全没劲了，继母并不会因这个变得好点。"石匠执拗地说，"反对彼得也没用。所谓因果报应就是这样了。杀人就要充军到西伯利亚，没别的办法。为这样的犯罪写书是多余的，似乎完完全全是多余的吧？"

奥西普不说话，于是石匠补了几句："他们没啥能做的，就如此谈论别人的事，就像跟女人晚上聚会闲扯一般。好了，再见吧，该睡觉了……"

他在开着的门口显出的那块蓝色的方形里立了一会儿，又问道："奥西普，你感觉如何？"

"嗯？"木匠含混地回答。

"好，好吧，睡吧……"

希什林侧身倒在自己坐的地方，福马和我一块儿在压软了的干草上睡去。安静的村子里传来火车的响声，既有铁轮的声音，又有缓冲机的声音。从工房里传来不同的鼾声。我感觉不舒服——想等他们说出点什么，可一点都没有说……

突然，奥西普轻轻地发出清晰的声音："嘿，孩子们，这些话你们别当真。你们年纪还小，日子还长，要不断积攒自己的智慧，自己拥有的智慧要比别人的智慧用处大一倍。福马，睡着了没？"

"没有。"福马开心地答了一声。

"好啦，你俩都识字，读书是不错的，但啥也不要信。他们什么都能写书，这种事情是在他们手里握着的。"

他把双腿从板床上伸下，两手在板床沿上靠着，俯着身子朝我们接着说："应该如何去了解书呢？它是用来揭发别人的隐私的。这就是书了。它说：你看啊，人怎么样，木匠或者别的什么人怎么样，可它却将贵族写成了另外一种人。书不会瞎写，它一定在为某些人说话……"

福马沉思着说："彼得杀死工头做得对。"

"嗯，这不可以，杀人总是不正确的。我知道你不喜欢格里戈里。但你也要打消这个念头。我们又不是有钱人，今天我是主人，明天很可能就是伙计……"

"我没说你，奥西普伯伯。"

"反正这是相同的……"

"你很公正。"

"等等，我和你说，写那本书的目的是什么。"奥西普将福马带着怒气的话打断，"这目的是非常狡猾的。你看，这里讲到没有平民的贵族和没有贵族的平民。但是你看：虽然对贵族不利，但对平民也不见得有多好。结果就是，贵族衰败，平民得意，酗酒、生病、受委屈。书里说什么来着，做贵族的奴隶会好一点，贵族可以保护平民，而平民可以帮助贵族，这样大家都有饭吃，所有都平安无事了……这话虽然没错，我也不争辩什么，因为跟着贵族终究可以过得安宁一些。如果平民穷困，对贵族来说没什么好处，但如果贫民富有又愚蠢，对于贵族来说就会好一些，因为对于他们来说是有利的。我懂这些，因为我在贵族手底下干了近四十年了，自己尝到了不少苦头。”

我记起当初自杀的马车夫彼得，他也说过有关贵族的一些话，觉得奥西普的想法和那恶老头子的全然一致，心里感觉非常不痛快。

奥西普用手摸了摸我的脚，又说道：“我们应了解书本和别的文章。无论什么人，都不会白干什么事的。看着像是瞎干，这是表面。书也并非白写，它是要搅昏人们的头脑的。所有的事都要依靠智慧来做，没了智慧，既不能打一双草鞋，也不能拿斧子砍东西……”

他说了很长时间，躺下后，突然又在黑夜的寂静中跳起来，淡淡地说出他的警句来：“人们说贵族和平民是对立的两面，这是不正确的。我们属于贵族，不过处在最下层的贵族中。不过，贵族通过读书来增长知识，而我通过不断碰壁来长知识。还有一点，贵族的屁股稍微白一点，这就是所有的差别了。不，小伙子，依照新方式生活的时代来了。丢开书本吧。让我们问问自己：我是谁？是人！那他是谁？他也是人。那现在该如何呢：上帝并不会多要他七卢布，是吧？不啊，在租税上我们在上帝面前还是平等的……”

天终于快亮了，黎明把所有的星星掩去了，奥西普和我说：“你看，我多能说啊。今晚我说的话是没经过大脑的。孩子们，大家别相信我的话。我睡不着就瞎说。躺一会儿，就会想出些什么来打发时间：‘从前有只乌鸦，从田里飞到山里，自这边的田埂飞到那边的田埂，享完了自己的寿命，上帝的命令一下，乌鸦就死了，然后干硬了。’什么意思呢？没什么意思……好，我们睡觉吧，马上就要起来了……”

十八

在我的脑海中，奥西普的形象就像过去的司炉雅科夫一样瞬间高大起来，把其他的人都遮住了。他有些地方跟司炉雅科夫很像，但他同时也会让我想起鉴定家彼得·瓦西里伊奇、厨师斯穆雷、我的外祖父。一方面他让我想起了所有留在记忆中的印象深刻的人，另一方面他又像铜绿锈在钢钟上一样在我过去的记忆里留下了浓重的影子。显而易见，他有两种不同的思想：白天他在人群中劳作，他的思想清晰而平凡，以实际事务为主，比较容易了解；傍晚休息的时候，他会带我到街上去访问他那个开煎饼店的女朋友，在晚上还没有睡着的时候，他的思想会完全不同于白天。尤其是进入深夜，他就散发着一种特别的思想，好像路灯的光一样折射着诸多方面。这些思想熠熠闪光，可是却看不清楚他真实的面貌，而且也弄不清这些思想的哪一方面是真实的奥西普，哪一方面才是他最为珍视的。

他似乎比我以前见过的所有人都要聪明。我用环行在司炉雅科夫周围的那种心情来往在他的身边——我真的想看透这个人，了解这个人，可是他却一直闪躲而隐蔽，让人无法捉摸。我常常在想，真实的他到底躲藏在什么地方呢？我到底应该相信他身上的哪一点呢？

我想起他对我这样说过："你好好找找看，真实的我藏在哪里了，好，你快找找吧。"

我觉得他伤害了我的自尊心。而且他伤害了比我的自尊心更深的东西。对我来说弄清楚他到底是怎样想的非常必要。

他虽然让人难以捉摸，但却很坚定，好像一百年之后的他，仍然能够坚贞地平凡地在人们中间生活，也能够坚定地守住自己原本的样子。鉴定家的坚定也给我留下了一个坚定的印象，但同时这也是使人最难受的，而奥西普的坚定不同，他使人感到愉快。

人们总是轻易动摇，非常善变，这一点让我印象深刻，他们就像变戏法一样，从这个样子变成那个样子，这些我不能理解的变化打击着我，但却已经不再使我惊异，这种变化，让我对人们热切的兴趣渐渐地消失，对他们的爱已不再如初。

记得七月初的一天，在我们工地上，一辆破马车飞快地驶来。在车夫台上，一个长着满脸胡子的汉子喝醉了，昏昏沉沉地坐在那里打饱嗝儿。他头上没戴帽子，嘴唇显然是被打破的。马车里面，喝醉的格里戈里·希什林张开四肢躺着，一个肥胖的红脸女人挽着他的胳膊坐在他的身边。这个女人戴一顶缀着红带子和玻璃樱桃的草帽，一只手撑着一顶洋伞，光脚穿着橡皮套鞋。她挥舞着手中的洋伞，摇摆颤动着身体，大声地笑嚷："真是活见鬼。现在还没有开市，人们都还休息着，可是他们带我来这儿！……"

格里戈里神情一片萎靡，衣服褶皱不堪。他缓缓从马车上爬下来，坐在地上，见我们看着他，眼泪汪汪地向我们诉苦："跪在地上告诉你们，我犯下了大错。我想了一想，就犯下了大错——然后就弄成了这副样子。叶菲穆什卡说：格里沙，格里沙……他确实这样说，可是，诸位，请原谅我吧！今天我请大家一起玩乐。他说得对：人生就是一场梦……此时不欢更待何时，大家玩吧……"

女人哈哈大笑，胡乱踢着双腿，踢掉了套鞋，车夫沉着一张脸喊道："快上来，车要走啦。你们这些大嗓门，咱们走吧，马站不住啦。"

这匹老马满身大汗衰弱地站在那里，像埋在地里一样，这景象显得十分滑稽可笑。格里戈里的徒弟们望着自己的工头，再看看打扮起来的女人和呆头呆脑的车夫，不由得哄然大笑。

唯独福马一个人没有笑，他同我并立在铺子门口，低声说道："这群猪猡发疯了……他家里是有老婆的，而且还是个挺漂亮的娘儿们。"

车夫连声催促快走，这时一个女的突然从马车上下来，快速抱格里戈里上车，然后把他放在自己脚边，摇着伞叫："走吧！"

徒弟们又在善意地拿工头开玩笑，表示羡慕他，之后福马喝了大家一声，大家才又继续做起工来。看来福马看到格里戈里的那副丑态，心里很不好受。

"这也叫作工头！"他小声嘀咕着，"不到一个月就完工了，快回乡下去了……这就熬不住啦……"

我真替格里戈里难受，他和那个戴着玻璃樱桃草帽的女子在一起，着实荒唐。

有时我也会想，为什么格里戈里可以当工头，而福马却只能做伙计呢？

福马要是好好打扮起来，绝对是个公子哥儿，他很强壮，长得白白净净的，鬈发，圆圆的脸，鹰钩鼻，灰色的眼眸闪烁着智慧的光芒，完全不像一个平民。他总是阴沉着脸，不爱开口，可是一旦说话就很认真。就是因为他识字，替工头掌会计，计算开支，善于督促同伴好好做工，可他自己做起工来总是一副不大情愿的样子。

“只要是工作，就永远都做不完。”他沉静地说。他对书的态度很轻蔑，说：“什么都可以写出来的，随便什么，我都能够杜撰，这没什么了不起呀……”

但他会留心周围所有的事，如果他一旦对什么感兴趣，就会寻根究底地问个明白。他总是为自己着想，一切都站在自己的角度去衡量。

有一次我对福马说：“以你的能力可以去当工头了。”他懒懒地对我说：

“要是一下子能挣个万儿八千也可以啊……可是为了挣一点点小钱管一大堆人，这太麻烦了，没有一点意思。我还是等有机会到奥兰基进修道院去。我这样帅气，浑身有力气，没准运气好会被一个寡妇老板娘喜欢上。世上总是有这样的事——谢尔加茨城有一个小伙子，两年的时间就撞大运了，在这个城里讨了一个老婆，而且还是个未经世事的姑娘。他是给人家送圣像的时候，被那个女孩爱上的……”

这是他之前就已经想好的。他知道很多这种故事，一个人在修道院出家，结果幸运得很，轻松地走向成功。我不喜欢听他的这种故事，也不喜欢他那种念头，不过我毫不怀疑他最终会进修道院。

之后市场开业了，大家都想不到的却是，福马居然进餐馆当了小伙计。虽然我并不觉得他的同伴们认为这事很奇怪，可是从那以后小伙伴们都拿他开涮，不上班在家休息喝茶的时候，大家调侃道：“走啊，找我们的小伙计去吧。”

到了餐馆里，就会装作吃饭人的声音，喊道：“喂，过来，鬈发的小伙计。”

他跑了过来，稍抬起脑袋来问：“要点什么呢？”

“不认识老朋友了吗？”

“没时间，忙得很……”

福马明白伙伴们是看不起他，想要取笑他，他用等着看的眼神无聊地看着他们，脸上没有一丝表情，仿佛说着：“哎哟，能快点，别玩了吗……”“需要小费吗？”他们问，假装用手指在钱夹子里摸索了好一会儿，结果却是没有拿出一戈比，然后就溜之大吉。

我问福马：“你不是原来计划要到修道院去的吗？怎么又当了餐馆小伙计？”

“我没想去当修道士。”他回答，“当餐馆小伙计也只是临时的……”

大概过了四年时间，我在察里津和他相遇[①]，他还是在餐馆里当小伙计。最后在报纸上见到，他被警察逮捕了，因为一起偷窃未遂案。

石匠阿尔达利昂的经历让我感到特别意外，他在彼得一帮人中是年龄最大的，也是最出色的工人。这个满脸黑胡子的四十岁的人是个活得很快乐的人，但也让我有同样的疑问——他为什么不去当工头，却叫彼得当？他不经常喝酒，而且好像没有喝醉过，工作很有能力，也喜欢自己的工作。砖头握在他的手中，就像一只红色的鸽子，非常灵活。而彼得总是病恹恹的，脸色很不好，和他比较起来，彼得根本就是一群人中没有用处的垃圾。对于工作，他曾经这样说：“我给别人家用砖头盖房子，却用木头给自己造棺材……”

阿尔达利昂总是神清气爽，一边砌着砖头，一边大声地喊：“喂，看在上帝的分儿上，大家用劲啊。”

他告诉大家，明年春天他就要前往托木斯克，他的一个姐夫在那个地方承包了大工程，要建造一座教堂，所以他要去当监工。

“我现在已经决定过去了，我喜欢建造教堂。”接着，他也向我发出邀请，“你愿意和我一起去吗？兄弟，在西伯利亚，认识字的人大有用处，到了那个地方，会认字就是个法宝。”

我答应了，他就高兴地大声呼喊：“太棒了。这是正经的事情，可

---

① 1888 年深秋高尔基在察里津。

不是说笑话……”

他对待彼得和格里戈里就像大人对待孩子一样，他用有些嘲笑的语气善意地对奥西普说：“这群人都是只会说大话的家伙，总是吹嘘自己有多么的聪明，比如在那儿打牌，一个人说我的牌是怎样怎样，另一个人说：看吧，我摸的牌可都是最好的牌。”

奥西普轻视地说：“这能怎么办呢？说大话是人的本性，女人们不是都挺着大胸脯走路吗……”

“大家都唉声叹气地叫着老天爷……可是都不声不响地在那儿默默地攒钱。”阿尔达利昂不愿意善罢甘休。

“可是格里沙攒也攒不起来……”

“我是说我的那个当领导的，我真的特别想跑到深山老林里去……哼，在这里真的是无聊透顶。等到来年的春天，我就要到西伯利亚去……”

工友们很羡慕阿尔达利昂，说：“我们要是也能有像你姐夫那样的靠山，一样不害怕去西伯利亚那里了……”

阿尔达利昂突然不见了，大周日的他跑出了自己队的员工宿舍，大概有三天时间，没有一个人知道他去了哪里。

大家都不安地猜测着：“难道被人杀死了？”

“或者就是游泳淹死了？”

突然叶菲穆什卡跑回来，特别抱歉地跟我们说：“阿尔达利昂在外面鬼混哪。”

“胡说八道！”彼得不愿相信地大喊一声。

“他像干燥的谷仓突然失了火一样鬼混喝酒，就好像失去了他可爱的妻子一样……”

“他还没结婚呢。他在哪里？”

彼得怒气冲冲地跑去救阿尔达利昂，却被他打了回来。

于是奥西普紧紧咬了咬嘴唇，把双手重重地插进衣服口袋中，说：“我去看一看——这到底是怎么一回事？他不是这样的人……”

我跟他一起去了。

“你看看，他这样的人。”奥西普边走边说，“感觉一切都很好，稍不注意便露了马脚，做些荒唐事。马克西莫维奇，你要注意，还要深深地记住这个教训……”

我们走到“库纳维诺游乐村”的一家下等窑子里，一个像强盗夫人一样的老婆子走出来，奥西普跟她悄悄地说了几句话，然后她就带我们到一间什么都没有的小屋子里，那里黑暗而肮脏，像是关着一匹马的马圈一样。一张小床上，睡着一个胖大的女人；老太婆用拳头顶了一下她的腰，说：“出去吧。嘿，姐儿，出去。”

女子吃惊地弹跳起来，用双手擦了擦脸问：“天哪，这个人是谁？他做什么？”

“来做侦查。”奥西普凶凶地说。女子惊叫了一声就跑掉了，他冲着她的背影呸了一声，向我解释道：“她们怕有人来侦查，比怕鬼都厉害……”

老太婆从墙上摘下一面小镜子，然后揭起了一点壁纸。

“看看——是这个人吗？”

奥西普从墙上的缝隙里看了看：“没错，就是他。你让那个女人出去……”

我也从那道缝隙里看了看：那边屋子的情况和我们这边一样，都是一间窄小的狗窝，窗户是关着的，窗台上放着一只铁做的煤油灯。灯的旁边有一个斜着眼睛的鞑靼女人，一丝不挂地在那儿缝补衣服。在她身后的一张床上，阿尔达利昂将那肿起的脸高高地枕在两个枕头上，翘着蓬乱的黑胡须，鞑靼女子抖了一下，把衣服披着走过床边，突然出现在我们这个房间里。

奥西普看见她，又朝着她呸了一口：“呸，臭不要脸的。”

“你还真当自己是个傻老头子呀。”她笑眯眯地回应。

奥西普也笑了，还用手指吓唬她。

我们也走进鞑靼女子的房间中，老头儿便坐在阿尔达利昂脚边的床沿上，叫了他好长时间都没有把他叫醒，他只是模模糊糊地答应了几句：“好吧，好吧……再待一会我们就走……”

他终于还是慢慢睁开了眼睛，惊讶地看着奥西普和我，发红的眼迅

速闭上，呻吟着：“嗯，嗯……”

“你这是怎么了？”奥西普淡定地说，语气中并没有责备，只是有点不高兴。

“我是糊涂了。”阿尔达利昂边咳嗽着，边用沙哑的声音费力地解释道。

“为什么这样子……”

“不为什么啊……”

“好像有点不合适……”

“怎么了……”

桌上有一瓶已经打开的伏特加酒，阿尔达利昂拿起就喝了起来。之后，又问奥西普：“你需要喝点吗？这里应该有下酒菜……”

老头儿把酒往自己嘴里一倒，咽下去后皱了皱脸，开始专注地吃一片面包，昏迷中的阿尔达利昂便没劲地说：“看啊，也跟鞑靼女人在一起了，这些都是——因为叶菲穆什卡。他说：年轻的鞑靼女人都是来自卡西莫夫城的孤儿，来做交易的。”

这时一个快活的声音并不流利地从墙洞口传出来：“鞑靼女人——顶呱呱，像一只小母鸡。将他赶了出去吧，他不是你的爸爸……”

“就是那个女人。”阿尔达利昂轻轻地说着，笨拙地向墙洞边看了过去。

“我已经见过了。”奥西普说。

阿尔达利昂回头看着我：“哥们儿，我弄成这个模样了……”

我想，奥西普会马上责骂阿尔达利昂，并给他一些颜色看看，而他就会不好意思地懊恼着，但是一点也不像要变成这样的情况。他们不仅肩并肩地坐着，而且还安静地进行着简单的聊天。看到他们在这样如狗窝的黑暗肮脏的房间中，我真心受不了。鞑靼女人从墙洞的缝隙中说着让人发笑的话，但是他们也不去听她说的，奥西普从窗台上拿了一条鱼干，在靴子上轻轻敲了敲，仔细地剥起皮来，他问：“钱用完了吗？”

“彼得还欠我的钱……”

“哦，你还能动吗？现在应该到托木斯克去了……”

“可是到了托木斯克又能怎样呢……”

“难道你改变主意了？”

“如果不是亲人让你去的就好了。”

“为什么？”

“因为那是姐姐和姐夫……”

“那又有什么关系？”

“向自己的亲戚低头，心里不是滋味……”

“我们不管在什么地方，都是一样要低头。”

“可感觉是不一样的……”

看他们谈得那样亲切、认真，鞑靼女人也不再挑逗他们了，她默默走进房间里来，悄悄地从墙上拿了衣服，跑出去了。

“她很年轻。”奥西普说。

阿尔达利昂看了他一眼，没有丝毫悔意地说：“叶菲穆什卡那个捣蛋鬼，他只知道女人，其他的什么都不知道……那个鞑靼女人，很可爱，傻乎乎的……”

“仔细着点——千万不要沉迷。”奥西普警告他，把那个鱼干嚼完了，就与他道别。

回去的路上，我问奥西普：“你为什么要去找他呢？”

“当然是去看看他啊，毕竟是熟人啊。这种事情，我以前见过很多。有些人，这日子过着过着，忽然就无聊起来不知道怎么过了。”他重复着以前的话，“喝酒就得注意。”

可是过了一分钟，他又说道：“没有那玩意儿，也很寂寞。”

“没有什么，酒吗？”

“嗯，是啊。喝了酒，就像是走进了另一个世界里……”

阿尔达利昂最终还是沉迷进去，过了五六天时间，他来工作了，但是很快又不见了。到了来年的春天我又碰见他，他已经成为了一名流浪汉，在码头上给木船敲冰。我们两个人一见面就非常的高兴，相约一起到饭店去喝茶。他一边喝着茶，一边自我吹嘘：“你还记得，我有一个什么样的手艺吗？说实在的，我做起工来，是这个行业的佼佼者。挣几百卢布是根本不在话下的……”

“可是你却没有挣到呀！”

“是没有挣到！”他突然大声说，“那是我不想挣！”

他自顾自地说着大话，饭店里的客人都听到了他的吹嘘。

“你还记不记得，那个假好心的彼得不是说过吗？咱们用砖头给别人家盖房子，用木头给自己造棺材，看看吧，这就是工作。”

我说：“彼得生病了，他害怕死亡。”

可是阿尔达利昂大声喊起来：“我也是身体不好有病啊，或许我的心脏位置有点不正。”

我经常在星期日的时候跑到城外面的百万街①去，那里是无家可归的人的大本营，我看见阿尔达利昂是怎么样一夜之间变成了一个流浪汉的。一年前那个还很快乐严肃的阿尔达利昂，如今好像完全变了一个人，脾气暴躁，走起路来摇摇晃晃，而且还总是用骄傲不可一世的态度看着其他人，似乎随时要找人开战的样子，并且总是骄傲地说：“你们看看，这里的人们是怎样对待我的，我在这儿的感觉就像个当官的。”

他经常买东西给流浪汉吃，挥霍着自己挣来的钱，毫不吝惜。在发生争吵的时候，他也帮助弱小，并且经常这样说：“朋友们，这样是不对的。我们的行为必须正派。”

之后他就得了一个叫作“正派人”的外号。他很喜欢这个外号。

我十分细心地观察逗留在这条破旧肮脏的街上的人，他们在口袋一样的砖头房子里拥挤地生活着。生活抛弃了他们，但是他们却似乎给自己创造更加自由快乐的生活，没有老板的约束。他们快乐而奔放，让我不由自主地想起了我的外祖父曾经说过的话，纤夫很容易变成强盗和隐士。因为他们在没有工作时，经常会从木船上和客轮上偷点东西，但这样的行为不会让我觉得不开心，我眼中的生活，就像破衣服是用灰线缝制的一样，是一个彻头彻尾的小偷。与此同时我也会看见这些人任劳任怨、努力地做

---

① 百万街是一个流浪汉、穷人、无业游民和乞丐聚集的街区，在下诺夫哥罗德城。高尔基在这里遇到这些流浪汉并熟悉了他们的生活。

工，那种干劲常常是在紧急装卸货物，在发生火灾，或在融冰期间才能见到的。总体说来，他们的生活比其他人更有乐趣。

可是当奥西普看见我跟阿尔达利昂来往的时候，他像父亲一样警告我："怎么啦，我的宝贝，你这个让人心疼的傻子，你怎么和百万街上的那帮人交起朋友来啦？小心一点，不要伤害了自己……"

我用尽一切办法想要告诉他，我非常地羡慕百万街的人——他们在不工作的时候也能开心快乐地生活。

"像自由飞翔在空中的鸟儿。"他冷笑着打断我的话，"他们能沦落到下等人的地步，是因为他们怕吃苦、挑肥拣瘦，他们把做工当作受惩罚。"

"那么好好做工又能如何呢？大家都说认认真真做工，还不是一样造不起用砖头做的房子呀。"

我说这话几乎不需要思考，因为我不知道曾经听到过多少次这样的话，并且觉得它就是真话。但是奥西普非常的生气，对我大声喊道："是谁说过这样的话？只有傻子和懒惰的人才会这样说。你这个兔崽子，就不应该听进耳朵里！唉，你这家伙！说这话的人都是嫉妒别人的人，是会倒霉的。你应该先让你的羽毛长出来，然后飞向高空。我需要把你和这些人来往密切的事情告诉你的主人，你还别记恨我。"

最终，他对主人说了。主人当着他的面对我说："喂，彼什科夫，以后不许你再到百万街去了。那边除了小偷就是妓女的红房子。从那边出去，只有一条路，到监狱和医院。以后不许再去了。"

我还是悄悄地去百万街，然而好景不长，我不得不与它断绝关系了。

有一天，我、阿尔达利昂还有他的朋友罗宾诺克，坐在一家彻夜营业店院内的板棚屋顶上。罗宾诺克开心地谈论着他如何从顿河罗斯托夫徒步到莫斯科。他是一个瘸子工兵，还得过乔治勋章。在土耳其战争时，他的膝盖骨被打碎了，他虽然长得精悍而矮小，但手臂的气力却大得让人害怕。因为是瘸子，所以他不能做工，空有一身力气。不知道生了一场什么病，他身上所有的毛发都掉光了，他的脑袋光秃秃的，就像一个刚出生的孩子。

他眨着那双红眼睛说："那是谢尔普霍夫市，在园子里坐着一个神父，我说：神父，我是土耳其战争中的英雄，请你发发慈悲……"

阿尔达利昂摇摇头说："嗯，你没有说实话……"

"我怎么没有说实话？"罗宾诺克反问道，却没有生气。我的朋友就用教训的语气慢悠悠地说："你不正派。你适合做一个看门人，瘸子总是做看门人的。可是你却在这里乱跑，不说实话……"

"我只是为了让别人开心一下，才说谎玩儿的……"

"你自己才是可笑的……"

虽然天气晴朗干燥，阳光灿烂，可是院子里还是阴暗潮湿而且肮脏，一个女人跑进院子，拿着一条破布片子挥舞着，大声叫喊："有要买裙子的吗？嘿，女性朋友们……"

这时许多女人从屋子里走出来，密密麻麻地把卖衣服的女人围在中间，我马上认出来这是洗衣妇娜塔莉亚，我立刻跳下屋顶，没想到她在第一个人出价后就卖掉了手中的裙子，然后慢慢从院子里走出去。

"嘿，你好呀。"我一边快乐地叫喊，一边在大门外追上她。

"你还要说什么吗？"她斜着看了我一眼问。但是马上又停下脚步，生气地叫："天哪，你在这里干什么……"

她的惊叫让我有些感动，又有些窘迫。我知道她是因为关心我才会害怕的，她聪明的面孔上很明显地流露出惊恐的神色。我急忙告诉她，我并不住在这里，只是有时没事了过来玩乐。

"玩乐？"她又生气又嘲讽地说道，"你这是到什么地方来玩乐？你玩的是什么地方？你是玩行人的口袋？还是哪个女人的胸脯？"

她看起来很憔悴，眼睛下面还有一道黑圈，嘴角松弛而下垂。

她站在饭店门口，说："进去吧，请你喝杯茶。看你衣冠楚楚的，绝对不是这个地方的人，可是我有点不大相信你……"

但在饭店里，她好像有些相信我了。一边给我倒茶，一边疲乏地告诉我，她在一个钟头以前才刚刚起床，直到现在都没有吃过早饭。

"昨晚醉得昏昏沉沉的，睡觉之前都没有清醒，在什么地方喝的酒，和谁一起喝的，我已经完全记不得了。"

我有些同情她，坐在她面前，觉得心里很不安。我很想问问她，她的女儿去了哪里。她喝了一口伏特加，又喝一口热茶，说起话来恢复了以前的活泼，也很粗鲁，像这条街上的其他女人一样。当我问她，她的女儿现在怎么样的时候，她又马上清醒过来，叫喊说："你问她的情况干什么，不行的，亲爱的，你要打我女儿的主意那你是不会得手的。"

她又喝了一口，说："我的女儿，现在跟我一点关系都没有。我又算她的什么人呢？我只不过是一个洗衣妇，不能做好一个母亲。她受过教育，是一个有学问的人，所以说，小兄弟，我被丢在这里了，她到她一个有钱的女朋友家里去了，大概是当辅导老师……"

她过了好一会儿，才低声弱弱地问："原来是这么回事呀。难道你对洗衣妇没有兴趣吗？那么妓女你要吗？"

我马上看出来，她就是一个妓女，因为在这条百万街上没有其他的女人了。可是从她的口里这样说出来，我会觉得有些窘迫，但是又很可怜她，我的眼睛里有了泪水，好像她这样的告白让我很激动，在不久之前，她还是那样的一个女人，勇敢、独立而聪慧。

"你呀。"她一边说着一边朝我看了一眼，深深叹了一口气，说，"我真的求求你，而且真心地奉劝你，这种地方，你千万千万不要再来了，快点离开这里回去吧，如果你再来就会堕落的。"

接着，她的上半身趴在桌上，手指在托盘里来来回回地画着，轻声地断断续续又像是自言自语地说着："真可笑，这样对你说又有什么用呢？我的女儿都不会听我说的话。我问她：你怎么啦？你不能这样丢下我，我是你的亲生母亲啊。她说：这样的话，我只有去上吊自杀啦。然后她到喀山去了，说要学习产科。那样也好……很好，很不错……可是我要怎么办呢？思来想去，就只有这条路了……没有人可以让我依靠……那我就只好依靠过路人……"

她不再说话了，长久地想着什么。嘴巴轻轻动着，毫无声息，好像忘记了对面还坐着一个我。她的嘴角向下弯垂，嘴巴弯弯的，像一把镰刀，而且嘴唇皮微微地抖动着，在哆嗦的皱纹里，无声但又好像有千言万语，那样子让人看着很难受。她的脸就像受了欺负的小孩一样，头巾底下露出

的一绺头发掠过额头弯到小耳朵背后。茶冷了，茶杯里落下一滴眼泪。她感觉到了，于是把茶杯推开，紧紧地闭住眼睛，但又掉下来两颗眼泪，她用手帕擦掉。

我再不忍心和她坐在一起，于是我轻轻站起来："再见了！"

"啊？滚，滚，滚远点吧。"她看都不看我，一边喊着一边挥手做着赶人的手势，大概忘记了和她坐在一起的人是谁了。

我再次回到阿尔达利昂的院子里。他原本来约我一起去捉虾的，而我却非常想跟他聊聊这个女人的事情。可是，他跟罗宾诺克早已离开了那个屋顶。当我在乱七八糟的院子里四处找寻他们的时候，街路那边又有人吵架了，这里常常发生这样的争吵。

我在大门外遇见了娜塔莉亚，她一边哭，一边用头巾擦着受伤的脸，而另一只手不停地整理着凌乱的头发，低头目不斜视地走在人行道上。阿尔达利昂和罗宾诺克两个人从她的身后走来。罗宾诺克说："我们再揍她一拳，让她再吃一拳。"

阿尔达利昂用力挥着拳追上她，她突然转过身来，带着可怕的脸色挺起胸脯，红着的眼睛里就像烧着仇恨的火焰，大声叫喊道："你打啊！"

我拉住阿尔达利昂的胳膊，他惊讶地看了我一眼："你在做什么？"

"不许你打她。"我艰难地说出这句话。

他大笑起来："她是你的爱人吗？——啊，娜塔莉亚，你居然勾搭上了这个小修道士。"

罗宾诺克也拍着大腿跟着哈哈大笑起来。他们狂乱地嘲讽和讥笑了我好长时间，这让我很难受。这时候，娜塔莉亚也走掉了。我终于忍无可忍，于是一头撞向罗宾诺克的胸口，将他撞倒在地，迅速地跑掉了。

从那以后，我有很长时间没有再去百万街，但是却在一条渡船上再一次碰到了阿尔达利昂。

"嘿，你之后躲到哪儿去了？"他兴致勃勃地问我。

我告诉了他，他们打了娜塔莉亚，然后又侮辱了我，现在想起来我仍然非常不舒服，阿尔达利昂友好和气地笑了起来："你还当真了吗？我们是在开玩笑，逗你玩的。你至于为了那个女人难受吗？她是妓女，为什么不能打呢？何况老婆都是可以用来打的，难道那种女人还需要我们去怜香惜玉吗？再说了我们也只是逗她玩玩的。因为我也知道，拳头是教训不了人的。”

“可是，你觉得拿什么去教训那个女人呢？你觉得你有哪点比她强呢？……”

他狠狠地抓住我的两肩，使劲摇晃着，并且语带嘲讽地说：“我们的不如意就在于我们谁也不比谁强……老弟，我什么都清楚，什么都明白！我不是一个乡巴佬儿什么也不懂……”

他有点醉了而且还很高兴，像一个和蔼的老师看着一个蠢笨的学生一样，他用一种温和而同情的目光望着我……

偶尔我会遇到巴什卡·奥金佐夫，他越来越有精神了，打扮得漂亮入时，跟我说话时也带着财大气粗的神气，动不动就责备我说：“你为什么要去做那种没有出息的事呀。这些都是乡巴佬儿……”

然而之后，他又伤心地告诉我作坊里最近的情况：“日哈列夫还是和那个彪悍的女人搅在一起；西塔诺夫越来越悲观，每天酗酒；戈戈列夫居然被狼吃了，就在喝醉了之后回家去过圣诞节时，在路上居然就这样被狼吃了。”

于是巴什卡一边得意地哈哈大笑，一边讲他编的笑话：“把他吃掉的那几只狼也都醉了。它们很兴奋自得，像驯狗一样在森林里用两只后爪走着，就这样过了一天一夜，这些狼也都死了！……”

我听了这笑话感觉很好笑，也跟着笑了起来。可是我却感觉那个作坊和我在那里经历过的一切都遥远而生疏，我又感到有点悲伤了。

十九

到了冬季，市场里几乎没有什么活儿可以做。在家里，我还是和从前一样，做着各种打杂的事。这些杂务占据了整个白天的时间，只有到了晚上空暇时间，我从头开始念一些对自己毫无意义的《田地》杂志和《莫斯科报》上的小说给主人们听。到了深夜便开始读好的书，并学着作诗。

一天，女人们都出门通宵做弥撒去了，主人因为身体不适只好待在家里，跟我说："彼什科夫，我听维克托笑话你，他说你在写诗啊。真的假的？来给我念首听听吧！"

我不好意思拒绝，就给他念了几首；这些诗似乎不太合主人的心，可他依然说："还是好好用功吧，也许你真的可以变成普希金，读过普希金的作品吗？

是家神鬼送丧／还是女妖精嫁人呢？①

在他那个年代，普通人还是愿意相信家神鬼的，他自己却不相信，只是说着玩的。"对啦，老弟。"他深思地拖长声调，"你真的应该去上学，可惜现在太迟了。真是看不透你，你以后怎么活下去。……你那本子一定要藏好，否则给女人们拿去笑话……老弟，女人，最喜欢这种东西——勾起心火……"

在不久前，主人变成爱冥想的人，常常小心翼翼地望着四周，就连听到门铃声都会惊讶。有时为一点儿小事也会发火，向大伙儿大发脾气，从家里跑出去，第二天晚上喝得酩酊大醉再回来……不难看出他似乎隐藏着什么心事，使他的心再次受伤，可是除了他自己以外，再也没有人知道究竟是什么原因。如今，他没有信心，也没有欲望，只是在按部就班地生活。

休息日，从午饭后开始一直到晚上九点钟，我到外边散步，傍晚的时候，就会坐在驿站大街的一家酒店里。老板胖胖的，经常在那儿忙得汗流浃背，而且非常喜欢唱歌。他的这个爱好所有教堂里的唱歌人都知道的，他们常常聚在他的店里。他们唱歌的时候，老板就大方地请他们喝伏特加、啤酒，喝茶。尽管那些所谓唱歌的人都是毫无意义的酒鬼，他们只是因为嘴馋才勉强唱唱，唱的也大部分都是教堂里的圣歌。有时候，店里来了虔诚的客人，认为在酒店唱圣歌不太合适，老板便把唱歌的人喊进自己屋子里，所以我只能隔着门听到歌声。但在酒店里唱歌的，还有很多乡下汉和手艺工人。老板常常自己走遍全城去找唱歌人；遇到赶集日乡下农民上城来唱歌，他听说了有会唱的，就立马请了来。

---

① 诗句出自普希金的诗《恶鬼》。

唱的人一直坐在柜台旁的伏特加桶旁边，脑袋倒影在圆桶底上，看上去像是套上了一个圆框子。

最会唱、经常能唱出最好的歌曲的，是一个瘦小的马具匠克列晓夫。他长着一张像被嚼烂了吐出来的脸，一小簇一小簇褐色的毛发，鼻子像死人似的会发光，小眼睛睡意蒙眬地一动不动。他经常会闭着眼睛，把脑勺靠在桶底上，裸着胸膛，用深沉而豪放的男高音，快速地唱道：

大地弥漫着雾气／道路朦胧的时候……

这时候，他会站起来，把腰靠在柜台上，上半身故意向后仰着，面对屋顶，热情地唱道：

唉，我要去向何方呢／我在何方去寻找康庄大道？①

他的声音小而铿锵有力，似一条银丝穿过酒店嘈杂而浑浊的谈话声，刺人心胸的歌词、音调与叫唤，震住了所有的人。就连喝醉酒的人听到歌声也变得惊人的庄重、认真，静静地注视着眼前的桌面。每次我只要听到好的歌曲，内心就会充满了一种力量，它美妙地冲击着我的内心深处，使我的心似乎要分裂开来。

酒店像教堂一样安静，唱歌的就如一个充满慈爱的神父，他并没有任何解释，而事实证明是他已献出整颗心，替整个人类真诚地祈祷，为可怜的人类生活在苦难中，再一次做出发声的思考。一些胡子面孔的人从上到下打量着他，兽形的脸上，孩子似的眼睛似懂非懂地闪烁着；有时也会有叹气的人，这说明了歌的力量。在这种时候，我总是认为，这才是真实的生活。而平时，所有的人，都是过着不真实的过于虚伪的生活。

在房间角落坐着一个面孔微胖的女小贩雷苏哈，她是一个轻佻的、放荡的堕落女子；她把脖子缩在肥胖的两个肩膀之间，啜泣着，眼泪缓缓流出来悄悄洗着下流的眼睛。在离她不远的地方把脸趴在桌子上的，是深沉的男低音歌手米特罗波利斯基，一个须发浓密的穷困潦倒的助祭似的青年，醉脸大眼；他看着眼前的伏特加酒杯，拿在手里，正要送到嘴边去，马上又在桌子上轻轻放下——不知出于什么原因不再喝了。

---

① 出自一首民歌。

酒店里的人都听得出了神，像是在倾听早已忘却的但是对他们来说亲切的非常珍贵的声音。

克列晓夫唱完以后，很谦逊地在椅子上坐下来，老板便特意敬他一杯酒，满脸堆笑地说："嗬，真好。虽然你是在唱，但感觉更像是在讲故事，你是真正的歌手，这点没有什么可怀疑的。没有人会说三道四……"

克列晓夫缓缓地把伏特加喝了，慎重地咳嗽一下，悄悄地说："谁都有一副嗓子，谁都会唱，但是说到表现出歌曲中的精神，也只有我才会。"

"嘿，不要吹牛。"

"没本事的人才不会吹牛。"歌手依然显得那么平静，可是说得比原来更有劲了。

"挺大的口气，克列晓夫。"老板懊恼地叹息。

"我从不吹牛……"

房顶上阴沉的男低音歌手叫道："你们哪里明白这个丑陋天使唱的歌，你们这些垃圾，霉菌。"

他跟谁都难以合得来，跟谁都吵架，闹别扭；因此，差不多每周末都遭人痛打。唱歌的人也跟着打他，打人的和想打人的都一起打他。

酒店老板爱听克列晓夫唱歌，但对于克列晓夫本人，却显得很不耐烦，见人就跟人埋怨他，而且公开寻找机会欺负这个马具匠，嘲笑他。这件事，那些常到酒店的客人和克列晓夫本人也都知道。

"他的确是一名优秀的歌手，只是性格有些骄傲，再教育教育他才好。"他说。有几个客人跟着表示赞同："没错，这年轻人就是过于骄傲。"

"有什么可以骄傲的？嗓子是因为上帝的赐予，并不是自己与生俱来的。而且他的嗓子也没什么可骄傲的呀？"老板固执地反复说着。

赞同他的人也随声附和："不错，关键不是嗓子，而是才华。"

有一次歌手唱完走了，老板怂恿雷苏哈说：

"玛丽亚·叶夫多基莫芙娜，你跟克列晓夫去搅和一下，戏弄他一回，好吗？再说费不了什么劲。"

"要是我再年轻几岁就好了。"女小贩笑一笑说。

老板火急火燎地大声说："年轻就有用吗？你最好去试一试。我倒要看看他到底怎样围着你打转呢。让他对你得相思病，他就会一直唱个不停，不是吗？来一下吧，叶夫多基莫芙娜，我会重重感谢你，好吗？”

可是她并不接受。长得肥胖高大的她，耷拉着眼皮，抠弄着散落胸前的头巾的缨穗，平静而慵懒地说：“这还真需要年轻的才可以。要是我能再年轻个几岁，嗯，我就不会这么犹豫了……”

老板几乎老想把克列晓夫灌醉，但这家伙总是唱完两三支歌，每唱完一支歌喝完一大茶杯酒，就小心翼翼地用厚毛围巾缠住脖子，然后把帽子在凌乱的脑袋上使劲一戴，就出去了。

老板又会常常找人同克列晓夫比赛，马具匠只要一唱完歌，他获得了称赞和掌声之后，就会更加兴奋地说：“这里还有一个歌手。嗯，也请你显显本领吧。”

歌手有时会唱得很动听，但是往往在这些跟克列晓夫比赛的人中间，我却想不起来还有一个人，能够如这瘦小的丑陋的马具匠似的唱得感人肺腑……

“嗯。”老板满意地说，“这自然是很好。关键是嗓子好，可是缺乏真实感情……”

听众哄笑起来：“不行，也许是比不过马具匠的嗓子。”

克列晓夫从火红的长眉底下看着大伙儿，平静而客气地对老板说：“算了吧，超过我的歌手，您绝对找不到，我的才华是上天赐予的……”

“我们的才华都是上天赐予的。”

“你虽然花了钱，费尽财力去找，也是找不回来的……”

老板的脸红了起来，嘟囔道：“你怎么知道，你怎么知道……”

但克列晓夫一定要说得他认赌服输：“再跟你说一句：唱歌跟斗鸡不一样……”

“这个我早就知道。你老啰唆什么？”

“我不是啰唆，只是想再次说给你听：如果唱歌是一种娱乐，那就是肮脏的东西。”

“好，算了，算了，那就再唱一个……”

“唱，我任何时间都可以，哪怕在睡觉的时候也可以。”克列晓夫

满口答应下来，悄悄地咳嗽了一声，又继续唱了起来。

于是，所有烦恼的事，所有的废话和目的，所有世俗的酒店里的事，便很神奇地消失了。所有人的脸上涌出一种全新的对生命的渴望与期盼，充满着爱与怜悯的、无限遐想的、纯粹的对生命的源泉的渴求。

我敬慕这个人，敬慕他的才华和他对人们的权力，同时他也很恰当地运用了这些。我真的很想认识马具匠，同他长谈，可是始终没有勇气迈出第一步。因为克列晓夫总是用他泛着白色的眼睛好奇地望着其他人，似乎对于自己身边的人，并不放在眼里。在他身上还有一种使我极其厌恶的地方，阻止人去喜欢他，我特别想他不唱歌的时候去喜欢他。他如同老头子似的把帽子戴在头上，用红围巾绕着脖子，似乎是故意引起别人的注意，那样子实在让人生厌。对于这条围巾，他自己说过："这是我喜欢的女人亲手织了送给我的，是个姑娘……"

他不唱歌的时候，便大摇大摆地用手指摸着死人似的长冻疮的鼻子，人家问他，他只满脸不高兴地敷衍地回答。有一次我坐到他身边，问他话，他看也不看我一眼说："滚出去，小家伙。"

对于这点，还是那个男低音米特罗波利斯基比他可爱得多；他走进酒店，以沉重蹒跚的步子，走进房间的一角，一脚踢开凳子，坐下，两肘伏在桌子上，双手托住凌乱的大脑瓜子，静静地喝上两三杯，大声咳嗽一声。大家一惊，回过头来都看着他，他仍旧托着头，用挑战的目光看着人们。凌乱的头发，如同马鬃毛一样散落在肿胖的红棕脸上。

"看什么？看到什么了？"他忽然大声地喝问。

突然有人回他："看见了森林鬼。"

有几次晚上，他只是静静地喝酒，又悄悄地拖步回去。有好几回，我听见他用神灵的口气责怪人们："我是上帝派来的忠仆，现在，我像以赛亚一样惩罚你们。灾难已经到了亚利伊勒城[①]；这里，一切的坏人，包括偷东西的人，各种可憎可恶的人，活在卑微的贪婪之中。灾难降到了

① 亚利伊勒指的是耶路撒冷；《圣经》上面有记载，先知以赛亚有过一个预言，亚利伊勒必将遭遇重大的灾难（《旧约全书·以赛亚书》第 29 章第 1 节）。

这世界的船上，载有卑微肮脏的人，驶向大地的每一个角落。我知道你们，只不过是一些酒囊饭袋，世界上的垃圾渣滓。可憎可恨的人，像你们的人，世间多得无数，瞧吧，大地不会容忍你们的。”

他的声音非常洪亮，把玻璃窗震得快要发响。可是这种场面非常受听众的欢迎，他们非常认同这位预言家：“叫得好，长毛狗。”

他非常容易接近，只需要请他吃点东西就可以。他常常会要一大瓶伏特加，一盘辣牛肝，这些都是他最喜欢的东西，常常因为贪吃而吃坏五脏六腑。我常常问他，要看些什么样的书才受益终身，他厉声直言反问我：“读书有什么用？”

但他看见我发呆，就平静地厉声问道：“传道书你看没看过？”

“看过。”

“那就读传道书好啦。其他的书统统不用去读了。传道书中写尽了世间万物，唯有那些长着角的绵羊才看不懂，换句话说，谁都能看懂……你是谁，会不会唱歌？”

“不。”

“为什么说不？最好唱歌。这是最荒唐的事情。”

这时邻桌有人开始问他：“那么，你自己真的可以唱吗？”

“我是好吃懒做的人。嗯，问这干什么？”

“没有什么意思。”

“这不是新闻，谁都知道你头脑里没有任何文化，而且永远也不会装进些什么。阿们。”

他跟谁都用这样的语气说话，就连跟我说话也是这样。我请了两三次客，他便开始对我恭顺起来。一次，他惊讶地看着我说：“我看不明白你的用心：你是做什么的，你到底是谁？你想要干什么？呃，其实，我才懒得管你呢。”

他对克列晓夫的态度也让常人很难明白，他常常出神地听他唱歌，每次听的时候都显得很高兴，有时还露出温柔满意的笑容，但没有同他成为无话不谈的朋友，反而每当谈到他时，就常常显得很粗鲁，并且用轻蔑的语气说他：“这个呆子。他懂得换气，就算知道怎样唱，但仍然改变不

了他是傻瓜的事实。”

“到底为什么？”

“他天生就是这副德行。”

我非常想在他没喝酒的时候同他推心置腹地好好谈谈，可是他不喝酒的时候，总是在啰唆，要么就是一个人呆呆地，用他那双忧郁的眼睛看着人。听人说他曾经在喀山读过神学院[1]，还取得了当主教的资格。我到现在都不敢相信这是真的。可是有一次，我跟他聊天说到了自己，并说到了主教赫里桑夫，一听到这个名字，这位歌唱家把头骄傲地摇晃着，得意地说："赫里桑夫吗？我知道他，他也是我的老师。在喀山神学院的事我到现在都记得很清楚。赫里桑夫，意思是金黄色，这是潘瓦・别雷姆达[2]解释的。同时，他是长着金黄色头发的人，赫里桑夫。”

“潘瓦・别雷姆达又是哪一位？”我问了问他，可是他并没有回答我，而是说道：“同你没有关系。”

回家以后，我在笔记本上特意写上：“一定要读潘瓦・别雷姆达的作品。”当时我想，只要读了别雷姆达的书，有些难题就可以迎刃而解。

可是这位歌唱家总是喜欢使用一些我并不熟悉的人名、词语，对于这点总让我感到很不舒服。

“人生不可能都像阿尼霞那样。”他说道。

我问他：“你说的阿尼霞是谁啊？”

“一个非常有能力的女人。”他简单回答我。我的孤陋寡闻让他感到有一丝得意。

他在神学院里学习过这一事实，使我一直认为他肚子里一定深藏着很多的知识，只是他平时不太善于言辞，有时偶尔说出一两句，也很难听懂。这让我感到有些遗憾，也许是我自己的问题。

尽管这样，他还是在我的内心留下了一些记忆；我尤其喜欢他喝醉酒后的样子，喜欢他模仿以赛亚先知的样子发出的威严的责备。

---

① 喀山神学院于 1723 年建造。

② 乌克兰学者，词典编纂者。

“哎，世界上的肮脏和丑陋。”他怒吼道，“就在你们中间，卑鄙者得到重视，正义者不被重视。悲哀的日子迟早会来临的，到了那时再后悔，就来不及了。”

每每听了这种怒吼，我就会想起“往事”——一个可悲、堕落的洗衣妇娜塔莉亚，整日被下流的诽谤污蔑缠身的“玛尔戈王后”——我已经有了可供回忆的资料了……

我同这个人打交道的时间很短，结束得也很突然。

当春天来临的时候，我在附近军营的郊外遇到了他，身躯胖肿的他如同骆驼一样抬着头，一个人独自散步。

“一个人散步吗？”他沙哑着嗓子问道，“我们一块走走吧，我也一个人散步。老弟，我生病了，并且……”

我们两个人静静地往前走了几步，突然在经过一个搭过营帐的土坑里，发现了一个人。那人独自坐在坑底，侧卧着身子，肩膀靠在坑的一边，同时外套的领边紧贴着耳朵边，似乎是想脱并没有脱掉的样子。

“醉鬼。”歌唱家停下对那人说。

我们发现在他手边的草地上还放着一支特别大的手枪，不远处的位置还有一顶帽子，帽子旁边是一只喝去不多的伏特加酒瓶，酒瓶瓶颈静静地藏在青草中。这个人的脸害羞地埋在外套下面。

我们悄悄地站了大概一分钟的时间，接着，米特罗波利斯基将两腿叉开大声说：

“有人自杀啦。”

我立马意识到，这并不是醉汉，应该是死人，可是这一切来得太突然了，简直令人难以相信。直到现在我还能想起当时的场景，外套底下露出来的大脑袋和泛着青色的耳朵，一点儿也不感觉到恐惧和悲伤。我不相信在这样阳光明媚、生机勃勃的春天，还有人想去自杀。

歌唱家似乎看上去很冷，不停地用手掌来回搓着似乎还没来得及剃过的胡子，发出沙哑低沉的声音：“这是一个中年男人，肯定是妻子跟别的男人私奔了，要不就是在外面欠了别人的钱……”

他叫我马上进城报警，自己坐在坑旁边，盘着两条腿，不时打着寒战裹紧了旧外套。我已经报了警，说是有人自杀，然后又立刻跑回来。可是就在这个时候，这位歌唱家已经喝完了死人剩下的酒，还不时地挥舞着空酒瓶冲我示意。

“肯定是这酒害了他的命。”他愤怒地说着，狠狠地把酒瓶摔在地上，酒瓶立马摔得粉碎。

警察跟着我来到现场，他向土坑里看了一下，然后摘掉帽子，迟疑地画着十字，又问歌唱家：“那你又是谁？”

“关你什么事……”

警察迟疑了一下，就对他客气地说：“到底发生了什么事，这里都出人命了，你却在这里悠闲自在地喝得醉了？”

“我都醉了二十年了。”歌唱家满脸骄傲地说，并用双手拍着胸脯。

现场只有我知道他喝了死人的酒，不然一定会被警察抓走的。这时城里也来了一大帮人，满脸严肃的警察分局局长也坐着马车赶到了现场，他一下跳进土坑里，先是一把拉起自杀人所穿的外套，又看了看脸，问道：“第一个发现的是谁？”

“就是我。”米特罗波利斯基回答分局局长说。

分局局长看了看他，声音都变了，凶狠地说：“嗬，好小子，我的祖宗。”

观众围拢起来看热闹，现场聚集了有十五六个人，他们大口大口喘着气，好奇地在洞口往里看，不时地在土坑边来回走着，有人喊道：“他是住在咱们街上的那个政府办事员，我早就认识他。”

歌唱家踉跄着站到分局局长面前，摘掉帽子，发出听不清的声音，同分局局长争辩起来；分局局长上前推了他一把，他先是晃了晃身子，接着一屁股倒在了地上起不来了。警察缓缓从袋子里掏出绳子，一下子捆住他总是习惯背起来的双手。分局局长向围在周围看热闹的人大声喝道：“都给我滚开。一群流氓……”

这时又走过来一个年纪稍大的警察，他有着一双红色的眼睛，嘴微微地张着，他拉住绑着歌唱家双手的绳子，缓缓向城里方向走去。

我有点发愣地从郊外往家走，在回忆里，他的责备的话语，常常在我脑海里回响：“灾难已经降临到了亚利伊勒城……”

眼前又出现一片不堪回首的景象：一个警察慢慢地从袋子里掏出捆人的绳子，很自然地把那双长着红毛的手反绑，很自然地把两手交叉起来……

不久以后，我听人说这位预言家被解救出狱。紧接着，克列晓夫也不见了踪影。他成功相亲，结了一门很划算的亲事，搬到县城里定居，而且开了一家属于自己的马具作坊。

……因为我真诚地向主人赞美马具匠的嗓子，有一天他突然对我说："跑去听一听……"

他坐在我的对面，惊讶地抬起眉头，瞪着那双大眼睛。

去酒店的路上，他还一路笑我，进了店里面，起初也还对我冷嘲热讽，讽刺酒客们身上散发出来的窒闷的臭气。当马具匠准备开唱时，他依然露着讥讽的微笑，倒了一杯啤酒，倒到一半的时候，就停下来，说："哎哟…鬼东西！"

他的手开始有些发抖了，轻轻放下啤酒瓶子，绷着神经仔细地听着。

"果不其然，老弟。"当人家唱完的时候，他感慨着说。

"唱得真是太好了……活见鬼，身上也要发热啦……"

马具匠抬头望着头顶上的天花板，又大声唱了起来：

从美丽富饶的村庄经过那条路的时候/看见幽静的田野上走着一群年轻的姑娘……

"他的歌声真好听。"主人摇晃着头，笑眯眯地嘟囔着。而克列晓夫的歌声慢慢变成牧笛的声音。

漂亮的女孩回应他：/我好像是一个孤苦无依的孩子，无人照料……

"真好。"主人嘟囔着，红色的眼睛骨碌碌打着转，"啊，小坏蛋……真不错。"

我看着他，心中很是满意；如同讲述故事的歌声冲击着酒店里的嘈杂声音，歌声铿锵有力地回响着：

我们村里的人真偏执/他们不让我这个姑娘去参加舞会/啊，因为我既穷又没有漂亮的衣服/我不配去认识帅气潇洒的小伙

子……/我只配和丧偶的老男人结婚，当他的主妇/面对这样的命运我真的不甘心……

我的主人不怕尴尬地大哭起来。他耷拉着脑袋坐着，隆起的鼻子翕动着，眼泪大颗大颗地落在膝盖上。

一连听完三支歌，他感伤地说："这里臭气熏天，我在这个鬼地方再也待不下去了。真是活见鬼……我们还是回家去吧。……"

可是我们刚走到大街上，他又对我说："我们走吧。彼什科夫，我觉得还是到旅馆里先去吃点东西再说吧……我实在不想回家。……"

也不问价钱，一屁股坐上出租雪橇，一路上他一句话都不说。我们来到了旅馆里，选定角落里的一张桌子，立刻向周围扫了一圈，声音微小而愤愤不平地向我诉起苦来："都是那家伙在捣乱，影响了我的好心情……让我烦恼……你不一样，你是个知书达理的人，你说说看，这是什么社会呀？都年近四十了，尽管媳妇、孩子都有了，可是没有一个可以说知心话的人。有时候想敞开心扉找他们谈谈，却找不到有共同语言的人。要是同媳妇推心置腹谈心，她决不会理解你的心情……媳妇算什么玩意儿？她有孩子，整天家务缠身，还有一大堆自己的事情要做。她永远不可能跟我一条心。常言说，媳妇最多算个朋友，就当是养了一个不懂事的孩子，这就够了……特别是我的媳妇……所有……你都看在眼里……她就是故意惹你生气……就像是一块腐肉，活见鬼。真让人伤心，兄弟……"

他禁不住打了个冷战，接着喝了冰凉苦涩的啤酒，默默发了一会儿呆，使劲甩了甩长头发，又说道："说这些，兄弟，人不可能全部都是坏蛋。你不是也经常同那些乡下人谈论世事……我清楚，不正经的、卑鄙下流的事，多了去了，可这都是真的，兄弟……如果大家都是贼。你以为你说的这些话对他们会管用吗？不会起任何作用的。真的。彼得，奥西普，他们全是不可靠的人。他们跟我无话不谈，你对他们说了我什么好话坏话，他们也给我说的……哈，兄弟？"

我默默地看着他，有些震惊。

"是，是。"主人微笑着说，"你原来想去波斯，这是个不错的想法。去了波斯，语言不通，什么也不知道，是好事！用本国话谈的全是卑鄙龌龌的事情。”

“奥西普有没有在你面前说我？”我问他。

“对，是啊，你觉得呢？这家伙还真是多嘴，比谁都能说，比谁都不实在……不是的，彼什科夫，嘴里说说不可能说得清楚的。什么叫真心话？真心话，又有什么好处？这像是秋天飘落的雪花，落在脏土地里就融化了，泥就变得更厚了。请你以后最好是闭上嘴不说话……”

他继续地喝着酒，但是并没有一丝醉意，说话速度却更快了，更生气的样子：“常言说，说话不是凿子，沉默才是金子，真悲哀啊，兄弟……他唱得好极了：‘我们村里的人真偏执。’人生寂寞……”

他向周围注视着，发出深沉的声音说：“我找到了心上人……遇见了一个好女人，尽管她是个寡妇，老公因为造假钞，充军去了西伯利亚，关在牢狱里。让我与这个女人相识……她穷得身上连一个子都没有，因此只得……明白吗……是一个妓院老鸨介绍我俩认识的……仔细看她，真是一个标致美人。长得好看，又年轻，简直太美了……有了一两次之后，我就对这寡妇说：‘你干吗做这个，你丈夫是个罪犯，你自己也不检点，为什么要跟你老公去西伯利亚？’你要明白，她已经做好了随丈夫一起去西伯利亚流放的打算。她对我说：‘不管他什么样，我对他的感情永远不会改变，他是我这辈子的好老公。他之所以犯了罪，实话跟你说，也是因为我；我跟你做了这种犯罪的事，也正是为了他，他需要一笔钱。他从小是贵族出身，一向过惯了舒服日子。我虽然一个人，我当然可以做好自己，你也是个好人，我也从心里喜欢你，我给你讲的这件事你千万不要同别人说……’见鬼！我把所有的积蓄都花在了她身上，大概有八十卢布。我对她说：‘请你原谅我，以后我再也不能和你交往了，再也不能看见你了。’于是，从此我离开了她……”

他沉默不语，似乎有了醉意，他趴在桌子上嘟囔着：“我和她有过六次……你不会懂的，这里面的事情。可能后来我又找了她六次……但是，我不敢进去她家……我真的没有勇气面对。现在这女人已经离开了我……”

他平静地把双手放在桌子上，搓着手指，感慨着说：“以后再也别碰见这种女人了……一辈子都不想再见到她。如果再遇见她，还会付出代

价。回家了……回家。”

我们在外面随意走着，他放慢脚步，嘟囔着：“这究竟是怎么回事呀，兄弟……”

他的故事没有让我感到惊讶，因为我老早就感觉到他身上一定发生了什么不寻常的事。

但是听他谈起对生活的这些年的感慨，突然让我觉得心里很不好受，尤其是听到他说起奥西普的那几句话，更让我内心如同针刺般疼痛难忍。

二十

我在诺大的、空旷的建筑物中做着“监工”，三年的时间里，我在这寂静的城市里看着工人们在春天造房砌瓦，到了秋天再狼狈地拆掉，年复一年。

主人每个月给我五卢布，为了让这五卢布尽到最大的价值，主人每天变着法儿让我多做活儿，房子换地板的时候，我得在地板底下搬出一俄尺厚的泥土。要是再雇流浪汉来做，就得多花一卢布，而让我去做却不用再花钱。但当我做这工作的时候，就疏忽了对木工的监督，他们偷偷拿走了门上的锁、把手和各种小东西。

工人和工头，用各种方法来骗我，从而偷东西，他们好像在做一件特别无聊的事似的，绷着脸，光明正大地偷东西。我抓住他们时，他们也毫不害怕，只是奇怪地问我：“你那么卖力地工作，只给你五卢布，你还要做出拿二十卢布的样子，真可笑。”

我告诉主人，他用我的劳动力节省了一卢布，却损失了十倍以上。但他向我眨眨眼：“得了吧，别装模作样了。”

我知道他怀疑我和偷东西的人是一伙的，所以我很讨厌他。但我并不是很生气，这种事是很常见的，大部分人都在偷东西，主人自己也喜欢偷拿别人的东西。

集市结束后，主人按照惯例巡视自己担任修理的铺房，看到那些遗留下来的茶具、餐具、地毯、剪刀，有时还有箱子货品之类的，就笑呵呵地说道："写一份详细的物品收纳单，把东西都搬运到货仓里。"

但他又从货仓里，把各种各样的好东西搬到自己家里去，还要我一遍一遍地把物品单重新抄过。

我对物品没有什么兴趣，我不想拥有什么东西，连书籍都感觉是个累赘。基本上我什么也没有，有的只是海涅的诗集和贝朗瑞的小册子。我想买本普希金的作品，全城只有一家旧书店里有，老板是个老头子，脾气差得很，还故意把普希金的作品的价钱往高了抬。主人家里塞满了家具、镜子和地毯，我厌烦极了，油漆的气味也使我非常难受。我讨厌主人的屋子，它让我想到了装满废物的垃圾桶。主人从货仓中搬回别人的东西，使得他的身边更加地拥挤，令人厌烦。玛尔戈王后的房子虽然也很狭窄，但是却感觉很漂亮。

我觉得生活大多是乱七八糟的，荒谬的，许多事情，明明是错误的，举个例子，我们在这里做的工作，辛苦地把房子修好了，到春天又被大水淹了，地板浮起，门子和窗户冲歪了，大水退去，柱脚都腐烂了。几十年来，市场年年淹水，淹毁坏了房屋和街道。这样，每年大水都会给人们带来巨大的损失，人们知道这种大水不会自己消失的。

每年的春天，冰雪融化时，许多拖船和几十只小轮船便会遭殃，人们哀叹着，再制造新的船只，再遇到冰雪融化的时候，新造的船只又要受一轮新的破坏，来来回回，反反复复，很无聊。

我把这个问题跟奥西普说了，他吃惊地大笑起来："哈哈，你这小鸬鹚，嚷什么呀？这种事情哪里轮得到你费心，跟你有什么关系？"

与此同时，他的脸色变得很严肃，那双碧蓝而澄澈的眼睛里还有讥笑的神情，他说："你提的意见很有道理，虽然它与你没有关系，但说不定也能帮到忙。你还要想到一件事……"

他无趣地说起来，尽管用了很多听起来很俏皮的话，比如令人意想不到的比喻句和逗趣的话："大家常常抱怨土地太少，春天一来，伏尔加河便冲击河岸，大量的泥土卷到了河底堆积成了河滩，夏天的大雨，把地面冲成了洼地，泥土又冲到河里去，于是就有另一些人开始埋怨伏尔加河浅了。"

他说话的时候没有感情，好像在调侃自己透彻人生的爱恨的知识，尽管他的话跟我的意见一致，但听起来还是令人很不舒服。“火灾，这件事也可以想想……”

在我的记忆里，伏尔加河对岸的森林每个夏天都有大火灾发生。每年的七月，天空中都会弥漫着黄色的浓烟，使得太阳看上去暗淡无光。

“森林没什么意思。”奥西普说，“森林都是贵族、官府的资产，跟老百姓没有关系，城市被大火烧掉了，也没有太大的关系，在城市里住着的都是一些有钱人，不用替他们可惜。要是农庄、村子烧了那就糟透了——整整一个夏天，不知得有多少村子遭殃呢，这才是损失最大的。”

他轻轻地笑：“在你我看来，有土地的，没有什么本领。人们不是在为自己、为土地忙碌，反倒是为了水火在忙碌了。

“这有什么可笑的吗？”

“笑笑有什么关系？你不能拿眼泪灭火，反而眼泪会使洪水来得更猛烈。”

我知道，在我遇到的所有人之中，这位举止端正外表优雅的老头子，无疑是最聪明的。但就是这位聪明的老头子，爱的是什么，恨的又是什么呢？

我在想这个问题的时候，他又说话了，像是往正在燃烧的火焰里添加了一些干柴，足以让火势更猛。

“你看，人们有几个是真正爱惜精力的，无论是自己的还是别人的。你家那位主人，是怎样浪费你的精力的啊？但是为了喝酒，人们又丧失了多少精力？这是数不过来的，是任凭那些大学问家怎么算也算不出来的……烧掉的房子可以另造，但白白损失了一个好的庄稼汉，那是真没方法补救的。例如阿尔达利昂，格里沙，你瞧，好好的庄稼汉就这样突然地烧了起来，就这样完蛋了。阿尔达利昂虽然脑子不是很聪明，但确实是个好人。那格里沙，冒着烟，一群女人好像殴打森林里的蛆虫一样殴打他。”

我很奇怪但并不生气地问他：“你干吗把我的想法告诉了我的主人？”

他不带表情声音温柔地解释：“我要让你知道你抱的都是有害的思想，让他来教训你；除了你的主人，还有别的人来教训你吗？我并不是恶意揭发，只是担心你。你并不是糊涂蛋，可是魔鬼在你的思想里捣乱。你偷拿别人的东西，我不会说，你交女朋友，我也不会说，你喝酒，我也不会说的。但是你那种魔鬼的想法，我知道了是永远要告诉你的主人的……”

“那我以后再也不要和你说话了。”

他安静了一会儿，松脂被他用指甲扒掉了，他和蔼地看着我说：“你撒谎，你肯定还要跟我讲话的，不跟我讲，你还能和谁讲呢？没有人了……”

我瞬间觉得眼前这个干净、整洁的奥西普，变成了对所有事情都毫不在乎的司炉雅科夫。

有时他像鉴定家彼得·瓦西里伊奇，有时他又像车夫彼得。偶尔，他又表现出跟外祖父相同的特点。总的来说，他跟我见过的所有老头子都有点像，他们都是很有趣的老人。但我感觉不能跟他们在一块生活，那是非常难受的一件事情。他们就好像能够腐蚀掉人类的灵魂，他们说的那些聪明的话语，让人的精神和思想钝锈。奥西普不是个好人，但他也不是个坏人。我已经看清楚了，他是个非常聪明的人。他的这种机智、聪明能够根据不同的环境做出不同的反应，使我感到很惊讶，但同时，也使我感到沮丧，致使我一直把他当作我的敌人。

我的心里泛起了阴暗的想法：“尽管大家说着客气话，笑脸相向，但所有的人还都是陌生的，世上的所有人，互相都是冷漠的。看上去没有一个人对爱有着坚固的联系。在我眼里，外祖母，只有她，爱生活，爱这一切。另外，还有那光彩夺目的‘玛尔戈王后’。”

有时，这些大同小异的思想像黑云一样厚，让人觉得生活真是麻烦不断。怎么样才能过上更好的生活呢？到哪里去？甚至除了奥西普，再也没有可以谈心的人了。于是我慢慢跟他谈了更多的话题。

他脸上露出很有兴趣的神气，听着我热情的妄谈，他偶尔反复问我，明白我的目的后，很淡定地说道：“啄木鸟很倔强，但它不可怕，没有人怕啄木鸟。我真心劝你进修道院去，在那里，你长大后，可以讲很多的道理来安慰那些善男信女。同时，你自己也会静下来。而且修道士也是有收入的。真心开导你，看来，你这人对世俗的东西不大精通的吧……”

我并不想进修道院，但我感觉我像是在迷宫里迷了路，实在苦闷。

生活过得渐渐像秋天的森林，没有了蘑菇，空荡荡的，没有事情可做，并觉得自己对这个森林了解得很透彻。

我不饮酒，也从不和姑娘们乱搞，读书让我从中找到了取代这两种东西的心灵上的陶醉，但是书读得越多，越不愿意去过在我看来一般人所过的毫无意义的生活。

我才刚刚满十五岁①，但有时感觉自己已经成了中年人。我经历了各种各样的事情，读了各类的书，经常为各种问题烦恼，这种想法好像从内心膨胀了起来，无形中增加了重量。当我回过头来看我的内心，那里隐藏了很多的东西，仿佛一间装满了各种各样东西的仓库。我还没有那种力量能够把里面的东西分开来，好好挑选一番。

经验虽然很多，但不是很牢靠，它们常常使我动摇。

我讨厌不幸、痛苦和抱怨，打架流血、用语言侮辱人这些残忍的举止，都让我深深地感觉厌恶。这种讨厌的感觉变成了一种疯狂，我自己也与之搏斗过，但过后又痛苦地忏悔。

有的时候，我特别想痛揍恶汉一顿，于是就去打架；这种因自己的无力而诱发的绝望心情，现在想起来觉得很是可悲。

我的内心中住着两个人，一个人对于肮脏龌龊的事情了解得太多了，因此多多少少有点胆怯。他每天被发生的可怕事件缠绕着，开始对人对生活抱着不肯定的态度，对自己抱着一种无能为力的悲悯之情。这个人想脱离群众，安静地生活、读书，又幻想着修道院，森林的看守小屋，铁路上的小亭子，以及市外守夜人的司职……

另一个人受过书籍的熏陶，留意着生活中发生的惨事。那种无穷的力量，能够很轻易地扭断他的脖子，用混浊的脚去践踏他的心。因此他摆定了架势，严阵以待，来迎接各种争斗。他就像法国小说中的英雄，用自己的行动来证实他的爱和怜悯，简单的话语过后便拔刀相向，走向战场。

那个时候，我有一个凶恶的敌人——小波克罗夫街上一家妓院的门房。我去市场时的一个早上认识了他。他把一个女子从妓院的马车上拖了

---

① 1884 年的 3 月，高尔基满 16 周岁。

下来，女子的两只脚被他捉住，袜子都皱作了一团，露出了身体。他大笑着，无耻地拖拉，还不时地向女子身上吐口水，那名女子已经醉得不省人事，两只胳膊像是脱了节似的，软绵绵在地上耷拉着，慢慢被人从马车上拖下来，背部，后脑，发紫的脸，在马车的边缘磕碰着，最后倒在了街边，脑袋碰到了石头上。

马被车夫抽了一鞭，走远了。女子的两条腿被看门人抓着，像拖尸首似的把她拖到了人行道上。我气不过，跑了过去，万幸的是，我跑过去的时候，不知是有意还是无意地碰倒了一只丈把长的水平尺，反而避免了我和看门人闹出大乱子。我一溜烟跑过去一拳头打倒了看门人，一脚跳上台阶，使劲地摁门铃。几个满脸横肉的人从门里走出来，我吓得没敢说什么，抱着水平尺便悄悄溜走了。

我在半道上赶上了马车，车夫从车台上看着我，赞赏地对我说："你打得真好。"

我愤怒地问他："为什么你眼睁睁看着看门人欺侮女人还不敢出声。"他平静地语气不屑地说："这个我管不着。主人光是交代我，把她绑在车上就行了，至于谁打了她，不关我的事。"

"他们要是把她打死了呢？"

"这种女人，打个一次两次根本打不死。"马车夫轻蔑地说着，好像他自己就有弄死醉酒的女人的经验似的。

打那以后，我几乎每天早晨都看见这看门人，每次我经过那条街，他总会在扫街，或是故意坐在门口，看上去是在等我。当我走近他的时候，他就站起来，挽着袖子，警告说："哼，我现在要把你打个稀烂。"

他大概四十岁，个子不高，一瘸一拐的，肚子胀胀的，像个孕妇，当他看着我冷笑的时候，眼睛里却透出一种光芒，这眼光里透露出善意和乐观，所以让人觉得很奇怪。但是他并不擅长打架，他的胳膊不长，交手两三回之后，他就将整个脊背靠在门上不再继续了，惊奇地说："哼，你等着瞧，还挺有本事！"

我实在不想再跟他打架了，某一天我对他说："喂，你这浑蛋，别再纠缠我了。"

“那你为什么要打我？”他不依不饶地问我。

我反问他为什么要那么可恶地虐待那个女子。

“跟你有什么关系？你同情她吗？”

“当然同情。”

他不说话了，擦了一下嘴唇，又问：“那你也同情猫？”

“嗯，也同情猫……”

于是他对我说：“你是个笨蛋，骗子。你等着，我会让你看看我的厉害……”

这条街距离最近，是我的必经之路。为了避开他我起得特别早，然而没几天，我还是遇见了他——他膝头上有一只灰猫，他就坐在门口抚摩着它。当我走过他两三步远之后，他突然跳起来，把猫提起来往石阶上摔去，一种温热的液体溅到我的身上。他把踩碎的猫头扔到我的脚下，然后自己站在小门边问：“怎么样？”

既然如此我还能说什么。我们立刻扭打在一起，像两只发疯的公狗一样。然后我坐在斜坡的草地上，心里有种无法形容的悲愤，几乎让我疯狂，我咬紧嘴唇不想发出哭喊号叫的声音。再次回忆这件事情，我仍然感到一种无法忍受的厌恶，那时候我竟然没有变成疯子也没有杀人，连我自己都觉得奇怪。

这种故事如此让人厌恶，为什么我还要讲？先生们，是为了让你们知道这种东西依然存在于人世，并没有消失。你们爱听那些别人编写的恐怖故事，你们爱听那些残酷的用美丽的语言讲述的故事，那些幻想出来的恐怖可以让你们兴奋和激动。但我却知道日常生活中的残酷才是真正恐怖的东西，我有权利用这些真实的故事让你们不痛快，这是为了告诉你们：你们生活在怎样的真实的生活和环境之中。

总之，所有人正在过着的生活都是卑鄙龌龊的。

我热爱人们，不想看到谁痛苦。但我们不能因此悲观，躲藏到美丽的谎言中生活，对严酷的现实视而不见。直面生活吧！将我们的人性，将我们的灵魂和大脑中所有美好的东西都融化在现实生活之中。

……怎样对待女人这个问题让我非常的烦恼，在我看过的许多小说里，女人是生活中最美好而且意义非凡的一部分。外祖母以及她讲过的圣母贤女瓦西莉莎的故事，不幸的洗衣妇娜塔莉亚，还有我亲眼见过的所有的为人母的女性，以及人生中所有的可以美化这个缺乏关爱和快乐的人生的各种各样的眼光和笑容，都让我更加相信这一点。

屠格涅夫在他的书里歌颂女性的光荣。我无法忘怀“王后”的形象，用自己知道的所有美好的东西美化她，对于这一点，海涅和屠格涅夫做了非常大的贡献。

傍晚离开市场回家的时候，我经常站在山上的城墙边，远眺对岸伏尔加河上空太阳西沉的美景，像红色的河流在空中奔腾前进，大地上的河流也变得可爱，颜色青青红红的，奔流而去。有时，在这样的一些瞬间，我看到的世界似乎变成一只载满囚犯的大船，这船像一只猪一样被一条看不到的轮船，缓慢地拖到了不知何处的远方。

但是我想得最多的，是这个世界的无比浩瀚，是我从书上看到过的不同的城市，过着不同生活的外国。外国作家的书里，将这种生活写得更简单更有乐趣，也更加安逸，比我周围那种迂腐缓慢单调沸腾着的生活更加美好。书里生活的美好，让我慢慢放下心里的不安，固执地幻想着生活的另一种可能性。

总是会想，我一定能够遇见一个人，他有朴素的品质和聪明的头脑，他将带给我一个宽广明亮的天地。

有一天，当我在城墙边的长椅上坐着时，舅父雅科夫突然出现在我身边，我不知道他是什么时候来的，甚至没有很快认出他来。虽然这几年我们生活在同一个城市，但是却很少见面，偶尔见面，时间也不会很长。

“啊，你长高了。”他一边推了我一下一边开玩笑说。我们熟悉而又有些陌生地聊起天来。

外祖母说过，这几年雅科夫舅舅什么都没有了，把家里的东西全都卖了，喝光了。他在地方监狱做过一次副看守，结果也很惨。正看守生病不上班的时候，雅科夫舅舅经常请监犯在自己屋子里饮酒，热闹地作乐，闹腾得所有人都知道了，于是他被辞退了。而且他还被控了，因为他把监狱的犯人放出去“玩”，犯人倒是没有逃跑，可是有个犯人在抓住一个助祭并用力掐他的时候被当场逮捕。这个案子侦查了很长时间，最终他没有过堂，犯人们和看守们都替他遮掩说好话，所以善良的舅父被他们救了出来，现在他无所事事，靠儿子养活。当时他的儿子是个歌手，就在有名的鲁卡维什尼科夫唱诗班。说到他的儿子，他总是奇怪地这样形容："他是个独唱家。他总是摆架子，而且越来越严肃。茶炊烧得慢了或者衣服没有先给他洗好，他就会发火。他是个爱干净的小伙子，总是穿戴整洁……"

舅父变得衰老而孱弱，全身都脏兮兮的，头发稀疏，精神不振。他以前看起来让人很欢快的狮子头变得不再浓密，耳朵也显得支了起来，细网一样的红丝布满了他的眼白和剃过的细腻的脸颊。嘴里好像含着什么东西妨碍他的舌头转动一样，说着玩笑话，他的牙齿依然很整齐。

有机会同他这样的人交流让我很开心。他知道的事情很多，见多识广，他会乐观地生活。他那些欢快滑稽的歌曲深刻地印在我的记忆里，我脑海中外祖父的话在回响："在玩游戏和歌唱的时候，他就是大卫王，但认真做事情的时候，却像毒辣的押沙龙。"

一些衣冠楚楚的人走在林荫道上，他们经过我的身边，大多数是衣着华丽的太太、公务员或军官之类的人。舅父穿一件破旧的秋外套，戴着干瘪发皱的帽子，穿着茶红色皮靴，他蜷缩着身体，好像是在为自己穿着如此破旧而害臊。我们走到波茶市沟[①]一家小酒店里，在面向市场开着的窗户边的位置坐下。

"您还记得唱过的这首歌吗？

有个叫花子晒脚布 / 另一个叫花子就来偷……"

念着这句歌词，我第一次突然地感觉到这中间的讽刺意味，我觉得这位乐观快活的舅父，似乎有点聪明和凶恶。然而他倒了一杯伏特加，沉思着说道："唉，我这么大岁数了，也为数不多地出过一些洋相。这首歌是一位神学校的教员编的，不是我，让我想想，他叫什么来着？啊，他已经死了，我都不记得他的名字了。他是个单身汉，曾经我们关系很不错，

---

① 位于下诺夫哥罗德城，在茶市的旧货市场区。这里的一些茶馆和小饭馆较为廉价，平民百姓可以享用。

他是个酒鬼，是被冻死的。我知道的因为贪酒而死去的人，不知道有多少，数都数不清。你不喝酒吧？不要喝，你还年轻呢。还经常见到你的外祖父吗？他过得一点也不快活，好像快要疯了。”

他稍微喝了点酒，就显得更年轻、更活泼了，身体挺得更直了，精神抖擞地聊了起来。

我问起那件监狱里的犯人的事情。

“你也听说啦？”他问我。环顾一下四周，然后压低声音说道：“监狱犯人怎么了？我不是法官，没有审判他们的权力。在我眼里，他们和其他人没有什么区别，都是普普通通的人，所以我告诉他们：兄弟们，大家要快乐地过日子，和睦相处。有一首歌是这样唱的：

命运阻碍不了我们的欢乐 / 随它来威胁我们吧 / 我们照样还欢乐度日 / 傻子才不这样做……”

他笑着从窗口望向渐渐暗下去的山谷，许多人在那里摆摊子。他用手抹一下胡子又说：“他们当然喜欢这样过，监狱里气氛很沉闷，只要点过名他们就会立刻到我这里来，有时候我请客，有时候他们请，我们一起喝酒吃菜，气氛热闹非常，天地间都是一片热闹的场景。俄罗斯的母亲啊！我喜欢唱歌跳舞，而让人惊奇的是他们当中有唱歌很好的人，也有跳舞很棒的人。有人因为戴着脚镣跳舞不方便，我允许他们卸下脚镣，真的是这样。他们有着惊人的本领，完全可以自己卸下脚镣，不需要铁匠。至于说我把他们放出去让他们去抢劫，那是一派胡言，毫无根据……”

他不再说下去，从窗口望向山谷，摆旧货摊的人们正在那里收摊，铁门闩和锈铰链发出刺耳的响声，木板等工具跌到地上砰砰直响。舅父开心地眯着眼睛，低声对我说：“坦白说，每天晚上的确有个人会出去，他是一个普通的小偷，生活在下诺夫哥罗德城，而且他没戴脚镣，在不远的地方——佩乔雷村里，他有个情人。而助祭的那个案件，完全不是那样的，他把助祭错当成商人了。那是一个冬天，晚上还下着雪，人们都穿着皮毛外套，在慌慌张张的情况下，谁能分得清楚到底是商人还是助祭？”

我觉得这太可笑了，他也笑着说：“我的上帝，真是活见鬼！……”

然后，莫名其妙地，舅父突然有些生气，他嫌恶地推开食盘，皱了

一张脸，点燃香烟，然后低声地嘟囔着："人们这个偷那个，那个又抓捕这个，然后将犯人抓到监狱里，罚他们到西伯利亚去做苦役，这跟我有什么关系？呸，我才不管他们怎么样……我有我自己的灵魂。"

司炉的影子好像隐隐约约地出现在我的眼前。他的名字也是雅科夫，他也总爱说"呸"。

"在想什么呢？"舅父轻声问我。

"你同情那些犯人吗？"

"他们让人一见就很同情，世上竟然有这样的年轻人，真是无比惊奇！有时我看着他们，心里却在想：虽然我是监管犯人的人，可是连给他们提鞋都不配！他们那样聪明能干……"

喝着酒回忆往事，他更兴奋了，他把一只胳膊放在窗台上，另一只焦黄的手夹着半截香烟，一边挥舞着一边绘声绘色地说："有一个人只有一只眼睛，他做雕刻，修理钟表，他的罪名是造假币，他还一直想逃跑，你知道他是怎么说的吗？谈起这个他整个人就像在燃烧一样，像一个独唱家在高歌：请你为我解释明白，政府可以印钞票，为什么我不可以？然而没有人能够解释，就算是我也不能。我还是他们的上司呢。还有一个人在莫斯科很有名，是个惯偷，他有洁癖，衣着总是很讲究，人很安静，讲话也彬彬有礼。他说：人们不分昼夜、辛辛苦苦地劳作，可我不喜欢这样，虽然从前我也是这样生活，就这样干着干着累得像个傻瓜一样。人们花一戈比喝酒，再输上二戈比在牌桌上，然后去跟女人亲热一下花去五戈比，最终还是个穷光蛋，没有饭吃。不，我才不想这样生活……"

雅科夫舅父喝醉了，满脸通红，他的耳朵兴奋得都要发抖了，他醉倒在桌上还继续说："他们都不笨，兄弟，他们的想法也很对。抛开一切见鬼的麻烦事吧。像什么：我过着怎样的生活呢？生活中几乎没有如意的事情，自己痛苦，然后苦中作乐，想想都觉得羞愧！父亲责骂我整天冒冒失失的，妻子对我说你完了，而我呢，拿一卢布去喝酒都怕没钱，就这样稀里糊涂地过了一辈子，现在上年纪了，变成了儿子的用人，为什么还遮遮掩掩呢？就当个本分的用人。兄弟，儿子还要摆架子，他嘴里叫我父亲，可我听着就像在叫一个仆人。我在这世上辛苦忙碌地生活，我是为了做这些事才出生的吗，是为了做儿子的仆人吗？如果活着不是为了这个，那是为了什么呢？我又在什么时候得到满足了呢？”

我听得不太认真，虽然不想回答他，但还是说了：“我也不知道应该怎样生活……”

他苦笑着：“嗯，谁又有个答案呢？我还没有遇到过明白怎样生活的人。人们就这么生活着，惯性地，习以为常地……”

然后他突然十分委屈和愤怒：

“以前在监狱那里，有一个强奸犯，他是个舞蹈家，很优秀，是出生在奥勒尔的贵族，他很幽默，常常让人发笑，他唱过一支万卡的歌，歌里这样唱道：

万卡来到墓地里——/这也没什么稀罕的/哎，万卡，你啊/远离坟墓吧……

我心里想着，这一点也不好笑，这是真理。不管你怎么走，兜兜转转还是出不去这块墓地。所以，我们没有什么区别：不论是犯人还是看守……”

他说得累了就喝伏特加，然后像一只鸟儿一样单眼望进空了的酒瓶，之后又沉默地抽烟，烟从他的胡子里冒出来。

“不管你多么努力地生活，不管你有什么样的倚仗和希望，最终谁也免不了进棺材和坟墓。”石匠彼得经常这样说，但他和雅科夫舅父不同。后来，这种话和类似这样的话，我听过许多许多。

我不想再问舅父其他的事情，我感觉和他一样忧伤，我同情他，忽然想起他总是唱着快乐的曲子，还有那些吉他的声音，淡淡的忧郁从欢乐中流泻而出。我记忆中还有快乐的“小茨冈”，见到雅科夫舅父这样穷困潦倒，不由自主地想道：“他还记得，那个被十字架压死的‘小茨冈’吗？”

我不想问他。

我望着山谷，八月的晚上，山谷幽暗潮湿，从山谷中发出苹果和香瓜的清香。一条通向城市的街道上，街灯已经亮起，这一切是多么熟悉。这个时候，开往雷宾斯克和彼尔姆去的轮船都快要出发鸣笛了。

“好了，我们该回去了。”舅父说。

他握着我的手，走到酒店门口时抖了一抖，严肃却又像在玩笑一样跟我说："你不要难过，你是有点难过吗？快抛开吧。你还年轻啊。你要记住，最重要的是：'命运不能妨碍我们的欢乐。'再见吧，我该去做圣母升天节的祷告了。"

快活的舅父走了，他的一大堆话却让我感觉更加莫名其妙了。

我沿着去城里的坡路走到野外。晚上月亮圆圆的，天空中飘动着的浓密的云层在大地上投下黑影，盖住了我的影子。我沿着野外走去，绕过城市，走到伏尔加河的斜滩上，草上满是尘埃。我躺在上面，静默长久地远望河对面的草场和安静的大地。云层投下的影子慢慢地漂过伏尔加河，一些投在草场上，好像在河水中洗过一样变得更亮。周围的一切都悄无声息地沉睡了，似乎所有的一切都在不情愿地摇摆着，但却是无可奈何地摇摆，带着一种苦闷的必然性，没有丝毫出于对生命的热爱。

我想痛击大地万物，让这世界连同我自己一起，都像恋人们的轻歌曼舞一样旋转起来，像欢腾的风儿一样旋转起来。让一切都沉浸在真实、正直而美好的生活中，让世界更加生机勃勃、万象更新。

我想："我必须改变自己，否则只能走向毁灭……"

在阴郁的秋季，在无法看见太阳，甚至都感觉不到太阳，抑或连太阳的温暖都忘记了的日子里，我经常在森林里徘徊，迷失了道路，去到荒无人烟的地方，虽然我已经疲于寻觅，但仍然紧咬着牙关，沿着茂密的丛林、衰败的枯枝还有沼泽地里湿滑的矮草向前奔跑。我相信总有一天我可以走出一条路！

我决心就这样走下去。

这一年的秋天，我想着或许自己能够努力去上学读书，这样满怀希望地出发去喀山了[①]。

---

① 当时是 1884 年夏末或秋初。

我的大学

[苏联] 高尔基◎著　刘清◎译

Wo De Da Xue

H.P.H 哈尔滨出版社
HARBIN PUBLISHING HOUSE

图书在版编目（CIP）数据

我的大学 /（苏）高尔基著；刘清译. —哈尔滨：哈尔滨出版社，2015.11
（高尔基自传体三部曲）
ISBN 978-7-5484-2362-1

Ⅰ. ①我… Ⅱ. ①高… ②刘… Ⅲ. ①长篇小说 - 苏联 Ⅳ. ①I512.45

中国版本图书馆CIP数据核字（2015）第240339号

书　　名：**我的大学**

作　　者：[苏联] 高尔基　著
译　　者：刘　清　译
责任编辑：杨浥新　李金秋
责任审校：李　战
装帧设计：风云文化

出版发行：哈尔滨出版社（Harbin Publishing House）
社　　址：哈尔滨市松北区世坤路738号9号楼　**邮编**：150028
经　　销：全国新华书店
印　　刷：北京中印联印务有限公司
网　　址：www.hrbcbs.com　　www.mifengniao.com
E-mail：hrbcbs@yeah.net
编辑版权热线：（0451）87900271　87900272
邮购热线：4006900345（0451）87900345　或登录**蜜蜂鸟**网站购买
销售热线：（0451）87900201　87900202　87900203

开　　本：880mm × 1230mm　　1/32　　**印张**：19.25　　**字数**：420千字
版　　次：2015 年11月第 1 版
印　　次：2016 年3月第2次印刷
书　　号：ISBN 978-7-5484-2362-1
定　　价：68.00元（全三册）

总序

马克西姆•高尔基（1868—1936），苏联著名作家、诗人、政论家，出生于下诺夫哥罗德的一个木工家庭。高尔基是阿列克赛•马克西莫维奇•彼什科夫在1892年发表处女作短篇小说《马卡尔•楚德拉》时用到的笔名，有“最大的痛苦”的意思。

高尔基父亲早逝，他随母亲寄居外祖父家，十一岁时在“人间”开始独立谋生，1892年投身于文学创作事业。成长中的经历为他的写作奠定了基础，使他的作品饱含激情，如《伊则吉尔老婆子》和《鹰之歌》，他借助书中的形象表达了自己对战斗的渴望以及对自由与光明的追求；在《福玛•高尔杰耶夫》和《三人》两部长篇小说中，展示出主人公对人生的探索，这也是作者的人生探索之路。随着作者对社会的认识越来越深刻，《小市民》《底层》等剧本相继问世。1906年长篇小说《母亲》的发表，标志着高尔基思想和艺术上的成熟，他完成了浪漫主义作家到现实主义作家的转变。高尔基被列宁称为“无产阶级艺术最杰出的

代表”。在列宁的鼓舞下，高尔基开始了自传体小说《童年》（1913 年）和《在人间》（1916 年）的创作，又在 1923 年完成了《我的大学》。

《童年》《在人间》和《我的大学》是高尔基的三部自传体小说，在描述阿廖沙（高尔基乳名）童年、少年和青年生活的同时，反映了当时沙皇统治下社会的黑暗以及社会各阶层的生活状态。

这三部书经过译者精心细致的翻译，做到了既不失本意，又优美流畅，真实再现了一个成长中的孩子眼中的世界。我们会感动于阿廖沙渴求知识的精神，会怜悯他痛苦的遭遇，我们可以看见他是怎么在污泥中长成一朵洁白的莲花，在黑暗中铸就坚强善良的品质的。他会成为美好的化身，让我们有接近他、向他看齐的欲望，激励我们对自我进行完善。

总之，这是三部弥漫着凄凉压抑的气氛，却仍旧为你带来力量和生机的书。

于是，我到了喀山大学[①]，去那里学习，表面上看起来如此。

让我有上大学这个想法的，是尼古拉·叶夫列伊诺夫，一个中学生。这是个漂亮的青年，很讨人喜欢，一对柔和的眼睛，让女人都嫉妒。我们合住在一栋房子里，他住在阁楼上，我们相识是因为他注意到我手里常常拿着书。相识不久，叶夫列伊诺夫竟然说我有“从事科学研究的天赋”。

“您为科学而生！”他边说边潇洒地甩着飘逸的长发，像马鬃在飞舞。

当时我还不了解，就算一只普通的家兔也可以为科学做贡献。叶夫列伊诺夫还是很热情地向我解释：我这样的年轻人正是各个大学所需要的。自然而然地和我聊罗蒙诺索夫[②]的故事。叶夫列伊诺夫还告诉我，我到了喀山，可以在他的家里寄居，用秋冬两季的时间，学习中学课程，“随随便便”地去应付几场考试（他说的是“随随便便”）我就可以申请到大学的助学金了，在大学再学习五年，我就是个“学问人”啦。听他说的好像很容易，毕竟叶夫列伊诺夫只是个十九岁的青年，没有丰富的阅历，又心地善良。

他结束了中学的考试，离开了这，回家去了，过了两周，我也出发了。

临行前，我年老的外祖母劝告我：“你不要再对别人发脾气了，越发脾气越凶狠，为人又冷傲！跟你外祖父一模一样，你不知道他的下场吗？不幸的老头儿，活着活着，就活成了傻子，你要谨记，上帝不计较人的对错，魔鬼才会斤斤计较这样的事！再见啦！唉……”

满是褶皱的脸上蓄着的泪水被她抹去，接着对我说：“以后咱俩再也不能相见了！你这孩子又心野了要天南海北地乱跑，我老啦，活不久了。”

---

① 大约在 1884 年。

② 罗蒙诺索夫（1711—1765），俄国唯物主义哲学与自然科学的奠基者，诗人。

我的大学

这几年，我常常离开我善良又年老的外祖母，她几乎见不着我。但是一想到要和血脉相连、体贴入微的外祖母恐成永别，我不禁悲从中来。

我站在轮船的尾端凝视着外祖母，她站在码头的边缘，一只手画着十字，一只手用破旧的披肩角儿擦抹着自己的脸和那双对世人饱含慈祥关爱的眼睛。

于是，我到了这座城市，一座半鞑靼式的城市，在一座平房的一间小屋里住了下来。这座平房坐落在一条偏僻街道尽头的土岗上，显得孤零零的。平房的山墙对面发生过火灾，灾难过后地上长满了荒草；在杂草丛和灌木林里，倒塌的房屋楼阁隆成一堆废墟，废墟的下面是一个大地窖。那些流浪的野狗在这里出生，也在这里死亡。这个地窖令我刻骨铭心，这是我的第一所大学。

在叶夫列伊诺夫家，他的妈妈靠微薄的抚恤金支撑整个家庭，抚养着两个儿子。刚到他们家的那几天，我经常看到这个面色苍白的矮小寡妇从市场回来，她看着放在橱桌上的买来的东西，眉头紧锁地思量着眼前的难题：即使不算上自己，如何能够用一块小小的肉，做出一顿丰盛的美餐，满足三个健壮的大孩子？

她是一个沉静的女人，虽然无可奈何，灰色的眼睛依然有着温和和坚毅的精神，就像一匹精疲力竭的母马，明知道自己再也没有能力把车拉上坡，依然不余遗力地拼命往上拉。

在来到她家的第四天早上，那时她的孩子都还没有睡醒，我在厨房帮着她洗菜。她小心翼翼地低声问我：“你来这想做什么？”

“读书，上大学。”

她在错愕中用菜刀划破了她的手指头，她整个人跌坐在椅子上，嘴唇还正吮吸着伤口的血，紧接着又惊叫着跳了起来：“哎哟，真是见鬼了。”

她用手绢包扎好伤口，又夸赞我：“你削土豆削得挺好！”

哈！这有什么难的！我趁机向她讲述我过去在轮船上做帮厨的经历。她又问我：“你认为，就凭这点能力你就能上大学吗？”

当时我还不了解什么叫作挖苦。我对她的话信以为真了，就原原本本地向她介绍了我那些规划好的目标，还告诉她，经过这些努力，我就可以

步入科学的殿堂。

她叹了口气，喊道："哎！尼古拉！尼古拉……"

恰巧这时，尼古拉到厨房洗漱。他睡眼蒙眬，头发散乱，但还是和平时一样精神。

"妈妈！把肉包成饺子吃多好啊！"

"嗯，好吧。"妈妈依从了他，回答道。

这正是我炫耀烹饪知识的时机，我接过话头："那点瘦肉拿来包饺子，可真是太少了。"

这把瓦尔瓦拉·伊凡诺夫娜惹怒了。她狠狠地讽刺了几句话，羞愧得我脸颊发红，耳根发热。她转身走了，手里的几根胡萝卜也被她扔在桌子上。尼古拉向我递着眼色解释道："生气啦……"

他坐在板凳上，对我继续说道："女人就是比男人容易动怒。这是女人与生俱来的，这种说法，记得某个瑞士的大学者做过无可辩驳的论证，英国的约翰·斯图尔特·穆勒[①]也探讨过这个问题。"

尼古拉很喜欢和我交流，每当这个时候，他就会教我一些生活必不可少的常识。他所说的话，我都是倾耳细听。后来，听来听去，我竟然把傅科、拉罗什富科和拉罗什雅克兰[②]弄混了。我也记混了是谁砍了谁的头：是拉瓦锡[③]砍了迪穆里埃[④]的头，还是迪穆里埃砍了拉瓦锡的头？这个青年人一心一意想"把我教育成人"，他也确信他能做到。可是，他的时间不多，也没有好的条件来细心教我。他是个轻佻浮躁和自私的年轻人，他无视了

---

① 约翰·斯图尔特·穆勒（1806—1873），英国著名哲学家、经济学家，曾写过关于女权的著作。

② 傅科（1819—1868），法国物理学家，在力学、光学、电学的贡献最为突出。拉罗什富科（1613—1680），法国公爵，年轻时是投石党运动的中心人物，后来成为作家。拉罗什雅克兰（1772—1794），法国大革命时期保皇派的首领。

③ 拉瓦锡（1743—1794），法国化学家、生物学家，被推选为众议院议员而卷入政治旋涡，在法国大革命中被杀害。

④ 迪穆里埃（1739—1823），法国大革命时期的保皇派将军。

妈妈可怜：整日操心、举步维艰地维持家庭。他那死板笨拙的中学生弟弟更难体会到这一点。我倒是很快就看透了这个妈妈那套复杂的厨房手法。我清晰地明白她的技巧多么精巧：每天费尽心机地填饱两个孩子的肚子，还有我这个长相一般、行为粗俗的流浪青年。不言而喻，分给我的每一片轻薄的面包，也像压在我心头的一块沉重的石头。我想我应该去做点工作。每天早上我早早地出去，不想在她家里吃白食，如果不幸遇上有风雨的坏天气，我就在废墟下的大地窖里躲避，坐在那里听洞外的倾盆大雨和狂风呼啸，周围弥漫着死猫死狗的腐烂气味，我才意识到：上大学——纯粹是白日做梦啊，如果当初我去了波斯，也许会比来这里好。于是我开始幻想，自己成为一个长着白胡子的老法师，把谷子变得像苹果那么大，把土豆变到一普特[①]那么重，总而言之，我为这个大地，为这个站满穷途末路的人的大地，幻想出不少造福百姓的事情。

我已经学会了幻想，幻想那些不同寻常的冒险和高尚的英雄事迹。这些幻想帮助我度过了举步维艰的苦难日子。可是苦难的日子太多了！我都幻想成瘾了。我并不盼望他人的救济和从天而降的好运，我的意志反而被锤炼得更加刚毅；苦难的生活，使我越来越坚强，越来越聪明。我很早就知道，人会在艰苦环境的斗争中成长起来。

为了不挨饿，我常常去伏尔加河的码头。我在那里容易找到工作，挣到十五到二十戈比的工钱；在那儿，我和那些装卸工、流浪汉、无赖混在一起，我感觉自己像一块生铁被扔进了通红的炉火里，每天都有深刻的印象烙印在我心上。我的周围环绕的尽是些痴狂大胆、粗俗鲁莽的人。我喜欢他们愤恨现实生活的态度，欣赏他们敢爱敢恨的乐观心态。因为我有和他们相似的经历，我和他们的接触更加容易，我也更愿意融入这个率真刺激的圈子里去。加上我过去阅读过勃莱特·哈特[②]的作品和许多“低俗”的小说，这就更激发了我对他们的同情心。

有一个叫巴什金的职业小偷，曾经在师范学校学习过，现在是一个

---

① 1 普特约等于 16.38 千克。

② 勃莱特·哈特（1836—1902），美国小说家。

受尽折磨的肺病患者，他机智地劝我说：“你怎么胆怯得像个女孩儿？难道是担心别人责怪你不老实？对女孩儿来说老实是应该的。但是，对你而言——只是一条枷锁而已。公牛老实，是因为甘草喂饱了它的肚子！”

披着棕黄色头发的巴什金，脸刮得干干净净的，和演员一样，身体矮小而灵敏，像轻快的猫。他总以教育者和保护者的态度对待我，看得出来，他是真心实意地希望我能够有所成就并得到幸福。他人很聪明，读书又多，最喜欢的是《基度山伯爵》①。

“这本书有主题，有感情。”他这样说。

他喜欢女人，一聊起女人的话题就兴致勃勃，眉开眼笑，病态的痉挛自他衰弱的身体里产生，这让我感到恶心。但是我还是会专心致志地听他讲话，我觉得他的声音婉转动听。

“女人，女人！”他精神亢奋地喊道，泛黄的脸颊上浮现出红晕，黑亮的双眼闪烁着欣赏的光芒，“为了女人，我可以不择手段，付出一切。女人就是妖魔，根本不知道什么是罪孽！没什么比跟女人恋爱还美妙的啦！”

他很有讲故事的天赋，可以轻而易举地为妓女们编一些小调，那是一些关于不幸爱情的哀怨动听的小调。在伏尔加河的两岸，人们传唱着由他编写的小调，下面这首盛行的小调就是他的作品：

我家境贫寒，相貌丑陋／我的衣服破破烂烂／姑娘！就凭这些啊／没有人会和你拜堂……

特鲁索夫是一个行踪隐秘难测的人，他对待我也很不错，这个人仪表堂堂，着装奢华，手指像音乐演奏家的手指一样纤细灵巧。在城郊造船厂附近，他开着一间挂着“钟表匠”招牌的小店铺，实际业务是倒卖盗窃来的赃货。

“彼什科夫，你可不要有当小偷的想法！”他一边对我说，一边正派地摩挲花白的胡子，眯着狡黠而高傲的双眼，“我想，你会另谋出路的，你是个注重精神追求的人。”

“什么是注重精神追求？”

---

① 《基度山伯爵》是法国大作家大仲马（1802—1870）的作品。

“嗯，就是不嫉妒、不羡慕，有的只是好奇……”

这样的评价我是担当不起的，因为我羡慕过很多人和事，比如巴什金用诗歌交流的语言能力，不拘一格的比喻和高超的表达能力，就让我羡慕。我记得他在讲爱情故事时，常用到这样的开头：“在乌黑的夜里，像蜷缩在树洞里的猫头鹰一样的我，无聊地坐在偏僻简陋的斯维亚日克斯镇的一家店里，那时正是秋末的十月，阴雨绵绵，秋风萧瑟，像受了委屈的鞑靼人在哀歌，歌声哀怨又悠长，没完没了：噢——噢——呜——呜——呜……

……恰巧，她回来了，那么轻飘、靓丽，如同太阳初升时的云霞，眼神虽然清纯无邪，却是伪装的，她真诚地说道：‘亲爱的，我没有对不起你吧！’我明知道这是谎言，但还是信以为真！理智上我清楚明白，情感上又总是不愿相信她在说谎！”

他在说话时，有节奏地摇摆着身体，眯着眼睛，时不时地还会抚摸一下自己的心房。

他的声音听起来有些沙哑，也清澈动人，有点像夜莺在唱歌。

我还羡慕过特鲁索夫，他可以绘声绘色地讲述西伯利亚、希瓦、布哈拉等地的故事，刻薄地嘲讽大主教的生活。有一次他还偷偷地告诉我沙皇亚历山大三世的故事：“这个皇帝万事亲力亲为！”

我觉得特鲁索夫很像小说里的一种“坏人”，这种“坏人”总是在小说结尾的时候，出人意料地变成了胸怀坦荡的英雄人物。

一旦夜里天气闷热，人们会到喀山河的对岸，坐在岸边的草地上或者矮树林里，一边吃喝，一边吐露各自的心事。人们通常是谈论生活的困苦，人际关系中的纠葛，尤其喜欢探讨女人的问题。一旦他们谈论起女人来，总是充满怨恨、忧伤或动人的情绪，并且怀有窥探黑暗的心思，在这种黑暗里充满着令人心惊肉跳的出人意料的东西。在星光黯淡的夜里，我曾经在那长满河柳树的闷热洼地里和他们度过了两三个夜晚。由于靠近伏尔加河，这里空气更加潮湿，像金蜘蛛一样的船桅灯在黑夜里四处爬行，富庶的乌斯隆村里的酒店和村民住宅的窗户里，发出的光亮，在漆黑的岩石河岸上，像一团团火球和火网。轮船的蹼轮拍打着河水，发出隆隆的声音。在一排驳船上，水手们像狼嚎似的拼命喊叫着，不知道什么地方的人用铁

锤敲打着铁板，还拉长声音唱着悲凉的歌，排解着一些人的郁闷，也给人们心头蒙上一层淡淡的忧愁。

这些轻声慢语的谈话更令人忧伤，他们思考着生活，倾诉着各自的心事，却几乎顾不上倾听别人的。他们在灌木丛里有的躺着，有的坐着，吸着烟，时不时地喝一杯伏特加酒或者啤酒，然后继续回忆各种往事。

“啊，我曾经碰见过一次这种事……”某个在黑夜中趴在地面上的人说。

故事讲完之后，大家都一致地说：“太司空见惯啦……”

“见过”，“经历过”，“这是常有的”——听着这些话，我觉得，好像今天晚上的人们已经活到了生命的尽头，好像一切都经历过，再也不会有新鲜的事情发生！

虽然，我因为这种感觉不再和巴什金、特鲁索夫像原来那么亲密了，但我对他们的好感并没有减少。我认为，假如最后我也变得跟他们一样，那也没有什么可惊讶的。当我想成为上层人的愿望和大学梦都破碎了以后，我便更想处理好跟他们的关系。假如我没有信仰青年人的浪漫主义，受其“制约”，我想在我苦恼或者忍受饥饿的时候也会去动摇“神圣的私有制”或者做一些违法犯纪的事。那时，我不仅是勃莱特・哈特这种坚持人道主义和某些趣味低级作者的书迷，我还涉猎了很多思想正直的书，这些书促使我追求那种虽然有些模糊但意义非比寻常的事物。

同一时间，我还跟一些陌生人成为了朋友。叶夫列伊诺夫房屋旁有块空地，经常能吸引很多学生过来玩击木[①]游戏。其中一个叫古里・普列特尼奥夫的人吸引了我的目光。这个学生跟日本人有点像，略带蓝色的头发，微黑的面皮，一脸的雀斑，皮肤颜色和黑火药末的颜色很接近。他很开朗，也很会玩，很懂得怎么逗人开心，而且在很多方面都有天赋。他身上有一般天才俄罗斯人的劣根性，安于现状，不懂得去提升自己。他很喜欢音乐而且在这方面也有一定的天赋，听觉敏锐，在弹三弦琴和古丝理琴、拉手风琴的时候就像一个艺人那样优雅，但却没有学习更高级、更复杂的乐器。

---

① 俄罗斯人常玩的一种游戏，在地上画个范围当作城市，在城内竖立几根短木棍，在远处用木棍投掷，以打出城外的短木棍多少决定胜负。

他是个穷小子，穿着很糟糕，不过他那带着补丁、皱巴巴的衣服衬着他那磨破了底的皮鞋和他那爽朗的性格、大手大脚的作风、机敏的动作很相配。

他看起来像大病初愈的人，又像刚刚刑满释放的囚犯。对于他来说，生活是新鲜的也是舒适的，让他感到非常愉悦，让他能高兴地到处乱窜。

他听说我最近生活潦倒，就游说我搬来跟他住，还让我去乡村小学任教。于是，我就到"马鲁索夫卡"这个有趣的大杂院来住了。也许有很多喀山大学的学生都知道这里。"马鲁索夫卡"是雷布诺里亚德街道上的一个破旧的大屋子，很像是那些忍受饥饿的学生、妓女以及被生活折磨得不像样子的穷鬼把房主赶出去并霸占了的地方。阁楼和走廊之间的楼梯下是古里住的地方，那有一张木板床，再加上走廊尽头窗户旁边的一把椅子和一张桌子，就是他的全部家当。走廊上有三个房间，其中两个房客是妓女，另外一个是有肺病、就读于神学院的学生。这个学生是个数学家，高高瘦瘦的，满脸红色的毛，他用又脏又破的衣服勉强包裹住自己。不过我仍然可以看出他的突出的肋骨，他的样子很可怕。

他经常啃自己的手指头，啃得都快出血了，好像靠啃它们过日子一样。他夜以继日地写写算算，还时不时地咳嗽。妓女们既怕他又可怜他，虽然嘴上说他是疯子，但会偷偷在他房间门口扔一些茶叶、面包和砂糖什么的。他喘着气将这些东西一样样捡回去，看起来就像一匹疲惫的马。假如妓女们忘了给他送东西，他会打开房门，沙哑地喊："面包！"

他深陷的眼窝总是闪耀着一种自诩天才的狂傲。有时一个瘸腿的罗锅怪物来看他，这人头发斑白，戴着一副眼镜，一副阉割派教徒[①]的样子，脸上是狡猾的微笑。他们会关紧房门，然后安静几小时，不过也有例外。在某个深夜里，那个数学家用他沙哑的声音吼着："我看——这是囚禁！几何学就是困着鸟和老鼠的笼子！"

被吓醒了的我听到那个瘸腿的人尖笑着、反复地说着一句很难理解的话，但是，那个数学家突然高声吼道："王八蛋！滚！"

瘸腿罗锅的客人被赶了出来，他一边气呼呼地尖声骂着，一边把自己

① 又称"修心派"，产生于俄国18世纪末，教徒需要实行阉割手术以绝欲。

裹进大斗篷里。这时，瘦高的数学家凶狠地站在门口，将手指插入乱糟糟的头发里，然后沙哑地吼："傻瓜，欧几里得[①]是傻瓜……我确定上帝要比这个希腊人聪明多了！"

他用力一关房门，接着我就听到里面似乎掉下了什么东西。

我听说他要用数学证明上帝的存在，但他没有完成这件事，因为没过多久他就死了。

古里是一个夜班校对员，在一个报纸印刷厂拿着一夜十一戈比的工资。倘若我没有来得及出去挣钱，我们两个人就只能靠三戈比的糖、两戈比的茶以及四俄斤[②]的面包果腹。我因为要学习所以没有时间出去挣钱。我正艰难地研究那些学科，尤其讨厌那些死板的语法，我几乎无法将那拘谨的语法同俏皮、生动的劳动人民的现代俄语结合在一起。不过，我很快就明白我现在学习这些东西为时过早。哪怕我真有了当乡村教师的能力也会因为年龄小而无法获得职位的。

我和古里睡一张床，他白天睡，我夜晚睡。干了一夜活后回来的古里眼睛红肿，脸色更加苍白，而我在他回来后就赶紧去小饭馆买开水（我们的茶饮要靠自己解决）。之后，我们在窗边的桌子上喝茶、吃面包。古里将报纸上的新闻讲给我听，朗读酒鬼小品文作家"红色多米诺"发表的令人发笑的打油诗。古里的游戏人生的态度让我很惊奇，我觉得他的游戏的态度跟他对待那个做着倒卖旧花衣和替人拉皮条的加尔金娜的态度没有什么区别。

他的这个小屋就是从加尔金娜那个胖婆娘手里租来的，但因为出不起租金，古里就给她拉手风琴、说笑话和唱歌。每次，他用男高音唱歌时眼里都会闪着讥讽的光芒。胖婆娘年轻的时候是歌剧班的成员，她可以轻易理解歌词的含义，所以经常被感动地毫不害羞地掉眼泪，眼泪流淌在又嗜酒又嘴馋的脸上。胖婆娘用她圆滚滚的手指擦掉眼泪，然后再用一条脏手绢仔细擦干手指。

---

① 欧几里得（约前 330—前 275），古希腊数学家。

② 1 俄斤合 0.41 千克。

她赞叹道："古里啊，您简直就是个艺术家，假如你长得英俊点——我会让你过得更好的！我一直都给那些寂寞的姑娘介绍年轻的小伙子呢！"

我们这里还真有一位"年轻小伙子"，他住在房子的阁楼里。这位读大学的"年轻小伙子"是个毛皮匠的儿子，胸宽背阔，身材中等，因为胯骨比较瘦，他看起来像一个倒立的三角，就是下面的锐角不太和谐。大学生的脚小得跟女人似的，而且他的头也很小，感觉要缩进肩膀里去了，他的红头发跟马鬃一样，他的脸色苍白，他的一双凸出的绿眼睛总是无精打采的。

这个大学生跟他父亲闹翻了，整天食不果腹，艰难地从中学熬到了大学，后来他发现自己的嗓子不错，男低音很柔和，因此他想去学唱歌。

因为这个，胖婆娘就把他介绍给了一个富商太太。这个富商太太大约四十岁，她有一个在读大学三年级的儿子和一个中学快毕业的女儿。这个女人长得干巴巴的，胸很平，站直的样子像个士兵，冷着脸的样子又像一个老修女。她的眼睛很大，灰溜溜地陷在眼窝中，戴着绿绿的宝石耳环和老式丝绸头巾，穿着一件黑色的连衣裙。

她通常在早晨或者深夜里来找这个大学生。好几次，我看到这个女人一下就跳进大门口，而后直接往这个院子走。她紧紧地抿着嘴唇，脸色非常吓人，瞪着眼睛，一脸忍受苦难的神情，像个瞎子。按理说她应该是个正常的女人，但是你能感觉到她的紧张，她的整个脸都绷着，身体也因此显得很长，这么看起来很奇怪。

古里说："你看哪，她就是个疯女人！"

年轻的大学生很不喜欢这个女人，总是躲着她。但那个女人像个讨债的暗探一样，固执地追踪他。

大学生喝酒后说："我不能上大场面了，我何必学唱歌呢？就凭我的样子和身材，人们不会给我表演的机会的！"

古里劝他："你快跟那个疯女人分开吧！"

"你的话没错。但我就是可怜她。我快要崩溃了，可是还是觉得她可怜……你们都不知道她是怎么对我的……"

其实，我们都知道，因为在某夜，我们听到那个女人站在楼梯上，

声音颤抖地哀求："我的小宝贝……看在上帝的分上……就看在上帝的分上吧！"

这个女人拥有很多房产、车马，是某个大工厂的股东，还将几千卢布捐给了产科学校，可她却像个乞丐一样乞求这个男人。

喝过早茶后，古里去睡觉了，而我就在外面打零工挣钱，天黑后再回来，那时古里就要去印刷厂上班了。假如我能买点煮牛杂、面包或者香肠，就分出一半让他带走。

我无事可做的时候，我就会在这个大杂院里转悠，看看我的新邻居们的生活。这里就像是一个蚂蚁窝，所有人挤在一起生活。大杂院到处是刺鼻的酸臭气，还有两个阴森恐怖的角落。大杂院从早到晚都很吵：小歌剧班歌女练嗓子声，缝纫机转动的声音，喝醉了酒疯癫的男戏子念白声，大学生低低地哼着音乐声，醉醺醺的妓女们惊吓声。看到这些，我忍不住想到了一个问题："这样生活到底是为了什么呢？"

有个因为一口大马牙而被人们起绰号叫"红毛马"的人，他有红色的头发，但是个秃顶，颧骨很高，嘴唇又厚又大，肚子很大，腿却很细。这个人经常在那群忍饥挨饿的青年中说胡话。他跟他那个辛比尔斯克的亲戚从三年前就开始打官司，见人就说："我就是死也要让他们家倾家荡产，让他们也感受一下讨饭的生活，然后我再把打官司赢的钱还给他们，再冲他们说一句，'狗东西，现在知道我的厉害了吧！'"

人们问："这就是你人生目标？"

"对，我一辈子就为了这件事活着！"

他每天都去法院或者自己的律师那里，时常晚上带着纸袋、酒瓶，坐着车回来，然后在他那个没有天花板、地板也凹陷了的房间里举办宴会。无论是学生还是裁缝，只要想喝美酒、吃饱饭的人就会被他请过来。"红毛马"只喜欢甜酒，这种甜酒只要沾到了衣服、桌布或者地板就会留下紫褐色污点。喝醉了的他会说："我喜欢你们啊，都这么老实可爱，像一群小鸟。我却是个实实在在的坏蛋，是个会吃人的鳄鱼。我一定要吃掉我的亲戚，就算死也要吃掉……"

"红毛马"像受了委屈般眨着眼睛，眼泪从他的很丑的高颧骨上滑过。

他用手擦擦眼泪，然后在膝盖上乱抹一把。他的肥大的裤腿上满是油污。

他大声喊着："你们这过得什么日子啊？吃不起穿不起的，还有国法吗？你们这么活着不觉得窝囊吗？唉，假如沙皇知道了你们现在的日子……"

然后，他从衣服的袋子里抓出一把钞票，喊："谁需要？过来拿！"

裁缝和歌女们急了，想从那个毛茸茸的手里抢来些钱，他却笑着说："这些钱要给大学生呢！"

但大学生们不过来。

毛皮匠的儿子怒吼："把你的臭钱扔厕所里去吧！"

有一天，醉酒的"红毛马"来找古里，把揉成一团的十卢布钞票扔到桌子上，问："你要不要这些钱？"

接着他躺在我们的木板床上，又吼又叫，还呜呜地哭。我们为了给他解酒不得不在他头上浇冷水，给他灌水。他睡着后，古里想把这团钞票打开，但是钞票卷得太紧了，不得不先用水湿润然后再一张张揭开。

"红毛马"的房间窗户对着邻居的墙面，他的屋子又脏又乱，烟雾缭绕，非常闷，大家吵闹的声音让人心烦。其中，"红毛马"的声音比谁都响亮。我们交流：

"你为什么住这里啊？怎么不去住旅馆？"

"住这里高兴啊！见到你们，我就觉得温暖……"

"他说得没错，我也觉得我住别的地方或许早就被毁了……"毛皮匠的儿子立即赞同道。

"红毛马"对古里说："来吧，唱歌吧……"

古里抱着他那古丝理琴，一边弹一边唱：

红彤彤的太阳呀 / 你快升起来，升起来呀……

婉转的歌声扣人心弦。

人们慢慢静了下来，沉醉在这忧伤的琴弦声和歌声中。

被商人太太纠缠的可怜大学生说："唱得好！"

在这个大杂院中，古里是这群人中最机灵的一个，像喜神一样能够给大家带来快乐。他的心里充满阳光，他的嘴里都是逗人的笑话，他能唱好

听的歌曲，还敢对这黑暗世界的风俗进行嘲讽，敢戳破生活的伪装，让人们的眼前出现一丝希望。刚刚二十岁的他看起来像个孩子，可住在这里的人都喜欢在黑暗中向他求助，人们觉得他非常可靠。好人喜爱他，坏人忌惮他，就连尼基福雷奇这个老警察也会带着狡猾的笑脸跟他打招呼。

如果谁要上山就必定经过“马鲁索夫卡”大杂院，它在老戈尔舍奇纳和雷布诺里亚德这两条街的连接处。离大杂院门口不远的地方是老戈尔舍奇纳街拐角，这里坐落着尼基福雷奇的小哨舍。

这个胸前总是挂满奖章的老头瘦瘦高高的，负责我们的街道的安全问题。他看起来很聪明，笑容也很慈祥，但是眼神很狡猾。

他非常关注这个复杂又闹哄哄的大杂院，经常穿得整整齐齐，每天在这里巡查几遍。每次巡查的时候他都有条不紊，从一个窗口转到另外一个窗口，就像看守员检查笼子里的野兽一样。这个冬天[①]，他在一个房间里逮捕了两个人，一个是士兵穆拉托夫，另外一个是失去一只手的退伍军人斯米尔诺夫。这两个人曾参加过由斯科别列夫[②]指挥的阿哈尔·捷金远征军，是圣乔治勋章的获得者。此外，奥夫相金、格里戈里耶夫、佐布宁以及其他一些人也被逮捕了。听说他们要组织地下印刷厂，斯米尔诺夫和穆拉托夫是因为周日去克柳尼科夫印刷所（位于城内大街）偷铅字而被逮捕的。某天夜里，宪兵们还将住在大杂院、总是愁眉不展被我起绰号叫“活钟楼”的高个子抓走了。古里在第二天早上听到这个消息后非常气愤，他抓着自己的黑头发对我说：“太糟糕了！马克西莫维奇，快去……”

他告诉我去的地方的方向，还叮嘱我：“小心暗探，一定要注意……”

我因为这个秘密任务开心不已，像飞在雨中的燕子一样快速地跑到了船厂区，进入了一个做铜器的昏暗铺子。铺子里有个蓝色眼睛，头发很卷的青年人，他正在给一个带耳平底锅镀铜，看起来不像个工人。一个用皮带把自己的白头发扎起来的矮老头在屋角的老虎钳旁边忙活着磨制铜活塞。

---

① 史料记载事情发生在 1886 年。

② 斯科别列夫（1843—1882），俄国军事家，1880 年—1881 年曾在土库曼指挥阿哈尔—捷金远征军。

我问："你们这有什么活儿吗？"

矮老头生气地回答："我们都有活儿，就是没有给的你活儿。"

青年人看了我一眼又去忙他的事了。我的脚碰了碰他的脚，接着我看到他的蓝色的眼睛又惊又怒的，他的手抓住平底锅，好像随时都会砸过来。我向他递眼色，他看到后平静了下来，说："去吧……"

我又暗中向他递了个眼神才转身出来，蓝眼睛鬈发青年也跟着走了出来，默不作声地看着我，然后点燃了一个香烟。

我问："吉洪吗？"

"嗯。"

"彼得被抓了。"

他有些愤怒，皱起眉头打量我。

"哪个彼得？"

"就是像教堂助祭的那个高个子。"

"嗯？"

"没了。"

"这些与我有什么关系？"他问话的口气让我越发觉得他不是这个铺子里的工人。完成任务回到大杂院的我非常得意，第一次参与秘密活动的感觉很不错。

古里·普列特尼奥夫认识一些革命者，跟他们的关系很不错，我曾经请求他让我也加入这个组织，但是他说："年轻人，你要好好学习……"

有一次，我听从叶夫列伊诺夫的安排去见一个神秘人物[①]。计划很周密，让我觉得事件很严重。我跟随叶夫列伊诺夫去城外阿尔斯科耶波列[②]，他一直警告我要小心行事，不能把这次见面的事情说出去。之后，他看了一下周围，指着远方那个在空地上散步的人说："去吧，就是他。他停下后，你就说你是新来的……"

---

① 别列津（1864 年生），在 1907 年担任过第二届国家杜马副主席；十月革命爆发后，供职于合作保险协会。

② 阿尔斯科耶波列是喀山城外的平原地带。

参加地下活动应该是开心的，但我却觉得好笑：明亮的日光下，一个人孤独地走在野地里，像随风摇摆的灰色的草，除此之外没有其他了。我在坟场入口处才追上了他。这个人也是年轻人，瞪着一双圆眼睛，像小鸟似的，他穿着一件中学生的灰色大衣，原来的灰色扣子都掉了，换成了几个黑扣，学生帽也很破旧，隐约中还能看到帽徽的痕迹。他看起来还有几分稚气，可是努力装得很老成。

走到坟场中央的灌木林荫，我们坐下来聊天。他说话一本正经的，话题也很枯燥，完全提不起我的兴趣。他严肃地问我看过什么，然后要求我加入他的小组。我同意后就跟他分开了。他先离开，走得时候战战兢兢地看着那空旷的原野。

这个学习小组有三四个人，我的年龄最小，一点都没有学过约翰·斯图尔特·穆勒的书以及车尔尼雪夫斯基①写的评注。小组会的召开地点在一个师范学院的学生家里。这个学生叫米洛夫斯基，后来用叶列翁斯基②这个笔名发表了小说，不过，他在写完五本书后就自杀了。像他这样轻易放弃生命的人我见过很多。

这个读师范学院的米洛夫斯基很内向，思想也古板，说话也很谨慎。他住的地方是一个楼房的很脏的地下室。他每天用一点细木工劳动来保持身心平衡。跟他在一起，我觉得很枯燥无味，那些穆勒的书也很无聊，因为没有多久我就发现我早已熟悉这些经济学原理了，完全可以根据自身经验领会其中的含义。我觉得这些道理，只要是为“别人”的安稳幸福费心过的人都能明白，人们根本无需用这么难懂的文字写成这么厚的书。我坐在这个弥漫着臭味的地下室里，用两三小时看着墙上不断爬来爬去的小甲虫，这真是一件很难熬的事情。

一次，小组老师没有准时来，我们以为他不来了，就买了酒、面包和

---

① 车尔尼雪夫斯基（1828—1889）。俄国革命民主主义者，哲学家、作家、文艺评论家。曾写过文章批评穆勒的政治经济理论。

② 米洛夫斯基（1861—1911），那时还是神学院的学生，喀山小组的领导人之一，后来取了叶列翁斯基的笔名，成为了一名作家。

黄瓜等，摆了一小桌酒宴。忽然，窗口闪过老师的灰色裤腿。他进来的时候我们刚把酒藏到桌子底下，而后他如往常般开始讲车尔尼雪夫斯基的晦涩难懂的理论。我们僵直地坐着，心里祈祷着别哪个人伸腿碰倒酒瓶。结果，老师一伸腿就把酒瓶碰倒了，他只是向桌子底下看了一下，并没有说什么。当时，如果他指责我们，我们或许心里还好受些。

老师沉着脸，面容冷峻，眼睛因为气恼而眯起来的样子让我很难过。我偷偷看他们，他们都羞得一脸紫红。虽然买酒不是我提议的，可在老师面前我觉得我有罪，内心愧疚。

这里的学习生活很枯燥，我很想直接去城关的鞑靼区，因为那里的“清真”生活很别致。鞑靼区的人很善良也很勤奋，讲着一口好笑又不太标准的俄语。每当太阳落山的时候，执事僧人就会站在清真寺的尖塔上用奇怪的声调招呼大家做晚祷。我觉得鞑靼人的生活是另外一种生活，和我经常看见的不快乐的生活完全不同。

我对伏尔加河的音乐很向往，直到现在那种音乐都让我如痴如醉。

喀山附近，一艘满载货物的大货船触礁了，搁浅在那里。我跟着码头搬运组的人去卸货。当时正是九月，下着冰冷的雨，风从上游吹来，河里翻滚着巨浪。搬运组的五十多个人都穿着防雨的东西，草席或者帆布，脸色阴沉地蹲在空船的甲板上。空船被一艘喘着气的小火轮拖着。风雨中，小火轮喷出的一团团火花格外明显。

银色的天空越来越黑。搬运工人骂骂咧咧地诅咒风雨、诅咒生活，他们慵懒地在甲板上来回爬动，想要找可以躲避风雨的地方。我认为这群没有睡醒、懒散的人是干不了活的，也无法抢救那一船将要沉没的货物。

午夜时分，我们才抵达了货船触礁的地方。人们将空船的甲板紧紧靠在了触礁搁浅的货船甲板上。搬运组长是个老头儿，一双鹰眼，一个鹰鼻子，一脸的麻子，长得很难看，看起来也很狡猾，而且总说脏话。他把湿了的帽子拿下来，露出秃了的脑袋，然后像女人一样尖声喊着：“祷告吧，伙计们！”

甲板上的搬运工人在黑暗里聚在了一起，嗷嗷乱叫，听起来就像一群狗在狂吠。老组长祷告完了后又尖声喊：“点灯！上帝保佑！伙计们

干吧！卖点儿力！干吧！”

接着这些湿淋淋的、一脸愁容、没有什么精神的人开始干活了。他们就像战场的士兵一样，纵身跳到那艘快沉了的货船的甲板上，接着边喊叫着、说着什么俏皮话儿边进入船舱。在我身体四周，一包包葡萄干，一袋袋大米，一捆捆羔羊毛皮和皮革，轻飘飘地飞过了，就像一个个鸭绒枕头。粗壮的汉子们来回跑动着，相互鼓励、督促。这一切令人难以相信，刚刚他们还是一副颓废的样子，抱怨着生活，现在他们却这样欢快、活蹦乱跳地干活。雨越来越大，风也越来越凶猛，温度变得更低了。在这冷冷的黑夜里，人们的衣服被风吹起来，衣襟卷到头发上去，露出了肚皮。六盏灯的微弱的光芒，照耀着来回蹿动的人们，甲板被他们踩得咚咚响。他们非常狂热，似乎非常渴望劳动，盼着这种可以传递四普特重的米袋以及扛着货跑的事情。他们在这场劳动里陶醉，像一群迷恋游戏的儿童，似乎天下除了和女人拥抱再也没有什么能够与这件事相媲美了。

一个穿着哥萨克式紧腰外衣的高个子，一脸胡子，浑身都湿透了，一看就是这艘货船的负责人或代理人。他忽然大喊：“伙计们！加油！我赏你们一桶酒！小强盗们，两桶也是没有问题的！加油啊！”

话里都是鼓舞的味道。有几个声音从黑暗里的各个角落传来：“三桶吧！”

“没问题！你们加油干啊！”

接着，人们干得更加疯狂了。

我背着米袋走，抛下去，然后又跑回来，觉得自己融入了他们，跟他们一起狂欢，好像所有人都可以这样开心地、不在乎苦累地干下去，好像他们可以随心所欲地抓起城内的一座高塔和钟楼，按照自己的想法把喀山搬到任意的地方。

这一晚，我过得非常开心，从来没有过的开心。我很想一辈子就这样痛快又疯癫地劳动。河面上的浪花伴着狂啸的风不断地翻滚着，雨哗哗地下，在早晨的薄雾里，一群湿淋淋的像水鸡一样的人们不停地跑来跑去，叫喊着，笑着，展示着自己的强悍。当乌云被风吹开后，红色的阳光从一小块蓝色天空上露了出来，然后这群快乐的“猴儿”就抖着带着水珠的胡子对着太阳大叫。这群站着的“猴儿”，干活的时候聪明灵巧，让人忍不住地想拥抱他们。

似乎没有什么能够抵挡住快活的强大的力量，这股力量能够在大地上创造一切，能够像神话一样，在一夜之间建造美丽的城市和宫殿。过了一会儿，太阳又被乌云笼罩了，天重新黑了下来，接着就是倾盆大雨。

不知道谁喊了一声：“停吧！”很多人立即愤怒地抗议：“你敢停试试？”

在狂风和倾盆大雨中，半裸的搬运工们一直拼命工作，直到下午两点才把所有的货物卸完，这让我由衷地对人类世界的强大力量产生了敬佩之情。

结束工作后，人们都回到了小火轮上，像喝醉了一样睡着了。回到喀山码头时，这群搬运工如灰色泥流般上了岸，朝着小酒馆的地方奔去，去喝他们的三桶伏特加了。

我在那里再次遇到小偷巴什金，他走过来上下打量了我一会儿，问：“他们叫您做什么了？”

我激动地把这次劳动的事情讲给他听。听完后，他叹了口气，脸上露出鄙夷的神情，说道：“你真是个傻瓜！大傻瓜啊！”

说完，他吹着口哨，摆动着身子像水里的鱼一样穿过酒桌溜走了。这时候，搬运组的人们开始围着酒桌热闹地大吃大喝起来。有人还用男高音唱让人脸红的小调：

哎哟，在那深夜里 / 老爷家的夫人啊 / 去小花园幽会情郎，哎哟！

十几个人也加入其中，一边用手在桌子上打着拍子一边唱：

当打更的巡逻到这里 / 他看见夫人仰卧在地……

小酒馆里有人大笑，有人吹口哨，闹哄哄的。大家都不害羞地聊一些乱七八糟的东西，说一些粗野话。

别人介绍我跟安德烈·杰连科夫认识。他在一个偏僻又简陋的小街尽头开了家杂货铺，铺子旁边是条堆着垃圾的水沟。

杰连科夫面色温和，留着银色的胡子，眼睛里闪着智慧的光芒，是一个一只胳膊患有麻痹症的残疾人。他的收藏着一些禁书和珍本的图书室是

全城最好的图书室。喀山的大学生以及怀有革命情怀的人都会来他这儿借阅图书。

杰连科夫的矮平房杂货铺旁边是一个“阉割派”教徒的宅子。这个教徒靠换钱和放债生活。杂货铺的一扇门后面是一个大房间，房间内只有一个向天井开的窗户，所以透进来的光亮很微弱。穿过大房间就是小厨房，再穿过小厨房就是通往“阉割派”教徒住宅走廊的拐角处的路，这里隐藏着一个仓库，仓库里面就是隐蔽的图书室。杰连科夫的一部分书是钢笔所写的抄录本，例如《历史信札》（拉甫罗夫[①]著），《沙皇就是饥饿》[②]，《怎么办》（车尔尼雪夫斯基著），《巧妙的圈套》[③]和皮萨列夫[④]论文集——这些书都残破不堪了。

我第一次来这里的时候，杰连科夫正在和他的顾客聊天，看到我后就向着大房间的门对我点头示意。我走进大房间，里面有个小老头跪在昏暗的角落虔诚地祷告。这个小老头和谢拉菲姆·萨罗夫斯基[⑤]有些像，这让我有点不太开心。

因为，我听说杰连科夫是民粹派，觉得这个民粹派的人都不应该信仰上帝，所以我认为这个虔诚祈祷的小老头不应该出现在这间房屋里。

做完祷告的小老头小心地抚摸了一下自己的白头发和胡须，然后仔细打量着我说：“我是安德烈的父亲。你呢？哦，是你啊，我还以为是个乔装的大学生呢。”

我问：“大学生为什么要乔装？”

---

① 拉甫罗夫（1823—1900），民粹派，于 1868 年—1869 年以米尔托夫的笔名发表的这篇文章。

② 作者为阿列克谢·尼古拉耶维奇·巴赫（1857—1946），生物化学家，在 1883 参加民粹派时的著作。

③ 瓦尔扎尔（1851—1940）写的一本小册子，他是俄国工业统计学的奠基人。

④ 皮萨列夫（1840—1868），俄国文艺评论家。

⑤ 谢拉菲姆·萨罗夫斯基（1754 或 1759—1833），唐波夫省萨罗夫修道院的修士；20 世纪初被东正教会尊为圣徒。

小老头儿轻声回答："没错！无论他们怎么改变外表都不会欺瞒过上帝的！"

他进了厨房，而我一个人坐在窗边思考，忽然听到一声呼喊："呀，他是这样的啊！"

一个穿着白色衣服的姑娘在厨房门口站着，短短的黄色头发，浮肿且没有血色的脸上有一双会微笑的蓝色眼睛。她看起来像那便宜石印画中的小天使。

她问："您这样惊讶是为什么呢？我看起来很可怕吗？"颤抖的声音很细弱。白衣姑娘扶着墙慢慢地向我走过来，好像脚底下不是坚硬的地板而是在空中摇晃的绳缆。她这种不习惯走路的样子更让她自己显得不像个正常人了。她的身体一直在颤抖，好像脚上扎着很多根针，又好像墙壁着了火，烧着她那浮肿的像婴儿一样的僵硬的手指。

我沉默地看着她，一种渗入骨髓的凄凉感在心中升起。这个幽暗的房间就没有正常的地方。

白衣姑娘战战兢兢地坐在椅子上，似乎担心椅子会从她身下飞走。而后，她带着天真的神情和我聊天，告诉我她最近这四五天才开始走动，她的手脚因为在床上躺了三个月不能动而麻痹了。

白衣姑娘微笑着说："这是神经麻痹症。"

我记得那时很希望有别的原因解释这个姑娘的疾病，毕竟一个姑娘住在这样一个怪异的房子里，只说自己有神经麻痹症，这太难以让人信服了。她的房间里的东西都紧紧地挨着墙壁，似乎都很胆怯；屋子角落的圣像前点着一盏小神灯，亮度有些突兀；大饭桌上铺着白色的桌布，桌布上不知道为什么会有吊着神灯的链子的影子。

姑娘小声说："我听过别人谈论你，所以很想见一见你，看看你的模样。"她的声音细弱得像小孩子在说话。

这姑娘看我的目光让我觉得很难堪，她那双蓝色的眼睛里闪着可以看透所有的光。我不能也不会和这样的姑娘聊天，只能一声不响地看着墙上

达尔文、赫尔岑、加里波第[①]等人的画像。

忽然，一个和我年龄差不多、浅黄色头发的小伙子从杂货铺里冲进来，瞪着我，显得很没礼貌，他问：“玛丽亚，你怎么爬出来了？”

问完话后他又到厨房里去了。

姑娘说：“他是我弟弟，叫阿列克谢！我就读于产科学校，可病倒了。您为什么一直沉默不语呢？是因为拘束吗？”

这时候杰连科夫进来了，一言不发地用一只手抚摸着姑娘的软软的头发，将她的头发揉得有些乱，另外一只残废的手放在怀里。同时，他问我想找什么样的工作。

而后，一个身材中等、红色鬈发的姑娘进来了，她用那稍微有些绿的眼睛瞪了我一下，目光很严厉。她拉着白衣姑娘的手说：“玛丽亚，够了！”

于是，这个姑娘扶着白衣姑娘离开了。

她明明年纪很小却有这么一个成年女人的名字，这名字听起来让人感觉有些不舒服。

我有些激动地离开了杂货铺，第二天又来到这里，想要了解一下他们的十分奇怪的生活。

那个叫斯捷潘·伊凡诺维奇的善良老头总是微笑着坐在角落里，没有血色的脸像块透明的玻璃，他一动一动的黑色嘴唇好像在恳求说：“不要来碰我！”

我早已看穿了他的心情，成天像兔子一样战战兢兢的，无非是害怕有什么灾祸发生。

只有一只完好胳膊的安德烈穿着灰色的短褂，胸前是硬得像老树皮一样的面粉嘎巴和油污。他侧身在屋子里走来走去，脸上带着愧疚的笑容，好像一个做错了什么事后被原谅了的孩子。在安德烈杂货铺帮忙的阿列克谢是一个很懒又不聪明的年轻人。他有个三弟叫伊凡，是师范学院的大学生，平时都在学校里生活，只有放假了才回来。个子很矮的三弟总是穿着干净的衣服，梳着光溜溜的头发，那模样有一点像衙门里的老官吏。玛丽

---

① 加里波第（1807—1882），意大利复兴运动领袖。

亚住在阁楼上，因为生病很少下来。不过，她一下来我就觉得她像被绳子捆住了一样，看着很怪异。

杰连科夫的家务是由一个跟邻居“阉割派”教徒房东同居的女人负责的。这个女人高高瘦瘦的，像木偶一样，总是凶狠地瞪着一双只有修女才有的冷酷眼睛。她的女儿叫娜斯佳，是一个红头发的姑娘。娜斯佳经常在杂货铺里转悠，她用绿色的眼睛看男人时，尖鼻子的鼻孔就会轻微地动起来。

然而，杰连科夫不是这个家真正的主人，真正的主人是一群就读于神学院、喀山大学和兽医学院的学生。这群人总是吵闹，每天都在关心俄国人的生活以及俄国的未来。只要看到报纸上的什么消息、读到书上的某些话、听到大学或者城市发生了事情，住在喀山不同地方的他们就会在晚上聚集在杰连科夫的杂货铺里，然后在一起热烈讨论或者分头小声说着什么。这些学生时常会带着很厚的书本，然后将手指放在其中的某一页跟另外一个人面对面争吵，各自说着自己支持的真理。

当然，我无法理解这些争论。在这种连续不断的空话里，真理已经稀少得犹如穷人家菜汤里的油星。我认为那几个大学生不切实际，犹如位于伏尔加河沿岸的分离派教徒里那些拘泥于文字的老头子。但我也知道面前的这些大学生原本是想过得更好。虽然连续不断的空话冲淡了他们的真情实意，却从没淹没他们。我知道他们想解决的问题是什么，我本人也希望这些问题能得到解决。我常常感觉，大学生们的话语蕴藏着我无法表达的想法，而我对他们的喜欢已经发狂，甚至感觉自己犹如一个被许诺了自由的囚徒。

他们像木匠看一块与众不同的木料似的看着我，好像能做出什么不同凡响的作品。

“这是个天才！”他们介绍我时常常用到这句话，语气中带着骄傲，像在街上捡到五戈比的孩子，自豪地向别人展示自己的成就。但我非常不喜欢被人称呼为“天才”或者“天之骄子”。因为我感觉自己被生活抛弃了。那些指导我学习的大学生，有时让我感到压抑。例如，书店的橱窗里

摆放了一本名为《格言与箴言》[1]的书，我不知道这个书名的意思，为了读懂这本书，我请一个神学院的大学生借给我阅读一下。

“哈，您真行！”这位未来的大主教的脸像黑种人，鬈发，厚嘴唇。他用尖酸刻薄的语言奚落我，“老弟！您可真能胡闹！给您哪本，您就读哪本好了，别到处乱伸爪子！”

他奚落的话语深深刺伤了我，但后来我还是买到了那本书。买书的钱一部分是我在码头打工挣的，一部分是杰连科夫借给我的。这本书我一直保存到现在，因为这是我买的第一本像模像样的书。

总而言之，人们用非常严格的态度对待我。我读《社会科学入门》[2]的时候，我感觉游牧部落对人类文化生活的创作作用被作者夸大了，而流浪的人和猎人的创造精神却被贬低了。我对一个文科生说了我的疑问，他的脸上露出威严的表情，用了整整一小时的时间和我大谈特谈批评权的问题。

“想要得到批评权，不得不先信奉某种真理，但你信奉什么真理啊？”他是这样质问我的。

他这个人就算走在大街上也要读书，常常会因为书本挡住了视线而撞到路人。他即使因患伤寒而躺在小阁楼上休息的时候，也会大声喊叫：“道德，应该是强制因素和自由因素相调和而成的，调和，调……调……”

这个柔弱的大学生，长期食不果腹才会这样病歪歪的，而且他一直执拗地追求真理的永恒，所以如此疲惫不堪。他唯一的乐趣就是读书，当他自认为已经把两种强有力的矛盾思想调和时，他会绽放出幸福的微笑，如天真的孩童。和他在喀山分别十年之后，在哈尔科夫我再次遇到了他。那时的他的五年流放刑已经服刑期满，再次走进大学读书。我看他每天都带着各种矛盾的思想，即使肺结核病折磨得他快要走到生命的尽头时，他依然在努力调和马克思主义和尼采[3]主义。有一次，他用冰冷潮湿的手指捏

---

① 作者是亚瑟·叔本华。

② 作者是贝尔维（1829—1918），俄国社会学家。

③ 尼采（1844—1900），德国哲学家，崇拜个人，蔑视群众。

着我的手，喉咙里发出呼噜声，嘴里咳出了血：“如果无法让矛盾达到统一，生活将无法继续。”

再后来，他居然死在了去上课的电车里。

我见过很多像他这样为理智而付出生命的人，他们永远神圣地活在我的记忆里。

这样的人大约有二十个，他们常常在杰连科夫的杂货铺里开会，其中甚至有神学院的大学生，日本人佐藤·潘捷雷蒙[①]。偶尔也有一位剃着鞑靼式光头的人[②]来，他个子很高、宽胸脯，脸上的络腮胡子非常浓密，身穿一件紧身的灰色哥萨克短外套，衣扣紧紧地扣到下巴处。他总是喜欢坐在角落里，嘴里叼着一根短短的烟斗，用灰色的眼睛静静地观察着大家。他的眼睛常常注视着我的脸，我感觉到有人正在悄悄地观察我，这令我不知不觉地开始害怕。他的沉默的模样，让我感到很奇怪。周围的人大胆地、滔滔不绝地、高声说着，说得越激烈，我越欢喜。过了很久我才明白，在这激烈的言辞中隐藏着令人怜悯的虚伪思想。但那位满脸络腮胡的高个子究竟在想什么？

大家叫他“霍霍尔”[③]，貌似除杰连科夫之外，没人知道他的真名。后来我才听说，他原本是个流刑犯，在长达十年的流放日子之后，近来才转到这里。了解到这些，我对他的兴趣更浓厚了，但依然无法鼓起勇气去认识他。并不是因为我害羞或者害怕认识陌生人，相反地，强烈的好奇心驱使我想要尽快了解一切。因为这样的性格，我一生都无法认真仔细地去研究某一样东西。

当大家谈论人民时，我惊讶地发现关于这个问题我和他们的想法完全不同，甚至难以相信自己的想法。在他们的观点里，人民是善良、智慧和

---

① 潘捷雷蒙是西方基督教的著名殉教士，这个日本人的名字是化名。

② 本书中的主要人物罗马斯（1859—1920），革命民粹派。1880 年—1884 年被流放到西伯利亚东部，在 1885 年被送回喀山。

③ 帝俄时代俄国人对乌克兰人的卑称。“霍霍尔”原意为头上留的一撮毛，是乌克兰人的发型。

美德的化身，是包容任何正直、伟大和高尚的统一体，是接近神圣的统一体。但我从来没见过这种人民。我见过木匠，见过码头的装卸工，见过泥瓦匠，见过雅科夫、奥西普、格力戈里[①]。但他们说人民是统一体，他们认为人民比自己高贵得多，他们甘愿为人民的意志贡献自己。相反地，我认为他们才是体现了伟大和美妙思想的人，他们身上集中表现了对崭新的博爱精神的热爱，并善良地愿意按照这种精神自由地建设生活。

在曾经和我一起生活的人们身上，我没发现过任何博爱，但在这里，博爱存在于大家的每一句话里，闪耀在每一道目光中。

这些崇拜人民的人说的话犹如滴落在我心间的清新雨露，另外，那些描绘乡村阴暗生活以及农民苦难的朴实文学著作，同样给了我启示。我认为，只有最强烈的人类的爱，才可以激发出探求和领悟生活意义的必要的力量。自此以后，我不会只从自己的利益出发，我会更多地关心其他人。

杰连科夫很信任我。他告诉我，他经营杂货铺挣的钱全贡献给了那些倡导“人民的幸福高于一切”的人。他在那些知识分子中走来走去，好像一个虔诚的助祭在伺候大主教祷告一样。看到这群知识分子表现出来的聪明才智，他非常高兴。他经常将残废的手揣在怀里，脸上带着幸福的微笑，用另一只手从左向右地抚摸着软软的胡须。他问我：“你觉得怎样？就是啊，很好啊！”

但有一个怪声音，像鹅叫，那是兽医拉夫罗夫，他与众不同地反对那些崇拜人民的人。这时，杰连科夫就会吃惊地闭上眼睛，嘀咕道：“这个捣乱的家伙！”

对待崇拜人民的人，他的态度和我一样，但那些知识分子对他却犹如大老爷对佣人或伙计般粗暴无礼。然而，他并不在意这点。送走客人之后，他经常请我住在他的杂货铺里，我们打扫干净房子，在地板上铺一块毛毯，就这样睡觉。黑暗的夜色里，神像前的长明灯照着谈天说地的我们，如星光般灿烂。他像个虔诚的信徒一样，兴奋地说：“如果将来能有几百几千

---

① 高尔基第 2 部自传小说《在人间》中的人物，雅科夫是轮船上的司炉，奥西普是木匠，格力戈里是泥瓦匠。——译者注

个这样的好人，接过俄国的各个重要岗位，那生活肯定大变样啊。”

他大我十岁，我看得出他非常喜欢一头红发的姑娘娜斯佳。然而，在人前，他总会以主人吩咐下人的冷酷语气和她讲话，并且尽量不碰触她生气的目光。待她转身后，他才会向她投去爱慕的眼神。每次他们单独相处的时候，他就会怯生生地、微笑着抚摸着自己的胡须，看上去很狼狈。

他的妹妹经常站在角落里听大家讨论，她聚精会神地、紧张地听着，稚气的小脸紧绷得可笑，眼睛睁得大大的，每次听到激烈的对话，她总像被泼了冷水似的叹气。一个红头发的医学生在她身边走来走去，像只大公鸡，神气地皱着眉头，低声而神秘地和她说着话。一切看上去都极为有趣。

可是，秋天到来的时候，我不能没有固定的工作。眼前的一切令我着迷，我干的活儿越来越少，不得不靠别人施舍的面包糊口，但这种面包难以下咽。所以，我必须找一个冬天的工作。于是，我走进了瓦西里·谢苗诺夫的面包作坊。

我曾经在几个短篇小说《科诺瓦洛夫》、《老板》、《二十六个和一个》里曾讲述过这段时间的生活。这个时期我过得非常痛苦，但这个时期也具有非常大的教育意义。

身体的痛苦尚能忍受，但精神的痛苦更加折磨人。

一走进面包作坊的地下室，我和那些每天讲话、每天见面的人之间，就筑起了一道高墙。他们不会来看我，而我也因为二十四小时的工作而不能到杰连科夫那里去。休息的时候，我不是跟面包作坊里的同事们厮混，就是睡觉。有的同事一开始当我是滑稽小丑，但也有几个同事对我就像幼稚孩童对待会讲故事的人一样。天知道我讲过什么，但我讲的东西都能够使他们向往另一种轻松、意义丰富的生活。有时我讲得非常成功，他们浮肿的脸上会显现出悲伤，眼神中也会迸发出愤怒和仇恨的火花。这令我感到高兴，我自豪地想，我也开始“教育”人民并参加到“群众工作”中了。

当然，我也经常感觉自己懂得太少、软弱无能，我甚至无法回答非常简单的生活问题。每当这种时候，我就会感觉自己身处黑暗的地洞之中，地洞中的人们犹如蛆虫一般爬动前行。他们时常钻进小酒馆借酒消愁，甚至拱到妓女的冰冷的怀抱里以求安慰，却不肯面对现实生活。

每个月，只要领到工钱，他们便去逛窑子。这一天到来的前七八天，他们就已经开始探讨如何寻欢作乐。嫖娼归来，很长一段时间他们都在津津乐道那种甜蜜，不知羞耻地谈论着如何凶狠地玩弄妓女，边谈论妓女边蔑视般地吐着唾沫，甚至会夸耀自己性能力。

真是难以理解！每次听到这些，我好像受到了极大的污辱，感到无尽的悲哀。在窑子里，只要花一个卢布便能找个女人过一夜。我想我可以理解为什么我的同事们会向犯罪一样惶惶不安。可那些过分纵容自己、毫无廉耻的同事，给我的感觉是矫揉造作。我很好奇男女之间的性，所以非常锐利地观察这种事。还不曾有任何女人抚爱过我的身体，妓女和同事们都因此而奚落我，这令我感到很不愉快。后来，他们再也不喊我逛窑子了，而且直接和我说："老弟！你别和我们一起去啦！"

"为什么？"

"不为什么！和你一起，我们玩不痛快！"

我牢牢地记住了这句话，因为对我来说，这句话非常重要，但我却没有问得更详细些。

"你看你！跟你说了别去别去！和你一起太扫兴了……"

只有阿尔乔姆冷冷地说："和你一起好像和一个神父，或者一个牧师一起似的。"

刚开始，妓女们只是取笑我过于拘束，但后来便恼羞成怒："你是嫌弃我们吗？"

四十岁的漂亮的胖姑娘捷列扎·博鲁塔是窑子的妈妈。她的眼睛仿佛母狗一样聪明，她盯着我说道："姑娘们，快放过他吧！他一定是有恋人了，是吗？这样结实的小帅哥，肯定是被恋人抓住了心，肯定是！"

她嗜酒如命，喜欢狂饮。但令我吃惊的是，虽然她清醒时会冷静地观察、了解人们的动机，以深思熟虑的态度待人，但一旦喝醉后就会丑态百出。

"那些神学院的大学生真是莫明其妙啊，"她冲着我的同事们说道，"他们就会和姑娘们瞎玩，让姑娘们在地板上涂满肥皂，然后让其中一个姑娘脱光衣服，手脚朝下各放在一个瓷盘里，然后这些大学生在姑娘的屁股上用力一推，看她能在地板上滑多远。你说，这是干什么呢？"

“你胡说！”我说道。

“哎呀，这可不是胡说啊！”捷列扎并没有生气，态度依旧很平和。但这种平和让人感到难堪。

“你这是胡编乱造！”

“我们姑娘亲身经历的，怎么是胡编乱造了？我又不是疯子。”她瞪着眼反问我。

所有人都竖着耳朵听我们说话，捷列扎语调冷静地描述着嫖客们的行为，因为她只想弄清楚他们为什么这样做。

听众们愤恨地痛骂大学生们，甚至厌恶地吐着唾沫。看得出来，捷列扎是故意的，她在挑起这些人对我所亲近的大学生们的怨恨。而我说：“大学生盼望人民过得更好，他们爱人民。”

“没错，你说的大学生是在沃斯克列先斯卡娅大街上的那所大学里，而我说的大学生则来自阿尔斯克叶波列的神学院。他们都是来自教会的孤儿。孤儿长大后不是小偷就是赖皮，全是坏蛋！他们这些孤儿，无情无义！”

妈妈平心静气地讲述着妓女们对官吏、对大学生、对“神圣嫖客”的怨恨，我的同事们听后，内心不仅涌起了气愤和憎恶，而且涌起了喜悦。他们说道：“原来这些所谓的知识分子们比我们还混蛋！”

听到这些话，我很伤心。我看着汇集到这间昏暗小屋里的人，好像市区的脏水和垃圾汇聚到了垃圾坑。一群满腹仇恨和怨气的人再次分散到城市的各个角落。因为身体的欲望和生活的苦闷，人们汇集到这个昏暗的窑子里，用荒诞不经的词句诉说着拨动穷苦人的心弦的情歌，聊着所谓的“受过教育的人”的丑闻，对难以理解的事物表达嘲笑和敌视。我想，这个窑子也是一所大学，而在这所大学中，我的同事们了解到了人间的恶毒。

在这里，我看到了那些“出卖肉体的姑娘”如何拖着沉重的脚步、无精打采地在脏兮兮的地板上走来走去；如何在旧钢琴呜咽的颤音里或者在哀鸣的手风琴声中，艰难地扭动纤弱的身体。我看着她们，产生了一种模糊的感觉。四周的一切都令人难过，我想离开却又感到无能为力。我的心情很糟糕。

返回面包作坊后，只要我说有人在无私地为人民的自由和幸福而奋

斗，马上就有人反驳："但听姑娘们说，他们并不是这样啊！"

接着他们便毫不留情地、开始狠狠地嘲笑我。但我也会大发脾气，像一条倔强地认为自己是并不比大狗蠢笨、甚至比大狗还要勇敢的小狗。我开始意识到，生活和思考生活同样令人痛苦。我有时会突然憎恨这些耐性极强的同事，他们心甘情愿地忍受着来自酒鬼老板的羞辱和压迫，我对他们的顺从和忍耐感到愤愤不平。

但就在这个痛苦难耐的时候，一种新奇的思想扰乱了我的心，虽然这种思想在本质上和我是敌对的。

一个风雪狂暴的夜晚，狂风怒吼，好像天空快被撕成碎片洒落人间一样，地上铺满了厚厚的积雪；又像是到了世界末日，太阳落山后便不再升起。今天是狂欢节①，晚上我从杰连科夫的店里返回面包作坊。我顶着大风、眯着眼睛穿过乱飞的雪花，一步一步艰难地前行着，突然，我被绊倒了，扑在一个横躺在人行道的人身上。我用俄语，他用法语，我们对骂起来："啊，你这个魔鬼……"

我的好奇心被勾起来了，我扶他站起身，才发现这个矮个儿的身体非常轻。他一把推开我，怒吼道："奶奶的，我的帽子呢？把帽子给我！快冻死我了！"

我从积雪中找到帽子，抖掉上面的雪，扣在了他的头上。然而，他又摘下帽子，摇晃着手中的帽子开始用俄语和法语叫骂，让我滚开："滚！滚！"

他突然向前跑去，消失在乱纷纷的雪雾中。走着走着，我又碰见了他，他抱着被风吹灭了路灯的灯杆，坚定地说着："列娜！我亲爱的列娜！我要死啦……"

很明显，他喝醉了。如果我将他扔在这里不管，他很可能会被冻死，我问了他的住址。

"这是哪里啊？"他边哭边叫道，"我也不知道该去哪里啊！"

我抱着他的腰，一边带他前行一边问他的住址。

"布拉克区，"他已经冻得浑身发抖，"在布拉克区……家……在澡

---

① 狂欢节：基督教的节日，在四旬斋的前一个星期。——译者注

堂那里……”

我走得很艰难，他的牙齿都在打颤：“如果你知道……”他一边推我一边嘀咕。

“你说什么？”

他停下脚步，举起一只手，话也说得清楚了，我感觉他甚至有些骄傲：

“如果你知道我说的那个地方是哪里……”

他把手放到嘴边哈气，摇晃得更厉害了，差点摔倒。我蹲下身子，背起他，继续前行。他的下巴搭在我的身上，嘀嘀咕咕地埋怨着：“Si tu savais……冻死我啦！啊呀呀，老天……”

我走到布拉克区，好不容易才搞清楚哪所房子是他的。最后，我们走进一间隐藏在院子积雪深处的厢房里。他摸到房门，小心翼翼地敲了敲，压低声音警告我：“嘘……小点儿声！”

开门的是一个身穿红色睡衣的女人，她端着亮着的蜡烛烛台。我们进去后，她便一声不响地退到旁边，不知从什么地方拿出来一副长柄眼镜，认真地观察我。

我说：“男人的两只手冻僵了，应该脱下他的衣服，让他上床睡觉。”

“是吗？”她的声音清脆，好像小女孩一样。

“应该用冷水泡一下他的双手……”

她没有说话，只是用长柄眼镜指了指房间角落，那里放着一副画架，上面是画着几棵树和一条小河的风景画。我吃惊地看了看那个女人的脸庞，而她却面无表情地走向屋角的桌边。桌子上点着一盏罩着粉红色灯罩的灯。她坐在桌边后，便拿起桌上的红心 J 扑克牌观察起来。

“您这里有伏特加酒吗？”我大声说道。她一心观察着纸牌，沉默不语。我背回来的男人耷拉着脑袋坐在椅子上，通红的双手贴在我的身上。我抱他到躺椅上，帮他解开衣服。我也不知道自己为什么会做这些，好像在梦中一样。我对面的墙上，即躺椅后面的墙上挂满了照片，照片中间闪现出一个金花圈，上面有一条白丝绦蝴蝶结，白丝绦的末端印有一行金色字：

献给绝代佳人吉尔达[①]

“真见鬼！啊，你轻点！”我刚开始给他按摩手，他便呻吟出来。

红发女人仍然在摆弄纸牌，沉默不语，高挺的鼻子伸向前方，像鸟嘴一般，瞪着圆溜溜的两只大眼睛，好似有什么心事。她举起两只少女般的手，挠着蓬松的红发，声音既轻柔又响亮：“乔治，你见米沙了吗？”

这个叫乔治的人推开我，坐起身子回答：“他不是去基辅了吗？”

“是啊，去基辅了。”女人重复着，眼睛依旧看着纸牌，说话的声音既冷淡又单调。

“他就要回来了……”

“真的吗？”

“嗯，真的，快了。”

“真的吗？”女人重复了一句。

赤裸着上身的乔治跳下躺椅，奔到女人身边，跪在地上说了几句法语。

“我一点都不在乎。”女人说的是俄语。

“你得知道，冰天雪地，寒风刺骨，我却迷路了，我原以为我要冻死了，”乔治慌张地说着，同时抚摸着女人搭在膝盖上的手。他看上去有四十多岁，有着红色的厚嘴唇和黑色胡须的脸庞呈现出诚惶诚恐的表情。他使劲挠着头上灰色的头发。

“明天我们就去基辅，”女人说道，像是发问，又像是说出了自己的决定。

“好，明天去！但现在你得去休息了。怎么还不上床？都半夜了。”

“今天晚上，米沙不会来吗？”

“嗯，不会来的。这样的狂风暴雪……我送你去休息吧……”

他端起桌上的灯台，搀着女人走进了书橱后面的小门。我独自一人坐在房间里，时间过了很久，一直都在专注地听着男人沙哑的声音。狂风暴雪拍打着窗户，地板上融化了的雪水害羞地反射着蜡烛的光辉。家具塞满了房间，奇异地洋溢着暖暖的气息，令人昏昏欲睡。

---

① 威尔第的歌剧《黎格莱托》（又译《弄臣》）中的主人公。

终于，乔治摇摇晃晃地出来了，双手捧着灯台，因为摇晃，灯罩不断地碰触灯泡。

“她睡了。”

他将灯台放到桌上，站在房间的中心若有所思，眼睛并没有看我。

“唉，说什么好呢？如果不是你，我可能已经离开这个世界了……谢谢！你是做什么的？”

他全身颤抖，却在侧耳倾听小门内的声音。

“她是您的太太吗？”我小声问道。

“她是我的太太，也是我的一切，是我的命根子！”他盯着地板，声音十分清晰却不太响亮，说着又开始用手用力地搔起头发。

“啊，你来点茶吗？”

他心不在焉地走向门口，却突然停下了脚步，因为他猛然想起家里的女用人因为吃了太多鱼，又拉肚子被送往了医院。

我提出自己去烧水沏茶，他同意了。他明显已经忘记了他光着上身，他赤裸着双脚在潮湿的地板上走着，带我来到一间小厨房。他背对着火炉对我说：

“如果没有你，我早就冻死了，谢谢你！”

突然他全身哆嗦，睁大眼睛惊恐地瞪着我。

“如果我死了，她怎么办？她会怎样？我的老天啊！……”

他看着昏暗的小门，低声而快速地说道：“你看，她有病，有一个音乐家儿子，但在莫斯科自杀了。但她一直盼着儿子能回来，已经等了两年……”

我们一起喝茶的时候，他又语无伦次地说了一些稀奇的事情。他的太太是个地主，自己原本是历史老师。他给太太的儿子做家庭教师，最后竟然爱上了她。再后来，女人离开了自己的丈夫。她的前夫是德国人，还是男爵。之后她便到歌剧院演戏，即使她的前夫想尽办法破坏她的生活，但他们的同居生活一直愉快地继续着。

他眯缝着眼睛，一直盯着脏兮兮的厨房的昏暗角落，看着火炉边的地板上烂出的洞。我们继续聊着，喝着，他的脸被热茶烫得皱起来，眼睛惊

恐地眨着。

“你做什么工作？”他问我，“噢，烤面包的工人。一点也不像，奇怪。这是怎么回事？”

他的声音变得不安起来，看我的眼神中多了像受害似的怀疑目光。

我简单地说了说我的情况。

“原来是这样。”他轻轻地惊叹一声，“啊，原来是这样啊！”

他突然活跃起来，又问道：“你了解《丑小鸭》[①]的故事吗？读过没有？”

他的声音开始变得尖锐而嘶哑，愤愤地说道：“这是个诱人的故事！我像你这么大的时候就想过，以后我会变成天鹅吗？但你看现在……原本我可以进神学院的，后来却上了大学。我父亲是神父，却和我断绝了父子关系。在巴黎，我一直在研究人类悲哀的历史，就是进化史。没错，我还写过文章。唉，怎么堕落到这般田地……”

他突然跳了起来，坐到椅子上，谨慎地听了一下四周的动静，接着说道：

“进化，这就是人类自欺欺人、自我安慰的词语。生活本就没有意义，没有理性。如果没有奴隶制，人类就不可能进化。如果没有少数人统治多数人，人类就不可能有进步。我们想改善生活，但最后只能令生活陷入更大的困境，令劳动变得更加沉重。建造工厂难道不是为了生产机器吗？生产机器后再生产机器？这简直太愚蠢了！工人越来越多，但唯一不可缺少的就只有生产粮食的农民。粮食，需要人们通过劳动向自然界索取才能获得。需要越少的人，获得的幸福就越大；希望获得越多的人，获得的自由就越少。”

或许，这不是他的原话，可这完全是令人惊讶的新思想，多么露骨、多么尖锐啊。我是第一次听到。他兴奋极了，尖叫一声后又用惊恐的眼光看看小门。他凝神听了一会儿后，发现里面没有动静，又怒气冲冲地压低

---

① 安徒生写的一篇童话。鸭群里有一只小天鹅，别的小鸭子都嘲笑它难看，但后来它长成了一只美丽的白天鹅。

声音说道：

“要知道，每个人需要的都很少很少，一个女人和一块面包……”

他语气神秘，用我从来没听过的词语以及从没读过的诗句谈论女人。猛然间，他变得好像小偷巴什金。

“贝亚德[①]、菲娅米塔[②]、劳拉[③]、妮农[④]……”他悄悄说出一堆我一点都不熟悉的名字，讲了一些诗人以及国王的爱情故事，朗诵了一些法国诗歌，朗诵的时候甚至用他裸露的、瘦弱的半截胳膊的前段打着节拍。

“爱情和饥饿统治着世界。”听到他狂热地低声朗诵，我想起这句话曾被印在一本革命册子的书名下，那是《沙皇就是饥饿》[⑤]。因此，我感到他的这些话意义重大。

“人类追求的是安慰和忘记忧虑，而不是知识！”

他的思想太令我吃惊了。

早上，小挂钟显示六点几分的时候，我走出了厨房。在昏暗的晨雾中，听着狂风怒吼，我踏上了满是积雪的道路。风雪的狂叫令我想起那位受尽生活折磨的历史教师发出的怒吼声。他的话好像鲠在了我的喉咙里，我感到憋闷难受。我不想回到面包作坊去，不想看到任何人，只是带着满身白雪沿着鞑靼区的街道漫无目的地徘徊。直到蒙蒙亮的街上，才开始有人影出现在飞雪中。

从此之后，我再没见过这位历史老师，也不想再见到他。但我不止一次听人说劳动没好处、生活无意义。有的是无家可归的流浪汉，有的是

---

① 贝亚德是13世纪意大利诗人但丁钟情的女人，但丁曾在自己的作品《新生》和《神曲》中描写过她。

② 菲娅米塔是14世纪意大利那不勒斯王的公主。

③ 劳拉是14世纪意大利诗人彼特拉克所钟情的女人。

④ 妮农·德·兰克洛（1620—1705）是17世纪法国巴黎的贵族妇女。

⑤ “爱情和饥饿统治着世界”是席勒的名言，《沙皇就是饥饿》的题词是采用涅克拉索夫的《铁路》中的诗句：“世界上有一个沙皇，这个沙皇是残酷的，他的名字叫饥饿。”

所谓的“托尔斯泰主义者”[1]和其他受过高等教育的人，有的是教堂神学士，有的是研究炸药的化学家，有的是新活力论[2]的生物学家，有的是目不识丁的化缘僧人等等。但听到他们这类思想的时候，我已不像第一次听时感到吃惊不已了。

大概在两年前，也是我和历史教师谈话的三十多年后，一个熟悉的老工人惊人地和我说了几乎相同的思想，甚至用了相同的词汇。

某天，我和这位老工人随便聊天，他悲苦地自嘲为“政治老油条”，他使用了俄国人特有的坦率口吻：“什么科学啊、研究院啊，什么飞机啊，我觉得这些都是多余的，我什么都不需要。我只要一处安静的角落，再有一个女人，我高兴的时候和她拥吻，无论她的肉体还是心灵都要对我百分之百的忠实，这就足够了！您总爱按照知识分子的方式思考问题，您已经和我们不一样了。您中毒了，您认为思想比人高贵，难道您也像犹太人那样，认为因为有安息日所以才有了人类？”[3]

“犹太人可没这么想……”

“天知道他们怎么想的，那个民族简直莫明其妙！”他边说边随手将纸烟丢进了河里，看着纸烟没入水中。

这是一个月朗星稀的秋夜，我们坐在涅瓦河岸的花岗石长凳上。白天，我们都过着紧张忙碌的生活，原本想为人类做点有益的事情，最终却是白费力气，到了夜里都已经疲惫不堪了。

“我想说的是，您和我们在一起，但跟我们不一样。”他继续静静地思索着，说道，“那种安静日子，知识分子可不喜欢。他们总喜欢拉帮结派地胡闹。就像耶稣这个梦想家，为了让人类能去天堂，竟然胡闹起来一

---

① 托尔斯泰主义：主张“不以暴力抗恶”，宣扬“道德自我完善”。

② 新活力论 19 世纪末出现的唯心主义学说，主张生物的机能是由一种活力而非物质所产生生物学说。

③ 摘自《圣经·马可福音》第 2 章第 23—28 节，耶稣的门徒违背了耶稣的约定，在安息日做了事，法利赛人认为门徒做的不对，耶稣回答：“安息日是为人设立的，人不是为安息日设立的。”

样，那些知识分子胡闹来胡闹去为的也只是乌托邦。一个梦想家胡闹起来，其他所有的坏蛋、流氓和废物就会围绕着他，心怀不轨。因为他们在生活里看不到自己的位置。但工人们暴动是为了革命，他们争取的是劳动生产品和劳动工具的合理分配。如果他们夺得了所有的证券，您觉得他们会同意创立国家吗？不会，他们绝不会！他们到时候只会各自分散，各自找各自的安静角落。”

“您说机器？机器只会拉紧套在我们脖子上的绳索，只会捆缚我们的手脚。哼！机器并不是人类需要的东西，人类需要的是免除多余的劳动。人们希望能过安静日子，但工厂和科学却无法给人们带来安静。一个人需要的东西很少很少。如果我需要的仅仅是一间小房子，为什么非得建设一座大都市？城里的人住得拥挤，还有自来水、下水道、电气设备等。您看看，如果没有这些东西，生活该是多么惬意。哼！在生活中有太多没用的东西，这些全是知识分子折腾出来的。所以，我觉得知识分子才是真正的乌合之众。我说过，世界上除了俄国人，再不会有人这样彻彻底底地否定生活的意义了。”

“在精神上，俄国人是自由的，”老工人笑笑，继续说道，“但您不要生气，我可以肯定地说，有这种想法的人达到了千百万之多，但他们只会放在心里……生活就该简单点儿，只有那样人们才会更舒服……”

我很了解这位说话的工人之前的思想状况，他从来都不是“托尔斯泰主义者”，也从没有想过无政府主义。

和他聊过之后，我不禁想到：难道千百万俄国人受尽磨难、勇敢参加革命斗争就仅仅是为了减轻劳动、追求安逸吗？用最少的劳动获得最大的享乐，这句话很有诱惑力，但它和那些不切实际的幻想、和理想中的乌托邦一样！

于是，我想起了易卜生[①]的这段诗歌：

我算得上保守主义者吗？啊，不算！我和过去的我一样，

---

① 易卜生（1828—1906），挪威剧作家、诗人，这段摘自他的诗作《给我的朋友，革命演说家》。

丝毫没有变；我讨厌一下下地拨转棋子，我要推翻整个棋盘。

记得那唯一一次革命，那次革命比别的都要彻底，我说的是毁灭地球的大洪水，[①]那次洪水本来可以冲毁一切。

但是，诺亚还是欺骗了恶魔，众所周知，诺亚又成了独裁者！啊！如果您大公无私，我可以助你一臂之力。您赶快把大洪水引来，我很愿意往方舟下发射鱼雷！

杰连科夫的小杂货铺收入微薄，但越来越多的人和“事”需要得到物质帮助。

“必须想想办法才行。”杰连科夫忧虑地捻着胡须。他抱歉地露出了微笑，深深地叹了口气。

我感觉他好像给自己判了无期徒刑，他是专门给人类做苦役的。虽然他心甘情愿忍受这种刑罚，但有时也会感到有心无力。

我曾用不同的话问过他几次：“您为什么一定要这么做啊？”

他好似没听懂我的问题，他用了很难理解的、文绉绉的词汇来回答“为什么”的问题。他讲到了人民生活困苦，必须给人民以知识和教育。

“啊，您是说人们想了解知识、掌握知识吗？”

“没错，就是这样！当然，您不是也想掌握知识吗？”

没错，我想掌握，但那位历史老师的话又回响在了我的耳畔：

“人们追求的不是知识，而是安慰和忘记忧虑！”

但这种尖锐的思想并不适合讲给刚满十七岁的人，讲了几次之后，这种思想会变得软弱无力，听的人也不会受到任何启发。

渐渐地，我发现人们喜欢听有趣的故事。因为有趣的故事会让他们在短暂的时间内忘掉习以为常的、沉重的生活。越是偏离实际的故事，人们就越喜欢听。那种非常有趣的书往往充满了美好的虚构情节。总之，我感

---

① 出自《圣经·创世记》第六至第九章。上帝见地上的人罪大恶极，想要用洪水毁灭世界，惩罚他们，并提前通知诺亚造了一个方舟，带上他的家人和地上的雌雄动物各一对进入方舟避难，洪水退后，上帝命令诺亚统驭地上的万物。

到莫明其妙，好似掉进了云里雾中。

杰连科夫计划开个面包店[1]。当时，他计算得非常仔细，估计通过这个生意每一卢布能赚三十五戈比。他请我做面包师的助理，以自己人的身份去监视面包师，以免他偷面粉、牛油、鸡蛋以及烤好的面包。

就这样，我从那个脏兮兮的面包作坊地下室来到了这个虽小却干净的地下室。另外，我还负责打扫店铺。这儿没有四十人的团队，目前只有我自己。面包师鬓角斑白，一小撮尖尖的胡子，枯黄干瘦的脸，狡猾的黑溜溜的眼睛，嘴巴形状甚是奇怪，小小的、厚厚的嘴唇紧紧地闭着，像鲈鱼嘴，像想要跟谁接吻似的。但他的眼睛深处闪烁着一种嘲讽的神色。

当然，他会偷东西。在工作的第一个夜晚，他就偷偷地把十个鸡蛋、三斤左右的面粉以及一大块牛油放到了其他地方。

“这是做什么用的？”

“这是给一个小姑娘留的，”他语气平和，接着便皱起鼻子补充，“是个很——很好看的小姑娘！”

我试着劝阻他：“偷东西是犯法的。”也不知道是我嘴笨没讲明白，还是我自己都不能用这样的理由说服自己，总之，我的劝告没有任何效果。

柜子里放着生面团，面包师就躺在柜子上。他望着窗外的星星，语气惊讶地嘀咕着：“他居然教训我！刚见面就教训人！论年龄，我可比他大三倍。真是可笑！……”

他望着星星，问我：“我貌似在哪里见过你，你以前在什么地方干活？是谢苗诺夫家吧？就是曾经暴动过的那家[2]。哦，对了，也就是说我是在梦里见过你。”

几天后，我发现面包师特别能睡觉，无论什么姿势，就算站着不动扶着铁铲他都能睡着。每次睡着，他都会微微扬着眉毛，脸上的表情很怪异，像是惊奇的嘲讽表情。他最喜欢讲的是做梦和发现宝藏的故事。他总是很

---

① 面包店：这个面包店于 1886 年开业，当时计划用这个面包店的收入来支持喀山小组的活动以及扶持贫困大学生。

② 发生在 1886 年春天，高尔基也参与了此事。

自信："我能透视大地，大地像一张张开的大馅饼，里面全是金银财宝：装满了钱的管子，装满好东西的箱子，到处都是铁。几次我都梦见我去过的老地方，一次是澡堂子，一个装满银盘银碗的箱子就埋在澡堂子的墙角下。睡醒后，我去挖宝了，挖了有一尺半深[①]，我一看，竟然都是死狗骨头和煤渣子。你看看，让我找到了这样奇怪的东西！……突然哗啦作响，窗户的玻璃竟然被我碰碎了。一个女人尖叫起来，声音很疯狂：'有贼啊，快来抓贼啊。'当然，我跑掉了。如果我慢一点的话，肯定会被毒打一顿。真是可笑！"

他经常说："真是可笑！"但伊凡·科兹米奇·卢托宁说这句话时自己从来不笑，他仅仅是微笑着眯起眼睛、皱起鼻梁、张着鼻孔而已。

他的梦并没什么稀罕的，和现实生活一样，既枯燥又荒谬。我真是想不明白他为什么会对无聊的梦津津乐道，却从来不关心周围的真人真事，甚至一句也不提。

发生了一个轰动全城的新闻：一个茶商的女儿被迫出嫁，刚结婚就用枪自杀了[②]。青年成群结队地跟着她的灵柩为她送葬。大学生们还在她的坟前演讲，但被警察驱散了。在面包作坊旁边的小店里，大家都议论着这一悲剧。店铺里面的一间房里都是大学生，即使我们在地下室里也能听到激烈的讲话声和愤怒的叫喊声。

"这个姑娘，看来是小时候打得少了！"卢托宁说道，接着他又对我说："我好像正在池塘里抓鱼，是一条鲫鱼，突然警察来了，喊道：'别动，你胆子不小啊。'我没地方跑，一着急就跳到了水里，然后就醒了……"

虽然卢托宁不怎么关注现实生活，但很快他就发现这家面包店不太正常。店铺里照看生意的是两个爱看书却很外行的女孩儿，一个是店老板的妹妹，一个是妹妹的朋友。后者身材高挑，红红的脸蛋，两只眼睛温柔可爱。大学生常常到面包店里来，他们会在店后面的房间里坐很长时间。他们有时窃窃私语，有时高声喊叫。店老板却很少到店里来，我这个当助理

① 俄尺，1 俄尺等于 0.711 米。

② 发生在 1885 年。

的却像是这家店的管理人。

“老板是你的亲戚？”卢托宁问我，“难道他想让你当他的妹夫？不是吧！真是可笑！那些大学生为什么要来这里胡闹？是来看女孩儿的吗？……嗯，很可能是这样……但那两个女孩儿并不漂亮，有什么看的……我想，这群大学生看女孩儿的劲头儿还不如吃面包的劲头儿大呢。”

每天早上五六点钟，面包店临街的窗口处总会出现一个短腿女孩。她全身布满了大小不同的半圆球，像是一个装满了西瓜的布袋子。每次她光着两只脚走到我们地下室窗前时，会边打哈欠边喊：“瓦尼亚[①]！”

她头上戴着花头巾，淡黄色的鬈发隐藏在头巾下面，那鬈发好似挂在她的圆圆的、红红的脸上和平平的前额上的小圆环儿，小圆环儿们遮住了她的睡意未消的眼睛。她懒洋洋地用小手撩开脸上的头发，可笑地伸张着手指，如婴儿一般。真不知道说什么好，我跟这样的小丫头能聊什么。我喊醒面包师，他问小女孩：“来啦？”

“你看看！”

“睡得好吗？”

“好，为什么不好啊？”

“梦见什么了？”

“忘记了……”

这个时刻，全城都处于一片寂静之中。只从某处传来了清洁工扫地的声音，还有小麻雀叽叽喳喳的声音。地下室的窗户射进来太阳初升时的温暖光线。我很喜欢如此安静的早上。面包师将毛茸茸的手伸出窗外去抚摸女孩赤裸的双脚。女孩毫不在意地顺从他的抚摸，脸上没有半点笑容，只有两只眼睛如绵羊般柔顺地眨巴着。

“彼什科夫！面包烤好了，赶紧拿出来！”

我从炉子里抽出烤面包的铁篦子，面包师从铁篦子上抓起十多个面包卷、白面包和小甜饼，一下子扔进了女孩掀起的裙襟里。女孩将热腾腾的小甜饼送到嘴边，用发黄的牙齿咬了一下，却烫疼了，生气地喊了起来。

---

① 伊凡的爱称。

面包师用迷恋的眼神看着她，说道：“你这个不害羞的丫头，快把面包放下来吧。”

女孩离开之后，他向我夸口道：“看到了吧？一头鬈发和小绵羊一样。老弟！我可是个喜好洁净的男人，只和小女孩好，从不跟老女人同居。这个女孩是尼基福雷奇的教女。”

听到他炫耀般的语气，我暗自想道：“难道这也是我想要的生活吗？”

我把论斤卖的白面包从炉子中取出来，把十一二块个头大的面包放到长长的托盘上，尽快送到了杰连科夫的杂货铺去。回来后，我又在篮子里装满奶油面包和白面包，跑着送到神学院，好让大学生们吃早餐。我站在神学院大食堂的门口，卖面包给大学生，他们有的给了现金，有的赊账。我站在那里，听着他们讨论托尔斯泰。神学院有位教授叫古谢夫，是列夫·托尔斯泰的死对头。我的面包篮子下面，有时候会藏几本小册子。我必须悄悄地将这些小册子交给某个大学生。大学生们有时也会将书本或者便条塞到我的篮子里。

每星期，我都要选一天跑到路程更远的疯人院。在那里，精神病学家别赫捷列夫以病人为例子给大学生们上课。有一次，他向大学生们展示了一位夸大狂患者。这个病人个子很高，身穿一身白色病号服出现在教室门口。他的头上戴着一顶长袜形状的圆筒尖顶帽。看到他的时候，我忍不住笑出了声。当他从我身边经过的时候，停了一下，看着我的脸，瞪了一眼。吓得我一哆嗦，因为他的眼光锋利火辣、眼球乌黑，我的心都被刺穿了。别赫捷列夫捻着胡子郑重地和病人说话时，我一直都悄悄地抚摸我滚烫的脸庞，好像被热灰烫伤了。

病人的声音低沉，细长的手从白色病号服的袖子里伸了出来，手指长长的，很可怕。我感觉他全身都在伸长，越伸越长，甚是奇怪。他的手是暗灰色的，即使不移动位置，好像也能伸到我面前，能掐住我的喉咙。他那两个黑黝黝的眼窝深陷在瘦而干枯的脸上，一双乌黑的眼睛发出威严而凶恶的刺骨光芒。二十多个大学生认真地看着头戴圆筒尖顶帽的病人，除了几个微笑的大学生之外，大多数大学生都在愁苦地思索着什么，和病人炯炯有神的眼睛相比，他们的眼睛显得很平凡。病人的模样很恐怖，但他的身上散发出无法言语的威严，是的，是真的威严！

在一群好似不会讲话的鱼似的大学生制造出的沉默氛围里，精神病学家讲课的声音特别清楚。但教授提出的每一个问题，都会遭到一个低沉声音的严厉呵斥。这个低沉的声音好像来自教室密不透风的白色墙壁后面，又好像来自地板下面。那个病人的举止稳重庄严的如大主教一般。

那天晚上，我写了首诗描述那个病人。我称他是“万王之王、上帝的顾问和贵宾”。长时间以来，他的脸庞一直留在我的心里，折腾得我坐立不安。

每天晚上六点到第二天中午是我的工作时间，午后我需要睡觉。所以我读书的时间就只有当面包装进烤炉的时候，或者揉好一团面粉而另一团面粉还没有发酵完成的时候。面包师看到我渐渐掌握了做面包的技术，就减少了他自己的工作量。他亲切而惊讶地指导我说：“你很能干，再过一两年当个面包师是没问题的，真是可笑。你现在太年轻了，人家怎么会听你的，也不会尊重你……”

他对我埋头读书并不赞成：“你最好还是别读书了，去睡会儿吧！”他经常这样关心我、规劝我，但从来不关心我看的什么书。

他每天念念不忘的东西就那几个，幻想中的埋在地下的金银财宝、各种各样的梦以及那个圆鼓鼓的短腿女孩。短腿女孩经常晚上来，他会把女孩带到那个堆着面粉袋的门廊里，如果天冷，他会皱着鼻子和我说：“你先出去半小时吧！”

我边往外走边想：“他们这种恋爱方法和书上描述的恋爱方法真是不一样啊！”

老板的妹妹住在店铺后面的小房间里，我经常帮她烧水，但尽可能不和她碰面，因为每次见到她，我都会感到紧张。她孩童般的眼睛总能让我感到难堪，从和她最初的几次见面开始，我就感觉她的眼睛里有一种像是在嘲弄我的微笑。我的力气很大，动作就显得笨拙。面包师看着我搬运重重的面粉，总是遗憾地跟我说：

“你的力气能抵过三个人，但说到灵巧，你可真是一点儿都没有。虽然你是个高个子，但终究只是头笨牛……”

我读了很多书，喜欢读诗，而且我已经开始写诗了，但我依旧用“自己的白话”写诗。我认为自己的语言粗犷且犀利，我想只有这样的语言才可能准确表达我的极其杂乱的心情。有时，为了表达对那些令我激愤难忍的事情的反抗，我会故意粗野地说话。

曾经，一位做过我老师的数学系大学生批评我道：“天知道你说的是些什么，根本就称不上人话，而是一个秤砣！”

一般说来，我并不喜欢自己，而且这也是十五六岁的人常有的情况。我觉得自己粗鲁可笑，觉得颧骨凸出的脸像极了卡尔梅克人，说话的时候甚至无法控制自己的嗓音。

然而，老板的妹妹犹如空中的飞燕一般，一举一动都灵巧、轻快。我甚至觉得，她的圆圆的柔软的身体和她的轻盈灵动的动作无法协调。她的身姿和步态有些虚伪还有些做作。她说话的声调充满快乐，我经常听到她大笑，每当听到这种响亮的笑声时我就会想：她这是让我忘记和她第一次见面时的情形吗？但我不想忘掉，因为我非常珍惜不寻常的事物。同样地，我非常希望了解那些在实际上已经发生和将来可能发生的不寻常事物。

偶尔，她会问我：“您现在看的是什么书？”

我简单回答一句后，想反问她：“您问这些做什么？”

某天夜里，面包师想和他的短腿女孩独处，便用陶醉的语调和我说：“你先出去下吧，嗯，最好是到老板妹妹的房间去。为什么要辜负良宵美景呢？不要忘了，那些大学生……”

我让他闭嘴，如果再这样说，我会用秤砣砸烂他的脑袋。后来我去了堆面粉袋的门廊里，卢托宁的声音从关闭得不太严实的门缝里传出来：“我怎么会和他生气？他一天到晚地看书，生活得像个疯子！”

门廊里，老鼠吱呀乱叫，而面包店传来了短腿女孩哼哼唧唧的呻吟声。我在院子里躲着，而院子里正悄无声息地下着毛毛细雨。我感到异常憋闷，满院子飘着一股烧焦的味道，可能森林的某处着火了。后半夜，面包店对面的房子还开着窗户，几个房间仍旧透着淡淡的灯光，房间里传出了哼唱声：

这个圣瓦尔拉米的圣徒啊[1]，头上顶着金光闪闪的光晕，

从天上看她们，也忍俊不禁……

我想象着玛利亚·杰连科娃躺在我的腿上，和短腿女孩躺在面包师的双腿上一样。但我清楚地知道这根本不可能，这种想法太可怕了。

整个晚上，他整夜一边唱歌一边喝酒，而且他呀——欧哟！

也干了那样的事情……

歌声中的“欧呦”这一低沉的低音唱得很激烈，我将两只手放在膝盖上，探出身望向其中的一个窗户。房间的窗户上挂着镂空的花边窗帘，窗帘后面是一个四方的房间。一盏带有蓝色灯罩的小灯照亮了房间内灰色的墙壁。灯光下，一个女孩儿正坐在窗户前写信。现在，她正抬起头用红色笔杆将垂到鬓角的头发撩上去。她的脸上露出了酒窝，两只眼睛眯缝着。她慢慢地叠好已经写完的信，放进信封后便用舌尖舔了一下封口的胶条，封上信封，将信丢到了桌子上。只见她又伸出比我的小拇指还要小的食指对着信封狠狠地点了一下，再次捡起信封，眉头紧锁地拆开重新读了一遍。她读完信后，又把信装进了另一个信封中，封好，放到桌子上填好地址，高高举起信封晃晃，好似在摇一面白色的小旗子。她跳着舞、拍着手向放着床铺的屋角走去。接着她又走了出来，脱下小衫，露出了圆圆的犹如酥油面包般的肩膀。她拿起桌子上的小灯，再次消失在屋角。观察其他人独自活动的时候，你可能认为他像个疯子。我在院子里走来走去，心想：这个女孩儿孤身一人在这间小屋里的生活真是奇怪。

而后，那个红头发的大学生来找她了，而且和她说话时声音压低得如耳语一般，她缩紧身子，样子显得更小了。她羞涩地抬起头看着他，两只手或垂在桌子下面或藏在身后。但我不喜欢这个红头发的大学生，一点儿也不喜欢。

短腿女孩儿包着头巾，晃晃悠悠地走出来，冲我嘀咕着：“你快进去吧！”

面包师正从柜子里向外掏面团，一边掏一边跟我说他的情人多么讨人

---

① 圣瓦尔拉米：基督教的圣徒，这首歌是当时在喀山神学院学生中间流行的一首歌，歌名为《从早到晚》。

喜欢，多么让人舒服。但我暗自想着：“你要把我折腾成什么样子？”

我感觉一场意外正从某个角落冲我飞过来。

面包店生意很好，杰连科夫甚至想寻找面积更大的生产空间，而且还计划另外雇一名助理。这太好了，我的工作实在太多了，我每天都疲惫不堪、头晕眼花。

“到了新地方，我想该让你升‘大帮灶’了。”面包师向我许诺着，“我去说一说，应该给你涨工资，涨到每月十卢布。”

但我知道，升我做“大帮灶”对他有好处，因为我心甘情愿地多干活，而他却不愿意干活。我努力让自己疲劳以便消除我内心的不安，以便抑制我强烈的性冲动。但这样一来，我就没时间看书了。

“你已经不啃书本了，很好，就把它们扔给老鼠们吧！”面包师说道，“难道你没做过梦？或许你做过，只是不愿意说出来而已！真是可笑。你要明白，把梦说出来是不会惹祸的，一点都不用害怕……”

他对我态度和蔼，甚至带有几分尊重。可能是他想到了我和老板有关联，但这一点儿也不影响他每天不动声色地偷面包。

我的外祖母过世了[①]。她下葬七星期之后，我收到表哥的来信才知道了这个不幸的消息。信很简短，没有加任何标点：外祖母去教堂门口讨饭时，从门廊上掉下来，摔断了一条腿。第八天，她得了疮毒病过世了。后来我才知道，我的两个表兄弟还有一个表姐以及表姐的孩子，这些年轻的健康生命要靠老太婆生活，以她讨饭来养活他们。外祖母生病后，他们根本没办法找医生。

信的内容是这样的：

> 她葬在了彼得罗巴甫洛夫斯克坟场里我们一家子为她送葬叫花子都很喜欢她的大家都哭了。你外祖父也哭了他撵走了我们自己一个人待在墓碑旁边我们从树林子里看到他哭他哭得也快死了。

我只记得当时很难过，但我没有哭。那天晚上，我坐在院里的柴火堆上，感觉很憋闷。我想告诉别人，我的外祖母那么聪明和善良，所有人都

① 时间是 1887 年 2 月。

是她的孩子。在很长时间里，我都抱着这个想法，非常痛苦，但没人愿意听我说，于是这个想法便永远留在了我的心里，一点点消沉下去。

很多年后，我读了契诃夫的一篇短篇小说（《苦恼》），它非常真实生动地描写了一个马车夫的故事。于是我又想起了我当时的心境。在契诃夫的小说中，马车夫对马讲述了自己儿子的死亡。很遗憾，在曾经那个悲伤的日子里，我身边没有马，也没有狗，面包店的老鼠倒是很多，而且我和它们相处融洽，但我从没想过要将自己的悲哀告诉老鼠。

老警察尼基福雷奇开始在我周围活动，好像一只盘旋在我身边的老鹰。这个老警察身体硬朗，身材匀称，留着一头银灰色短发，一把浓密的大胡子被修得整整齐齐。他煞有介事地咂着嘴巴，两只眼睛盯着我，像盯着圣诞节前待宰的鹅。

“听说你很爱看书，是吗？”他盘问我，“你爱看哪一种书？例如，是《使徒行传》啊还是《圣经》？”

“我经常看《圣经》，也经常看《使徒行传》。”我的回答令尼基福雷奇很吃惊，很明显他被我弄糊涂了。

“是吗？嗯，看书是不违法的好事情！但你也会偶尔看一看托尔斯泰的作品吧？”

我确实看托尔斯泰的书，但看上去它们并不是警察老爷关注的那些作品。

“那些和其他作家的书一样，都是些平平常常的东西。据说他写过几本反对神父的书，还能看一看。”

我看过几本胶印版的[①]书，但那些书很枯燥乏味。但我明白，不必和警察争论这样的问题。

我们在大街上碰到几次后，老警察便开始请我到他那里去：“来舍下坐坐吧，喝杯茶！”

我自然明白他为什么让我去，但我依旧想去那里看看。这是和一些知

① 是指当时被教会禁止的托尔斯泰的宗教哲学著作，但得以秘密方式在流传的版本。

情人探讨的结果，他们一致认为我要是回避警察的话，警察会更加怀疑面包店。

于是，我去了尼基福雷奇的住所。在那个狭小的房间里，三分之一的地方放着一个俄式炉子，另外三分之一的地方放着张双人床，床上挂着印花布幔帐，还有几个枕头，枕头上套着大红色的斜纹布枕套。余下的地方摆着一个碗橱、一张桌子、两把椅子，窗户下面还放着一条长板凳。尼基福雷奇坐到了板凳上，解开了制服的扣子。房间里唯一的小窗户被他挡住了。他太太坐在我身边。他的太太二十多岁，胸部丰满、粉红色脸上的两只眼睛狡猾而凶狠，而且颜色奇特，是灰蓝色。她故意噘着鲜红色的嘴唇，哀怨地说话。

“听说，”老警察开口道，“我的教女谢克列捷娅经常到你们面包店去，真是个下贱放荡的东西。要我说，这世上的女人都是些贱货。”

“都是？”他的太太问道。

“一个不少，全都是！”尼基福雷奇坚决地答道，他胸前的奖章叮叮当当地响着，犹如马在摇响身上的铃铛。他端起杯子喝口茶后，又开始说：

“从最低贱的妓女到最尊贵的女皇，她们是又骚又贱的玩意儿。示巴女王[①]穿越两千俄里[②]的沙漠去找所罗门国王，就是因为骚情。叶卡捷琳娜女皇虽然号称大帝，但她也是……”

接下来，他又详细地讲述了皇宫里一个锅炉工的故事。锅炉工陪女皇过了一夜，便开始平步青云，从普通军士一路高升到将军。老警察的太太听得出神，不时地用舌头舔着嘴唇，而且她一直在桌子下故意用腿碰我。尼基福雷奇口齿清晰，讲得非常流利，而且其中穿插着很多风趣的词语。但不知为什么，他突然换了话题：“比如那个大一学生普列特尼奥夫。”

太太叹着气说道：“虽然他样子不帅气，但人很好！”

“你说谁很好？”

---

① 出自《圣经·列王纪上》第10章。示巴女王听说了所罗门王的名声，曾用骆驼载着香料、宝石和金子来见所罗门王，并对他说了所有心里话。

② 一俄里等于1.067千米。

“普列特尼奥夫先生啊。”

“首先，他可配不上‘先生’这个词，等他毕业后才可以被称作‘先生’。现在，他还只是无数个大学生中一个普通大学生而已。其次，你说普列特尼奥夫很好，你说，你这是什么意思？”

“他年轻，快活。”

“首先，杂戏团的小丑也很快活……”

“小丑们为了赚钱才快活的。”

“闭嘴！其次，别看不上老东西，老东西也是从年轻过来的！”

“小丑跟猴子没区别……”

“我再重申一次，闭嘴！聋了吗？”

“哦，听到了！”

“这就好！”

尼基福雷奇制止了太太的讲话，便转过脸劝我道：“还有你，应该去认识一下普列特尼奥夫，他可是很有趣的。”

我想他肯定经常在大街上看到我和普列特尼奥夫一起走，因此我只好说：“我们认识的。”

“真的？你们认识……”

听起来他有点儿失望，接着我见他的身体开始发抖，胸前的奖章再次叮当响。我想到普列特尼奥夫现在正用胶版印什么传单，所以我开始担心了。

他的太太一边用腿碰我，一边狡黠地说话刺激她的丈夫。老家伙卖弄着自己的花言巧语，好似孔雀开屏一般。他太太的恶作剧扰乱了我的心思，我无法专心。我稍不留神，老家伙的语调又变了，语气更加有力，并且压低了声音：“你明白吗？这是条隐蔽的线索。”他瞪着双眼看着我的脸，这样问道，却好像有点害怕，“你可以当沙皇陛下是个大蜘蛛……”

“哎呀，你说的什么啊！”太太惊讶地叫出声来。

“你不许出声！蠢女人，我这样说是为了简明易懂，可不是故意诽谤。蠢东西！快倒茶！”

他皱着眉头，眯着眼睛，认真地说：“这条隐蔽的线，和蜘蛛网一样，沙皇陛下亚历山大三世是蜘蛛网的中心，从各部大臣到省长大人，从各级

官吏到我，甚至到下等士兵。这条线通往各处、无所不及，它像个无形的城堡，守护着沙皇千秋万代的江山。但狡猾的英国女王收买了犹太人、俄罗斯人和波兰人，他们想办法到处搞破坏，还标榜他们自己是为了人民。”

他隔着桌子趴过来，低声中带着威胁，问道：“你听懂了吗？对了，我之所以跟你说这些，是因为你的面包师总是夸奖你聪明、老实。但在你们面包店里，经常有大学生去那里鬼混，连杰连科夫的房间里都会整晚整晚地坐着大学生。如果去的只有一个大学生，也就没有疑问了。但居然有那么多。嗯？我不敢说他们的坏话，他们今天是大学生，明天可能会成为副检察官。大学生不是坏人，但他们爱出风头，而沙皇的敌人又善于挑唆。你懂吗？我还想跟你说……”

不等他说完，房门突然被打开，一个红鼻子老头走了进来。他的鬈发上扎着一根皮筋，手里拿着伏特加酒瓶，看上去已经醉了。

“咱们下盘棋？”他兴致勃勃地问道，全身都有一种滑稽的神色。

“这是我太太的父亲，我的岳父。”尼基福雷奇阴沉着脸，一副懊恼的样子。

几分钟后，我告辞出门。调皮的年轻太太出来关门，用力拧了我一把，说：“这云彩真好看，红得跟火一样！”

天上那片小小的金色云彩，正在慢慢消散。

我很不想让我们那些老师动怒，但我不得不说，对于当时的国家机构，这个老警察的讲解比我的那些老师讲得透彻得多、明白得多。蜘蛛网的中心是一个支柱，以蜘蛛为中心伸出无数条“隐蔽的线”，它们紧紧地纠缠着、束缚着所有生活。很快，我便学会随时随地察觉到这些隐蔽的线布下的各种圈套。

晚上关店之后，女掌柜玛利亚·杰连科娃叫我去了她的房间，认真地对我说：大家委托她来问我警察说了什么。

“啊呀，我的老天！”她听我详细地讲完后，惊讶地叫出了声，接着便如老鼠般从这个角落窜到那个角落，着急得直摇头，“面包师没跟您打听什么吧？怎么？他那个情人居然是尼基福雷奇的教女？应该赶面包师走！”

我靠在门框上，眉头紧锁地看着她。“情人”这个词居然轻易地从她的嘴里说了出来，我听着刺耳，而且，赶走面包师也让我很不高兴。

“您得多多小心！”她和平常一样，用那种盯人的眼光看着我，好像在盘问我一件难以理解的事情，这让我感到狼狈。忽然，她背着双手站在我面前：“为什么您总是一副闷闷不乐的样子？”

“我的外祖母刚刚过世。”

这句话引起了她的兴趣，她笑着问道：“您很爱她？”

“没错，您还想知道什么吗？”

“没有了。”

我从她身边离开，当天夜里便写了首诗。记得诗里有一行句子写得很倔强：您啊，只是虚张声势而已！

从此以后，他们决定让大学生们尽量减少到面包店来的次数。看不到大学生们，我根本找不到人帮我解决看书时遇到的问题。我只能把感兴趣的问题写到笔记本上，但有一天我累得趴在笔记本上睡着了。面包师偷偷地看了我的笔记，他叫醒我问道：“你写的是什么东西？‘加里波第为什么不赶国王走[①]……’加里波第是什么人？难道国王还能被赶走？”

他生气地将笔记本丢到面粉柜上，转过身便钻进炉坑烤面包去了，只听他一直嘀咕着：“你说，他怎么能赶走国王？真是可笑。快打消这坏主意吧！真是个书呆子。五年前，萨拉托夫的宪兵们抓你们这些书呆子就像抓老鼠一样，哼，就算没这些东西，尼基福雷奇也早就注意到你了。你别打算把国王赶走了，国王又不是鸽子，想赶走就能赶走！”

他好心好意地劝了我很久，但我不能将我的想法告诉他，因为大家不允许我跟一个面包师讨论这种“危险的事情”。

当时，一本轰动的小册子在城里流传颇广，凡是读过小册子的人都议

① 1860年，意大利建国三杰之一的领袖加里波第率领千余名志愿军占领西西里，后来又占领那不勒斯，解放了那不勒斯王国。接下来，当地大部分居民愿意加入皮埃蒙特王国，加里波第便将统一运动的领导权让给了皮埃蒙特国王。

论纷纷。我请求当兽医的拉夫罗夫借给我小册子，但他的回答令人失望：“唉，老弟啊，别指望了，没有啦！但听说这几天有一个地方会宣讲这本小册子。到时候你可以和我一起去听听……”

圣母升天瞻礼（东正教的八月十五日——译者注）的深夜，拉夫罗夫走在我前方一百多米的地方，我紧紧跟着他的背影。空旷的野地上一个人也没有，但我依旧按照拉夫罗夫的忠告行动：“采取预防措施。”我一边走一边哼着小曲吹着口哨，伪装成“醉酒的工人”。天空中片片云朵缓缓飘动，云朵间是金光闪闪的月亮，云影投射在大地上，几处水坑闪烁着蓝色和灰色的光。我们背后的喀山城呜呜地发出了低沉的怒吼。

到了神学院后面的果园栅栏处，拉夫罗夫停下了脚步。我赶紧跟了上去。我们悄无声息地爬过栅栏，穿过杂草遍地的果园。只要我们碰到果树枝，树上便会落下大滴大滴的水珠，落到我们身上。我们来到房子的墙脚，轻轻地敲了敲紧紧关闭的窗户，开窗的是一个长着大胡子的人。他的背后漆黑一片，而且没有任何声音。

“谁？”

“从雅科夫那儿来的。”

“赶紧爬进来！”

房间漆黑得如地狱一般，听到衣服和鞋子的沙沙声、窃窃私语声、轻微的咳嗽声，我便知道这里人很多。有人擦亮了火柴，照了照我的脸，我看到墙脚的地板上有很多模糊的身影。

“人来齐了吗？”

“齐了。”

“拉上窗帘吧，不要让灯光从窗户缝隙透出去。”

一个很响的声音气愤地说道：“谁的脑子这么好，让我们到这间没有活人气息的屋子里集合。”

“肃静！”

角落里亮起一盏小灯。房间里没什么家具，空空的地方放着一个由两个木箱架着的木板，木板上坐着五个人，看上去像是栖息在篱笆墙上的五只寒鸦。亮起的小灯放在一个侧立着的木箱上，靠墙角的地方有三个人席地而坐，在窗台上，有一位长头发、长着瘦而苍白脸庞的年轻人静静地坐在那里。除了年轻人和络腮胡子之外，其他都是我认识的人。络腮胡子压低声音说，他现在要给大家宣读一本小册子，是脱离了民意党的普列汉诺夫所著的《我们的意见分歧》[①]。

坐在昏暗的地板上的人中，有人大吼一声："早看了！"

在这样的神秘场合，我感到愉快而兴奋。神秘的诗歌是最高级别的诗歌。我感到自己像是一个在教堂做祷告的教徒，古罗马初期基督教徒的秘密地下祈祷室[②]浮现在我的脑海中。嗡嗡的低音充满了整个房间，但仍然能听清楚说话的声音。

"胡说！"角落里又传来了一个人的吼声。

黑暗的角落里，有一个像是铜的东西模模糊糊地闪现出来，看上去像是罗马武士身上的铜盔甲。但我想，那可能是火炉通气口上的铜制品。

低沉的嘈杂声回响在整个房间之中，激烈的言辞掺杂其中，所有的声音一塌糊涂，分不清谁在说什么。我头顶的窗台上传来了很大的嘲笑声，问道："还念不念啦？"

这是那个长头发、长着瘦而苍白的脸的年轻人的声音。于是，房间重归安静，剩下的只有继续朗读的低音。人们擦亮火柴，闪烁起了烟卷的红光，一副副沉思的面孔出现在了昏暗之中，有的人瞪着眼睛，有的人眯着眼睛。

虽然我很欣赏这样锋利且激情荡漾的词句，但时间太长了，即便这种具有说服力的思想被表达得既流畅又通俗，我还是听得厌倦了。

低音突然停了下来，屋里立刻响起了愤怒的吼叫声："叛徒！"

"放屁！……"

"这是在侮辱我们革命英雄流出的鲜血！"

---

① 民意党，民粹派里的秘密组织，目标是推翻沙皇专制。主张个人恐怖政策，曾两次谋杀沙皇。《我们的意见分歧》的作者在一八八〇离开了民意党，并在一八八五年写下该文批判民粹派观点。

② 古罗马时代，最初的基督徒因为受到罗马皇帝的迫害只能躲在地下室举行礼拜，不敢公开活动。

“这是在格涅拉洛夫[①]和乌里扬诺夫[②]接受绞刑后……”

窗台上的年轻人又开口了：“先生们！能不能不谩骂，只认真而严肃地辩论呢？”

我不擅长辩论，也不喜欢辩论。对我来说，很难听明白那些人东一下西一下的、难以捉摸的争论。而且，看到那些争论者“自以为是”的傲慢态度表现得那么露骨，我感到气愤。

窗台上的年轻人俯下身问我：“您是面包工人彼什科夫吗？我们应该认识一下，我是费多谢耶夫。在这里只要争吵起来就会吵很长时间，而且最后也不会有什么结果，什么都做不成。我们走吧！”

我听人说过费多谢耶夫[③]，他领导着一个非常重要的青年小组。我非常喜欢他那双深沉的眼睛和苍白的面孔。

我俩走在空旷的田野上，他问我工人中是否有我认识的熟人，问我现在在看什么书，问我空闲时间是否很多，他还跟我说：“我曾经听过你们那个面包作坊，很奇怪，您怎么会在那种无谓的事情上浪费自己的时间？这是为什么？”

有时候，我自己也不明白我这么做的意义，我一五一十地告诉了他。他高兴地握着我的手，微笑得豁朗通达。接下来，他告诉我，后天他会离开这里，到别的地方待上三个多星期，等他回来再告诉我怎么和他见面、在什么地方见面。

面包店的生意非常好，但我自己的事情却越来越复杂。搬到新面包店

---

① 格涅拉洛夫：彼得堡大学学生，1887 年 3 月 1 日参加民意党，以图谋杀沙皇的事件中被捕，于当年 5 月 8 日在彼得堡被处以绞刑。

② 乌里扬诺夫：列宁的哥哥，原本是彼得堡大学数理系学生，刺杀沙皇失败于彼得堡被处以绞刑。

③ 费多谢耶夫（1871—1898）：俄国初期的马克思主义者之一，在喀山创立了马克思主义小组，列宁也是这个小组的一份子。他的很多马克思主义著作是反对民粹派的。高尔基在喀山的时候，他只是个八年级的中学生，费多谢耶夫的主要活动发生在 1888 年到 1889 年期间，这段时间，高尔基已离开喀山。

以后，我的工作更多了。我不仅要做面包店里的杂活，还得去私人住宅、神学院、贵族女子寄宿中学送白面包。趁着在我的篮子里挑奶油面包的空当，女学生们会偷偷地塞给我一些小信件。但在这些美丽的信纸上，我常常惊讶地发现那些用幼稚的字体书写出来的无耻语句。我感到很奇怪，看到这群快乐、干净整洁、眉眼清秀的贵族姑娘围着我的篮子，可笑地眉目传情并用粉红色的小手翻着白面包时，我想：塞给我那些写着无耻语句的信件究竟是哪几个姑娘？难道她们真不明白那些语句有多可耻吗？我不禁想到了肮脏的窑子：

“难道窑子里的‘隐蔽的线’延伸到了学校的女学生那里？”

在走廊里，一个头发乌黑、留着大黑辫子的、高胸脯的女学生拦住了我，慌慌张张地小声说道：“麻烦你帮我把这封信送到上面的地址去，我给你十戈比。”

她直直地望着我，温情的黑眼睛里含着泪花，她紧咬嘴唇，脸红到了耳朵。我大方地拒绝了她十戈比的报酬，只接过信件，而且按照地址送给了一个高等法院的法官的儿子。他是个高个子的大学生，脸上带着肺病的红晕。他接过信件，打算给我五十戈比的报酬。他默默地数出来一把铜币，当他听到我拒绝了报酬时，他便将铜币放回了他的口袋。但他放的时候，零碎铜币哗啦一声掉在了地板上。

看着五戈比和七戈比的零钱散落各处，他一脸茫然，用力搓着双手，搓得手关节直响。他艰难地喘着粗气嘀咕道：“怎么办啊？……好吧，再见吧，我得再想想……”

至于他后来想到了什么办法，我就不知道了，但我觉得那个女学生非常可怜。不久之后，她便从贵族中学消失了。十五年后，我再次遇到她，当时她正在克里米亚半岛上的一家中学教书，而且患上了肺结核病。说到人间疾苦，她总会表现出一种愤世嫉俗的表情。

白天，我要送完所有的面包才能睡觉；晚上，我还要到作坊里烤面包，半夜得烤好奶油面包并送到面包店去。面包店位于市立剧院旁边，晚上散戏后，观众们会顺道到店里吃一顿热气腾腾的面包卷。准备好面包卷之后，我还要揉面做论斤卖的大面包以及法式小面包。用两只手揉好十五普

特到二十普特的面粉，可是相当不轻松啊。

干完后，睡上两三个小时，我就该送白面包去了。

日子就这样一天天地过着。

但这段时期的我热情高涨，特别想向人们传播“善良的、合理的和永恒的东西”[①]。我很会给别人讲故事，也喜欢接近别人。我自身的经历以及读过的书籍激发了我的想象力，我不费吹灰之力便将日常生活中的素材改编成了有趣的故事，而故事会以千变万化的方式穿插上“隐蔽的线”。克列斯托夫尼科夫和阿拉富佐夫工厂都有我认识的工人，织布工人尼基塔·鲁布佐夫老先生和我特别要好，差不多俄国的织布工厂都留下过他做工的记录，他心眼机灵、性情灵动。

“我来到人间已经有五十七年了，我的列克谢·马克西莫维奇[②]，我崭新的小梭子，我小小的流浪人啊！”他说话的声音非常低沉，两只不太健康的黑眼睛在黑色的眼镜后面微笑着。他的黑色眼睛是他自己用铜丝制作的，所以绿色的铜锈在他的鼻梁上和耳根处留下了印记。他每次刮胡子时，都会像德国人一样，上唇处留下一撮胡须，下唇处留下浓密的灰白色胡须，因此，工厂里的工人们都称他为“德国佬”。他身材中等，胸膛宽阔，但他活泼欢快的性格里却有着辛酸。

“我最喜欢去马戏城了。”他向左歪着他的秃脑袋又说道，“马本来是畜生，但你看，人类是怎么训练畜生的？太让人高兴了！我怀着佩服的心情看着那些马，心里想到：啊，这样看的话，人也能被训练得更聪明。马戏班里，人驯服畜生时用的是糖。当然，我们也能到商店去买糖，因为我们的灵魂需要糖，糖是善良啊，小伙子！也就是说，待人处世不能只看眼前，要态度和蔼，不能总想着用棒子打人，你说呢？”

但他自己的态度并不和蔼，和别人说话时总带着半嘲笑半轻视的语气，争论问题的时候，盛气凌人，语言总是简短粗暴。我在一家啤酒店里看见有人过来打他或者已经打了他两下的时候，我过去拉开了他。这是我

---

① 涅克拉索夫的《致传播者》中的诗句。

② 阿列克谢·马克西莫维奇的俗称。

们第一次相见。

“打疼您了吗？”我们一同走在秋雨淅沥的夜晚，我一边走一边问他。

“呸！这能算打吗？”他一副不在乎的样子，“等等，你和我说话，为什么要客气地使用‘您’？”

自此之后，我们变成了熟人。刚开始，他经常尖酸刻薄地、俏皮地嘲笑我，但当我告诉他我们生活中的“隐蔽的线”发挥着怎样的作用时，他沉思片刻后惊叹道：“你不傻，一点都不傻！我没说错吧？……”自此，他对我温暖得像个父亲，甚至在叫我名字时都像极了一个父亲。

“我的列克谢·马克西莫维奇！我亲爱的小锥子！你说得没错。但没人相信你，因为这没好处……”

“您相信吗？”

“我孤身一人，如丧家之犬，但一般老百姓都是带链锁的看门狗，尾巴上拴着老婆孩子、手风琴和鞋套等等鸡毛蒜皮的各项事务。每条看门狗都会眷恋自己的狗窝。所以他们不可能相信你。我们在阿拉富佐夫工厂斗争的时候，也是这样，冲在最前面的人往往被打破脑袋，脑袋和屁股可不一样，一旦被打破了，可够你受罪的！”

然而，当他认识了克列斯托夫尼科夫工厂里的钳工雅科夫·沙波什尼科夫之后，他说起话来完全变样了。雅科夫患有肺病，但会弹吉他，也懂《圣经》，可他否定上帝。他经常向四周吐带着血丝的浓痰，并坚决而狂热地发表他的证明：

“首先，我绝对不是‘按着上帝的形象’被制造出来的[1]。比智慧，我一无所知；比力量，我一点没有。而且我一点也不善良，一点也不！其次，上帝并不了解我有多困难，但或许他了解却不能帮我，或许他能帮却不愿意帮。第三，上帝不慈悲，并且不是全知全能，上帝根本就不存在！一切都是人类捏造出来的，全是假的，甚至我们所有的生活都是捏造的，一切都瞒不过我的眼睛。”

鲁布佐夫听到后惊得说不出话来，他破口大骂、脸色铁青。但雅科夫

---

① 出自《圣经·创世记》第1章第26节。

说了一句来自《圣经》的成语，便说服了他，并逼得他无话可说，他只能沉思着缩起了自己的身体。

雅科夫·沙波什尼科夫说话的方式令人害怕。他的脸又黑又瘦，乌黑的鬈发看上去像茨冈人，嘴唇发青，露出了牙齿。说话的时候，他黑色的眼睛总是死死盯住对方的脸，气势汹汹得让人难以接受。我总感觉他的眼神像极了那个身患夸大症的病人。

我们和雅科夫分开的时候，鲁布佐夫阴沉着脸，说道："这是第一次有人在我面前否定上帝，以前我可从没听过这种话。什么都听说过，就是没听过这种话！这个人一定不能久活于世了。太可怜了！他被自己烧到了白热化的程度……真有意思！老弟，很有意思。"

很快地，他和雅科夫已经混得非常熟了。他像被开水浇透一般，不停地用手指擦拭不健康的眼睛。

"那么……"他嘿嘿一笑，"也就是说，罢免了上帝？嗯，我的小钉子啊！让我说，沙皇并不碍事。问题的根源不是沙皇，而是老板。我可不管沙皇是谁允许 ，伊凡四世也好，随便，来统治我们吧！只要让我去惩罚老板就可以！允许我用条金链子将老板拴在皇帝的宝座上！我一定会像拜上帝一样去拜他……"

他看完《沙皇就是饥饿》时说："书里面说得都很正确啊！"

他第一次看到小册子时，问我："这是谁写给你的？写得非常清楚！你告诉他，我在这里谢谢他了。"

对于知识，鲁布佐夫表现得贪得无厌。他经常以十二分的专心聆听沙波什尼科夫用力亵渎上帝，也会一连几小时听我讲书中的故事。他会开心地仰着脖子大笑，而且赞不绝口："人的心眼太灵活了，哈，太灵活了！"

但他的眼睛不方便看东西，所以很难自己看书。可是他了解的事情非常多，多得让我吃惊。有一次，他说："在德国，有个非常聪明的木匠，国王经常请他到皇宫献计献策。"

我认真问下去才知道，原来他说的是倍倍尔[①]的故事。

“这个您是怎么知道的？”

“我本来就知道啊。”他回答得非常简短，边说边用小手指挠着光秃秃的脑袋。

沙波什尼科夫并不关心人们现实生活中的痛苦，他只想嘲笑神父、消灭上帝。他对修士们的憎恨非常深。

某一天，鲁布佐夫温和地问他：“雅科夫！为什么你只会谩骂上帝呢？”

他居然凶狠地喊叫着：“除了上帝，还有什么东西能妨碍得了我？嗯？我信上帝已经二十年了，我一直战战兢兢地活在上帝面前，俯首帖耳地受苦受难。任何事情都不争辩，因为任何事情都是上帝的安排。我活得一点自由都没有。我仔细阅读了《圣经》之后，才看明白，这纯粹是捏造！这纯粹是捏造啊。”

他挥动着胳膊，好像要扯断那条“隐蔽的线”，说话的声音变成了哭泣：“看看，就是因为这个，现在的我还没老就将走向死亡。”

我还认识了几个有意思的人，也经常去谢苗诺夫面包作坊找我的老同事。他们对我的到来表示欢迎，而且很喜欢听我说话。但鲁布佐夫居住的地方是船厂区，沙波什尼科夫居住在卡班河对面的鞑靼区，距离很远，有十多公里，所以我很少见他们。而我这里没有接待客人的地方，所以他们也不能来看我。再加上新来的面包师是退伍军人，和宪兵们往来密切。我们面包店的院子紧邻着宪兵司令部的后院，所以身穿蓝制服的宪兵们经常气势汹汹地跳过墙来给汉加尔特上校购买白面包或者给自己购买黑面包。另外，我已经被人劝告过，不能太出风头，省得让面包店成为他们的眼中钉。

我想我已经没什么必要在这里工作了，最近常常发生这样的事情：大家不管生意好坏，随意从钱柜里拿钱，有时候弄得我没钱买面粉。杰连科夫捻着小胡子，苦笑道：“我们快破产了。”

他的私人生活也变得很糟糕，红发的娜斯佳已经有了身孕，她天天都

---

① 奥格斯特·倍倍尔（1840—1913），德国社会民主党创始人之一，反对帝国主义侵略战争，1867 年开始担任议会议员。

像只凶狠的猫一样喘着粗气、抱怨地瞪着两只绿眼睛。

她走路时，好像看不到杰连科夫似的，一直往他身上撞。杰连科夫不好意思地给她让路，并且看着她叹气。

有时候，他会跟我诉苦："谁都是这个样子，不管什么东西都随便乱拿，随随便便的，真不像话！我给自己买了半打袜子，一天就不见了。"

这个袜子的事情很可笑，但我笑不出来。我只能看着这个谦逊无私的人苦撑着这份有意义的事业，如此艰难。但他身边的人不重视也不关心他的事业，甚至还给他搞破坏。虽然杰连科夫并不需要这些接受他服务的人感谢他，但他有权利得到这些人的关怀和友谊，而不是像现在这种随便的态度。他的父亲害怕死后下地狱，因而得了抑郁症；他的弟弟酗酒，和女孩子乱搞关系；他的妹妹也变得和陌生人一样，看情况，她和那个红发大学生的恋爱也不尽人意。他的家庭要四分五裂了。我经常看到她哭得两眼红肿，我开始憎恨起那个大学生来。

我认为我非常喜欢玛利亚·杰连科娃，也很喜欢面包店的女店员娜杰日达·谢尔巴托娃，她胖胖的，脸色红润，红色的嘴唇上常常浮现出妩媚的微笑。总而言之，我恋爱了。因为年龄、性格和繁杂的生活，我需要接近女人，在恋爱这方面，时间不是太早，而是太晚了。我需要女人的温情，哪怕只是女人出于友谊的关怀也可以。我需要向女人坦率地讲述内心，需要女人帮我理清楚杂乱如麻的思想以及混乱繁杂的感受。

我从没有过真正的交心朋友，那些认为我是"待琢的璞玉"的人，并不能让我同情他们，也不能让我向他们吐露心声。每次我说的事情不是他们感兴趣的事情时，他们总会立刻阻止我："算了，别说了！"

最近，古里·普列特尼奥夫被捕[①]了，而且被押送到了彼得堡，送进了克列斯特监狱。那天早晨我在街上碰到尼基福雷奇时，他第一个告诉了我这个消息。他胸前挂着所有的奖章，好像刚从阅兵场回来一样，阴郁而庄严地向我走来，他把手举过帽檐后便走了过去，但他很快又停下脚步，在我身后气愤地说道："昨天晚上，古里·普列特尼奥夫被逮捕了……"

① 分别在 1888 年 2 月和 1888 年 9 月被捕，这是第 1 次。

接下来他一挥手，张望一下，小声补充道：“这个年轻人完蛋了！”

我貌似看到他狡猾的眼睛里闪烁着泪花。

我知道，普列特尼奥夫已经料想到自己的被捕。他曾警告我，让我和鲁布佐夫都不要去找他，他和鲁布佐夫也非常要好，和我没有差别。

尼基福雷奇低头看着自己的鞋子，闷闷不乐地问道：“你怎么不来看我？……”

当天晚上我去看他时，他刚刚睡醒，正坐在床上喝酒。他的太太低着头坐在窗边为他缝补衣服。

“事情是这样的，”老警察用手挠挠他的狗熊似的长满胸毛的胸膛，满怀心事地看着我，开口说道，“他被捕了。我在他住的地方找到一口锅，他用那口锅煮颜料，来印刷反对沙皇的传单。”

他向地板上吐了口吐沫，接着便怒气冲冲地对他太太喊：“把裤子给我！”

“这就好了。”她没有抬头。

“她觉得他可怜，还哭着呢。”老警察看看他的太太，说道，“连我都觉得他可怜，但作为大学生，怎么能反对沙皇陛下啊？”

他边穿裤子边跟太太说：“我得出去一下，你赶紧去烧杯茶吧……快去！”

她依然望着窗外，一动不动。但老警察走出门口时，她迅速地转过身，紧握着拳头冲着门口打了一下，狠狠地、咬牙切齿地骂道：“呸！你个老不死的东西！”

她哭得脸都肿了，左眼有一块面积很大的瘀伤，眼睛都睁不开了。她跳起来，在大壁炉旁边准备茶水。她凶狠地说道：“我必须骗骗他，骗得他张嘴大叫！骗得他如野狼般哀嚎！你不要相信他！他满嘴谎言！他马上要逮捕你。他是个骗子，他不会可怜任何人。他就像个渔夫！他知道你所有的事情，他就是靠这个吃饭的！他就喜欢逮捕别人……”

她走到我面前，紧紧地靠着我，用乞求的语气说道：“你亲我一下可以吗？嗯？”

原本我并不喜欢这个女人，但看到她盯着我的那只怀有深仇大恨的眼

睛，我忍不住拥抱了她，用手抚摸了她油腻腻的乱发。

“他最近在调查谁？”

“雷布诺里亚德街的旅馆，里面的一些人。”

“你知道那些人的名字吗？”

她笑着说道：“看，我会告诉他你跟我打听消息了！啊！他来了……古罗奇卡[①]，是他调查出来的！”

她慌张地跳到大壁炉前面去了。

尼基福雷奇带着一瓶伏特加酒、面包还有果子酱回来了。我们坐下开始喝茶。年轻太太坐在我旁边，她殷勤地招待着我，用那只没有受伤的眼睛看着我。老警察又开始教育我了：“隐蔽的线，隐藏在人们的心中，深入在人们的骨髓之中，哼！你能扯断它，能拔掉它吗？沙皇，那可是人民的上帝！”

突然，他问我：“嗯，你看过很多书，应该也看过福音书吧？嗯，如何？你觉得上面说的都对吗？”

“不了解。”

“依我看，上面有些话没用，而且没用的话还不在少数。比如上面说到了穷人，那些穷人也是有福的[②]，但他们真的有福吗？这不是胡说吗？只要是有关穷人的话，就有很多难以理解的内容。天生的穷人和后天的穷人应该分开谈。天生就穷的人当然是坏人，后天变穷的人可能是不幸的。我们应该这样理解才正确。”

“为什么？”

他默默地注视着我，眼神中充满了试探。之后，他郑重地说出了显然已经经过了深思熟虑的意见：“福音书上很多话都是同情别人，而同情并不是好东西。我的想法是，同情需要在没用的、甚至有害的人身上花费大量的开支，开办养老院、疯人院、监狱和收容所等等。钱应该用于帮助那

---

① 古里的爱称。

② 出自《圣经·马太福音》第5章第3节。原文是：“虚心的人有福了，因为天国是他们的。”

些身体健康、结实健壮的人，让他们的力量在有用的地方发挥作用。但我们非得帮助弱者，难道这样就能让弱者变成强者吗？这种无聊的做法，只能让健壮的人失去力量而变成弱者。弱者将骑到强者的脖子上去。这个问题真是太值得研究了，我们不得不重新考虑很多问题。要知道，福音书和现实生活相差太多，在生活中我们走的是自己的道路。你看，普列特尼奥夫为什么会被捕？因为同情。他同情穷人，遭殃的却是大学生。这是什么狗屁道理？”

曾经，很多人跟我讲过这样的思想，可是以这样赤裸裸的方式讲出来，还是第一次。然而，让我感到意外的是，这种思想竟然流传这么广、生命力居然这么顽强。七年后我看尼采的书时，还能想起这个喀山老警察给我讲的人生哲学。我顺便说下，我在书本上看到的各种理论，大多都是我先前在实际生活中听人讲过的。

靠“捕人”[①]吃饭的老警察，一边滔滔不绝地讲着，一边用手指敲着茶盘边为自己打拍子。他并没有看我，冷酷的脸紧紧地皱着。他一直在望着擦得明晃晃犹如镜面的铜茶壶。

“你该走了！”年轻太太已经提醒过他两次了，但他还是不理不睬，自顾自地按自己的想法一直往下说。突然，他的话题转换了方向，让人难以捉摸。

“小伙子，你不痴不傻，还识文断字，常常读书，难道你就甘心只做个面包师吗？如果你能替沙皇陛下做事情，赚到的钱会更多……”

我边听他讲话，边想着如何告诉那些住在雷布诺里亚德街的旅馆里那些不认识的人，告诉他们尼基福雷奇在调查他们。一个不久前从亚卢托罗夫斯克流放回来的人就住在那条街的旅馆里，名叫谢尔盖·索莫夫。我听说过很多有关他的故事。

“我们要像饲养的蜜蜂和土长的蜜蜂那样，聪明人就应该团结起来。

① 出自《圣经·马太福音》第4章第19节。耶稣传道时，在海边遇到3个打鱼的，就对他们说：“来跟从我，我要叫你们得人如得鱼一样。”本意是信徒得道时像获得一大网鱼的心情，在此指逮捕人。

沙皇……”

“你看，都九点了！”年轻太太又催了。

“坏了！”

尼基福雷奇边扣着制服扣子边站起来。

“啊，我坐马车过去。老弟，再会啊！要经常来我这里玩！不要客气……”

我离开老警察的住所时就已经下定决心，以后绝不会再去尼基福雷奇的住所玩了。虽然这个老家伙很有意思，但我感觉他让人生厌。他反对同情的言论虽然生动，而且令人难以忘却，我甚至觉得这些话有几分正确。但遗憾的是，这样的话居然出自一个反动警察嘴里。

经常有人讨论这样的问题，其中一个人的见解令人很受触动。

从城里来了一位“托尔斯泰主义者”，我还是第一次碰到这种人。他个头高大，身体强壮，脸呈紫红色，留着山羊胡，两片厚厚的嘴唇像极了黑种人。他身材佝偻，常常望着地下，但有时候会突然扬起秃脑袋，湿乎乎的眼睛热情四溢，似乎在用锋利的眼神仇视着什么。这次的谈话会在一个教授的家里举行，有很多年轻人，其中有一个神学硕士，他是一位举止优雅、文质彬彬、身穿黑丝绸法衣的小神父。他的苍白清秀的脸在黑色法衣的衬托下更为显眼，两只寡情的灰色眼睛闪烁着冷酷的微笑。

“托尔斯泰主义者”的讲话很长，谈论的是福音书上永久不变的真理。他声音有点沙哑，但语句简短，让人感到一种虔诚的力量。他在讲话的过程中，他的毛茸茸的左手总在空中做出砍的动作，但右手则一直缩在口袋里。

“戏子！”声音来自我身边的角落，声音很低。“没错，确实像演戏……”

不久之前我看过一本书，作者好像是德雷波尔[①]，内容是关于天主教如何反科学的。我感觉这位“托尔斯泰主义者”和书中讲的天主教教徒

---

① 约翰·威廉·德雷波尔（1811—1882），美国历史学家、哲学家，《天主教与科学的关系史》的作者。

非常相似，他们坚信爱的力量能够拯救世界，他们为了表达慈爱，可以杀所有人。

他的白衬衣袖子肥大，外面罩的灰色长衫很陈旧，这让他看上去与众不同。在讲话的最后，他提高嗓门大喊：“你们赞成达尔文还是基督？”

他说出的这个问题好似扔出去一块石头，令挤坐在角落里的年轻人都吃惊地看着他。很明显地，他的话令全场人感动。大家都低头静静地思索着。他打量了四周后，便严肃地补充道：“除了法利赛人[①]没人会将这两种极端的矛盾融合在一起，他们的融合简直是自欺欺人、卑鄙无耻！”

小神父站起来慢悠悠地挽起袖子，露出谦虚的冷笑，以恶意十足的客气语调、从容不迫地说道：“这么说，你们都赞成用这种庸俗眼光看法利赛人了，那种砍伐不仅仅是粗暴，简直就是荒谬可笑……”

这太让我吃惊了，他居然认为只有法利赛人才真正地忠实地保留了犹太人的遗训，他还说人民经常跟随法利赛人来反抗自己的敌人。

“去看看约瑟福斯[②]的书吧！”“托尔斯泰主义者”气得跳了起来，死命地把手往空中砍了一下，像是要砍断约瑟福斯，他喊道：“就算是今天，人民还在跟着敌人反对自己的朋友呢！人民的行为是不自由的，他们都是被强迫的、被驱使的。看你那个约瑟福斯管用吗？”

小神父和其他人将讨论的主题彻底撕碎，讨论已经没有了中心。

“真理才是爱。”“托尔斯泰主义者”大声喊道，眼睛中闪烁着轻蔑和憎恨。

我感觉自己已经沉醉在这些发言中了，我总找不准话语的中心，我已经深陷争论的旋涡，感觉连脚下的地面也开始晃动了。我经常绝望地想：全世界都不可能找到比我更蠢笨无能的笨蛋了。

---

① 法利赛人：古犹太人教派，这一教派在出身城市的富裕阶层流传，认为自己维护了《旧约》传说的纯洁。《新约》的作者则认为他们过于强调摩西律法的细节而不注重道理。因此，法利赛人一词便有了伪善的意思。 --- 译者注

② 约瑟福斯：古犹太人，军事长官和历史学家，著有《犹太战争史》和《上古犹太史》。-- 译者注

“托尔斯泰主义者”一边擦着流淌在紫红色脸庞上的汗水，一边吼叫着：“丢掉福音书吧，忘了福音书吧，只有这样才可以停止造谣、停止撒谎。重新将基督钉到十字架上，只有这样才能称得上真正的虔诚！”

突然，我内心意识到了一个严重的问题：怎么办？如果为了人民的幸福不断斗争才称得上生活，那么，爱和仁慈会成为通向胜利的障碍吧？

我已经知道了“托尔斯泰主义者”的名字是克洛普斯基，也了解到了他住在哪里，第二天夜里我便去拜访他了。他寄宿在城里的某个地主家里，此时正坐在地主家的花园里，陪着地主的两个女儿坐在放在一棵老椴树树荫下的桌子边。他身穿白衬衫和白色裤子，毛茸茸的胸膛裸露在解开扣子的白衬衫外面。他又高又瘦，颧骨凸出，脸庞清瘦，看上去和我想象的传教士或者流浪僧人没什么区别。

他正用银质勺子从盘子里舀牛奶泡梅子，香香甜甜地吞咽着，两片厚厚的嘴唇品尝着滋味，他每吞一口，都要吹掉粘在稀疏的胡子上的白色牛奶沫。一个女孩站在桌边伺候着，一个女孩以双手交叉抱在胸前的姿势靠在椴树上，若有所思地凝望着燥热而昏沉的天空。两个女孩都穿着紫丁香色的轻薄外套，从装束和容貌上看，两个人简直就是一个人。

他愉快而和蔼地跟我讲述了爱的创造力。他说，人类的灵魂应该自主发挥唯一能够“让人拥有世界精神”，即能让人博爱他人的崇高感情。

“除了这种感情，再没有什么能将人们团结起来了！如果你不会爱，你就无法理解生活。某些人说，斗争是生活的法则！但这些人终将成为走向灭亡的人。火无法灭火，同样地，邪恶的力量也无法铲除邪恶！”

但是当两个女孩搂抱着回到位于花园深处的闺房时，他眯着细细的眼睛看着女孩们离去的背影，问道：“你是谁？”

听完我的回答，他用手指敲击着桌子说：“无论人到哪里都是人，所以人不必想办法改变自己的生活地位，只要努力提升博爱精神即可。人的生活地位越低，他离现实生活的真理越近，离最高智慧越近……”

我有点疑惑，他可能自己也不懂什么是“最高智慧”，但我没有说，只是沉默地听着。我发现他已经失去了和我聊天的兴趣，他看我的眼神充满了厌恶。他打了一个哈欠，伸直双腿，伸了伸懒腰，疲惫不堪地闭上眼睛，像梦呓般喃咕着："生活的法则是……遵从爱的魔力……"

突然，他浑身一哆嗦，双手高举，仿佛想到空中抓住什么，他惊讶地看着我："发生了什么事？很抱歉，我太累了！"

他又闭上了眼睛，紧咬牙齿，下嘴唇上翻，上嘴唇下翘，稀稀落落的几根胡子都竖了起来。

我告辞出来，内心涌起一股厌恶之情，我很怀疑他对人到底有没有诚意。

几天后，我早上给一位副教授（爱喝酒的单身汉）送白面包时，又碰到了克洛普斯基。他可能一夜没睡觉，脸色很差，眼睛红肿，我想他可能喝醉了。身材肥胖的教授两眼泛着泪花，身上只穿了衬衣，坐在地板上，两手抱着吉他，四周摆的是乱七八糟的家具、啤酒瓶子和随处乱扔的外套。显然，他也醉了。他摇摇晃晃地坐着，喊叫着："仁…仁爱……"

克洛普斯基怒不可遏的喊道："没有了仁爱！我们只有死路一条，要么在爱中死去，要么在夺取爱的斗争中死去……"

他猛地揪住我的肩膀，把我拉进屋里，带到副教授的面前对他说："你可以问问他，他想要什么？他要人类的爱吗？"

教授抬起头，眼睛里充满泪水，他望了我一眼然后笑着说："他是卖面包的！我还欠着面包钱！"

他动了动身子，手伸进衣服口袋掏出一把钥匙递给我："喂！把我的钱全拿走吧！"

我伸出手，还没接到钥匙，"托尔斯泰主义者"先把钥匙拿走了，对我挥了挥手："你先走吧！回来再拿钱！"

他把从我这拿走的白面包扔到了屋子角落的躺椅上。

还好他没认出我是谁，这让我略微好受一些。我离开的时候，心里一直在想他刚刚那些关于在爱中溺死的话，这让我更觉得这个人很可恨。

不久后我听说，在他寄住的家庭里，他曾在同一天对那家的两个姑娘求爱。当两姐妹相互说着心事时，他的小伎俩一下就被揭穿了，随后仆人将他赶了出去。从此，我再也没有在城里见到他的影子。

爱在人们的生活中究竟有什么意义呢？这个问题一直困扰着我，我早就觉得这是一个非常复杂的问题，一开始只是矛盾地在我心里来回纠缠，

不过后来我可以确切地问出：“爱的作用究竟是什么呢？”

在我所有读过的书里面，很多作者在对基督教思想、人道主义、以及对人们同情的哀号，当时我认识的那些优秀人士，他们也满怀热情地讨论这类问题。

我在现实生活里看到的只有连续不断的欺骗和残忍，仅仅为了小事人们就会卑鄙地争来争去。这一切在我看来都毫无意义，我只需要书籍来给我慰藉。

你可以走到大街上或者坐在大门口观察一会，那时候你会发现：那些马车夫、清道夫、工人、官吏和商人，他们完全不像我所认识的那些知识分子，他们怀着另外的希望，走着另外的路。在那些浩浩洪流中，那些我所尊敬的知识分子又是多么孤独！在社会中，大多数人遵循着另外一套生活准则，他们卑贱、贪婪、自私、狭隘，似乎太不堪一击了！眼前的这种生活让我感到极端无聊。我发现所谓的爱只是人们的口头禅，实际上连他们自己也不知不觉地屈从了社会的生活习惯。

我只觉得生活是如此艰难呀！

有一天，那个因水肿变得满脸黄肿的兽医拉夫罗夫上气不接下气地对我说道：“依我看来，应该加强人的残暴性，直到使人感到疲惫，让每个人都开始厌恶它，就像我厌恶这个该死的秋天一样！”

那年秋天来得特别早，秋雨连绵，气温骤降，这个城市发生了很多瘟疫和自杀事件。拉夫罗夫也不愿意就这么等死，也服毒自杀了。

这个兽医的房东叫作梅德尼科夫，是个裁缝。他在送葬时讲了一句：“兽医给牲口治了一辈子的病，最后自己却像牲口那样死去了！”梅德尼科夫是个性情极其随和的人，他面目消瘦，笃信宗教，甚至能背诵全部赞美诗，除此之外他常用系着三根皮条的鞭子打他的七岁的女儿和十一岁的儿子，用竹竿打他老婆的腿肚子。他还不服气地抱怨：“调解法官非说我的这套家法是从中国人那里学的，真是冤枉极了，除了在广告和画片上，我一辈子都没见过中国人。”

我们还是来听听他的裁缝铺里那个整日愁眉不展的罗圈腿工人对他这个老板是怎样评价的吧：“我最怕的就是我们老板这种信宗教的温和的

人！粗暴的人看一眼就能感觉得出来，让人来得及防备。可是那些表面上慈眉善目的人，虽然看上去不露声色，在你最无防备时，他就像条草丛中的毒蛇一般，冷不丁儿就给你一口，真是太让人害怕了……”

说话人的外号是顿卡老公，是个既温和又狡猾、既会挑拨又会讨老板欢心的人，可是他的话却是真实的。

说实在的，我觉得温和的人像生长在岩石上的苔藓，他们能使生活中的岩石变得松软且容易滋生花果。可是在更多场合中，我看见不少温和的人，他们有种非常好的适应能力，十分世故圆滑，让我感觉到自己像一匹被绊脚的马，被一群苍蝇包围起来。

记得我从警察的小哨舍出来的时候，也曾经有过这样的想法。

秋风就像喘息般胡乱地吼叫着，街灯在摇闪，灰暗的天空似乎也跟着颤抖，向大地洒着十月的毛毛雨。这时候，我看到一个妓女拖着一个酒鬼在街上艰难地走着，妓女拉着他的胳膊，酒鬼大概相当难过，抽抽搭搭地哭了起来，妓女累得有点不耐烦，用暗哑的声音说：“哎！这就是你的命啊……”

当时我就想，真的，我像被什么人拖到了一个阴暗的角落，让我看遍种种丑恶、伤心的事和千奇百怪的人们。这些我真的受够了！

可能当时我所想的并不是这样的话，但在我的脑海里的的确确出现过这样的思想。在这个悲哀的夜晚，我第一次感觉身心疲乏，心情沮丧到了极点。从这一天起，我觉得自己非常糟糕，有点看不起自己，甚至用路人或是敌意的眼光来看待自己。

这时我已经看出，人都是很矛盾的，这不仅表现在言语和行动上，而且表现在感情上，这种变化无常的感情矛盾让我的苦恼更加沉重了。我身上特有的矛盾使我对许多事物充满了好奇，在好奇心的驱使下，我忽而对女人和书籍感兴趣，忽而对工人和快活的大学生感兴趣，但转来转去，终究是一无所成。

听说雅科夫·沙波什尼科夫病得很厉害，我便去看望他了，可到了医院，一个歪嘴的胖护士，戴着眼镜，头上包着一块白头巾，头巾下面垂着两只红的就像是煮过的耳朵，冷淡地对我说：“他已经死了。”

她见我呆呆地站在她面前，还不离开，就开始发怒了：“喂！你还想做什么？”

我也被激怒了：“你是个傻瓜！”

“尼古拉！快把他赶走！”

尼古拉正在旁边擦拭着一根铜棍子，他听到之后，大吼一声，随手就用铜棍子打在我的后背上。我冲上去抱住他，然后一直把他拖到了医院大门口外的水坑里。他倒满不在乎，睁大了两只眼睛瞪着我，一动不动地在水坑里坐了一会儿，然后站起来朝我大叫：“呸！你这只疯狗！”

我没理会他，一个人走到杰尔查文花园[①]，坐在诗人青铜像的石凳子上，一心想做件坏事，好让人们向我扑来，这样我便可以趁机打他们一顿。但是我没有机会，今天虽然是周日，但公园里空落落的，甚至连个人影都找不到，只有怒吼的狂风扫着飘零的落叶，路灯杆上的广告纸随风飞舞着。

此时已经是黄昏时分，蓝蓝的天空逐渐阴暗，风也变得更凉了。诗人的巨大的青铜像耸立在我的面前，我注视着它，心中暗想：雅科夫这个无依无靠、孤苦伶仃的光棍儿活在世上的时候，那么疯狂地反对上帝，死后竟然跟其他人并没有什么两样，一样无声无息！这真让人难过，让人感到惋惜。

“尼古拉这个白痴，他应该和我好好地打一架的，要不然，他叫警察把我抓进警察局也好啊……”

当我情绪低落地去找鲁布佐夫时，他正在小屋的桌旁，伴着一盏小灯缝补衣服。

“雅科夫死了！”

老人举起还拿着针线的手，看他的样子似乎想要画十字，可是没画成，手上的针线绊住什么东西，惹来他一声轻骂。

随后他开始发起牢骚来：“我跟你说啊，咱们都要死啦！这就是咱们的命啊！雅科夫死了，我们这里还有一个光棍儿也要死了，上周日他被宪

---

① 杰尔查文（1743—1816），俄国古典主义诗人，作品在18世纪末至19世纪初的诗人间影响深远，他的纪念像坐落在大学的校园里。

兵抓去了！原来是古里介绍我们认识的。他可是个聪明的铜匠！可是和大学生有些牵连。哎，你可听说大学生闹风潮的事了吗？是不是真的？来，你帮我补下这件衣服吧！我有点老眼昏花了……”

他把那件连针带线的破衣服递给我后，自己背着手在小屋里走来走去，不停咳嗽着，嘴里不停埋怨道：“不是在这里，就是在那里，刚刚发出点亮光，魔鬼们就把它扑灭了，往后肯定又是昏昏沉沉！这个倒霉的城市！不然我赶紧趁伏尔加河没有冻冰，离开这个鬼地方吧。”

他停住脚，挠着头皮自问自答地说：“我又能去哪儿呢？哪里都去过了，到头来只是把自己弄得精疲力竭！”

他吐口唾沫接着说：“哼！这也叫生活？他妈的！活着吧，活着吧，到最后也没能活出点好处来……”

他默默地在门口站了会儿，仿佛是在听什么，之后大步走到我面前，在桌边坐下：“我的列克谢·马克西莫维奇，我跟你说，雅科夫白费了一生的精力去反对上帝，要是让我说，上帝也好、沙皇也好，都不会变好的。如果要反对他们，那得先让老百姓自己打破眼前这种龌龊的现状，改变自己穷苦的生活！唉！可惜啊，我老了，做什么事都力不从心，也只有想的份，没有做的份了，真叫我伤心啊！老弟！你快缝好了吗？谢谢……我们等会一起去馆子喝杯茶吧……”

在去小馆子的路上，他把手搭在我的肩膀上，在黑暗中颠簸前行，边走边低声念叨着：“老弟，你可要记住我的话！老百姓都已经忍无可忍了，总有一天会爆发的，把这个世界打毁，彻底将这无聊的生活打得粉碎！他们真的忍耐到了极限啦……”

走到半路时，我们遇见了一群水兵包车去妓院，阿拉富佐夫工厂的纺织工人们保卫着妓院大门。

“只要一放假，这里总有人打架！”鲁布佐夫似乎带着称赞的意味说道。他看到那些保卫妓院大门的工人是他之前工厂的同伴，于是把眼镜摘掉，参战去了，边走边煽动性地大喊着：“我们一定要战斗到底呀！打死这些蛤蟆！消灭这群小鳟鱼呀！哈哈哈！”

这场面看起来让人又惊奇又好笑，这个老头是多么激动与狂热啊！他

冲入运输舰水兵的队伍中，用肩膀抵挡着水兵们的拳头，把水兵们撞得一个个人仰马翻的。他们看起来一点儿恶意也没有，更像是一场快乐的决斗，他们信心十足，勇气百倍，他们有的是力量。工人们被蜂拥而至的人群挤到大门上，门板被他们压得发出吱吱的响声，人们都在起劲地喊着："打死那个秃头的军官！"

这时候，有两个人爬上屋顶，欢乐有节奏地唱起来：

我们既不是小偷，也不是骗子，更不是强盗，我们是船上下来的打鱼的小伙子！①

警笛嘟嘟嘟地响起来，在黑暗里警察制服上的铜扣闪动着，警察扑哧扑哧地踏着泥水。此时，屋顶那边又传来了歌声：

我们朝着两岸的旱地撒网啊，撒在殷实的商铺、货栈和仓库上……

"住手！不要再打已经倒下的人了……"

"老爷子！你可要小心啊！"

鲁布佐夫、我还有其他五个人，有敌人也有朋友都被捕了，警察要带我们去警察分局。在这样深秋的夜色里，俏皮的歌声好像在为我们送行：

啊哈，四十条梭鱼被我们兜进了网里，恰好能缝一件鱼皮衣！

鲁布佐夫赞扬着伏尔加河上的水手们："伏尔加河上的人们是多么好啊！"他很激动，说话时还不停地擤着鼻子，吐着唾沫，又向我小声地提示："你赶快逃跑吧！一有机会就逃！为什么非要往这里面钻呢？"

我瞅准机会一溜烟儿跳过一道矮墙，蹿进一个小胡同，甩掉了高个水兵逃掉了。可从那之后，我再也没见过这个极其可爱聪明的老头了。

朋友们一个个离开我了，我也变得越来越空虚、无聊。那些大学生真的开始闹风潮了，但我并不明白风潮的意义，更不明白这样做的动机。我只是看到他们在愉悦地奔忙。我并没意识到这场斗争的残酷还有悲哀。上大学是多么幸福的一件事，为了能上大学，我甚至愿意忍受任何拷打。如果现在有人允许我读书，但是每周日必须在尼古拉耶夫广场挨打作为代价，

---

① 引自《窃贼歌》，俄罗斯民歌。

我想我是完全能接受的。

有一天，我去谢苗诺夫面包坊，无意间听那里的工人说，他们想到学校里去打大学生。

“咱们用秤砣去打他们！”其中一个面包工人恶狠狠地说道。

我极力阻挠他们的行动，最后跟他们吵骂在一起。可是我突然醒悟到，我本来无心也无意帮他们辩护啊。

那天我垂头丧气，很落魄地从面包坊的地下室艰难地走出来，心情很低落。

晚上，我坐在卡班河岸上，一边随手向流水中投着小石头，一边反复地想着这样一句话：“我到底应该怎么办呢？”

为了分散精力、减少苦闷，我开始学拉提琴。我每天晚上拉提琴的时候把更夫和老鼠都打搅得不得安宁。我非常喜欢音乐，因而学起来十分狂热，可是没想到有一天晚上，我的在戏院乐队供职的提琴老师趁我有事出去的时间，偷偷打开了我的忘记上锁的钱柜。等我回来时，他已经把我的钱装满了他的口袋。他看见我走进门，竟然把脖子一伸，从容地说：“来，你打我吧！”

慢慢地他的嘴唇开始颤抖，泪水顺着他呆滞的脸颊流下来，泪珠也很大。

那时我真想揍他一顿，但我怎么可以做出这种事来。我压着怒火，坐在地板上，把握紧的拳头放在大腿下面，命令他把钱放回原处。他把几个口袋的钱全放了回去，走的时候竟然又像个白痴一样高声叫道：“给我十卢布吧！行吗？”

我把钱给了他，学琴的事就此告一段落了。

这年十二月，我下了自杀的决心①。我在短篇小说《马卡尔生活中的事变》中尝试着描写自杀的原因。小说写得极不成功，内容拙劣、可恶并且缺乏真实性，不过在我看来也许正是这一点形成了文章的价值。事情都是真的，可是这篇小说描述的事情好像跟我没什么关系。抛开文学价值

---

① 高尔基曾于1887年12月12日在喀山河岸旁的费奥多洛夫山冈上自杀。

不谈，我对自己有一点还算满意：在一定程度上我能控制自己了。

我从市场上买了一把军队里鼓手用的旧手枪，里面装着四颗子弹，子弹并没有穿透我的心脏，而是穿过了另一个部位：肺。过了一个月，我感到十分惭愧，觉得这样的自己真是蠢到家了，于是又回到面包作坊里干活去了。

可是我做了没有多久。三月底的一个晚上，我从面包作坊往面包店去，在路上我看到了“霍霍尔”出现在了女店员的房间，他在窗边的椅子上坐着，叼着一支很粗的卷烟仿佛思考着什么，眼睛看着面前的烟雾。

“您有时间吗？”他说话单刀直入，连句寒暄的话也没说。

“有二十分钟。”

“那么，您请坐。我们谈一谈吧。”

“霍霍尔”还是跟从前一样，穿着“布皮”哥萨克上衣，淡黄色的大胡子垂在宽阔的胸前，任性固执的脑门上是剪短的硬硬的短发，穿着一双笨重的农民靴子，那靴子散发着一股臭味。

“喂！”他冷静地低声说道，“您想不想到我那儿去？我现在住在红景村，顺伏尔加河走大概四十五俄里就能看到，我开了一间小杂货店，您可以帮我做些买卖，花不了您多少时间的！①我有些好书，也可以帮助您学习，怎么样？”

“行吧。”

“那么请您星期五早上六点到库尔巴托夫码头，找找由红景村来的船，船家是瓦西里·潘科夫。其实用不着您费心，我会提前在那里等着您的。再见吧！”

他站起来，结束了我们的对话，一边伸出大手和我告别，一边拿出他那块笨重的银表说：“我们仅仅说了六分钟！对了！我叫米哈伊尔·安东内维奇，姓罗马斯。就说到这儿吧。”

他晃动着肩膀，迈着大步，头也不回地走出门了。

---

① 罗马斯为了在农民中进行宣传工作的掩护，在民粹派小组资助下开了一个小杂货铺。

两天后，我便搭着船去赴约。

那时，伏尔加河的冰刚刚融化，在那混浊的河面上漂流着数不清的冰块。船穿行在这些冰块间，冰块被撞得四分五裂，发出嚓拉嚓啦的响声。这时候阳光很刺眼，从冰块上反射出耀眼的光。我们的船乘风而行，船上装着许多货物：木桶、袋子和箱子。舵手是个叫潘科夫的年轻农民，看起来很爱打扮，穿着一件羊皮上衣，羊皮上面绣着美丽的花纹。

他很平和，只是眼神有点冷漠，不怎么喜欢说话，样子又不太像农民，他的雇员库库什金倒是个地道的农民。他手握篙杆，笨拙地站在船头，穿着破旧的大衣，腰里系一根绳子，头上戴着顶皱巴巴的破神父帽，满脸都是乌青伤痕。他的撑船的技术并不是很好，一面用长篙拨着冰块，一面骂着："滚一边去……向哪儿钻……"

我和罗马斯并肩坐在箱子上，他小声地跟我说道："农民都不喜欢我，尤其是那些富农！我恐怕到那里也会连累了您。"

库库什金放下长篙，转过那张满是乌青疤痕的脸说道："你说得一点也没错，尤其是你，安东内维奇，神父最烦你了！"

"这倒是真的。"潘科夫又加以证实。

"神父那只杂毛狗，他觉得你就是卡在他咽喉里的骨头！"

"可是我也有很多的好朋友啊，他们都喜欢我，您以后也会有的。""霍霍尔"这么说。

天气还不是很暖和，三月也有点冷。河面上浮动着冰块和没发芽的黑树枝，有些沟道、角落里仍旧有没融化的天鹅绒似的白雪，就像在梦境里。

库库什金一边装着烟斗，一边说："尽管你不是他老婆，可是他毕竟是神父，你必须按照《圣经》的旨意去爱他。"

"你的脸怎么了？被谁打的？"罗马斯似乎带着嘲讽的意味问他说。

"啊，流氓地痞们干的，谁知道是什么乌龟王八蛋。"库库什金满不在乎地回答道，接着又高傲地补充说，"不，不是这么回事。有一次，炮兵们打我，打得好凶！连我都奇怪为什么到今天我还活着。"

"他们为什么会打你？"潘科夫问他。

"你指的哪一次？昨天，还是炮兵那次？"

“什么哪一次？昨天又是为什么？”

“唉，他们那些人就是这个脾气，为了一点儿小事，也会打起来！打架都是家常便饭了。”

“我看，你肯定说了没用的话……”罗马斯说道。

“就算是吧！我有好奇的毛病，总爱问长问短的，一听到什么新鲜事，我就打心眼儿里高兴。”

这时候，船猛烈地晃动，撞击在冰块上，几乎要把他摔下去，他连忙抓住长篙。潘科夫带着斥责的语气说：“我说斯捷潘，你撑船注意点儿！”

“那你别跟我说话了，我不能一心二用啊……”库库什金拨开冰块，咕哝着对我说。

两个人也没什么恶意，友善地争论起来。这时罗马斯回过头对我说：“这儿的土地虽然比不上我们乌克兰的肥沃，但人却比乌克兰人强得多！人们都挺能干！”

我仔细地听他讲，他沉稳的作风及简明的话语，让我很相信他，我觉得这个人学识渊博，又能掌握说话的分寸。最令我有好感的是，他从未提起过我自杀这件事。如果是换了别人，估计早就问了。我恨透了这个问题，这令我难以答复，鬼才知道我为什么要做那样的蠢事。我真不想提到这件事，看！美丽的伏尔加河多么宽广，多么自由，多么让人向往啊！

船靠右行驶着，河的左岸一下子就变得宽阔起来，河水漫到了长草的沙岸边。春汛已开始了，看着河水在高涨，水波四溅，多么令人愉快啊。明媚的阳光下，几只黄嘴鸦披着油亮的羽毛正忙着筑巢，不时地发出咕咕的叫声。向阳的地方长出了绿茸茸的嫩草。这时人身上感觉凉飕飕的，但是心却是暖融融的，就像春天的土地孕育着新的希望。春天的大地实在是令人陶醉啊。

中午，我们到达了目的地红景村，这是一个非常美丽的村庄。在一座陡峭的高山上屹立着的是一座蓝色圆顶教堂。从教堂沿着山向下走，是连绵不断的一幢幢造型别致又很牢固的木房子。房顶上的黄色木板像草丛般在阳光下闪着光，十分朴素大方。

船靠岸后我和库库什金开始卸船上的货物，罗马斯取货时对我说道：

“您挺有力气的啊！”

然后，他好像不经意地问我：“胸膛还疼吗？”

“一点儿也不疼了。”

他的细心关怀让我非常感激，因为我并不希望那些农民知道我曾经自杀过。

“你的劲儿可真大！”库库什金快言快语地插了一句说，“小伙子，你是哪省的？是下诺夫哥罗德的吗？人们都笑你们是靠水为生的呢，有一句话说得好：‘你看今天的水鸥打哪儿飞。’[①]这也是说你们的。”

沿着山坡走来一个瘦高的农民，光着脚，只穿着衬衣、衬裤，卷卷的胡子，一头浓密的红发。在数条银光闪闪的溪水间，他踏着松软的泥土，昂首阔步地往下走。

当他快走到岸边时，他热情地高声喊道：“欢迎你们！”

他向周围看了看，拾起两根粗木棍，把木棍的一头搭在船舷上，然后轻轻地跳上船来，指挥着我们说：“用脚踏牢木棍，不要让木棍滑下去，再用手接桶。喂，年轻人，快来帮忙！”

他长得很英俊，高鼻梁，海蓝色的双眸，看样子力气也不小。

“伊佐特！小心别着凉了！”罗马斯关切地说。

“我吗？没关系！”

油桶滚上了岸，伊佐特打量我一番，问道：“你是来当售货员的吗？”

“你们打一场吧！”库库什金建议道。

“嘿！你又受伤了？”

“那能有什么法子啊？”

“谁打了你？”

“打人的那些家伙……”

“唉，你呀！”伊佐特叹了口气，转过头向罗马斯说道，“大车马上就到，我在老远的地方就看见你们了，你们的船划得真快。安东内维奇，

---

① 大部分下诺夫哥罗德人在伏尔加河上靠拉纤为生，观测天气变化的方法就是观察鸟的飞行方向。

你先回去，我在这儿守着这些货物。”

伊佐特对罗马斯的关心是显而易见的，看上去他比罗马斯小十多岁呢，却好像罗马斯的保护人似的。

半刻钟后，我进入了一间干净、舒服的新房子，新房子还散发着松香和木屑的气味。罗马斯从提箱里拿了几本书，把这几本书放到壁炉旁边的书架上。这时候，一个漂亮的女人正在手脚麻利地把为我们准备的饭摆上桌。

“您的房间在阁楼上。”她告诉我说。

我们住的这幢房子正对着一条山沟，山沟中的林木中有一些澡堂式的屋顶。山沟后面是果木园和农耕地，它们错落有致，一望无际，和远处的森林连成一片，极为壮观。在一个澡堂式的屋顶上站着一个穿蓝衣的农民，他一只手拿着斧头，另一只手遮在眼上，凝望着下面的伏尔加河。眼前是农村独特的风景：牛哞哞地叫，大车吱吱地响，溪水哗哗地流淌。这时一个穿着黑衣服的老太婆走出小木屋，又回过头对着木房门狠狠地说道：“你们这群该死的人！”

原来是两个调皮的小孩子，把石块和泥扔在溪水里，给溪水设置障碍，听见老太婆的叫喊，两个小孩子吓得赶紧跑开了。老太婆从地上捡起一块木板，在上面吐了口唾沫，抛到溪水里。我也不知道她在干什么，似乎是进行着什么仪式，然后，她用穿着男人的靴子的脚把小孩子的杰作都弄坏，慢慢地向伏尔加河走去。

“我将如何在这里生活呢？”

这时，他们喊我下楼吃饭。楼下伊佐特正伸着他的长腿，坐在桌边讲什么话，但是他一看见我，就马上停住了。

“你怎么不说了？继续说吧！”罗马斯眉头一皱对他说。

“既然大家没什么说的了，我看就这样吧。我们都得自己照顾好自己，提高警惕。你出门得带枪，要不就带根粗木棍。和巴里诺夫说话要注意，他和库库什金一个毛病：舌头比女人的还长。嘿，我说小伙子，你喜欢钓鱼吗？”

“不喜欢。”

接着，罗马斯说："我们必须把种苹果的农民联合起来，摆脱大收购商的束缚。"伊佐特听后说："如果这样村里的地主和富农们绝对不会让你有安稳日子过的！"

"那我们走着瞧吧！"

"哼，绝不会的！"

我望着伊佐特，心里默默地想："他就像卡罗宁[①]和兹拉托夫拉茨基[②]在短篇小说里描写的农民一般啊……"

我有种预感：是不是从现在开始，我就要参加那种重大的活动，和真正干革命的人们一起干大事业了？

吃完饭，伊佐特说："安东内维奇，你不要总是太心急，好事总会慢慢来的！"

等他走后，罗马斯若有所思地说道："他这人聪明又可靠。可惜就是没什么文化，不认识几个字，看书十分吃力，不过上进心倒是蛮强的，希望您在这方面能给他帮助。"

当天晚上他就开始交代杂货铺里各种物品的价格，边说价格边对我说："咱们的东西，价格比另外两个店要低，这当然让他们十分不高兴，最近他们还说要来教训我一顿。我来这个村子并不是图舒服或者做生意赚钱，而是另有原因，就和你们在城里开那个面包店差不多……"

我对他说："我能明白这一点。"

"是啊……人民太需要获得知识，要教育他们破除愚昧，你说呢？"

这时，杂货铺已经关门了，我们拿着灯在铺里来回走，忽然听到外面街上噼里啪啦的人行走的声音。他一会儿踩踩泥水，一会儿又蹦上店铺的台阶上重重地踏几下。

"喂！您听到了吗？有人在走动！他是米贡，是个专爱干坏事的光棍儿，就像漂亮姑娘爱卖俏一样。您以后和他说话可要小心啊！不只是他，

---

① 卡罗宁（1853—1892），俄国民粹派作家，他的作品以描写农村变化为主。

② 兹拉托夫拉茨基（1845—1911），俄国民粹派作家，他的作品以描写农民生活的苦难及农村阶级分化的情形为主。

跟其他人说话也一样啊……”

而后，我们返回他的卧室，罗马斯背对着暖炉，点燃烟斗喷云吐雾，我们开始展开话题，直白地说，他早就看出我的青春都被浪费了。

“您这个人非常有才华，意志也很坚强，看得出来对未来满怀憧憬。您应该努力学习，但不要让书本成为你和周围人交往的屏障。我记得有个什么教派的老头儿说过：‘任何经验教训都是从人得来的。’人直接获得经验虽比间接获得经验更痛苦、残忍，但是这样得来的教训可以让您牢牢记住，刻骨铭心。”

之后他又谈起了那些我早就听说过的话，例如让农民觉醒是首要问题。但是在这些老话中，我听到了更深、更具有新意的思想。

“大学生嘴上总挂着热爱人民，这不过是一句空话罢了。我早就想对他们说，人民不能仅凭空话去爱……”

他带着笑容，眼睛锐利地望着我，在屋子里走来走去，然后神采飞扬地说：“爱，就是赞同、谅解、同情、多原谅，对女人可以这样，人民却不行！莫非我们可以袒护人民愚昧无知吗？难道我们可以对他们混沌的思想宽容吗？我们怎么可以赞赏他们野蛮的行为和卑鄙的心理呢？不可以吧？”

“当然不可以！”

“您想想，你们城里人都爱唱涅克拉索夫[①]的诗，你们要知道，仅仅靠一个涅克拉索夫是不够的。我们该去唤醒农民，告诉他们：‘农民兄弟们！你们是这么好的人，但你们的日子是多么悲惨！估计连野兽都比你们懂得照顾自己、保护自己。不过在你们中间也产生过各种各样的人，就是那些贵族、神父、学者、沙皇，所以你们为什么不努力改变现状，让生活变得更美好呢？你们现在明白该怎么做了吧？好了，学会生活吧，别让人家再作践你们……”

他走进厨房，吩咐厨娘准备茶饮，接着他让我去看他的书架。好

---

① 涅克拉索夫（1821—1878），俄国诗人、革命民主主义者，因诗中语言通俗易懂被称为“人民诗人”。

多书啊！大都是自然科学类的，有巴克尔①、莱伊尔②、哈特波尔·莱基③、拉伯克④、泰勒⑤、穆勒、斯宾塞⑥和达尔文等人的著作，还有本国的冈察洛夫⑦的《战船巴拉达号》、杜勃罗留波夫⑧、车尔尼雪夫斯基、普希金、涅克拉索夫等大家之作。

他用宽宽的手掌抚摸着他心爱的书，仿佛在亲切地抚摸着一只小猫，怜惜地小声低语道："这些书全是好书啊！尤其是这本书，很有价值，虽然是禁书。如果您想知道什么是国家，您可以看看。"

他递给我一本书，是霍布斯⑨的《利维坦》。

"这里还有一本呢，也是讲国家的，不过比上一本容易阅读，而且比较有趣！"

他递给了我一本马基雅弗利⑩的《君主论》。

我们喝茶的时候，他简略地讲了自己过去的一些经历：他是切尔尼戈夫省人，是个铁匠的儿子。他曾经在基辅车站当过列车加油工人，也就是

---

① 巴克尔（1821—1861），英国实证主义史学家。

② 莱伊尔（1797—1875），英国地质学家，他的贡献是坚持并证明所有的地表特征都是长时间的自然作用形成的。

③ 哈特波尔·莱基（1838—1903），爱尔兰自由主义历史学家。

④ 拉伯克（1834—1913），英国生物学家、银行家、政治家和民族学家。

⑤ 泰勒（1832—1917），英国人类学家。

⑥ 斯宾塞（1820—1903），英国社会学家、哲学家，有"社会达尔文主义之父"之称。

⑦ 冈察洛夫（1812—1891），俄国作家。

⑧ 杜勃罗留波夫（1836—1861），俄国革命民主主义者、哲学家、文学评论家，劳累成疾，英年早逝。

⑨ 霍布斯（1588—1679），英国哲学家，反对君权神授，主张君主专制，抨击教会，主张"国教"管束人民，维护"秩序"。

⑩ 马基雅弗利（1469—1527），意大利政治思想家、历史学家，主张君主专制。《君主论》写于1513年，论述了为君之道、君主应具备的条件和本领、如何夺取和巩固政权等。

在那里，他认识了一些革命者。后来他因为组织工人学习小组被捕入狱。他坐了两年牢，出来后又被流放到雅库特十年。

“那时，我和雅库特人住在一个地方。我觉得一点儿希望都没有了，那里的冬天真他妈的冷透了，感觉连脑子都冻僵了。不过，在那里有脑子也没什么用。后来我突然发现了俄罗斯人，虽然不多，但是总算有了！好像是为了让这里的俄罗斯人不太孤单，专门让一些人来和他们做伴似的。他们都是很好的人。在那些我认识的人当中，有一个大学生叫柯罗连科[①]，他现在也回来了。曾经有段时间，我和他非常要好，不过后来也分开了。这个人顽强又认真，多才多艺，还会画圣像，但我并不喜欢那些玩意儿。听说他现在给杂志写稿子，写得还不错。”

罗马斯和我一直谈到半夜。我理解他的想法，知道他很希望一下子就把我变成和他一样的人，我也是第一次感受到这样真正热切的友情。我自杀后，我自卑极了，就像犯过罪似的，没有脸再活下去了。罗马斯理解我，他无微不至地引导我走出误区，让我重新鼓起勇气，继续生活下去。这真是一个令我难忘的日子。

星期日，杂货铺一开门，做完礼拜的村民们就聚集到店铺门口了。第一个是巴里诺夫，这个人全身都是脏的，头发也是乱蓬蓬的，长着两条长臂猿一样的胳膊，却有一双女人才有的漂亮的眼睛。

“城内有什么消息吗？”他问。

不等别人回答，他就朝库库什金大叫：“斯捷潘！你那群该死的猫又吃了我一只大公鸡！”

之后他又说省长从喀山去彼得堡朝拜沙皇去了，目的是把鞑靼人迁到高加索和土耳克斯坦去。他极力赞美省长说：“他真是个聪明人，会办事……”

“我敢肯定，这全是你编造的！”罗马斯平静地说道。

“我？为什么？”

“不知道……”

---

① 柯罗连科（1853—1921），俄国作家，数次被捕流放。

“安东内维奇！你怎么这么不信任人呢？”巴里诺夫用责问的口气说，仿佛很遗憾地摇了摇头，“唉，我很为鞑靼人担心，新环境他们肯定不适应！”

第二个出现的是一个矮个子，身上穿着一件似乎是捡来的哥萨克式破外衣，菜青色的脸、黑嘴唇，左眼的眼神好像特别锐利，眼睛上边的白眉毛被伤痕斩成了两截，还不住地抖动着。

“哎呀，真该向米贡先生致敬，昨晚你又偷了什么？”巴里诺夫讥讽地说道。

“偷了你的钱。”米贡一边满不在乎地高声说，一边向罗马斯脱帽致意。

这时杂货铺的房东潘科夫走出了院子。他穿着一件制服上衣，系着红围巾，脚上穿着一双胶皮鞋，胸前垂一条银锁链，真有点儿像马的缰绳。他见了米贡异常愤怒地说：“你这个老魔鬼！你再敢进我的菜园，看我不打断你的双腿！”

“你就会来这一套。”米贡面不改色地回答，随后有点儿无可奈何地说道，“你是不是不打人就没法生活啊！”

潘科夫被米贡气得要死，米贡却不紧不慢地接着说：“你可不能说我老，我才 46 岁而已……”

“但是去年圣诞节你就 53 岁了！”巴里诺夫突然喊道，“你自己说你 53 岁了，现在干吗又撒谎？”

紧接着神情严肃、有络腮胡子的苏斯洛夫①和渔民伊佐特来了。到现在为止，杂货铺已经来了十几个人。“霍霍尔”低头吸着烟听农民们聊天。农民们有的坐在店铺门口的台阶上，有的坐在长凳上。

在这个季节，天气仍然变化无常，有点儿清冷。但此时村中的景色十分漂亮。在那被冬天冻僵了的天空上，几片云彩迅速地飘动着，阳光和云彩的影子在溪水和水洼上来回晃动，时而明媚，时而温和，让人看了十分神清气爽。几个打扮得花枝招展的姑娘，穿过这里奔向了伏尔加河河岸，

---

① 我已经记不清这些农民的姓名了，很有可能把他们的名字写错或搞混了。

她们十分惹人注意：她们跨过水洼的时候撩起裙子的下摆，露出她们笨拙的皮靴。孩子们扛着长长的鱼竿像大人似的去河边钓鱼，他们也从这里跑了过去；一群老实的农民从这里路过时，斜着眼睛往店铺瞅瞅，毫无声息地掀一掀戴着的便帽或大毡帽。

米贡和库库什金平心静气地分析着一个问题：商人和地主究竟哪个更狠毒呢？库库什金说是商人，米贡说是地主。两个人越争越火大，米贡洪亮的声音盖过了库库什金不太利索的说话声："有一回，芬格洛夫的父亲抓住了拿破仑的胡子，芬格洛夫听说后马上跑来揪起两个人的领子想把他们分开，可谁知道他猛一用力把两个人的脑门儿碰在一起了。得！万事大吉，两个人全一动不动地倒在了地上。"

"我相信你这么碰一下，也会倒下去的！"库库什金赞同地说，接着又补充道，"还有一点，商人可比地主能吃多了……"

仪表堂堂的苏斯洛夫坐在台阶上抱怨道："农民在土地上根本没法活了。从前他们在地主老爷们跟前做活儿，谁也不得闲，每个人的活儿都被安排得满满的……"

"我看你最好还是送上一份请愿书，要求恢复农奴法得了！"伊佐特说道。罗马斯只是沉默，默默地看了一下伊佐特，然后在栏杆上磕了磕烟斗里的烟灰。

我一直在等着罗马斯的发言，我一边专注地听着农民闲谈，一边猜测着罗马斯会说些什么话。可我觉得罗马斯已经错过了很多发言的机会。他一副无动于衷的样子，坐在那儿望着天空不断变幻的云彩和地上被风吹皱的水洼。伏尔加河上的轮船发出巨大的吼声，河边飘来姑娘们有手风琴伴奏的尖利的歌声。一个醉汉沿着街道东倒西歪地向河边走去，他打着嗝，手脚忙乱地总往水洼地里走。农民说话的声音逐渐地减弱了，话语里显出他们的情绪都不是很高，我的情绪也随之低落起来。也因为这时候寒冷的天空似乎要下大雨，农村生活的沉闷使我想念喧闹的都市生活。我想念城市里永不休止的躁动、杂乱无章的声音、街上匆匆走过的人群，还有人们伶俐的谈吐和活泼的天性。

晚上喝茶时，我问"霍霍尔"要等到什么时候才和农民们谈话。

“要谈什么？”

“啊，”他听我说完，接着说，“如果我是和他们在大街上讨论这些事的话，肯定会被再次流放到雅库特去……”

罗马斯装好烟斗，点燃，把自己围绕在烟雾中。他开始沉静地分析农民是多么胆小怕事：“他们谁都怕，怕自己，怕自己的邻居，最害怕从外地来的人。他们得到自由[①]还不到30年，凡40岁以上的农民，一出生就是农奴，他们时时刻刻记着自己的奴隶生活，很难理解什么是自由。他们只是简略地说，自由就是按自己的心愿活着。可到处都是地方官老爷，他们时时刻刻在干预我们的生活，我们怎样按自己的心愿生活呢？沙皇把他们从地主手中解救出来，自然他们唯一的主人就是沙皇。如果你再问他们什么是自由，他们会说，沙皇会跟大家解释的！农民们信仰沙皇，他们把沙皇当作是全国土地和财富的占有者。他们甚至认为沙皇既然能把他们从地主那里解放出来，就可以替他们从大商人手中夺回被没收的商店和轮船。农民从骨子里是拥戴沙皇的，他们认为老爷多了不好，老爷只有一个才好。他们幻想有一天，沙皇给他们解释什么是自由，到时候他们想拿什么就拿什么，想要什么就要什么。大家都盼着有这么一天，每个人都战战兢兢、忐忑不安地活着，害怕误了这个实行大分配的重要日子。他们还有一种顾虑：想要拿的东西太多了，该怎样去拿呢？大家都虎视眈眈地盯住那一样东西。再说，还有那些如狼似虎的地方官老爷呢，他们痛恨农民，连沙皇也不能例外地痛恨。可是这些官老爷又不能少，因为到时候人们你争我夺，定会大打出手的。”

窗外正下着绵绵春雨，透过窗子望见满街的雨水和灰蒙蒙的雾气，这时我的心情很压抑，跟这时的天气很相似。罗马斯思索着，继续小声地说：“我们要做的就是唤醒农民，我们必须用知识的力量赶走他们的愚昧无知，让他们认识到必须从沙皇手中把政权夺到自己手上，告诉他们官员可以从他们中选出来，这些官员包括，区警察局局长、省长和沙皇……”

---

① 在1861年2月19日沙皇下令有条件地废除农奴制度，农奴获得解放的时间只有28年，到1888年就结束了。

“太漫长了！至少用一百年！”

“难道您想在三一节[1]前革命成功吗？”他十分严肃地说。

晚上他不知道去什么地方了，十一点左右我听到一声枪响，枪声很近，应该就是附近的地方。我冒着雨急忙冲出大门，正看见安东内维奇向店铺走来。他不慌不忙、小心地避开街上的水洼走着。

“您出来做什么？是我打了一枪……”

“打的谁呀？”

“有些人提着棍子冲过来打我，他们不听我的警告，还要冲过来打。我只能向着天空开了一枪，我只想吓唬吓唬他们，没有伤到人……”

他在门口脱掉外套，把大胡子也拧了拧，像匹马似的打着响鼻。

“我这双破靴子，都穿出洞来了！该换一双了。您会不会擦手枪？您来帮我擦擦，不然都要生锈了，再涂上一点儿煤油……”

双眼透着顽强而宁静的他神情异常坚定，让我心生敬佩，边捋胡须边走到卧室对我说：“您去村里走路可得小心点儿！尤其是节日或者礼拜天的晚上，他们肯定也会打您的！但是，您出门别带棍子，这样一来会刺激那些好斗的人，还有可能他们会认为您胆小。也没那么恐怖，您不用害怕！他们才都是胆小鬼呢……”

慢慢地我适应并喜欢这儿的生活了，每天都有重要和新鲜的事物。我安下心来看那些自然科学类书籍，罗马斯经常在一旁指导我：“马克西莫维奇！我看您最好先弄懂这个，它蕴藏着人类绝顶的智慧。”

伊佐特每周有三个晚上到我这儿来，我教他识字。开始他对我并不是很信任，常常露出轻蔑的笑，直到我给他上过几次课后，才改变了他最初对我的印象，他友好地说道：“小伙子，你讲得真好！你当正式教师都没问题了……”。

可是，他突然向我提议：“看你的样子好像蛮有劲儿，来！咱们比试一下拉棍儿吧？”

我们从厨房找到一根棍子，两人坐在地板上，脚抵着脚，僵持了好一

① 基督教节日。

会儿，谁也没有把谁拉起来。“霍霍尔”在一旁微笑着为我们助兴：“啊，好！加油！加油！”

后来，伊佐特把我拉了起来，这让我和伊佐特的关系拉近了许多。

“这没什么，你已经够棒了！”他抚慰说，“很遗憾你不爱打鱼，要是你喜欢打鱼，咱俩就可以一起去伏尔加河了，伏尔加河的夜色比天堂还美！”

伊佐特学习热情高涨，进步飞速，就连他自己都觉得有点儿吃惊！有一次上课，他从书架上随便抽出一本书，扬着眉毛，费力地念了两三行，然后有些羞涩地红着脸，高兴地对我说：“嘿！真他妈的奇怪！我能读了！”

然后他又闭着眼睛背诵下面的诗句：“好像在死去的儿子的坟墓旁呜咽的母亲，那是一只在悲凉的旷野上哀鸣的山鸡……[①]你觉得怎样？”

他小心翼翼地问过我许多次：“老弟啊！你能给我讲讲这到底是怎么回事吗？这些简单的黑线，是如何成为一句句话的呢？我能看懂它们就是平常说的那些话，可是我怎么就懂了呢？也没人在一旁小声提示我啊！假如是一张画，自然很容易看懂，可是这儿好像把人们心里的话就这样表现出来了，你说这奇不奇怪？”

我无法回答，跟他说：“这些我也不知道原因。”所以他为此很是苦恼。

“这简直就是魔术啊！”他说，一边惊叹着，一边把书页对着灯光看了又看。

他天真、纯洁得像孩子，和许多小说中描写的可爱农民形象很吻合。他和所有的乡村渔人一样富有诗情画意，热爱伏尔加河，热爱孤独，喜欢静静的夜。

有一次他仰头望着天空，深情而天真地问道：

“‘霍霍尔’曾说过别的星星上面可能有我们的同类，你是怎么想的？你也是这么认为的吗？我想我应该在这边给他们一些信号，了解一下他们的生活。也许这样会让他们生活得更好，更快活些……”

其实他很满意他现在的生活。他是个孤儿，没有亲人，无依无靠的，

---

① 《萨沙》中的诗句，作者是俄国诗人涅克拉索夫。

全凭自己捕鱼为生，他是那么热爱捕鱼！不知怎么回事儿，他和农民们相处得并不是很好，他曾警告我："别看他们表面上随和老实，事实上全是狡猾、虚妄之徒！千万别信任他们，他们刚才还和你要好，一会儿就变了卦，他们很自私自利，就只顾自己，一点儿不肯为公共事情牺牲。"

他本来是一个性情温和的人，可是当说起乡村里的土豪时他竟然满腔仇恨："为什么他们就该比农民富有呢？就因为他们比别人机智吗？所以你小子要是聪明的话就要记住，农民们必须得合群，团结在一起，那样才有力量！整个村子给他们搞得四分五裂，像一盘散沙似的。没办法，他们就会胡闹，到头来自个儿害自己。看'霍霍尔'被他们累得精疲力竭了！……"

伊佐特长得很英俊，称得上美男子，身体健壮，又会讨女人的欢心，但是女人们把他搅得很烦恼。

"真的，我这个样子都是让这些女人惯出来的，"他很真诚地自责着，"这确实是对那些丈夫的侮辱，假如我是他们，我也会生气的。但是这些女人们又可怜得让人怜惜。你看看她们过的日子，没有一点欢乐、没有一点温情，除了干活就是干活。丈夫们也忙得没时间爱她们，可我却是个自由的人。很多不幸的女人，在结婚那年就受到了暴力，我承认我这方面是有罪的，我跟她们乱搞。我只有一点愿望，那就是：女人们呀，千万别再彼此争风吃醋，我会让你们都快乐的！在我眼里，你们是可怜的人啊……"

他害羞地笑了笑接着说："那天，我几乎快勾搭上一个官太太，她是从城里到乡下别墅来的。她长得真标致，脸蛋像牛奶一样白嫩嫩的，柔软的亚麻色头发，浅蓝的小眼睛。她买我的鱼，我用力瞪着眼睛凝视她，她不解地问我：'你总盯着我干吗？'我说，'是你老看我吧！''那好吧，我晚上来找你。'那晚上她真的来了！但是蚊子太多，咬得她受不了，我们什么也没做成，她带着哭腔说：'受不了了，我实在是太难受了！'隔天，她的审判官丈夫就到了。这些官太太们太娇气了，一只蚊子就能影响她们的生活……"他无奈地结束这段话。

伊佐特对库库什金非常欣赏："库库什金真是热心肠的大好人呀！谁要是不爱他，才不合理呢！当然了，他爱多嘴多舌，可是哪一匹马身上没有点儿杂毛呀！”

库库什金是没一分土地的农民，娶了一个爱喝酒的女用人当老婆，人长得小巧玲珑，健壮而且泼辣。他把仅有的房子租给了一个铁匠，自个儿却住进了澡堂，白天给潘科夫家做雇工。他很喜欢说新鲜事儿，实在没有新闻可讲的时候，就自己编一段，然后又饱含热情地讲下去。

“米哈伊尔·安东内维奇！你听说了吗？京科夫区警官要去当修士了。听说他每天都打农民，打腻了。”

“霍霍尔”严肃地说道：“他要真这么想，那全国的长官们都该走开了。”

库库什金一边用手把头发上的麦秸、干草还有鸡毛摘下来，一边若有所思地说：“我说啊，他们不会都走开的，只有那些有良心的人才会走开的，做官儿还不是够受罪的。安东内维奇！你是不是不信良心，可是要是谁没了良心，那他有天大的本事也活不下去，好了，好了，我再讲一个事给你听吧……”

他讲的是一个“极其聪明”的女地主的故事：“以前有一个作恶多端的女地主，连省长大人都不顾自己的官高位重来屈尊拜访她。省长对她语重心长地说：‘太太，你以后别这样了！你做的这些恶事都传到彼得堡了。’女地主当然是用美酒佳肴款待了省长大人，然后不以为意地说：‘您走吧，上帝会保佑您一路平安！我是不会改变的！’但是三年零一个月后，她突然把农民召集来宣布：‘我把我的全部土地分给你们，再见了，请大家饶恕我，我将……’”

“出家去当修女了。”“霍霍尔”提示着说道。

库库什金惊喜地看着他说：“没错，她当了女修道院的院长！这样说，你也听过这个故事？”

“从来没听说过。”

“那你是怎么知道的呢？”

“我就猜到你会这么说的。”

“你一点儿也不相信别人……”

库库什金所讲的那些故事中，凡是那些坏事做尽的人们，一到做伤天

害理的事后，一定会远走他乡，消失得无影无踪的。而且更经常听到的是：库库什金会像把脏土倒进垃圾堆一样，把这群坏蛋送进修道院。

他的思维相当活跃，常常有一些奇怪思想，突然他眉头一皱说：“咱们不应该压制鞑靼人，他们可比咱们还强呢！”人家都对他的话感到莫名其妙，因为他猛地抛出这么一句话之前，我们正在讲怎样建起苹果合作社的事儿，根本就没提到鞑靼人。罗马斯兴致勃勃地讲西伯利亚和那里的富农生活时，库库什金突然若有所思地念叨了几句：“我想要是人们不去捕青鱼，那么两三年以后，青鱼多得就得把房子淹没了。这是一种繁殖力多么强的鱼呀！”

全村都觉得库库什金是个没什么用处的人，但是他那个脑袋瓜儿里的奇思怪想却能打动村民的心，把大家逗得捧腹大笑。他们专心听他胡说，就像是要从他胡编乱造的故事里听到什么真理似的。

“撒谎大王”村里那些老实正派的人都这么叫他，只有那个喜欢打扮的潘科夫意味深长地说道：“库库什金是个谜一样的人……”

库库什金称得上是个干活儿的能手，会箍桶、修炉、养蜂、教女人们养家禽，还做得一手好木匠活，虽说他干起活儿来老是一副懒洋洋、磨磨蹭蹭的样子，可是每件事他都能做得很好。他很喜欢猫，在他的澡堂里有十多只猫与他相伴，他把它们养得很肥壮，并喂它们吃乌鸦，训练它们捕食家禽吃，所以，村民对他更加不满：他的猫经常咬死别人家的母鸡和小鸡，女主人们气急了就捉住猫，狠命地打一顿。所以在他的澡堂前常常会有一脸恼怒的女主人叫骂，对此库库什金满不在乎地说：“傻女人！猫本就是这样，它们是抓活物的畜类，甚至比狗还强。等着瞧吧，我要把它们训练得可以捕鸟，之后再繁殖上几百只，到时候卖掉的钱都给你们还不行吗？哎，你们这些傻女人！”

库库什金早年读过一些书，认识一些字，可惜忘得差不多了，他也没有心思再拾起来。他比寻常人聪明，对罗马斯的话反应很快，并能准确地抓住要点：“对啦，对啦，这么说，伊凡四世对平民百姓的生活并没有害处啊……”他很不情愿地皱着眉头说。

晚上常来杂货铺的就是这几个人：伊佐特、库库什金和潘科夫，他们总是半夜时分才散去。他们听“霍霍尔”讲世界形势，讲异域人的生活状况和其他国家人民的革命运动。潘科夫就喜欢法兰西大革命。

“这才是彻底地改变原有生活呢！”他赞叹地说道。

潘科夫是富农的儿子，他爸爸的脖子上长了两个大瘤子，有一双令人害怕的鼓眼睛。其实潘科夫还是很叛逆的，两年之前，他跟他现在的老婆是通过“自由恋爱”走在一起的，他老婆是个孤儿，是伊佐特的侄女，还有他对老婆管得很严，但是也让她穿城市人的时髦衣服。富农爸爸对儿子很不满，每次路过他这里总要愤怒地吐口唾沫以解心头之恨。潘科夫把自个儿的房子租给罗马斯，还建了一个小杂货铺，这引起了全村富农们的不满。但是他表面对此不予理会，只有说起富农时，他才动点声色，对富农除了讥讽还是讥讽。乡村的生活让他感到很苦恼：“如果我也有一些本事就好了，那样我早就离开这儿去城市生活了……”

潘科夫体格匀称，衣服也是干干净净的，看上去很体面。不过他也是个很有心计并且多疑的人。

“你为什么要做这种事？出于感情还是理智？”他这么问了罗马斯很多次。

“你觉得呢？”

“你说吧！”

“我也不晓得！还是你说吧！”

“霍霍尔”很顽强，最后潘科夫被逼无奈只有亮出自己的观点：“让我说当然是出于理智最好。不用理智是很难生活的，但是一味地听从情感的支配就不同了。单凭感情用事，我们会走错路。我如果感情用事，就去放把火烧了神父的家，好教训他别乱管别人家的闲事！那得多糟糕！”

潘科夫对神父是有些敌意的，不仅因为他是个田鼠嘴脸的凶狠老头，还因为神父曾经干涉过他们父子的吵架。

要是说到这方面，我对潘科夫也有些不满。那时我刚来到这里，他的态度很恶劣，还像个主人似的对我呼来唤去的，虽然在很短的时间内，他改变了对我的态度，但是在某些感觉上我还是觉得他并不是很信任我，好像有些敌视我。

那段日子我记得清清楚楚，难以忘记。我们在一间整洁的小木屋里，放下窗板，点着一盏灯，灯下是那个高额头、短发并留着胡子的人，他正在侃侃而谈："生活啊，就是让人越来越远离像野兽一样的生活啊……"

有三个农民神情专注地听着，他们眉清目秀，看起来都很聪明。伊佐特像雕塑般坐在那儿，一动不动地，似乎倾听着遥远地方传来的声音。库库什金可没有那么老实，他在一个劲儿地扭动，像是有蚊子在叮他。潘科夫却手捻胡须，若有所思："那么说，就是人民也要有阶级之分。"

潘科夫对库库什金倒是很好的，从没有说过一句粗暴的话，他很欣赏这个雇工的滑稽故事，这点也让我感到很欣慰。

每次夜谈后，我会返回我的阁楼上，打开窗子坐下来凝望沉寂的村庄与田野。星星穿过厚重的夜雾发出微弱光亮。它们离我十分远，距地面却很近。我的心被大地无边的寂静压得萎缩起来，心灵的野马也开始驰骋了，我感觉在广大的土地上有着数不清的和我的村庄一样的村庄。

我的心情忽而悲壮，忽而忧伤，情绪波动很大，温暖的夜雾吞没了我，我的心好像被成千上万条水蛭在吮吸，我感到疲倦不堪，一种莫名的恐慌袭上心头，我感觉自己太渺小了……

这样的乡村生活让我觉得十分不愉悦。我常常听别人这么说，书上也是这么写着：农村人诚实本分，身体健硕。但在我眼前呈现的却是另一番景象：他们总有干不完的活，有很多人累得一塌糊涂，身体状况极为不佳，几乎没有一点快乐。城市里的手艺匠或者工人，活儿也不轻，可过得比较快活，不像农村人终日愁眉不展地抱怨着生活。我觉得农村生活也很复杂。他们既要干农活，又需要用聪明机智处理各种各样的人际关系，眼前这种缺乏理性的生活是极其不称心的。村民们现在的生活就如瞎子一样胡乱过，人们都在担惊受怕，互相猜测，像狼一样。

更令我纳闷的是，"霍霍尔"、潘科夫及我们这群人，为什么招致了他们如此的痛恨呢？我们只是想改变目前混乱的生活而已。

这样一来相比较而言，我清楚地看出城市人的优点，他们很可爱，明白事理，追求理想，有远大前途或者目标。在这样的夜里，我经常想起两个住在城里的市民：

弗·卡卢金和兹·涅别伊钟表技师，替人修理各种机器，外科医疗用具，缝纫机，唱机等。

这是块招牌，被挂在一家钟表铺的门口，门旁边是落满灰尘的窗子，每扇窗子下面都坐着一个工匠，就是招牌上所写着的那两个人。弗·卡卢金的脑袋上长着一个大肉瘤，工作时一只眼睛戴着放大镜，身体极好，圆脸上总挂点儿笑意，手中捏着小镊子拨来拨去，时不时地唱着歌儿。兹·涅别伊坐在他对面，黑脸，卷卷的头发，一只独特的大弯钩鼻子，两只铜铃般的大眼睛和少得可怜的小胡子，他骨瘦如柴，像个魔鬼，他也会突然来一段男低音："特拉——达——达姆，达姆！"

他们俩背后乱七八糟地放满了收音机、机器、八音盒和地球仪等。货架上的东西也是金属的，房间的四面墙壁上，挂着许多的挂钟，他们的钟摆在来回摆动着。我真想看他们是怎样工作的，只可惜我身材太高大了，遮住了他们的光，因此被他们很凶地驱逐了，在我转身离开时，心里羡慕地想："一个人假如什么事都会做，该是多么幸福啊！"

我就欣赏他们这种人，可以修理各种器具，没有什么他们不可以修的，这才配叫作人啊！

但是乡村里就不是这样，我不喜欢这儿，也不理解村民们的生活，女人们见了面就特别爱诉说自己的病苦，她们说什么"心发慌"，另加"小肚子痛"。逢年过节她们或者坐自家小屋旁或坐在伏尔加河岸上，大谈特谈疾病和困苦。她们脾气暴躁，常常破口大骂。有时一个破瓦壶就可以引起几家人的打斗，打断胳膊、打破头的事件是很常见的。

更加让人难堪的是年轻的农村小伙对姑娘们动手动脚，毫无礼数。他们在田地里抓住几个姑娘，掀起她们的裙子，用裙角包上她们的头顶，再用椴树皮[①]做绳扎紧，这叫作"处女开花"。这些姑娘们裸露着下半身，虽不停地尖叫着，咒骂着，但是看得出来，她们并不反感，好像还挺舒服。她们真是恬不知耻，还故意磨蹭着向下解裙子。每当她们在教堂里彻夜祷告的时候，年轻小伙子悄悄从后面去捏姑娘们的屁股，好像这才是他们到

① 经过水泡椴树皮能用来捆扎东西。

教堂的目的。到了礼拜天，神父特意训诫此事：“你们这群畜生！不能另选个地方胡闹吗？”

“这儿的人对宗教不像乌克兰人那么富于诗意。”罗马斯说道，“我看他们所谓的信上帝，不过是寻求一种依靠或保护，是最低层次上的教民，你知道，那种虔诚教民所拥有的对上帝毫无保留的爱和对上帝美德和权威的崇拜，在这些人心中根本就没存在过。但是，话说回来，这不见得是坏事，因为这样一来他们就可以比较容易地走出宗教，请记住！宗教是种极有害的偏见！”

村里的年轻小伙子们还爱吹牛，但是他们都是胆小鬼。他们和我晚上在街上遭遇过三次了，他们想打我一顿，但是都没成功，不过有一回我不幸被他们的棍子打中了腿。我一点也没把它当回事儿，就没和罗马斯说。后来他还是从我的姿势上猜出是怎么回事了。

“哎！您还是被他们打了！我早就警告过您！”

我没有听从罗马斯的建议，常常晚上顺着房后的菜园溜达到伏尔加河边上去散步，坐在那里的柳树下，眺望着在渐渐黑暗的夜幕笼罩下的河对岸的草原，太阳最后的一抹金黄色不遗余力地倾满伏尔加河。河水缓缓地流淌，月亮反射着太阳的光芒。我从来都是讨厌月亮的，它能引起我的哀愁，是不祥之兆，看见它我就想哀号。直到以后我才明白原来月亮本身是不发光的，因为在它上面根本没有生命存在。我特别高兴知道这事儿，从前我一直幻想月亮是有生命的星球，在月亮上一切都是铜的，包括动物、植物，人自然也不例外。我设想他们的躯体是由三角铁组成，他们的两条长腿，走起路来带着斋戒日教堂钟声一般的轰鸣，他们对人类造成严重的威胁。月亮上没有生命，这真是太好了，但是我心中藏有一个秘密的心愿就是使月亮发光发热，普照人间。

我喜欢在寂静的黑夜坐在伏尔加河河岸边沉思冥想。河水舒缓地流动成一条蜿蜒曲折闪闪烁烁的亮带，从黑夜里流来，又流向黑暗。这时我的思想才真正变得活跃，白天脑子里纷乱的思绪都被放逐了，那些语言难以表达的想法纷纷涌现。伏尔加河停止寂静。漆黑的河面上浮动着一艘轮船，船尾经常发出涓涓水流声，像一只怪鸟在抖动沉重的翅膀。河对面野草丛生的岸边闪烁着一片灯火，灯火在水面上反射出来美丽的光芒，渔民点燃篝火在捕鱼，这景象就像一颗走错路的流星坠落河水中溅起无数朵巨大的水花。

过去从书本上获得的知识此时变化成一幅幅美丽的画卷，我好像跟随着河水在轻柔的夜空中漂流一样。

伊佐特找我来了，夜色中他的身体显得更加高大魁梧，甚至有点儿可爱。

“你怎么又来这儿了？”他问了我一句，坐在我旁边，长时间地沉默着，目光凝视着伏尔加河和幽远的天空，手中抚摸着漂亮的金黄色的小胡须。

他最后发话了，对我讲着他的幻想：“等以后我学有所成，读许多许多书，走遍所有的江河，看清一切道理！我还要教育别人！老弟，你知道吗？能把心里话痛痛快快地说出来真是好啊！有时和女人说说，她们也能听明白。前不久，我碰到一个女人，她坐在我的船上问我：‘我们死后怎么样呢？我就不信什么天堂和地狱。’老弟，你看她们不是也……”

他挖空心思寻找一个合适的字眼儿，最后说道：“有思想的吧”

伊佐特习惯过夜生活，对于美的东西他异常敏锐。他像个想象力丰富的孩子一样擅长用轻快柔婉的语调谈论美好的事物。他信上帝，但并不畏惧上帝，依照教堂里的画像，把上帝想象成高大英俊的老人。

“上帝是世界的创造者，多么至高无上啊。但是由于他实在是太忙了，所以世间依然有很多不美好：假、恶、丑。不过让这些邪恶消失是早晚的事，不信咱们就看看！至于谈到耶稣，有一点我不太理解，干吗要弄出个什么耶稣来，我真想象不出他有什么用，一个上帝就足够了！我觉得上帝是不会死的……”

伊佐特一直没说话，低着头想心事。只是偶尔会叹口气说：“欧，是这样啊……”

“你在说什么呢？”

“没说什么，我自言自语呢……”

他遥望朦胧的风景，长叹一声道：“生活是多么美好！”

我也表示赞同："是啊，真的是很美好呢！"

伏尔加河在夜幕下如黑色丝绒带般奔流着，和天空上的银河遥相呼应，几颗星星发出璀璨的光芒。在这个神秘幽远的夜里，我们陷入了无限的遐想。

远处草原上的云层呈现出粉红色的光，看啊，太阳展示着像孔雀开屏般的美丽。

"太阳真奇妙！"伊佐特不失时机地含笑自语道。

现在正是苹果树开花的季节，村里到处是一片片粉红色和带苦味的香气，几乎每一个角落里都是这种香气，这种香气把油烟和大粪味也冲淡了许多。那些苹果树整齐地从村里一直延伸至田间，好像在迎接盛大的节日，非常隆重。每当月明之夜，春风荡漾，花枝轻柔地摇曳，发出阵阵簌簌的声音，金蓝色的巨浪仿佛把整个乡村淹没了。夜里，夜莺不知疲倦地吟唱；白天，鸟儿们不停地鸣叫，隐没在高空中的云雀也向大地献歌。

每到节日的夜晚，姑娘们和媳妇们都在大街上闲逛，她们也像小鸟一样张着小嘴歌唱，脸上露出慵懒、迷人的笑意。伊佐特也在醉朦朦地笑着，这些日子他瘦了，眼睛深陷却更清秀俊美，像个圣徒。过惯夜生活的他每天白天睡觉，傍晚才神情恍惚地走上街头。所以，库库什金粗鲁而友好地嘲笑他。他面带愧色、无可奈何地笑着说："唉！你可别提了！这能有什么办法呢？"

他又非常激动地说："不过，生活真幸福！你们不知道生活是多么亲切！话说得多么称心如意！那些美妙的话，让你就算死了都无法忘记。假如人死而复生，肯定先想起这些话来！"

"你可要当心！早晚有一天那些丈夫会来打你！""霍霍尔"也笑着警告他。

"打吧，也真是该打。"伊佐特表示同意。

几乎每个晚上，村里必有的节目之一就是米贡的高亢动人的歌声，他的确有歌唱的天赋！他的歌声伴着夜莺的吟唱，飘荡在整个村庄和伏尔加河上空。甚至为了这点，村民们饶恕了他白天做的坏事。

周末晚上做完礼拜后，我们的杂货铺前就会有一些人聚集在门口，像苏斯洛夫老头儿、巴里诺夫、铁匠克罗托夫、米贡都是每周必到的。他们坐下来一边谈论一边思考，走了几个人，又来了几个人，一般都要到半夜时分才散去。有时候也碰巧来了几个醉汉在这儿折腾一通，主要以退伍兵科斯京为代表，他吵得最厉害，他只有一只眼睛，左手缺了两个手指头。他挽起袖子，挥着拳头，像只好斗的公鸡一样跳到杂货铺门前，喊道：

“‘霍霍尔’！信土耳其人的教！我必须问问你，为什么不去教堂做礼拜？啊？为什么？你这个邪教徒！坏家伙！你到底算什么人？”

人们嘲讽似的跟退伍兵打招呼：“喂！你怎么用枪打自己手指呢？是被土耳其人吓昏了头吧？”

他冲上来就想打架，大家拉住他不让他去，喊叫着把他推到山沟里去，嘴里还一声声地喊着：“救人啊！出人命了！……”

一会儿，他浑身都是土地爬出来，让“霍霍尔”出钱给他买一杯伏特加。人们问他原因。

科斯京答道：“因为我给你们带来了欢乐啊！”这句话引来人们一片欢笑。

一个节日的早晨，厨娘点好炉子后去院子里，我正在铺子里，这时厨房突然传出一声巨响，杂货铺的货架都在动，窗户玻璃还有那些玻璃器皿也全被震碎了，那些装着糖果的铁盒子也都滚到了地上。我立马往厨房跑，一到那儿，看到厨房正冒着浓烟，在那浓浓的黑烟后面似乎有什么东西在响，这时，“霍霍尔”按住我的肩膀，说道：“您这会儿先不要进去……”

厨娘也被这个情形吓得哭出声来。

“唉！你这蠢婆娘……”

罗马斯一个人冲进厨房，好像撞到了什么，发出咣当的一声。他气呼呼地骂道：“你快别哭了！赶紧拿水来！”

我进厨房一看，还有很多正在冒烟的木柴胡乱地横在地上，那木柴冒着火苗，火炉的砖也有几块被震掉了，炉子很明显已经被人打扫过了，黑乎乎的啥也没有。我在烟雾中摸了一会儿，好不容易找到水桶，赶紧浇灭了地板上的火苗，顺便把地上的木柴扔进炉子里。

“小心！”“霍霍尔”叮嘱我。

他带着厨娘走向卧室，命令厨娘："快把店门关上！"

他又转头警告我："马克西莫维奇！小心点儿！可能还会爆炸……"

他蹲在地上检查那些木柴，拿出一块仔细地看着。

"您在做什么？"我不解地问道。

"啊！您看！"

他把那块被炸裂的木柴递给我。我一看，原来木柴已经被挖空，并且被熏得焦黑。

"您知道了吧？这些鬼东西居然往木柴里装火药！哼！只可惜这一斤火药的威力没那么大！"

他扔掉木柴，一边洗手一边说道："幸亏阿克西尼娅没在厨房，要不她肯定会受伤……"

带着酸味的烟气渐渐散去，我渐渐地看清楚：厨房里一片狼藉，窗户玻璃全都碎了，炉口的砖头也全都炸碎了。

我不喜欢这时候的"霍霍尔"，他的态度平静得让人不可理解，他现在表现出来的样子仿佛对这个险恶的阴谋一点儿也不愤怒。街上看热闹的孩子乱跑乱叫着："'霍霍尔'家起火了！咱村起火了！"

一个女人吓哭了。厨娘阿克西尼娅声嘶力竭地惊叫道："米哈伊尔·安东内维奇！人们闯进铺子里了！"

"喂！小声点儿！"罗马斯说着用干毛巾擦了一下他的湿胡子。

在卧室那边打开的窗口处，出现了很多惊恐、怪异、表情复杂的脸，他们不顾呛人的浓烟争相向店铺里张望，这时有人大声叫喊："把他们赶出我们村！总是出事情！我的上帝啊，一群混蛋！"

一个矮个儿、红头发的农民，这时候在胸前画了个十字，想要爬进来，可是没有成功，连同斧子一块儿跌了出去。

罗马斯手里拿着木柴，问他："你想要干什么？"

"老大爷！我要救火……"

"可是没有着火啊！……"

农民很吃惊，张着嘴，慢慢地走了。罗马斯走到门口，拿着一块木柴说："也不知道是谁往木柴里塞了火药，放到我家的柴火堆里。但是非常遗憾，火药太少了，没什么杀伤力……”

我站在“霍霍尔”身后，望着门前的这群人。听到那个手握斧子的农民不安地说道：“你干吗偏偏朝我摇晃木柴啊？”

已经喝醉酒的退伍兵科斯京喊叫起来：“赶走他！把这个邪教徒交给法院……”

好多人只是盯着罗马斯，什么也没说，半信半疑地听他继续讲话：“你们想要炸我的房子，这么一点儿火药真不够，至少得一普特才行啊！行了行了，大家都回去吧……”

这时候突然有人喊：“村长呢？他在哪？”

“对，对，这件事情得找村长解决！”

人们不想离开，像有点遗憾似的。

我们坐着喝茶时候，厨娘阿克西尼娅比往常更周到和殷勤，她为每个人上茶，并关切地对罗马斯说：“您不去告他们，等于纵容了他们，否则他们怎么敢这样胡作非为呢？”

“难道您就一点儿也不生气吗？”我非常疑惑地问道。

“我没时间为每一件蠢事生气。”

我心里想：“要是人们都像他这样沉着冷静地做自己的工作，那该多好啊！”

罗马斯说他最近可能要去一趟喀山，问我需要买些什么书回来。

有时候我觉得他就如一台机器，就像是钟表一样，只要给他上发条，便会一直运转。我十分敬重他，我有这样的愿望：希望他对人发发脾气，甚至跳跳脚、骂骂人。每次被愚蠢和卑劣无礼的行为激怒时，他只是眯着那双灰色的眼睛，讲几句严厉的话而已。

比如，他对苏斯洛夫说：“你都这么大岁数了，胡子也一大把了，怎么能做昧良心的事情呢？”

苏斯洛夫老头儿被说得恨不得白胡子都变成红的。

“你可得知道，你这么做毫不利己，还得罪人，这会让你失去威信的。”

苏斯洛夫低头表示同意：“是啊，没任何好处！”

后来，苏斯洛夫跟伊佐特说到“霍霍尔”：“他在领导方面很有能力，

是个天才。假如做官的都是这样的人，就太好了……”

罗马斯简单地告诉我，在他去喀山之后，我应该做些什么。看他现在的样子，似乎早就把火药炸房子的事情忘记了，仿佛被蚊虫叮咬了，过阵子就毫无感觉了。

潘科夫来了，他仔细查看了炉子，沉着脸问道：“把你们吓坏了吧？”

“哎呀，有什么可怕的！”“这是一场战争啊！”

“好了，咱们坐下来喝茶吧！”

“我老婆在家等着我呢。”

“你刚从哪里来的？”

“渔场，伊佐特那里。”

他走了出去，走过厨房时又咕哝了一句：“这是一场战争啊！”

潘科夫和罗马斯之间似乎有一种默契，他们说话十分简洁，就像早已把各项重大问题都交流过似的。我还记得有一次，罗马斯讲完伊凡四世时代有关的历史故事后，伊佐特先发言：“这是个讨人厌的沙皇！”

“他就是个刽子手！”库库什金补充道。但只有潘科夫非常坚定地认为：“我真看不出他特别聪明。哼！他杀掉王公，让更多的小地主取而代之，还引来了一批外国人，这一点大错特错。从另一个方面来看，小地主比王公更加可恨，就像是苍蝇和狼，狼的话还可以用枪来应付，可是苍蝇不可以，这群苍蝇乱飞乱窜，比狼更加让人讨厌。”

库库什金提了桶泥砌被炸坏的砖，然后说：“这群坏蛋，别看他们连自己身上的虱子都炸不死，可是杀起人来，哼！咱们走着瞧吧！对了，你以后不要一次置办太多的货物，应该采用多运少货的方式，不然再着一把火，可就完了。他们现在正在势头上，你还在办那件事情的时候，小心意外之祸啊！”

“那件事情”就是我们前面提到过的苹果合作社，村里的富农为此很不满。“霍霍尔”在潘科夫、苏斯洛夫和其他几个明白事理的农民的帮助下，估计很快就会成功了。通过这件事，很多农民对“霍霍尔”的态度改变了，不再是那种敌对的态度了，就连巴里诺夫和米贡这样的无赖也来尽力帮助“霍霍尔”了。

我非常喜欢米贡，因为我喜欢他那委婉忧伤的歌声。他唱歌时总是闭着眼睛，痛苦得忘了颤抖。在没有月亮、乌云密布的晚上，我总能听到他那动人的歌声。晚上，他常常小声地跟我打招呼：“快来伏尔加河吧！”

在那儿，我看见他独自一人坐在船尾，两条黝黑的小罗圈腿悠闲地垂在黑色的河水中，他正在修补已禁用的捕鲟鱼的刺网，他小声嘟囔着：“地主老爷们虐待我，我还可以忍受，谁让他们比我有钱有势力呢：可是这些农民欺负我，我接受不了。大家都是农民，有什么贵贱之分呢？要非要说出点儿区别，就是他们的袋子里装的是卢布，我只有几个戈比！”

米贡的脸同样开始抽搐起来，眉毛一跳一跳的。他的手指灵活地使用锉子锉刺钩。而后无比亲切地对我说：“人们都说我是小偷，没错，我是有这个毛病！但是你要知道，哪个人不像强盗似的活着呢？你吃我，我咬你。唉，没办法，老天不喜欢我们，魔鬼又总是戏弄我们，我们真是可怜的人啊！”

河水慢慢从我们身边流过去，乌云在上空飘动着，河岸对面的草丛被淹没在一片漆黑之中。波浪拍打着河岸的沙子和我的一双赤脚，好像要带我进入那无边的黑暗里。

“人总得生存，不是吗？”米贡叹口气，说道。

山上传来狗吠声，我仿佛做梦似的想着：“你甘心只有这一种命运吗？”

伏尔加河寂静无边，很黑，让人害怕。

“他们一定会杀死‘霍霍尔’的，等着看吧，你也不例外。”米贡嘟囔着。之后，他突然唱起了歌，歌声打破了寂静的夜：

回想起妈妈是那么爱我，她曾经这样对我说：“哎哟，宝贝！哎哟，我的雅沙，你一定要平平安安地在世上活下去……”

没一会儿，他习惯性地闭上眼睛，我很纳闷，他这样仿佛让歌声变得更加优美、凄凉，唱歌的时候他把手中的工作都停了下来。

可是我没听从妈妈的忠告，哎呀呀！我为何不听啊……

这时候，我突然有了一种奇怪的感觉，好像脚下的土地被永无休止的河水冲翻了，我不能自已地坠入这深潭中了。

米贡突然停止唱歌，就跟刚刚他突然唱起歌来一样。他一声不吭地把

船推下去，坐上船之后很快就在夜色中消失了。看着他的背影慢慢远去，我突然想到：“这种人活着是为了什么呢？”

在我的朋友中有巴里诺夫，他这个人毛病很多，比如说办事马虎、好说大话、爱挑拨离间、整日游手好闲，是个名副其实的乞丐。他以前在莫斯科居住过，一说起在那儿的日子，他就唾弃地说：“这个城市简直就是个地狱，乱七八糟的，虽然那里有 14006 座教堂，但是那里的人全都是骗子！他们真的全像癞皮马一样，不信你就看看：在街上，不管是商人、军人，还是市民，都是一跳一跳地抓痒痒。当然，他们那里还有‘大炮王’，它是彼得大帝专门制造出来对付暴动的人的。从前，有个贵族夫人因为爱情也反对彼得大帝。她跟彼得大帝同居 7 年之后，彼得大帝抛弃了她和三个孩子。你知道吗？老弟！这座大炮响一下就会要了 6308 条人命！就连彼得大帝自己都十分吃惊。他告诉大主教封住这座大炮，以后我就真的没见过这座大炮了……”

我说他这是胡说八道，他似乎生气了：“我的天啊！你这人怎么这么讨厌！这事儿我是从一个有学问的人那儿打听来的，你却……”

他还去过基辅，到那“朝拜圣徒”。他说：“那个城市和我们的村庄一样，也建在山上，也有一条河，我忘记叫什么名字了，当然他们的河与我们的伏尔加河比起来，就像是一条小水沟。说实话，那里的街道坑坑洼洼的，有的高，有的低，看起来非常不整齐。绝大多数市民都是乌克兰人，和罗马斯不同，他们是鞑靼和波兰人的混血儿。他们还爱胡说，一点儿也不正经。他们看起来脏兮兮的，甚至连头发都不打理。还有一点，他们非常喜欢吃蛤蟆，那里的蛤蟆一只差不多就有 10 俄斤重；他们那里用牛作为工具代替走路，牛也长得十分奇怪，特别大，最小的都比我们这里的大得多，差不多有 83 普特。那边的教堂跟牛一样也非常大，最大的一共有 57000 个修士，还有 273 个主教……你真是个怪人！你怎么不信我？这全是我亲眼所见的，你还没在那里住过？没有吧。这不得了！我这人就是喜欢准确……”

他的兴趣是数数，在我的教导下，他学会了加法和乘法，但是在学习出发的时候失去了耐心。他喜欢算多位数乘法，但是非常不准。他在沙地上写下一长串数字，瞪着孩童般的眼睛惊叹道：

“这么长的数字谁能念得出来！”

巴里诺夫是个不拘小节的人。他不怎么爱干净，头发乱蓬蓬的，就连衣服也是破破烂烂的。不过他的脸蛋可以说是好看的，卷卷的滑稽的小胡须，眼睛就像大海一样蔚蓝，在某种程度上，他看上去和库库什金非常相似，我想这就是他俩互相回避的原因吧。

巴里诺夫曾经两次去海里捕鱼，他念念不忘地说：“我的老弟，什么也比不了大海啊！你在大海面前，就会变得非常渺小！海上的生活是多么美好啊，这么美好的大海，吸引了各种各样的人来，其中有个修道院的院长也来了，没想到他竟然还会做活儿！之后还来了一个厨娘，她曾经是一个检察官的情人，这种好运气别人连想都不敢想！可是她看见大海后喜欢得不得了，竟然跟检察官分手了。不论是谁只要看一眼海，他就会老想着再到海上去。大海和天空都是那么无边无际，可以任你自由地飞翔。没人管着你，你想做什么便做什么，多么自由啊！我好想回到大海上啊，就不用再和这些讨厌的人接触了！”

他像只丧家之犬似的在村子里奔来奔去，人们都看不起他。可是听他讲故事，就像听米贡唱歌一样。听到高兴处，他们会说：“他总是胡说八道，可是挺有意思的！”

他那些虚构的故事常常被广为流传，他能把不存在的事情说得跟真的似的，就连最老实的潘科夫都当真了。有一天，不怎么轻信别人的潘科夫告诉“霍霍尔”：“听巴里诺夫说，书本上对伊凡四世的描写不完整，有很多事都被隐瞒了。伊凡四世本事可大着呢，他能变 72 种模样，最喜欢变成老鹰的样子，所以，后来有人就在钱币上铸造了一只鹰，来纪念他。”

我发现那些虚构的、荒谬的故事，反倒比那些有教育意义、带生活哲理的故事更受人们欢迎。

可是，当我把这个想法告诉“霍霍尔”时，他笑着说道：“这种情况会改变的！以后人们会慢慢知道，什么巴里诺夫、库库什金，他们跟寻常人可不一样，他们应当是艺术家或演说家，我觉得基督大概和他们的品性十分相似。所以，虚构的东西也是可以非常美好的……”

我感到奇怪的是很少听到人们谈论上帝，人们也不喜欢谈论上帝。只有苏斯洛夫老头儿还算敬畏上帝："一切都是上帝的旨意！"

可是我时常从这句话里听出一种无可奈何的情绪，我跟这些人相处得很好，也从他们每晚的闲谈中获取了不少知识。我觉得罗马斯认识问题十分深刻，他提出的问题都非常具有现实意义，是现实生活中存在的，这些根深蒂固的问题一旦呈现在现实生活中，就变得更加茁壮了，开出了许多艳丽的花朵，我觉得我自己就是这样长成的果实。或许是吸取了书本中丰富的营养，我说起话来也自信无比了。"霍霍尔"经常表扬我："马克西莫维奇！您干得很好！"

我是多么感谢他能这样说啊！

潘科夫有时候带他的老婆一起来。这个女人是个矮个儿，看起来很善良，有一双灵秀的蓝眼睛，十分闪亮动人，和潘科夫一样，她也穿着城市的时髦衣服。她一声不响地躲在房间的角落，紧闭着双唇，非常认真地听着男人们谈话。可是隔不了多久，她就会惊讶地张开嘴，吃惊地瞪起眼睛。有时碰到什么话说到了她的心坎儿上，她就会含羞地一笑。潘科夫一边使眼色，一边解释说："看，她明白了！"

常有一些小心机警的人①来我们这里找"霍霍尔"。"霍霍尔"便带他们上我住的阁楼，一谈就是几个小时。

阿克西尼娅给他们送饭菜和茶水，他们就在阁楼睡觉休息，当然除了我和厨娘，谁也看不到他们。这个厨娘对罗马斯真的像犬马一样忠诚，非常崇拜他。每次总是由伊佐特和潘科夫在夜里划船把这批客人送上过往的轮船，经常直接送到洛贝什克轮船码头。我从山上望着小船在黑色的河水里，有时候是在银色的水面上若隐若现，为了引起轮船船长的注意，小船点亮了灯笼。我一直望着它，觉得自己也参加了这种伟大的秘密活动。

玛丽亚·杰连科娃从城里到我们这里来，可是她的眼睛里再没有让我痴迷的东西了。她的眼睛和普通姑娘没什么不同，她长得很美，一个留着

① 指高尔基其他的文章里提到的鼓动家维克多·阿列费耶夫和巴维尔·西特尼科。

大胡子的高个儿男人正在热烈地追求她，这让她的脸上挂着幸福的笑容。那个男人与她说话的时候，像对别人一样平静并带点儿嘲弄的意味，只是手捋胡子的次数增多，眼神也更加温情。杰连科娃说话的声音里洋溢着欢快的音调，她穿着天蓝色的长衣，亚麻色的头发上戴着天蓝色的丝带。她的嘴不停地一张一合，好像在哼唱着小曲。那两只婴儿般细嫩的手总是闲不住，总要抓点儿什么东西似的。我也不清楚为什么，她身上总是有种东西，让我非常反感，所以，除非必须看她，否则我绝不看她一眼。

七月中旬，伊佐特忽然失踪了。传说他是落水淹死的。两天后，淹死的说法似乎得到了证实：人们在七俄里外的地方看见他的小船在伏尔加河的对岸，那里长满了杂草，船底及船舷也都破碎了。人们对此有不同的说法，大部分人认为伊佐特在船上睡着了，小船顺着水流跟三只抛锚的船碰撞，才发生了这一悲剧。伊佐特出事的时候，罗马斯还在喀山。晚上库库什金毫无生气地跑来，坐在包装麻袋上，他低着脑袋，好久都没说话，过了会儿他抽着烟问我："'霍霍尔'什么时候回来？"

"我也不知道。"

他用力地搓弄着满是伤痕的脸，小声用肮脏的语言骂着街，喉咙里发出被骨头卡住般的吼叫声。

"你到底怎么了？"

他咬着双唇，神情严肃地看了我一眼。我看见他的眼睛异常的红，下巴不住地抖着，一时间竟说不出话。我不安地等待着悲惨的消息。最后，他渐渐平静了下来，向街上看了看，断断续续地对我说："我和米贡检查过伊佐特的小船了，船底明显是用斧子砍坏的。你明白吗？伊佐特是被人故意杀死的！肯定是……"

他摇着头，接连不断地大骂，痛苦的样子让人看了就受不了，他想哭却哭不出来，喉咙里不时地发出哽咽的声音。他不停地在胸前画十字，全身上下都在颤抖着。之后他猛地跳起来，摇着头走掉了。

第二天晚上，孩子们在河边洗澡的时候，突然在一只搁浅的破船底下发现了伊佐特的尸体。船的一头早已被河水冲上了岸，伊佐特在船尾的舵板处挂着。他的脸朝下，脑袋里都空了，脑子早就被水冲走了。很明显，

他是被人从后面砍死的。伏尔加河河水淹没了他的双腿和双臂，好像他正在努力往岸上爬似的。

在河岸上有 20 多个富农，他们在那里站着，每个人都沉着脸，好像在思考着什么，贫农们则下地还没有回来。面对这样的惨事，人们的表现并不一样。一向胆小怕事的村长提着手杖，迈着两条罗圈腿跑来跑去，嘴里不停嘟囔："作孽啊！真是胡闹！完全没人性啊！"他似乎是因为伤心，吸溜着鼻子，还用粉色的衬衣擦着鼻涕。一个小杂货铺的掌柜库兹明，也在一边同情地哭着，他叉开两条腿，挺着个大肚子，不停地看着我和库库什金，长满麻子的脸上露出可怜的神情。

一个肥胖的年轻女人是村长的儿媳妇，她坐在河岸的一块大石头上，望着河水发呆。她双手颤抖着，不停地在胸口画十字。她的嘴唇翕动着，下嘴唇又厚又红，外加一口大黄牙。小姑娘和小伙子们嬉戏着从山坡上绣球般往下滚，浑身泥土的农民也急急忙忙地往这里聚集。大家都小声嘟囔着："他原本就是个好惹是非的男人。"

"怎么把他弄成这样了？"

"唉，就像那个库库什金，爱招惹是非……"

"平白无故地就被人给害死了……"

"伊佐特原本挺老实的……"

"老实吗？既然你们知道他十分老实，干吗要打死他？你们这群王八蛋！"库库什金接过话茬儿就恶狠狠地扑向人群。

突然，一个女人歇斯底里地大笑起来，农民们立刻乱成一团，开始叫喊，互相推挤、叫骂。库库什金冲到那个杂货铺的掌柜面前，打了他一嘴巴："老畜生！找打！"

他挥动着两只拳头，打开一条路，从乱哄哄的人群中冲出来，兴奋地对我叫道："快走吧，就要打架了！"

人们还是打了他，他吐着被打破的嘴里流出的血，仍旧显得很得意……

"看见了吧？我打了库兹明一记耳光！"

巴里诺夫跑到我们跟前，他回头胆怯地看着躁动的人群，这时我们听到混乱的人群中村长尖细的喊叫声："呸！你倒说说，我放纵过谁？你快说！"

"我该离开这儿。"巴里诺夫嘟哝着，往山坡上走去。

这时正值炎热的夏季，傍晚的空气闷地到了极点，几乎喘不上气来。晚霞映射在丛林的叶子上，从很远的地方传来雷声。

伊佐特的尸体在我面前微微漂动，头发被水流冲得笔直，好像都竖起来了。我不禁想起他低哑的声音和他讲过的几句很好的话："每个人的身上都有点儿孩子般天真的东西，不论谁都是如此。就说'霍霍尔'吧，表面看上去像一个铁人，可是他的心，却和孩子一样天真！"

我和库库什金并肩而行，他愤怒地说："他们会把咱们都搞成这样的……天啊，多么愚蠢！"

两天后，"霍霍尔"在半夜回来了，他似乎很高兴，对人比平常还要友好。我带着他走进屋里，他很热情地拍着我的肩膀说："马克西莫维奇！你一定睡得很少吧！"

"伊佐特被杀害了。"

"你，你说什——什么？"

他的颧骨高耸起来，胡子颤抖着，好像一股股的细流往胸脯上淌。他连帽子都忘记取下，站在前面眯着眼睛来回摇着头。

"是谁干的啊？噢，肯定是……"

他慢慢地走到窗户旁，舒展了下腿脚，在那里坐了下来。

"我很早就提醒他了……地方长官来过吗？"

"昨天县里来了警官。"

"有什么结果吗？唉，自然不会有结果的。"他自问自答道。

我告诉他县里的警官跟往常一样，在库兹明那里歇了脚，并且下令把库库什金扣押了，因为他打了小杂货铺掌柜一个嘴巴。

"这些，嗯，还有什么好说的？"

而后，我去厨房沏茶。

喝茶的时候，罗马斯说："这些人真可怜！也可恨！他们常常杀死对自己好的人。可以这样看，他们害怕好人。就跟这里的农民经常说的口头

禅差不多，那句口头禅是不投脾气。我一直记得当初我在西伯利亚流放的时候一个犯人跟我说的一个故事，他是个小偷，他们那一帮共有5个人。有一次，5个人中有个人突然醒悟，对大家说道：‘兄弟们啊！咱们几个不要做小偷了！小偷不能当一辈子啊！’就为了这句话，另外四个人趁这个人睡着的时候用绳子把他勒死了。那个犯人好像对这个同伴十分看好。他接着说：‘之后我又杀了另外三个同伴，对此我一点儿也不后悔，只是至今我都觉得愧对杀死的第一个同伴。他人非常不错，机灵活泼，心地纯洁又善良。’我问他为什么杀人，是不是怕被别人出卖。他居然一点儿也不生气，继续说道：‘不，他可不是那样的人，他无论如何都不会出卖我们！其实原因显而易见，就因为他跟我们几个不投脾气了，我们都是有罪的，他倒像是个好人，总让人觉得不舒服。’”

“霍霍尔”站起来，在卧室里光着脚走来走去，背着手，嘴上叼着烟斗，身上穿着一件长及脚面的鞑靼式白睡衣。他轻声说：“我经常发现人们害怕好人、正直的人，有时候甚至消灭好人。他们一般有两种不同的态度：一种是巧言欺诈，然后残忍地杀害他；二是顶礼膜拜。第二种态度是非常少见的。至于跟好人学习如何生活，模仿好人的行为，他们才不愿意学呢。”

这时，他端起那杯放了很久已经冷了的茶，接着说：“他很可能是不情愿的啊！您想想看，他们绞尽脑汁才得到现在的生活，他们已习惯了。这时突然有一个人来告诉他们，他们现在的生活是不合理的、错误的。什么？他们的生活是错误的！可是他们全身心地投入到现在的生活中了，于是‘啪’的打了这样正派的人一个嘴巴。可是他们从来都不会去想，只有好人才会说出生活的真谛。他们的行动在事实上推动了生活的进步。”

他指着书架，挥挥手说：“特别是这些书！如果我会写书多好啊！可是我干不了这一行，我的思想太落后、太迟钝，我没有条理性。”

他两只手抱着头，胳膊支在桌子上，仿佛十分的痛苦。

“伊佐特死得太可惜了！”

不知沉默了多久，他像想起了什么似的说道：“噢，咱们睡觉吧！……”

我爬上我的阁楼，坐在窗下。天空中突然打了个闪，照亮了广阔的田野。村里的狗狂吠着，多亏这狗的叫声，不然我还真以为自己活在无人的孤岛上。远处传来了轰隆隆的雷声，窗口流入一股闷热的空气。

伊佐特的尸体躺在我面前河边的草丛中，他的脸色铁青。但是眼睛还是像活着时一样明亮，他的嘴吃惊地张开着，金色的胡子些许隐入嘴里。

“马克西莫维奇！做人最重要的就是仁义和善良啊，我最爱的节日是复活节，就是因为它是个善良的节日！”

伊佐特的腿已经被伏尔加河的水冲洗得十分洁净，已经有点儿发青，他的裤子被火热的太阳晒干了，苍蝇在他的脸上嗡嗡乱飞。此时他的尸体已开始腐烂了，散发出了一股使人头晕、作呕的气味。

楼梯传来一阵咚咚咚的脚步声，罗马斯低下身子钻进阁楼，坐到我的床上，一只手摸着他的胡子。

“我来这里是想告诉您，我快要结婚了！”

“女人到这里来住，怕有困难吧……”

他看着我，似乎期待着我继续说点儿什么，可我偏偏找不出什么恰当的话。这时闪电一照，满室生辉。

“我要和玛莎[①]·杰连科娃结婚了……”

我忍不住一笑，由于我未料到会有人叫她玛莎。太逗了，这么亲昵的称呼就连她爸爸或哥哥、弟弟也没叫过呢。

“您在笑什么？”

“噢，没什么。”

“您是否觉得我配她太老了？”

“没有，没有。”

“她和我说，您曾喜欢过她。那么现在呢？不喜欢了吧？”

“我想是的。”

他把握住大胡须的手松开，轻声说：“像你们这个岁数的人，觉得这样的事情应该是这样。可是到了我这把年纪就不一样了，我全身心地投入，根本就无法自拔！”

---

① 玛利亚的爱称。

他咧开嘴笑了，继续说道：“安东尼①在亚克兴战役的时候，被屋大维打败，就是由于他迷恋的克娄巴特拉七世出逃，他无心指挥战舰，追随克娄巴特拉七世逃走造成的。您看爱情的力量真是不可思议！”

罗马斯站起身，好像要反抗自己的意志似的，说道：“不论如何，我都要结婚！”

“马上结婚吗？”

“秋天，等摘完苹果后。”

罗马斯低头走出阁楼，我重新躺下，心里想：我要是能在秋天以前离开这儿就好了。他为什么提安东尼的事儿呢？我一点儿都不喜欢他。

已经到了摘早熟的苹果的时候了，今年收成好，苹果树枝被果实压得垂在了地上，果园里到处都是苹果的香味。对单纯的孩子们来说，这应该是很快乐的时光吧，他们可以吃被虫咬过或被风吹掉的苹果。

八月初，罗马斯从喀山回来了，带着一船货还有一船筐子篮子。早上八点，“霍霍尔”洗完澡，换好衣服，准备喝茶时，愉快地说：“夜里在河上行船真舒服……”

突然，他仰着鼻子闻了闻，很担心地问：“怎么有股烧焦的味道！”

马上，阿克西尼娅哭着从院子里跑了进来：“起火了！”

我们奔出院子，看见菜园那边的板棚也着火了，里面装的都是易燃品：煤、柏油，还有食用油。我们仓皇失措地望了几秒钟：阳光照射下，火舌正无情地吞噬着货物。阿克西尼娅提过一桶水来，“霍霍尔”把水泼在着火的墙上，然后扔下水桶喊道：“真糟糕！马克西莫维奇！您赶紧把油桶滚出来吧！阿克西尼娅你快回店铺里去！”

我赶紧把一个装着柏油的桶从院子滚到街上，再转回来滚煤油桶，准备滚的时候才发现塞子是打开的，不少油都洒在了地上。我着急地到处找塞子，可是火却不等人，门早就被烧坏了，火苗儿一个劲儿向里钻。房子时不时地发出爆炸声，我把不满的油桶推到街上。这时候，到处都是小孩

① 安东尼（前 82—前 30），古罗马统帅，恺撒部将。在亚克兴战役失败后，和克娄巴特拉七世逃至埃及，自杀。

子和妇女，他们吓得又哭又喊。“霍霍尔”和阿克西尼娅正在把杂货铺的货物搬到山沟里安全的地方。一个白头发、黑脸的老太婆在街上举着拳头，高声叫喊道：“咦！咦！咦！你们这群坏蛋！……”

我又跑回板棚来，里面满是浓烟，火势更加凶猛了，从房顶上垂下来的火带如同火帘洞，墙边的栅栏被烧烂，就剩下个空架子。我被烟熏得既喘不过气又睁不开眼睛。我勉强把油桶推到了门口，但是快进去的时候被卡住了，怎么推也推不动，火烧得我皮肤很痛，我难受地大喊着救命，“霍霍尔”这时冲过来，拽着我的胳膊，把我拖出院子。

“您快走！快要爆炸了……”

他奔向过道，我跟在后面爬上阁楼，那里还有很多我的书，书被我从窗口扔出去了，当我打算把装着帽子的盒子也丢下去时，发现窗口太小，我正想用秤砣砸坏窗框，恰巧这个时候，房子猛地动了一下，我知道肯定是油桶爆炸了。房顶也在燃烧，火从窗口进入阁楼，我跑到楼梯口，但是这儿的烟似乎更加浓重，这条路已经走不通了。到处是烟，我被火包围了，木房子一个劲儿地噼里啪啦地燃烧着，火焰似乎想要吞噬我，这会儿，我特别难受，竟然不知道要做些什么。我愣了一会儿，却觉得像是有好几年那么久。在天窗口，我看见一张担忧的扭曲的红胡子黄脸，但是很快就不见了。房子现在变成了火海，火焰似乎要将房子烧穿一样。

我记得，我的头发好像也噼里啪啦地爆炸了，耳畔只有火烧的声音，双手虽死命地捂着眼睛，但还是痛得无法忍受。

我急中生智，找出一条出路：抱着被子、枕头和一大捆菩提树皮，还用罗马斯的皮外衣护着脑袋，从窗口翻身而下。等我在山沟上醒来时，罗马斯伏在我身旁大声呼唤我：“您还好吗？”

我站起身来，傻乎乎地看着我们的木头房子变成一堆红色的刨花，慢慢地烧光了。房子前面好像有很多狗在舔着黑色的地面。窗口冒着一大股一大股的黑烟，房顶上的火随风摇动，如同飘扬的旗帜。

“您好点儿了吗？”“霍霍尔”还在关切地喊叫着。在他那张被汗水、黑烟、泪水和焦虑覆盖的脸上，一双无限怜惜和担心的眼睛望着我，我被他深深的情谊感动了。我的左脚有点儿疼，我躺下来告诉他：“这只脚可

能脱臼了！”

他摸了摸我的脚，使劲儿一拽，痛得我差点儿晕倒。可是过了几分钟，奇迹出现了：一脸开心的我竟然可以拐着脚把抢救出来的货物运到澡堂去了。罗马斯终于松了口气，嘴里还叼着烟斗，高兴地说：“油桶爆炸的时候，我看见火苗冲到了阁楼顶，就以为您一定是被烧死了。那巨大的火龙，气焰冲天，整幢房子一瞬间就变成了火海，我真是没想到，您居然还活着！”

他又跟往常一样心平气和，把货物摆整齐，告诉狼狈不堪、满脸黑乎乎的阿克西尼娅：“您在这儿看着！别让人偷了，我来救火……”

在山沟中白色的纸片飞舞着。

“唉！那是我们的宝贝……”罗马斯说。

大火已经毁了四栋房子。还好今天平静无风。火焰平静地张开嘴，慢慢地伸开红色的双臂轻轻越过栅栏和屋顶，不紧不慢地吞食屋子。屋顶的茅草也被烧光了，栅栏也被烧毁了。火焰把木头烧得噼里啪啦的响声，这火似乎十分淘气，一会儿光顾一下东院，一会儿又到西边的院子玩耍。那些农民和妇女忙乱地跑来跑去，每个人都担心着自家的财物，不断地发出哭声和喊叫声：“水——水！”

水源离这儿太远了，在山坡下伏尔加河里。罗马斯靠拉和拽将乱得无头苍蝇似的村民凑在一起，组成两个小组，之后指挥他们拆除栅栏和离火场近的小房子。农民们并没有反抗，听他的指挥，大家开始齐心协力共同作战了，这样至少可以让整条街不被烧毁。可是他们在这么做的时候，还是有顾虑，犹豫地想着这么做又不是为了自己，表现地十分不自信。

我的心情十分愉悦，非常快速地投入到这场异乎寻常的战斗之中。在街上我看到村长和库兹明带领着一些富农，在那里袖手旁观，他们只是挥着手杖，摇着胳膊叫喊。农民们从田地里骑牛往回跑，颠得实在太厉害了，手臂都要高过耳朵了，女人一见了他们就大声哭诉，小孩子吓得到处乱跑。

又有一家的小房子起火了，只有拆掉牲畜棚的一面栅栏，才可以切断火势。在栅栏上火焰飞动着。农民砍倒木桩时，火花正好落到他们身上，他们顿时被吓得夺路而逃。

“霍霍尔”鼓励他们不要怕，但并没有起到作用。他果断地扯掉一个农民的帽子，扣在我的头上说："您快去那儿，我在这边，大家一起砍！"

我砍倒了一根又一根桩子，篱笆墙开始晃动了。我立刻爬上去，攀到最高处，"霍霍尔"协助我，用力向下拉我的双腿。"轰隆！"栅栏倒下了，差点儿就砸到我的脑袋。农民挤上来一起把栅栏抬到街上去了。

"您伤着没有？"罗马斯关切地询问我。

他越是这样关怀我，越是激发我的力量和机智。我真想在他面前显示一下身手。我拼命地干活，就是为了得到他的赞扬。在浓烟里，我的那些书的白纸像小白鸽一样飞舞着。

在右边，火势已经被切断了。但是左边的火还在烧着旁边的农院，已经到第十家了。罗马斯让几个农民留下，观察右边的情况，其他人在他的带领下到处跑。在路过那些富农身边时，我听到一句恶狠狠的话："肯定是他们放的火！"

小杂货铺掌柜接着说道："该去搜查一下他们的澡堂！"

这些话落在了我的心里。

大家都知道，一种鼓舞，尤其是积极的鼓舞，会使人充满力量。我被罗马斯伟大的友谊和真挚的鼓舞所打动，我拼命地干活，最后把自己弄得十分疲惫。我觉得我的衬衫像快要烧着一样，后背被火烤得火辣辣的，罗马斯从后面向我后背上泼凉水。农民们也都围着我，似乎很敬佩地说："这孩子真棒！"

"他没问题，肯定不会垮的……"

我把脑袋紧靠在罗马斯的腿上不知羞地呜咽起来，他抚摸着我湿润的头发说道："好好休息会儿吧，您太累了！"

库库什金和巴里诺夫被烟熏得像黑人一样，他们带着我到了山沟里，不停地安慰我道："老弟！不要紧！没事了！"

"你受惊了吧！"

我还没来得及躺下来休息一会儿，就看见村长竟率领一支富农队直奔澡堂，在队伍后面罗马斯被两个人架着。他脸色铁青，帽子也不知道哪去了，衬衫不知在何时被撕成了好几块。退伍兵科斯京挥动手中的手杖，发疯似的喊叫着："把这个邪教徒扔到火里去！"

“把澡堂门打开！……”

“你们自己砸锁吧，钥匙丢掉了。”罗马斯大声说。

我跳起来，从地上抓起一根棍子站到罗马斯身边。两个架着他的甲长吓得直往后退，村长也忐忑不安地尖叫：“信正教的人都不许砸锁！”

库兹明用手指着我叫道：“对！还有这个家伙……他到底是何人？从哪儿来的？”

“你冷静点儿，马克西莫维奇！他还以为澡堂里藏着货物，我们故意放火烧杂货铺的。”

“就是你们两个放的火，你们这两个纵火犯！”

“砸开锁吧！”

“信正教的人……”

“咱们敢作敢当！”

“咱们负责……”

罗马斯小声地说：“您来和我背靠背站着！防止他们从后面袭击我们！……”

澡堂的门还是被砸开了，几个人一拥而进，又立马返回来。就在这时，我把棍子塞到罗马斯手里，自己又从地上抓起一根。

“没东西……”

“难道什么都没有？”

“哈！这几个鬼家伙！”

有一个胆怯的声音说道：“或许是我们弄错了……”

话还没来得及说完就被几个野蛮的声音截断了：“什么搞错了？”

“快把他们扔进火里去！”

“这些捣乱鬼！……”

“他们背地里组织合作社！”

“这群小偷！他们全都是小偷！”

“闭嘴！”罗马斯似乎被他们惹怒了，“哼！你们给我听着！我的澡堂里你们也看过了，什么也没有。你们还有什么可说的？我的货物就剩这一点儿了，其他的早就全被烧没了，我不会自己烧自己的财产吧？”

“他肯定保了火险了！”

又有十来个人狂躁地叫喊起来：“还做什么呀？”

“好吧！我们已受够了……”

这时我两腿发抖，两眼发黑，体力有些不支，他张牙舞爪地凶狠的样子在烟雾的衬托下显得更加狰狞，我特别想冲出去把他们痛打一顿。这些人围住我们跳着脚，怒喊道：“啊——哈！他们还拿着棍子呢！”

“什么？居然有棍子？”

“他们要上来拔我的胡子了！”“霍霍尔”说，我觉得他在冷笑，“马克西莫维奇！您也要遭殃了，千万要沉着、冷静……”

“大家看！这小子还带着一把斧子呢！”

我腰里的确有斧子，这是我救火时砍木桩用的斧子，我把它忘记了。

“好像他们害怕了，如果他们冲上来……千万别动用斧子！”罗马斯叮嘱我。

这时，一个我不认识的矮个子拐腿农民滑稽地跑来跑去，疯狂叫喊着：“用砖头从远处打他们！我来领头砸！”

他真的捡起一块砖头，一甩手向我的肚子扔来，没等我回击，库库什金就像只老鹰般扑向他，他们扭打着一起滚下山。之后，潘科夫和铁匠等十几号人也一起冲出来帮忙，我们的队伍一下子庞大起来。库兹明马上假装正派地说道：“米哈伊尔·安东内维奇！你是个聪明人，不过你应明白，大火快把村民们吓疯了……”

“马克西莫维奇！我们走，去河边的小饭馆。”罗马斯果断地说着，然后把烟斗随便地往裤子口袋里一塞，扶着棍子，疲惫地朝山外走去。这时，库兹明故意讨好似的和他并肩走着，嘴里不知说着什么。罗马斯不屑地说：“滚开吧！你们这些蠢货！”

在我们的杂货铺，还有一堆炭火没有熄灭，惨不忍睹。一个炉子和没有烧坏的烟囱仍在履行职责般地冒着一股股青烟，烧黑的门柱子顶着冒着火星的木炭帽，一袭黑衣，像个英武的卫兵。

“书全被烧了！”“霍霍尔”惋惜地叹了口气。

孩子们快活地忙碌着，他们把炭或铁桶拖到街上的水坑里，木头发出嘶嘶声后熄灭了。大人们却阴着脸，把残留下来的家具什物归到一起，计算灾祸损失，家庭主妇们又开始恸哭、叫骂了，仅仅是为抢一两块早已经烧焦的木炭。苹果园没有被火灾破坏，只是苹果树的叶子被火烤成了黄色，累累的苹果看起来更加明显了。

我们在河里洗了澡，在河岸上的小饭馆坐下，默默地喝茶。

“不管如何，富农们的小算盘，终于算是失败了！”罗马斯说。

这时，潘科夫满怀心事地走进来，他今天非常和善。

“老哥！怎么办？”“霍霍尔”问他。

潘科夫耸耸肩，无可奈何地说道：“我的这栋房子的确是保过火险的。”

我们都沉默了，大家像从来都不认识对方似的，你看看我，我看看你。

“米哈伊尔·安东内维奇，现在你打算怎么办呢？”

“我必须仔细考虑一下。”

“你得离开这里。”

“我看看再说吧。”

“我倒有个想法，咱们到外面谈吧。”潘科夫出去时回过头对我说：

“你倒是很勇敢！你还敢在这儿继续待下去，他们会怕你的……”

我也走到河岸上，躺在树底下看河水。

虽然太阳就快落山了，但是天气仍然很闷热。刚刚在这个村庄里经历过的所有事情图画般浮现在我的眼前。我感到郁闷，但是没有多久困倦就占了上风，便沉沉地入睡了。

“喂！你醒醒！”不知过了多久，我迷迷糊糊地听到有人喊我，并使劲儿摇我，“你是不是死了？快点儿醒醒！”

河对岸的草原上，已升起一轮血红的月亮，很大，像车轮一样。巴里诺夫摇着我的肩膀说：“快走吧！‘霍霍尔’正忙着找你呢，可着急了！”

他跟在我后面，抱怨地说道：“你真不应该随便找个地方倒头就睡，万一有人不小心或者故意向你扔一个石头，你就完了，好兄弟啊！村民可都狠毒着呢！他们喜欢仇恨，除此以外，什么都不懂。”

在河岸边的灌木丛中，似乎有人在轻轻地走着，树丛也跟着摇动起来。

“找着了吗？”米贡用洪亮声音问。

“找着了。”

差不多又走了十多步，巴里诺夫叹了口气说：“米贡又去偷鱼了，他的生活也是非常不容易啊！”

罗马斯一看见我，就很生气，批评我道：“您怎么偏要去散步呢？非得让他们找着您，打您是吗？”

最后屋子里只有我们两个人的时候，他小声地跟我说：“潘科夫的提议是您可以留下来。他打算开一个杂货铺，我把火灾剩的东西都卖给了他。我决定去维亚特卡去，过些时候，我再邀请您到我那儿去，可以吗？”

“我必须好好考虑考虑。”

“那您考虑考虑吧！”

他在地板上躺下，翻了几次身就不作声了。我通过窗户遥望伏尔加河，河水反射着月光，让人不禁联想起那场火。一艘大轮船的轮片鼓动河水发出隆隆的声响。三盏桅灯在黑暗中浮动，一会儿擦着星光划过，一会儿又遮住了星光。

“您是不是生那些农民的气了？”罗马斯像是做梦似的说，“您也别跟他们生气。他们只是因为缺乏知识有些愚蠢，愚蠢往往表现出来的是凶狠。”

他的话虽然不能给我安慰，也不能减轻我心中无法遏制的强烈的恼怒。我眼前又出现那些人粗暴、恶毒的脸，还有那胡子拉碴的大嘴发出的凶狠的尖叫：“用砖头远远地砸他们！”

这时候，我还没学会把无用的东西丢到脑后。我有时觉得很奇怪，农民肯定不是恶毒的，他们虽然没文化，但都是心地善良的人啊。让农民像孩子似的天真地笑其实很简单，他们都非常愿意听我讲人类建功立业的故事，还有人类为追求理想、幸福而奋斗的故事，他们更加喜欢独立，喜欢按自己的喜好、方式，快快乐乐地生活。

可是当参加全村大会时，或在伏尔加河边小饭馆挤成一团的时候，他们就把身上的美好品德丢到九霄云外去了。他们像神父似的虚伪、道貌岸然，开始对有钱有势的人摆出一副狗一样的巴结的嘴脸，那时候他们看起来十分讨厌。有时候他们又突然露出野狼似的凶劲儿，为了一点儿小事大

打出手。这时候他们凶得让人害怕。甚至有人还去教堂捣乱，尽管昨天还温顺地在教堂跪拜。在这些村民中也有诗人和会讲故事的人，可是谁都不喜欢他们，他们被全村人嘲笑，受尽了污辱。

我不能在这儿生活下去了，我必须离开这群可恶的村民。我和罗马斯分别那天，我把这些令人痛苦的想法全都告诉了他。

“您的结论未免下得过早了吧！”罗马斯用责怪的语气说。

“可是，我就是得出这种结论了，能有什么办法啊！”

“可是它是错误的！没有丝毫的依据！”

他平心静气、极有耐心地开导我很久，证明我这种想法不对，是错误的。

“不要急于谴责人！谴责人很容易，您可不能这样。我希望您能全面考虑，也请您一定要记住：任何事情都是变化发展的，并渐渐向好的方面发展。太慢了？然而很牢靠！请您去各处看一看，什么都去体验一下，千万别垂头丧气！好朋友，再见吧！”

这次所谓的再见，却是15年以后的事了。那时候他因为“民权派”①事件被流放雅库特区十年后归来，我们在塞德列茨见了面。

罗马斯离开之后，我的心情很糟糕，像只跟丢了主人的小狗似的在村子里到处乱走，后来我和巴里诺夫搭伙靠给村里的富农打工度日。白天我们打谷子、挖土豆、收拾果园；晚上就一起回巴里诺夫的澡堂睡觉。

“马克西莫维奇！你这个光杆儿司令，以后怎么在世上生活啊？”一个下着大雨的晚上他对我说，“咱们明天去海上吧，这次我说的是真的，在这儿一点儿意思也没有，他们还讨厌咱们俩，说不准哪天就被他们杀害了……”

巴里诺夫说起这事好几次了。他也为此十分愁闷，两条长臂猿般的胳膊下垂着，那双迷茫的眼睛更是让人看了觉得怜惜。

雨点拍打着澡堂的窗户，雨水也在冲刷着澡堂。这应该是今年的最后

---

① “民权派”是1893年在俄国发展起来的小资产阶级政党，由地方知识分子和老民粹派分子组成，他们打着社会主义革命的旗号，实际和工人阶级毫无关系。1894年警察逮捕了民权派的主要成员。

一场暴雨了，淡白色的闪电虚弱地放着光。巴里诺夫又低声问我："咱们明天就走，好吗？"

第二天，我们真的出发了。

……秋夜在伏尔加河上航行，真是愉快极了。船舵手是个全身长毛的傻大个儿，他用手掌着舵，脚丫儿在甲板上用力踩着，嘴里还不时地怪叫。

船后面，你会看到像焦油一样浓稠、像绸缎一样光滑的望不到边的河水。河面上空的乌云来回滚动着。四面全是黑暗，这黑暗拂去了河岸的界限，似乎吞噬了整个大地，连绵不断地、永无休止地、整个儿地往下流，流向没有日月星辰、没有人烟的地方。

前面是黑暗的雾气，被隐藏的拖轮像在和曳它前行的拉力抗争似的，行进得十分艰难，拖轮上的三盏灯，有两盏漂浮在水面上，一盏漂浮在空中。靠近我的一边，有四盏灯，像浮动在乌云下的金鱼，其中一盏就是我们驳船上的桅灯。

我感觉自己像小虫子一样被禁锢在一个冰冷的大油泡中，沿着一个斜坡轻轻地向下滑落，我感觉滑动越来越慢，直到停止，轮船的嘟嘟声和蹼轮的打水声都消失了，就像秋风把秋叶吹落、黑板上的粉笔字被擦掉了一样，我的周围只有死一般的沉寂。

在船舵旁边，有个身穿破皮袄、戴着毛茸茸的羊皮帽地大个子，他现在就像变成了化石一般，一动不动……

我问他："你叫什么啊？"

"你问这个干吗？"他用低哑的声音回应了我一句。

那天傍晚，轮船从喀山起程的时候，我就注意到这个看上去像只狗熊的人，他长得丑极了，脸上一层毛，眼睛小得几乎看不见。他酒量特大，一瓶伏特加一仰脖就喝完了，随后又啃起了苹果。等轮船刚一拖动驳船，他就抓起舵柄，脑袋一震，严肃地说："愿上帝保佑吧！"

轮船从下诺夫哥罗德市场拖着四艘驳船到阿斯特拉罕去，满载着铁板、糖桶和木箱，它们都是运往波斯的。巴里诺夫这时先用脚踢了踢大箱，再用力嗅了嗅，然后说道："这准是步枪，肯定是伊热夫斯基厂出的……"

可是这个掌舵的人向他的小肚子打了一拳，问道："你管这个干吗？"

“我是自己在想……”

“你是不是想挨揍了？”

我们没有钱买不起轮船票，只好求人家让我们坐上这艘拖船。虽然我们同水手们“轮流值班”，但是他们还是把我们当乞丐看。

“您老说人民、人民，他们倒是简单：谁有本事谁就骑在别人的脖子上，没本事的就被别人踩在脚下……”巴里诺夫对我抱怨道。

夜是漆黑的，根本望不见驳船，只有桅灯照亮的高耸云端的桅尖依稀可见。烟雾散发着煤油的气味。

掌舵人那种阴郁沉闷的态度让我气恼，我来上班，给他做助手，每次拐弯时他就甩出一两句话：“喂！掌稳点儿！”

我马上集中精力，跳起来转动舵柄。

“行了！”他嘟哝着说。

我重新坐在甲板上，想跟这个人攀谈，但是没有成功。他总是这样回答我的问话：“你问这个干吗？”

谁知道他脑子里在想什么？船行驶到卡玛河和伏尔加河交汇处时，他遥望河的北面喃喃自语：“浑蛋！”

“你骂谁呢？”

他没有答话。

在茫茫无边的黑暗里，从远处传来犬吠声。犬吠声打破了夜的沉寂，好像黑暗中的幸存者正在软弱无力地挣扎。

“那儿的狗最凶恶！”掌舵人突然开口了。

“你说哪儿？”

“哪里都一样。我们那儿的狗凶恶极了……”

“你是哪里人？”

“沃洛格达。”

跟开始不同，此时他说话就像土豆从满满的麻袋里往外滚出来一样，粗野的话一溜烟儿从他嘴里说出来：“和你一起的那个人是你的叔叔吧？他可真像个傻瓜，我也有个叔叔，他很精明，人特别凶，但是很有钱。他在辛比尔斯克管着一个码头，还在河岸上开了家饭馆。”

他说上面这些话的时候有些吃力，然后他就用他那小成一条缝的眼睛目不转睛地看着轮船桅杆的灯光。

“喂！你可掌稳了！……你是有文化的人吧？你知不知道法律是谁写的？”

他不等我回答，又说道：“大家的说法都不一样，有的说是沙皇，有的说是大主教，还有一些人说是元老院。假如是我的话，我一准知道是谁写的，我肯定会去告诉他：你一定要把法律写得让我别说是打人，就连抬手都抬不起来才可以！严格的法律应该像铁锁那样锁住我的心，那样我才能保证不犯法！但是你看现在，我不能保证！我也保证不了！”

他自言自语地说了半天，还一直用拳头打着舵杆，慢慢地，声音不仅越来越小，说话的语句也不连贯了。

这时候，有人在轮船上用传话筒喊着话，那喊叫声和他的声音一样小，就像渐渐消失在黑夜里的犬吠声似的。几盏桅灯的反光就好像是黄色的油点，在船舷附近黑色的水面上飘动着，微弱地照出一些看不清的东西。头上流动的乌云越来越厚重，就像在河水中的淤泥一般。

掌舵人眉头皱得很紧，并且抱怨道：“他们这是把我载到什么地方了啊？我感觉我的心脏都不跳了！……”

我感到十分忧伤，什么想法都没有，只想倒下来睡觉。

黎明终于冲破层层的乌云，悄悄降临。此时，河水由原来的黑色变成了铅灰色，河岸上也渐渐出现了灰黄色的矮树林，铁锈色的松树树干成排的农舍和附近石雕像似的农民的身影。一只水鸟拍动着翅膀从我们的驳船的上空飞了过去。

和这个掌舵人交了班，我就赶紧到帆布下面睡觉去了。可是好像很快我便被急促的脚步声和叫喊声惊醒，我急忙从帆布下面探出头，看见三个水手把那个掌舵人围在舱板上，同时听到他们叫喊着：“彼得鲁哈！快丢下！”

“上帝会保佑你们的，不要紧！”

“你呀，算了吧！”

彼得鲁哈双手交叉着紧紧抱住自己的肩膀，静静地站着，一脚踩着丢

在甲板上的包袱，来来回回地看着下面的人，紧接着喘着粗气请求道："别让我去犯罪啊！"

他光着脚，光着脑袋，仅仅穿着衬衫和短裤，乱糟糟的黑头发遮住了他的大脑门儿，脑门儿下面那双异常小的眼睛里充着血丝，惊慌地企求地望着大家。

"不行！你会被淹死的！"人们对他说。

"我吗？绝不可能！老哥们儿，放开我，让我走吧！要是不放，我肯定会打死他的！到了辛比尔斯克，我就会……"

"你千万不要这样！"

"老哥们儿，就放我走吧……"

这时，他慢慢张开双臂，跪了下来，两臂贴着舱板，像被钉在十字架上一样，并且再三请求着："让我逃走吧，我真的不想犯罪啊！"

那时，从他声音的深处，我能发现一种特别震撼人的东西，他张开的双臂不停地颤抖着，手心朝着大家，还有他那毛茸茸的大胡子也跟着颤抖，他瞪着自己的黑眼珠，仿佛有谁在掐着他的咽喉，快让他窒息一样。

下面的人们看到这一幕，默默地让出一条路。他艰难地站了起来，拿起地上的包袱说："谢谢你们啦。"

他来到船舷边，用非常熟练的动作跳进河水里。我也来到船舷边，看见他头上就像戴了一顶异常大的帽子一样，顶着包袱，摇晃着脑袋，向着河岸游去。岸上的矮树林被风吹落了许多黄色的叶子，金灿灿的，好像是在欢迎他。

有几个农民说道："他到底还是战胜了自己呀！"

我问道："他是疯了吗？"

"怎么可能！他是为了拯救自己的灵魂啊……"

彼得鲁哈这时候已经游到水浅的地方，在没到他的胸脯的水里站住，回头挥动着包袱。

水手们也冲他喊道："再见——"

一个人担心地问道："他没身份证怎么办啊？"

一个红发罗圈腿的水手解开了我们的疑惑："彼得鲁哈在辛比尔斯克

有一个叔叔，经常欺侮他，还骗走了他的全部财产，因此他一直想杀死他的那个叔叔。但是事到临头，他又怜惜起他的叔叔来，于是便逃走了。彼得鲁哈虽然表面粗野，心地却非常善良，他是个好人……”

这时，这个好人已经沿着沙滩，往上游的方向走去，走进那边的矮树林，慢慢不见了。

原来这里的水手都是很善良的小伙子，他们是生活在伏尔加河流域的居民，傍晚，我们的关系已经好到仿佛是一家人了。可是到了第二天，我发现他们的脸色似乎变了，仿佛在用怀疑的眼光看着我。我立马猜到准是那个幻想家巴里诺夫跟这些小伙子说了什么。

“你说了没有？”

他眨着好像女人一样的眼睛温和地笑起来，有些不好意思地搔着后脑勺承认道：“只说了一点点。”

“哼！我不是早就请你不要讲吗？”

“我开始没讲，但是这个故事实在太有趣了！那会儿，我们刚要打牌，谁知道牌被那个掌舵人拿走了。那会儿实在太无聊了，所以我就……”

经过我的详细询问，原来巴里诺夫为了解闷儿，就编了一个听起来很有趣的故事，并且在故事的最后加上我和“霍霍尔”，把我们说得如维京人[①]一样凶猛，拿着斧子和农民拼杀。

对巴里诺夫生气是没用的。他的所谓真理全是超现实的。有一次，我们去找工作，走累了便在山沟的田地上休息，他很有信心又十分亲切地劝我说：“我们得去找最满意的真理啊！你看看，山沟那里的羊群在吃草，牧羊犬和牧人不停地跑。哼！这有什么好看的？我们的心灵能得到什么满足吗？好兄弟啊！你睁开眼睛看到的就是凶狠的人，这就是真理！善良人呢，他们在哪儿？善良的人咱们还没想象出来呢！”

等我们到了辛比尔斯克的时候，水手们把我们赶下了船。

水手们说：“我们不是同路人！”

于是他们用小船把我们送到辛比尔斯克码头。我们俩上了岸，晒干了

① 北欧海盗。

衣服后，数了数身上的钱，只剩下 37 个戈比了。

两个人一块儿去小馆子里喝茶。

“我们接下来怎么办呢？”

巴里诺夫坚定地说道：“还能怎么办，往前走吧！”

我们做了一回“兔儿”[①]，搭上了客船来到萨马拉，到那儿之后上了雇用我们做帮工的一艘驳船，过了七天七夜，一路顺畅地到达了里海海岸。在卡尔梅克人的一个肮脏的卡班库尔—巴伊渔场上，我们在一个不大的渔民合作社找到了工作，开始了我们的新生活。

---

① 俄国人把乘坐火车或轮船时逃票的人称为“兔儿”。